ONGELOOF

Nigel Farndale

Ongeloof

Vertaald door Monique Eggermont

MOURIA

Uitgeverij Mouria en drukkerij Bariet vinden het belangrijk om op milieu-
vriendelijke en verantwoorde wijze met natuurlijke bronnen om te gaan

© 2010 by Nigel Farndale
All rights reserved
© 2010 Nederlandse vertaling
Monique Eggermont en uitgeverij Mouria, Amsterdam
Alle rechten voorbehouden
Oorspronkelijke titel: *The Blasphemer*
Omslagontwerp: DPS Design & prepress Services / Davy van der Elsken
Omslagbeeld: Random House UK LTD

ISBN 978 90 458 0120 9
NUR 302

www.mouria.nl

Voor mijn grootvader, soldaat Alfred Farndale, die is gestorven in de modder van Passendale, en zeventig jaar later nog eens, in zijn bed.

Monkeys make men. Men make angels.
Charles Darwin

Proloog

Ieper Salient. Laatste maandag van juli 1917

Met een baard van vijf dagen en gele modder vastgekoekt aan zijn broek heeft Peter Morris niets van een officier. In plaats van een pet met klep draagt hij een wollen muts. Verder een mouwloos, leren wambuis. Hij ziet grauw van vermoeidheid, en als hij met opgeheven hoofd naar de ingang van de loopgraaf tuurt, zijn zijn samengeknepen ogen bloeddoorlopen.

Hij heeft iets van metaal horen schrapen. Nu ziet hij de golfplaten deur wijd opengaan en een onbehaarde hand de deken die als gasgordijn dient naar achteren duwen. Een jonge, bleke soldaat in een betrekkelijk schone uniformjas verschijnt in de deuropening en stampt met zijn voeten in een bak chloorkalk terwijl hij zijn ogen laat wennen aan het duister. Met zijn donzige snor en smalle schouders, die afhangen als bij een Russische pop, ziet hij er zo oud uit als hij is: twintig. 'Soldaat Andrew Kennedy,' zegt hij, waarbij hij de klinkers half inslikt. 'Shropshire Fuseliers. Ik moest naar ene majoor Morris vragen. Hebt u hem gezien? Hij zit bij de Rifle Brigade.'

De majoor richt zonder antwoord te geven zijn blik omlaag. Er gonzen woorden in zijn hoofd, maar die zijn willekeurig en betekenisloos. Iemand heeft hem een vraag gesteld. Een beweging leidt hem af; het zijn zijn eigen handen die op het bureau naar elkaar toe bewegen tot de vingertoppen elkaar raken. Ernaast ziet hij een veldtelefoon en een knuppel met spijkers waar restjes haar en kraakbeen aan zitten, en daarnaast een lege fles HP-saus waar het etiket half af is. Hij gebruikt ze als presse-papier op een kaart van de loopgraven. Hij legt ze weloverwogen op een plank, haalt een opgevouwen vel papier uit zijn portefeuille en strijkt het glad op de kaart. Het is een partituur, met een paar aantekeningen in het Duits. Hij knikt in zichzelf terwijl hij er aandachtig naar kijkt. In deze patronen zit betekenis. Er zit structuur en schoonheid in.

'Wat is dat?'

9

Kennedy's vraag dringt niet tot Morris door.

'Is het bladmuziek?'

Al de hele ochtend is het luchtruim bestookt met lawaai. Nu heeft het naderbij gekropen spervuur hen gevonden. Een Pissing Jenny – *te herkennen aan de fluittoon – valt op minder dan veertig meter van de loopgraaf neer. Door de schok valt er een regen van aarde uit de gaten tussen de balken van het plafond. De soldaat duikt in elkaar, maar de majoor reageert niet. De partituur en de kaart liggen vol aarde, waardoor het cartografisch loopgravenstelsel opeens driedimensionaal lijkt. Een lantaarn die aan een spijker boven het bureau hangt, zwaait heen en weer en werpt steeds een schaduw op de kaart. Morris veegt de aarde weg met de zijkant van zijn hand, mechanisch en traag, alsof hij onder water zit. Een geur van cordiet en vochtige, vers omgewoelde aarde vult de ruimte tussen de twee mannen.*

'Ik zit bij de Shropshire Fuseliers,' herhaalt Kennedy, 'in het 11e bataljon.'

Morris blijft zwijgen.

'We zijn net aangekomen.'

De ogen van de oudere man boren zich in die van de jongere. Het zijn kille, wrede ogen; ogen van een man die heeft gemoord en die dat, zonder aarzeling of gewetensbezwaar, opnieuw zou doen. Kennedy doet onwillekeurig een stap naar achteren. Het is alsof hij iets wil zeggen. Dan vertrekt hij.

Terwijl Morris weer naar de bladmuziek voor hem staart, veert zijn rechterhand iets op en met steeds golvender bewegingen van zijn pols begint hij te dirigeren.

1

Londen. Nu.

Daniel Kennedy stond naakt voor zijn badkamerspiegel en herhaalde in gedachten de leugen die hij had verteld en die hij straks weer zou vertellen. Zijn spiegelbeeld was wazig, meer een schaduw in de paarsblauw omfloerste ochtendschemer. Terwijl hij ernaar tuurde, tastte hij achter zich naar het lichtkoord. Trek. *Klik.* Los. *Klak.* Toen het donker bleef, reikte hij naar voren en tikte twee keer met zijn vingertop tegen de tl-buis boven de spiegel. Die knetterde even voordat hij een vaalgeel licht wierp in de helft van de badkamer. Links boven de wastafel hing een ronde, uittrekbare spiegel. Hij bekeek zijn uitvergrote huid, geboeid door de laagjes epitheel, door de sinaasappelstructuur, de onveranderlijke grootte van de geërfde poriën. Na een halve minuut knipperde hij met zijn ogen, waste zijn gezicht met een scrub op basis van tea tree olie en bette het met een handdoek voordat hij er een vochtinbrengende crème op aanbracht. Toen hij die had ingewreven, waste hij zijn handen en kamde een matte gel door zijn weelderige haar, waarna hij het in piekjes modelleerde zodat het er natuurlijk uitzag. Daarna schakelde hij zijn scheerapparaat in op een stand die een schaduw van stoppeltjes achterliet. Het elektrische gezoem werd algauw begeleid door het agressieve geronk van Nancy Palmers tandenborstel. Nancy was zijn tandarts, de moeder van zijn kind, de vrouw van wie hij hield.

Als universitair docent in de nematologie – een tak van de zoölogie waar petrischalen, microscopen en een vaste hand aan te pas kwamen – vond Daniel dat hij een excuus had om Nancy nu en dan te bestuderen als door een sterke bolle lens, waarbij hij haar bewegingen observeerde en haar gedrag analyseerde. Hij bekeek haar nu terwijl ze de bril van de wc omlaag deed, ging zitten en naar de vloer tuurde. Ze liet de trillende kop van de tandenborstel over haar tong gaan. De pezen in haar nek waren strak gespannen. Haar ogen ontweken zijn blik. Na twee minuten – haar tandenborstel had een timer – veegde ze zich af, stond op en drukte op de spoelknop. Hij bewonderde de manier waarop ze meerdere dingen tegelijk kon doen.

'Maak de kleine niet wakker,' zei hij terwijl hij zijn scheerapparaat uitzette en de aandacht vestigde op het ruisende water.

'Was ik niet van plan,' antwoordde ze op iets te vlakke toon, met ingehouden stem.

'We kunnen haar het best zo lang mogelijk laten slapen.'

'Dat wéét ik. Ik was niet van plan de kleine wakker te maken.'

(Hoewel hun dochter Martha negen was, noemden ze haar soms nog steeds 'de kleine'.)

Nancy droeg het T-shirt waarin ze had geslapen. Het was haar te groot – het was er een van Daniel – en ze leek er een tienermeisje in. Toen ze het uittrok om zo licht mogelijk op de weegschaal te gaan staan, viel haar haar iets naar voren en werd de vervaagde prikkeldraadtatoeage rond haar bovenarm zichtbaar. Hierdoor zag ze er, samen met haar zwangerschapsstriemen en keurig geschoren driehoekje schaamhaar, in Daniels ogen ongerijmd volwassen uit. Toen ze deodorant onder haar oksel spoot, stond hij zich een vluchtig lachje toe, meer een trekken met zijn lippen. Hij wilde nog niet dat Nancy zijn stemming zou peilen. Dat had ze ook niet gedaan, ze had zich omgedraaid en strekte haar hand uit naar de knop van de grote lamp.

'Niet aandoen,' zei Daniel op gedempte toon, waarna hij de badkamer door liep en de wc-bril omhoog deed. 'Dan maak je de kleine wakker.' Het was zijn bedoeling om Nancy op zo'n bedekte manier te prikkelen dat ze niet begreep wat haar stoorde. Daardoor zou ze, zo redeneerde hij, het moment van de ontknoping des te meer waarderen.

'Maar dan kan ik niet zien wat de weegschaal aangeeft.'

Terwijl Daniel een plas deed, balanceerde hij op één voet en duwde hij achter Nancy's rug zijn tenen op de weegschaal.

'Ik geloof verdomme mijn ogen niet,' zei Nancy effen. 'Ik ben ruim vier kilo aangekomen.' Toen ze achteromkeek zag ze Daniels tenen op de weegschaal. 'Hé!' Ze lachte nu. 'Klootzak!' De spanning die zich tussen hen had opgebouwd was even verdwenen. Nog steeds glimlachend liep Nancy naar de badkamerdeur. Toen ze hem opendeed, stond Martha aan de andere kant in haar ogen te wrijven.

Drie kwartier later zat Daniel achter het stuur van wat volgens de advertenties een 'groene maar gave' hybride stationwagen was. De motor liep, de verwarming was aan en hij vroeg zich bezorgd af of Martha inmiddels niet te oud was om hem naakt in de badkamer te zien. Hij was per slot van rekening ruim een jaar geleden opgehouden samen met haar in bad te gaan. Terwijl hij zich voornam Nancy ernaar te vragen – zij wist altijd raad in dit soort zaken – vouwde hij zijn *Guardian* open bij het sportkatern. Engeland op tournee in India. Ternauwernood ontkomen aan een fiasco. Wat een verrassing. Toen een vrachtwagen van de gemeente sissend langsreed door de gesmolten sneeuw en net zo hard pekel sproeide op het wegdek als op geparkeerde auto's, zag hij dat de voorruit alweer bevroor terwijl hij er zojuist nog een ketel water overheen had gegoten. Hij zette de verwarming zo hoog mogelijk en keek hoe de ruit ontdooide. De warme lucht maakte hem claustrofobisch. Hij trok zijn sjaal los, deed het raampje open en keek naar buiten. Achter de amberkleurige halo's van de lantaarnpalen ging het zwart over in grijs. Het had de hele nacht gesneeuwd, en door het ontbreken van wind waren de vlokken in de boom naast de auto blijven liggen. Ook de telefoondraden die kriskras over het plein liepen waren wit, en zakten in het midden door onder het gewicht van de sneeuw. Daniel zette de motor uit zodat hij kon genieten van de naakte stilte.

'Mag ik naar buiten om een sneeuwpop te maken?' vroeg Martha vanaf haar verhoogde zitting achter hem.

'Nee. Mama komt er zo aan.'

'Denk je dat ze het weet?'

'Ze heeft geen flauw idee.'

De natriumlichten werden zwakker, doofden helemaal en lieten het plein in een naargeestige gloed achter. Daniel keek weer op zijn horloge. 'Heeft mama jou je injectie al gegeven?'

'Nog niet,' antwoordde Martha, en ze geeuwde. 'Ze zou het in de auto doen.' Het kind pakte haar haar bijeen tot een paardenstaart. Zette haar capuchon op. Rilde. Ook al was het negen maanden geleden dat haar vermoeidheid, wazige zicht en nachtelijke dorst de diagnose diabetes type 1 hadden onthuld, toch kon haar vader zich er nog steeds niet toe zetten de vereiste dosis insuline bij haar in te spuiten. Konijnen en muizen in een laboratorium kon hij injecteren, maar niet zijn eigen dochter. Nancy had er geen moeite mee. Als tandarts was ze gewend aan de ongemakken van anderen.

Zo hadden ze elkaar leren kennen, Daniel en Nancy. Zij was binnengekomen met een maskertje voor haar gezicht dat haar wenkbrauwen, twee zwaar geëpileerde boogjes, accentueerde. Terwijl hij op haar hydraulische stoel lag te denken aan de ingekapselde verstandskies die zij uit zijn verdoofde tandvlees probeerde los te wrikken, werd hij gehypnotiseerd door haar ogen. Ze waren reebruin, met goudkleurige spikkeltjes. Hij werd er ter plekke verliefd op, terwijl hij daar met zijn mond open op zijn rug lag en af en toe ineenkromp. Hij werd ook verliefd op het gewicht van Nancy's linkerborst die, onder verscheidene laagjes stof, tegen zijn arm drukte. Genot en pijn. Pijn en genot. Hun relatie was begonnen zoals ze zou voortgaan.

Wat deed ze daarbinnen? Straks misten ze hun vliegtuig nog.

Daniel ging met de punt van zijn tong langs de zachte holte die door de verstandskies was achtergelaten – iets wat hij vaak deed zonder dat hij zich ervan bewust was, het equivalent van het strelen van een knuffeldekentje. Hij tikte weer op zijn horloge en rilde even van opwinding toen het licht in het portiek aanging en Nancy naar buiten kwam terwijl ze een grijze duffeljas over een geelbruin poloshirt aanschoot. De sneeuw viel inmiddels iets minder hard, maar vlagerig, en de vlokjes bleven als dons op Nancy's haar liggen toen ze de sleutel van de voordeur in het slot stak en vlak voor ze het portiek uit liep haar ogen sloot – iets wat ze altijd deed wanneer ze naging of ze niets was vergeten. Terwijl Daniel naar haar keek voelde hij een opwelling van tederheid. Wat zie je er mooi uit, dacht hij. Ik geloof dat ik je nog nooit zo mooi heb gevonden. 'We komen te laat!' baste hij door het open raam. 'Het zal lastig worden op de weg met dit weer.'

De sneeuw op het pad knerpte onder Nancy's schapenleren laarzen. 'Niet zo jachten,' mompelde ze, terwijl ze het achterportier opendeed en naast Martha ging zitten. 'En waarom heb je de cv uitgezet?'

Denken. Denken. 'Opwarming van de aarde.'

Nancy kneep haar ogen tot spleetjes. 'Nu moeten we als we straks weer thuis zijn twee keer zoveel energie gebruiken om het weer warm te krijgen. Je had hem gewoon wat lager moeten zetten.'

Daniel haalde adem alsof hij van plan was te reageren, maar hij bedacht zich. Hij werd gefascineerd door de snelheid waarmee Nancy een etuitje openritste, een naald uit een steriele verpakking haalde en in een spuit liet glijden. Ze deed alles snel; praten, eten, lopen, een orgasme bereiken, vreemde talen leren. Zelfs slapen was iets wat ze haastig leek te doen. Het had iets te maken met haar *rapid eye movements*. Daniel kon urenlang naar haar slapende gezicht kijken.

Nancy hield nu een klein flesje insuline tegen de autoverlichting en schudde het ongeduldig. In een en dezelfde beweging prikte ze door het rubberdopje; ze gaf de voorkeur aan deze ouderwetse methode boven die met de 'pen', omdat je hiermee gemakkelijker de dosis kon bepalen. Een bekende ziekenhuislucht, scherp en metalig, verspreidde zich. Martha ging op haar knieën zitten, trok één kant van haar joggingbroek omlaag en pakte een huidplooi tussen haar vingers. Nancy plaatste de spuit in de juiste positie, liet de naald helemaal naar binnen gaan, drukte op de zuiger en gaf de insuline een paar seconden de tijd om in te trekken voordat ze de naald eruit trok. 'Zo,' zei ze, terwijl ze de huid masseerde. 'Klaar. Heb je genoeg gegeten?'

Martha knikte en hield een vlekkerige bananenschil omhoog.

Nancy bleef achterin zitten en maakte haar gordel vast. Aangezien ze normaal gesproken altijd voorin zat, was dit bedoeld als blijk van haar irritatie. Daniel haalde zijn schouders op, zette de radio aan en knikte goedkeurend toen hij de duimzetting van Charlie Mingus herkende. Daarna verliet hij zijn geliefde jazzstation en stemde af op een rauw gitaarnummer van Lenny Kravitz. Niet zo relaxed. Hij startte de motor. Ze waren net honderd meter van huis toen Daniel 'Hond!' zei. De remlichten gloeiden op en de auto reed terug.

Terwijl Nancy het huis weer in rende, blies Daniel op zijn handen en klopte hij even op de zak van zijn corduroy jasje om te controleren of hij de paspoorten bij zich had. Hij voelde er twee, maar toch haalde hij ze eruit om te kijken of hij niet dat van Martha had meegenomen in plaats van dat van Nancy. Hij bladerde naar de achterste pagina en tuurde naar Nancy's foto. Hij was onlangs genomen en hij leek goed: schouderlang haar dat in de zon roodbruin was gekleurd, uitstekende jukbeenderen, een volle, fraai gebogen bovenlip. Hij schudde zijn hoofd en bekeek de foto in zijn eigen paspoort. Die was acht jaar geleden genomen, toen hij dertig was, en hij had er niet alleen jonger uitgezien – zijn zandkleurige haar was dikker en nog niet zilvergrijs aan de slapen – maar ook rossiger: zijn lange wimpers bleker, zijn blonde wenkbrauwen borsteliger, zijn oogranden rozer. Hij was naar zijn idee vervloekt met het nerveuze, tengere voorkomen van een geestelijke uit het victoriaanse tijdperk. De afgelopen jaren had hij geprobeerd dit te compenseren door bakkebaarden te laten staan en zijn haar tot op zijn kraag te dragen, maar hij begon te vermoeden dat hij er daardoor uitzag als een Pilgrim Father. Hij deed het dashboardkastje open, haalde er een manilla envelop uit en stopte de paspoorten erin, naast de tickets, net toen Nancy terugkwam met Kevin, een vlekkerige bastaardhond van onbepaalde leeftijd. Ze had hem gered uit een hondenasiel in Battersea en hem die naam gegeven omdat ze het een vermakelijk idee vond dat haar snobistische ouders de ordinaire naam 'Kevin' moesten roepen in het park als hij bij hen logeerde. Toen ze het achterportier opendeed en Kevin in de getraliede kofferruimte sprong, trok Daniel een grimas in afwachting van het moment waarop ze het picknickkleed zou zien dat over de twee reistassen naast de kooi lag. Ze zag het niet en nadat ze de deur met een klap had dichtgegooid, achtte ze zich niet te goed om voorin te gaan zitten. Toen de wagen weer optrok, ving Martha de blik van haar vader in het achteruitkijkspiegeltje, vormde met haar duim en wijsvinger de letter L – loser – en hield die tegen haar voorhoofd. Ze grijnsden samenzweerderig naar elkaar.

Nancy zette de radio zachter, klapte de zonneklep naar beneden zodat ze het spiegeltje voor zich had en begon in het zwakke schijnsel van een binnenlampje mascara aan te brengen. Met haar mond geopend om haar huid strak te trekken ging ze met een kwastje over haar wangen en veegde er een wimper vanaf. 'Leg me nog eens uit waarom we Martha bij je ouders moeten dumpen,' zei ze terwijl ze de zonneklep weer omhoogklapte.

'Ik wist dat er iets was wat je stoorde.'

'Natuurlijk stoort het me. Je hebt niet eens gevraagd of ik het ermee eens was.'

'We dumpen haar niet bij mijn ouders. Martha logeert graag bij hen... Je logeert graag bij Grampy en Grumpy, toch?'

Het bleef even stil, toen klonk een helder stemmetje achterin: 'Bij Grampy en Grumpy. Bij mama's ouders. Boeien.'

(Dat was haar nieuwe kreet: boeien.)

'Als jouw moeder niet zo pietluttig deed over die injecties…' zei Daniel, en hij zette intussen tersluiks de radio weer harder.

'Hou daarover op, Daniel,' zei Nancy, en ze zette de radio weer zachter. 'Hou daarover op! Ik meen het.'

'Ik voel het nooit als Grampy me injecteert,' zei Martha. 'Hij vertelde dat hij tot de orde der injecteerders is benoemd toen hij bij de geneeskundige troepen zat.'

'Ik begrijp nog steeds niet waarom de kleine niet met ons mee kan naar het vliegveld,' drong Nancy aan.

'Omdat er niet genoeg ruimte is.'

'Omdat er niet genoeg ruimte is,' echode Martha weinig behulpzaam.

'Ze kan toch achterin bij je oom Fritz en tante Helga…' ging Nancy door.

'Helmut en Frieda,' corrigeerde Daniel, en hij zette de radio weer harder toen er een nummer van de Foo Fighters begon. 'En ze zijn niet mijn oom en tante, maar mijn neef en zijn vrouw. En nee, Martha kan niet met hen meerijden, want ze hebben Hans bij zich.'

'Hans?'

'Hun zoon.'

'Je hebt niet verteld dat ze een zoon hebben.'

'Wel.'

'Ja, dat heeft hij verteld,' zei Martha.

'Niet waar… Hoe oud is hij?'

'Vijftien.'

'Jee-zus.'

'Mam, je hebt beloofd dat je niet meer zou vloeken waar ik bij was.'

'Je moet mama tegen me zeggen.' Nancy sloeg haar armen over elkaar. 'Waar moet hij slapen? Heb je daar over nagedacht?'

'We kunnen het kampeerbed in mijn studeerkamer zetten. Hij heeft een slaapzak bij zich.'

De ruitenwissers sloegen tegen de sneeuw, die almaar dikker werd. De Foo Fighters zetten een ronkend gitaarakkoord in. 'Ik begrijp nog steeds niet waarom ik niet thuis had kunnen blijven met de kleine, terwijl jij ze ophaalt.'

'Omdat jij Duits spreekt.'

'Ze zullen toch wel Engels spreken?'

'Blijkbaar niet.'

'Godallemachtig.'

'Luister, het is nu allemaal geregeld,' zei Daniel op neutrale toon. 'Bovendien verwachten ze dat ik mijn vrouw meeneem. Duitsers zijn erg tuk op familie.'

'Nee, niet waar. Dat zijn Italianen. Duitsers zijn tuk op worsten en genocide. En trouwens, ik ben je vrouw niet, mocht je dat vergeten zijn.'

Daniel zoog op theatrale wijze lucht naar binnen, alsof Nancy hem een stoot onder de gordel had toegediend. Zoals hij regelmatig verklaarde, beschouwde hij haar als zijn vrouw. Ze waren al tien jaar samen, ze hadden een gezamenlijke bankrekening, een gezamenlijk e-mailadres en ze deelden een groene maar gave hybride stationwagen, die ze meestal allebei tegelijk nodig hadden. En in de koopakte van hun huis in Clapham Old Town, in het zuid-westen van Londen, stonden ze vermeld als de heer en mevrouw Daniel Kennedy, een vergissing die hen zowel amuseerde als deed huiveren. Het was een wrange grap tussen hen geworden dat hij haar 'mevrouw Kennedy' en zij hem 'meneer Kennedy' noemde.

Nancy sprak op gedempte toon. 'Hoe kun je nou vergeten te zeggen dat je oom en tante hun tienerzoon meebrengen? Wat ben je nou voor een stomme eikel?'

Vanaf de achterbank: 'Mam!'

Van achter het stuur: 'Het zijn niet mijn oom en tante. Het zijn mijn neef en zijn vrouw.'

Daniel vroeg zich toch af of hij niet te ver was gegaan met dat verhaal over zijn Duitse familie. Hoewel hij de afgelopen maanden bezig was geweest met het plannen van dit reisje naar de Galápagos-eilanden, een verrassingscadeau voor Nancy ter gelegenheid van hun tienjarige samenzijn, had hij pas de vorige dag een excuus bedacht om haar mee te loodsen naar het vliegveld. Maar het was een goede tactiek gebleken. Door haar woede over het feit dat haar zonder tijdige waarschuwing een Duitse neef en nicht werden opgedrongen, was Nancy te veel afgeleid om zijn verdachte gedrag op te merken, evenmin als de sporen die hij verzuimd had weg te werken: het bijna onleesbare recept voor diazepam dat zijn arts en vriend Bruce hem had gegeven om de vlucht te doorstaan en dat hij op de keukentafel had laten liggen; de reistas die Martha en hij hadden volgestouwd met Nancy's zomerkleren en onnadenkend in de gang hadden laten staan; het telefoontje dat hij abrupt had afgebroken op het moment dat ze de kamer binnenkwam – toen hij bij de receptioniste van de tandheelkundige kliniek had gecheckt of Nancy's afspraken afgezegd waren.

Alle andere voorbereidingen voor de reis waren tot in de puntjes geregeld. Na een dag in Quito zouden ze per watervliegtuig naar Santa Cruz vliegen waar het vierpersoonsjacht dat hij had besproken klaarlag. Ervan uitgaande dat hun mobiele telefoon daar bereik had, zouden ze Martha bellen, gaan zwemmen, de koffers uitpakken en dan misschien vrijen – luidruchtige, zweterige vakantieseks zonder kind. En daarna siësta. Ze zouden op tijd wakker worden om een tikje aangeschoten te worden van whisky sours, terwijl ze vanuit hun hangmat op het dek van de zonsondergang genoten. En na het eten zouden ze met een motorbootje naar de kant varen en Daniel zou voorstellen blootsvoets een wandeling bij maanlicht te maken over het strand dat vol lag met wormhoopjes, krabbenstaarten en dode kwallen – zijn idee van een romantische omgeving. Als hij Nancy kon overhalen, zouden ze zich de volgende dag laten trouwen in het equivalent van een kantoor van de burgerlijke stand dat hij meende te hebben opgespoord, of anders in het Charles Darwin Research Station, dat voor Daniel heilige grond was.

Het was Daniels beurt om een diepe zucht te slaken. 'Ik heb toch gezegd dat het me spijt.'

Terwijl het vroege ochtendverkeer op de South Circular op gang kwam trommelde hij met zijn vingers op het stuur en voelde daarna in de zak van zijn jasje of het doosje met de ring die hij had gekocht, bezet met smaragden en diamanten, er nog in zat. Hij zou haar over het reisje vertellen als ze bij het vliegveld aankwamen – hij zou vragen of ze in het dashboardkastje wilde zoeken naar de aankomsttijden, en dan zou zij daar de paspoorten en tickets vinden – maar de ring zou hij nog iets langer geheim moeten houden. Hij keek naar haar vanuit zijn ooghoek. Ze hield een haarlok omhoog en controleerde die met een boze blik op gespleten punten.

'En waarom heb je het nooit eerder over je Duitse familieleden gehad?'

Daniel boog even zijn hoofd om aan haar vragende blik te ontkomen. 'Om eerlijk te zijn wist ik niet van hun bestaan. Ze zijn van Amanda's kant.' Daniel lachte bij zichzelf. Amanda was zijn stiefmoeder. Nancy mocht haar niet.

'Typisch.'

Het wás ook typisch, dat was het mooie ervan. Typisch iets voor hem om te vergeten over hen te vertellen. Typisch iets voor zijn stiefmoeder om een Duitse neef te hebben. Typisch iets voor zijn Duitse neef om een tienerzoon te hebben die Hans heette. Maar wat de misleiding perfect maakte, was het feit dat Nancy vaak opmerkte dat ze altijd kon zien wanneer Daniel zat te liegen, dat hij een waardeloze leugenaar was, dat hij nog niet overtuigend zou kunnen liegen als zijn leven ervan afhing. Ha.

Nancy zette de radio uit en staarde naar de weg voor haar. 'Ik weet niet zeker of ik zin heb in een ontmoeting met Grampy en Grumpy. Ze kunnen zo... ik bedoel, waarom moet je stiefmoeder altijd over trouwen beginnen?' Ze stak een hand omhoog, alsof ze geen tegenwerpingen duldde.

Daniel negeerde het gebaar. 'Dat doet ze niet.' Hij keek weer op zijn horloge en draaide zijn raampje omlaag om de sneeuw van zijn buitenspiegel te vegen. Zijn vader en stiefmoeder woonden in Kew, in een met klimop begroeid Georgian herenhuis met dubbele gevel, dat tot hun spijt recht onder de aanvliegroute naar Heathrow stond. De eerste trans-Atlantische nachtvlucht begon aan een steile landing, zag Daniel.

'En waarom je vader altijd je werk moet bagatelliseren.'

'Dat doet hij n...' Daniel corrigeerde zichzelf. 'Dat is niet zijn bedoeling.'

Nancy tikte hem quasi meelevend op zijn knie. 'Droom maar lekker door.'

Daniel nam gas terug toen zijn koplampen een etherische figuur in witte broek en overhemd beschenen die twintig meter verderop in de berm stond. Hij had zijn arm uitgestoken en zijn duim wees omhoog. Toen de auto dichterbij kwam, zag Daniel dat de lifter de *salwar kameez*, de traditionele moslimdracht, droeg: een lang wit hemd en een wijde broek. Ze boden veel te weinig bescherming tegen de sneeuw.

'Kijk die jongen,' zei Daniel. 'Zijn ballen moeten er afvriezen.'

Nancy zat in haar handtas te rommelen.

Toen de auto dichterbij kwam, keek Daniel ingespannen naar hem.

De man keek terug en wees, waarbij zijn vinger het voertuig volgde. Een trage glimlach van herkenning verscheen op zijn gezicht, een zweem van een glimlach, als een negatief dat langzaam wordt belicht.

Daniel was van zijn stuk gebracht. 'Zag je hem?'

'Zag ik wie?'

'Die lifter.'

Nancy draaide aan het achteruitkijkspiegeltje. 'Ik zie niemand.'

Daniel keek in zijn zijspiegel en fronste zijn wenkbrauwen. De lifter was niet meer te zien. Hij was hem bekend voorgekomen.

2

Toen de autobanden knerpend over het grindpad van het huis van zijn ouders kropen, kreeg Daniel zoals altijd een licht onpasselijk gevoel dat hem eraan herinnerde dat hij van zijn vader hield zonder hem te mogen, en dat dat wederzijds was. Zijn vader, Philip, was een gepensioneerde – en onderscheiden – legerarts. Hij was ook een afstandelijke en onpeilbare man, die een angstaanjagende, milde kilte kon uitstralen. Dat kwam niet door wat hij zei, maar door wat hij niet zei.

Nadat Daniel had geparkeerd en de achterklep had opengedaan, sprong Kevin de Hond naar buiten en stormde op een terras af dat vol stond met potten. 'Kevin!' Daniel schreeuwde te laat, en een van de potten viel in stukken. De voordeur ging open en Amanda stapte op een halfronde veranda met twee Ionische zuilen en een ronde poort die in de sneeuw meer grijs dan wit leek. Ze was op kousenvoeten en de stenen waren zo koud dat ze meteen weer naar binnen ging. Kevin schoot langs haar heen en liet poederachtige sneeuwsporen in de gang achter.

'Sorry, mam,' zei Daniel, terwijl hij de gestalte die als een silhouet in de deuropening stond een kus gaf. 'Ik haal zo stoffer en blik. Bedankt dat je dit wilt doen. Het is hier lekker warm.'

'Hebben jullie tijd voor een kop koffie?' vroeg Amanda, met een schuine blik naar achteren terwijl ze terugliep naar de keuken. 'Praat rustig door. Ik heb melk op het vuur staan.'

Philip was bezig blokken hout naar de studeerkamer te sjouwen. 'Hallo allemaal,' zei hij met zijn rustige, sonore stem. 'Hebben jullie Crush meegebracht?'

Martha hield een zachte groene schildpad met een maffe grijns en slaperige ogen in de lucht, waarvan de fluwelige stof sleets en groezelig was geworden. De naam Crush had hij gekregen op de verkoopafdeling van Disney Pixar. Daniel had hem voor haar eerste verjaardag meegebracht uit Amerika, en hij ging nog altijd overal met haar mee naartoe.

'Gelukkig. Ik had niet graag gezien dat Crush was achtergebleven. Misschien zijn er wel Choco Pops in de keuken, als je trek hebt. Daniel, kan ik even met je praten?'

Omdat zijn vader spaarzaam was met woorden en ze opsloeg zoals een cactus water opslaat, kreeg Daniel een hol gevoel in zijn maag toen hij achter hem aan liep naar een gelambriseerde kamer vol antiek glaswerk, planken met scheve stapels Penguin-klassiekers en vitrines met rijen medailles aan kleurige zijden linten. Philip legde de blokken in de haard, veegde stukjes bast weg die aan zijn tweed jasje waren blijven hangen en rechtte zijn rug. Hoewel hij sinds zijn zeventigste iets was gekrompen, was hij nog steeds een meter tweeëntachtig, tweeënhalve centimeter langer dan zijn zoon met zijn afhangende schouders – en hij had nog een kaarsrechte rug. Hij had ook nog steeds een grimmige uitdrukking, voornamelijk als gevolg van de V-vormige borstelige wenkbrauwen boven zijn haakneus. Toen Daniel de klaproos in het knoopsgat van zijn vader opmerkte, sloeg hij zijn armen over elkaar en bedekte zijn eigen revers half met zijn hand.

'Vind je die mooi?' vroeg Philip, en hij wees op een bruine spiegel met rookglas in de hoek naast de haard. 'Die hebben we vorige week op eBay gekocht.'

'Voor hoeveel?' vroeg Daniel, die wilde dat zijn vader meteen ter zake kwam.

'Wat?' Philip was gedeeltelijk doof als gevolg van een incident in de Eerste Golfoorlog waarbij hij door eigen vuur een deel van zijn oor was kwijtgeraakt. Hij droeg zelden zijn gehoorapparaat omdat het naar eigen zeggen niet bleef zitten: er was te weinig van zijn oor over om het aan vast te maken.

Daniel herhaalde zijn vraag, harder nu.

'Achthonderd,' zei Philip.

'Zullen ze wel blij mee geweest zijn.' Dit zei Daniel heel zacht.

Philip knielde neer, gooide zijn das over zijn schouder en met een hand die enigszins trilde bracht hij een brandende lucifer maar de prop krantenpapier die hij op het rooster had gelegd. 'Nee, ík was er blij mee,' zei hij. 'Hij is *regency*. Twee keer zoveel waard.' Soms was hij Oost-Indisch doof.

Daniel keek aandachtig naar een donker schilderij aan de muur: een negentiende-eeuwse zeeslag, olieverf. Daaronder, in het schijnsel van een bureaulamp, stond een wandtafeltje met een geopend boek erop. Philips leesbril, waarvan de pootjes werden verbonden door een koordje dat met een pennetje strakker gemaakt kon worden om het ontbrekende stuk van zijn oor te compenseren, lag erbovenop. Daniel draaide het boek om en keek naar het omslag: *Het geweten van een soldaat* door generaal Sir Richard Kelsey. 'Goed boek?' vroeg hij.

'Beetje hoogdravend. Ik heb hem een keer ontmoet.'

'Zat je met hem in het leger?'

'Nee, Kelsey was daar lang voor mij.'

Gesprekken over grote generaals en historische slagen waren altijd een doeltreffende manier om het ijs te breken tussen hem en zijn vader, wist Daniel, zelfs als het water eronder nog koud was. Als kind had hij op Philips knie vol ontzag geluisterd naar verhalen over de wereldoorlogen waarin zijn grootvader en overgrootvader hadden gevochten. Een van zijn favoriete verhalen voor het slapengaan was zelfs een oorlogsverslag, over hoe zijn grootvader kort na D-day postuum zijn *Victoria Cross* had gekregen.

De laatste paar jaren voelde Daniel ook iets van schuld als zijn vader het leger ter sprake bracht. Ze hadden er nooit echt over gepraat, maar het was duidelijk dat Philip had gehoopt dat zijn enige zoon zich net als hij bij de medische staf zou aansluiten. Hij zag het aan de blik vol vaderlijke trots toen hij was ingeloot voor geneeskunde, en aan zijn stilzwijgende teleurstelling toen hij ermee was gestopt en in plaats daarvan biologie was gaan studeren. Ten slotte studeerde Daniel af in zoölogie, met een specialisatie in nematoden, voordat hij acht jaar als onderzoeksmedewerker op Trinity College in Londen was blijven hangen, en nog eens vier jaar als universitair docent in afwachting van een vaste aanstelling. Op zijn zevenendertigste kreeg hij een prachtig aanbod: er werd hem gevraagd om voor een kabelzender een programma over de geschiedenis van de natuurhistorie te maken en te presenteren. En met een tweede serie van *The Selfish Planet* in voorbereiding was hij, zoals hij graag rondvertelde, bijna een erkend mediawetenschapper. Zijn vader vroeg hem zelden naar zijn televisiewerk. Zijn vader had geen televisie.

'O ja, pa,' zei Daniel, alsof hij het zich ineens herinnerde, 'het ziet ernaar uit dat ik die promotie krijg.'

'Hebben ze je de leerstoel bij zoölogie aangeboden?'

'Jep.' Het was niet helemaal waar. Het moest nog officieel bekendgemaakt worden. Maar van zijn vriend Wetherby, professor in de muziekwetenschap die onlangs ook de rol van adjunct-directeur op zich had genomen, had hij gehoord dat het slechts een formaliteit was. Het was zo goed als rond. Wetherby was het enige staflid van Trinity aan wie hij over de verrassingsvakantie voor Nancy had verteld. En bij die gelegenheid had Wetherby gezegd dat het een dubbel feestje kon worden, omdat zijn professoraat bij de volgende bestuursvergadering een feit zou zijn.

'Het werd tijd,' zei Philip. 'Je zult wel opgelucht zijn.'

'Ach, ik heb de faculteit het afgelopen halfjaar eigenlijk ook al gerund.'

'Dat weet ik. Anderen zouden erover hebben geklaagd.'

Daniel voelde zijn bloeddruk stijgen. Dit kon hij niet over zijn kant laten gaan. 'Ik neem aan dat ze vonden dat ik geen salarisverhoging nodig had na het succes van *The Selfish Planet*.'

'*The Selfish Planet*?'

'Mijn tv-serie.'

'O ja, natuurlijk.'

Vader en zoon vervielen in hun gebruikelijke stilzwijgen. Daniel, die zoals altijd tijdens een ontmoeting met zijn vader uit zijn humeur raakte, zat met één bil op de punt van een met leer bekleed bureau te bungelen met zijn been terwijl hij een Mint Imperial uit een aangebroken pakje haalde. Om hem heen hingen in vergulde lijsten vertrouwde familiefoto's die in de zon iets van hun kleur verloren hadden: Amanda op het strand, met een geërgerde blik omdat ze werd gefotografeerd; Philip als jongen, met zijn moeder en zusje naast het graf van zijn vader op de oorlogsbegraafplaats van Bayeux; Daniel als schooljongen in padvindersuniform; Philip nogmaals, voor Buckingham Palace, op de dag dat hij zijn onderscheiding ontving.

Op enige afstand daarvan hing een foto die hij nog nooit had gezien. Het was een sepia afdruk van een groep grijnzende soldaten in een loopgraaf, het oogwit dramatisch wit vergeleken met hun smoezelige gezicht. In het midden van de groep, iets voor de anderen, stonden twee mannen met hun helm achter op hun hoofd geschoven. Een van hen had zijn arm om de schouder van de ander geslagen en had een brede glimlach op zijn gezicht die zijn tanden blootgaf. De ander had een snor en glimlachte wat geforceerd, met strakke lippen, ondoorgrondelijk. Eronder stond in blokletters met de hand geschreven: Soldaat Andrew Kennedy. 11e bataljon, Shropshire Fuseliers. Ieper, 30 juli 1917.

'Wie van de twee is het?' vroeg Daniel, terwijl hij de lijst omhooghield.

'Die met de snor.'

'Echt?' Daniel bekeek de foto nauwkeuriger. Hoewel het gezicht van de jongeman op de foto breder was dan dat van hem of zijn vader, zag hij nu toch een gelijkenis: de zware oogleden, het kuiltje in de kin. Daniel had al eerder een foto gezien van zijn overgrootvader, een formele portretfoto waarop hij een uniform droeg, maar daarop had hij geen snor.

'Genomen op de dag dat hij sneuvelde,' zei Philip.

Daniel keek weer naar de datum. Hij wist dat zijn overgrootvader was omgekomen op de eerste dag van een grote slag, maar hij kon zich niet herinneren welke. Hij wilde zeggen: de Somme, maar dat leek hem niet juist. Hij las het onderschrift nog een keer. 'Dus de Slag bij Ieper...'

'De Derde Slag bij Ieper... Ze noemden hem Passendale. Dat is een regel uit een gedicht van Siegfried Sassoon. "Ik stierf in de hel – (Ze noemden hem Passendale)."' Philip pakte zijn bril, liet het koord over zijn hoofd glijden en maakte het vast. Daarna haalde hij een dunne dichtbundel van de plank, keek in de inhoudsopgave, zocht de betreffende bladzijde en gaf het boek geopend aan zijn zoon.

Daniel bekeek het gedicht vluchtig en sloeg het boekje dicht. Door de eeuwige ernst van zijn vader had hij altijd de neiging om een spottende opmerking te maken. 'Passendale, dat was toch met al die modder?'

'Ja.'

'En het begon...' Hij keek weer even naar de datum op de foto. 'Op 31 juli?'

'En het duurde honderd dagen.'

'En wij hebben gewonnen, toch?'

Als deze opmerkingen Philip al stoorden, liet hij daar niets van merken. In plaats daarvan knipperde hij langzaam – als een adelaar – met zijn ogen voordat hij de foto van Daniel aanpakte en zijn rug naar hem toedraaide, zodat hij de foto kon bekijken in het licht dat door het raam viel. 'De Britten veroverden een terrein van bijna acht kilometer. Vier maanden later trokken ze zich terug en lieten de puinhopen van Passendale achter voor de geesten. Als het al een overwinning was, was het een pyrrusoverwinning.'

Daniel probeerde zijn ergernis over de gezwollen toon van zijn vader te onderdrukken, maar het lukte hem niet. 'Dus Andrew was een van de leeuwen die zich liet leiden door ezels? Heb ik dat goed gezegd? Ja, leeuwen door ezels.'

Philip verstarde, maar deed net of hij het niet hoorde. Hij legde de foto met de voorkant naar beneden in een la, en kroop weer op zijn knieën voor de haard. Er klonk een piepend geluid toen hij een blaasbalg op het rooster zette en begon te pompen.

Daniel liep naar de kast, trok de la open en haalde de foto er weer uit. 'Hoe kom je eraan?'

'Van je tante Hillary. We vonden hem na de begrafenis bij haar in de garage, in een koekblik...' Philip zweeg, even verdiept in gedachten, en schudde toen zijn hoofd. 'Met nog een paar andere persoonlijke eigendommen. Ze moeten uit Passendale teruggestuurd zijn nadat Andrew als vermist was opgegeven. We hebben nog geen kans gezien om ze goed te bekijken. Ik zal ze je laten zien.' Zijn brogues kraakten toen hij opstond, naar een kast liep en een blik uit een andere la haalde. Hoewel het vol roestplekken zat, was het woord 'zandkoek' op het deksel nog te lezen. 'Kijk, zijn heupflacon, portefeuille, een haarlok, een paar brieven die hij heeft geschreven. En dit...' Hij reikte Daniel een nummer van *Punch* aan, volgekriebeld met droedels. In verschoten inkt stond boven de titel met de hand geschreven: Majoor P. Morris, 2/Rifle Brigade.

'Is dit muzieknotatie?'

'Binnenin staat nog meer en achterin vond ik een partituur.'

Daniel opende de achterflap, waar een opgevouwen vel papier uit viel. Toen hij het gladstreek op het bureau zag hij dat er bruine vlekken op zaten en dat de tekst in het Duits was. Hij las hardop: '*Das Lied... Der Abschied... Mit höchster Gewalt...* Is dit een deel van een symfonie of zoiets?'

'Ik weet het niet. Er staan twee namen onder. Peter en Gustav.'

'Ik zou kunnen vragen of Wetherby ernaar kijkt. Die is dol op dit soort shit.' Daniel schrok toen het woord hem ontsnapte. Zijn vader gebruikte nooit grove taal.

'Dat is aardig van je, maar ik wil deze dingen voorlopig hier houden. Het tijdschrift is interessant. Kijk eens naar de datum.'

'20 april 1918.'

'Negen maanden nadat Andrew was omgekomen.' Philip legde een hand op de rand van de haard toen hij opstond. 'Een paar persoonlijke eigendommen van deze majoor Morris moeten per ongeluk tussen die van Andrew terechtgekomen zijn.'

Daniel rook een lichte urinegeur en keek naar het kruis van zijn vaders katoenen broek. Er zat een kleine, donkere vlek op. Geschokt omdat Philip het niet had gemerkt – hoe lang was dit al gaande? – keek hij weg, stopte de partituur weer in het tijdschrift en gaf het terug. 'Je wilde iets met me bespreken, pa.'

'Ja.' Hij fronste even. Knikte. 'Over dat blik. Ik wil je advies vragen.'

'Dat is voor het eerst.' Het kwam er sarcastischer uit dan Daniel bedoelde.

'Ik heb even naar de brieven van Andrew gekeken, maar mijn Frans is niet meer wat het geweest is.'

'Zijn ze in het Frans geschreven?'

'Ik dacht dat Nancy ze misschien zou kunnen vertalen, als ze het tenminste niet te druk heeft…' Hij greep weer in het blik en haalde er een stapeltje dunne, vergeelde brieven uit, samengebonden met een stuk rafelig touw.

'Nou, je had het haar ook zelf kunnen vragen, pa. Het was niet nodig me hierheen te halen alsof…'

Zijn vader keek hem aan.

'Goed,' zei Daniel, inbindend. 'Ik zal haar vragen ernaar te kijken.'

'Maar alleen als je vindt dat we het moeten doen.'

Nu was het Daniels beurt om zijn voorhoofd te fronsen. 'Wat bedoel je?'

'Soms is het beter het verleden niet op te rakelen.'

'Op te rakelen? Waar heb je het over?'

Philip slikte. Zijn lippen zochten naar een antwoord. 'Ik… ik weet het niet. Mijn Frans is niet… Ik denk dat je tante Hillary een reden heeft gehad om ze nooit te laten vertalen.'

'Hoe weet je dat ze dat niet heeft laten doen?'

'Dat heeft ze me verteld… Op haar sterfbed. Ze zei dat er een blik in de garage stond dat ze aan mij wilde geven. Ze had die brieven nooit gelezen, zei ze. Ik heb het gevoel...' Hij zocht naar het juiste woord. 'Ik weet het niet... Het is bijgeloof. Eenmaal geopend. Eenmaal gelezen...' Hij stopte portefeuille, heupflacon, haarlok en *Punch* terug in het blik.

'Pa, je maakt je te veel zorgen.' Daniels stem klonk nu zachter. 'Je moet die brieven absoluut laten vertalen.'

'Dus je hebt geen bezwaar?'

'Waarom zou ik?'

'Jij staat erachter?'

Daniels voorhoofd plooide zich weer. 'Doe niet zo raar, pa. Natuurlijk moet je... Doe gewoon wat volgens jou het beste is.' Hij pakte de brieven, stopte ze in zijn jasje en raakte even in paniek toen hij daar de paspoorten niet voelde. Toen hij zich herinnerde dat hij ze in het dashboardkastje had gelegd zei hij: 'We moeten nu gaan. Fijn dat jullie op Martha en Kevin willen passen. Ik bel vanaf het vliegveld. Om te vertellen...' Hij keek om zich heen en dempte zijn stem. 'Om te vertellen hoe het is gegaan.'

Kevin draafde binnen, gevolgd door Martha die haar vingers aflikte terwijl ze het laatste stukje van een donut in haar mond stak. Toen Philip haar zag, klapte hij in zijn crêpeachtige handen en opende ze langzaam om erin te kijken. 'Gemist,' zei hij quasi teleurgesteld. 'Verdorie nog aan toe.'

'Wat gemist?' vroeg Martha.

'Een kabouter. Heb ik last van. Ze maken gaatjes in mijn kleren.'

Martha lachte toegeeflijk. 'Kabouters bestaan niet, Grampy. Je bedoelt motten.'

'Natuurlijk bestaan kabouters. Wat is dit dan?' Hij stak zijn hand in zijn zak. Martha zette grote ogen op en onwillekeurig liep ze naar hem toe om te kijken. Philip trok zijn zak binnenstebuiten en liet een gaatje in de voering zien. 'Zie je wel?' zei hij.

Martha lachte weer en gaf haar grootvader een klapje tegen zijn been.

Daniel schudde zijn hoofd. Hoe was het mogelijk dat die oude zeurpiet zo goed overweg kon met zijn kleindochter, en zo weinig op zijn gemak leek bij zijn eigen zoon? Hij liep de gang in en riep Nancy, die in de keuken met Amanda stond te praten. Met haar waterige ogen, zachte wangen en gereserveerde manier van doen wekte Daniels stiefmoeder bij onbekenden de indruk een passief, tolerant persoon te zijn. Nancy wist wel beter. 'Amanda vertelde dat je neef Thomas gaat trouwen,' zei ze bits toen ze uit de keuken kwam. Er speelde een flauw lachje om Amanda's vastberaden lippen.

'Mam,' zei Martha. 'Grampy deed net alsof hij een kabouter in zijn zak had, maar ik weet dat kabouters niet bestaan – dat heeft Daniel me verteld.'

'Je moet papa tegen me zeggen.'

Martha pakte haar vaders hand. 'Hij heeft het me verteld toen hij ook vertelde dat God niet bestaat, en de kerstman.' Philip, Amanda en Nancy wierpen Daniel een beschuldigende blik toe.

'Wat?' zei Daniel, en hij wees naar zichzelf. 'Wát?... Nou, die bestaan ook niet.' Hij gaf Martha een kus op haar voorhoofd. 'Dag, lieverd. Pas maar goed op Grampy.'

'*Auf Wiedersehen,*' zei de achtjarige met een grijns. Dit was een spelletje van hen samen.

'*Adieu,*' zei Daniel.

'*Arrivederci.*'

'*Sayonana.*'

'*Do svidanya.*'

'We zijn over een paar uur terug,' onderbrak Nancy hen.

De sneeuw was intussen pap geworden. '*Ciao!*' mimede Daniel, en hij trok een schuldbewust gezicht voor hij zijn kraag opzette, naar zijn auto rende en het portier opentrok. Toen hij zijn gordel wilde omdoen, roffelden jichtige knokkels tegen het raampje. Daniel draaide het open. Philip bracht zijn hand naar binnen en stak een klaproos in het knoopsgat van zijn zoon. Het was de klaproos uit zijn eigen jasje.

'Ik heb er ook ergens een,' zei Daniel, met een mengeling van ergernis en vernedering.

'Voor het geval ze er geen op het vliegveld hebben,' zei Philip.

'Bedankt, pa.'

'En raad eens welke dvd ik heb gehuurd,' vervolgde Philip op de enigszins luide toon die twee mensen tegen elkaar gebruiken om een derde persoon iets duidelijk te maken.

'*Finding Nemo?*' klonk Martha achter hem.

'*Finding Nemo.*'

'Cool! Bedankt, Grampy.' Martha warmde haar handen aan de motorkap. 'Dag mam,' schreeuwde ze. 'Fijne tijd.' Ze sloeg haar hand voor haar mond toen ze besefte wat ze had gezegd.

30

Nancy had het niet opgemerkt. Ze bracht de korte rit naar Heathrow door met een onderzoek van haar nagels. De ruitenwissers werkten op volle toeren. Toen het verkeer drukker werd en langzamer begon te rijden, vroeg Daniel zich af of hij en Martha niets vergeten waren in te pakken voor Nancy. Hij wist zeker dat hij alles had gepakt wat ze nodig hadden, maar toch was hij er niet gerust op. Kwam het doordat hij iets was vergeten te doen? Telefoonnummers? Nee, die had hij achtergelaten. Hij had de pil niet genomen die hij altijd nam tegen zijn vliegangst. Dat moest het zijn. Hij zou hem innemen als hij de auto had geparkeerd, en als hij Nancy had verteld wat ze in werkelijkheid gingen doen.

Toen hij bij terminal 5 de helling op reed onder het bord VER-TREKHAL, zwaaide Nancy haar handen met slappe polsen heen en weer en duwde ze haar tong tegen haar onderlip terwijl ze een kreet van ergernis liet horen.

'Wat stom,' zei Daniel, 'we moeten naar de aankomsthal, toch?'

Nancy sloeg bij wijze van antwoord met haar hand tegen haar voorhoofd.

'Denk je dat ik op deze invalidenstrook kan parkeren terwijl jij uitzoekt hoe laat hun vliegtuig landt?'

'Waarom niet. Ik ben ervan overtuigd dat een geestelijk gestoorde daar ook onder valt.'

Daniel reed naar de kant van de weg en zette de motor uit. 'De vluchtgegevens zitten in het dashboardkastje.'

Toen de twee paspoorten uit de envelop vielen, staarde Nancy er niet-begrijpend naar. Ze haalde twee vliegtuigtickets naar Quito te-voorschijn en keek Daniel vol verwarring aan. Daarna volgde een kleine gids over de Galápagoseilanden. Ze knipperde met haar ogen en keek weer naar Daniel. Hij hief zijn iPhone en richtte de lens op haar. Hij wilde net 'Gefeliciteerd' zeggen, toen hij werd afgeleid door een blauwe bestelwagen die voor hen inparkeerde. De lifter die hij eerder had zien staan stapte eruit, zijn gestalte was wazig door de sneeuwrestanten op de voorruit. De man zwaaide naar de bestuurder en liep op de draaideuren van de terminal af. Het enige geluid was afkomstig van de hagel die zacht op het dak van de auto roffelde.

3

Ieper Salient. Laatste maandag van juli, 1917

Soldaat Andrew Kennedy kan niet begrijpen waarom de mannen die voor hem uit marcheren halverwege een lied zijn opgehouden met zingen. Er ligt iets in de greppel – een kadaver. De lippen zijn naar achteren getrokken, alsof het zijn tanden wil laten zien, en de opgezwollen buik beweegt, zodat een van de achterpoten trilt. Het ziet eruit alsof het dier opstaat uit de dood. Als de soldaat dichterbij komt ziet hij dat het niet het paard is dat beweegt, maar de ratten die zich eraan te goed doen. Eentje kruipt uit een leerachtige snee en staart onbewogen terug naar de colonne.

Een kleine kilometer verderop krijgt het 11e bataljon, Shropshire Fuseliers, kamp Dickebusch – 'Dickie Bush' – in beeld: rook van tientallen vuren stijgt op, honderden vastgebonden paarden en muilezels, balken waaraan met stro gevulde zandzakken aan touwen hangen te bungelen als geëxecuteerde gevangen, kisten met kippen, een wirwar van vrachtwagens en hun lawaai van motoren, claxons en knallende uitlaten, motorfietsen en stafwagens, en soldaten – duizenden en nog eens duizenden soldaten die zich verzamelen voor het appel, uit gamellen eten, latrines graven, kaarten ronddelen, schoenen poetsen, op hun rug liggen, bokspringen, brieven schrijven, pijproken. Als de colonne nadert, worden de geluiden en de geur sterker. Een kleine stoomtrein rijdt rammelend een provisorisch station binnen, gevolgd door tientallen open veewagens, stampvol met nog meer soldaten. Ongemakkelijk duwen ze elkaar weg om over de zijkant te hangen. Voor een cameraman van het filmjournaal, wiens hand op constante snelheid een slinger ronddraait, juichen ze en nemen ze hun helm af. Op de velden verderop staan rijen witte, goed vastgezette legertenten symmetrisch naast elkaar, als grafstenen op een militaire begraafplaats.

Er staan een paar tenten klaar voor het bataljon, maar niet genoeg. Zo'n honderd man moet in de openlucht slapen, overal waar maar een plekje te vinden is. Andrew en een paar anderen van zijn peloton vinden een bouwvallige schuur. Ondanks het feit dat ze uitgeput zijn van de mars, wil de slaap niet komen. Op de muren vol gaten dansen wazige kleuren: rode en groene vuursignalen die aan de horizon de lucht in gaan. Ze delen de schuur met ratten. Andrew voelt het stro onder zich bewegen, of hij beeldt het zich in.

Sommige mannen van het peloton beschouwen de alomtegenwoordige ratten als makkers in de strijd, andere gebruiken ze als doelwit voor oefeningen met de bajonet. Eén soldaat vermaakte zich door aan het uiteinde van zijn bajonet een stukje spek te prikken en de eerste rat die erop afkwam neer te schieten. Maar het bleef bij één rat. Hij werd beschuldigd van verspilling van munitie. En van spek.

Andrew gedraagt zich anders. Hij is niet zo zelfgenoegzaam. In de drie weken dat hij weg is uit Engeland heeft hij een morbide hekel aan ratten gekregen. Het komt door de stompe vorm van hun snuit en die glazige, levenloze blik in hun ogen. Het komt ook door de manier waarop ze bewegen: ofwel ze rennen doelbewust in één rechte lijn, met hun achterkant en lange staart omhoog, ofwel ze schieten weg om dekking te zoeken – dikke schaduwen aan de rand van zijn gezichtsveld.

Maar op momenten van zelfbewustzijn ziet de soldaat in dat zijn haat schuilgaat onder een laagje kille, dreigende angst. Hij heeft gehoord dat de ratten aan het front heel anders zijn dan de strandratten van de 'arena' in Étaples. Hier worden ze zo groot als voetballen, opgezwollen van het vlees van overleden mannen. Ze beginnen meestal bij de ogen en graven zich daarna regelrecht het lijk in. Wanneer Andrew zijn ogen sluit om te gaan slapen, ziet hij de ratten in slagorde op hem afkomen, in gestage, vastberaden draf, hun ruwe vacht dof van de regen, hun donkere ogen die hem fixeren, hem taxeren.

Hij heeft eerder ratten meegemaakt. Als loodgieter in Market Drayton moest hij voor de oorlog soms rioolpijpen inspecteren. Maar de ratten die hij daar zag, stoorden hem nooit. Ze waren banger dan hij. Nu, terwijl hij wakker ligt en naar de sterren tuurt die tussen de dakspanten door schijnen, zijn de ratten van Market Drayton oneindig ver weg. Wanneer was hij voor het laatst in zijn geboortestad?

Vijf maanden geleden? Vijf jaar? Een heel leven. Hij herinnert zich de dag waarop hij en een collega van hem, William Macintyre, op Kitcheners oproep voor vrijwilligers reageerden. Toen ze samen naar het rekruteringskantoor fietsten dat in het stadhuis was ondergebracht, zei de een plagend dat de ander niet recht zou kunnen schieten; dat de ander het verschil niet wist tussen een plugkraan en een Mills handgranaat. Ze waren onthutst toen ze een lange rij strohoeden en stoffen petten van het stadhuis tot op straat aantroffen. Ze stalden hun fiets en sloten zich achter in de rij aan, waarbij ze elkaar speels wegduwden.

Andrew moet even glimlachen bij deze herinnering, en draait zijn hoofd om naar Macintyre, die de slaap wel heeft kunnen vatten. Ze kennen elkaar al vanaf hun schooltijd. Samen begonnen ze als leerjongen toen ze in dezelfde week veertien waren geworden. Het loon was niet slecht, maar ze wisten allebei dat het vak van loodgieter tijdelijk zou zijn, een middel tot een doel. Hun gezamenlijke ambitie was als duo optreden in het variété. Tijdens de koffiepauze op het werk hadden ze geëxperimenteerd met vaudevilles en komische sketches.

In het halfduister probeert Andrew zich een paar van hun nummers te herinneren, maar het lukt hem niet, zijn geest is te verkrampt. In plaats daarvan tast hij naar de hand van zijn vriend. Macintyre grijpt hem in een reflex beet, zonder wakker te worden. Ze hadden het allebei grappig gevonden toen de arts in het rekruteringsbureau op hun knie had geklopt. Bij de herinnering moet hij weer glimlachen. Ze waren allebei net twintig geworden, maar de arts dacht dat ze nog minderjarig waren. Andrews neiging om tijdens het praten heel erg met zijn ogen te knipperen hielp daar niet erg bij, evenmin als zijn tengere bouw en afhangende schouders. Desondanks werd hij goedgekeurd en hij kreeg een uniform dat hem een maat te groot was. De drie maanden basistraining in Aldershot, gevolgd door nog eens twee maanden rondhangen in het legerdepot voordat zijn naam verscheen op een getypte lijst naast de ziekenzaal, hebben hem geen volwassen uitstraling gegeven, zoals bij bepaalde andere mannen het geval was. Zelfs de 'Ole Bill'-snor die hij vanaf die tijd heeft laten staan is te dun en bleek om voor mannelijk door te kunnen gaan. Liggend in het donker, met zijn hoofd op de pelerine die hij heeft samengebald tot een kussen, streelt hij zijn bakkebaarden en spant hij de spieren in zijn rug aan elke keer dat hij iets onder zich voelt bewegen, of denkt dat te voelen.

Het is nog donker wanneer de reveille klinkt. Andrew heeft weer geen oog dichtgedaan. Hij wast zich, scheert zich en eet zijn pap als in trance, voordat sergeant-majoor Davies, een man met een dikke nek die er al een tiental jaren dienst op heeft zitten, het peloton beveelt aan te treden. Hoewel zijn bijnaam Kruipend Spervuur is omdat zijn stem zacht begint en dan aanzwelt tot gebrul, spreekt hij vanochtend op gedempte toon, en dat is des te angstaanjagender. Hij deelt hun mee wat ze al hebben geraden, waar ze tegelijkertijd bang voor waren en naar verlangden, dat ze zich moeten klaarmaken voor de Grote Aanval – de aanval vanaf de Ieper Salient die al vele maanden wordt voorbereid.

Wanneer hij met zijn kameraden over het teruggewonnen moerasland van West-Vlaanderen marcheert, heeft hij het gevoel dat hij dagdroomt. Iets in het bonkende ritme van de beslagen laarzen en het holle getik van bajonetten tegen gamellen hypnotiseert hem. Zijn benen en armen marcheren automatisch, zonder enige bewuste inspanning van zijn kant. Hij heeft het gevoel dat hij wordt meegevoerd in een stroom van mensen, dat zijn eigen merg is opgenomen in dat van het lichaam van mannen die gezamenlijk onverbiddelijk voorwaarts gaan, vol vaart, kracht en doelgerichtheid.

Het schorre gezang begint weer: '*Three German officers crossed the line. Parlez-vous*' – en Andrew zingt even enthousiast mee als alle anderen. Hij verwelkomt de afleiding en geniet van het platvloerse soldatenjargon dat nieuw voor hem is. '*Three German officers crossed the line. Parlez-vous.*' Het zweet loopt langs zijn gezicht en prikt in zijn ogen, maar het is zweet van inspanning en hitte, niet van angst. Andrew voelt geen angst als hij loopt. '*Three German officers crossed the line, fucked the women and drank the wine. With an inky-pinky parlez-vous.*' Hoewel de hemel betrokken is, is het vochtig en dit betekent dat de colonne regelmatig moet rusten. Wanneer ze langs een vernielde spoorbaan komen, keren Andrews gedachten onmiddellijk terug naar de kille woorden van de sergeant-majoor: 'Goed jongens, we gaan naar het front.' Voor Andrew is de angst vaag, niet meer dan een licht trekken in zijn darmen, maar evengoed is het angst. Hij is een bange man, en dat weet hij.

Hij zet zijn helm af en veegt met zijn mouw zijn voorhoofd af.

De mannen om hem heen leggen hun plunjezak neer en gaan met hun rug tegen een droge muur zitten, genietend van de warmte ervan, terwijl ze veldflessen met water aan elkaar doorgeven, Woodbines opsteken en met hun handen de immer aanwezige paardenvliegen verjagen. Vreemd genoeg kijken ze uit op een weiland met paardenbloemen, witte klaver en fluitenkruid. Alleen het verre geknal van geweren en het uitzicht op twee observatieballonnen die aan een kabel heen en weer zwaaien, bederven de illusie dat dit iets anders is dan een doodgewoon stukje platteland midden in de zomer.

Wanneer ze weer verder marcheren, komen ze langs twee grauwende minotaurussen, een batterij houwitsers op rails, bemand door kanonniers met ontbloot bovenlijf. Elke dreun wordt voorafgegaan door een hevig gesis en gevolgd door een klap. Andrew heeft nog nooit zo'n hard geluid gehoord. Het vult de wereld tot aan de randen, en hij voelt elke klap natrillen in zijn borst, zo hevig dat hij bang is dat zijn hart ophoudt met slaan. Weer angst. Zijn oren tuiten een kilometer verder nog, wanneer ze een stel pakezels tegenkomen. Ze staan tot hun hakken in de modder. Niet lang daarna komen ze bij een berg lege achttienpondergranaathulzen. Elke rij mannen wijst de rij achter hen op de zijkant van een ervan, waar met krijt op gekalkt staat: 'De groeten aan Willie!'

De stemming stijgt en als er twee Sopwiths boven hun hoofd in de richting van de vijandelijke linie scheren, barst er een spontaan gejuich los en zetten ze hun helm af. Tegen de tijd dat ze bij de ingang komen van een loopgraaf van slechts een meter diep, is Andrew bijna ademloos van opwinding.

4

Quito. Nu

Vluchten naar Quito komen 's nachts aan tussen een donker beboste vulkaan in het westen en een steil ravijn in het oosten. Toen hun 747 de landing inzette, probeerden Nancy en Daniel een eerste glimp van de stad op te vangen. Ze zagen nog net de Guayllabamba-rivier, waarin het maanlicht werd weerspiegeld, voor het helemaal donker werd omdat ze in een diep dal kwamen. Een minuut later verschenen, even plotseling als een sterrenregen, de lichtjes van de stad onder hen.

Hun hotel, een koloniaal gebouw met een afbladderende gevel, stond in het Centro Histórico, vlak bij de kerk El Sagrario. Omdat Nancy vloeiend Spaans sprak en Daniel al eerder in de stad was geweest, reden ze er in hun taxi, die naar verschaalde sigarettenrook en warm leer rook, zonder omwegen naartoe.

Tot hun verbazing werd de receptie verlicht door kaarsen. De receptioniste, een vrouw met holle ogen en een zwaarmoedige uitstraling, legde uit dat de stroomvoorziening van het gebouw de vorige dag tijdens El Niño was uitgevallen, maar dat er nu aan gewerkt werd. Er was nog meer slecht weer voorspeld, vervolgde ze, terwijl ze haar neus snoot.

'Denkt u dat onze vlucht morgenochtend doorgaat?' vroeg Daniel. 'We hebben het watervliegtuig geboekt vanaf de Guayllabamba-rivier naar de Galápagoseilanden.'

'Ik voor u navragen, señor,' zei de receptioniste, terwijl ze naar de klaproos in Daniels revers staarde. 'U komt mee.' Ze pakte een kandelaar en ging hun voor de trap op. 'De liften doen niet,' legde ze uit.

Nancy en Daniel keken elkaar aan, haalden hun schouders op en pakten hun bagage. 'We hebben kabeltelevisie,' vervolgde de receptioniste toen ze de deur van een tweepersoonskamer opendeed. 'U kunt de CNN ontvangen als weer stroom is.' De receptioniste stak met behulp van de kaars het kousje van een olielamp aan die op hun nachtkastje stond. Het droop even, waardoor de glazen bol van de lamp met roet werd gevuld, en de kamer met de geur van paraffine. Met een sissend geluid begon de lamp een helder licht te verspreiden. 'Er is ingebouwde koelkast,' vervolgde de receptioniste. 'Die werkt als stroom terug is. Ik heb champagne in gezet, van uw vriend, hij bestelt.'

'Champagne?' vroeg Daniel. 'Welke vriend?'

Nancy deed de koelkast open. Die was leeg, op een stoffige fles Moët et Chandon na, met een kaartje om de hals gebonden. Ze pakte de fles. NOG VEEL JAREN SAMEN. WARME GROET, WETHERBY. Wetherby? De professor in de musicologie? Die Wetherby?

'Niet te geloven!' zei Daniel, terwijl hij het kaartje met eigen ogen las. 'Wat ontzettend aardig van hem. Ik heb hem verteld dat ik je bij wijze van verrassing hier mee naartoe zou nemen.'

'Wat lief! Je moet hem bellen om hem te bedanken.' Nancy wendde zich tot de receptioniste. 'Hoe bel je hier internationaal?'

'U toetst 9, daarna nummer van uw land. Maar telefoonlijn doet ook niet.'

Terwijl Nancy keek of haar mobieltje bereik had, probeerde ze Daniels blik te vangen. Hij probeerde met schokkende schouders haar blik te ontwijken. Toen de receptioniste was vertrokken, begonnen ze allebei te lachen. Nancy keek op haar horloge. 'We lopen vijf uur achter, klopt dat?'

Daniel tikte op zijn wijzerplaat. 'Ja, dus het is nacht in Londen. Stuur pa maar een sms'je om te laten weten dat we goed zijn aangekomen, dan kan hij dat morgenochtend lezen.'

Een minuut later piepte het mobieltje weer. Nancy las hardop: 'Welterusten, mam.' Nancy antwoordde: 'Ga weer slapen! Hou van je! En je moet mama zeggen.' Het berichtje dat daarna kwam luidde: 'Hou ook van jullie. Ik bel morgen.'

Terwijl Nancy de tassen uitpakte, nam Daniel een douche. Toen hij weer tevoorschijn kwam en zijn haar droogwreef, schonk hij twee kleine glazen whisky in. 'We bewaren de champagne tot de koelkast het weer doet. Nu ik eraan denk…' Hij toetste een nummer en luisterde. 'Zijn antwoordapparaat… Wetherby! Met Daniel. Ik bel alleen even om je te bedanken voor de fles champagne. Bijzonder attent van je. Een heerlijke verrassing. En nogmaals bedankt voor al je steun bij de leerstoel. Je hebt heel wat van me te goed. Je bent een prins onder de professoren. Nou, hartelijke groeten, en ik vertel je er alles over als we terug zijn.' Hij sloot af door op 'einde gesprek' te drukken. 'Sommige collega's kunnen hem niet volgen, weet je, maar ik vind hem...'

'Excentriek?'

'Ouderwets. Aangeleerde smaak... Het water is niet zo warm.'

Nancy stapte uit haar kleren en liep op haar tenen over de koude tegels de douchecabine in. Het geruis van water, daarna een kreet. 'Ik wacht geloof ik maar even tot het wat warmer is,' zei ze terwijl ze in een handdoek gewikkeld in de deuropening van de badkamer verscheen, half in de schaduw. 'Kijk dit.' Ze hield een donkere haarlok omhoog. 'Het kroest, en we zijn hier nog maar een paar uur.' Ze ging op het bed naast Daniel liggen en legde zijn arm om haar heen, zodat de palm van zijn hand op de welving van haar heup lag. Ze lag met haar wang op zijn borst en hoorde zijn hartslag. 'Waar denk je aan?' vroeg ze, terwijl ze opkeek.

Hij ging met zijn duim langs de lijn van haar kaak en de welving van haar lippen, voordat hij haar oogleden, kin en hals kuste. Ze drukte haar lippen op de zijne en verschoof van positie, zodat ze schrijlings over zijn middel zat. Ze wilde zijn gezicht zien toen ze zich over hem heen liet zakken.

Naderhand, toen ze gearmd over een plein met keitjes liepen, vroeg Daniel: 'Heb je zin in tapas? Of...' Hij kon geen ander Spaans gerecht bedenken.

'Tapas lijken me heerlijk.'

Een kerkklok sloeg elf uur. Daniel, die het grootste deel van de vlucht had geslapen – of eigenlijk gevloerd was geweest door het kalmerende middel – was niet moe. Integendeel, de hoge ligging van de stad maakte hem licht in zijn hoofd en gaf hem energie. Hij pakte Nancy's hand en begon te rennen. 'Kom mee,' zei hij, terwijl hij haar half meetrok. 'Ik wil je iets laten zien.' Een bord met neonletters gaf aan dat hier het Equatoriaal Monument was. 'Hier,' zei hij, en hij zette zijn voeten een eind uit elkaar. 'Ga net zo staan als ik.' Nancy trok haar rok op zodat ze wijdbeens kon staan. 'Je staat nu met een voet in elk halfrond.'

In het schijnsel van de lantaarnpalen pakte Daniel Nancy's hand weer en nam haar mee door een steeg en over een volgend plein. Hier vonden ze een café dat verlicht werd door tl-buizen die aan kale snoeren bungelden en ze gingen buiten zitten, waar ze de cicaden konden horen. De avondlucht was doortrokken van de geur van limoen en ze kregen trek toen ze het menu bekeken. Nancy deed de bestelling: tortilla's, sardines en lamsvleesballetjes in chorizosaus voor haar, een vegetarische omelet met salade voor hem, en een karaf rode wijn voor hen samen. Ze aten en dronken in een gemoedelijk stilzwijgen.

'Kijk eens naar de maan,' zei Nancy, terwijl ze haar bord met een stuk brood schoonveegde.

Daniel draaide zich om. De maan was vol, met een marmeladekleurig waas eromheen. 'Dat komt vast door El Niño,' zei hij.

'Vliegen we morgen over het regenwoud?'

'Dat kan niet missen. Het is hier een en al regenwoud.'

'Heeft Bruce je genoeg pillen gegeven voor die vlucht?'

'Ik ga het zonder proberen. Het duurt ruim een uur. Dat moet lukken.'

'Hij heeft de pest aan mij, weet je dat?'

'Bruce? Nee hoor, Bruce is dol op je.'

'Hij heeft de pest aan me.'

Daniel dacht even na. 'Hij heeft niet de pest aan je. Hij is bang voor je.'

'Voor mij?'

'Iedereen is bang voor jou. Je bent angstaanjagend.'

'Grappig om te bedenken dat we vanochtend nog in de sneeuw zaten en nu...' Nancy geeuwde met haar mond dicht en tuurde naar een klein kerkje aan de overkant van het plein. 'Dan?'

'Ja?' Hij onderdrukte nu ook een gaap, aangestoken door Nancy. Zijn kaakgewrichten deden er pijn van.

'Weet je nog, "het meningsverschil"?'

Daniel trok een grimas. Ze hadden het niet meer echt over een huwelijk gehad sinds 'het meningsverschil' van een jaar geleden. Toen het begon, hadden ze samen groente staan snijden en geluisterd naar het ritmische geluid van de messen op het werkblad. Nancy had, zomaar vanuit het niets, gezegd dat ze ervan uitging dat ze uiteindelijk zouden trouwen, 'omdat mensen die van elkaar houden dat doen'. Daniel had afwezig geschertst dat hij 'liefde en trouwen' hetzelfde vond klinken als 'huwelijk en gruwelijk'. Zij had hem voor onvolwassen uitgemaakt. Hij had een zucht geslaakt. Zij had met de deur geslagen. Dat was op de dag dat ze drieëndertig was geworden. 'Ja, ik weet het nog, het meningsverschil,' zei David.

'Nou, als we wel zouden trouwen, wat zou het dan uitmaken of het in een kerk gebeurde?'

Daniels religieuze intolerantie, zoals Nancy abusievelijk – expres – zijn intolerante houding ten opzichte van religie noemde, was de voornaamste reden waarom ze nooit getrouwd waren, of liever gezegd de reden waarom ze nooit in de kerk waren getrouwd, zoals zij, bij tijd en wijlen katholiek, wilde. 'Daar gaat het me nu precies om,' zei Daniel.

'Je weet wat ik bedoel, Dan. Wat zou het uitmaken? Het is voor jou een gebouw als alle andere.'

'Niet nu, Nance. Verpest het nu niet.'

Vuurwerk verlichtte de avondhemel. Het paar keek op. Een tweede vuurpijl volgde, een sterrenregen in oranje en groen. Er klonk een sissend geluid voordat een drieklapper tot uitbarsting kwam en een regen van lichtjes over de hemel verspreidde. Ze bleven op hun netvlies achter, lang nadat de hemel weer zwart was geworden.

'Er zijn zeker jongeren bezig,' zei Nancy. 'Ik geloof niet dat er een feest is.'

'Mooi.'

'Ja.'

'Kijk die daar.' Een jong Europees uitziend stel kuste elkaar aan een tafeltje vlakbij – ze bogen naar voren, leunden weer naar achteren, en kwamen weer naar voren. De man had gebleekte dreadlocks en een zonverbrande neus. Hij droeg een T-shirt waarop stond: WAT ZOU JEZUS BOMBARDEREN? Zijn vriendin had zwartbruine ogen en glitters op haar wangen. Toen ze opstond, zag Daniel dat de rieten stoel afdrukken op de achterkant van haar benen had achtergelaten. Ze zag eruit als veertien.

Nancy bekeek hen zijdelings en grinnikte.

Daniel fluisterde: 'Hoe zeg je in het Spaans "huur een kamer"?' Hij deed zijn portefeuille open. 'Weet je ons eerste afspraakje nog?' Hij kende het antwoord. Ze hadden die herinnering al vaker opgehaald. Desondanks stak hij het visitekaartje omhoog dat Nancy hem had gegeven samen met een recept voor antibiotica, bij zijn eerste bezoek aan haar tandartspraktijk, tien jaar geleden. 'Dr. Nancy Palmer, tandarts (lond.), kaakspecialist (eng.),' las hij voor. 'Toen je me dat gaf, zag ik dat je geen ring droeg.'

'Nog steeds niet.'

'Je zei dat ik moest bellen als ik problemen kreeg, een duidelijke uitnodiging.'

'Helemaal niet, er kunnen complicaties optreden na een kanaalbehandeling.'

'Het was mijn verstandskies. Je had hechtingen aangebracht. Ik had het gevoel dat mijn mond vol spinnen zat. Ik weet nog dat ik vroeg wat ik moest doen als ik 's avonds, als de praktijk gesloten was, problemen kreeg.'

'Je kwijlde terwijl je dat vroeg. Aantrekkelijk.'

'Ja, maar het weerhield je er niet van het visitekaartje terug te nemen en er je privénummer op te schrijven.' Hij draaide het kaartje om en tikte erop.

'Laat eens zien.' Ze boog naar voren, pakte het kaartje aan en bekeek beide kanten. 'God, ik herinner me dat nummer.' Ze draaide het kaartje om. 'Niet te geloven dat je dat hebt bewaard. Jij bent zo triest.'

'Jij was romantisch.'

'Ik was een slet.'

Daniel stak het kaartje terug in de portefeuille, achter een grofkorrelige zwart-witscan van Martha in de baarmoeder. 'En drie maanden later was je zwanger.'

Ze klonken en keken naar het stelletje. Het meisje zat te lachen en gooide een stuk sinaasappelschil naar haar vriend.

'Ik kan nog steeds niet geloven dat je dit reisje voor me geheim hebt weten te houden,' zei Nancy.

Daniel stak zijn handen op in een gebaar van overgave.

'Het is helemaal niets voor jou...' Tranen parelden in haar wimpers. 'Had je dit echt al maanden van tevoren geregeld?'

'Maanden en maanden. Niet te geloven dat je me niet doorhad.'

Nancy schudde haar hoofd. 'Weet je, ik wist zéker dat je het nog nooit over je Duitse familie had gehad, maar het leek me typisch iets voor jou.' Ze lachte. 'Je klonk zo... niet te geloven dat ik erin ben getrapt... Normaal gesproken kun je heel slecht liegen... Weet je, ik was echt kwaad dat je me opzadelde met de Negende Panzerdivisie.'

'Ik weet het.'

'Ik weet niet precies wat me meer genoegen doet, het idee dat we op vakantie gaan of de opluchting dat die stomme familieleden van je niet bestaan... En ik vind het ongelooflijk dat de kleine alles heeft meegespeeld. Zal ik haar nog een keer sms'en? Dan kan ze dat morgenochtend lezen.'

'Als je wilt.'

Ze begon een berichtje in te toetsen. 'Geen bereik.' Zonder op te kijken vervolgde ze rustig: 'Ik mis haar. Stel dat er iets met haar gebeurt terwijl wij weg zijn.'

David had deze gedachte niet toegelaten. Nu gleed er een schaduw over het plein. Het was irrationeel, hij wist het. Hij geloofde niet dat wat hij door wilskracht afdwong zelf deel uitmaakte van een grotere wilskracht, iets wat al vaststond. 'Er zal niets met haar gebeuren,' zei hij, en hij probeerde elke expressie uit zijn stem weg te houden. 'De kleine maakt het prima.' Hij gebaarde naar de ober. 'Zin in een cognac?'

'Waarom niet.'

'Ik vraag meteen om de rekening.'

Nancy bekeek Daniels gezicht even. 'Ik weet dat je van me houdt,' zei ze.

'Meer dan mogelijk is.'

'En je weet dat ik van jou hou, toch?'

'Ja.' Daniel reikte over het tafeltje heen. 'Geef me je hand.'

Nancy's hand raakte die van Daniel halverwege het tafeltje, en hun vingers vlochten zich in elkaar. 'Meen je het?'

Terug in het hotel deelde de receptioniste hun mee dat hun vlucht een dag was uitgesteld omdat er opnieuw slecht weer werd verwacht. Daniel sliep onvast en de volgende ochtend werd hij wakker van rammelende luiken en regen die op een zinken dak in de buurt roffelde.

Misselijk – deels het gevolg van jetlag en een kater, deels door een lichte vorm van hoogteziekte – lag hij tot het middaguur naar het plafond te staren. Het gekletter van regen op palmbladeren deed hem denken aan machinegeweren in de verte. Nancy werd pas wakker toen het lawaai ophield. 'Heb je de storm gehoord?' vroeg Daniel.

'Welke storm?' zei Nancy geeuwend terwijl ze de oordopjes uitdeed die ze in het vliegtuig had gekregen. Ze zwaaide haar benen uit bed, trok haar T-shirt uit en liep naakt naar het balkon. Daar deed ze eerst de zware gordijnen open, daarna de luiken. De zon scheen zo fel dat ze haar ogen afschermde. Toen die aan de zon gewend waren, keek ze naar wat er beneden te zien was: een drukke straat, die begon te dampen in de hitte. 'Welke storm?' vroeg ze weer over haar schouder, boven het geluid uit van claxons, fietsbellen en tropische kikkers die kwakend hun waardering voor het verse regenwater te kennen gaven.

Aan de overkant van de straat kwam een regenpijp uit op een roestig balkon en liet een vlek achter op de witte muur. Een kat lag languit op het roodbetegelde dak te genieten van de warmte. Nancy keek vanaf het balkon omlaag naar de muren van hun hotel. Het stucwerk was broos geworden door de zon en geteisterd door de regen. Een scooter zigzagde snerpend over de keien. In de stilte die volgde, hoorde Nancy klokken die de gelovigen naar de kerk riepen. Ze hield haar hand boven haar ogen en keek over de stad in de richting van de koepel van de kathedraal. 'Niets mooier dan een kerkdienst in het Spaans,' zei ze luchtig. 'Ik denk dat ik er even naartoe loop.'

'Veel plezier.'

'Ga je mee?'

'Nee.'

'Niemand zal je herkennen.'

'Ik zou het voor je verpesten met mijn gesteun en gezucht en geërgerde blikken.'

'Dat is waar.'

Nancy kleedde zich aan, greep haar schoudertas en gebruikte haar zonnebril om haar haar naar achteren te houden. 'Na afloop,' zei ze, terwijl ze met een piepend geluid het laatste beetje zonnebrandolie uit een tube kneep, 'loop ik in mijn opwaaiende linnen jurkje over het plein, laat mijn vingers door het water van de fontein gaan en geniet van de bewonderende blikken van de plaatselijke mannen.'

Daniel glimlachte. 'Doe Jezus de groeten.'

'Zal ik doen.'

Toen Daniel de deur van de overloop hoorde dichtvallen, krabde hij zich en gaapte. Zonder Nancy in de buurt die hem plaagde voelde hij zich ineens leeg en eenzaam. Hij ging zitten en zag haar boek geopend op het nachtkastje liggen. Hij hield zijn hoofd schuin om het omslag te lezen. Het was een Spaans boek, een roman. Hij pakte zijn eigen boek en liet zich weer op het bed vallen; zweet parelde op zijn voorhoofd. De warmte maakte hem sloom. Hij krabde aan een bult op zijn enkel, een mug had hem 's nachts te pakken gehad, en hij zette de plafondventilator aan. Terwijl hij naar het pulserende geluid luisterde, stompte hij het kussen in de juiste vorm en voelde daaronder het T-shirt liggen waar Nancy in had geslapen. Hij hield het bij zijn neus, sloot zijn ogen en werd overmand door slaap. Toen hij wakker werd, stond Nancy naast het bed over hem heen gebogen. Hij tastte naar het boek dat hij had gelezen – een schuldbewuste reactie.

'Hoe was het?' vroeg hij, terwijl hij zijn mond afveegde. 'Ik sliep niet.'

'Er stond het grootste altaar dat je ooit hebt gezien, met allemaal vergulde pilaren, heiligen met kronen, engeltjes met stralenkransen. Het reikte helemaal tot aan het plafond, negen meter hoog en zes meter breed.'

'Smaakvol.'

'Ik zei niet dat het smaakvol was, ik zei dat het groot was.'

Ze ging naast hem liggen. 'Je had het vast mooi gevonden. Al die katholieke kitsch. Je had er volop de spot mee kunnen drijven.'

'Vond jíj het mooi?'

'Ik vond de wierook en de kaarsen en de gebeden in het Spaans mooi. Bij het gedeelte waarbij je degene naast je een hand zou moeten geven, geven zij een kus. De gezichten van de heiligen waren zwart. Ik ga Martha nog eens proberen te bellen. Mag ik jouw mobieltje? Het mijne lijkt het niet te doen...'

'In mijn jasje.' Daniel gebaarde halfslachtig naar de deur.

Nancy klopte op de zakken van het jasje en trok een wenkbrauw op. 'Wat zijn dit?' Ze hield de brieven in haar hand die Philip hem had gegeven. 'Zijn die van je minnares?'

'Ja. Die zijn van mijn minnares.'

Nancy maakte het touwtje los en vouwde de bovenste brief open. Hij voelde broos aan. 'Die moet wel stokoud zijn.'

'Pa vroeg zich af of jij ze kon vertalen. Ze zijn geschreven door mijn overgrootvader, vlak voordat hij omkwam in de loopgraven.'

'Had je overgrootvader ook een naam?'

'Andrew.'

'Kennedy?'

'Ja, van vaders kant.'

Nancy fronste haar wenkbrauwen. 'Ze zijn bijna onleesbaar,' zei ze, terwijl ze in haar schoudertas naar haar leesbril zocht. Toen ze die had gevonden, hield ze hem zonder hem open te klappen voor haar ogen, met haar hoofd schuin naar achteren. 'Het is met potlood...' Ze wreef haar wijsvinger en duim tegen elkaar. 'Die moeten wel waardevol zijn voor Phil. Had je ze wel hiernaartoe moeten meenemen?'

'Ik had ze op Heathrow in de auto willen laten.'

Nancy las een paar minuten in stilte, waarbij haar lippen af en toe bewogen, toen liet ze de bril zakken en zei: 'Nou, Andrews Frans is abominabel. Zijn zinsbouw lijkt helemaal nergens op. Onbeholpen en kinderlijk. Was je overgrootmoeder een Française?'

'Nee, volgens mij kwam ze uit Shropshire. Ze trouwden nadat hij in dienst was gegaan. Toen hij hoorde dat hij naar het front werd gestuurd. Dat gebeurde toen heel veel.'

'En wanneer is je grootvader geboren?'

'Mijn grootvader? Je bedoelt mijn overgrootvader?'

'Nee, ik bedoel je grootvader. Phils vader.'

'Dat zou ik moeten nakijken. Ik geloof niet dat mijn overgrootvader hem ooit heeft gezien. Hoezo?'

'Nou, ik weet niet voor wie die brieven bestemd waren...' Nancy keek weer op het eerste vel papier om de naam nog eens te lezen. 'Wie "*Ma petite Adila*" ook was... zij was kennelijk zwanger van Andrews kind.'

'Ik weet vrijwel zeker dat mijn overgrootmoeder Dorothy heette.'

'Nou, dan was Andrew Kennedy een stoute man,' zei Nancy, en ze pakte haar bril weer op. Ze las verder. 'Wat raar...'

'Wat?'

'Hij wist blijkbaar dat hij zou sterven. Luister: "*Je mort avec votre visage sur mon esprit.*" Ik dood, ik denk dat hij bedoelt ik ga dood, ik ga dood met jouw gezicht in gedachten. En hij gaat verder: ik zal niet bang zijn als ik dat kan.'

Nancy zweeg terwijl ze verder las.

'Wat nog meer?' wilde Daniel weten.

'"*Pendant... dernière année...*" Het afgelopen jaar heb ik, als ik de zon zag opkomen, gewenst hem weer te zien ondergaan, dat was de, de maat, de maatstaf van mijn leven... Jij bent mijn enige *pensé*, gedachte, mijn lieveling, en ik zou geen moment, geen minuut willen missen die ik met jou heb doorgebracht, zelfs niet als ik daarmee had kunnen ontsnappen aan wat komt.'

Ze keek op. 'Een echte poëet.' Haar blik richtte zich weer op de brief. *"'Ne pluie pas pour moi."* Geen regen – nee, huil niet om mij. Wees gelukkig, wees gelukkig *pour moi*... Ik weet dat God bij me is... Je weet wat ik heb gezien. *"Vous seul..."* Alleen jij begrijpt het... Zorg voor ons kind." Dan eindigt hij met: "Vertel hem, ik weet dat het een jongen wordt, vertel hem dat zijn vader de dood onder ogen heeft gezien als een soldaat, zo moedig als een soldaat."'

Nancy liet haar bril weer zakken en keek Daniel aan. Haar ogen glinsterden. 'Dit is...' Ze slikte. 'Dit is zo...'

'Laat eens zien?' Daniel voelde aan de textuur van het papier en wreef er bedachtzaam over. Hij hield het in het licht en knikte. Als een primaat snoof hij de muffe geur op. De brief woog zwaar in zijn hand, alsof hij omlaag getrokken werd. 'Is er een kluis in de kamer?'

'Ik heb er geen gezien.'

'De receptie zal er wel een hebben. Deze brieven moeten... Kom, we gaan naar buiten, de stad verkennen.'

Daniel gaf de brieven af bij de receptie en als in een opwelling haalde hij de klaproos uit zijn knoopsgat en stak hem onder het touwtje. 'Kunt u deze in de kluis bewaren?'

'Natuurlijk, señor.'

'Is hier een markt in de buurt?'

'Niet ver weg, op een plein, Puerta del Ángel. Het hoogste punt van de stad.'

Daniels hoofd werd helder door de wandeling, maar toen hij de kraampjes zag die stampvol lagen met glazig kijkende konijnen en ganzen waar de kop nog aanzat, werd hij weer misselijk. Er hing een geur van specerijen, tabak en wierook, vermengd met verbrand haar en open riool. De klamme hitte van de late middag maakte het er niet beter op. 'Het ruikt hier als in mijn lab,' klaagde hij, terwijl hij zijn neus dichtkneep.

Het hele plein hing kriskras vol groene en rode vlaggetjes, een bewijs dat er pas een feest was geweest. In een hoek dansten drie tienermeisjes rond een jeep met open deuren heupwiegend op sambamuziek die uit de speakerboxen dreunde. Nancy deed hen even na, ze zwaaide met haar heupen terwijl ze drie passen naar achteren en naar voren deed, waarbij ze haar armen ritmisch naar buiten draaide om haar evenwicht te bewaren.

Daniel grinnikte en schudde vol ontzag zijn hoofd. 'Ik wist niet dat jij de samba danste.'

'Ik ben een raadsel. Daarom hou je van me.' Met deze woorden draaide Nancy zich om, wuifde even over haar schouder en slenterde verder naar een fruitkraam. Daniel keek rond of hij een schaduwplek zag waar hij kon zitten, ver van het gedrang van lichamen. Toen hij die niet kon vinden, leunde hij tegen het afbrokkelende stucwerk van een muur en keek toe hoe Nancy de stevigheid van een mango testte door hem tussen haar handen te rollen. Toen er een hond aankwam die opgewonden naar hem begon te blaffen, liep hij een paar meter verder naar een muur die volgespoten was met graffiti. Hij had het benauwd. Zijn oogleden voelden zwaar. Omdat hij was afgeleid door een kleine, roestkleurige zandhoos die over de straat wervelde, zag hij niet meteen de jongeman in de witkatoenen *thoub* die hem aanstaarde. Met zijn fijne gelaatstrekken, lange haar en bolle, ver uiteenstaande ogen leek de jongeman hier volgens Daniel niet op zijn plaats; hij had meer weg van een Marokkaanse strandjongen dan van een straatverkoper in Ecuador. Hoewel hij zijn silhouet slechts half kon zien, kwam de jongen hem ook bekend voor. Daniel kneep zijn ogen tot spleetjes. Toen de jongeman hem met zijn hand en een brede, goudkleurige glimlach naar zijn kraam wenkte, bleef Daniel staan waar hij stond. Van zijn stuk gebracht liep hij naar Nancy om te vragen of zij hem herkende.

'Wie moet ik herkennen?' vroeg ze, terwijl ze verstrooid aan een blad van een struik plukte, eraan wreef en aan haar vingers rook. 'Is dit laurier? Ruik eens.'

Daniel liep de hele rij kraampjes langs op zoek naar de jongeman, onderweg constant aangestoten en aangesproken door handelaren met uitgestoken handen, maar hij was verdwenen.

'Alles goed?' vroeg Nancy toen hij terugkwam.

'Ik voel me raar.' Hij wreef in zijn nek. 'Ik voel me...' Zijn stem stierf weg, zijn ogen vielen dicht en zijn knieën knikten. Toen hij op de grond zakte in een explosie van rood stof, rende Nancy op hem af. Ze tilde zijn hoofd op en maakte zijn gezicht nat met water uit het flesje dat ze bij zich had. Hij had een snee in zijn lip, en door het water zag de wond er erger uit dan hij was en werd de bloed-druppel die langs zijn kin droop nog dikker. Daniel kwam bij toen hij een marktkoopman een taxi voor hem hoorde roepen. Nancy ondersteunde hem toen hij wankel instapte.

In het hotel keek de receptioniste hen wantrouwig na toen ze de trap op stommelden. 'Goed nieuws, señor,' riep ze Daniel na. 'Stroom weer goed.' Een stilte. 'En uw vliegtuig kan in ochtend vertrekken.' Toen ze bij hun kamer kwamen, stond de deur op een kier. Een werkster was de vloer aan het zuigen met een apparaat dat zoveel lawaai maakte dat ze aanvankelijk hun telefoon niet hoorden.

5

Tegen het eind van de vlucht telde Daniel, met zijn voorhoofd tegen het plexiglas raam gedrukt, tot drie en deed toen zijn ogen open.
Ze vlogen over een groep miniatuureilandjes – niet veel meer dan
zandbanken met zacht geschulpte baaien – en daartussenin zag hij
het witte zeil van een jacht en de donkere omtrek van wat hij voor
een school dolfijnen hield. De Galápagoseilanden waren nog niet in
zicht, maar Daniel voelde de naakte nabijheid ervan. Hij sloot zijn
ogen weer. Nog eens telde hij tot drie voordat hij ze weer opendeed
en de golvende schaduw van het watervliegtuig, hun schaduw, onder hen zag. 'De geest van God ging over het aangezicht der wateren,' zei hij zachtjes in zichzelf. Als praktiserend atheïst was het geen
gewoonte van hem om het Oude Testament te citeren, zelfs niet
spottend. Hij had zichzelf verbaasd, een onbekende gewaarwording.

Hij liet het rolgordijntje zakken en keek op zijn horloge, waarbij
hij twee keer op de wijzerplaat tikte. Het was 8.46 uur. Daarna klopte hij twee keer met zijn knokkels op zijn armleuning, een ritueel
dat hem hielp bij zijn vliegangst – zoiets als afkloppen, alleen was
hij niet bijgelovig of, liever gezegd, had hij zichzelf niet toegestaan
zich te laten aansteken door wat hij 'dat virus van de geest' noemde.

Nancy zat naast hem en bladerde met een vinger waar ze steeds
even aan likte door zijn *National Geographic*. 'Hoe lang nog voordat
we landen?' vroeg ze.

'Mm?'

'Hoe lang nog voordat we landen?... Hallo?' Ze tikte tegen zijn
hoofd. Ze was in een frivole bui. Dat was ze al voordat ze opste-
gen, toen de steward, een latino met dunne lippen, de veiligheidsinstructies had voorgelezen van een gelamineerde kaart. Hij had
daarbij gezegd: 'In het onwaarschijnlijke geval van een landing op
water...' Dit had bij Nancy een giechelbui uitgelokt; ze zaten per

slot van rekening in een zestienpersoons tweemotorig amfibievliegtuig. Daniel wist een halfslachtig, nerveus lachje te produceren. 'Hoe voel je je?'

'Goed, goed,' zei Daniel. 'Ik denk dat het door hoogteziekte kwam. Dat ik flauwviel, bedoel ik...' Hij raakte zijn gezwollen lip aan en fronste zijn voorhoofd toen hij de draad kwijtraakte van wat hij wilde zeggen. 'Ben ik lang buiten westen geweest?'

'Een minuutje, misschien twee. Weet je nog dat je terugkwam in het hotel?'

'Niet echt... Ik weet nog wel dat de telefoon ging.'

Nancy wreef de glazen van haar zonnebril op met een papieren servetje. 'Ik was net te laat om op te nemen.' Ze hield de bril omhoog naar het raam en draaide hem zo dat het licht erop viel.

Daniel fronste zijn wenkbrauwen. 'Wat een rotmuziek.'

Vreemd genoeg had de piloot tijdens de hele negenhonderd kilometer lange vlucht een cd met *greatest hits* van Hall en Oates opstaan – tamelijk zacht, maar hard genoeg om Daniel te storen. Hij wenkte de steward en vroeg of het geluid zachter mocht. Nancy begon monotoon mee te zingen, met net iets andere woorden: 'Because my kiss, my kiss is on your lips...' Ze was bezig aan haar tweede blikje Venezolaans bier.

Vlak voor hen zat de jongeman met de gebleekte dreadlocks die ze in het restaurant hadden gezien. Terwijl hij de vreemde tekst van het refrein begon mee te zingen, stond hij op en begon rekoefeningen te doen. Hij droeg een spijkerbroek met wijde pijpen, die zo laag hing dat zijn Calvin Klein-onderbroek te zien was. Op zijn T-shirt stond de boodschap: IK BEN GEEN TERRORIST (IK HEB ALLEEN EEN BAARD). Hij had geen baard, en hij zag er ook niet uit alsof hij nodig geschoren moest worden. Daniel voelde een steek van jaloezie. De jongeman was loom, onbezorgd en goedgebouwd.

'Kramp?' vroeg Nancy, terwijl ze een lok naar achteren veegde. Ze had de zeer on-Engelse gewoonte om gesprekken aan te knopen met onbekenden, maar in Daniels ogen had dit meer weg van flirten.

'Ja, hier in mijn kuiten,' zei de jongen met een grimas en een slepend accent dat Daniel onmiddellijk herkende als van de noordkust van Massachusetts.

Nancy wreef de palm van haar ene hand tegen de andere ter demonstratie. 'Probeer de bal van je voeten te masseren.'

'Bedankt,' zei de jongeman. Hij trok een slipper uit en hupte op één voet terwijl hij de andere wreef. Toen hij daarmee klaar was, glimlachte hij breed, waarbij hij een duur, Amerikaans gebit liet zien. 'Greg,' zei hij terwijl hij op zijn borstkas sloeg. 'Greg Coulter.'

'Hallo, Greg Greg Coulter. Ik ben Nancy. We zagen je al in het restaurant in Quito.'

'O ja? Zijn jullie op vakantie?'

Nancy knikte. 'Jij?'

'Op huwelijksreis.' Hij wees naar de stoel achter hen. 'We zijn drie dagen geleden getrouwd.'

Nancy klopte Daniel op zijn knie, die bloot was onder zijn bermuda. 'Hoort u dat, meneer Kennedy? Zij zijn pas getrouwd.'

'Gefeliciteerd,' zei Daniel, terwijl hij zich glimlachend omdraaide naar Gregs jong uitziende vrouw die achter hen zat, met haar bleke benen vol kippenvel opgetrokken.

'Geen bindingsangst, kennelijk,' vervolgde Nancy, zonder Daniel aan te kijken.

'Ik besefte niet dat jullie bij elkaar horen,' zei Daniel tegen het kindbruidje. 'Je zat daar zo stilletjes achteraf. Waarom ruilen we niet van plaats, dan kunnen jullie dichter bij elkaar zitten.'

'Doe geen moeite,' zei Greg. 'We zijn er bijna.'

Er viel een stilte in het gesprek, waarin het dreunen van de motoren te horen was.

'Eigenlijk ben ík op vakantie,' zei Nancy, 'maar mijn "levenspartner"...' ze tikte weer op Daniels knie, 'is hier voor zijn werk. Hij bekijkt dingen door microscopen. Sporen, schimmels, bacteriën.'

'Ik bekijk die dingen alleen voor mijn plezier. Ik ben gespecialiseerd in wormen.'

'Hij is een internationale autoriteit op het gebied van non-gesegmenteerde rondwormen,' vervolgde Nancy, die hiervan genoot. 'Ze zijn microscopisch klein.'

'Het eerste levende organisme waarvan de gehele genetische blauwprint is gedecodeerd,' zei het kindbruidje, dat zich met een onzekere glimlach, leunend over de rug van Nancy's stoel, in het gesprek mengde. Een zilveren kruisje zwaaide aan een ketting om haar hals naar voren. Ze droeg een piepklein rokje en een nauwsluitend T-shirt met een vredesteken van blinkende lovertjes erop. Het was een kort model dat haar middenrif vrijliet. Het liet ook zien dat ze geen beha droeg.

Daniel klemde als een toegeeflijk gezinde geestelijke zijn handen in elkaar. 'Heel goed!'

'Ze hebben een zenuwstelsel, ze kunnen voedsel verteren en seks hebben, net als mensen,' vervolgde het kindbruidje met een knauwerig Amerikaans accent. 'Daarom zijn ze zo belangrijk.'

'Nu maak je me bang,' zei Daniel.

'Ik dacht al dat ik u herkende,' zei het kindbruidje. Ze wendde zich tot haar man. 'Ik zei toch dat ik hem herkende.' Ze keek Daniel weer aan. 'U deed toch dat programma op Natural World Channel?'

Daniel hielp haar: '*The Selfish Planet.*'

Het kindbruidje sloeg haar ogen neer en glimlachte verlegen. 'Dat is het,' zei ze. 'Ik vond het heel boeiend. Hebt u altijd aan biologie en zo gedaan?'

'Ja, ik geloof het wel,' zei Daniel. 'Maar ik heet trouwens Dan.' Hij trok zijn wenkbrauwen op en wachtte even tot zij haar naam zou zeggen.

Ze knikte en glimlachte voor de tweede keer.

Hij probeerde het nog eens. 'En jij heet?'

'Susie.' Ze boog zich naar voren. 'Het moet geweldig zijn om op televisie te komen en mensen te plezieren.'

'Ik dacht dat je zijn programma had gezien,' zei Nancy.

Er gleed een verwarde blik over Susies gezicht.

'Let maar niet op haar,' zei Daniel. 'Je komt zeker uit Boston, hè?'

Susies wimperloze ogen werden groot. Ze bloosde. 'Hoe weet u dat?'

'Ik herken het accent. Prachtige stad, Bean Town. Heb er zelf tot voor kort gewoond.'

Nancy stompte speels tegen zijn been. 'Als student.' Ze wendde zich tot Susie. 'Voordat jij geboren werd, denk ik zo.'

'Ik was er postdoctoraal, schat,' zei Daniel. 'Dus zo lang is dat niet geleden.'

'Harvard?' vroeg Susie.

Het watervliegtuig schudde. Greg hield zich in evenwicht door een gordijn vast te grijpen dat voor het keukentje hing. Daniel begon langzaam en diep adem te halen. Hij merkte dat hij zijn buikspieren aanspande. Tik tik met vingertop op wijzerplaat: 8.54 uur.

'Vliegangst,' mimede Nancy naar Susie, met haar duim wijzend op Daniel.

'Nee, niet Harvard,' zei Daniel toen hij zich had hersteld. 'Ik zat op MIT. En het is geen vliegangst. Vliegen is het probleem niet...'

Nancy maakte de zin voor hem af: '... neerstorten, dat vind ik niks.'

Daniel wierp haar een lijdzame blik toe. De vervelende waarheid was dat hij niet alleen bang was om neer te storten. Hij werd claustrofobisch in vliegtuigen. Hij werd duizelig. Beter gezegd: hij vond het vreselijk om de controle over zijn leven te moeten overdragen aan een ander. Vliegen was een verklaring van vertrouwen in de mensen die vliegtuigen bouwden, inspecteerden en bestuurden; als wetenschapper wist Daniel dat juist hij dat zou moeten waarderen. Maar hij was niet iemand die anderen snel vertrouwde.

'Ik blijf tegen hem zeggen dat het een irrationele angst is,' zei Nancy. 'Dat vindt hij vreselijk. Hij beschouwt zichzelf als het meest rationele wezen op aarde.'

'De impuls om de zwaartekracht niet te trotseren is verre van irrationeel,' zei Daniel. Toen hij besefte hoe hoogdravend dit klonk, voegde hij eraan toe: 'Bovendien heb ik niet alle mensen op deze aarde ontmoet, dus hoe zou ik kunnen weten of ik de meest rationele ben.' Hij glimlachte om aan te geven dat hij een grapje maakte.

Nancy glimlachte terug. 'Statistisch gezien is de kans groter dat je wordt doodgetrapt door een koe dan dat je omkomt bij een vliegtuigongeluk, nietwaar, meneer Kennedy?'

Daniel zuchtte. 'Een ézel. En er worden zat mensen doodgetrapt door ezels. Zevenhonderd per jaar.'

Ezel. Het woord had een onverwachte weerklank voor Daniel. Ezels, geleid door leeuwen. Nee, dat klopte niet. Leeuwen geleid door ezels. Zijn overgrootvader Andrew was een van de leeuwen geweest. Een onbevreesde leeuw die brulde toen hij door niemandsland stormde... De brieven... 'Shit. Ik heb die brieven in de safe van het hotel laten liggen.'

'Nou, daar liggen ze safe,' zei Nancy. 'Safe! Jezus, ben ik even grappig. We kunnen ze ophalen als we terugkomen in Quito.'

Daniel wreef zijn vinger en duim tegen elkaar terwijl hij dacht aan de brieven, wat ze betekenden, waarom ze zijn vader bang hadden gemaakt.

'Hij vindt het niet prettig als een ander over kansberekening begint,' vervolgde Nancy weer tegen de anderen, Daniels gedachtegang verstorend. 'Kansberekening is zijn ding. Zijn verklaring voor alles... Normaal gesproken neemt hij diazepam.'

Dat was waar. Zijn vriend en arts Bruce was meestal zo aardig het middel voor te schrijven, hoewel Nancy meer dan eens als reddende engel was opgetreden. Diazepam werkte beter tegen nervositeit dan alcohol. Daniel had erover gelezen: als je alcohol drinkt wanneer je je angstig voelt, word je veel te emotioneel en dan kan je bloed minder zuurstof opnemen, die het toch al te kort komt vanwege je paniekreactie. Aangezien deze vlucht tamelijk kort was, had Daniel het erop gewaagd zonder diazepam.

'Gaat het, Dan?' fluisterde Nancy op beschermende toon. Haar adem rook naar kauwgom. Op dat moment werd Daniels ongemak over de vlucht gecombineerd met een groeiende genegenheid voor zijn toekomstige echtgenote. Toen hij zag dat Greg uit het raam keek, liet hij zijn hand onder de sarong glijden die laag om haar heupen geknoopt was. Hij maakte zijn gordel los en stond op. Er waren dertien passagiers aan boord – hij telde ze terwijl hij op weg naar het gangpad Nancy's benen opzijschoof. Hij opende de locker boven hun hoofd, ritste zijn tas open, haalde er een kaart uit en kreeg toen de rits niet meer dicht. De gecapitonneerde doos met zijn specimenpotjes en proefbuisjes was bovenop komen te liggen. Hij haalde de doos, zijn zwembroek, flippers en snorkel eruit, stopte de doos in het zijvak van de tas en legde zwembroek, flippers en snorkel bovenop. Met enige moeite kreeg hij de tas dicht. Hij keek naar de andere passagiers. Een stel op rij zes was in slaap gevallen. Op rij acht zat een zeventiger met een hoornen bril en een geplooide huid in zichzelf te knikken terwijl hij de *International Herald Tribune* zat te lezen. Vanwege de ouderwetse bril leek het alsof hij vermomd was. Een gepensioneerde CIA-agent, dacht Daniel. Of een internationaal gezochte pedofiel. Hoe dan ook, aan het begin van de vlucht had hij van stoel geruild met de lange, zware zwarte man die met gestrekte benen op stoel 1a zat.

'Hoeveel?' vroeg Nancy zonder op te kijken van de *National Geographic* die ze weer zat door te bladeren.

'Hoeveel wat?'

'Passagiers.'

'Kweeniet.'

'Het zijn er dertien. Ik heb ze ook geteld. Maak je geen zorgen, het is maar een cijfer.'

'Ik maak me geen zorgen.'

'Veel mensen zijn bang voor dat getal. Zij worden triskaidekafoben genoemd.'

'Dat weet ik. En daar val ik niet onder. Ik ben niet bijgelovig. Hoe vaak moet ik dat nog zeggen?'

'Weet je waarom het cijfer dertien als een ongeluksgetal wordt beschouwd?'

'Ja.'

'Omdat er oorspronkelijk dertien apostelen waren voordat Judas Iscariot Jezus verraadde.'

'Dat weet ik.'

Nancy schiep er genoegen in zijn gewoonte ongevraagd dingen uit te leggen na te doen. Ze wist dat Daniel er, hoewel hij net deed alsof hij het irritant vond, in werkelijkheid van genoot. Daniel zuchtte nog eens, omdat hij wist dat Nancy graag deed alsof dat haar irriteerde.

Er ging weer een schok door het vliegtuig, lichter deze keer. De maag van de lange zwarte man kwam even omhoog. Susie ritste een heuptasje open en haalde een felgele onderwatercamera tevoorschijn. 'Mag ik een foto maken, Dan?'

Daniel wees op zichzelf. 'Van mij?'

'Hier,' zei Greg, die de camera overnam. 'Ik neem er een van jullie samen. Ga naast hem staan, Susie.'

Daniel voelde zich in verlegenheid gebracht toen Susie haar arm rond zijn middel sloeg en de andere passagiers zich naar hen toe draaiden om te zien waarom die jonge vrouw met hem op de foto wilde. Toen de kiek geschoten was, ging Daniel terug naar zijn plaats en gordde zich vast. Susie pakte de camera weer en maakte nog een foto – van Nancy en Daniel naast elkaar. Ze nam er een van Greg die gehurkt naast Nancy zat. Op het moment dat de flits afging, tuurde Greg naar Nancy's decolleté, dat indrukwekkender was dan gewoonlijk door een zwarte 'deep plunge'-beha die ze op Heathrow had gekocht.

'Wacht even,' zei Susie. 'Je keek niet in de camera, schat. Ik neem er nog een.'

Het watervliegtuig trilde enige seconden. Daniel greep de armleuningen vast en concentreerde zich uit alle macht om het in de lucht te houden. Standaard propellerschoepen maken een ronkend geluid dat, in combinatie met de luchtstromen die over de vleugels heen gaan, na een poosje overgaat in witte ruis. Daniel richtte daar een paar seconden zijn aandacht op en kalmeerde. Omdat hij naast de propellers zat, trilde zijn lichaam mee op het ritme van het vliegtuig. Ook daardoor werd hij iets kalmer.

Nancy legde een arm om zijn schouder en trok hem zachtjes tegen zich aan, zodat de zijkant van zijn gezicht tegen haar hals rustte. Hij sloot zijn ogen en rook de Ambre Solaire op haar huid. Ze gebruikte dit soms in de winter, om zichzelf – en haar patiënten – te herinneren aan vakantietijd. Ze zouden niet precies weten waardoor ze eraan dachten, redeneerde ze, maar toch zouden ze zich er iets beter door voelen.

Een schok zorgde ervoor dat Daniel zich strak tegen zijn stoel aan drukte. Hij controleerde zijn gordel. Nancy haalde haar arm weg en gebaarde naar de steward dat ze nog een biertje wilde. Daniel staarde nietsziend voor zich uit terwijl een apathische angst in hem groeide. *Hoe was hij in deze situatie terechtgekomen? Propellervliegtuigen zijn niet veilig. Propellervliegtuigen zijn niet veilig. Propellervliegtuigen zijn niet veilig.* Hij had zijn intuïtie moeten volgen en de boot moeten nemen vanaf Ecuador, zoals hij tijdens zijn vorige pelgrimstocht naar de Galápagoseilanden had gedaan.

Greg stond weer op en gebruikte een handycam om de andere passagiers te filmen. Toen Daniel zag dat hij werd gefilmd, glimlachte hij flauwtjes en zocht hij afleiding door uit het vak van de stoel voor hem de folder met veiligheidsinstructies te pakken. De tekst was in het Spaans. Hij legde hem ongelezen terug, herinnerde zich de kaart, vouwde hem voor de helft open en legde hem op zijn knieën om te zien of de zandbanken waar ze overheen waren gevlogen erop aangegeven waren. Hij volgde de route van hun vlucht met zijn vinger, maar kon ze niet ontdekken.

De steward bracht Nancy nog een blikje bier en zei: 'De captain vroeg me u eraan te helpen herinneren uw cd op te halen als we zijn geland.'

Nancy kauwde op haar lip, draaide zich om naar Daniel en wapperde twee keer met haar lange, zwarte wimpers. Daniels linkerwenkbrauw vormde een vragend boogje. 'Was die cd van jóú, van Hall en Oates?'

'Op het vliegveld gekocht.'

Daniel lachte. 'Wat een grap. Dat is nog eens een grap. Dat mag ik wel. Hoe wist je in vredesnaam nog dat ik de pest heb aan Hall en Oates?'

Nancy haalde haar schouders op. 'Wist ik gewoon.'

Er volgde een tweede schok. Daniel hield op met lachen en vouwde de kaart op, terwijl hij langzaam en onopvallend door zijn mond ademde. Hij begon zijn handen tot vuisten te ballen en te ontspannen, terwijl hij zich concentreerde om normaal adem te halen, niet te gaan hyperventileren, en het vliegtuig in de lucht te houden. Het probleem, dat wist hij heel goed, was dat de paniek toeneemt als je hart eenmaal sneller gaat slaan, het zweet je uitbreekt en je moeite krijgt met ademhalen. Omdat je dan je eigen angst voedt. *Waarom merkte verder niemand iets van dat gebonk?*

'Hoe lang nog voor we landen?' vroeg Nancy. Omdat ze dacht dat Daniel deed alsof hij haar niet hoorde, herhaalde ze haar vraag. 'Dan? Hoe lang nog voor we landen?'

Weer schudde het toestel, dit keer duurde het langer. Greg ging terug naar zijn stoel en gespte zich vast. Daniel geeuwde. Zijn vingers tintelden en van de adrenaline die vrijkwam kreeg hij last van jeuk. Bloed dat uit de maag wegstroomt, dacht hij nerveus – het vecht-vluchtmechanisme. Hij voelde zijn oren ploppen. We moeten aan de landing zijn begonnen, dacht hij. Hij slikte moeizaam en tikte op zijn horloge: 9.00 uur. Er was een lichte schok, gevolgd door een zwaardere, die meer had van een slingerbeweging. Weer een geeuw. Daniel kon niet ophouden met geeuwen – zijn nervositeit ging in een hogere versnelling en zijn hersenen probeerden meer zuurstof te krijgen. Een laagje zweet bedekte zijn voorhoofd. Het bordje MAAK UW VEILIGHEIDSRIEMEN VAST flitste aan, begeleid door een 'ping'. Greg controleerde zijn gordel. Daniel controleerde die van Nancy en ging zachtjes met de achterkant van zijn vingers over een klein, bloot stukje van haar buik, over de zwangerschapsstriemen die ze ooit had vergeleken met de sporen van een hoornratelslang in de woestijn. Hij slikte nogmaals en controleerde de gesp van zijn eigen gordel. Hij tilde het rolgordijntje op en zonder naar beneden te kijken veegde hij het raam schoon met zijn mouw, wat een piepend geluid maakte. De condens werd erger. De hemel buiten was korenblauw. 'Weet je waarom de hemel blauw is?' vroeg hij aan Nancy, om afleiding te zoeken van de turbulentie, om zijn stem de baas te blijven, om zich niet bloot te geven.

'Ja.'

'Nou?'

'Omdat als hij groen was, je niet zou weten waar de hemel ophield en waar de aarde begon.'

Daniel liet zijn vingers knakken. Het prikte achter in zijn nek. Hij wreef erover en probeerde een volgende geeuw te onderdrukken. 'Het komt doordat het licht dat afkomstig is van de zon de moleculen in de lucht raakt en in alle richtingen verstrooid wordt.' Hij wist dat hij te afgemeten, te snel sprak; dat hij probeerde de spanning te verhullen.

Nancy vervolgde haar eigen gedachtegang. 'Natuurlijk heb je een probleem als het blauw van de hemel het blauw van de zee raakt...'

'Hoeveel er wordt verspreid, hangt af van de frequentie,' vervolgde Daniel. 'Blauw licht heeft een hoge frequentie en wordt tien keer meer verspreid dan rood licht, dat...' Hij slikte. 'Dat een lagere frequentie heeft.' Hij geeuwde opnieuw en rekte zich onwillekeurig uit. 'Dus is het op de achtergrond verstrooide licht dat je aan de hemel ziet blauw.' Zijn mond was droog, zijn hart bonsde onregelmatig. Hij veegde het raam weer schoon. Trok het gordijn omlaag.

'Weet je waarom een incident met eigen vuur in het leger "een blauw op blauw" wordt genoemd?' vroeg Nancy.

Daniel fronste zijn voorhoofd. Hij wist het. 'Omdat...' Hij schudde zijn hoofd. 'Nee, ik weet het niet.'

Nancy grijnsde triomfantelijk. 'Het verwijst naar de kleur die wordt gebruikt om eigen troepenmachten op de kaart aan te geven.'

Er kwam een sissend geluid achter uit het vliegtuig. De passagiers draaiden zich als één man om in hun stoel om te zien wat er aan de hand was. Toen gebeurde het: een doffe explosie; een zware schok; een duik waarvan je maag omhoogschoot. Het gebeurde zo onverwacht dat niemand schreeuwde. Het vliegtuig viel tientallen meters naar beneden voordat het weer stabiel vloog. Nancy zocht houvast.

'Jezus.' Het klonk alsof ze in een windtunnel zat. 'Dan? Wat gebeurt er? Was dat een luchtzak? Wat gebéúrt er?'

Een naargeestig metalig geluid klonk aan de rechterkant van het vliegtuig: het geluid van scheurend ijzer. Dit werd gevolgd door een reeks ploffende geluiden in de romp eronder, als van noppenplastic. Het vliegtuig kantelde naar links. Nu werd er geschreeuwd. De steward, die naar voren was gesmeten, probeerde overeind te komen en greep een trolley als houvast. Hij had een kleine wond aan zijn hoofd. De volgende dertig seconden stampte en slingerde het vliegtuig en volgde er een misselijkmakend gebonk, als van hamerslagen op een aambeeld. Het werd benauwd. De temperatuur in de cabine zakte – een rilling van angst trok door het toestel.

Daniel trok zijn gordijn op. De motor, anderhalve meter bij hem vandaan aan de vleugel, sputterde en hield ermee op. Er ontbrak een schoep. Een andere schoep was verbogen in een hoek van negentig graden. De kap van de motor was verwrongen; het aluminium was losgegaan en verdraaid, de draden en kabels zwiepten heen en weer in de luchtstroom. Brandstof spoot uit met staal beklede slangen. Daniel greep met trillende handen naar een braakzak, maar het lukte hem niet hem op tijd open te krijgen. Het braaksel spatte op zijn knieën en schenen en op wat Nancy altijd zijn 'wetenschapperssandalen' noemde.

De overgebleven linkermotor klonk harder – zo hard dat David dacht dat hij doof was geworden aan zijn rechteroor. Gedeeltelijk doof. Het beeld van zijn vader kwam hem heel even voor de geest voordat hij zijn aandacht op de deur van de cockpit richtte. Die zwaaide open en dicht en hij hoorde flarden van de piloot die in gebroken Engels schreeuwde: 'G362ES. G362ES.' Daarna een paar coördinaten, gevolgd door het woord 'noord', en nog een paar gevolgd door 'oost'. De piloot schreeuwde: 'We zitten nu op twee nul nul. Angels Twenty. We raken de macht kwijt. We proberen noodlanding. Ecuador Centre. G362ES meldt noodlanding. We hebben motorpech. Herhaal. We hebben motorpech.'

Het vliegtuig kwam in een brede, spiraalvormige glijvlucht terecht. De motor maakte geen lawaai meer. Een fluitende luchtstroom was te horen. Het geschreeuw was overgegaan in gejammer. Achter hen mompelde Susie: 'Omijngod, omijngod, omijngod.' Ergens achter in het vliegtuig zat iemand in het Spaans te bidden. Daniel draaide zich om. Een vrouw op leeftijd liet een rozenkrans door haar handen gaan. Ze had niet door dat ze een bloedneus had. Greg bracht vreemd genoeg zijn handycam weer naar zijn ogen en filmde de panische taferelen. Er hing een doordringende geur van kerosine en braaksel. Zuurstofmaskers vielen met een plofje uit de lockers boven hun hoofd. Daniel staarde er zwijgend naar. We moeten nu lager dan driehonderd meter vliegen, berekende hij met een door de schok veroorzaakte nuchterheid, want ik ben nog steeds bij bewustzijn. Bij een snelle decompressie heb je slechts twintig seconden de tijd om je zuurstofmasker op te zetten, daarna verlies je het vermogen om helder te denken of goed te coördineren. En daarna komt er een gevoel van euforie over je, een teken dat de hersenen niet genoeg zuurstof krijgen. *We zitten beslist lager dan driehonderd meter. Want ik voel beslist geen euforie.*

De steward drukte een papieren servet tegen zijn hoofd en deed op verbazingwekkend kalme toon een mededeling via de intercom. 'Dames en heren, u merkt dat we wat problemen hebben. Probeert u niet in paniek te raken. We komen hier samen uit. Dit is een tweemotorige turbopropmachine. Hij kan op één motor vliegen.' Hij begon voor te lezen wat er op zijn kaart stond. 'In het onwaarschijnlijke geval dat we op het water landen, vindt u uw zwemvest onder uw stoel. Verwijdert u alstublieft pennen en andere scherpe voorwerpen...' Daniel kon zich niet concentreren. Zijn gedachten bleven hangen bij de woorden: we komen hier samen uit.

Nancy tastte onder haar stoel naar het zwemvest. Daniel deed hetzelfde. Toen ze die aanhadden, keken ze elkaar voor de eerste keer sinds de explosie aan. Nancy's fluweelbruine ogen waren groot van verwarring en angst, haar pupillen waren verwijd. Ze gaven elkaar onhandig een kus, met droge lippen. 'Ik hou van je,' zei ze. Haar ogen vulden zich met tranen.

'Ik hou van je,' echode Daniel terwijl hij haar hand greep, en in zijn eigen oren klonk zijn stem ver, alsof er geen lichaam bij hoorde. Hij keek naar Nancy's betraande ogen. Als ze nat waren, leken ze net gesmolten chocolade. Hij wilde haar geruststellen, voorliegen, alles om haar niet meer zo angstig te zien kijken. 'Het komt allemaal goed, Nance. Het komt goed. Dit is een watervliegtuig. We moeten op water kunnen landen. Het komt goed. Het komt...' Hij zweeg. Ze wisten allebei dat het niet goed zou komen.

Nancy greep zijn hand. Haar knokkels waren wit. 'Dapper zijn,

Dan,' zei ze. 'Ik hou van je.' Dikke tranen hingen aan haar wimpers. Ze sloot haar ogen en herhaalde: 'Ik hou van je. Ik hou van je... Martha! Ik moet haar bellen.' Ze zocht in haar schoudertas naar haar mobieltje, draaide het om en keek op de display. 'Geen bereik. Kom op. Kom op. Ja.' Ze drukte op een sneltoets en hield de telefoon bij haar oor. 'Schiet op. Schiet op. Neem alsjeblieft op. Alsjeblieft! Alsjeblieft! Hallo?... Het is haar voicemail... Lieverd, met mij. Ik hou van je.' Ze snikte en gaf de telefoon aan Daniel.

'Ik hou van je, schat. Ik hou van je. Wees lief. Wees dapper. Mama en papa houden van je.'

Dit waren de enige woorden die hij kon bedenken, de enige woorden die hij kon zeggen.

Hij dacht aan hun levensverzekering, het testament dat ze hadden gemaakt, dat ze zijn ouders tot voogd van Martha hadden benoemd. Er zou voor Martha gezorgd worden. Er zou voor de kleine gezorgd worden. Grampy en Grumpy zouden voor haar zorgen. Daniel dacht ook aan de tweede la van zijn bureau, de la die op slot was, de la met Nancy's dildo, de xtc-pillen die hij had meegebracht uit Glastonbury maar waar hij nooit aan toe was gekomen, hun voorraadje wiet, in cellofaan gewikkeld. Op een dag zou Martha al die dingen vinden.

'Gaan we het redden? Gaan we het redden?' schreeuwde de lange, zwarte man naar de steward. De vraag voerde Daniel weer terug naar de gruwelen van dit moment. Het vliegtuig maakte slagzij, waardoor hij elk gevoel voor richting kwijtraakte, alsof hij vrij was van zwaartekracht. Hij keek uit het raam naar de vleugel, maar er waren geen referentiepunten, geen horizon, alleen maar een kale, wolkeloze lucht.

Ze zweefden nu meer dan dat ze vielen. Daniel kokhalsde nogmaals. De angst was diep in zijn lichaam gedrongen en deed zijn handen onbeheersbaar trillen. Hij staarde ernaar alsof ze niet van hem waren. Achter hem klonk het geluid van Susie die ook overgaf. Het toestel schokte toen het naar rechts helde.

Dit kan niet gebeuren. Niet met mij. Niet met iemand die zich bang maakt dat dit gebeurt, om te zorgen dat het niet gebeurt.

Het leek of het, gezien de snelheid waarmee ze naar beneden gingen, te lang duurde voordat ze het water raakten. Daniel roffelde op zijn horloge – 9.08 uur.

Laat het voorbij zijn. Ik kan deze angst niet langer aan, dit wachten, dit leven in angst om te sterven.

Op dit moment besefte hij dat Hall en Oates nog steeds via de speakers te horen waren: '... I Can't Go For That (No Can Do).'

Het vliegtuig vloog weer horizontaal, waarbij de vleugels eerst naar één kant zakten voordat ze recht trokken. Daniel ging rechtop zitten en zag dat het water enkele tientallen meters onder hen was. De zee was diepdonkerblauw, bijna violet. Hij zag een koraalrif en donkere schaduwen. Hij had het gevoel dat ze uitstel kregen. De tijd verdichtte, vervormde, verwrong, zette uit. De intensiteit van het moment was bijna fysiek voelbaar, bijna te pijnlijk om te verdragen. Daniel voelde dat hij in het weefsel van elk van deze laatste seconden, deze allerlaatste hartslagen, intenser leefde dan hij in alle verstarde jaren van zijn leven tot dit moment had gedaan.

Het vliegtuig trilde, viel omlaag, trok scherp naar links.

We komen hier samen uit.

Het schudde nu voortdurend. Sporadisch geschreeuw. Een locker boven hun hoofd vloog open. Zakken pinda's vlogen rond in de cabine. Nancy klemde haar tanden op elkaar. Haar ogen puilden uit. Ze sloeg een kruis. Er klonken flarden van de piloot en de copiloot die een checklist doornamen: '*Right condition. Lever right. Condition. Lever.*' Ze spraken in het Engels, de internationale taal van het luchtverkeer. Het klonk als een abstract gedicht. '*We out at one zero. Angel. Repeat. We out at angel.*' Er waren ook piepjes en synthetisch klinkende waarschuwingen te horen. Een blikkerige stem bevestigde: '*Altitude one zero. Altitude angel.*' Er klonk weer gerammel, een gierende windvlaag, en ineens was het alsof de lucht uit de cabine was gezogen. De nooduitgang aan de andere kant was opengevlogen en de steward was verdwenen.

De stem van de piloot klonk door de intercom: 'Hou je vast! Hou je vast!'

Toen Daniel iets voelde kriebelen in zijn urinebuis, keek hij omlaag en staarde als gehypnotiseerd naar het kruis van zijn korte broek dat steeds donkerder werd. Het beeld van zijn vaders gezicht flitste weer op in zijn hoofd. De geur van Mint Imperials. Het vliegtuig zwenkte naar links en naar rechts. Het maakte geen geluid. Het was machteloos. Ze bevonden zich niet langer in een hoek ten opzichte van de horizon.

Zilveren glasscherven vulden in stilte de lucht. De linkervleugel scheerde over het wateroppervlak en het vliegtuig begon hevig te tollen. Dit is het einde, dacht Daniel.

6

De ijsbaan voor het Temperate House in Kew Gardens was voor Martha een heilige plek. Als ze hier schaatste, vergat ze de insuline, haar ziekte, alles waarin ze verschilde van andere meisjes. Met elke sierlijke slag van haar schaatsen kon ze het van zich af laten glijden. Vanaf het moment dat haar ouders twee dagen daarvoor naar Heathrow waren gereden, had ze haar grootouders aan hun hoofd gezeurd om daar met haar naartoe te gaan. Hoewel ze de botanische tuinen op zaterdag altijd te druk vonden en ze weinig zin hadden om, naast hun toegangskaartje voor gepensioneerden, voor het schaatsen te betalen, konden ze moeilijk weigeren. Het was niet ver van hun huis. Ze stelden wel een voorwaarde: ze konden niet lang blijven. Ze waren bang dat Martha's bloedsuikerspiegel zou dalen als ze zich te lang inspande in de ijzige kou. Het weerbericht had een van de koudste novemberdagen voorspeld, met in delen van het noorden temperaturen lager dan min vijftien. Zelfs in Londen werd in de namiddag een temperatuur van min tien verwacht, kouder dan in Moskou. Het was nu middag.

Terwijl Amanda naar het restaurant liep voor twee glazen warme wijn en een beker warme chocola, keek Philip toe hoe zijn kleindochter langzaam achtjes draaide op het ijs. Ondanks de ijzige mist was ze goed zichtbaar in haar roze, met bont gevoerde jas, en elke keer dat ze aan de overkant van de baan achter andere schaatsers verdween, tuurde Philip zo ingespannen naar haar dat zijn ogen ervan gingen tranen. Zijn adem vormde wolkjes voor zijn mond en hoewel hij een Russische muts met oorflappen droeg en een wollen trui onder een gevoerde waxcoat, drong de ijzige wind door tot in zijn botten. Om warm te worden stampte hij met zijn voeten en klapte hij in zijn handen. Naast hem stond een *Finding Nemo*-rugzak die hij voor Martha in de gaten hield. Omdat hij aan de kant stond van het oor waaraan hij doof was, hoorde hij het mobieltje dat erin zat niet overgaan.

Toen Martha schrapend vlak voor hem tot stilstand kwam, waarbij een massa ijsdeeltjes omhoogwervelde, probeerde hij niet te laten merken dat hij stond te rillen. Amanda kwam terug en gaf Martha de beker chocolademelk aan. Het kind hield haar handen er een paar seconden omheen voordat ze een slokje nam. Omdat de inhoud nog te heet was, gaf ze hem terug, en nadat ze haar grootouders had gevraagd naar haar te kijken begon ze rondjes te draaien, waarbij ze haar armen gebruikte om snelheid te maken, gehoorzamend aan de natuurwetten zoals haar vader haar had uitgelegd. Na dertig seconden vertraagde ze het tempo en met een wankele stap en een blik achterom trok ze nog een baantje, waarbij haar schaatsen snerpten toen ze in het ijs sneden. Toen ze na een minuut niet terug was, werd Philip ongerust. Hij keek op zijn horloge. Haar volgende injectie moest over een halfuur worden toegediend. Hij begon stijfjes naar het andere eind van de baan te lopen. Een schaatser probeerde Martha overeind te helpen, zag hij, maar ze lag slap in zijn armen. Twee baanmeesters met narrenmuts liepen het ijs op en droegen haar naar het paviljoen. Tegen de tijd dat Philip zich naar binnen wist te manoeuvreren had zich een kleine menigte verzameld. Martha had stuiptrekkingen. 'Ze hoort bij mij,' zei hij. 'Ze is suikerpatiënte.' Hij stortte de inhoud van de rugzak op de grond, zag een paar glucosepilletjes onder Martha's fluwelige speelgoedschildpad en legde er een op haar tong. Haar stuiptrekkingen namen af en hielden op. Philip hield haar mond dicht terwijl het tabletje werd opgenomen. Druppeltjes speeksel hadden zich op haar gebarsten lippen genesteld, zag hij. Hij drukte twee vingers tegen haar pols en vond haar slagader. Na een minuut gingen haar ogen open. Haar pupillen waren verwijd, maar algauw kon ze haar blik ergens op richten. 'Heb ik weer een hypo gehad, Grampy?' vroeg ze vermoeid. Spuugbelletjes verschenen in haar mondhoek.

Philip knikte en lachte haar geruststellend toe. Hij vond haar tasje met de injectiespullen tussen de verspreid liggende voorwerpen op de grond en handig diende hij haar de insuline toe. Amanda voegde zich bij hen en raapte de rest van de inhoud van de rugzak bij elkaar. Het mobieltje zoemde weer. Een van de toezichthouders, een man met verweerde wangen en een gepiercete tong, tilde Martha op en ging hun voor naar een kleine eerstehulpruimte waar hij met zijn rug de klapdeur openduwde. De belletjes aan zijn muts klingelden toen hij haar op een smalle stretcher legde. Ze moest erom lachen. Amanda keek naar het berichtje op het scherm van Martha's iPhone, raakte het aan en hield het apparaat aan haar oor. Een blik van verwarring verscheen in haar ogen. Ze riep nogmaals het berichtje op, hield het mobieltje tegen Philips gezonde oor en zei: 'Luister hier eens naar. Er staat dat het berichtje van Nancy is, maar ik kan niet verstaan wat ze zegt.'

7

Koud water drukte op Daniels borst toen hij bijkwam. Hij wist niet waar hij was. Toen hij probeerde zijn blik scherp te stellen voelde hij daartussen, achter zijn oogkassen, een brandende pijn. Pijn. Dat betekende dat hij aan de dood was ontsnapt, dat hij nog leefde. Hij richtte zijn blik op de lege ruimte waar de stoel voor hem had gestaan, de stoel die tegen zijn hoofd aan geslagen moest zijn. Om zich te oriënteren draaide hij zich om naar Nancy. Ook zij zat daar niet meer. In paniek draaide hij zijn hoofd naar rechts en zag haar vooroverhangend op haar stoel, haar profiel verborgen onder haar haar, het water reikte tot haar nek. Daniel keek naar boven, en onmiddellijk werd zijn gevoel van desoriëntatie nog groter. De andere passagiers hingen ondersteboven in hun gordel aan het plafond. Het vliegtuig moest een salto hebben gemaakt en lag nu ondersteboven. Hun twee stoelen waren waarschijnlijk uit de montagepunten gerukt en naar de andere kant van de cabine geslingerd. Sommige passagiers leken te schreeuwen – hun mond stond open en hun gezicht was verwrongen, maar hij hoorde geen kreten. Een van hen maakte zijn riem los en viel met een plons in het water. Daniel hoorde ook het plonzen niet. Zijn oren suisden.

Het water.

Het stond nu boven zijn lippen. Drong in zijn neusgaten. Longen. Toen hij naar lucht hapte, slikte hij het in; toen hij het inslikte verloor hij zijn zelfbeheersing. Zijn gebalde vuist stompte tegen de gesp van zijn veiligheidsriem. Hij tilde het klepje op, en de sluiting ging open. Door zijn knieën op te trekken kon hij zijn voeten bevrijden. Toen hij zijn ogen onder water opendeed, kon hij een wazig rood licht boven een nooduitgang onderscheiden.

Op dat moment klom hij over Nancy heen.

Met de handbeweging van een halfback, die haar neus platdrukte en haar lippen opzij wrong, duwde hij haar met haar wang en kaak tegen de hoofdsteun aan. Het was een reflexmatige, instinctieve handeling die vertraagd werd door het water; een bloedstollend moment dat ze beiden nog heel wat keren opnieuw zouden beleven, altijd met diezelfde verdomde verstilling van de tijd.

In een kluwen van ellebogen, knieën en graaiende handen zwom en sleepte hij zichzelf naar het rode licht en toen hij daar was, rukte hij tegen zijn instinct in de hendel niet naar boven, zoals een pijltje aangaf, maar naar beneden. Omdat zich aan beide kanten van de deur water bevond, ging hij gemakkelijk open. Zijn longen brandden. De behoefte om adem te halen was martelend. Alleen een sluitspier boven in zijn luchtpijp hield het water buiten, een reflex die het lichaam voor het verdrinkt nog een paar seconden respijt geeft. Het was lang genoeg om hem naar de oppervlakte te brengen en moeizaam adem naar binnen te happen. Pijnlijke, scherpe happen. Hij kreeg een hoestaanval. Zout water en slijm prikten in zijn bijholten, schuurden zijn keel, benamen hem de adem. Het watervliegtuig, zag hij nu, lag ondersteboven onder water, de schoepen op het oppervlak, de staart iets omhoog, en uit de ene motor die nog werkte kwam stoom. Het toestel was terechtgekomen op een koraalrif.

Nu pas dacht Daniel aan Nancy. Hij herinnerde zich dat hij zich langs haar heen had geperst terwijl zij met haar riem worstelde. Dat hij met de muis van zijn hand haar warme gezicht had gevoeld.

Hij dook weer terug. De cabine lag bijna onder water, de enige luchtzak bevond zich in de staart. Hier vulde hij zijn longen nog eens. Hij oriënteerde zich. Zag andere passagiers rondploeteren en zich, als in een groteske balletvoorstelling, in slow motion langs elkaar persen om bij de uitgang te komen. Susie deed verwoede pogingen de riem los te maken als een autogordel, waarbij ze op het klepje duwde in plaats van het open te trekken. Daniel trok het half zwemmend, half lopend, voor haar open. Het water was helder genoeg om Nancy's omtrekken te onderscheiden. Ze zat nog steeds vast in hun tweepersoonsstoel en worstelde nog steeds met haar riem.

Een ijskoude gedachte overviel Daniel toen hij verder zwom en zichzelf in haar richting duwde: hoe wist ze haar adem in te houden? Nu zag hij het: ze had de slang van een zuurstofmasker van het plafond – nu de vloer – tussen haar benen in getrokken en hield het masker strak tegen haar gezicht aan. Het beetje lucht daaruit moest voldoende geweest zijn. *Slimme Nancy. Goed bedacht, Nancy.* Hij tastte naar haar riem en trok eraan, maar de gesp was door de schok vastgeklonken. En de stoel was te zwaar om over het plafond te sleuren. Toen hij iets scherps tegen zijn been voelde, tastte hij er met zijn hand naar. Zijn vingers sloten zich om een glasscherf. Er knapte een stuk af en in één beweging bracht Daniel het onder Nancy's riem en haalde het heen en weer. Een sliertje bloed kroop traag uit zijn vingers, maar het weefsel wilde niet wijken.

Nancy greep Daniel bij zijn rechterschouder. Hij keek op. Met haar masker op zag ze er net zo uit als toen hij haar de eerste keer vanuit de tandartsstoel had gezien. Ze maakte een stekende beweging met haar vuist. Toen hij begreep wat ze bedoelde, trok Daniel de riem zo ver mogelijk van haar vandaan en probeerde met de punt van het glas door het canvas heen te steken. Het wilde niet wijken. Hij keek om zich heen en hoewel zijn zicht wazig was, zag hij een rood licht knipperen boven een glazen kastje dat boven de ingang naar de cockpit moest hebben gezeten, maar zich er nu onder bevond. Het licht was afkomstig van een lange, oranje lamp die aan de wand bevestigd was. Het glazen kastje, zag hij, bevatte een tas met ehbo-spullen. Hij trapte het glas in, ritste het tasje los en zocht tussen de pleisters, verbandrollen, veiligheidsspelden, wattenstaafjes en antiseptische crèmes tot hij vond wat hij zocht: een schaar. Zijn longen begaven het bijna en hij moest terug naar de luchtzak. Nadat hij een teug zuurstof had genomen zwom hij weer naar Nancy. Bij zijn tweede poging om de gordel door te knippen ontstond er een klein scheurtje en daarna ging het gemakkelijk. Nu was het de beurt aan Nancy om zich langs hem heen te persen, in haar bewegingen vertraagd door het water. Ze hield haar ene arm tegen haar ribbenkast, zag hij. Ze moest op weg naar buiten over een lichaam heen klimmen en toen hij omlaag keek besefte Daniel vaag dat hij een van zijn 'wetenschapperssandalen' was kwijtgeraakt.

Boven water konden ze geen van beiden iets zeggen. Nancy hoestte, Daniels keel deed zeer van het zoute water. Ze haalden allebei moeizaam adem. Hun zwemvesten waren niet opgeblazen. De zee kolkte even en kalmeerde toen de overgebleven motor helemaal stilviel. Ook twee andere passagiers, de lange zwarte man en de oude vrouw met de rozenkrans en de bloedneus, hadden zich naar buiten weten te werken en dobberden op het water. Susie schoot uit het water als een minionderzeeër waarvan de tanks geëxplodeerd waren. Ze sprong tot aan haar smalle heupen omhoog uit het met olie bevlekte water en viel toen weer terug, met haar hand nog op het koord van haar zwemvest. Ze had kleine wondjes in haar gezicht, waarschijnlijk veroorzaakt door rondvliegend glas.

'Alles goed, Nancy?' vroeg Daniel tussen twee happen adem door. Ze reageerde niet.

'Nancy! Luister naar me! Kijk me aan! Kun je me horen?' Ze hief haar hoofd en keek hem aan, maar haar blik was ver weg en onscherp. Misschien een hersenschudding, dacht Daniel.

'Nancy?' vroeg hij nog eens. 'Nancy? Nancy? Alles goed met je?'

Deze keer keek Nancy hem recht aan, met een onbekende kilte in haar blik. De afdruk van zijn hand was nog voelbaar op haar gezicht, zoals hij ook in haar geheugen voelbaar zou blijven.

Daniel werd verteerd door schuldgevoel. Hij moest de andere kant op kijken. Op dat moment wist hij dat het tussen hen nooit meer hetzelfde zou kunnen zijn. 'Ik ga weer naar beneden om te kijken of ik de anderen kan helpen,' zei hij.

Toen hij in het vliegtuig was, zwom hij weer naar de staart, waar een paar passagiers met hun hoofd in de luchtzak stonden. Toen hij daar ook in ging staan, voelde hij handen naar zijn voeten graaien. Hij trok de passagier omhoog aan zijn dreadlocks, het enige wat hij van hem te pakken kon krijgen. Het was Greg, snakkend naar adem. Hun gezichten waren zo dichtbij dat ze elkaar bijna raakten.

'Wacht hier,' zei Daniel, terwijl hij zich tastend een weg baande naar de lockers boven hen – de lockers onder hen – totdat hij het exemplaar vond waar zijn tas in zat. Die sleurde hij, zwemmend met één arm, mee naar de luchtzak en ritste hem open. De flippers en snorkel lagen nog steeds bovenop, maar hij moest er een stel kleren uit halen om zijn duikmasker te vinden. 'Luister. De uitgang is daar,' wees hij terwijl hij het masker opzette. 'Je moet onder water blijven om er te komen. Volg mij. Jij eerst, Greg.' Bij de uitgang duwde Daniel Greg naar de oppervlakte. Hij bracht de twee andere passagiers naar boven met zijn hand onder de kin van een van hen. Het was een man van middelbare leeftijd die hij tijdens hun vliegtocht niet had opgemerkt. De man was half bewusteloos en had een diepe wond in zijn arm.

Toen hij weer bovenkwam, zag hij dat Nancy haar zwemvest had opgeblazen en nu de oude vrouw met het hare hielp door in een ventiel te blazen. 'Deze man heeft mond-op-mondbeademing nodig, Nancy,' zei hij, terwijl hij de man van middelbare leeftijd naar een van de omgekeerde drijvers van het vliegtuig toe duwde. Nancy trok de man naar zich toe, kantelde hem, kneep in zijn neus en begon hem te reanimeren.

Daniel dook weer in het water en ging op weg naar de cockpit. De piloot en de copiloot waren dood. Ze lagen allebei met hun mond open, alsof ze midden in een gesprek overleden waren. De voorruit was verbrijzeld; daar kwam al dat glas vandaan. Hij zag een kluisje met daarin een feloranje vuurpijlpistool en een open kistje met 12-diameterpatronen. Daniel stopte het vuurpijlpistool onder zijn riem, vulde zijn zakken met patronen en pakte de antiseptische crème en twee doorweekte verbandrollen die op de vloer gevallen waren. Terug in de cabine zag hij een vrouw die nog aan haar stoel vastzat, terwijl haar haar sierlijk om haar heen waaierde in het water. Hoewel deze passagier duidelijk niet meer leefde, maakte Daniel haar riem los, en ze dreef een paar meter weg voordat ze tegen het lichaam van een man bleef liggen die bloed verloor uit een grote wond in zijn buik. Plastic flessen, kussens, kranten en kledingstukken dreven in stilte om hem heen. Er dreef ook een tijdschrift: de *National Geographic*.

Hij keek op toen hij gekraak hoorde. Het vliegtuig verschoof. Daniel haalde zijn flippers op van de plek waar hij ze had laten vallen en zwom door de deur naar buiten, enkele seconden voordat de neus van het vliegtuig afbrak en aan de steile kant van het koraal begon te zinken. Hij besefte dat de drijvers van het vliegtuig tijdens het neerstorten ontwricht waren geraakt en bijna helemaal van de romp waren gescheurd. De metalen laag van de vleugel waar hij het dichtst bij was, zat vol gaten. Wat er van het vliegtuig over was, zag eruit alsof het door een bom was getroffen.

Daniel blies zijn zwemvest op. Zijn lichaam schokte en het kostte hem moeite om op adem te komen. Het duurde even voordat hij het had uitgerekend. Er waren dertien passagiers aan boord geweest toen hij tijdens de vlucht koppen had geteld. Nu telde hij er acht. Acht overlevenden. Dat betekende dat er vijf mensen overleden waren, zeven als je de piloten meetelde. Er waren meer levenden dan doden; dat was tenminste iets. De vliegtuigbrandstof, besefte hij nu, maakte het zeewater zo dik en plakkerig dat het bijna onmogelijk was om erin te zwemmen. Toen de passagiers die nog in het water dobberden naar de omgekeerde drijvers begonnen te zwemmen, raakten ze in paniek vanwege hun plotselinge zwaarte. Sommigen, die in een paar minuten zichtbaar jaren ouder waren geworden, verkeerden duidelijk in shock, anderen snikten en kreunden. Susie, met een gezicht dat wel getatoeëerd leek door de bloedsporen van haar wonden, blies op het fluitje van haar zwemvest. Ze keek om zich heen, hield op met fluiten en zei tegen niemand in het bijzonder: 'Waarom zijn de anderen er niet uit gekomen?'

Daniel wist het antwoord. Hij had erover gelezen. Bepaalde mensen zullen zich, als ze er ook maar de minste kans toe zien, altijd een weg naar de veiligheid banen. Ze staan bekend als 'overlevers' en maken acht procent uit van de bevolking. Twaalf procent ontsnapt onder vrijwel geen enkele omstandigheid. Zij verliezen de wil om te leven, leggen zich neer bij hun dood, gaan ten onder aan 'dadeloosheid'.

Dus ik weet nu dat ik een overlever ben. En overlevers redden zichzelf en laten hun dierbaren sterven.

'Je kunt je beter hieraan vasthouden,' zei hij tegen Susie. Hoewel de omgekeerde drijvers zo groot waren dat alle passagiers erop konden liggen, waren ze glibberig, en omdat de onderkant een halve meter boven het water uitstak, was het moeilijk om erop te klimmen. Twee passagiers lukte het, en zij hielpen een paar anderen er ook op. De rest bleef in het water dobberen, met hun handen aan de drijvers.

'Er moet een reddingsvliegtuig onderweg zijn,' zei de lange zwarte man, waarmee hij verraadde uit het diepe Zuiden te komen. 'Ik hoorde de piloten een alarmbericht doorgeven.'

Ze keken allemaal omhoog en speurden met hun blik het lege luchtruim af.

'Wat is er met de piloten gebeurd?' vroeg Greg.

'Ze hebben het niet gered.' Daniel herkende amper zijn eigen stem – normaal gesproken had hij de pest aan eufemismen. 'Is er iemand gewond?'

Een aantal stemmen zeiden hijgend door elkaar heen:

'M'n ribben voelen verbrijzeld.'

'Weet niet. Geloof het wel. Heb pijn in m'n knieën.'

'Kan niet goed ademhalen.'

'Mijn pols...'

Daniel keek naar zijn eigen hand. Het bloeden was min of meer opgehouden, maar hij trilde. Hij had ook hoofdpijn. Behalve deze geringe klachten, bleek hij de enige passagier zonder verwonding. Hij zwom om het vlot heen zodat hij tegenover Nancy kwam, die nog in het water was. Haar gezicht zat vol blauwe plekken. 'Gaat het?' vroeg hij zachtjes.

'Ik geloof dat ik mijn sleutelbeen heb gebroken,' fluisterde ze.

Daniel voelde zich hulpeloos, ontmand. Toen herinnerde hij zich de vuurpijlen die hij had meegenomen, en probeerde erachter te komen hoe hij er een kon afsteken.

'Verspil ze niet,' zei Nancy rustig terwijl ze op haar horloge keek, een Longines met een vierkante wijzerplaat dat Daniel haar voor kerst had gegeven. 'Het zal wel een tijdje duren voordat een helikopter van de eilanden hier is.' Ze schudde haar pols en hield het horloge bij haar oor. 'Het is er vast mee opgehouden toen we op het water klapten.' Ze deed het horloge af, dat een afdruk op haar huid achterliet, schudde er nog eens mee en deed het weer om.

De volgende anderhalf uur gleed er een schaduw van stilte over de overlevenden, die af en toe werd onderbroken door vragen.

'Zouden er haaien zijn?'

'Moeten we nu geen vuurpijl afschieten?'

'Ik heb het zo koud. Heeft verder niemand het koud?'

'Er ligt zoveel bloed in het water. Zouden daar geen haaien op afkomen?'

'Ik ben lekenpriester,' zei de man van middelbare leeftijd behoedzaam. 'Als iemand zich wil verzoenen met God, bid ik samen met je.'

'Hé!' schreeuwde Greg voordat iemand kon reageren. Hij wees naar de oude vrouw die met de rozenkrans had gebeden. Ze was in de sterke stroming een meter of dertig afgedreven, het licht weerkaatste op haar zwemvest.

'Moet ik niet...' De toon waarop Greg sprak gaf aan dat hij het antwoord al wist.

'Ze is dood,' zei Nancy. 'Ze is al een poos...' Haar stem stierf weg. 'Zou er inmiddels geen reddingsvliegtuig moeten zijn? Hoe laat is het? Mijn horloge is kapot.'

Daniel tikte twee keer op zijn wijzerplaat: 11.10 uur. Twee uur was verstreken sinds de crash. Sommige passagiers rilden hevig, al het bloed was uit hun gezicht weggetrokken. Er waren nu zeven overlevenden, acht doden; de balans verschoof.

Dat het moreel zakte bleek uit de vragen:

'Wat moeten we doen?'

'We moeten wachten.'

'Ja, laten we wachten.'

'Wat heeft het voor zin om te wachten?'

'Wat heeft het voor zin om niet te wachten?'

Daniel vond een palletje waarmee de cilinder van het vuurpijlpistool geopend kon worden, schoof een patroon in het staartstuk en klapte het dicht. De anderen staarden naar hem toen hij het pistool omhoogstak en de trekker overhaalde. Er gebeurde niets. Hij zocht uit hoe hij de haan moest spannen en probeerde het nog eens.

8

De adjunct-directeur van de universiteit stuurde zijn fiets linksaf Goodge Street in en trok een grimas. Een pneumatische boor werd in de weg voor hem gedreven, wat betekende dat hij door een wolk cementstof moest fietsen. Met opgetrokken neus zigzagde hij langs de verkeerskegels die van twee wegbanen één maakten, voordat hij slippend tot stilstand kwam in de sneeuwbrij met zijn remmen die piepend protesteerden. Een wegwerker hield een rood stopteken voor hem omhoog en versperde de doorgang. Zijn neusgaten openden zich. Ze roken de geur van hamburger en fabriekskaas – de wegarbeider at een Big Mac die nog voor de helft in een vetvrij papiertje gewikkeld zat. Er was nog een geur, weeïger en doordringender. De adjunct draaide zich om en zag dat hij naast een vat kokende teer stond, waarvan de rook zichtbaar opkringelde in de koude middaglucht. Hij tuurde over zijn halve brillenglazen naar de wegwerker en zonder de richting van zijn blik te veranderen, liet hij zijn hand onder zijn jas glijden alsof hij een pistool wilde trekken.

De adjunct was lang en mager en had een uitgedroogd en somber voorkomen. Hij zag er ouder uit dan zijn negenenveertig jaar. Dat kwam voor een deel door de Crombie-overjas en versleten gleufhoed die hij droeg, en voor een deel door zijn aftandse opoefiets. Het kwam vooral door zijn ouderwetse bril. Hij was net begonnen het cementstof eraf te vegen met de zijden zakdoek die hij uit zijn zak had gehaald, toen het bord werd omgedraaid en in groene letters het woord RIJDEN zichtbaar werd. De bestuurder in de auto achter hem claxonneerde. De schouders van de adjunct gingen omhoog en hij trok zijn nek in. Hij zette de poten van zijn bril een voor een weer op zijn oren en trok zijn kraag omhoog voordat hij wegfietste. Toen hij het smeedijzeren voetgangershek aan de kant van de Porter's Lodge door ging en de schone lucht opsnoof van het binnenplein van de universiteit, bleef zijn gezichtsuitdrukking onveranderd. Het speet hem dat hij op een zaterdagmiddag hierheen moest voor een bijzondere algemene vergadering van de bestuurscommissie.

Ondanks zijn welluidende naam – Laurence Wetherby – wilde de adjunct liever aangesproken worden met zijn titel. Wetherby was zijn tweede keus. De gewoonte van collega's en onbekenden om elkaar met de voornaam aan te spreken was voor hem een gruwel. De enige mensen die hem Laurence hadden genoemd waren zijn ouders, inmiddels overleden, en de vrouw met wie hij ooit korte tijd verloofd was geweest – maar zij had hem geen Larry durven noemen. Ook op school had hij niet bekend gestaan als Larry. Evenmin had hij een bijnaam gehad. Als zijn studenten nu een bijnaam voor hem hadden, was die hem nooit ter ore gekomen.

Een CCTV-camera op een metalen poot volgde hem toen hij een oprit voor gehandicapten op fietste – om een plas gesmolten sneeuw te vermijden – en nog zo'n twintig meter verder reed, langs kale bomen die in concentrische cirkels van keien stonden, voordat hij zijn fiets in het met rijp bedekte metaal van een leeg fietsenrek stalde. Hij keek omhoog naar de witte klok boven Porter's Lodge voordat hij afstapte en de klemmen van zijn broekspijpen haalde.

Het rijden op deze fiets, het dragen van de broekklemmen, de manier waarop hij zijn gleufhoed pakte – een vinger en duim op het versleten, glimmende vilt aan weerskanten van de gleuf –, dat alles was voor hem een bewust verzet tegen de moderne tijd. Hij wist dat het zinloos was, maar hij redeneerde dat iedereen zijn eigen grenzen moest trekken, en toevallig waren dit de zijne. In de wereld van Wetherby zat Victoria nog steeds op de troon, werd een mis opgevoerd in het Latijn en hadden de gruwelen van de eigentijdse syntaxis – samentrekkingen, gescheiden infinitieven, zwevende deelwoorden – geen bestaansrecht.

Wetherby's wantrouwen jegens de moderne tijd drong door in bijna elk aspect van zijn leven, vooral in zijn werk. Als muziekdocent moest hij modules geven over componisten als Birtwistle en Schönberg, maar hij vond hun experimenten in atonaliteit onverdraaglijk, bijna even erg als freejazz, en dit vooroordeel stak hij tegenover zijn studenten niet onder stoelen of banken. Voor hem hield de klassieke muziek op bij Mahler, Elgar en, als hij een edelmoedige bui had,

Vaughan Williams. Er was, net als bij vele andere aspecten van zijn leven, geen ruimte voor discussie of compromissen.

Terwijl hij een kettingslot door de spaken van zijn achterwiel haalde, kwam een beveiligingsbeambte hijgend achter hem staan. 'Pardon, meneer,' zei de man met een luide maar beschaafde stem. 'U hebt uw pasje niet laten zien.'

Wetherby keek niet naar de man terwijl hij zijn kettingslot vastmaakte. In plaats daarvan zei hij over zijn schouder, waarbij zijn zachte, hese stem nauwelijks de benodigde afstand kon overbruggen: 'U bent hier zeker nieuw.'

'Ik werk hier bijna twee jaar, meneer.'

Wetherby draaide zich om terwijl hij hierover nadacht. De bewaker had een rood gezicht en was kalend. Ter compensatie hiervan had hij helderwitte bakkebaarden laten groeien. 'Natuurlijk. Die jas. Daarin ziet u er anders uit.' Hij kneep zijn ogen in hun diepe, benige kassen halfdicht terwijl hij op het jack van de bewaker naar een naamplaatje zocht, maar hij kon er geen vinden. Wat hij wel zag was een klaproos.

'Ik heb instructies van de rector magnificus niemand binnen te laten die zijn pasje niet heeft laten zien.'

Wetherby probeerde zijn ergernis te verbergen. 'Ik word zo dadelijk verwacht bij de rector magnificus. Ik zal hem complimenteren met de toewijding van zijn bewakingspersoneel.'

'Dank u, meneer.'

In de veronderstelling dat hiermee de kous af was, pakte Wetherby de versleten leren muziektas uit het mandje dat aan zijn stuur hing en liep weg.

De bewaker riep hem na: 'Uw pasje, meneer?'

Wetherby keek op zijn horloge en keerde weer om. 'U zorgt ervoor dat ik te laat kom.'

'Het spijt me, meneer. Het is een nieuwe regel. Geen uitzonderingen.'

Met een diepe zucht zette Wetherby zijn tas op een klein stukje cementkleurige sneeuw en haalde er examenpapieren uit, een exemplaar van de *Times*, opengevouwen op een pagina met een ingevulde kruiswoordpuzzel, en een stapeltje bladmuziek. Zijn identiteitsbewijs van de universiteit zat er niet in. Hij klopte op zijn zakken en keek in zijn portefeuille voordat hij zich weer naar de bewaker wendde met een zure glimlach die de gaten in zijn gebit onthulde.

'Ik kan zijn identiteit bevestigen.' Het was een van Wetherby's studentes, wier Chinese accent werd gedempt door de paars met bruine collegesjaal die haar mond bedekte. Ze kwam met twee treden tegelijk de trap af. In haar hand hield ze haar identiteitspasje.

'Dank u, juffrouw,' zei de bewaker. 'U zult voor hem moeten tekenen. Als u even mee wilt lopen naar de portiersloge, dan maak ik een noodpasje.'

De bewaker genoot hiervan, dacht Wetherby. Hij merkte het aan de manier waarop de man naar hem keek, aan zijn stem die niet bij zijn positie paste. Toen ze bij de portiersloge kwamen, vroeg de bewaker zijn naam.

'Wetherby... Professor Laurence Wetherby, adjunct-directeur, Trinity College, Londen.' Hij zweeg even voor het effect. 'Ik geef hier al les vanaf mijn vierentwintigste.' Stilte. 'Ik ben nu negenenveertig.' Stilte. 'Dat is een kwarteeuw.'

De bewaker liet zich niet uit het veld slaan. 'En mag ik uw pasje even, juffrouw.'

De studente reikte het hem aan. De bewaker probeerde de naam hardop te lezen.

'Laat maar, dat kan niemand uitspreken,' zei de studente. 'Het is Hai-iki buizi Yzu.'

'Dank u, juffrouw. Dat is nogal een mondvol.'

De studente glimlachte. 'Denk maar aan het geluid van een wesp die opgesloten zit in een jampot.'

De bewaker glimlachte ook. 'Bedankt, ik zal eraan denken.' Hij schreef de naam zorgvuldig op en gaf Wetherby zijn tijdelijke pasje. 'Alstublieft. Sorry dat ik u heb opgehouden, professor. Nu herken ik u. Het kwam zeker door die deukhoed.'

'Gleufhoed.'

'Als u voortaan uw pasje mee wilt nemen, zou dat heel fijn zijn.'

Wetherby keek weinig enthousiast om zich heen in de portiersloge. Toen hij het klembord zag, het sleutelrekje, de stomende ketel en de foto's van de familie van de bewaker – drie tienerkinderen – knikte hij in zichzelf. Er stond ook een verzameling boeken over de Eerste Wereldoorlog, een model van een Vickers-machinegeweer en een beker met een klaproos erop. Toen zijn blik zich weer op de bewaker richtte, meende hij de schaduw van een glimlach op diens gezicht te bespeuren.

'Hebt u er al een?' De bewaker rammelde met een rode, plastic collectebus in zijn ene hand en hield een bosje klaprozen in de andere.

'Ja,' zei Wetherby.

'Tijdens de zomervakantie geef ik rondleidingen op het slagveld in Vlaanderen,' zei de bewaker.

'O ja?'

'Hebt u er ooit over gedacht het te bezoeken?'

'Nee.'

De bewaker zette de doos terug op de plank. Hij keek beduusd. 'Binnenkort komt u niet meer binnen zonder elektronisch pasje,' zei hij. 'Ze gaan automatische slagbomen installeren.'

'Ik kijk er vol verwachting naar uit.'

Hai-iki was alweer buiten en liep naar het Octagongebouw onder de centrale koepel. Ze wreef over haar armen. Toen Wetherby haar inhaalde zei hij: 'Dat moet vervelend voor je zijn, mensen die op zo'n manier je naam belachelijk maken.'

'Je raakt eraan gewend.'

'Dat zou niet nodig moeten zijn.'

De studente hield haar hoofd schuin terwijl ze hierover nadacht. 'Het kan een beetje frustrerend zijn.' Ze wreef in haar handen. 'Ik zal u zeggen waar ik nooit aan wen... aan dit weer.'

'Ik heb nog liever een hittegolf, terwijl ik een enorme hekel heb aan hittegolven.'

De studente lachte. 'Ik heb u gisteravond gehoord op Radio 3.'

Wetherby wierp haar een zijdelingse blik toe. Hij wist dat ze een studiebeurs voor musicologie had – ze was een veelbelovend pianiste – maar tot dit moment had hij niet veel aandacht aan haar besteed. Ze had een gave huid en een zwarte pony, en een zachte, expressieve mond. Ze was niet uitgesproken aantrekkelijk en ze reikte nauwelijks tot zijn borst – waardoor hij zich akelig bewust werd van zijn eigen lengte –, maar ze had de zelfverzekerde, heupwiegende loop van een model met ellenlange benen. 'Je bent waarschijnlijk de enige hier die me heeft gehoord,' zei hij vriendelijk. 'Die cultuurbarbaren hier,' hij knikte in de richting van de stafkamer, 'zouden The Third Programme niet eens kunnen vinden.'

'The Third Programme?'

'Radio 3. Ik wil nog steeds niets van die naamsverandering weten.'

'Wanneer is die ingevoerd?'

'In 1967.'

Toen ze bij de oostelijke kloostergang kwamen, hield hij de deur voor haar open terwijl hij de sneeuw van zijn schoenen stampte en zei: 'Heb je even tijd?'

Ze haalde op een vriendelijke, open manier haar schouders op.

'Ik wil je iets laten zien in mijn kamer.' Hij ging haar voor door een gang vol met portretten van filosofen en standbeelden van wetenschappers en ingenieurs, de leren zolen van zijn schoenen weerklonken dof op de marmeren vloer. Zij trippelde geluidloos, alsof ze fluwelen voetjes had, achter hem aan. Toen ze bij zijn kamerdeur aankwamen keek hij weer op zijn horloge – hij had nog een paar minuten voordat zijn vergadering zou beginnen – en toetste vier cijfers in op een paneeltje aan de muur. De zware deur klikte open. 'Kom binnen, kom binnen.'

Wetherby zette zijn gleufhoed af en onthulde een eivormig hoofd dat nauwelijks werd bedekt door wat haar dat er dwars overheen was gekamd. Hij trok zijn jas uit en schudde hem uit voordat hij hem aan zijn deur hing. Daarna volgden zijn leren handschoenen die hij vinger voor vinger afstroopte. Rustig aan, Wetherby. Niet overdrijven. Dat zou haar kunnen afschrikken. Hij streek het haar aan de zijkant van zijn hoofd glad en controleerde zijn spiegelbeeld in de glazen deur van de boekenkast. Niet uitgesproken knap, maar gedistingeerd. Een intellectuele verschijning, aantrekkelijk voor blauwkousen. Grrr. 'Schiet je al op met je scriptie?' vroeg hij.

'Ik kom er wel uit.' Ze haalde weer haar schouders op, gaapte en huiverde.

Terwijl Wetherby in zijn la naar een oude klaproos zocht die hij daarin bewaarde, wond Hai-iki de metronoom op die op zijn kleine vleugel stond, tot hij begon te tikken. Ze ging met een vinger over een stakerig kruisbeeld aan de muur, voelde hoe zwaar de rozenkrans was die eraan hing, en ging met haar vinger langs een boekenplank, waarbij ze op de leren ruggen tokkelde alsof het pianotoetsen waren.

Wetherby stak de klaproos in zijn revers en keek op met een vragende blik. 'Het gaat om een project waar ik mee bezig ben. Ik heb een onderzoeksassistent nodig. Is het iets voor jou?'

Hai-iki hield weer haar hoofd schuin. 'Waarom ik?'
Wetherby aarzelde heel even voordat hij antwoord gaf. 'Omdat jij naar Radio 3 luistert.'
'Maar ik vind wel dat ze te veel jazz draaien.'
'Alle jazz is te veel jazz.'
'En ik ben ook niet dol op wereldmuziek.'
Wetherby deed alsof hij een vinger in zijn keel stak.
Hier moest de studente om lachen. 'Ik móét wel naar Radio 3 luisteren.' Ze klopte op haar zakken. 'Ik kan het Royal Opera House niet betalen.'
'Ben je daar nog nooit geweest?'
'Nooit.'
'Dan moet je erheen, dat moet.' Wetherby zocht weer tussen de papieren op zijn bureau. 'Ik heb nog een kaartje over voor Covent Garden op dinsdagavond.' Hij zei het terloops, zonder op te kijken.
'Wat speelt er?'
'La Bohème.'
Ze had horen fluisteren dat de professor zijn studenten altijd verleidde met Puccini. 'Ik vind Puccini te zoet,' zei ze.
'Net als ik,' zei hij. 'Net als iedereen, daarom heb ik een kaartje over. Ik maak het daarna goed met een etentje in mijn club.'
'Uw club?'
'Athenaeum. We kunnen na de eerste pauze uit de opera weggaan, dan zijn we er tegen negenen.' Hij bekeek nogmaals zijn spiegelbeeld. Hij droeg een driedelig kostuum van kriebelig, onverwoestbaar tweed, met vier knoopjes op de manchetten, waarvan er twee opengegaan waren. Hij maakte ze vast en stak een vinger onder zijn kraag voordat hij de boord onder zijn das rechttrok.
'Mag ik er even over nadenken?' vroeg Hai-iki.
'Natuurlijk, natuurlijk.'
De studente krabde zich op haar pols. 'Wat wilde u me laten zien?'
'Eerst moet je geheimhouding zweren.'
De studente knipperde met haar ogen. 'Best. U zegt het maar.'
'Zweer het. Geen woord, tegen niemand.'
'Ik zweer het.'
Wetherby reikte haar een paar rubberhandschoenen aan. 'Trek deze aan.'
Ze keek hem wantrouwig aan. Deed toen wat hij vroeg.

Hij gaf haar een pincet en een vergeelde brief in een plastic map-je. Ze hield hem zo dat het licht van het raam er niet op reflecteer-de.

'Je mag hem eruit halen.'

'Ik zie het zo goed genoeg. Duits?'

'Dat spreek je toch?'

'Genoeg om me te redden.'

'Dat was de andere reden waarom ik het je vroeg. Er is een ar-chief in Berlijn...'

Hai-iki draaide de brief om en las de naam onderaan. 'Gustav?'

'Mahler.'

Ze draaide hem weer terug. 'En wie is Anton?'

'Zijn neef in Genève... Een verzamelaar heeft me deze brief ge-stuurd als echtheidsverklaring.'

Terwijl Hai-iki de brief las, zette ze grote ogen op. Toen ze aan het eind was, stond haar mond een stukje open, waardoor parelwit-te tanden en roze, vochtig tandvlees zichtbaar werden. 'Is hij echt?'

'Jazeker,' zei Wetherby met een flauw lachje. 'Ik wist er al jaren van, maar dit is de eerste keer dat ik er schriftelijk bewijs van heb gezien.' Hij deed een stap naar voren en pakte de brief weer aan. 'En vergeet niet...' Hij hief zijn wijsvinger en drukte hem met de bin-nenkant zachtjes op de sponzige lippen van de studente.

9

Bijna drie uur waren verstreken sinds het watervliegtuig was neergestort. Greg was de eerste die dit besefte. 'De vlucht vanaf Ecuador duurt minder dan twee uur,' zei hij. De helderblauwe lucht was nu overdekt met veervormig uitgewaaierde wolken, en het water dat eerst warm was geweest, koelde nu snel af. Daniel wist waardoor dat kwam. Hoewel de Galápagosarchipel op de evenaar ligt, is het water eromheen koud vanwege de Antarctische Humboldtstroom. 's Nachts wordt het nog kouder. Wie tegen de ochtend geen haaienvoer was geworden, zou wegens onderkoeling meer dood dan levend zijn. Het leek hem het best deze informatie niet met zijn medeoverlevenden te delen. In plaats daarvan kondigde hij aan: 'Ik denk dat ik de eilanden wel kan bereiken.'

Iedereen keek naar hem.

Als hij zich niet zo had geschaamd over het feit dat hij Nancy in de steek had gelaten, zou hij dit niet zo snel hebben aangeboden. Hij wist dat zijn kans om de eilanden te bereiken niet groot was. 'Ik zwem elke ochtend een halfuur – tweeëntwintig baantjes,' vervolgde hij nonchalant. 'Dat is vierhonderd meter. Bovendien heb ik flippers bij me.' Hij stak ze omhoog. Niemand zei iets. 'Ik heb onze positie op de kaart bekeken voordat we neerstortten. Ze liggen die kant op.' Hij wees. 'Westelijk. Ik moet de zon volgen...' Hij keek omhoog; de zon stond bijna loodrecht aan de hemel. '... als hij ondergaat.'

'Moet er niet iemand met hem meegaan?' vroeg Susie.

Er vielen nog steeds af en toe druppels zout water uit Daniels neus; hij snoof en drukte een vinger tegen elk neusgat. 'Nee, ik red het wel. Trouwens, er is maar één paar flippers. De eilanden kunnen niet verder liggen dan een kilometer of acht. Als ik dichterbij kom, zal de stroom me er naartoe voeren.'

'Ik vind dat we bij elkaar moeten blijven,' zei de lekenpriester.

De Afro-Amerikaan was de volgende die zich liet horen: 'Als de man het risico wil nemen, moet hij dat weten. Ik heb thuis jonge kinderen.'

Daniel en Nancy wisselden een blik.

Greg zwom naar Daniel toe en zei zachtjes: 'Als ik het niet red, wil je dan tegen mijn ouders zeggen dat ik van ze hou? En dat ik, zeg maar, in alle rust ben heengegaan, of zoiets.'

Dit was het moment waarop Daniel tegen Greg zou moeten zeggen dat hij het zou overleven, dat hij het zelf tegen zijn ouders zou kunnen zeggen. Maar hij kon het niet. Hij geloofde het niet. 'Insgelijks,' zei Daniel terwijl hij zijn flippers aandeed en met wat speeksel het masker schoonwreef. 'Insgelijks.'

Zijn T-shirt en zwemvest zouden zijn rug beschermen tegen de zon, bedacht hij, en de lange zwarte man had hem een baseballcap van de Atlanta Braves gegeven. Die zette hij achterstevoren op zijn hoofd, om zijn nek te beschermen. Hij was al moe en probeerde niet aan de anderen te laten merken dat zijn armen trilden. Greg zag het, greep een halfvolle plastic fles Aquarius die naar het wateroppervlak was gedreven en stopte die in zijn zwemvest. 'Hoe ver is het echt?' zei hij met gedempte stem zodat de anderen het niet konden horen.

'Ik schat zo'n twaalf kilometer.' Zijn tanden klapperden inmiddels. 'Maar ik red het wel. Echt.'

Greg dacht hier even over na. 'Dat is een heel eind zwemmen, man,' zei hij.

Omdat Daniel niet wilde vertrekken terwijl deze onheilspellende constatering in zijn oren naklonk, probeerde hij er voor Nancy een luchtige draai aan te geven. 'Denk je dat we wat geld kunnen terugeisen van het reisbureau?'

Nancy scheen het niet te horen. 'Succes,' zei ze.

'Hou vol,' zei Daniel, met haar hand in de zijne. Hij tastte in zijn zak naar het doosje met de ring. Het was weg. 'Ik beloof je dat ik terugkom met hulp. Geloof me. Probeer de anderen…' Hij wist niet hoe hij zijn zin moest afmaken. 'Probeer tot ik terug ben te voorkomen dat de anderen hun eigen urine opdrinken.'

Nancy lachte gespannen. 'Ik zal mijn best doen.'

Daniels blik gleed weg toen Nancy hem aankeek. Hij wilde tegen haar zeggen dat hij van haar hield, maar hij wist dat hij de woorden niet uit zijn mond zou krijgen. Ze leken nu zonder inhoud. In plaats daarvan legde hij zachtjes een hand in haar nek en boog zijn hoofd, zodat hij met zijn voorhoofd het hare raakte. 'Ik ga het redden,' fluisterde hij. 'Gewoon blijven leven.' Daarna draaide hij zich om en zwom weg. Vijftig meter lang hield hij zijn armen naast zijn lichaam, hij gebruikte zijn flippers om zichzelf vooruit te stuwen en zijn snorkel om adem te halen, toen hief hij zijn hoofd om te kijken of hij nog in de richting van de zon zwom. Na een halfuur keek hij om. De drijvers van het vliegtuig waren niet meer te zien. Hij rilde, zowel van eenzaamheid als van de kou.

10

Om een minuut voor vijf arriveerde Wetherby, in een toga die achter hem aan wapperde, voor de dubbele deur van de bestuurskamer. Terwijl de laatste minuut wegtikte bereidde hij zich voor. Hij had jarenlang een strakke, afkeurende blik geperfectioneerd – jegens het lichtzinnige, het vulgaire, het zinloos esthetische. Mensen verwachtten dat van hem, en hij stelde ze niet graag teleur. Vandaag, wist hij, had hij een gegronde reden om boos te kijken. De andere mannelijke faculteitshoofden zouden geen toga dragen, maar een overhemd met open boord onder hun colbert. Wetherby zag het als zijn morele plicht om hun een beschaamd gevoel te geven. Het zou godgeklaagd zijn als hij zijn eigen normen opzij zou laten zetten door het nieuwe informele kledingvoorschrift van de rector magnificus. Al ruim anderhalve eeuw droegen faculteitshoofden tijdens de maandelijkse bestuursvergadering een toga, en hij zou ervoor zorgen dat die traditie in ere werd gehouden, ook al deed verder niemand dat, ook al vonden alle anderen hem overdreven. Hij wachtte nog een ogenblik. Keek op zijn horloge. Telde de laatste vijf seconden tot het hele uur, voordat hij de deur opendeed.

Tot zijn verbazing zaten alle andere faculteitshoofden er al.

'Goedemiddag, Larry,' zei de rector magnificus, terwijl hij zijn armen omhoogstak en een quasi schuldbewust gezicht trok waardoor zijn rode wangen enigszins blubberden. 'Heb je de e-mail niet gelezen die ik heb rondgestuurd?'

'Welke e-mail bedoel je?'

'Mijn fout. We moesten een halfuur eerder beginnen omdat de commissaris nog een andere bijeenkomst in Whitehall heeft. Hij heeft ons uit de doeken gedaan wat er in noodgevallen op de campus moet gebeuren.' Wetherby richtte niet zozeer zijn blik als wel zijn hoofd in de richting van een geüniformeerde politieman die een pet met goudgalon in zijn hand hield. De commissaris stond naast een flip-over met daarop een plattegrond van de noordelijke kloostergang van het college. De agent begroette Wetherby met een knikje en een glimlachje. Wetherby spreidde zijn toga. Ging zitten. Tuurde naar de open kraag van de rector magnificus.

'Goed, waar waren we gebleven?' zei de rector magnificus luchtig.

'Ik geloof dat ik er zo ongeveer doorheen was,' zei de commissaris. Hij keek op zijn horloge en daarna uit het raam. 'Ik moest maar gaan. Mijn chauffeur wacht.' Hij gaf de rector een hand en knikte een paar keer naar de rest.

'We hebben besproken hoe we de radicalisering op de campus het best kunnen bestrijden,' zei de rector tegen Wetherby. 'Hoe we in politieke groeperingen kunnen infiltreren, waaraan we tekenen van islamitisch extremisme kunnen herkennen. Dat leg ik je later nog uit. Zo. Nu jullie hier allemaal zijn, zal ik het opwindende nieuws vertellen. Er is ons een geldbedrag nagelaten door een alumni.'

'Alumnus,' corrigeerde Wetherby hem zachtjes.

De rector hoorde het niet. 'Een aanzienlijk geldbedrag zelfs. Op advies van een jurist kan ik jullie in dit stadium niet vertellen wie het heeft nagelaten of hoeveel het is, omdat de familie van de overledene het testament aanvecht. Maar het zal genoeg zijn voor de bouw van bijvoorbeeld een nieuwe bibliotheek of theater, een nieuwe sporthal, een galerie of museum, een nieuwe conferentiezaal, een nieuw lab misschien. De enige voorwaarde is dat het toegankelijk moet zijn voor het publiek. We zouden tevens in aanmerking komen voor een bouwtoelage van het Heritage Lottery Fund die precies evenveel zou bedragen als de nalatenschap. Dus.' Hij klapte in zijn handen. 'Ik wil graag dat jullie hierover nadenken als jullie straks weg zijn, en daarna een aanvraag indienen. Verder nog iets?'

Een secretaris met een pagekapsel bekeek de notulen. 'De leerstoel zoölogie.'

'Dat is een formaliteit, denk ik,' zei de rector terwijl hij zijn pen pakte. 'Niemand bezwaar als die aan Dan Kennedy wordt toegewezen, neem ik aan?'

Er viel een korte stilte voordat Wetherby zachtjes zijn keel schraapte. 'Ik vind dat er een vacature geplaatst moet worden.'

Twaalf paar ogen keken zijn kant op. De rector sprak als eerste. 'Waarom?'

'Volgens mij moet dat volgens de Europese werkgelegenheidswet.' Hij zweeg even terwijl hij de gezichten van zijn collega's bestudeerde. 'En ik weet ook niet zeker of doctor Kennedy die positie wel wil.' De rector magnificus schoot in de lach. 'Natuurlijk wil hij die.' 'Die indruk heb ik niet.'

'Heeft hij dat tegen je gezegd?'

'Niet met zoveel woorden, maar ik weet dat hij een hoop andere verplichtingen heeft.'

'Verplichtingen?'

'Zijn activiteiten buiten de universiteit. Televisie. Die serie over de natuurlijke historie die hij presenteert.'

De rector trommelde met zijn vingers op de tafel. 'Wat voor serie is dat? Waarom wist ik daar niets van?'

Pamela Henton, professor in de biologie, gooide haar pen op haar blocnote. 'Luister, Daniel heeft de faculteit zoölogie het afgelopen jaar goed geleid. Je kunt niet zeggen dat hij niet betrokken is.'

'O, ik twijfel ook niet aan zijn betrokkenheid,' zei Wetherby met opeengeklemde kaken. 'En zoals jullie weten heb ik hem persoonlijk zeer hoog zitten als collega, en als vriend.' Hij bekeek de gezichten van de anderen, alsof hij hen uitdaagde het met hem oneens te zijn. 'Maar ik zou het gevoel hebben dat ik onze vriendschap verried als ik deze aangelegenheid niet bij het bestuur ter sprake zou brengen.'

'Nou, hij leek mij hét gezicht voor onze nieuwe aanpak,' zei Roger Eastman, een zilvergrijze professor in de geschiedenis. 'Heb je die foto van hem gezien op de website van het college, met leren jasje en zonnebril?'

'En zo'n artistiek stoppelbaardje,' voegde Henton er met een grijns aan toe.

'Helemaal mee eens,' zei Wetherby terwijl hij met zijn vingers door zijn spaarzame haar ging; zijn tonsuur was van voren niet te zien en met zijn herhaalde nerveuze gebaar probeerde hij dat zo te houden. 'Hij is bijzonder telegeniek.'

'Toen ik hem laatst op de campus zag lopen, met zijn iPod en handtas, zag ik hem aan voor een student,' vervolgde Henton met dezelfde grijns. 'Bovendien is dat militante atheïsme van hem momenteel heel erg in.'

'Je bedoelt zoals het marxisme ooit in was?' vroeg Wetherby. 'Ja, dat zie ik wel. Het was vroeger verschrikkelijk in bij academici uit de middenklasse om Mao en Stalin te verdedigen. Nu die helden van het atheïsme niet langer in de mode zijn, is Darwin de man geworden die we moeten volgen. Darwin en Dawkins.'

Eastman genoot ook van deze luchtige onderbreking. 'Heeft iemand die graffiti gezien bij de Studentenvakbond? "Dawkins is God". Vond ik best geestig.'

'Hilarisch,' zei Wetherby op een toon die droop van sarcasme.

'Kom op, Wetherby. Het was een verwijzing naar "Clapton is God"… Dat weet je toch nog wel. Wanneer was jij student?'

'O, die verwijzing snap ik wel, en ik vind Dawkins in plaats van Clapton ook geestig, maar het heeft heel wat tijd gekost voordat de schoonmakers…'

'Dans inzet op het gebied van milieu is ook erg actueel,' viel Henton hem in de rede. 'De studenten respecteren hem er echt om.'

Wetherby zag zijn kans schoon. 'Dat mag ook wel. De man brengt in de praktijk wat hij predikt. Hij vertelde me onlangs dat hij van plan was 'de voetafdruk' die hij op de wereld achterlaat door zijn vlucht naar de Galápagoseilanden te compenseren door ervoor te zorgen dat er mahonie- en cederbomen geplant worden in, ik meen dat hij zei Bushenyi in Oeganda.'

'Wat voor vlucht naar de Galápagoseilanden?' vroeg de rector magnificus met gefronst voorhoofd.

'Ik nam aan dat hij een deel van zijn volgende programma daar wil opnemen.' Wetherby keek op zijn horloge naar de datum. 'Ik geloof dat hij er op dit moment is.'

Professor Nick Collins, hoofd van de faculteit psychologie, keek wat aantekeningen door. 'Ik weet niet waarom we het hier eigenlijk over hebben. Dans academische staat van dienst is voorbeeldig.'

De rector magnificus klonk een beetje mokkend. 'Ik zou niet graag een benoeming doen zonder de volledige steun van het bestuur.' Hij keek Wetherby aan. 'We zullen een vacature plaatsen, maar ik heb niet het idee dat er betere kandidaten op af zullen komen.' Hij keek de kamer rond. 'En zouden alle faculteitshoofden zo vriendelijk willen zijn hun personeel eraan te herinneren dat ik niet zo dol op bijbaantjes ben. En ik wil ook weten wie er van het personeel afwezig zijn, om wat voor reden ook. En nu,' hij tikte met zijn papieren op tafel, 'moet ik ook weg.' Een twaalftal stoelen schoof tegelijk schrapend naar achteren.

Toen de rector bij de deur was, stond Wetherby naast hem en zei zachtjes: 'Wat betreft de veiligheid – wat weet u over de bewaker die vandaag dienst heeft in de portiersloge?'

'Donaldson? Is al twee of drie jaar bij ons. Goeie kerel, volgens alle berichten.'

'Ik heb iets anders gehoord.'

'Wat bedoel je?'

'Een van de Chinese studentes heeft geklaagd dat hij racistische opmerkingen maakt.'

De rector bleef staan en draaide zich naar Wetherby toe. 'Jezus, daar zit ik net op te wachten.'

'Hij maakte haar naam belachelijk.'

'Dat is niet zo mooi. We zullen een onderzoek moeten instellen. Voor de goede orde. Wil jij daarvoor zorgen?'

'Natuurlijk.'

'Maar probeer het wel stil te houden. We willen niet dat de pers hier lucht van krijgt.'

'Waarschijnlijk is het het beste om hem te schorsen tot het onderzoek is afgesloten.'

'Doe wat jij het beste acht, Larry.' De rector signaleerde afkeuring in Wetherby's ogen. 'Je vindt het toch niet erg dat ik je Larry noem?'

'Helemaal niet.'

'Hoe minder kleingeestig we hier zijn, hoe beter, vind ik.'

'Zeker.'

'Ik ben blij dat je me op de hoogte hebt gebracht van Dans televisiewerk.'

'Misschien had ik het niet moeten doen.'

'Voel je niet schuldig omdat hij een vriend is. Het is beter dat ik dit soort dingen weet.'

'Daarom vond ik ook dat u op de hoogte moest worden gebracht van zijn bedenkingen over die baan. Daar zou hij nooit zelf mee komen.' Weer dat flauwe lachje. 'U kent Danny.'

11

Door zijn masker heen zag Daniel pijlstaartroggen en zaagbaarzen. Hij zag ook roze plekken op zijn huid: striemen, schrammen en strepen, veroorzaakt door koraal. Hij wist dat er haaien op af zouden komen. Hij probeerde er niet aan te denken en was opgelucht toen er een dolfijn verscheen die onder hem door zwom. Haaien jagen niet graag in de buurt van dolfijnen. Hij kon zich nu helemaal concentreren op de kwallen. Die waren overal en hij werd constant in zijn blote benen gebeten, wat elke keer voelde alsof er een sigaret op werd uitgedrukt.

Er verscheen nog een dolfijn; met z'n tweeën cirkelden ze onder hem, waarbij ze zich synchroon op hun rug draaiden om een beter zicht te hebben op de vreemde vis die ze hadden aangetroffen. Daniel wist dat hij weer een ondiep rifplateau naderde omdat het water wemelde van blauw zeewier en klipvis. Toen hij over een koraaltuin zwom waar hij met zijn flippers langsschampte, deinsde hij terug bij het zien van vulkanische trechters en iets wat eruitzag als hersenen van een mens. In elke andere context prachtig, maar nu luguber. Een school geelstaarten dreef vlak voor zijn masker langs en maakte hem aan het schrikken. Een blauwgevlekte rog schoot weg in een zandwolk. Toen de rog zich veilig voelde, vertraagde hij zijn tempo en met gracieuze vleugelslagen verdween hij uit het zicht. Daniel hoorde nu papegaaivissen luidruchtig op het harde koraal pikken. Hij hoorde ook zijn eigen ademhaling, versterkt door het water. De zee was te rustig, te neonblauw. Clownvissen hingen tussen de wuivende tentakels van zeeanemonen. Hij vroeg zich af hoe het kwam dat ze zich niets leken aan te trekken van het vliegtuig dat in hun nabijheid was neergestort. Hoe kon alles weer zo snel normaal zijn? Een kleine rifhaai verscheen, de zwarte punt op zijn rugvin schoot heen en weer terwijl hij het ondiepe water verkende. Daniel was niet bang meer.

Je kunt me niets doen. Vandaag niet.

Hij zwom over een koraalwand en keek over een steile afgrond de diepte in. Hij kreeg er hoogtevrees van, hij had het gevoel dat hij in de lucht zweefde en naar de grond tuurde. Die gedachte bracht de herinnering aan de crash terug, paniek, uit de lucht vallen, geen tijd. Hij kon daar beneden een rotsig labyrint onderscheiden, het zag eruit als een verwrongen vliegtuigromp.

De kans was groot dat hij een lichte hersenschudding had opgelopen tijdens de crash, want ineens werd hij overspoeld door herinneringen die angstaanjagend helder waren, zodat hij zich weer op de stoel in het vliegtuig waande. Hij hoorde het gekrijs van de motor. Hij voelde het lawaai zelfs, het dreunde door zijn stoel heen, in zijn lendenen, in zijn botten. Hij wist weer dat hij dacht: het is voorbij. Hij sloot zijn ogen alsof hij de herinnering daarmee kon buitensluiten, en zijn masker begon te beslaan toen hete tranen over zijn wangen liepen.

Na drie kwartier zwom hij tegen iets aan wat op het water dreef. Hij gaf een schreeuw en trok zich vol afkeer terug toen hij meende te zien dat het het onthoofde lichaam van de steward was. Nu zag hij dat het een half aangevreten lichaam was, misschien van een zeeleeuw, en hij duwde het weg en deed zijn best om niet over te geven. Hij besefte dat hij de steward niet had meegeteld. Er waren negen doden, niet acht.

Omdat hij niet nog eens tegen een dood wezen aan wilde zwemmen, deed hij zijn ogen open en ging over op schoolslag, waarbij hij zijn hoofd boven water hield en kon zien waar hij naartoe ging. Toen zijn nek pijn begon te doen wisselde hij af met borstcrawl. Ongeveer om het kwartier hield hij stil voor een slokje uit de fles Aquarius. Algauw nadat hij hem had leeggedronken voelde hij zich uitgedroogd en kreeg hij het koud. Zijn gevoel voor richting, tijd en ruimte was verdwenen. Hij was nu stuurloos, en met de willekeur van de waanzin begonnen gedachten aan de brieven van zijn overgrootvader door zijn hoofd te spoken. Hij probeerde zich te herinneren wat erin had gestaan, hij probeerde zich Nancy's gezicht voor de geest te halen toen ze ze las, en zijn vaders gezicht toen hij ze, bijna tegen zijn zin in, aan hem had gegeven.

12

De temperatuur in Londen was in één nacht twaalf graden gestegen en de lichte sneeuw was overgegaan in ijzel en motregen. Zo lijkt het er meer op, dacht Philip. Novemberweer. Weer voor de zondag waarop de wapenstilstand herdacht werd. Meestal reisde hij voor de ceremonie af naar Bayeux, officieel omdat hij voorzitter was van de Commonwealth War Graves Commission, officieus omdat het de plek was waar zijn vader begraven was. Maar dit jaar was hem gevraagd of hij in Londen een krans wilde leggen bij The Cenotaph – het nationale oorlogsmonument – namens de 'Handbags', zoals de medewerkers van de medische dienst bekendstonden.

De krans die hij vasthield, een rood kruis van klaprozen op een witkartonnen achtergrond, schampte tegen zijn knieën toen hij tijdens het wachten op en neer wipte. In de menigte om hem heen waren paraplu's opgestoken, maar hij had er vandaag geen nodig: zijn donkerblauwe baret hield zijn hoofd droog. Hij had hem zo opgezet dat het oor dat hij miste eronder schuilging. Eerder die ochtend had hij steeds opnieuw in de spiegel gecontroleerd of het insigne op zijn pet – de esculaap – twee centimeter boven zijn linkeroog zat. Hij controleerde voor de derde keer in tien minuten de rij blinkend metaal op borsthoogte van zijn overjas. Behalve zijn oorlogsmedailles – Noord-Ierland, de Falkland-eilanden, de Eerste Golfoorlog – stak een zilveren kruis af tegen de antracietgrijze achtergrond van zijn jas: een *Military Cross*. Met zijn in witleren handschoenen gestoken vingers veegde hij een denkbeeldig stofje van zijn schouder, alsof hij daarnaar had staan turen, en niet naar de medailles. Hij rechtte zijn rug, hief zijn kin en keek om zich heen.

Vanaf zijn positie op Whitehall, een paar rijen achter de stafchefs, zag hij door de dichter wordende mist de Zuil van Nelson staan. Hij deed even zijn ogen dicht en toen hij ze weer opendeed was de zuil niet meer te zien. Daarna bestudeerde hij de plaat van Portlandsteen vlak voor hem. Hij zag er sober en mooi uit. Toen hij de eenvoudige inscriptie – THE GLORIOUS DEAD – las en nog eens las, begon de big band van de Guards Division 'Nimrod' van Elgar te spelen. Omdat ze aan de kant van zijn halfdove oor stonden, klonk het adagio gedempter en kleurlozer dan gewoonlijk, maar niet minder herfstachtig. Ondanks de kou zaten er nog steeds een paar blaadjes aan de boom. Door de bewolking waren de takken bijna onzichtbaar geworden, zodat het net was alsof de goud- en kopertinten op het onbeweeglijke oppervlak van een meer dreven. Terwijl Philip een bepaalde tak bekeek, begonnen de blaadjes te schitteren, opgeschud door de wind, en bijna allemaal tegelijk verloren ze hun houvast en begonnen ze spiraalsgewijs langzaam naar de grond te dwarrelen, waar ze door een volgende windvlaag alweer omhoog gejaagd werden. Dode blaadjes die de bries een gestalte gaven. Hij keek op zijn zakhorloge, een zilveren savonet waar de initialen van zijn grootvader in gegraveerd stonden. Het elfde uur van de elfde dag van de elfde maand naderde. Hij boog zijn hoofd en voelde hoe de stilte zich verdiepte, als een zandbank die wegzonk onder zijn schoenen.

Een verdovende innerlijke rust kwam over hem. Er bestaat niet zoiets als stilte, zei de componist John Cage ooit, en Philip wist hoe waar dit was. Toen hij werd bevorderd van luitenant-kolonel Philip Kennedy RAMC tot luitenant-kolonel Philip Kennedy RAMC (Rtd) kreeg hij een zilveren zwaard en een zeldzame verzameling BBC-opnamen van de stiltemomenten die vanaf 1929 bij de Cenotaph waren gehouden. Steeds als hij ernaar luisterde hoorde hij dat het klokgelui van de Big Ben niet werd gevolgd door stilte, maar door omgevingsgeluiden: vliegtuigen in de verte, vogelgezang, schuifelende voeten. Verslaggevers wisten dat zo'n bijna-stilte meer impact had dan wanneer de radio-uitzending twee minuten werd stopgezet. Voor Philip was de stilte van twee minuten op andere manieren gevuld. Volgens iets wat wel een familietraditie leek, had hij zijn vader niet gekend, die op zijn beurt zijn vader niet had gekend. Geen van de mannen was oud geworden, terwijl hij, zoon en kleinzoon, wel op jaren was. Zij leken altijd jong gebleven, hun verschijning vastgelegd op een paar grofkorrelige foto's, hun namen gegraveerd in stenen op velden in het buitenland. Ze waren vreemden voor elkaar, grootvader, vader en zoon, en toch, eens per jaar, op dezelfde novemberochtend, ontmoetten ze elkaar twee minuten in de stilte.

Hoewel hij door zijn neus ademde, kietelde de koude lucht Philip achter in zijn keel, waardoor hij moest hoesten. Ook begonnen zijn ogen te tranen, maar dichter bij huilen dan dat kwam hij nooit. Bijna benijdde hij de wenende jonge weduwe met de krans in haar handen naast hem. Waarschijnlijk uit Irak. Of uit Afghanistan. Ze snufte en bette haar wangen met een zakdoekje. Niet dat hij geen compassie voelde; hij had alleen nog nooit van zijn leven gehuild en hij was te oud om het te leren. Hij was nog het dichtst bij tranen geweest toen zijn eerste vrouw was gestorven aan eierstokkanker, of eigenlijk pas toen de vijfjarige Daniel op de begrafenis zijn hand had gepakt bij haar graf. Hij dacht aan dat moment en aan hoe hij kortgeleden, toen zijn oudere zus was gestorven, een grafrede had gehouden met zo'n vaste stem dat Daniel later naar hem toe was gekomen en met een plagerige ondertoon waarin zijn genegenheid doorklonk had gezegd: 'Steen, pa. Je lijkt verdomme wel van steen.' Eigenlijk, dacht hij – maar dat zei hij toen niet –, ben jij degene die van steen is, Daniel. Toen je moeder stierf, besloot je dat er geen God was, dat het allemaal een leugen was, dat je je vertrouwen moest stellen in de wetenschap. Je hebt niet één moment geweifeld. Je hebt niet één moment meer nagedacht over je afwijzing. Als er iemand van steen is…

In gedachten bij zijn zoon pakte Philip zijn mobieltje uit de zak van zijn overjas en zette het aan. Toen er geen berichtjes waren, deed hij het weer uit. Hij rekende in zijn hoofd uit: Daniel en Nancy waren donderdagochtend vanaf Heathrow vertrokken, de volgende ochtend zouden ze naar de Galápagoseilanden vliegen maar hun vlucht was een dag uitgesteld. Dus nu zouden ze daar zaterdagochtend gearriveerd moeten zijn. Gisteren.

Philip had om de paar uur geprobeerd Daniel te bellen, maar hij had geen berichtje willen inspreken over Martha's hypo. Dat zou hen maar onnodig ongerust maken. Bovendien had hij met Daniel willen praten over een andere kwestie. Hij wilde zeggen dat het hem bij nader inzien beter leek dat Nancy die brieven van Andrew Kennedy uit de loopgraven niet vertaalde. Als ze terug waren, zou hij wel uitleggen waarom.

Hij fronste zijn voorhoofd. Waarom nam Daniel niet op? Hij had gezegd dat hij zou bellen wanneer hij op de eilanden was aangekomen. Waarschijnlijk had hij geen bereik. Dat moest het zijn. Het leek eigenlijk heel aannemelijk, want toen ze op de ijsbaan waren, was er een bericht ingesproken op Martha's iPhone dat klonk als van Nancy, maar dat te verbrokkeld en krakerig was om er iets van te kunnen maken. Slecht bereik. Omdat hij ook Nancy niet kon bereiken, had Philip het reisbureau gebeld. Ze hadden gezegd dat het watervliegtuig veilig was geland bij de Galápagoseilanden. Maar Philip was er nog steeds niet gerust op. Hij had een beroep gedaan op Geoff Turner, een vriend van hem die bij de veiligheidsdienst werkte. Kon hij nagaan hoe die vlucht was verlopen? Informeren of de Britse ambassade in Quito er iets van wist? De vriend zou zien wat hij kon doen.

Philip voelde zich altijd een tikje neerslachtig als hij aan Daniel dacht. Niet dat hij zijn zoon als een mislukking beschouwde – verre van dat –, maar hoe ze ook hun best deden, ze hadden nooit echt een goede band met elkaar kunnen ontwikkelen. Als kind had Daniel nooit Philips aandacht kunnen vasthouden. Philip had net gedaan alsof hij belangstelling had voor zijn spelletjes en tekeningen en liedjes, maar hij had nooit goed kunnen verhullen dat het hem niet echt interesseerde. De waarheid was dat Philip zelf nooit aandacht had gehad. Dat wist hij. Hij was zich bewust van zijn holle kern, van zijn gehardheid, van het gemis van een vader.

Hij keek weer naar zijn medailles. Ze schitterden niet alleen, ze wierpen ook een schaduw. Philip had zijn hele leven in de schaduw geleefd van het Victoria Cross dat zijn vader postuum was geschonken. In de zomer van 1944 had kapitein William Kennedy, 'Zijderups' Kennedy zoals hij bekendstond – die bijnaam had hij te danken aan het feit dat hij per se zijden ondergoed wilde dragen dat gekocht was in Jermyn Street –, met zijn eenheid een zelfmoordaanval gedaan op een boerderij, een machinegeweerstelling van de Duitsers, die Britse en Canadese troepen op de weg naar Tilly-sur-Seulles in het nauw dreef. Zijderups had de stelling met granaten buiten gevecht weten te stellen, maar daarbij was hij een aantal keer in zijn borst geschoten. Een heldhaftige dood. Philip vroeg zich vaak af wat voor man zijn vader was geweest: dapper, dat was zonneklaar, maar ook flegmatiek en goedgehumeurd, stelde hij zich voor. In zijn regiment ging het verhaal dat Zijderups Kennedy al stervende had neergekeken op de kogelgaten in zijn uniformjas en toen had gezegd: 'Keurig op een rij!' Zijn laatste woorden.

Philip bekeek de rijen oorlogsveteranen in hun rolstoel. Zij hadden gevochten in de Tweede Wereldoorlog, de generatie van Zijderups. Er waren geen veteranen uit de Eerste Wereldoorlog meer over om deel te nemen aan de parade, hoewel hij vol afkeuring een *Wren* – een vrouwelijke militair van in de veertig, misschien dertig – had opgemerkt die een krans van klaprozen legde namens de SAD – 'Shot At Dawn' – bij soldaten die waren geëxecuteerd. De rode klaprozen hadden een wit hart. Dit symboliseerde de witte doekjes die als doelwit op het hart werden bevestigd van de soldaten die wegens lafheid en desertie werden doodgeschoten. Philip was gevraagd zijn steun te verlenen aan de actie, maar hij had geweigerd. Hij had ook tijdens een bijeenkomst van het Comité Oorlogsgraven gezegd dat de SAD-actievoerders niet zouden mogen deelnemen aan de parade. Ze maakten de mannen belachelijk – mannen als zijn vader en grootvader – die zo dapper hun leven hadden gegeven in de strijd.

Zijn gedachten waren nu bij zijn grootvader. Soldaat Andrew Kennedy stond als een van de vermisten vermeld op het oorlogsmonument van de Meense Poort, en volgens de regimentspapieren was hij omgekomen op de eerste dag van Passendale, maar meer was er niet over hem vastgelegd. Hij werd niet vermeld in de oorlogslogboeken die werden bijgehouden door de officiers van het IIe bataljon, de Shropshire Fuseliers. Geen latrinedienst. Geen wacht. Niets over zijn opleiding in Étaples, de beruchte 'Stierenarena'. Hij was de Onbekende Grootvader. De brieven die hij in het Frans had geschreven symboliseerden het eerste contact dat Philip met hem had, de eerste aanwijzing, na een leven lang speculeren over het soort man dat hij was geweest. Wat zouden ze prijsgeven? Dat Andrew een wreed man was geweest? Zachtaardig? Lui? Wat? De brieven leken op de een of andere manier een bedreiging van Philips eigen authenticiteit. Ze brachten lang verborgen verdenkingen boven. Halve verdenkingen. Waarom waren ze in het Frans geschreven? Daarom gaven ze hem een ongemakkelijk gevoel. Soms is het beter die dingen niet te weten. Zou Nancy al begonnen zijn met de vertaling? Verdomme, kon hij Daniel maar te pakken krijgen.

Hij pakte het kruis van klaprozen van de ene handschoen over in de andere en bewoog de vingers van zijn nu lege hand om het bloed erin weer te doen stromen. Dit bracht een oude herinnering boven. Toen hij bij de Koninklijke Militaire Academie Sandhurst aankwam, hadden zijn mede aspirant-officiers hem de hand willen schudden. Het gerucht had zich verspreid dat niet alleen zijn grootvader was omgekomen bij Passendale, maar dat zijn vader postuum een Victoria Cross had gekregen vanwege zijn aandeel in de landing op Normandië. Het was nogal wat: twee generaties vechtende mannen, begraven in den vreemde. Het wás ook opmerkelijk. Het verdíénde ook een handdruk. Philip accepteerde dat. Desondanks was hij op de academie met tegenzin beroemd geweest. Zelfs de commandant van Sandhurst had eraan meegedaan. 'Als er zoiets bestaat als heldenbloed,' had hij gezegd, 'dan moet dat beslist door jouw aderen vloeien.' Philip had gemompeld dat iedereen in de juiste omstandigheden in staat was tot onzelfzuchtigheid. Maar hij had zich sindsdien vaak afgevraagd of dat waar was, of er misschien niet een dapperheidsgen bestond.

Hij bekeek zijn medailles nog eens. Had Daniel in de schaduw van zijn onderscheidingen geleefd? Hij hoopte van niet. Hij had geprobeerd er niet over te praten, ze bijna weggestopt. Hij had zijn zoon zelfs niet de korte versie van zijn eervolle vermelding laten zien, de versie die niet onder de Official Secrets Act, verplichte geheimhouding, viel. Daarin stond hoe Philip, in het heetst van Operation Desert Storm, zijn kameraden was blijven behandelen nadat een verdwaalde kogel de bovenkant van zijn oor had weggeblazen en zijn trommelvlies had doorboord. In de langere versie stond dat het eigen vuur was geweest – 'blauw op blauw', waarbij een bewapende helikopter van de VS een team van de SAS – Speciale Air Service – dat in twee bewapende jeeps reed onder vuur had genomen. Twee mannen werden gedood en nog eens vijf gewond, van wie de meeste ernstig, met afgerukte ledematen en derdegraads verbrandingen. Tegen de tijd dat Philip en zijn medische team in een helikopter ingevlogen werden, arriveerden ook de Irakezen. De enige niet-gewonde SAS-soldaat hield hen op afstand terwijl de artsen de gewonden evacueerden. Zijn vriend Geoff Turner was een van de overlevenden. Op dat moment waren ze bevriend geraakt. Turner had sinds die tijd 'het regiment' verlaten en zich aangesloten bij 'de dienst'. Philip keek op zijn mobieltje. Nog steeds geen bericht.

De processie met de bisschop van Londen arriveerde. De koninklijke familie zou nu moeten volgen, maar van hen was nog geen spoor te bekennen. De Big Ben begon het hele uur te luiden. Mensen in de menigte begonnen elkaar vragend aan te kijken. Seconden verstreken en de stilte werd gevuld met gehoest en geschuifel en verkeer in de verte. Philip was te zeer afgeleid om zijn gedachten op een rijtje te krijgen. Er was iets vreemds aan de hand. Hij zag dat de premier en de leider van de oppositie het gebouw van Buitenlandse Zaken weer in geleid werden. Een andere agent kwam tevoorschijn, fluisterend in een microfoontje op zijn revers. De twee minuten stilte eindigden met de traditionele kanonschoten, afgevuurd door de King's Troop, en met de Last Post – de nationale militaire herdenkingsmars – ten gehore gebracht door hoornblazers van de Royal Marines. Maar voordat ze die ten einde konden brengen, kwam een agent met een megafoon het gebouw van Buitenlandse Zaken uit gerend. Hij bleef staan voor de Cenotaph, tegenover de tienduizend ex-militairen die samendromden vanaf Whitehall tot aan Trafalgar Square, en brulde: 'Iedereen naar de Horse Guards Parade. Naar achteren allemaal! Nu! Dit gebied wordt geëvacueerd!'

Zes andere agenten in fluorescerend gele jasjes vormden een ketting en begonnen mensen met gespreide armen terug te dringen. Er klonk rumoer op in de menigte: gepraat, geschreeuw, het geschraap van schoenen. Sommigen begonnen te duwen toen duidelijk werd dat de menigte niet verder kwam. Er ontstond een opstopping bij de poort naar de Horse Guards Parade.

De agent met de megafoon richtte zich tot de zijkant, waar Philip stond. 'Wilt u alstublieft doorlopen naar Parliament Square? Snel! Nu!'

Philip werd bijna meegesleurd door de mensenmassa die hem omsloot. Hij zag een oude man in het gedrang op de grond vallen, maar hij kon niet omkeren om hem te helpen. Toen andere handen de man overeind hielpen, gebruikte hij al zijn concentratie om zelf op de been te blijven. De golf van schuifelende voeten en duwende lichamen ging kolkend langs de metro-ingang van Westminster Tube voordat hij aan stootkracht verloor. Mensen minderden hun vaart en gingen over in een normaal tempo. Mobiele telefoons werden aangezet. Hij liep verder over Westminster Bridge, met een verward en onrustig gevoel. Wat was er gaande? Er was geen explosie geweest. Was het vals alarm? De politie moest iets hebben gehoord over een terroristische dreiging en het gebied uit voorzorg hebben geëvacueerd. Hij bleef pas staan in Kensington, waar hij de koperen koepel van het Imperial War Museum kon zien. Dit was vertrouwd terrein voor hem. Hier voelde hij zich veilig. Nog steeds met de krans in zijn handen liep hij stijfjes langs de reusachtige scheepskanonnen op het museumterrein, langs een met verf bespoten stukje van de Berlijnse Muur, de trap op en tussen de mossige zuilen door.

Eenmaal binnen staarde hij afwezig in het luchtledige toen een breedgeschouderde bewaker hem fouilleerde. Hij liep heen en weer onder een Sopwith Camel – een eenpersoonsgevechtsvliegtuigje – die aan het plafond hing, langs een tank uit de Eerste Wereldoorlog, om 'Ole Bill' heen, een bus die in Ieper was gebruikt, en liep terug naar de ingang waar hij met bonkend hart op adem probeerde te komen.

Hij stond voor een plaquette waarop werd uitgelegd dat dit gebouw vroeger het Bethlem Royal Hospital was geweest – beter bekend als Bedlam. Omdat de woorden niet tot hem wilden doordringen, las hij ze een paar minuten lang steeds opnieuw. Het museum was vrijwel leeg, en dezelfde bewaker die hem had gefouilleerd kwam naar hem toe om te vragen of alles goed was. Hij knikte bij wijze van antwoord, draaide zich om en liep de hal door, langs een glazen vitrine met de 1000cc-motorfiets waarop Lawrence of Arabia was omgekomen, de trap af naar de kelder. Eenmaal daar volgde hij de borden met EERSTE WERELDOORLOG en kwam hij bij een ingelijst aanplakbiljet van Kitchener die met zijn vinger YOU wees. Daarachter stond een kast met draadtangen, maliënkolders en middeleeuws uitziende wapens die in de loopgraven bij man-tot-mangevechten werden gebruikt: boksbeugels met uitsteeksels, een goedendag, een ploertendoder met spijkers, een loopgraafdolk. Philip staarde ernaar. De volgende zaal bestond uit een muur met houten borden: ZELFMOORDHOEK, PETTICOAT LANE, DE HELM WAAR U NET LANGSLIEP IS GELD WAARD – PAK HEM OP EN BRENG HEM NAAR DE DUMP. Boven hem waren op een groot scherm voortdurend flikkerende beelden te zien van het Westelijk Front: schokkerige opnamen van paarden met gasmaskers voor en soldaten die in vliegende vaart renden, een van hen kwam de verschansing niet op en gleed terug in de modder.

Hij liep verder naar de LOOPGRAAFERVARING, een nagemaakte

loopgraaf aan het front. Het was er te schemerig voor zijn vermoeide ogen, en de effecten van geluid en chemische geur deden niets met zijn zintuigen. Hij trok zijn handschoenen uit en ging met een stijve hand over een zandzak die bruin geverfd was om hem er modderig uit te laten zien. Daarachter was een dwarsdoorsnede te zien van een loopgraaf waar onlangs roestige granaten, bajonetten en kogels onder het aardoppervlak aangetroffen waren. Philip dacht weer aan de pas ontdekte brieven van zijn grootvader en werd onrustig. Het was alsof een laag aarde was ingestort en de reeds lang begraven doden in hun rust had verstoord. Toen hij besefte dat hij nog steeds de krans van klaprozen droeg, legde hij die op de met perspex bedekte aarde en keerde op zijn schreden terug. Buiten in de frisse Londense lucht keek hij op zijn zakhorloge – twaalf uur – en zette zijn mobieltje aan. Hij luisterde een bericht af waarin hem werd gevraagd Geoff Turner te bellen. Hij drukte op de toets 'terugbellen' en wachtte.

'Met Philip. Je had ingesproken.'

'Bedankt voor het terugbellen. Ik kan nu niet praten. Er was een incident bij de Cenotaph.'

'Ik weet het, ik was erbij. Hallo?... Ik kan je niet goed horen.'

'Ze zeggen dat het vals alarm is. Maar luister, daar belde ik je niet voor. Het gaat over Daniel. Ik kom er net achter dat zijn vliegtuig niet is aangekomen. Ik ben bang dat het wordt vermist... Hallo? Philip? Ben je daar?'

'Is het vliegtuig niet aangekomen?'

'Ben bang van niet.'

Philip zat op een bankje, naast het stuk van de Berlijnse Muur. Het mobieltje lag naast hem. Zijn handen lagen keurig in elkaar gevouwen op zijn schoot.

13

De zee was ruw geworden. Daniel vroeg zich vaag af of hij de stroming had gevonden die hem zou meevoeren naar de eilanden, maar hij was te uitgeput om nog verder te zwemmen en daar achter te komen. Zijn benen zaten vol melkzuur. Ze voelden als beton, en hij kon ze niet bewegen door aanhoudende kramp. Ergens wist hij dat zijn zwemtocht nu alleen nog maar kon eindigen met zijn eigen dood. De lange zwemtocht. Hij had het gevoel dat hij zijn hele leven bezig was geweest deze afstand te zwemmen en het enige wat hij wilde was slapen. Alsof de marteling nog niet zwaar genoeg was staken zijn ogen en was zijn zicht wazig van het zeewater en de tranen, en had hij het gevoel dat hij glassplinters had ingeslikt. Zijn lippen waren gebarsten en gezwollen. Alleen vanwege de noodzaak Nancy te redden en Martha terug te zien bleef hij zich vastklampen aan het leven.

De volgende twee uur en een kwartier dreef en zwom hij afwisselend. De pijn van de kwallensteken was zo hevig geworden dat hij om de paar minuten moest kokhalzen. Ook schokte hij krampachtig en had hij het gevoel dat hij ijlde: symptomen van zonnesteek of shock, of doordat hij zout water binnen had gekregen – hij wist niet meer wat de oorzaak was. Desondanks lukte het hem uit te rekenen dat hij, als hij de juiste koers was gezwommen, de eilanden nu zo'n beetje in beeld zou moeten krijgen. Toen hij dit besefte hield hij op met zwemmen en stelde zichzelf voor alleen in een grote, koude zee, wachtend tot de dood hem zou halen. Net als in het neerstortende vliegtuig legde hij zich neer bij het onvermijdelijke – alleen wist hij dat zijn dood deze keer langzaam en pijnlijk zou zijn, als gevolg van uitdroging en onderkoeling. Zijn enige alternatief was nu dat hij zijn zwemvest uittrok en zich naar de bodem liet zakken. Verdrinken zou pijnloos zijn. Na de aanvankelijke paniek voel je alleen nog maar kalmte. Hij had trouwens ook blaren onder zijn arm van zijn zwemvest. Daardoor was zijn tempo afgenomen. Hij zou beter af zijn zonder.

De kramp verplaatste zich naar zijn voeten en onderbrak zijn gedachten. Om de pijn te verlichten deed hij zijn flippers af en keek hoe ze wegzonken in de fluwelige diepte. Met handen die rimpelig waren van het water maakte hij zijn masker los en liet ook dat wegdrijven, met snorkel en al. Het werd meegevoerd door een zuchtje wind, en dobberend op het wassende water dacht hij aan hoe hij Nancy in de steek had gelaten, hoe hij zich met zijn hand tegen haar gezicht had afgezet, en hij bedacht dat hij deze straf verdiende. Terwijl hij probeerde het koord op zijn borst los te peuteren, liet hij zijn hoofd achteroverhangen. Tot dat moment had hij niet naar de zon willen kijken, maar nu hij zijn ogen samenkneep in het licht, wist hij niet meer waarom. Een pijnscheut deed zijn hoofd weer met een ruk naar voren schieten.

Op dat moment zag hij hem. Een jongeman met een uit steen gehouwen glimlach en bolle, ver uiteenstaande ogen liep niet meer dan tien meter van hem vandaan over het water en wenkte zacht met zijn hand. Met zijn tengere bouw, olijfkleurige huid, en zijn omtrek, wezen en massa was de man compleet aanwezig, ook al was dat onmogelijk. Alleen zijn hoofd en schouders waren zichtbaar – hij droeg geen zwemvest – en na een hoge golf verdween hij in de diepte.

Daniel tastte krachteloos naar zijn eigen arm, en om weer contact te krijgen met de realiteit tikte hij twee keer op zijn horloge. Het was 17.40 uur. Omdat hij niet meer begreep wat die getallen betekenden, zocht hij de man weer, maar die was verdwenen. Een hallucinatie. Maar hij kende dat gezicht. Daniel wilde het heel graag nog eens zien. Getroffen door een gevoel van postcoïtale loomheid sloot hij zijn ogen, met een gele gloed op zijn netvlies. Hij wist al niet meer zeker of hij echt had gezien wat hij had gedacht te zien. Hij deed zijn ogen weer open en begon naar de plek te zwemmen waar de jongeman zich had bevonden, daar waar het blauw van de hemel het blauw van de oceaan raakte. Twintig minuten later verloor hij het bewustzijn en bleef hij drijven door het zwemvest dat hij niet had uitgetrokken omdat hij afgeleid was geweest.

Toen Daniel weer bijkwam, was het water zwart en glanzend als lak. Hij knipperde met zijn ogen en probeerde zijn blik te richten op iets wat eruitzag als fosforescentie. Hij keek omhoog naar de hemel. Vollemaan. Een koepel van sterren.

Hij dreef voort.

Zijn zwemvest was ergens aan blijven haken – iets glibberigs, leerachtig en rond – dat hem langzaam achter zich aan sleepte. Het was een reusachtig schild, minstens twee meter lang. Grote, spadeachtige poten dienden als roer. Hij zag een bek die zwijgend open- en dichtging. Een lederschildpad. Daniel besefte dat het koord van zijn zwemvest zich rond een van de lange voorpoten had gewikkeld, en het dier aan de oppervlakte had gehouden. Hij maakte het los en de schildpad zwom verder, sidderend bij elke slag, met een spoor van zilverachtige belletjes achter zich aan.

Flarden melkwit licht sijpelden de duisternis in. Zeevogels, pijlstormvogels en een eenzame albatros cirkelden krijsend boven zijn hoofd. Daniels voeten stootten tegen iets zachts. Een zandbank. Hij glipte uit zijn zwemvest en lag half onder water. Hij had het warm – een symptoom van onderkoeling, wist hij, waarbij het bloed uit de hersenen stroomt – en probeerde de laatste paar honderd meter te zwemmen. Een vlucht stormvogels verscheen zwevend en duikend boven hoge klippen.

Klippen.

Hij was bij de Galápagoseilanden aangekomen.

In de verte zag hij een scherpe, zwarte rotspartij in een halve kring. Hij herkende hem: de Duivelskroon, een vulkaankrater die half onder water ligt. Het eiland verderop moest Floreana zijn. Ook Post Office Bay, 'postkantoorbaai', moest daar liggen, waar bezoekers sinds Darwin hun brieven en kaarten achterlieten. Daniel zag weer een schildpad weglopen, schokkerig en aarzelend in zijn bewegingen. Hij ging het dier achterna, zijn handen liepen over het zand terwijl het ondiepe water zijn gewicht droeg. Toen hij bij een brakke lagune kwam, stond hij op en waadde er wankel en duizelig doorheen. Deze kwam uit in een zeemonding, en even later kwam hij langs geërodeerde stukken lava, daarna langs een mangrovemoeras, omzoomd door groepjes cactussen. Hij ging door een opening tussen zwarte lavarotsen en hoorde de branding op het strand. De zon was opgekomen en het water was smaragdgroen geworden, de kleur van de steen in de trouwring die hij had gekocht en was kwijtgeraakt. Terwijl hij moeizaam naar het kiezelstrand zwom, bekeek een zeeleguaan hem zonder met zijn ogen te knipperen en renden Sally Lightfoot-krabben over zijn vingers op zoek naar voedsel. Hij steunde op één arm en voelde het volle gewicht van zijn ledematen, tonnen compact aangespoeld vlees. Een bibberend geluid steeg op uit zijn middenrif, meer een uitademing dan een woord, een kreet om in leven te blijven.

14

Ieper Salient. Laatste maandag van juli, 1917

Andrew Kennedy heeft de namen van de verschillende soorten loopgraven uit zijn hoofd geleerd – ondersteuningsloopgraven, reserveloopgraven, verbindingsloopgraven en tegenloopgraven – maar hij
heeft er nooit eerder een in het echt gezien, laat staan geroken. Deze loopgraaf ruikt naar vers omgewoelde aarde, benzine en be-
schimmeld hout. Op een houten bord erboven staat in hoofdletters
gesjabloneerd: BLIJF BIJ DAGLICHT IN DE LOOPGRAAF. BEVEL. Wanneer ze zigzag naar hun stelling beginnen te lopen, een wandeling
van vierenhalve kilometer, slaat Andrews opwinding weer over in
angst. Hij begint te begrijpen dat angst en opwinding, opwinding
en angst de twee emoties zijn die de PBI – de Poor Bloody Infantry
– bepalen. De angst wordt dit keer deels veroorzaakt door het bevel
uit het gelid te treden en in ganzenmars verder te lopen, een eenzaam gevoel na het solidaire marcheren met vier man naast elkaar.

Sommige reserveloopgraven zijn droog, maar in andere, die onder de waterspiegel zijn gegraven, reikt het water tot hun knieën –
modderwater waar de afwateringsputten niet op berekend zijn. Het
lopen door de modder leidt Andrews morbide gedachten af en wanneer hij het tweede loopgraafbordje ziet – PETTICOAT LANE – en de
onbekende geur van chloorkalk opsnuift, wordt hij weer opgewonden. Ze hebben deze keer een deugdelijk gebouwd ondersteunings-
stelsel van loopgraven betreden, met houten banketten, lattenplan-
ken en zijkanten die versterkt zijn met hout en stapels zandzakken
tot anderhalf keer manshoogte. Er is een afvoer aan de ene kant en
een stevig uitziende afrastering van prikkeldraad aan de andere.

Andrew en William, 'Andy & Willy' zoals ze hun zogenaamde
variétéact in Market Drayton noemden, staren verwonderd naar de
onbekende voorwerpen die hen omringen: een periscoopbuis aan de
muur, ernaast een bajonetheft dat gebruikt wordt als haak om veld-

flessen aan op te hangen, en een lege granaathuls aan een klamp die dienstdoet als geïmproviseerd gasalarm. Ze hebben allemaal gehoord over het chloorgas, dat je huid er groenzwart van kleurt en je tong naar buiten wordt geperst. Ze hebben ook allemaal gehoord over een nieuw type gas dat naar mosterd ruikt en blaren op je huid veroorzaakt. Duivelsadem noemen ze het. Je weet dat je het hebt ingeademd als je steken in je oksels krijgt.

Het weer slaat om. Het is kouder geworden en er valt fijne, dichte motregen. Tegen de tijd dat ze bij een loopgraaf komen met het bordje CLAPHAM COMMON, zijn hun uniformen nat. Ze drukken zich met hun rug tegen de muur van de loopgraaf als er mannen opdoemen. Het zijn de overgeblevenen van het bataljon dat ze aflossen, de 2e Rifle Brigade. Terwijl ze als slaapwandelaars langsschuiven, bekijkt Andrew hun met kurk zwartgemaakte gezichten. Ze zien er uitgemergeld uit, hun huid vol kloven. Er zit troep in hun ogen. Ze worden gevolgd door een man die zijn arm in een mitella draagt, met achter zich een groepje ambulante gewonden – mannen met ontstoken voeten en met verband om hun ogen, ieder met zijn hand op de schouder van de man voor hem.

Sergeant-majoor Davies voelt aan dat zijn peloton schrikt van deze ontmoeting. Hij steekt zijn armen omhoog en zegt kalm: 'Goed, jongens, we wachten hier even en controleren of dit de loopgraaf is waar we verzamelen. Maak het je niet te gemakkelijk. Kokkie, maak jij iets te drinken. En alle anderen: controleer je uitrusting. We staan paraat om…' hij kijkt even op zijn horloge, 'vijf uur. Kennedy?'

'Ja, sergeant-majoor?'

'Je hebt je zojuist als vrijwilliger aangeboden om het onderkomen van de officiers te inspecteren in de loopgraaf hiernaast. We zijn op zoek naar…' Hij kijkt op een stuk papier. 'Ene majoor Morris van de Second Rifle Brigade. Vertel hem dat we hier zijn.'

'Omdat we hier benne!' zegt Macintyre vanuit de achterhoede.

'Oké, jongens,' gromt de sergeant-majoor. 'Hou je koest.'

Terwijl Andrew de deur naar de volgende loopgraaf opendoet, proberen de anderen hun onbekende nieuwe omgeving in zich op te nemen en kijken om zich heen als zenuwachtige tieners die voor het eerst een danszaal bezoeken. Ze praten op fluistertoon, in de veronderstelling dat de Duitsers aan de andere kant van de zandzakken hen kunnen horen en zullen raden dat er een nieuw bataljon is aangekomen. Maar wanneer een soldaatkorporaal uitlegt dat er niets is ondernomen om de aanval geheim te houden, praten ze met een normaal volume. Het is waar. De aanwijzingen van een naderende aanval zijn niet gering geweest. De afgelopen drie weken is er steeds vaker een schel gedreun te horen geweest, waarbij het afvoerstelsel werd vernietigd en de lage klei in een lange rij modderpoelen is veranderd.

Wanneer Andrew vijf minuten later terugkeert, zit zijn gezicht vol modderspatten. 'Kon 'm niet vinden, sergeant-majoor,' zegt hij. 'Ik heb ook in de loopgraaf daarnaast gekeken. Er zat een vent met een baard, maar dat was geen officier. Ik geloof dat hij shellshock had of zoiets. Hij zat steeds met zijn armen te zwaaien.'

'Goed, Kennedy. Nou, we hebben inmiddels via de veldtelefoon contact kunnen maken met het hoofdkwartier, dus ze weten dat we hier zijn.'

Andrew drukt wat tabak aan in zijn pijp en omdat hem is verteld wat loopgraafveteranen doen om niet ongewenst de aandacht te trekken van sluipschutters, draait hij de kop om voordat hij hem aansteekt. Hij begint te hoesten en kijkt om zich heen of iemand het heeft opgemerkt. Niemand. Met de pijpensteel tussen zijn tanden haalt hij uit zijn portefeuille een foto van Dorothy, met wie hij nog maar één maand geleden getrouwd is. Het is een formeel portret van haar, in een enkellange jurk en met een parasol in haar hand. Haar lange haar is opgestoken in een knot. Haar glimlach is gemaakt. Ze heeft een blozend, alledaags gezicht, maar niet in Andrews ogen. Hij kent Dorothy al vanaf school, maar hij heeft haar pas ten huwelijk durven vragen toen hij zijn opleiding had voltooid. Macintyre was zijn getuige.

'Hoe jij zo'n aardig meisje zover hebt kunnen krijgen om met je te trouwen zal ik wel nooit begrijpen,' zegt Macintyre over zijn schouder.

'Ze houdt van soldaten met een snor,' antwoordt Andrew, terwijl hij zijn snorharen streelt.

'O, is dat een snor? Ik vroeg me al af wat het was.'

'Ik kan er tenminste een laten staan, Will.'

'Je weet dat ze altijd een oogje op me had, hè Andy?'

'Zal best, Will.'

'Als jij neergeschoten wordt, Andy, ga ik terug en trouw ik met haar.'

'Je bent een echte vriend, Will.'

Andrew geniet van het muzikale element dat hun accent uit de Midlands aan hun gesprek – aan hun 'Andy & Will'-optreden – geeft, maar Macintyre beëindigt het. Terwijl anderen in de loopgraaf hun bajonet slijpen en hun laarzen poetsen, vindt Andrew een leeg hoekje en herleest daar de laatste brief van Dorothy, waarin ze hem vertelt dat ze in een munitiefabriek werkt, als 'kanarie', en dat haar handen geel zijn geworden van de TNT. Als hij een velletje lijntjespapier en een potloodstompje dat aan twee kanten is geslepen tevoorschijn haalt, merkt hij dat zijn handen trillen. Hij houdt zijn potlood stevig tussen duim en wijsvinger en drukt ermee op het papier totdat het trillen ophoudt.

30 juli 1917
11/Shropshire Fuseliers
B.E.E. Ieper, België

Liefste Dorothy,
Ik schrijf je dit om te zeggen dat we veilig bij het front zijn aangekomen en dat we allemaal heel monter en opgewekt zijn, dus maak je maar geen zorgen. De loopgraven zijn een wonder, ze zijn kilometerslang. De bouwkundigen hebben een geweldige klus geklaard. Zelfs het sanitair werkt! Terwijl ik dit schrijf, scheren er granaten over. Na een paar duizend doet het je weinig meer. Evengoed zal het geweldig zijn om onze kinderen erover te vertellen.
We gaan morgen in de aanval en ik kan je vertellen dat de moffen een flinke aframmeling te wachten staat in ons kwartier. Ik hoop er een paar vrolijke uurtjes mee door te brengen. Ik weet zeker dat ik het zal overleven, maar voor het geval het onvoorziene gebeurt, zal ik voldaan rusten in de wetenschap dat ik mijn plicht heb gedaan. Tot ziens, liefste, maak je geen zorgen als je een tijdje niets van me hoort. Ik ben even gelukkig als altijd. Je krijgt deze brief alleen als me de eerstvolgende paar dagen iets overkomt. Je krijgt de groeten van Will.
Dag allerliefste, veel liefs van je man Andy

Macintyre doet zijn band af en zijn uniformjas uit, schuift zijn bretels omlaag en trekt de slippen van zijn kraagloze legerhemd uit zijn broek. De ruwe stof schuurt tegen zijn huid. Hij begint als een gek te krabben.

'Je maakt het alleen maar erger, Will,' zegt Andrew terwijl hij de brief onder het canvas van zijn plunjezak schuift.

'Kijk,' zegt Macintyre terwijl hij een gezondheidsverklaring openvouwt en onder Andrews neus duwt. 'Hier staat dat ik vrij ben van ongedierte en schurft. Zei iemand dat maar eens tegen dat verdomde ongedierte en die schurft.'

'Geen enkel zichzelf respecterend pietje zou bij jou in de buurt willen komen, Will.'

'Pietje?' vraagt Macintyre, zonder dat hij de onzekerheid in zijn stem kan verbergen.

'Pietje,' herhaalt Andrew zelfverzekerd, ingenomen met zijn superieure kennis van het soldatenjargon. Luizen, heeft hij onlangs ontdekt, worden 'pietjes' genoemd. 'Ga me nou niet vertellen dat je niet weet wat een pietje is.'

'Natuurlijk wel.'

De thee wordt ingeschonken en mannen sluiten hun handen om hun tinnen kroes, troost puttend uit deze vertrouwde handeling. Aangezien de thee in een oud benzineblik is gebrouwen is hij vrijwel niet te drinken.

'Maar goed,' vervolgt Macintyre. 'Ík…' Hij trekt zijn bretels weer op en steekt zijn duimen erachter. 'Ík heb een lintworm in me reet.'

Andrew spuwt een slok thee uit.

'Volgens de dokter is ie zo groot als een cobra,' gaat Macintyre verder.

'Dat is dan het enige aan jou wat zo groot is.'

De anderen onderbreken hun bezigheden om naar de sketch te luisteren.

'Luister, Andy, ouwe makker van me, hij is dan misschien niet lang, maar hij is in elk geval dun.'

Andrew probeert zijn lachen te houden. 'Tja, Will, aangezien ik een heer ben, heb ik een herenziekte.'

'En wat is dat dan, Andy?'

'Een loopgravenvoet, Will.'

'Loopgravenvoet. Dat stelt niets voor. Ik heb een loopgravenbeen.' Macintyre trekt zijn been op en begint rond te hopsen.

Het begint flink te regenen. Mannen rollen hun grondzeil uit en gebruiken het als een cape die ze over hun schouders zwaaien en aan twee kanten vastzetten rond hun hals.

Een officier verschijnt bij de ingang van de loopgraaf, hij draagt een helm en het uniform van een majoor van de Rifle Brigade. Dit is een ongewone aanblik, omdat loopgraafofficiers meestal onderscheidingstekens weglaten waardoor ze een gemakkelijk doelwit voor sluipschutters zouden kunnen worden. Aanvankelijk herkent Andrew hem niet, nu hij zijn baard heeft afgeschoren en zijn mouwloze leren wambuis heeft uitgetrokken. Dan kruisen hun blikken elkaar en hij huivert. Het is alsof de warmte uit het gezicht van de majoor is weggetrokken, alsof het bloed dat door hem heen wordt gepompt koud is. Terwijl hij stilzwijgend langsloopt, ziet Andrew dat zijn baard een blauwig litteken had bedekt dat over zijn kaak loopt tot aan zijn kin. Wanneer hij de deur achter in de loopgraaf opendoet, loopt de majoor langs sergeant-majoor Davies, die net binnenkomt, op de voet gevolgd door tweede luitenant Willets.

Macintyre ziet de sergeant-majoor aankomen en fluistert tegen Andrew: 'Kijk uit, daar komt het frontvuur.'

'Dat was 'm,' zegt Andrew. 'Dat was die vent met die baard die ik zag. Majoor Morris.'

'Recht staan, jongens,' zegt de sergeant-majoor, 'de officier komt iets mededelen.'

De mannen zetten hun kroes neer, knopen hun jas dicht en gaan in de houding staan. 'Ik wed om een halve shilling dat hij gaat zeggen dat er sinds de laatste Grote Aanval lessen zijn geleerd,' zegt Macintyre vanuit zijn mondhoek.

'Daar hou ik je aan.'

Net als alle andere soldaten van de PBI weten Andrew en Macintyre alles over de laatste Grote Aanval van dertien maanden geleden. Ze weten dat mannen het bevel kregen gewoon te lopen; niet dat ze hadden kunnen rennen met een uitrusting van dertig kilo op hun rug. Ze weten dat op plekken waar het draad niet goed geknipt was, wel zeven lichamen op elkaar gestapeld lagen, een berg beenderen. Ze waren nog burgers geweest toen in de bioscoop de film *De slag aan de Somme* draaide, die het publiek verbijsterd en in stilte achterliet. Ze hadden de lijsten met slachtoffers in de kranten zien staan – twintigduizend Britse doden op de eerste dag, veertigduizend gewonden – maar de filmopnamen hadden de abstracte cijfers een ongewenst realiteitsgehalte gegeven. Degenen die bij de Somme sneuvelden, hadden in elk geval van niets geweten. Net als de andere kwart miljoen soldaten die zich nu voorbereiden op de Grote Aanval in Ieper, weten Andrew en Macintyre precies wat ze kunnen verwachten.

Tweede luitenant Willets is even oud als zij – een uitblinker – maar hij gedraagt zich alsof hij ouder is. Zijn jas is goed van snit en gemaakt van whipcord, zijn bruine leren laarzen zijn pas gepoetst door zijn adjudant en als hij zich klaarmaakt om te gaan spreken, friemelt hij aan de wollen tres op zijn manchet alsof hij zichzelf wil herinneren aan zijn eigen superioriteit. 'Op de plaats rust, mannen,' zegt hij met een heldere, vaste, hoge stem, zoals hij op kostschool heeft geleerd. 'Goed. Kan iedereen me horen?' Er wordt bevestigend gemompeld. 'Morgen gaan we hier slag leveren. De komende generaties zullen deze slag in één adem noemen met die van Agincourt en Waterloo. Mannen die niet met ons meevochten, zullen slecht over zichzelf denken.' Hij slaat zijn armen over elkaar en laat zijn stem een halve toon zakken. 'De eerste aanvalsgolf vindt morgenochtend plaats om drie uur vijftig. Het uur nul. De tweede golf volgt een uur later. Daarna gaan we over tot de derde golf. Vuren en elkaar dekken. Niet lopen.' Hij drukt zijn vingertoppen tegen elkaar op zijn borst, alsof hij een geestelijke is die een preek gaat afsteken. 'Sinds het offensief bij Somme zijn er lessen geleerd.'

Macintyre stoot Andrew aan.

'We volgen de Seaforth Highlanders die de eerste moffenloopgraaf al hebben ingenomen, die tweehonderd meter verderop tegen een bergkam ligt. Ons eerste doel is het dorpje…' Hij kijkt op een papier dat hij in zijn hand heeft. 'Gheluvelt. Als jullie verdwalen, vraag je gewoon de weg aan de moffen.' Hier wordt grimmig om gelachen. 'Het einddoel voor morgen is het dorp Passendale, dat acht kilometer oostelijk ligt. Ik hoef jullie niet te vertellen hoe belangrijk de kanaalhavens zijn.' Hij wacht even. Hij krijgt een kille blik in zijn ogen. 'Wees moedig in de strijd, mannen. Wees dapper. Wees onversaagd. Doe je plicht. Val aan met haat in je hart, dan zal de overwinning voor ons zijn. Bewijs eer aan je uniform en de koning. We vechten voor een nobele zaak en onze vijand verdient geen genade. Dood hem voordat hij jou doodt. We maken geen krijgsgevangenen.'

Hij zwijgt weer even en terwijl hij zijn bevel tot hen laat doordringen, tikt hij op de houten betimmering die de wand van de loopgraaf versterkt. 'Gewonden moeten wachten in een krater tot onze brancardiers ze ophalen als het duister is gevallen.' Hij zweeg opnieuw en slikte. 'Sommigen van jullie keren misschien niet terug. Er zal morgen geen tijd zijn om te rouwen, maar die tijd komt later. Je zult geëerd worden in de dood en je lichaam wordt begraven. Je naam komt op het graf.' Hij zwijgt en kijkt in verscheidene ogen die hem wijd opengesperd aankijken. 'Jullie hebben misschien wat artilleriegeschut gehoord in de afgelopen drie weken...' Hierop volgt meer waarderend gesnuif. 'Ik geef jullie op een briefje, niets heeft dat kunnen overleven. Hun hele afrastering is vernietigd. En straks,' hij slaat zijn handen in elkaar, 'komt de aalmoezenier even langs. Probeer wat te rusten. Om twee uur vijftig moeten jullie paraat staan.' Hij zwijgt opnieuw. 'Vergeet niet waar jullie voor vechten, mannen. Deze strijd zal het einde van de oorlog dichterbij brengen, en deze oorlog zal het einde betekenen van alle oorlogen.'

Er valt een diepe stilte als de luitenant terugkeert naar zijn schuilhut. Alsof hij de stemming wil verdrijven, zegt de sergeant-majoor: 'Eén advies, jongens. Laat die vieze plaatjes hier. Jullie willen niet dat ze naar jullie dierbaren worden teruggestuurd.'

Terwijl Macintyre zijn mapje met ansichtkaarten leeghaalt, zegt hij zachtjes: 'Jij weet in elk geval hoe een kut voelt.'

Andrew kijkt verlegen.

'Dat weet je toch?... Vertel nou niet dat je dat niet weet.'

'Daar wil ik niet over praten. Dat is niet goed.'

'Ik ga een Franse hoer zoeken. Ik betaal ervoor zodra ik de kans krijg. En nu ik het daarover heb...' Hij wrijft zijn duim en wijsvinger tegen elkaar.

Andrew geeft hem de sixpence. 'Seaforth Highlanders, hè, Will?' Hij wil van onderwerp veranderen, de spanning oplossen, hun vertrouwde manier van doen weer terug. 'Ze zullen die moffen van katoen geven.'

'Ik zag de Schotten gisteren in hun kilts langsmarcheren.'

'We hebben ze allemaal gezien, Will.'

'Ik heb gehoord dat ze een doedelzakspeler bij zich hebben.'

'Stel je voor dat je aantreedt om je geweer aan te pakken en je krijgt in plaats daarvan zo'n rottige doedelzak in je handen gedrukt.'

Macintyre gaat verder met een Schots accent. 'Wacht 'ns, sergeant, krijg ik geen geweer, zoals iedereen?'

Andrew gaat ook over op het Schots; '*Nae, laddie*, jij krijgt de zak.'

'Maar waarom, sergeant?'

'Omdat de moffen dat geluid haten. Het maakt ze woest. Maar dat is goed, weet je, want dan vuren ze al hun munitie af op de doedelzakspeler.'

'O... juist ja.'

Er wordt gelachen, maar het houdt snel op. De mannen buigen zich weer over hun thee en richten zich vervolgens op hun eigen gedachten. De kok komt aan met een pan koude hutspot en verdwijnt weer op zoek naar een veldoven om hem in op te verwarmen. Macintyre slijpt zijn bajonet. 'Ben jij bang, Andy?'

Andrew schrikt schuldbewust op. 'Nee.'

'Nou, ik wel.'

'Ik heb gehoord dat ze vanochtend een arme schooier hebben neergeschoten. Hij had geprobeerd over de Duitse linie te komen, om zich krijgsgevangene te laten maken. Gisteren is hij voor de krijgsraad gebracht.'

'Van wie heb je dat dan gehoord?'

'Van Kokkie. Hij had het van de sergeant-majoor. Dat doen ze altijd voor een grootscheepse aanval. Om de rest van ons aan te moedigen.'

'Ik heb gehoord dat in een van de geweren van de vuurpelotons een losse flodder zit. Je weet niet in welke.'

'Dat is niet waar.'

'Reken maar van wel.'

De lucht betrekt. De wolken zijn zwaar en inktzwart. Een besnorde kapitein verschijnt in de ingang van de loopgraaf, zijn oude ogen prijken in een jong gezicht. 'Is dit Oxford Street?' Zonder het antwoord af te wachten loopt hij verder, gevolgd door een troep mannen met besmeurde gezichten, met de ordetekens van de Sheffield Pals. Hij draait zich naar hen om. 'Jullie moeten hier even wachten, mannen, dan ga ik proberen erachter te komen waar het hoofdkwartier ons naartoe wil sturen.' Hij wendt zich tot Andrews peloton. 'Waar is jullie officier?'

Vijf armen wijzen stilzwijgend naar de schuilhut.

Macintyre biedt een van de nieuwkomers een sigaret aan, die hij in het kommetje van hun hand aansteekt. Een officiële fotograaf, te herkennen aan zijn mouwband, plaatst een houten kistje, een Imperial-grootbeeldcamera, op een statief. 'Kom, jullie twee,' zegt hij, wijzend op Andrew en een man van de nieuwe ploeg. 'Een brede glimlach voor thuis.'

Andrew voelt een arm die kameraadschappelijk om zijn schouder wordt gelegd. Hij glimlacht gespannen naar de camera, het wit van zijn ogen steekt scherp af tegen de opgedroogde modderspatten op zijn gezicht. Een opening in de wolken laat even een waterig zonnetje zien, precies op het moment dat de sluiter klikt. Als de twee mannen elkaar loslaten, ontmoetten hun blikken elkaar even. Ze grijnzen timide en keren terug naar hun eigen peloton.

De fotograaf vraagt aan Andrew hoe hij heet.

'Soldaat Andrew Kennedy, Shropshire Fuseliers.'

'En zijn naam?'

'Die weet ik niet.'

Wanneer de fotograaf zich tot het andere peloton wendt, duikt de kapitein op uit de schuilhut. 'Zo, mannen,' zegt hij. 'We gaan verder. De volgende stopplaats is Piccadilly.'

'Piccadilly is terug, die kant op,' wijst de sergeant-majoor met zijn duim over zijn schouder.

'O ja? Goed dan, mannen, rechtsomkeert, dezelfde weg terug.'

Andrew legt zijn hoofd op een zandzak en probeert even te rusten, maar weer blijkt dat slapen onmogelijk is. Er klinkt voortdurend gerammel van kroezen die tegen elkaar aan vallen. De ratten gooien ze omver. De parachutefakkels die ze de vorige avond in de verte zagen, zijn nu boven hun hoofd. Eén fakkel schiet schommelend en sissend boven hen de lucht in. Hij laat een spoor van rook achter wanneer hij tollend neerkomt. Andrew hoort hoe Duitsers 'Wacht am Rhein' zingen en met nasale stemmen roepen: 'Hé, Tommee!' en 'Wakker worden, Tommee'. Hij geeft zijn poging om te slapen op en wikkelt zijn doorweekte windsels opnieuw rond zijn been, van enkel tot kuit. Ook lichtkogels verlichten de wachtende nacht en tonen de silhouetten van spiraalvormige pieken aan de andere kant van niemandsland.

Een uur voor de aanval wordt het slecht weer. Het hoost. En met de wind neemt ook het Britse bombardement in hevigheid toe. De Duitse wapens reageren, al valt geen van hun granaten in de buurt van de wachtende infanterie. Wat er wel valt, met een dreun, een halve meter van de plek waar Andrew staat, is een mortierbom, een *plumb pudding* die per vergissing vanuit een Britse reserveloopgraaf dertig meter achter hen is afgevuurd. Andrew staat er als vastgenageld naar te turen. Warmte stijgt golvend op van de metalen huls. Het ding heeft de grootte en de vorm van een voetbal, en het staartstuk smeult nog. Een sterke geur van cordiet bereikt zijn neus, maar de bom ontploft niet. Andere mannen die er ook naar hebben staan turen, duiken weg in nabijgelegen kuilen, en Andrew voegt zich bij hen. Sergeant-majoor Davies stormt de hoek om en beveelt evacuatie van de loopgraaf. Ze wachten in een verbindingsloopgraaf tot er een genist komt om de bom onschadelijk te maken. In shock vanwege het feit dat ze op het nippertje aan het gevaar ontkomen zijn, beginnen de mannen te lachen. Zelfs de sergeant-majoor laat een glimlach zien. 'Goed zo, jongens,' zegt hij. 'Stelletje geluksvogels.'

Om nul uur golft de grond als er nauwelijks een kilometer verderop een mijn explodeert. Op de plek waar Andrew staat voelt hij de schokgolven tot in zijn botten. Het spervuur dat al drie weken lang woedt, houdt abrupt op. De diepe stilte die erop volgt bonst in Andrews hoofd en drukt op zijn trommelvliezen. Hij denkt dat zijn oren suizen, maar het is de eerste aanvalsgolf – honden die op een fluitje reageren – en het geluid wordt gevolgd door het *zup-zup-zup* van machinevuur in de verte. Het bombardement van de Britten wordt hervat, waarbij granaten in een boog door de lucht boven hun hoofd scheren, en Andrew en Macintyre kijken om beurten door een periscoop naar de lange rij puntige vlammen die vijftig meter voor de oprukkende troepen uit de grond schieten. Wat was hun ook weer opgedragen? Oprukkende troepen moeten de vlammen volgen 'als een paard dat achter een voederzak aan gaat'. Rennen. Niet meer gehinderd door dertig kilo bagage. Er zijn lessen geleerd. Het frontvuur is begonnen. De Duitse artilleristen zullen het niet overleven.

Tien minuten verstrijken terwijl de mannen van het 2e bataljon met lijkbleke gezichten luisteren naar het voortdurende geknal van vijandelijke machinegeweren. Er klinkt tumult in de loopgraaf voor hen. Gedempt geschreeuw. Laarzen die de modder in worden gezogen. Brancardiers met mouwbanden van het Rode Kruis verschijnen met een gewonde soldaat. Andrew stapt opzij om hen te laten passeren. De man is niet bebloed.

'Wat is er met hem gebeurd?' schreeuwt iemand.

'Die mijn,' zegt de tweede brancardier over zijn schouder. 'Hij zette zich schrap toen de schokgolf zijn benen onder hem wegsloeg. Stommeling.'

'Geluksvogel,' verbetert Macintyre.

Het eerste licht is nog niet door de regenwolken heen gedrongen wanneer de sergeant-majoor beveelt naar de volgende loopgraaf te gaan. Terwijl de regen op hun helm roffelt, kruipen de mannen als krabben over de grond van de ene kant van de loopgraaf naar de andere, de kronkelende lijn volgend. In de duisternis voor hen wordt geschuifeld en geduwd. Ze maken plaats voor een lange rij brancardiers met gewonden van de eerste en tweede aanvalsgolf. Hun ogen staan troebel, hun gezicht is bleek. Andrew ruikt de damp van warm mensenbloed dat achter hen aan komt, en hij begint te trillen als een stier in een abattoir. Wanneer een korporaal met een door bloed besmeurd gezicht zich blind langs hem heen werkt, moet hij kokhalzen.

Als ze de voorste loopgraaf bereiken, komt de kwartiermeester aan met een aardewerken kruik waarop SRD, 'Service Ration Depot', staat – in de wandelgangen 'Soon Runs Dry' genoemd – en giet rum in trillende kroezen. Zodra hij de zijne heeft leeggedronken, moet Andrew onbedwingbaar geeuwen. Als hij het gevoel krijgt dat zijn ingewanden vloeibaar worden, wenst hij dat hij die ochtend naar de wc had gekund. Hij opent en sluit zijn handen, om het tintelende gevoel erin kwijt te raken. Hij voelt zich als verdoofd. Meer dan wat ook heeft hij behoefte aan meer tijd – nog een jaar, nog een maand, nog een dag, nog een uur zelfs. Om zijn gedachten af te leiden van de aanval, controleert hij zijn plunjezak nog eens. Hij haalt er zijn proviand voor drie dagen uit, zijn opgevouwen waterdichte zeil, zijn waterfles en pioniersschop, zijn vier granaten, zijn zakjes met munitie en zijn patroongordel, en pakt dan alles weer in. Zijn gasmasker ontbreekt. Hij beseft dat het om zijn nek hangt. Zonder hem af te nemen probeert hij de brillenglazen in de fenol-hexaminehelm schoon te maken, wat een piepend geluid maakt – ze zijn vanbinnen beslagen en willen niet helder worden. Het troebele zicht doet hem denken aan de gewonden die hij heeft gezien. Hun ogen.

Als het commando volgt om paraat te staan bij de stormladders, versnelt Andrews hartslag en voelt hij zijn testikels samentrekken.

Hij ademt moeizaam. Macintyre hoort hem en probeert geruststellend te glimlachen, maar het lijkt meer een grimas. Andrew ziet de angst ook in de ogen van zijn vriend. 'Luizen, Will,' schreeuwt hij. 'Pietjes zijn luizen.'

'Oké,' schreeuwt Macintyre terug. 'Bedankt.'

Andrew ziet de sergeant-majoor heen en weer lopen terwijl hij bevelen schreeuwt, maar hij kan hem niet meer verstaan. Het bloed brult in zijn oren. Hij moet plassen. Een gevoel van inertie bekruipt hem. Hij weet niet meer of hij wel in staat is de ladder te beklimmen. Al zijn angsten, weet hij, liggen op deze zandzakken – geen angst voor pijn, maar voor uitschakeling, voor het einde van zijn leven, voor onvoorstelbare leegte. Toch heeft hij zich vrijwillig wekenlang naar dit moment toe laten leiden, naar deze linie – tijdens de nachtelijke oversteek van Southampton naar Le Havre, in de veewagon vanaf Étaples, op de weg naar Ieper, door de loopgraven naar niemandsland...

De naam jaagt hem doodsangst aan. Niemandsland. Een land waar geen mensen horen.

'Bajonet op geweer!' beveelt de sergeant-majoor op aanzwellende toon.

Een schrapend geluid van staal weerklinkt door de loopgraaf. Andrews handen trillen weer en pas na verschillende pogingen heeft hij het gevest van zijn bajonet op één lijn met de greep van het geweer. Hij buigt voorover naar zijn geweer om het wapen stevig vast te zetten en het een kwartslag te draaien. Hij sluit zijn ogen. Wanneer ze weer opengaan ziet hij achter een kist met munitie een rat zitten. Hij kijkt ernaar. Het beest kijkt terug met zijn zwarte kraalogen. Hij haalt een poot langs zijn snuit, alsof hij jeuk heeft. Andrew doet zijn ogen weer dicht. Hij proeft braaksel. Hij spuugt het uit en doet zijn ogen open. De rat is weg.

'Presenteer!'

Vergrendelingen worden losgehaald en .303-kogels worden in Lee Enfield-magazijnen geladen. Andrew klemt zijn kiezen op elkaar om te voorkomen dat ze klapperen als hij totaal onverwacht door een zwaarwichtige gedachte wordt overvallen.

Ik zal de sergeant-majoor niet teleurstellen. Ik zal Dorothy niet teleurstellen. Ik zal Will niet teleurstellen.

Hij steekt zijn hand uit naar Macintyre. Hij trilt niet meer.

Macintyre pakt de hand vast en knijpt er hard in. Een handdruk van kameraden. 'Als we de aanval inzetten, Andy...'

'Wat?'

'Vertrap me dan niet met je grote klunzige voeten.'

Andrew weet een glimlach te produceren. Als dit zijn laatste uur is, denkt hij, zal hij het met vaste blik tegemoetzien. Als een man. Als een soldaat. Hij voelt de warmte van de rum, die een stoot adrenaline door zijn lichaam stuurt. Een nieuw bombardement begint. Het is zenuwslopender dan het vorige en zo zwaar dat de lucht ervan dampt – een zware damp, benauwd en metalig. Andrew probeert zich voor te stellen dat hij weer thuis is in Shropshire, overvallen door een onweersbui. Hij probeert ook het aantal seconden te tellen tussen bliksem en donderslagen, zoals hij deed als kind, maar de explosies zijn zo hard dat hij niet verder komt dan drie – zo hard dat hij één moment zelfs zijn eigen naam niet meer weet. Soldaat nog iets. Kennedy. Soldaat Andrew Kennedy, 2e bataljon, Shropshire Fuseliers. Er vallen trouwens geen stiltes meer tussendoor. Het dondert nu onafgebroken. De luchtverplaatsing, veroorzaakt door de granaten boven hun hoofd, treft de hele linie als een wervelstorm. Bij elke klap heeft Andrew het gevoel dat zijn schedel wordt gelicht. Onder zijn laarzen schokt de aarde, extatische trillingen die zijn benen omhoogduwen. In zijn verwarring stelt hij zich voor dat hij de bovenkant van de borstwering ziet bewegen. Het zijn slechts de doodsbange ratten die op de vlucht slaan. Ze zijn panisch geworden. Andrew kijkt naar Macintyre en beseft dat wat hij voelt voor zijn oude vriend, op dit moment, op deze dag, in de buurt komt van liefde. Dat het verder gaat dan liefde. Macintyre schreeuwt iets naar hem, maar zijn woorden worden overstemd. Andrew ziet de lippen van zijn vriend bewegen en probeert iets terug te schreeuwen, maar hij kan zijn eigen woorden niet verstaan. Hij wil tegen Macintyre zeggen dat ze bij elkaar zullen blijven. In plaats daarvan grijpt hij weer zijn hand. Ze zullen hand in hand de aanval inzetten, net zoals ze naar zondagsschool gingen. Andrew kijkt naar de subalterne officier die op een stormladder staat met een Webley-revolver in de ene en een fluitje in de andere hand. Hij ziet het fluitje naar de lippen van de officier gaan, en zijn wangen die opbollen als hij blaast. Maar hij hoort het fluiten niet. Anderen wel, en zij beginnen de ladders op te klauteren. Als Andrew hen volgt, nog steeds met Macin-

tyres hand in de zijne, trekt het gewicht van zijn plunjezak hem bijna omlaag. Dan bekruipt het hem: woede. Hij hoort een stem die
zegt: 'Shit, shit, shit.' Het woord wordt steeds opnieuw gezegd. Hij
beseft dat het uit zijn eigen keel komt, steeds harder aanzwellend
totdat hij het uitschreeuwt, een strijdkreet. Ze doen het allemaal,
honderden van hen, terwijl ze de ladders op gaan. Ze vloeken om
zichzelf moed in te praten, zoals ze hebben geleerd. Honden die reageren op een fluitsignaal.

15

Londen. Nu. Drie weken na de crash

Hoewel ze linkshandig was, moest Nancy vanwege de mitella om haar linkerarm haar tandenborstel rechts vasthouden. In de dagen die verstreken waren sinds het vliegtuig was neergekomen, had ze er behendigheid in gekregen. Ze had ook geleerd haar hoofd niet vaker te draaien dan nodig was. Tijdens het tandenpoetsen bekeek ze haar gezicht in de badkamerspiegel. Haar ogen waren nog dik van de slaap, of door het gebrek eraan, en haar hals en schouders zaten vol vouwen – afdrukken van kreukelige lakens. Ze waren nog steeds een beetje bruin.

Ook Daniel bekeek haar spiegelbeeld vanuit de deuropening. 'Het stimuleert de hersenen,' zei hij.

Nog steeds met haar blik in de spiegel wachtte Nancy totdat haar tandenborstel automatisch afsloeg voordat ze reageerde. 'Wat stimuleert de hersenen?'

Daniel nam een hap van zijn toast en kauwde langzaam, terwijl hij het bord onder zijn kin hield om kruimels op te vangen. 'Je tanden poetsen met je andere hand. Het is net zoiets als douchen met je ogen dicht.' Hij nam nog een hap en zei met volle mond: 'Waarom laat je mij niet je tanden poetsen totdat je schouder hersteld is?'

'Ik heb toch al gezegd dat het gaat.'

Haar toon had iets beschuldigends. Daniel aarzelde voordat hij verder ging. 'Hoe heb je geslapen?' vroeg hij.

Nancy ging met een vinger over de bult die de breuk in haar sleutelbeen markeerde, doopte haar vinger in een contactlenzendoosje, trok met een vinger van haar andere hand de huid onder haar oog omlaag, kantelde haar hoofd naar achteren en bracht de lens in. Nadat ze de andere ook had ingedaan, waste ze haar hand, draaide de kraan dicht en wapperde haar vingers droog. Ze tuurde nog steeds naar haar spiegelbeeld toen ze de stilte verbrak. 'Niet.'

'Werken de pijnstillers niet?'

'Nee, de pijnstillers werken wel. De tranquillizers, die werken niet.' Met één hand draaide ze de dop van een plastic flesje mondwater, nam een slok, spoelde en spuugde het uit. 'Ik ga vandaag naar de dokter om te vragen of ik iets sterkers kan krijgen.'

'Is dat wel verstandig?'

Nog steeds voor de spiegel zei Nancy tegen haar eigen reflectie: 'Ik heb al drie weken niet goed geslapen. Als ik wel slaap, heb ik nachtmerries. Bij het wakker worden heb ik paniekaanvallen. Ja, dat is verstandig.'

Ze draaiden zich beiden om toen Martha uit haar slaapkamer riep: 'Daniel, kom snel! Je bent op tv.'

'Je moet papa tegen me zeggen,' zei Daniel toen hij met Nancy de slaapkamer in kwam. Er was een kaart van de Galápagoseilanden te zien op het ontbijtnieuws. Een stippellijn gaf de route van hun vliegtuig aan. Een verslaggever was halverwege een zin: '... eilanden, waar het darwinisme zijn oorsprong heeft gekregen, volgens welke theorie alleen de sterkste overleeft. Op deze plaats...'

'Zet eens harder,' zei Nancy. 'Wat zegt hij?'

'... heeft aan het licht gebracht dat de noodsignalen van het vliegtuig nooit zijn ontvangen, en door een samenloop van factoren is de verdwijning ervan niet gemeld. Volgens het onderzoek hadden de piloten langer uitstel verwacht nadat ze vanwege het slechte weer het toestel al vierentwintig uur aan de grond hadden moeten houden, en hadden ze de details van hun vluchtplan niet ingevuld, waardoor ze opnieuw als "niet ingepland" genoteerd stonden. En omdat het vliegtuig vlak bij de Galápagoseilanden neerstortte, zijn de luchtverkeersleiders die de vlucht op de radar in Ecuador controleerden ervan uitgegaan dat het zijn bestemming had bereikt en veilig op water was geland. De vier overlevende passagiers danken hun leven aan de moed van één man.' Er kwam een foto in beeld van Daniel in zijn universiteitstoga.

'Dat ben jij, Daniel!' zei Martha.

De verslaggever vervolgde: 'Daniel Kennedy, een achtendertigjarige bioloog, zwom ruim twintig kilometer in eenentwintig uur. Hij was niet beschikbaar voor commentaar, maar een van de andere overlevenden wilde wel iets kwijt...' Een lange Afro-Amerikaan verscheen op het scherm. Hij grijnsde. 'Ik weet niet hoe hij het voor elkaar heeft gekregen. Niemand in Ecuador schijnt te hebben geweten dat het vliegtuig was neergestort. Ik zou omgekomen zijn als hij ons niet was komen halen. Man, wat had ik het koud. Ik zag een oude man vlak voor mijn ogen opgevreten worden door haaien. Hij was van het vlot gevallen. Het ene moment was hij er nog, het volgende moment was het water rood van het bloed. Het was gruwelijk.'

'Een andere overlevende sprak vanochtend met ons vanuit Boston.' Susie kwam in beeld, haar gezicht vol roze vlekken van de korsten die er tot voor kort op hadden gezeten. 'Ik dank mijn leven aan professor Kennedy,' zei ze, zonder recht in de camera te kijken. 'Mijn man Greg was een van degenen die het niet hebben gehaald. Hij is nu bij de Heer. Het kwam door de kou dat... dat... We waren pas getrouwd, nog maar...' Een snik maakte haar het spreken onmogelijk.

De verslaggever kwam weer in beeld. 'Tot zover de aangrijpende getuigenis van...'

Daniel had de afstandsbediening gegrepen en het toestel uitgezet. 'Hé,' zei Martha. 'Ik wil alles zien.'

Nancy wendde zich tot Daniel. 'Wist jij dat ze het onderzoek hadden afgerond?'

Daniel pakte zijn geroosterde boterham, maar in plaats van er een hap van te nemen staarde hij peinzend naar de condens die op het bord was achtergebleven. 'Iemand van het ontbijtnieuws belde gisteren met de vraag of ik wilde reageren,' zei hij. 'Ik wist niets te zeggen.'

'Was je van plan me dat te vertellen?'

'Ik was... ja, natuurlijk, maar... ' Daniel aaide Martha over haar haar. 'Je hebt al genoeg aan je hoofd.'

'Arme Susie.'

'Arme Greg. Hij heeft me gevraagd tegen zijn ouders te zeggen dat hij in vrede is heengegaan. Dat was ik vergeten. Je hebt zeker geen nummers van de andere overlevenden gekregen?'

'Je zou de mensen van de vliegtuigmaatschappij kunnen bellen. Die moeten ze hebben.' Ze wendde zich tot Martha. 'Jij moest nu maar je uniform aantrekken. Straks komen we nog te laat. Wil je pindakaas of Marmite op je brood?'

Het was Daniels beslissing geweest om een groter huis te kopen dan ze nodig hadden of dan hij van zijn salaris alleen kon betalen, als Nancy ervoor zou kiezen te stoppen met werken als ze nog een kind kregen. Hij was ervan uitgegaan dat dat zou gebeuren. Liefst een jongen. In plaats daarvan hadden ze in al die jaren allebei een eigen logeerkamer voor zichzelf ingericht als studeerkamer. Zelfs Martha had haar eigen studeerkamer, die tevens dienstdeed als speelkamer. Elk jaar gaven ze geld uit aan het huis: een dakterras, een grotere zolder, zonnepanelen. Het meest recente project was het meest ambitieuze geweest. Ze hadden de zijvleugel groter gemaakt en een muur weggehaald tussen de keuken en de eetkamer. Hierdoor hadden ze één open ruimte gekregen waar het gezin de meeste tijd samen doorbracht. Eén muur bestond uit ramen en bakstenen, op de andere hingen drie grote ingelijste originele filmposters van *Jules et Jim*, *Le Notti di Cabiria* en *La Notte*. Ondanks de grootte en de minimalistische inrichting met chroom en glas was het er knus, deels dankzij ingebouwde spotjes en de kleine laurierboompjes in elke hoek van de kamer, waar kerstverlichting in gedrapeerd was.

Tien minuten nadat hij op tv was geweest kwam Daniel beneden, waar hij Nancy aantrof in een kabeltrui en een spijkerbroek. Ze zat op een hoge kruk en kneep in haar neusbrug. Hij nam haar vanuit de deuropening aandachtig op. Ze zag er ouder uit, vond hij. Ze was ouder geworden door de crash. Ze leek kleiner, slap, alsof ze geen botten had. Haar ogen waren gezwollen en rood van het huilen en hij zag hier en daar wat grijze haren. Had ze die al gehad? Wanneer was ze opgehouden ze te verven? Haar haar was vet en ongewassen. Er zaten lichte striemen in haar hals op de plek waar ze zich had gekrabd. De lak op haar teennagels was afgebrokkeld. Ze was verward en vergeetachtig. De dokter had gezegd dat het tijd zou kosten.

Toen er met een klap twee sneetjes goudkleurig brood uit de broodrooster sprongen keek Nancy op, zag Daniel en sloeg haar blik weer neer.

Hij liep langs haar heen en schudde een paar pijnstillers uit een pot.

'Hoofdpijn nog niet over?' vroeg Nancy, terwijl ze pindakaas en jam op twee boterhammen smeerde.

'Nog hetzelfde.' Daniel spoelde zijn pillen door met water, vulde zijn glas opnieuw uit een filterapparaat op tafel en dronk ook dat leeg. Sinds de crash had hij een onlesbare dorst. 'Ga je vandaag weer naar die counselor?' vroeg hij, terwijl hij het glas leegdronk en weer vulde.

'Tom.'

'Ah, je tutoyeert hem?'

Het koffiezetapparaat maakte een gorgelend geluid.

'Je zou mee moeten gaan.'

'En dan handjes vasthouden en Kumbaya zingen? Nee, bedankt.'

Nancy sneed de korsten van het brood en legde de boterhammen in Martha's *Finding Nemo*-lunchbox. 'Zo gaat het daar niet.'

'Ik zou me kunnen inschrijven voor de workshop huilen. Misschien moet ik pa meenemen.'

'Hij is een professioneel therapeut.'

'Hij is een kwakzalver.' Daniel pakte een kindertekening bij een hoekje op en schoof die naar Nancy toe. 'Heb je gezien wat de kleine heeft gemaakt?'

Nancy draaide de tekening naar zich toe en hield haar op armlengte van zich af. Het was een kleurig geheel van een eiland met palmbomen en een vliegtuig dat in de richting van de zee viel. Zwarte rook kringelde achter het toestel aan en vlammen schoten uit de vleugels. Passagiers als lucifershoutjes, met hun armen geheven, hingen uit de ramen. Sommigen vielen vanuit de lucht in een blauwe zee waaruit op verschillende plaatsen zwarte haaienvinnen staken. Nancy tuurde er even naar en knipperde met haar ogen. Een traan rolde over haar wang.

'Sorry lieverd, het was niet mijn bedoeling...' Daniel pakte voorzichtig de tekening uit haar hand en legde die op het werkblad. 'Martha probeerde...'

Nancy wuifde zijn opmerking weg en slikte. 'Je hebt hem nooit ontmoet.'

'Wie heb ik nooit ontmoet?'

'Tom. Hoe kun je dan zeggen dat hij een kwakzalver is?'

'Alle counselors zijn kwakzalvers.'

Martha kwam binnen en vroeg: 'Wat is een kwakzalver?'

'Iemand die kwetsbare mensen bedriegt en die het egotisme van ongelukkigen uitbuit.'

'In godsnaam, Daniel. Ze is negen.'

'Martha weet wat egotisme is, ja toch, schat?'

Het kind pakte haar vaders hand. Ze greep die van haar moeder. 'Ik weet wat ongelukkig is,' zei ze.

Als Tom Cochrane al een kwakzalver was, was hij een sympathieke: een Schot met vriendelijke ogen, een knap, hoekig gezicht en een mond waarvan de hoekjes omhoogkrulden, zelfs als hij ontspannen was. Toen Nancy hem later die ochtend bezocht, droeg hij een linnen jasje over een lichtblauw overhemd, maar geen das. Professioneel, maar casual.

'Mijn man denkt dat je een kwakzalver bent,' zei ze toen ze zich op zijn bank liet zakken en, als ter bescherming, een kussen op haar schoot legde. 'Ben je dat?'

'Je man?' zei Tom met zijn zachte Morningside-accent. Hij had zoals alle counselors de gewoonte vragen met vragen te beantwoorden.

'Ik beschouwde hem als mijn man.'

'Beschouwde?'

'Beschouw.'

'Ik heb over hem gelezen ten tijde van de crash. Er stond toen een heleboel over hem in de kranten.'

'Mijn moeder heeft wat knipsels bewaard. Ik heb ze nog niet gelezen.'

'Je zult wel trots zijn.'

Nancy haalde haar schouders op en begon haar lokken rond haar vinger te draaien. De fluorescerende lamp boven haar zoemde zacht.

'Ik geloof dat ik vandaag iets over hem zag staan op bbc online.' Tom draaide zijn stoel tot hij voor een pc stond die volgeplakt was met gele Post-its. Hij dubbelklikte met een slanke vinger, wachtte even en klikte nog eens. 'Nee, ik kan het niet vinden. Maar er stond wel iets.'

'Je hebt mijn vraag niet beantwoord,' zei Nancy. 'Hebben deze sessies wel zin?'

'Vind jíj dat ze zin hebben?'

'Daniel zegt dat alles alleen maar erger wordt door voortdurend over traumatische gebeurtenissen te praten.'

'Misschien heeft hij gelijk,' zei Tom.

'Hij zei ook dat veteranen uit de Eerste Wereldoorlog geen counselors nodig hadden. Zij redden zich door hun herinneringen te onderdrukken.'

'Het werkt niet voor iedereen. Hoe voel je je?'

Nancy staarde naar een koffiebeker van polystyreen op de grenen tafel voor haar. 'Daniel staat erop dat ik mijn eigen beker meeneem naar Starbucks. Om de aarde te redden.'

Er viel een stilte die Tom bewust niet vulde.

'Huilerig,' vervolgde Nancy. 'Ik voel me huilerig en... ik weet het niet... claustrofobisch.'

'Dat is normaal. Het vecht-of-vluchtmechanisme voorziet het lichaam overvloedig van adrenaline, waardoor de zintuigen gevoeliger worden. Dus toen je vastzat in dat vliegtuig, was het alsof je één voet op de versnelling hield en de andere op de rem.'

'Verdwijnt dat weer?'

'Die claustrofobie? Het duurt een aantal weken voordat het adrenalineniveau weer normaal is.'

Weer een stilte.

'Ik ben de hele tijd kwaad,' zei Nancy.

'Dat is ook normaal. Kwaad op jezelf?'

'Een beetje. Ik was kwaad toen het vliegtuig neerstortte. Ik dacht steeds: waarom ik? Ik was ook kwaad op de andere passagiers die zaten te schreeuwen, omdat ze mijn laatste ogenblikken verstoorden. Naderhand, toen sommigen van hen omkwamen, voelde ik me schuldig omdat ik zo kwaad op ze was geweest.' Ze pakte een elastiekje van de vloer en begon het uit te rekken. 'Ik geloof dat ik kwaad was op God. Ik heb tot Hem gebeden in het vliegtuig, weet je.'

'Ik dacht dat je een agnost was.'

'Een katholieke agnost.'

'Aha.'

'Wat bedoel je daarmee?'

'Gewoon, aha.'

'Maar goed, die was er dus niet. Ik voelde Zijn aanwezigheid niet. Ik riep om hulp en God bleef zwijgen, net zoals Hij bleef zwijgen toen er Zyklon B in de gaskamers werd geworpen, en toen de baby's met hun hoofd tegen de bomen werden gesmeten in Cambodja, en toen de Tutsi's afgeslacht werden door de Hutu's.'

'Heb je hierover gepraat met Daniel?'

'Hij is degene op wie ik het kwaadst ben, hoewel die kwaadheid meer achtergrondruis is. Alles wat hij doet ergert me op het ogenblik.' Ze zette haar tanden in het dikke stukje van haar onderlip. 'Hij heeft aldoor een glimlach op zijn gezicht. Sinds de crash. Ik kan hem wel slaan.'

'Een trauma kan verschillende effecten hebben. Als Daniel zich de laatste tijd positief voelt, kan dat liggen aan het overlevings-syndroom... Dat geeft sommige mensen een onoverwinnelijk gevoel, bijna goddelijk. Heb je er met hem over gepraat? Over de crash?'

Nancy schudde haar hoofd en begon sneller te ademen. Ze voelde dat losse draden van angst zich in haar binnenste samenbundelden tot een pijnlijke kluwen. Ze trok herhaaldelijk het elastiekje strak en liet het dan weer schieten, ze omklemde het net zo stevig als de angst haar in zijn greep hield. 'Na de crash herhaalde ik steeds in gedachten: *Waarom hebt u me verlaten? Waarom hebt u me verlaten?* Je weet wel, uit de Bijbel.'

'Heb je het gevoel dat God je heeft verlaten?'

'Daniel.'

'Daniel had het gevoel dat God...'

'Nee. Nee... Laat maar.'

'Hoe voelt Daniel zich?'

'Hij heeft hoofdpijn.'

'Kan hij slapen?'

'Weet ik niet. Ik heb in de logeerkamer geslapen.' Ze hield haar arm in de mitella bij wijze van verklaring omhoog. 'Geprobeerd te slapen. Als het me lukt, word ik angstig wakker. Klaarwakker, terwijl het bloed in mijn oren suist. Voor vieren slaap ik niet.' Ze keek rond in de kamer. Er hing een steriele sfeer waar de paar boeken, de digitale radio en de kapstok met de regenjas niets aan konden veranderen. Aan een muur tegenover het raam hing een diploma in een lijst. 'Ben je arts?'

'Niet echt,' zei Tom terwijl hij zijn hoofd schudde. 'Ik doe dit niet voltijds. Het is vrijwilligerswerk. De lokale autoriteiten betalen mijn onkosten en hebben dit kantoor voor me geregeld. Ik ben in mijn dagelijks leven opzichter.'

Nancy bekeek Toms boekenkast. Er stonden biografieën van Freud en Jung en boeken over cognitieve therapie en gedragspsychologie, maar ook, op een plank daaronder, een paar titels waar Daniel van zou hyperventileren: *Alternatieve geneeskunde – de waarheid; paranormale energie, helende kristallen en de kracht van het chanten;*

Kracht van binnenuit – engelbewaarders en hoe je ze kunt bereiken. 'Wat voor therapeut ben je precies?' vroeg ze.

'Van de zielknijpende soort.'

Het grapje stelde haar gerust. Ze glimlachte.

'Ik ben erkend traumatherapeut,' vervolgde Tom. 'Daar hangt mijn diploma.' Hij wees naar de lijst aan de muur. 'Die boeken waar je naar kijkt heb ik gekregen van patiënten. Een hoop mensen hebben iets aan dat newage-gedoe, ook al is het een placebo.'

Nancy wist dat Daniel zou beweren dat 'newage-gedoe' op lichtgelovigheid en bijgeloof berustte, maar hij begreep niet waarom steeds meer mensen ernaar op zoek gingen. Hij begreep niet dat ze ongelukkig waren, dat ze antwoorden wilden hebben, dat ze placebo's wilden – dat zij, Nancy, de vrouw met wie hij al tien jaar onder één dak leefde, een placebo wilde.

Ze draaide de dop van een flesje koolzuurhoudend water, waardoor het nijdig siste. Tom staarde haar aan. Ze nam een slok en zwaaide verstrooid met het flesje in de rondte. Ze keek verveeld.

'Wil je zien wat ze doen met helende kristallen? Voor de grap?'

Nancy haalde haar schouders op.

'Ga maar liggen.'

Toen Tom over haar heen gebogen stond, keek Nancy naar de kristal die hij boven haar borst liet bungelen, geboeid door de manier waarop het licht erop viel. Ze wist dat het fysiek geen enkel effect zou hebben, maar ze dacht dat ze zich er misschien... anders door zou voelen, in elk geval niet meer zo verloren.

* * *

Omsloten door de donkere, houten panelen van het biechthokje, met zijn knieën op het kussen van de bidstoel voor hem, huiverde Wetherby en hij staarde omhoog naar het kruisbeeld dat boven het rooster hing. Hij bleef een volle minuut in deze positie zitten, verloren in zijn overpeinzingen, in zijn gedachten over zonde.

De priester aan de andere kant van het rooster klopte.

'Vergeef me, vader, want ik heb gezondigd,' begon de biechteling zacht maar met een beschaafde stem, die de priester aan die van nieuwslezers van de BBC deed denken. 'Mijn laatste biecht is een week geleden.'

'Wat is uw zonde?' De stem was vriendelijk, zonder lichaam.

'Ik heb zowel kleine als grote zonden begaan.' Wetherby legde zijn geschoeide handen tegen elkaar. 'Ik ben zondag ook niet naar de mis geweest.'

'Met opzet?'

'Nee, vader.'

'Gaat u verder.'

'Ik heb een werknemer, een beveiligingsbeambte, laten schorsen, ook al wist ik dat hij alleen maar zijn plicht deed.'

'Waarom?'

'Uit wrok, denk ik… Ik heb ook de promotie van een collega tegengehouden, ook al kwam die hem toe.'

'En waarom hebt u dat gedaan?'

'Omdat ik een kleinzielig, jaloers mannetje ben, vader.' Terwijl hij sprak boog Wetherby zijn hoofd en sloot hij zijn ogen. 'Omdat ik jaloers ben op zijn uiterlijk, zijn haar, zijn vrouw, zijn populariteit, het gemak waarmee hij met mensen omgaat, zijn fatsoen, zijn zelfverzekerdheid…'

'Jaloezie is iets verschrikkelijks,' viel de priester hem in de rede. 'We moeten ons ertegen verzetten. Hebt u nog meer zonden begaan?'

Wetherby dacht na.

Hij dacht aan de kwetsbare studentes die hij door de jaren heen had verleid. Hij dacht eraan hoe jaloers hij was op het celibaat van Locke, een denker die niet was afgeleid door vunzigheid. Hij dacht er ook aan hoe hij de honger naar seks verfoeide die hij deelde met Bertrand Russell, de verachtelijke atheïst die het als een immorele plicht beschouwde om het bed te delen met de vrouwen van andere mannen. Hij haatte zichzelf omdat hij meer van Russell had dan van Locke. Hij haatte zichzelf om zijn zwakte. Hij haatte zichzelf.

'Ik heb misbruik gemaakt van iemand die me haar vertrouwen heeft geschonken,' zei hij. 'Iemand die ik onder mijn hoede heb genomen.'

'In welk opzicht?'

Wetherby werd deels overweldigd door zelfmedelijden, deels door een diepe liefde voor zijn eigen vroomheid en openhartigheid. Als er iemand was die ervoor in aanmerking kwam Gods genade terug te winnen, dan was hij dat wel, meende hij. Hij verlangde ernaar en dat verlangen was voor hem voldoende, voldoende bewijs van Zijn bestaan. 'Hoewel ik lustgevoelens voor haar koesterde, heb ik ervoor gezorgd dat ik met haar alleen was.'

'God heeft begrip voor de zwakte van de menselijke geest.'

'Toen heb ik seks met haar gehad.'

Er viel een stilte terwijl de priester hierover nadacht. 'Is ze meerderjarig?'

'Ja.'

'Hebt u anticonceptie gebruikt?'

'Nee.'

'Tja, dat is tenminste íéts. Hebt u nog meer zonden te biechten?'

Een enkele traan rolde over Wetherby's hoge jukbeen. Hij voelde koud en kriebelig. Hij haalde luidruchtig zijn neus op. 'In mijn schuld, eerwaarde, in mijn slechtheid heb ik...' Hij wrong zijn handen in de handschoenen in elkaar alsof hij ze waste. 'Heb ik dit meisje geslagen.' Hij genoot altijd van de formele taal die hij tijdens de biecht gebruikte; hij voelde zich erdoor gezuiverd. 'Het was niet mijn bedoeling. In het vuur van het moment noemde ik haar een verleidster en sloeg ik haar met de rug van mijn hand in haar gezicht.'

'Dat zijn zware zonden,' zei de priester. 'Hebt u uw geweten onderzocht?'

Wetherby's woorden gingen voor een deel verloren in een snik die hij onderdrukte. 'Ja, eerwaarde, dat heb ik gedaan. Dat heb ik gedaan. Ik vraag u om vergeving. Ik vraag God om vergeving.'

'Ja, goed, de bedoeling van dit sacrament is u genezing voor de ziel te verschaffen. Hebt u oprecht berouw?'

'Oprecht berouw, vader.'

'Dan stel ik voor dat u een therapeut bezoekt. U moet uitvoerig en naar behoren over deze aangelegenheden praten. En nu moet u de akte van berouw opzeggen.'

'*Deus meus, ex toto corde poenitet me omnium meorum peccatorum, eaque detestor, quia peccando, non solum poenas a te iuste statutas promeritus sum...*'

Er viel een stilte die Wetherby dertig seconden later beëindigde met 'Amen'. De priester schraapte nogmaals zijn keel. 'Het is al lang geleden dat ik dat in het Latijn heb gehoord. Ik ben bang dat we de absolutie in het Engels moeten doen.' Hij kuchte. 'God de barmhartige Vader heeft de wereld met zich verzoend door de dood en verrijzenis van Zijn Zoon, en....' Toen hij aan het eind was, kuchte hij weer. 'Bid tien weesgegroetjes, en moge de Heer met u zijn.'

Buiten gonsde de stad van de energie. De voetgangers die opzij-gingen voor de smeltende sneeuw, de haastige sirenes, de doffe dreun van technomuziek toen de deur van een pub open- en weer dicht-ging, de treinen die Victoria Station binnendenderden, het gefluit van de conducteurs, het gekletter toen de jongleur met het petje een knots liet vallen; Wetherby putte troost uit al deze geluiden. Ze bo-den anonimiteit en beschutting. Hij snoof diep de koude lucht in, knoopte zijn das opnieuw om en bleef in de hoofdingang op Hai-iki wachten. Ze zat in zijn Crombie-overjas in elkaar gedoken met haar rug naar hem toe chips te voeren aan de duiven. Wetherby liep naar haar toe, veegde de traptrede schoon en ging naast haar zitten. Toen ze naar hem opkeek, schrok hij. De zwelling rond haar oog was verdwenen, maar nu tekende zich een donkerblauwe kring af. Hij sloeg een beschermende arm om haar soepele middel en zei rus-tig: 'Ik heb God om vergeving gevraagd, nu vraag ik die aan jou.'

'Ik vergeef je.'

Hij drukte zijn koude lippen op haar voorhoofd. 'Dank je... Weet je, Evelyn Waugh heeft eens gezegd dat hij een veel onaangenamer mens zou zijn als hij geen katholiek was. Ik geloof dat ik me daar-bij aansluit. Het spijt me. Echt. Het zal nooit meer gebeuren.' Hij stond op, loodste haar mee over het plein en stak zijn arm op voor een naderende taxi. Als die stopt, dacht hij, kan ik haar meenemen naar huis en binnen een halfuur op de chaise longue hebben. Het was lang geleden dat hij zo geëxalteerd, zo springlevend, zo opge-wonden was geweest.

* * *

Nadat Nancy Martha van school had gehaald, ging ze terug naar huis, luisterde vier voicemailberichten af en liep naar Daniels stu-deerkamer om te zien of hij al van zijn werk terug was. Toen ze hem over zijn bureau gebogen zag zitten – hij zat iets te tekenen, ze kon niet zien wat – besefte ze dat hij haar niet had gehoord. 'Is het waar?'

Hij schoot schuldbewust naar voren om te bedekken wat hij aan het tekenen was.

'Is het waar?' herhaalde Nancy.

Daniel draaide zijn stoel zo dat hij haar het uitzicht op zijn bureau ontnam. 'Zei je net...' Hij onderbrak zichzelf. 'Ik heb je niet binnen horen komen.'

'Wat? Wat denk je dat ik zei?'

'Schaam je.'

'Ik zei: "Is het waar?" Nou, zeg op!'

'Is wat waar?'

'Dat je een prijs krijgt?'

'Ik weet het niet. Er stond een bericht op het antwoordapparaat. Iemand van de *Mirror* die om commentaar vroeg.'

'Dat heb ik gehoord. Daarom vroeg ik het.'

'Mij is niets verteld.' Daniel schoof schrapend zijn stoel naar achteren, draaide het papier met de tekening om en zonder Nancy aan te kijken wurmde hij zich langs haar door de deuropening.

Nancy verroerde zich niet, haar hersenen werkten op volle toeren. Ze staarde naar de gedeukte cricketbat die tegen zijn bureau aan stond. Haar blik ging omhoog naar vertrouwde voorwerpen: de buste van Mao met een cricketpet op zijn hoofd, de schaakklok, de microscoop, de zonnebril, het kerstmannetje dat aan een kruis hing en dat een van Daniels studenten hem uit Japan had gestuurd, de rugbybal met handtekeningen van het Engelse team. Ze zette een stap de kamer in. Op het bureau lagen siervoorwerpen die ze niet eerder had gezien, drie schildpadden: een van hard rubber met een tamelijk plat schild, een kleine van marmer en een van suède met een knikkend kopje. Een lege doos trok haar aandacht. Er stonden Chinese letters op de zijkant. Er staken vuile eetstokjes uit. Hij was neergezet op een boekenplank tussen een roman van Nick Hornby en een slordige stapel wetenschappelijke tijdschriften. Er stond ook een leeg flesje Duits bier, en in de asbak lag een uitgedrukte joint. Nancy vroeg zich af hoe Daniel op deze manier kon werken. De rommel was onverdraaglijk. Toen ze verder liep om de lege doos van de Chinees op te ruimen, pakte ze de omgekeerde afbeelding op. Het was Martha's tekening van de crash. Daniel had er een schildpad en een man in de zee bij gemaakt. De tekening had over een schrift heen gelegen. Na een blik achterom naar de deur bladerde Nancy het door. Op bijna elke bladzijde stond een schets van een man met ver uiteenstaande ogen. Op elke tekening glimlachte de man.

16

Hoewel ze elkaar verscheidene keren aan de telefoon hadden gesproken, had Daniel sinds de crash geen kans gezien om zijn vriend Bruce Golding persoonlijk te spreken. Toen hij hem sprak, in de County Arms, een pub die voor hen allebei even ver lag, herkende hij hem niet. Hij kende Bruce – medisch specialist die rugby speelde – al vanaf de universiteit, maar een baard van vier weken en een ruim leren jasje hadden hem aan het zicht ontrokken. Het was alsof het licht om hem heen viel en verder stroomde als water rond een steen in een rivier. Daniel keek de pub voor de tweede keer zoekend rond en toen Bruce, die een paar meter verderop aan de bar stond, even naar hem zwaaide, herkende hij hem ineens.

'Wat is er in godsnaam met je gezicht gebeurd?' zei Daniel proestend terwijl hij naar zijn vriend liep en hem een hand gaf die overging in een omhelzing.

'Vind je het leuk staan?' vroeg Bruce, terwijl hij onder zijn kin krabde.

'Je lijkt de Yorkshire Ripper wel.'

Bruce was een zwaargebouwde man met brede polsen en een warrige haardos. Vrienden en collega's noemden hem Beer. 'Nou, mijn nieuwe huisgenoot vindt het leuk. Heb ik verteld dat ik een nieuwe...?'

'Een paar keer.'

'Heb ik verteld dat hij acteur is?'

'Ja.'

'En dat hij tweeëntwintig is?'

Daniel knikte. 'Hoe gaat het daarmee?'

'Hij heeft me nog niet in mijn gezicht geslagen.'

'Zeker bang om die baard aan te raken. Schrikt het je patiënten niet af?'

'Ik heb nog geen, eh, klachten gehad. Niet dat ik…' Bruce streelde weer zijn baard, dit keer defensiever. 'Maar goed, het is gewoon een experiment.'

Als ze met z'n tweeën waren leek het meestal alsof Daniel, niet Bruce, de homoseksueel was. Niet omdat Daniel iets verwijfds had, maar meer omdat Bruce eruitzag en sprak als een rugbyspeler, wat hij ook was. Zijn neus was plat op de plaats waar hij ooit was gebroken. Zijn schouders waren breed, zijn dijen fors. Hij had niets gemaakts of defensiefs of verontschuldigends. Als hij ging zitten, deed hij dat breeduit, met zijn knieën uit elkaar. Vrouwen waren dol op hem.

'Je hebt meer weg van kapitein Iglo,' zei Daniel, terwijl hij met de achterkant van zijn vingers langs de baard ging. 'Je bent grijs geworden.'

'Dat heet peper-en-zout,' corrigeerde Bruce hem. 'Maar goed. Hou er maar over op. Wat drink je?'

'Nee, ik ga wel halen. Wat had jij?' Daniel knikte naar Bruce' halflege glas.

'Gewoon bier.' Bruce stopte zijn haar achter zijn oor. 'Ik weet niet welk soort. Old Tosser of zoiets.'

De woorden 'Old Tosser', ouwe gek, bleven in Daniels hoofd klinken. Waar kwamen die vandaan? Zijn vriend was niet zichzelf. Ze deden vormelijk tegen elkaar; ze deden te veel hun best om zich in elkaars gezelschap relaxed te voelen. Er was iets tussen hen gekomen. Hij ving de blik van de barman, wees naar Bruce' glas en stak twee vingers omhoog.

'En eh, hoe gaat het met eh… iedereen?' vroeg Bruce. 'Alles goed met Morticia Addams?'

'Met Nancy gaat het goed.'

'Heeft ze nog steeds een boksbeugel in haar handtas?'

Daniel glimlachte en gaf de barman een bankbiljet toen die hem twee glazen bier aanreikte. Hij nam een slok van het zijne, waarna zich wit schuim op zijn bovenlip aftekende. 'Nou, als ik zeg goed, bedoel ik zo goed als je kunt verwachten. Ze is behoorlijk van slag door het hele gebeuren. Ze loopt bij een of andere kwakzalver. Soms betrap ik haar erop dat ze huilt.'

'Dat zijn geen tranen, dat is accuzuur dat uit haar hersenen lekt.'

'En hoe is het met mijn berenvriend? Hebben ze je nog niet geroyeerd?'

'Nee. Ze kunnen niets bewijzen... En met mijn petekind?'

'Prima... Goed.' Daniel zweeg even. 'Ze vroeg laatst waar baby's vandaan komen.'

'Wat heb je tegen haar gezegd?'

'Dat de ooievaar ze brengt.'

Bruce fronste zijn wenkbrauwen. 'Heb jíj dat gezegd?'

'En toen zei zij: "Ja, maar wie neukt die ooievaar dan?"'

'Wat?'

'Grapje, Beer.'

'O, juist ja.' Bruce nam een slok bier en merkte de donkere kringen onder de ogen van zijn vriend op. 'Maar hoe is het met jou? Je ziet er beroerd uit, en dat zeg ik niet zomaar.'

'Bedankt.'

'Beweeg je wel?'

'Ik heb niet meer kunnen zwemmen sinds de crash. Klinkt idioot, maar ik kan niet met mijn hoofd onder water.'

'Je had het aan de telefoon over hoofdpijn.' Bruce klonk te nonchalant.

Daniel knikte en wreef over een stukje haar dat sinds de crash wit was geworden op de plek waar hij met zijn hoofd op de stoel voor hem terecht was gekomen. 'Op en neer. Soms heel pijnlijk, als migraine. Dit helpt...' Hij nam nog een slok.

'Neem je, eh, er iets tegen in?'

Daniel schudde zijn hoofd. 'Alleen handenvol ibuprofen.'

Daniel stopte zijn wisselgeld in zijn zak, Bruce pakte een half leeggegeten zakje chips en samen liepen ze over een met zaagsel bestrooide houten vloer naar een tafel met een koperen blad. Hoewel het nog maar begin december was, leek de kerstversiering al verpieterd: ramen bespoten met nepsneeuw, rode en groene slingers die aan ingelijste schilderijen met jachttaferelen bungelden, een menu op een schoolbord waarop vaste klanten werd aangeraden vroegtijdig te reserveren voor de kerstdagen. Het hing er al sinds oktober.

'Eigenlijk,' zei Daniel, terwijl hij zijn stoel aanschoof, 'voel ik me nogal raar, eerlijk gezegd.'

'Hoezo raar?'

'Ik heb steeds dorst. Ik blijf drinken.'

'Wat voor kleur plas je?'

Daniel vond het doktersjargon van zijn vriend prettig: Bruce zei altijd plas, nooit pis, bips, nooit kont, en in zijn praktijkkamer klonk alles luchtig: 'spring even achter het gordijn', 'spring even op het bed', 'maak maar even bloot', 'even de beha af voor een obo'. (Dat stond voor Onnodig Borstonderzoek, een grapje onder studenten.) 'Paars,' zei hij.

'Mooi. Paars is normaal voor een man van jouw leeftijd.'

'Ik ben niet uitgedroogd of zo, meer...' Daniel zocht naar het juiste woord. 'Ik voel me zweverig.'

'Zweverig in de zin van kleuren horen en geluiden zien?'

'Niet echt. Het is meer... Ik ruik dingen. Ik ruik steeds cake. En ik heb last van tintelingen.' Hij reikte over de tafel en hield zijn vingertop voor het stukje huid tussen Bruce' ogen zonder hem aan te raken. 'Voel je dat?'

'Mm, dat kietelt,' zei Bruce.

'Ja, nou, dat voel ik aldoor, hier.' Hij ging met zijn vingers over zijn eigen voorhoofd.

'Dat recept dat ik je heb voorgeschreven. Diazepam. Heb je dat genomen?'

'Alleen tijdens de vlucht naar Ecuador. Daarna niet meer. Hoezo?'

'Dat kan waandenkbeelden veroorzaken.'

'Fijn dat je dat even vertelt.'

'Lees je de bijsluiter nooit?'

'Wie wel?'

'Nou ja, het is in elk geval mogelijk.'

'Nee, het voelt meer als duizelig. De kamer tolt.'

'En wat gebeurde er bij de crash? Je stootte je hoofd...'

Daniel wreef over zijn voorhoofd en knikte.

'Misschien moet je toch even langskomen voor een paar, je weet wel, tests. Zal ik er een paar doen?'

'Tests?'

'Niets bijzonders. Voor de zekerheid. Hebben ze een CAT-scan bij je gedaan?'

Daniel raakte weer de zijkant van zijn hoofd aan, alsof hij hierover nadacht. 'Hadden ze dat moeten doen?'

'Niet per se. Alleen als...' Bruce sloeg een andere toon aan. 'Hoe zit je de rest van de week? Ik kan je inroosteren voor een MRI. Ik ben morgenmiddag in het ziekenhuis, als je dan kunt...'

'Beer!' Daniel lachte. 'Je jaagt me de stuipen op het lijf!'

Bruce scheurde het cellofaan van een pakje Marlboro, tikte met een sigaret op de tafel en tuurde ernaar. 'Ze kunnen je niet verbieden in een pub naar sigaretten te kijken,' zei hij. 'Ik moet er trouwens mee stoppen. Als ik 's ochtends wakker word doet alles zeer, van mijn reet tot mijn elleboog. Laatst hoestte ik iets zwarts op. Niet best. Veel erger dan jij.'

'Jij gaat altijd in competitie.'

'Nee echt, ik val in stukken uit elkaar.'

'Ik ga wel mee naar buiten als je zo nodig wilt roken.'

Bruce schudde zijn hoofd. De gekwetste martelaar. 'Krijg je een vergoeding?'

'Iemand heeft er wel iets over gezegd, maar eerlijk gezegd wil ik dat niet.'

'Daar is toch niets tegen?'

'Neu, ik vergeet het liever. Je weet wel, gewoon doorgaan.'

'Luister, kom voor je eigen gemoedsrust naar het ziekenhuis. Het duurt op zijn hoogst anderhalf uur.' Hij dronk zijn glas leeg en zette het naast het volle dat Daniel voor hem had gehaald. 'Hoe gaat het verder, behalve de hoofdpijn en de geuren? Het is normaal dat je een beetje down bent, een paar weken... je weet wel, erna.'

'Niet echt down. Het tegenovergestelde. Ik moet steeds...' Daniel schudde zijn hoofd en grijnsde. 'Ik moet steeds zomaar lachen. Ik weet alleen dat ik dat doe door de blik die ik op het gezicht van anderen zie. Ik ging onlangs weer aan het werk en sommige studenten zaten me aan te staren alsof ik gestoord was of zo. Ik voel me...' Hij nam nog een slok. 'Veilig... Laatst reed ik over een driebaansweg van de ene naar de andere kant zonder richting aan te geven. Ik dacht er niet aan. Ik keek niet.'

Er klonk gekletter van een gokmachine die tientallen munten uitbetaalde. Beide mannen draaiden zich ernaar om, een ogenblik verdiept in hun eigen gedachten.

'Ik weet zeker dat het weer overgaat,' zei Bruce.

'Zou je denken? Ik denk steeds aan... Ik heb iets gezien... Sinds de crash is niets echt werkelijk, alsof ik in de schaduw leef en wacht tot het zonlicht terugkomt.'

'Wat heb je gezien?'

Geroezemoes aan de andere tafeltjes – voetbal, de economische crisis, nog meer voetbal – vulde een langdurig stilzwijgen tussen de twee mannen. Daniel probeerde het juiste woord te vinden. 'Ik zag…' Hij sloot zijn ogen en trok een grimas. Hij kon het niet zeggen. 'Ik… ik wéét niet wat het was… ik dacht dat ik…' Hij beeldde zich in dat Bruce zou lachen als hij het hem vertelde. Waarom zou hij niet lachen? Het wás belachelijk. 'Het doet er niet toe. Waar het om gaat is…' Daniels schouders begonnen te schokken.

'Ik weet het, het is oké.' Bruce legde een grote knuist op de schouder van zijn vriend. 'Je hebt een zware tijd achter de rug.'

Een man die aan het darten was, hield halverwege zijn worp op en staarde hen aan.

'Je weet het niet, Beer. Er is iets wat ik je niet heb verteld.' Hij snufte. 'Wat ik niemand heb verteld.'

'Eindelijk. Je komt uit de kast.'

'De kranten stonden er vol van wat een held ik was, omdat ik anderen had gered en al die dingen, maar… De waarheid is…' Hij wreef in zijn nek. 'Ik raakte in paniek. De cabine stroomde vol water en ik raakte in paniek.'

'Wat is daar verkeerd aan? Ik zou ook in mijn broek hebben gescheten.'

Daniel pakte een sigaret van Bruce en begon ermee op de tafel te tikken. 'Er was één man, een van de passagiers, die zijn vrouw in de steek liet. Hij klom over haar heen om zichzelf in veiligheid te brengen. Liet haar daar verdrinken. Liet haar in de steek. Hij was een deserteur.'

Bruce zweeg terwijl hij hierover nadacht. Hij nam een slok bier en veegde zijn mond af. 'Maar hij is teruggekomen om haar te halen, toch?'

'Ja, maar…' Een dikke traan rolde over Daniels wang.

'Man, wat hij deed was normaal. Het overlevingsinstinct is…'

'Je begrijpt het niet. Hij liet haar daar aan haar lot over.'

'Maar hij heeft haar niet laten verdrinken, toch? Hij is naar boven gegaan om zuurstof te happen en toen teruggekomen om haar te halen – is dat zo verschrikkelijk?'

'Het zal wel niet.'

'Mensen moeten leren niet zichzelf de schuld te geven. Er zijn gevallen bekend van moeders die uit vliegtuigen ontsnapten en daarna beseften dat ze hun kinderen aan boord hadden achtergelaten. Ze hadden een gelegenheid gezien om weg te komen, en er gebruik van gemaakt.'

'Dit was anders, hij had kunnen... ik bedoel, anderen gingen er niet uit. Maar... Hij drukte zijn hand op haar gezicht, zo...' Daniel deed het voor.

Bruce haalde zachtjes de hand van zijn vriend weg. 'Luister,' zei hij. 'Het officiële advies dat vliegtuigmaatschappijen aan gezinnen geven is niet bij elkaar te blijven. Je moet zelf zorgen dat je eruit komt, dan zie je elkaar buiten weer.' Daniels hortende manier van praten had op Bruce een omgekeerd effect: hij sprak ongewoon vloeiend. 'En denk eens aan de, je weet wel, veiligheidsmaatregelen aan boord. "Doe altijd eerst uw eigen zuurstofmasker om voordat u de kinderen daarbij helpt." Het lijkt erop dat je last hebt van overleversschuldgevoel, Dan. Heb je het erover gehad met Morticia? Een openhartig gesprek, 's nachts in de grafkelder?'

Daniel snufte weer en schudde zijn hoofd. 'Ik weet niet zeker of ze... Ik weet niet of ze weet wat er is gebeurd... Ze heeft er niets over gezegd... Ik wil het er wel met haar over hebben, maar...'

'Ik weet zeker dat ze het zal begrijpen.'

Daniel snoot zijn neus. 'De waarheid is dat Nancy en ik... Ze is zichzelf niet meer. Ze is iets kwijt. Het is net alsof ze rouwt om zichzelf, alsof een deel van haar in dat vliegtuig is doodgegaan.'

Bruce leegde zijn glas. 'Ik heb niet genoeg gedronken voor dit alles. Nog eens hetzelfde?'

Daniel keek op met een mat lachje. Hij veegde zijn wang af met de rug van zijn hand. 'James Robertson Justice.'

Bruce keek niet-begrijpend.

'Daar lijk je op met die belachelijke baard. James Robertson Justice in *Doctor in the House*.'

'Luister, beste man, als ik terugkom met de drankjes hou je op met dat snotteren als een ouwe nicht en ga je me vertellen wat je hebt gezien. Oké?'

17

Ieper Salient. Laatste dinsdag in juli, 1917

Andrew weet niet dat hij levend begraven is. Om te kunnen leven moet hij ademen, maar nu zijn mond en neusgaten onder Vlaamse aarde liggen kan hij dat niet. Hij ziet niets en weet niet waar hij is; hij heeft geen gevoel voor boven en onder, rechts en links. Er drukt iets op zijn borst, een loden last maakt bewegen onmogelijk, maar hij weet niet van welke kant het komt – de verwarde geest van een lawineslachtoffer.

Ineens komt de aarde met een schok in beweging en schiet er een kluit modder in zijn gezicht. Hij wordt de lucht in gegooid, hoog boven niemandsland, in een fontein van zwarte aarde. Zijn samengeperste longen vullen zich weer met zuurstof. Proestend hapt hij de metalige lucht naar binnen terwijl hij moeizaam probeert bij bewustzijn te komen.

De soldaat ligt boven op de aarde, omringd door lijken die tegelijk met hem boven zijn gekomen. Sommige liggen te rotten, andere zijn onlangs verminkt, lege omhulsels waar nog maar een paar uur eerder mannen in zaten. Er ligt een afgehouwen hand op zijn borst. Hij veegt hem van zich af en spuugt de aarde uit. Een toenemende fluittoon boven hem geeft aan dat er een granaat aankomt en instinctief krabbelt hij overeind, rent een paar meter weg en duikt een krater in die vol water staat. Hij draait zich net op tijd om om te zien dat de lichamen waarnaast hij begraven heeft gelegen opnieuw de lucht in gespuwd en weer begraven worden. Een wolk zwarte rook ontneemt hem elk gevoel voor richting, maar wanneer de wolk in grote kringen optrekt ziet hij de maan. Die is bloedrood. Hij voelt warm vocht op zijn benen, duidelijk anders dan het koude vocht van het stilstaande water. Hij betast de plek en verwacht een wond aan te treffen. Een wond is het niet. Als gevolg van shock heeft hij zijn urine laten lopen.

Als het schokken afneemt beseft hij dat hij achter de rand van een granaatinslag is gekropen van minstens twintig meter doorsnee. Hij voelt een verzengende dorst. Dat betekent in elk geval dat hij nog leeft. Het begint weer hevig te regenen, verticale gordijnen die hem bijna verblinden. Hij probeert zich te oriënteren. De rook is blauw en stijgt kringelend op. Hij kan betonnen bunkers onderscheiden.

Hij weet nu waar hij is. Hij herinnert zich dat hij op de zondagschool over deze plek heeft gehoord. Laat de hoop varen, gij die hier binnentreedt.

Op het hoger gelegen gebied voor hem ratelen de Duitse kleine bunkers nu en dan met machinevuur, ze voeren een onsamenhangend gesprek met de lichamen die overal verspreid liggen, opengereten door het prikkeldraad. Andrew neemt aan dat de Duitsers de stellingen weer hebben ingenomen die ze die ochtend na de eerste en tweede aanvalsgolf aan de Britten hadden verloren. Met elk staccato geblaf van hun geweren doorzeven ze levenloos vlees, scheuren het kapot als dol geworden harpijen.

Naarmate Andrew zich meer bewust wordt van zijn omgeving, beseft hij dat hij helm noch wapen heeft – waardoor hij zich verstrooid afvraagt of hij dan nog wel een soldaat is. Waar is zijn eenheid? Hebben ze hem achtergelaten? Hij probeert te reconstrueren wat er is gebeurd. Hij weet nog dat hij op de Duitse loopgraven af rende en verlamd van angst bleef staan toen kogels de modder om hem heen doorboorden. Hij kon ze niet horen, maar hij zag de bodem borrelen terwijl ze blind hun zachte doel zochten: de inslag van kogels in modder was niet veel anders dan die in huid, in allebei drongen ze langzaam door. De gezichtsloze monsters konden hun doelwit niet zien als ze vanaf de verhoogde aarde over drie kilometer vuurden, als een bewegende muur van metaal, een zwerm waaraan geen levend wezen kon ontsnappen.

Hij weet weer dat hij tweede luitenant Willets naar achteren zag strompelen terwijl het bloed uit zijn hals spoot. Hij was op zijn knieën gevallen en had in de lucht gegraaid, terwijl felrode strepen zich op zijn borst aftekenden. Andrew probeerde hem overeind te houden, maar hij viel op zijn rug en roffelde met zijn hakken op de grond. De jonge soldaat had nog nooit iemand zien sterven. Terwijl hij toekeek werd ook hij geraakt door een kogel of een granaatscherf, een schampschot dat door zijn helm drong en waardoor hij tollend op de grond viel. Dat was het laatste wat hij zich herinnerde. Vanaf dat moment moest er een hele dag verstreken zijn, want nu is hij terug in de relatieve veiligheid van het donker.

Hij voelt met zijn vingers aan zijn schedel. Die zit vol aangekoekt bloed, of modder, dat weet hij niet. Hij steekt zijn vingertop erin en likt eraan. De smaak van ijzer bevestigt dat het bloed is. Er zit een bult. Het steekt. Zijn gevoel keert terug. Hij hoort het gekerm van stervende mannen om hem heen, als duizend natte vingers die over een ruit glijden. Het was een achtergrondgeluid waar hij zich tot dit moment niet op heeft kunnen concentreren, een voortdurende witte ruis die op zichzelf niet te horen was totdat er iets in de toon veranderde. Een laatste ademtocht wordt uitgeblazen, niet ingeademd, en veroorzaakt een reutelend geluid in de keel. Het is het reutelen wat hij nu hoort.

Er klinkt plotseling een schreeuw en witte fosforbommen knallen boven zijn hoofd. Een wijnrode bal hangt in de lucht en explodeert, waarbij brandende hete slierten omlaag komen en een honingraat van granaatinslagen en boomstaketsels wordt beschenen. Ook duizenden lichamen zijn te zien. Misschien miljoenen. De stervenden en de reeds gestorvenen. Het landschap ziet er zwart van.

Met laarzen vol plakkerige modder kruipt Andrew weg, wadend door het donker, en hij probeert bij de hoopjes aarde te blijven die zich altijd naast granaatinslagen bevinden. Maar hij komt geen drie meter verder zonder weg te glijden en is algauw buiten adem. Hij ploetert langs een gezonken reservoir en volgt met zijn hand een stuk witte tape dat door genisten is achtergelaten om de verdoemden over de pokdalige grond de weg te wijzen naar de uiteinden van de aarde. Hij komt bij een paar glibberige loopplanken en volgt die honderd meter lang, opspringend bij de schaduwen die hij vanuit zijn ooghoeken ziet flakkeren. Ergens krijst een paard en roepen mannen om hulp, maar hij kan ze niet zien in het duister, noch kan hij horen uit welke richting hun geroep komt. Wanneer hij zijn ogen tot spleetjes knijpt ziet hij gigantische rotte tanden – spookbomen waarvan niet veel meer over is dan verkoolde stompjes.

Een plotseling opgloeiende lichtgranaat maakt zijn silhouet zichtbaar voor de schutters, en hij zoekt dekking in een nabijgelegen gat. Een halve meter van hem vandaan ziet hij het gezicht van

een man met een gele, dorre snor. Er zitten bloedbelletjes in de geopende mond van de man, en in zijn stervende ogen is verwarring
te lezen. Een verblindende explosie vult de lucht met schrapnel. In
het licht van de ontploffing ziet Andrew dat met chirurgische pre-
cisie een stuk van het gezicht van de stervende man wordt afgerukt.
Als een rubbermasker wordt het tegen de zijkant van zijn eigen gezicht gesmeten. De weeë damp van cordiet en vers bloed vult zijn
neus. Het masker voelt warm en nat. Hij graait ernaar en duikt het
water in wanneer een volgende granaat valt. Als hij bovenkomt, valt
er één gruwelijke regen van aarde, bloed en dampende ingewanden.
Het bloed mengt zich met het water. De stervende man is verdwenen. Alleen zijn plunjezak is er nog. Andrew kruipt ernaartoe en
sleept de zak met zich mee naar het gat. Hij gooit de inhoud op de
grond. Er is een blik met cornedbeef en een met scheepsbeschuit.
Hij trekt van beide het deksel af en propt het eten in zijn mond.
Van de scheepsbeschuit krijgt hij weer dorst. Hij schept modderwater in zijn hand maar het is niet te drinken, vergiftigd door chloor
en rottend vlees. Hij wordt zich bewust van een afschuwelijke stank:
zweet, uitwerpselen, zwavel. Nu pas ziet hij de anderen die in de
krater liggen: een man die is gescalpeerd door een granaat en wiens
hersenen over zijn voorhoofd liggen; een ander die is opengereten,
van zijn borst tot aan zijn maag, als in een anatomieles. Koolmo-
noxide hangt in de krater, achtergelaten door de granaat die hem
heeft veroorzaakt. Terwijl Andrew daar ligt verliest hij het bewustzijn.

Na een uur neemt het bombardement af en gaat de neerslag over
in motregen. De soldaat huivert en kijkt op zijn zakhorloge. Het
loopt niet meer. Hij geeft er met een koude, trillende vinger een tik
tegen en windt het daarna op. Zijn hoofd doet pijn. De nachtelijke
hemel vult zich met flitsen van vuurpijlen en granaten. Wanneer hij
vanaf de vijandelijke linie een schaduw aan ziet komen, houdt hij
zich dood. Als hij het gevoel heeft dat het veilig is, kijkt hij op en
ziet een man die hem aanstaart, zijn gezicht verlicht door iets in de
lucht wat op een Duitse lichtkogel lijkt. Het is een Britse soldaat,
een officier, en zijn uniform is ongeschonden. Hij staat kaarsrecht,
en het is net alsof hij zich niet bewust is van het gevaar. Wanneer
hij naar Andrew lacht, lijken zijn tanden licht te geven in zijn gezicht, dat donker is van de modder. De soldaat doet tegelijkertijd

vertrouwd en vreemd aan. Meer een geest dan een mens. Hij hoort thuis hier in dit niemandsland. Als hij zijn arm uitstrekt en hem met herhaalde draaibewegingen van zijn polsen wenkt, gehoorzaamt Andrew, blij met elk contact met levenden in dit dodenkamp. Hij kruipt door de modder en zoekt dekking bij lichamen. Dan, alsof hij aan touwtjes aan zijn handen overeind wordt getrokken, staat hij rechtop.

Ruim een uur gaat de soldaat Andrew voor door het donkere landschap, tussen de loopgraven, steeds tien meter voor hem uit. Uiteindelijk zien ze rijen prikkeldraad die in oranje en goudkleurige lussen uit de modder lijken te komen. Hier tegenaan liggen stapels lijken in grijsgroen uniform, twee of drie lagen op elkaar, overdekt met modder en vliegen. Het is een warme, windstille nacht. De horizon is doorschoten met paars. Het begint weer te regenen. Als ze bij het prikkeldraad aankomen, ziet Andrew dat het vol hangt met ingewanden. Mannen zijn hier gemarteld door monsters; worden nog steeds gemarteld, hun gepijnigde kreten gaan onverminderd door. Het been van een van de Duitse lichamen is afgerukt, waardoor het rafelige uiteinde van een dijbot uitsteekt. Het andere been ligt gedraaid naar voren. Wat er nog over is van het uniform is opengereten en laat een eveneens opengereten buik zien waar de darmen uitpuilen. Er stijgt damp van op.

In de verte ligt een reep land die ondanks de komvormige holtes te herkennen is als een weg. De weg naar Menen. Andrew ziet met de hand in het Engels geschreven staan: *Hellfire Corner*. De enige andere kenmerken in het landschap zijn grijze, versplinterde bomen en hagen van glimmend prikkeldraad. Als hij beter kijkt, ziet hij ook overal groepjes donkere gestalten. In de verte rent een stel brancardiers ertussendoor, op zoek naar overlevenden. De aarde glooit en is begroeid met ruw gras. Na een paar honderd meter, waarbij de afstand tussen hen geen seconde kleiner wordt, komen de twee mannen aan bij een rivier die kronkelend bij de frontlinie uitkomt. In het rode maanlicht dat op het door regen geteisterde water weerspiegelt, lijkt de rivier uit kokend bloed te bestaan. De soldaat voor hem wijst hem op iets wat eruitziet als een gigantisch schild van een schildpad: een halve lege bierton van hout, deels ondergedompeld in modder. Andrew herkent de man nu. De vorige avond waren ze samen gefotografeerd in de loopgraaf. Hij aarzelt even voordat hij door de modder waadt, de ton lostrekt en hem naar de waterkant sleept. Door flink te schoppen lukt het hem zichzelf de stroom in te duwen terwijl hij op het ronde middenstuk ligt. De rivier is diep. Terwijl hij wegdrijft van het lawaai, draait hij zich om om de soldaat zijn dank toe te zwaaien, maar die verdwijnt al uit het zicht, een schim die terugkeert naar zijn linie.

18

Londen. Nu. Vier weken na de crash

'Goedemorgen, Thomas.'
'Goedemorgen, meneer Ibrahim.'
'Goedemorgen, Vicky.'
'Goedemorgen, meneer Ibrahim.'
'Goedemorgen, Martha.'
'Goedemorgen, Hamdi.'
Een waarderend gegiechel ontsnapte de rest van de klas.
'Zo is het genoeg,' zei de docent op zijn vriendelijke toon. 'Martha, kom in de pauze even bij me.'

Het plan van het kind had effect: ze kreeg de kans om alleen te zijn met meneer Hamdi Said-Ibrahim.

Terwijl het afvinken op de presentielijst werd hervat – 'Goedemorgen, David…' – deed Martha haar ogen dicht en fantaseerde dat ze door Hamdi werd gekust. Hoewel ze pas negen was, wist Martha wat seks was. Haar vader had erover verteld, met woorden als 'penis' en 'vagina', nadat ze hem had geschokt met haar onwetendheid door te vragen: 'Seks jij mama?'

Nancy was razend geweest. Zowel vader als dochter had geleerd van dat voorval. Toen Daniel vervolgens aan Martha had uitgelegd hoe aan de hand van Darwins natuurlijke selectie werd bewezen dat God niet bestond, had hij haar plechtig laten beloven hierover te zwijgen, minstens tot haar twaalfde. Martha had ermee ingestemd. Ze was trouwens niet overtuigd door haar vaders argumenten, deels omdat hij het duidelijk mis had wat betreft seks. Hij had Mar-tha verteld dat seks en liefde pas 'onderwerp' zijn voor een meisje als ze rond haar twaalfde in de puberteit komt. Ze wist dat dit niet waar was omdat ze regelmatig fantaseerde dat ze werd gekust door Hamdi. Ze was verliefd op hem en zodra ze oud genoeg was zou ze met hem trouwen. Dat was nog een reden waarom ze

dacht dat haar vader het mis had wat betreft God: Hamdi geloofde in God, alleen noemde hij zijn god geen 'God', hij noemde hem
'Allah'.

Toen de bel voor de pauze ging, bleef Martha aan haar tafeltje zitten. Hamdi merkte haar eerst niet op omdat hij huiswerk zat
na te kijken. 'Martha,' zei hij toen hij opkeek. 'Waarom zit je daar
nog?'

'U hebt gezegd dat u me wilde spreken in de pauze, meneer.'

'O ja.' Een flauwe glimlach. 'Dat is ook zo. Je deed vanochtend
vrijpostig tegen me, vond je niet?'

'Ja, meneer.'

'Waarom sprak je me bij mijn voornaam aan, terwijl ik tegen iedereen heb gezegd me bij mijn achternaam te noemen?'

'Omdat ik hem zo mooi vind, meneer.'

Hamdi kneep zijn lippen op elkaar om een lach te onderdrukken.
'Ik wil dat je de eerste vijf regels van deze bladzijde overschrijft.' Hij
gaf haar een geopende dichtbundel. Toen Martha hem aanpakte,
ging Hamdi verder met nakijken. Martha pakte een potlood uit haar
bureautje en brak heimelijk met haar duim de punt ervan af. Ze pakte de potloodslijper van het bureau van de leraar, ging in kleermakerszit aan zijn voeten zitten en begon het potlood boven zijn prul-
lenmand te slijpen.

'Dat hoef je niet hier te doen, Martha. Je mag het thuis doen.'

'Ik wil het hier doen,' zei ze.

Hamdi fronste zijn wenkbrauwen en even later keek hij weer naar
haar. 'Gaat het goed daar, Martha? Dat potlood moet wel erg lang
geslepen worden.'

Martha haalde haar schouders op en stak haar onderlip naar voren.

'Is er iets waar je over wilt praten?'

Martha haalde weer haar schouders op. 'Is het waar dat moslim-
mannen eh... een heleboel vrouwen hebben?'

Die middag om halfvier dromde Martha's klas naar buiten de speelplaats op, en kinderen begonnen te zwaaien toen ze hun moeder of
hun oppas achter een gele streep ontdekten. Hamdi gaf ieder kind
een hand bij het verlaten van de klas. Toen Martha aan de beurt was,
zwaaide hij even naar Nancy en mimede: 'Kan ik je even spreken?'

Hij gaf Martha een hand en zei: 'Ik wil heel even met je mama praten.' Martha rende naar een vriendinnetje dat een tennisbal tegen een muur gooide.

'Hoe gaat het?' vroeg Hamdi met een snelle blik op haar mitella. Nancy plukte aan haar haar. 'Ach, je weet wel. Overleven... alles goed met Martha?'

'Tja, daar wilde ik het even over hebben. Ze leek vandaag een beetje van slag. Ik vond dat ik het je maar beter kon zeggen.'

'Hoezo? Huilde ze?'

'Nee, het leek erop dat ze een knuffel nodig had.'

'O.' Nancy keek naar Martha, die met de bal langs haar vriendinnetje dribbelde. 'Bedankt.'

'Oefent ze nog cello?'

'Jajaja, bedankt,' zei Nancy verstrooid en snel achter elkaar om van het gesprek af te zijn.

'Haar spel gaat vooruit.'

'Ja, ik weet het.'

Hamdi besefte dat Martha's moeder niet begreep waar hij op doelde. 'Een cheque voor de afgelopen twee weken zou fijn zijn.'

Terug in de klas maakte Hamdi zijn veters los, trok zijn schoenen uit en wreef over zijn kousenvoeten. Hij genoot van dit moment van de dag, waarop hij werd omringd door diepe stilte. Daarna volgde het uitrollen van zijn bidmatje. Daarna het neerleggen, naar het oosten. Het neerknielen en in een en dezelfde beweging met zijn hoofd de mat raken. Weer terug op zijn hurken, met zijn handen op zijn knieën. Op deze manier ervoer hij vijf keer per dag de troost van onderwerping. Toen hij klaar was met zijn gebed, las hij het artikel dat hij drie weken geleden uit de krant had geknipt. SURVIVAL OF THE FITTEST luidde de kop. Eronder stonden de woorden: 'Professor zwemt kilometers om medepassagiers te redden na vliegtuigcrash in zee'. De foto toonde passagiers die in veiligheid werden gebracht door een helikopter. Er was een kaart van de Galápagoseilanden en een fotootje als inzet met het bijschrift 'Professor Daniel Kennedy'. Hamdi vond dat hij een sympathiek gezicht had.

Hij kwam met een lenig sprongetje overeind en zocht in zijn la naar zijn mp3-speler, toen hij een zelfgemaakte kaart zag liggen. Docenten kregen vaak kaarten van kinderen – 'ik vind je lief' is een van de eerste dingen die kinderen leren schrijven en ze laten graag een kaartje achter, vooral meisjes. Maar dit kaartje was anders. Zijn negenjarigen waren er bijna allemaal te groot voor geworden. En op dit kaartje stond geen afzender.

19

Daniel had naar het ziekenhuis willen fietsen, maar tijdens de korte wandeling van zijn voordeur naar de schuur waar zijn fiets stond, was hem het zweet uitgebroken. Hij hoorde gegak in de lucht, keek op en zag door zijn half dichtgeknepen ogen een vlucht Canadese ganzen noordwaarts vliegen. Ze versterkten zowel de stilte die ze verstoorden als die welke ze achterlieten. Vogeltrek in december, dacht hij. Dat kan niet goed zijn. Hij tikte twee keer op zijn horloge. Het was tien uur in de ochtend en het was nu al benauwend warm. Er hing een geur van verhit rubber en smeltend teer. Twee dagen eerder had er zilverkleurige rijp op het gras gelegen. 'Het weer is gestoord,' zei hij hardop. Al duizelig bij het idee door het verkeer te moeten fietsen, keek hij naar de overkant van de straat waar zijn auto geparkeerd stond. Die had airco en koele, leren stoelen. Hij zou met de auto gaan. De motorkap voelde warm toen hij er met de rug van zijn hand eroverheen ging voordat hij de centrale vergrendeling met een dubbel piepje ontsloot. Binnen deed hij het dashboardkastje open en tastte naar zijn zonnebril, en terwijl hij die met zijn ene hand opzette, begon hij met de andere een sms'je naar Nancy in te toetsen: 'ik neem de auto, x'. Toen hij de motor startte, werd hij overrompeld door een van Nancy's hiphop-cd's. Hij haalde hem eruit, keek naar het opschrift – 50 Cent – en verving hem door Chet Baker.

Toen hij Vauxhall naderde, gaven pylonen aan dat de twee banen werden samengevoegd tot één: een omleiding. De afgelopen maand, sinds de evacuatie op Remembrance Sunday, was het alarmniveau in Londen verhoogd van 'ernstig' naar 'kritiek', maar Daniel kon zich er niet van weerhouden inwendig te kreunen.

Zijn bestemming, het St.-Thomasziekenhuis, was al in zicht. De omleiding zou betekenen dat hij over Vauxhall Bridge moest, en daarna weer terug de rivier over bij Westminster. Hij trommelde op het stuur en dacht aan Bruce, die had geprobeerd hem niet ongerust te maken over zijn hoofdpijnaanvallen. Hij dacht ook aan de manier waarop zijn vriend hem had gevraagd wat er was gebeurd in de Stille Oceaan, wat hij had gezien.

Daniel had niets over de schildpad gezegd: deels omdat hij dacht dat zijn vriend hem niet zou geloven, deels omdat hij het zelf niet helemaal geloofde. Hij had ook de impuls onderdrukt Bruce te vertellen over de jongeman die hij had zien lopen op het water, of had gedacht te zien. Wat kon hij zeggen? Dat hij als iemand die pas verliefd is geworden aldoor moest denken aan het voorwerp van zijn liefde, dat hij aldoor moest denken aan die jongeman in het water? Dat die zich altijd aan de rand van zijn bewustzijn bevond? Dat hij aan hem dacht als hij 's ochtends de trap af liep, als hij de radio aanzette en water kookte? Als hij voor zijn computerscherm zat? Als hij college gaf, onder de douche stond, de krant las?

Nee. Het was al met al waarschijnlijk beter om dit niet te vertellen.

Daniel besloot te analyseren wat er was gebeurd alsof het een van zijn wetenschappelijke onderzoeken was: hij zou systematisch alle mogelijkheden uitsluiten. Wat hij 'zag' was misschien een illusie geweest, een atmosferische straalbreking in het water, veroorzaakt door warme lucht. Nog waarschijnlijker was het dat de 'jongeman' een doejoeng of een lamantijn was geweest, dieren die zeelieden vroeger zeegeesten noemden. Misschien was het de schildpad geweest. Misschien was het een visser geweest die op een zandbank stond. Hij had zandbanken gezien vanuit het vliegtuig. En vanuit zijn perspectief in het water zouden de golven de illusie gewekt kunnen hebben dat de man verscheen en weer verdween. Alleen was zijn gezicht hem zo bekend voorgekomen. De meest plausibele verklaring was van medische aard. Daniel had aan uitdrogingsverschijnselen geleden, hij was getraumatiseerd en had een zonnesteek opgelopen. Hij moest hebben gehallucineerd. Hoe heette dat verschijnsel ook weer van gezonde mensen die een gezicht menen te zien in de wolken, of in de maan? Pareidolia? Zoiets was het. Hij zou het aan Bruce voorleggen.

Nadat hij de brug over was gereden, volgde hij de omleidingsborden in Victoria Street en Parliament Square. Voor Westminster Abbey zag hij politiemannen om iets heen staan wat eruitzag als een rij vormeloze, lopende tenten, vrouwen in boerka. Hij had op het nieuws gehoord dat er voor het parlementsgebouw werd gedemonstreerd voor een islamitische leraar die was ontslagen op een anglicaanse school omdat hij zijn leerlingen vertelde dat Jezus niet de zoon was van God, maar een profeet van de islam.

Toen Daniel dichterbij kwam, draaide hij zijn raampje omlaag en hoorde hij *Allahu Akbar!* scanderen. Hij zag dat er voor de camera van een tv-ploeg Britse en Amerikaanse vlaggen verbrand werden. Ook een pop ging in vlammen op – te oordelen aan de provisorische mijter moest het de aartsbisschop van Canterbury voorstellen – en Daniel trok zijn neus op toen hij verbrand haar rook. Het deed hem denken aan de markt in Wuito. Hij moest goed kijken om een paar kreten op de spandoeken te kunnen lezen: WAAR IS DE VRIJHEID VAN MENINGSUITING VOOR MOSLIMS? en LAAT ISLAMITISCHE LERAREN MET RUST. Een bebaarde imam in een wit gewaad bewoog zijn spandoek op en neer. Er stond op: ONTHOOFD DE GODSLASTERAARS! Een jongere man met baard werd weggevoerd door agenten. Hij droeg een bandana en iets wat overduidelijk een nepbommenvest was: draden en slangetjes waren er met duct tape op geplakt. De gezichten van de mannen in de menigte waren verwrongen van kwaadheid. Vuisten werden in de lucht gestoken. Daniel keek onaangedaan toe en zag dat een agent hetzelfde deed, alleen met een videocamera voor zijn gezicht.

Op dat moment zag hij een jongeman in een colbert en stropdas die niet stond te schreeuwen, die er kalm bij stond, met bolle, ver uit elkaar staande ogen. Toen Daniel hem herkende, zwenkte hij uit naar de kant van de weg zodat de bestuurder achter hem op zijn claxon drukte, een geluid dat hoog begon en afnam toen de auto hem passeerde. Daniel parkeerde schuin en stormde zijn auto uit, waarbij hij het portier openliet. Toen hij op een betonnen wegversperring sprong, draaide een politieagent met een machinegeweer aan een riem zich om en begon op hem af te rennen, terwijl hij schreeuwde: 'Hé daar! Terug in de auto! Nu!'

Daniel bleef staan, stak zijn handen omhoog en riep terug: 'Ik moet naar iemand toe. Hij staat daar.' Hij wees. De jongeman keek hem glimlachend aan.

De agent richtte zijn wapen op Daniel. 'U kunt die auto daar niet laten staan, meneer. Stapt u weer in. Nu!'

Daniel liep terug naar de auto en stapte weer in, terwijl hij intussen met zijn blikken de menigte afzocht. Hij zag dat de tv-camera nu op hem gericht werd. Hij volgde de omleidingsborden naar Birdcage Walk en raakte gefrustreerd omdat hij nog verder van het ziekenhuis werd geleid. Toen zag hij zo'n honderdvijftig meter voor zich uit een witte lichtbol. Een bestelwagen vloog de lucht in. Hierop volgde vrijwel onmiddellijk een schok, waardoor de lucht werd samengeperst tegen het kraakbeen in zijn oren – een schokgolf die door de auto trok en de zuurstof eruit wegzoog. Daarna volgde een doffe dreun.

20

Noord-Frankrijk.
Laatste woensdag van april, 1918

Het marktstadje Nieppe heeft ervoor gekozen de Eerste Wereldoorlog te negeren door met een schouderophalen te reageren op de
krankzinnige razernij. Maar Duitse, Franse en Britse soldaten die
om beurten over het plein marcheerden, zijn door blijven marcheren, als bezoekers op doorreis. Het enige waardoor de stad het con-
flict onder ogen moet zien is door wat er ontbreekt. Er is geen water in de fontein en van een hoog gebouw op de hoek van de Rue
de Bailleul is door een verdwaalde granaat het dak verdwenen, waarna een geraamte van verkoolde balken is achtergebleven. In de etalage van de charcuterie ligt stro en er staan lege kisten – het enige
vlees dat ondersteboven aan een haak hangt is een eenzame haas,
met de vacht er nog aan. Er zijn tienerjongens die boodschappen
doen en oude mannen die voor cafés domino spelen, maar geen jongemannen. Die zijn op straat niet te zien.

Een van de weinigen is een betrekkelijke nieuwkomer in de stad,
een bebaarde Engelsman. Elke ochtend zet hij een plunjezak met
vakgereedschap op zijn schouder – een moersleutel, een set steek-
sleutels, een paar canvas werkhandschoenen – en fietst hij vanaf zijn
woning aan de Rue des Chardonnerets naar de plek waar hij die dag
gaat werken. Hij rijdt tussen de middag altijd naar huis, hoe lastig
de tocht ook is.

Als de kerkklokken het middaguur slaan doet hij het volgende. In zijn mand zit de baguette die hij aan zijn hospita, madame
Camier, heeft beloofd. Ze is weduwe geworden toen haar man
als gevolg van een Duitse granaat bij Verdun om het leven kwam.
Andrew wil haar beschermen. Na de dood van haar man heeft
ze zich als verpleegster opgegeven bij een moderne verbandplaats, maar al na vier maanden was ze met permanent medisch
verlof naar huis gestuurd: haar linkerarm was vanaf de elleboog

afgerukt door schrapnel. Ter compensatie kreeg ze de légion d'honneur.

Andrew spreekt weinig Frans en madame Camier spreekt weinig Engels, maar tijdens de maanden waarin ze onder hetzelfde dak wonen, hebben ze een non-verbale taal ontwikkeld waarbij ze blikken wisselen en emoties onderdrukken. Hun relatie heeft iets formeels, wat ze beiden geruststellend vinden. Hij spreekt haar aan met 'madame', zij noemt hem 'monsieur'. Soms luisteren ze naar liedjes op de grammofoon, of ze kaarten, of ze lezen een boek, maar meestal zitten ze samen in een aangenaam stilzwijgen naar het haardvuur te kijken en luisteren ze naar het galmende getik van de staande klok. Als er alleen nog wat sintels over zijn, wenst Andrew haar *Bonne nuit*, waarop zij *Goodnight* zegt – hun eigen grapje. Ze gaan naar hun kamers, zij naar haar tweepersoonsbed met het koperen frame, hij naar zijn eenpersoonsbed – en soms hoort ze hem schreeuwen en dan vraagt ze zich af of ze naar hem toe moet gaan om hem te troosten. Toen ze dat een keer deed, vond ze hem badend in het zweet, met zijn ogen wijdopen van angst, diep in slaap.

Sommigen van haar buren namen er aanstoot aan toen ze de jonge loodgieter uit Engeland in huis nam. Maar zij negeerde hun starende blikken en gefluister. Haar buren waren toch al nooit erg vriendelijk tegen haar geweest, omdat ze uit een ander deel van Frankrijk kwam, de Pyreneeën. Daar had ze haar echtgenoot ontmoet, een stoffenhandelaar die op zakenreis was. Hij nam haar mee naar Nieppe, bij haar familie en vrienden vandaan. Ze kregen twee kinderen die allebei doodgeboren werden. Ze had een eenzaam leven geleid, totdat Andrew Kennedy bij haar aanklopte. De kleren van haar overleden man pasten hem perfect.

Andrew draagt ze terwijl hij op deze zonovergoten ochtend naar huis fietst: een leren jasje over een kraagloos hemd en een vest, een zakdoek rond zijn hals geknoopt, een baret. Zijn route voert hem langs het Château de Nieppe, een gebouw in Vlaamse stijl met gotische geveltoppen en een rank torentje. Hij mindert vaart om ernaar te kijken, zoals hij altijd doet, en fietst zonder te trappen verder over een keienpad dat hem onder de afhangende daken van een rij houten winkels brengt waarvan de bolle luifels tot op straat reiken, zodat die voortdurend in de schaduw ligt. Tegen de tijd dat hij bij het marktplein komt, zijn zijn handen door de trillende handvatten op een aangename manier gevoelig geworden. Als hij over het plein rijdt, is het enige geluid dat hij hoort, behalve het piepen van de remmen, het gekletter van een touw tegen een vlaggenmast, dat nu eens slap hangt en er dan weer tegenaan slaat. Aan het touw hangt de Franse vlag traag te klapperen in een stevige bries. De rode, witte en blauwe banen steken prachtig af tegen de wolkeloze hemel, vindt Andrew. Hier is geen plaats voor lelijkheid, zegt de vlag. Een oude man bekijkt de jonge loodgieter vanaf een bankje bij het marktkruis, zijn grijs bebaarde kin rust op zijn handen die op hun beurt een stok rechtop houden. De mopshond naast hem kijkt op en draaft, met zijn nekharen overeind, op de fietser af.

'*Bonjour*,' roept Andrew.

De oude man knikt en roept zijn hond terug. Die komt onmiddellijk, blij dat zijn territorium niet in gevaar is gebracht. Andrew vervolgt zijn weg tussen de rij gaslantaarns en populieren aan de Rue d'Armentières en verder langs de officieuze vuilnisbelt van de stad – een oude kinderwagen, een fietswiel, beddenveren en een stapel rottende appels. Hij draait het pad langs het kanaal op, waardoor hij sneller bij het huis is, zet zijn fiets tegen de achtermuur, haalt zijn broekklemmen los en steekt de baguette onder zijn arm. Het huis van madame Camier is niet groot, maar met zijn roomwitte muren en blauw geverfde luiken heeft het een zekere waardigheid en stijl. Als hij bij het hek komt, zet Andrew zijn baret af en strijkt zijn haar plat. Hij ziet madame Camier in de keuken staan, ze draagt een hoge kanten kraag onder een vochtig schort. Ze haalt kleren van een wasbord dat over de gootsteen ligt. Haar haar is opgestoken, maar een paar lokken zijn losgeraakt en als ze in de dansende zonnestralen verschijnt met een wasmand onder haar arm, blaast ze die weg vanuit haar mondhoek. Haar lippen zijn niet vol maar haar gezicht heeft iets zachts, een waas van donzig haar waar het licht op valt. Ze stopt een laken in een wringer die op het erf staat en als ze daarna haar rug recht, zet ze haar hand op haar heup, met haar vingers gespreid naar achteren. Ze pakt het laken, dat nu zo stijf is als karton, aan de randen vast, de ene punt in haar hand en de andere tussen haar tanden, en dan gooit ze het met een snelle, kordate beweging bollend op voordat ze het opnieuw vastpakt en uitslaat. Andrew benijdt het laken omdat het zo dicht bij madame Camier is. Hij herkent ook iets in die golvende beweging. Zo voelt hij zich als hij naar haar kijkt, zijn ziel zweeft zachtjes naar buiten op de warme lucht. Daarna hangt ze het laken over de waslijn en steekt twee knijpers tussen haar lippen. Terwijl Andrew haar goudkleurige, heimelijke schoonheid in zich opneemt, vergeet hij adem te halen.

Adilah Camier is veertien jaar ouder dan hij. Ze lijkt langer dan ze is, en die indruk wordt nog versterkt door haar slanke figuur en haar grove haar dat ze in een wrong op haar hoofd draagt. Als een zonnestraal erop schijnt, lijkt het roodbruin. Normaal gesproken is het donkerder. Zweet parelt op haar voorhoofd. Andrew ziet dat de blouse met de hoge kraag drie knoopjes in haar hals heeft. De blouse is lichtgroen: ze draagt niet langer zwarte rouwkleding. De manchet van haar lege linkermouw zit vastgespeld aan haar schouder. Ze fronst haar wenkbrauwen. Andrew fronst ook. Waar denkt ze aan? Haar gezicht klaart op en ze glimlacht in zichzelf. Ze denkt aan hem, concludeert Andrew.

In de kom van zijn hand ruikt hij aan zijn adem en kucht dan om zijn aanwezigheid aan te kondigen. Wanneer ze dat niet hoort, loopt hij tot vlak achter haar en legt zijn hand op de hare. Ze deinst niet terug. Misschien stelt het zien van de manchetten van wijlen haar echtgenoot haar gerust. 'Sta me toe,' zegt Andrew, en hij pakt de knijper.

Madame Camier sluit haar ogen en leunt even met haar hoofd tegen de schouder van de jongeman. Hij ruikt de zeep op haar huid. Half hopend dat ze het niet merkt, beroert hij met zijn lippen zacht de kruin van haar hoofd. Ze ademt door haar neus: snel en ondiep. Als ze zich naar hem toe draait gebeurt er iets tussen hen, er vibreert iets, een bijna intieme blik.

Hij volgt haar naar binnen langs een hobbelpaard in de gang, dat er fris geschilderd en puntgaaf uitziet. Ze maakt zorgvuldig een plekje vrij op de keukentafel, zet twee borden neer en klemt de baguette vast met haar knie, zodat ze hem kan snijden. Ze eten in stilte, alsof er niets tussen hen is veranderd.

21

Londen. Nu. Vier weken na de crash

Het enige persoonlijke in de praktijkruimte van Bruce Golding waren de gesigneerde foto's van Kylie Minogue en de kerstversiering in de grote yucca op zijn vensterbank. Aan het stof was te zien dat die er al langer dan een jaar in hing. Op zijn bureau was het een rommel: proefflesjes, een stethoscoop en een aantal bakken vol mappen, tijdschriften en medische boeken. Bruce zelf ging voor een deel schuil achter een flatscreen. In zijn handen had hij een PlayStation. Hij maakte schokkerige bewegingen en trok grimassen toen hij in de verte de explosie hoorde. Hij duwde zijn stoel op wieltjes naar achteren en draaide zich om zodat hij uit het raam over de Theems naar Buckingham Palace kon kijken. Er steeg een dikke zwarte rookpluim op uit de gebouwen. Zonder zijn blik af te wenden, tastte hij naar zijn telefoon, drukte op de knop voor telefonische vergadering en daarna op de sneltoets. Toen een krakerige stem opnam, hield hij zijn gezicht in de richting van het toestel en zei hij vanuit zijn mondhoek: 'Weet jij die codewoorden die we hadden moeten leren?'

'Je bedoelt voor noodsituaties?'

'Ja. Wat is het codewoord voor bom?'

* * *

De bestelbus stond in lichterlaaie. Erboven hing een zuil van zwarte, borrelende rook. Daniel zette zijn zonnebril af en keek in verwarring toe terwijl de auto's erachter uitzwenkten. Er hing ineens een ongerijmde geur van vuurwerk in de lucht. Nitroglycerine? Cordiet? De vlammen reikten ruim vier meter hoog. Een hoofdleiding begon water te spuiten. Het verkeerslicht aan zijn rechterhand bleef op groen staan. Zijn iPhone onderbrak zijn gedachten. Hij zette de luidspreker aan.

'Spreek ik met professor Kennedy?' Het was een vrouw, monter en vol zelfvertrouwen.

'Nog niet officieel.'

'Mijn naam is Kate Johnson, ik ben producer bij de BBC. Ik werk voor *Forum*. Ik geloof dat we elkaar eens hebben ontmoet bij een boekpresentatie. U was...'

'Wie? Ik kan niet... Er is een explosie geweest. Een autobom, geloof ik.'

'Waar? Waar ben je?'

'Bij Birdcage Walk.'

'Shit.'

Vlak voor hem werd de boel afgezet met politietape, en een agent probeerde Daniel in zijn auto met drukke armgebaren duidelijk te maken dat hij over Queen Anne's Gate moest rijden.

'Wacht even, ik moet hier weg,' zei Daniel. Het verkeer begon de straat te verlaten. Paniek had zijn zintuigen op scherp gezet, hij zag glasscherven voor zich en toen hij omhoogkeek zag hij dat enkele ramen van de gebouwen om hem heen kapot waren. Hij reed terug over Victoria Street, waar hij bleef staan om een konvooi van drie ambulances met zwaailichten en sirenes te laten passeren die op weg waren naar de explosie. Er vloog nu een helikopter boven hem.

'Ik zie momenteel de beelden op *News 24*,' zei Kate Johnson. Daniel was vergeten dat ze nog aan de lijn was.

'Alles goed met je?' vervolgde ze.

Hoewel hij zich niet fysiek had ingespannen, had Daniel ademtekort. 'Niets aan de hand.'

'Heb je het zien gebeuren?'

'Ja. Jazeker.'

'Een autobom?'

'Een explosie. Het was een auto, ja.'

'Je kunt beter maken dat je daar wegkomt. Ze plaatsen er vaak twee vlak bij elkaar om het effect zo groot...'

'Ik kan op dit moment nergens heen. De wegen zijn afgezet. Ik wacht hier wel.'

'Vertel eens wat je hebt gezien.'

'Hij reed zo'n honderdvijftig meter voor me. Een bestelbus. Ik geloof een zwarte.'

'Hij stond dus niet geparkeerd?'

'Nee, hij reed.'

'Hij is vast per vergissing geëxplodeerd.'

'Ik zag een lichtflits, daarna vloog het busje de lucht in en toen hoorde ik een doffe dreun. Ik kon niet zien of er iemand gewond was. Auto's zwenkten uit en overal lag glas.'

'Wil je met een van onze correspondenten praten als ik hem je nummer geef?'

'Dat is goed.'

'Blijf even aan de lijn...'

Het begon tot hem door te dringen wat er had kunnen gebeuren. Daniel zou vlak achter die bestelbus gezeten hebben als hij niet... Hij haalde zich het gezicht van de jongeman bij de demonstratie voor de geest. Hij had iets van herkenning gezien in die ver uit elkaar staande ogen. Hij had geglimlacht. Het kon zijn dat de man hem had herkend van zijn tv-programma – dat gebeurde wel eens, even die blik van onzekerheid wanneer mensen probeerden te achterhalen waar ze hem van kenden. Waar was die jongeman nu?

'Daniel, ben je daar?'

'Ja.'

'Ik kijk nu naar de beelden uit de helikopter. Het schijnt dat er nog drie auto's betrokken waren bij de explosie.'

Daniel zag zichzelf in het achteruitkijkspiegeltje. 'Waarvoor belde je me, Kate? Het is toch Kate?'

'Ja. Klopt. Sorry. We vroegen ons af of je vanavond bij *Forum* kunt zijn. Natuurlijk heeft deze bom waarschijnlijk alles veranderd, maar ik denk dat het nu nog zinvoller is. We willen het over religieuze intolerantie hebben, en we dachten dat jij daar wel iets zinnigs over te zeggen zou hebben.'

Daniel probeerde nonchalant over te komen, maar hij hoopte al jaren op dit telefoontje. 'Dus jullie willen een excuusatheïst?'

Kate Johnson lachte niet. 'We hebben een aardig groepje bij elkaar. Een bisschop, een moslimleider en de commissaris van politie. Doe je het?'

'Zeker. Je kunt op me rekenen.'

'Geweldig. Het is een live-uitzending, dus we willen graag dat je om tien uur in de studio bent. We sturen een auto. Er belt nog iemand voor je adres. Ik breng je later van alles op de hoogte... Doe voorzichtig.'

Zodra hij had opgehangen zette Daniel de radio aan. Er was een nieuwsuitzending. De politie dacht dat het een autobom was geweest. Drie doden, vier met de bestuurder van de bestelbus erbij, en een aantal gewonden. Daniel belde zijn vader. Amanda nam op.

'Hebben jullie het gehoord?'

'Daniel?'

'Ja.'

'Wat gehoord?'

'Over de bomaanslag. Bij Birdcage Walk. Zet de tv maar aan... o nee, ik vergeet dat jullie geen tv hebben. Zet de radio maar aan.'

'Zijn er gewonden?'

'Vier doden... ik zag hem exploderen. Er was een lichtbol en toen zag ik de bestelbus van de grond komen. Kan ik pa even spreken?'

'Hij doet een dutje,' zei Amanda. 'Ik zal hem even halen.'

'Nee, niet doen. Als hij wakker wordt, zeg dan maar... dat met mij alles goed is. En...' Daniel aarzelde. 'Vertel hem dat ik vanavond bij *Forum* zit, op BBC2, om halfelf. Ik weet dat jullie geen tv hebben, maar vertel het hem toch maar.'

'We hebben wel tv. Op onze slaapkamer.'

Stilte.

'Dat wist ik niet.'

Stilte.

'Hij is altijd trots op wat je doet, weet, je, Daniel.'

'O ja?'

'Natuurlijk... Trouwens, heeft hij iets tegen je gezegd over de brieven van zijn grootvader? Daar maakt hij zich zorgen over.'

'Ik weet het, ik heb weer een boodschap ingesproken voor de hotelmanager in Quito. Hij heeft beloofd om ze per FedEx naar ons toe te sturen. Ik zal even op mijn rekening kijken of het bedrag er al af is.'

'Oké. Ik wilde het alleen even zeggen. Je weet hoe druk hij zich kan maken.'

* * *

Het enige waaraan je kon zien dat Bruce arts was, was het pasje met foto dat aan een ketting om zijn nek hing. In zijn zwarte spijkerbroek en strakke zwarte polo leek hij meer een uitsmijter.

'Je ziet er anders uit dan anders,' zei Daniel.

Zonder zijn blik van het scherm te halen stak Bruce een hand op.

'Werk jij nooit?' vervolgde Daniel.

Bruce speelde nog even door en zwaaide de PlayStation heen en weer voordat hij 'Verdomme!' zei en het ding op het bureau gooide. Hij keek op. 'Klop jij nooit?'

'Heb ik gedaan.'

'Gehoord van de bom?'

'Gezien,' zei Daniel. 'Ik reed er achteraan.'

'Shit.'

'Zeg dat wel.'

'Alles goed met je?'

'Prima. Een beetje geschrokken, maar verder prima.'

'Ze hebben de slachtoffers naar het Chelsea and Westminster Ziekenhuis gebracht. Hier geldt een terreuralarm voor het geval er nog meer komen. Ik heb een paar bedden vrij moeten maken.'

'De politie denkt dat het een op zichzelf staand incident is.'

'Mja.' Bruce wreef zijn handen tegen elkaar. 'Nou, laten we dan maar beginnen. Maak maar even bloot van onderen. Heb je een creditcard bij je?'

Daniel reageerde op het grapje door zijn hand voor zijn mond te slaan alsof hij gaapte.

'Om de een of andere bizarre reden laten ze me niets in rekening brengen voor deze scans. Dat zouden ze wel moeten doen. Als ik het hier voor het zeggen krijg, zal ik zorgen dat dat gebeurt.' Terwijl hij praatte, scheen Bruce met een lampje in de ogen en oren van zijn vriend. 'Eigenlijk moet je de bovenkant wel even bloot maken.' Hij beklopte Daniels borst met in rubberhandschoenen gestoken vingers, drukte op verschillende punten van zijn rug en nek, en nam zijn bloeddruk op. 'Normaal,' zei hij, terwijl hij de pomp loswikkelde en een elastieken tourniquet om de andere arm aanbracht. 'Ik moest maar wat bloed afnemen. Heb je iets tegen naalden?'

'Nee hoor, alleen als ik ze in Martha's vel moet steken.'

'Hoe gaat het met haar? Nog hypo's gehad?'

'Niet sinds de ijsbaan. Fysiek lijkt ze in orde. We maken ons een beetje ongerust over haar, over de invloed die de crash op haar kan hebben gehad, dat ze zich misschien niet meer zo veilig voelt.'

'Kun je een plas produceren?'

'Zeker.'

'Ga maar even daarheen. Er staat een plastic flesje met een etiket op de wastafel. Laat daar maar staan als je klaar bent.'

Toen Daniel twee minuten later weer verscheen, zei Bruce: 'Kom maar mee.' Hij hield de deur open en ging hem voor naar de lift. 'Hoe voel je je in het algemeen?'

'Goed. Nog wel steeds hoofdpijn. Wat is er met de baard gebeurd?'

'Peter besloot dat hij hem niet mooi vond.'

'Peter?'

Bruce draaide zich om en trok veelbetekenend zijn wenkbrauwen op. 'Mijn nieuwe huisgenoot.'

'Hoe gaat het met hem?'

De liftdeur ging open en ze deden een stap opzij toen er een bed uit gereden werd.

'Ik ben verliefd.' Bruce' monotone manier van praten veranderde niet.

'O, nee.'

'Geen zorgen. Het is nog maar pril. Misschien is hij toch nog hetero. Hij had laatst een sletje bij zich, maar het was zonneklaar dat hun relatie platonisch was.'

'Heb je hem bespioneerd?'

Bruce maakte zich lang. 'Ik stond toevallig voor het raam toen hij met haar thuiskwam. Het was niet bepaald een schoonheid, weet je. Niet half zo mooi als hij. Heb ik verteld dat hij van die grote bruine slaapkamerogen heeft, en jukbeenderen als buitenspiegels?'

'Heb je Rob al over hem verteld?'

Bruce trok smalend een wenkbrauw op. 'Robert en ik praten niet meer met elkaar, behalve dan via onze advocaten.' De lift liet een belletje horen en de deuren gingen open. Toen ze in de scankamer kwamen, stelde Bruce Daniel voor aan een röntgenoloog, een vrouw met een rond gezicht en gepermanent haar dat als een waterval over haar groene schort viel. Bruce nam afscheid met een geruststellend klopje op Daniels rug.

De röntgenoloog stopte haar krullenbos weg onder een groen papieren mutsje en nam samen met de patiënt een medische checklist door.

'Moet ik iets uittrekken?' vroeg Daniel toen ze ermee klaar was.

'Niet voor een hersenscan, maar er zit een heel sterke magneet in de MRI, dus u kunt beter uw zakken leeghalen. En het duurt een uur, dus als u nog naar het toilet moet, kunt u dat nu beter even doen.'

'Heb ik net gedaan. In een flesje.'

Daniel lag op zijn rug en hief zijn kin zodat hij de muil van de Magnetic Resonance Imaging-scanner achter zich kon zien. Het apparaat zag eruit als een gigantische witte donut aan de opening van een tunnel. Hij had het gevoel dat hij in zijn geheel zou worden opgeslokt.

'Blijf zo stil mogelijk liggen,' zei de röntgenoloog, 'maar u kunt normaal ademhalen. Elke beweging kan de scan verstoren. Deze kunt u indoen.'

Daniel kreeg een paar oordopjes aangereikt.

De röntgenoloog ging naar het bedieningspaneel vanwaar ze de scanruimte door een raam zag. 'Oké, Daniel?' vroeg ze via de intercom.

Hoewel Daniel zich alleen en angstig voelde, stak hij zijn duim op, en een luid gezoem begon. Hij voelde dat hij langzaam naar achteren schoof. Toen zijn hoofd in de cilinder was, hoorde hij een harde klap van metaal. Hij sloot zijn ogen en had het gevoel dat er iets rond zijn slapen werd aangespannen. Terwijl hij daar lag, werd hij bekropen door claustrofobie: een flashback naar de luchtzak in het vliegtuig.

In een kantoor met kale wanden en veel glas en chroom aan de oever van de Theems klikte James Bloom, een kaalgeschoren, achtendertigjarige beveiligingsspecialist van de CIA op zijn muis, waardoor het beeld op zijn scherm verstarde. Met een kleine polsbeweging en een tweede klik zoomde hij in op een van de gezichten in de menigte moslimdemonstranten en maakte het zo groot dat het de helft van zijn scherm vulde. Hij hield zijn hoofd schuin en de blauwe gloed van het scherm spiegelde in zijn stalen bril. 'Geoff?' zei hij zonder zijn blik van het scherm te halen. 'Bekijk deze eens.'

Een magere, oudere man met gemillimeterd haar kwam naast hem staan en tuurde naar het scherm. Zijn verweerde gezicht zat vol rimpels. Hij droeg een pak en een overhemd met een open hals. Geoff Turner was Blooms contactpersoon bij de afdeling antiterrorisme van de Metropolitan Police.

'Heb ik nooit eerder gezien. Jij?'

'Ik kan niet zeggen dat ik hem herken,' zei Turner terwijl hij peinzend op de binnenkant van zijn linkerwang kauwde. 'Ik denk niet dat hij eraan meedeed. Dat hemd en die das zou ik hebben opgemerkt. Maar stuur hem even naar mij, dan laat ik hem controleren.'

Terwijl Turner het beeld van de man in het overhemd en de das langs de honderdduizenden in de database liet gaan, keek Bloom of hij een geluidsopname van hem had.

Tien minuten later zei Turner: 'Geen smetje. Hij staat in het paspoortenregister. Een Brit van de tweede generatie. Grootouders uit Karbala. Geen strafblad. Zelfs geen bekeuring. Hij is leraar. Moeten we verder snuffelen?'

'Kan geen kwaad. Een van die maagdenjagers van 7/7 was leraar.'

Turner bekeek de beelden nog eens. Hij tikte tegen het scherm. 'Zie je die vent hier, die uit zijn wagen stapt? Die ken ik. Dat is Daniel Kennedy. Hij is de zoon van een vriend van me.'

Die avond legde Daniel nerveus en opwonden drie overhemden op het bed en koos uiteindelijk het blauwe. Hij zou het zonder das dragen, besloot hij, onder een antracietgrijs pak. Hij keek op zijn horloge. Kate Johnson had nog steeds niet gebeld met nadere informatie. Aangezien de auto van de bbc pas over een uur zou komen, stemde hij af op *News 24*. Ze hadden het over de autobom die volgens de politie per ongeluk was afgegaan. Er waren ook beelden van de demonstratie. Hij bekeek snel de gezichten van de demonstranten, maar de jongeman die hij had herkend zag hij er niet tussen. De protestactie was volgens de nieuwslezer bedoeld als een vredesmars van moslimdocenten, maar was overgenomen door militante islamisten die de politie wilden uitdagen. Er waren op hetzelfde moment demonstraties geweest in Damascus en Jakarta. En in Pakistan had het ministerie van Buitenlandse Zaken ambassadeurs van Groot-Brittannië, Frankrijk, Duitsland, Italië, Spanje, Zwitserland, Nederland, Noorwegen en de Republiek Tsjechië gebeld om uit te leggen dat de Pakistaanse regering vond dat het ontslag van de moslimdocent een niet te rechtvaardigen provocatie was tegen de moslimwereld. Intussen was de schooldirecteur die de moslimdocent in Londen had ontslagen met de dood bedreigd en hij kreeg vierentwintig uur politiebescherming.

Een verslaggever kwam in beeld en zei voor de camera: 'Vandaag kwam de woede van moslims over het ontslag tot uitbarsting in de straten van Londen toen politici en religieuze leiders beweerden dat er paal en perk gesteld moet worden aan de vrijheid van meningsuiting. De extremistische groepering die de demonstratie vandaag infiltreerde, is naar alle waarschijnlijkheid een islamistische splintergroepering, Hizb Ut-Tahrir. Volgens een van de demonstranten die uit Pakistan komt maar tegenwoordig in Londen woont, zou het ontslag...' hij keek even op zijn aantekeningen. '"... de islam degraderen".' De camera zwenkte naar de demonstrant, een jonge man. Hij zwaaide met een bord met de woorden: ONTHOOFD DEGENE DIE DE PROFEET BELEDIGT.

'De godslasteraar die deze leraar heeft ontslagen moet gestraft worden!' schreeuwde hij. 'Als we in dit land de sharia hadden, zou zo'n belediging niet gebeuren.' De verslaggever wendde zich tot de opperrabijn, die zei: 'De enige manier om zowel vrijheid van meningsuiting te bereiken als vrij te zijn van godsdiensthaat is door restricties in te stellen. Zonder restricties kunnen we een van de twee vrijheden hebben, maar niet beide.' Hij draaide zich om naar een bebaarde woordvoerder van Lambeth Palace en vroeg of hij dacht dat de schooldirecteur vervolgd kon worden wegens onrechtmatig ontslag. 'Wij denken niet dat daar grond voor is,' zei de woordvoerder, terwijl hij meelevend knikte. 'Wat de schooldirecteur heeft gedaan, was geen onnodige opruiing. Dat gezegd hebbende, spijt het ons heel erg als we de moslimgemeenschap op wat voor manier ook hebben beledigd. Wij menen dat het recht op vrijheid van denken en spreken niet mag uitlopen in het recht op belediging van religieuze gevoelens van gelovigen, of het nu om moslims, christenen of joden gaat.'

Terwijl hij toekeek mompelde Daniel zachtjes 'idioot'. Typisch iets voor de anglicaanse kerk om zo breed van opvatting te zijn dat ze überhaupt een moslimdocent in dienst namen – en daarna zo vaag dat ze zich verontschuldigden voor zijn ontslag nadat hij hen had beledigd. Hij greep een blocnote en begon wat ideeën te noteren ter voorbereiding van zijn optreden in *Forum*, waarbij hij de belangrijkste woorden omcirkelde en met pijltjes met elkaar verbond. Hij zou om te beginnen zeggen dat het aan de moslimleiders was om hun volgelingen te waarschuwen zich niet te laten provoceren. Door hun stilzwijgen lieten ze toe dat de extremisten de strijd overnamen. Hij zou zeggen dat de regering, zoals altijd, probeerde moslimradicalen aan te pakken door haar maatregelen af te stemmen op de rest van ons – een wet tegen godsdiensthaat, kruisbeelden verbieden vanwege ongerustheid over sluiers, een aanval op alle religieuze scholen omdat ze de koranscholen niet apart konden behandelen. De huidige wetten, zou hij zeggen, richtten zich op een symptoom van moslimonvrede, niet op de kwaal zelf. Het probleem was niet dat een paar geïrriteerde jongemannen de Britse vlag in brand hadden gestoken, maar dat ze het normale patroon van ontwikkeling trotseerden door zich minder goed aan te passen dan hun ouders. Dit, zo zou hij besluiten, had te maken met veranderingen binnen de islam. De Iraanse Revolutie van 1979 was een historische gebeurtenis die zich begon te herhalen over de hele wereld via een proces van mimetische natuurlijke selectie. Hiermee zou het debat worden teruggebracht naar het biologische terrein waarop Daniel zich het veiligst voelde. Hij voelde een stroom adrenaline bij het vooruitzicht van zijn televisieoptreden.

Hij tikte twee keer op de wijzerplaat van zijn horloge om te zien hoe laat het was, kleedde zich aan en bekeek zich in de badkamerspiegel. Zijn neus en voorhoofd glommen. Zouden ze in de studio poeder gebruiken? Waar was die van Nancy? Hij vond haar kwast en bestoof zijn gezicht ermee voordat hij een paar keer diep ademhaalde om zijn zenuwen tot bedaren te brengen. Hij liep naar beneden, deed de koelkast open en pakte een paar gebraden worstjes uit een schaal die bedekt was met plasticfolie, en een fles HP-saus. Hij nam in gedachten nog een paar discussiepunten door toen zijn iPhone ging.

'Ha Daniel, met Kate. Luister, sorry dat ik je niet eerder heb teruggebeld, maar je zult wel blij zijn om te horen dat je niet hoeft te komen.'

'Gaat het debat niet door?'

'Eh, eerlijk gezegd komt Richard Dawkins nu. We hadden een

dubbele afspraak gemaakt omdat we dachten dat hij niet beschikbaar zou zijn.'

Daniel sloot zijn ogen. 'Geen probleem.'

'Sorry dat ik je plannen in de war heb geschopt. We vragen je binnenkort.'

Daniel ging aan de keukentafel zitten en begon het etiket van de fles HP te trekken.

22

Noord-Frankrijk.
Laatste woensdag van april, 1918

Drie dagen gaan voorbij voordat Andrew en madame Camier elkaar weer aanraken. Het is avond. Ze zitten in hun stoel met hun gezicht naar het vuur, hoewel hij steeds van positie verandert zodat hij zijdelings een blik op haar kan werpen zonder dat ze het merkt. Ze is te aanwezig. De sfeer om haar heen is te beladen. Het is alsof haar moleculen zich naar hem uitstrekken, over hem heen stromen, de lucht verstoren. Het tikken van de staande klok klinkt vanavond buitensporig hard. Elke tik vult de kamer, alsof de stofdeeltjes zich erdoor verdichten. 'Hij loopt achter,' zegt madame Camier, en in één vloeiende beweging staat ze op. Ze zet de wijzer een heel klein stukje vooruit en als ze de glazen plaat sluit, legt Andrew zijn hand over de hare. Ze staan zo dicht bij elkaar dat hij haar haar kan ruiken. Zijn hart gaat zo tekeer dat zijn hele lichaam meetrilt. Ze moet het kunnen voelen. Hij wil zijn arm om haar middel slaan, maar die is loodzwaar geworden. Ze ademt weer door haar neus – snel en oppervlakkig. Is ze nerveus? Ze gaapt, haalt haar hand weg en rekt zich uit. Als ze zich omdraait en glimlacht mag ik haar kussen, denkt hij. Ze draait zich om en glimlacht. Hij verroert zich niet. Hij kan geen woord uitbrengen. De stilte dringt zich op. Madame Camier is degene die haar verbreekt. 'Goodnight,' zegt ze.

'Bonne nuit,' zegt hij.

* * *

Een dikke, metalen grammofoonnaald gaat krassend over een 78-toerenplaat. Majoor Peter Morris, behangen met onderscheidingstekens en medailles, merkt het niet als hij zijn scheermes slijpt aan een gladde leren riem die aan de jashaak achter op de deur hangt. Nadat hij het mes met de zijkant van zijn duim uitgeprobeerd heeft zeept hij zijn scheerkwast in en brengt hij voor een kleine spiegel het witte schuim op zijn couperosewangen aan. Wanneer hij zijn kin heft om zijn nek te scheren, huivert hij even en als hij koud water in zijn gezicht heeft geplenst en het met een dunne kakikleurige handdoek heeft drooggedept, tuurt hij naar de streep die van zijn kin tot zijn oor loopt. Dit is zijn ochtendritueel. Het litteken heeft een totemachtige betekenis voor hem, dat hem er steeds als hij in de spiegel kijkt op een wrede manier aan herinnert wie hij is en waar hij voor staat. De Duitser die probeerde zijn keel door te snijden had niet lang geleefd. Morris had zijn hoofd met een loopgraafdolk afgehouwen en het, met helm en al, over de verschansing gegooid.

Zijn turende blik wordt naar de bloedspatjes getrokken die op zijn wang verschijnen, hij ziet ze groter worden, langs zijn kin in de wastafel vallen en zich op een misselijkmakende manier vermengen met het water. Na zijn gezicht nogmaals met water te hebben besprenkeld kijkt hij zoekend rond naar een vel papier en scheurt er kleine strookjes af die hij als pleister gebruikt. Hij blijft nog een minuut staren voordat hij zich ervan bewust wordt dat het gekras door de grammofoonhoorn harder wordt. Hij tilt de zwanenhals op, haalt de plaat van de kist en breekt hem op zijn knie in tweeën. Hij is precies doormidden. Op de ene helft staat op het label 'I'm Henery The'. Op de andere helft staat 'Eighth, I am'. Misschien is dit een deel van mijn straf, bedenkt Morris. In mijn eigen kring van de hel zijn de enige platen die voorhanden zijn afkomstig uit het variété.

Terwijl hij daar in zijn hemd en bretels staat, met de handdoek om zijn nek, haalt Morris een versleten partituur van het eerste deel van Mahlers laatste voltooide symfonie uit zijn portefeuille. Hij strijkt het papier glad op het bureau en bekijkt het. Het was aan hem gegeven door de componist zelf – de twee hadden elkaar tijdens een diner in Leipzig in 1910 ontmoet – en er staan eigen potloodaantekeningen van Mahler bij: *'das Lied', '2x3, 3x2', 'der Abschied', 'mit höchster Gewalt'*. Er staan ook woorden in het Engels. *'Like a shadow'. 'Love and hate'. 'Youth and death'*. Het is gesigneerd met 'Gustav'.

In het restaurant was er die dag een jonge vrouw naar hun tafeltje gekomen die om een handtekening vroeg. Daarna was er een opgewonden geroezemoes langs de tafeltjes gegaan, als een elektrische stroom, en het kwartet dat op de achtergrond walsen speelde, verhoogde het volume en het tempo. Mahler, die er ongemakkelijk uitzag in puntboord en knijpbril, leek in verlegenheid gebracht door die aandacht en toen op een gemompeld teken drie obers tegelijk de zilveren deksels van de schotels tilden en er een verwachtingsvolle stilte in het restaurant viel, keek hij alsof hij elk moment kon gaan overgeven. Geleidelijk verloren andere gasten hun belangstelling en gingen verder met hun eigen maaltijd. Morris had honger en maakte korte metten met zijn gebraden eend in portsaus, maar Mahler raakte zijn eten nauwelijks aan en schoof zijn champignons met zijn vork heen en weer over zijn bord. Hij was geagiteerd. Morris, die had horen zeggen dat de componist met zijn gezondheid sukkelde, vroeg of hij zich niet goed voelde. Mahler schudde daarop zijn hoofd en vertrouwde hem op gedempte toon toe dat hij doodsbang was om een negende symfonie te schrijven – 'de vloek van de Negende', noemde hij het. Beethoven en Bruckner waren kort nadat ze hun negende symfonie hadden geschreven gestorven. Dvorzjak en Schubert ook. Mahler was bang dat hem hetzelfde zou overkomen. 'De negende is een grens,' zei hij. 'De negende kring van de hel is de laatste. Verder kun je niet.' Dit, zo legde hij uit, was de reden waarom hij het symfonische werk – *Das Lied von der Erde* – dat volgde op zijn Achtste niet had genummerd, maar in plaats daarvan slechts had beschreven als *Eine Symphonie für eine Tenor- und eine Alt- (oder Bariton-) Stimme und Orchester (nach Hans Bethges 'Die chinesische Flöte')*.

Deze bekentenis bracht hem bij de essentie van hun ontmoeting. Hij had twee versies geschreven van het begin, en deze, zei hij, terwijl hij een partituur aanreikte, was het meest bespiegelend. Niemand wist ervan en dat zou ook niet gebeuren, althans niet zolang ze leefde. De componist had het gevoel dat de symfonie, zolang ze geheim bleef, onvoltooid zou blijven, zodat hij door kon leven. Mahler wilde dat Morris het stuk in Londen zou dirigeren, maar pas na zijn dood. Als dirigent had hij al lange tijd bewondering voor Morris' integriteit, evenals voor zijn lichte hand. Hij was ervan overtuigd dat alleen Morris het stuk tot zijn recht kon laten komen. Alleen Morris zou de melancholie begrijpen die onder de woede schuilging: de componist die terugkeek op zijn leven en afscheid nam.

Mahlers angst was gegrond geweest. Kort nadat hij de symfonie had voltooid, ontdekte hij dat hij stervende was. De doktoren hadden het hem niet met zoveel woorden gezegd, maar hij wist het. Hij liep een streptokokkenvirus op en dirigeerde *Das Lied* terwijl hij koorts had. Kort daarna stierf hij. En voordat Morris de kans kreeg om de alternatieve versie uit te voeren, brak de oorlog uit.

Nu voelt Morris, terwijl zijn duifgrijze ogen over de aantekeningen voor hem vliegen, een tinteling in zijn voorhoofd, alsof er een kalmerende balsem op is aangebracht. Zijn geest wordt naar een hoger metafysisch niveau gebracht en een onzichtbare hand leidt hem naar een innerlijke wereld, waar Mahlers ziel rust. Deze versie van het eerste deel lijkt subliemer, tederder en hoopvoller dan het origineel. Hoewel hij het uit zijn hoofd heeft geleerd, kan hij het nog niet helemaal in zijn gedachten horen. Het vooruitzicht het ooit voor publiek op te voeren is, zo weet hij, zijn enige bescherming tegen krankzinnigheid, zijn enige verweer tegen de wolven die voor zijn deur staan te janken.

Andrew snijdt een punt aan een stok in de tuin om de uren te vullen tot zijn volgende klus van die middag. Vier dagen zijn verstreken sinds hij de kans om madame Camier te kussen voorbij heeft laten gaan, en hij heeft aan weinig anders kunnen denken. Zij gedraagt zich alsof er niets is gebeurd. Hij begint aan zichzelf te twijfelen. Misschien is er inderdaad niets gebeurd. De felle lucht is leeg en de warmte van de ochtendzon dringt, na de koelte van het huis, door tot in zijn botten. Hij rolt zijn mouwen op en plukt een grote witte roos. De bloem verliest een paar blaadjes als hij er de doornen af haalt.

'Is die voor mij?'

Andrew draait zich om en ziet madame Camier vlak achter hem staan.

'Heb je vandaag geen werk?'

'Vanmiddag pas.'

Madame Camier denkt hierover na. 'Zou je met me willen gaan wandelen?'

'Waar naartoe?' Dat had hij niet willen zeggen. Hij had ja moeten zeggen, natuurlijk wilde hij dat.

'Ruim een halve kilometer verderop is een rivier. We zouden kunnen... Wij zeggen *déjeuner sur l'herbe*. Hoe noem jij dat?'

'Picknicken?'

'Ja, picknicken.' Ze tilt haar rok een stukje op en loopt het huis in. Tien minuten later komt ze weer naar buiten met een kleine mand onder haar arm. Ze zet hem neer als Andrew haar, nadat hij weer tot zichzelf is gekomen, met een halve buiging de roos aanbiedt. Ze houdt hem onder haar neus en steekt hem dan onder het lint in haar haar, voordat ze de mand weer oppakt. Gewoonte heeft haar bewegingen vloeiend gemaakt. Sinds haar amputatie hebben de eenvoudigste handelingen voor haar een complexiteit gekregen waardoor ze in drie stadia worden uitgevoerd.

'Laat mij die dragen,' zegt Andrew.

'Het gaat best,' zegt madame Camier, terwijl ze de mand neerzet en hem aan één kant optilt zodat Andrew de andere kant kan pakken. 'Ik ben sterk, weet je.'

Ze lopen langzaam over een pad langs het bos, terwijl de mand tussen hen in schommelt en beukennootjes onder hun voeten kraken. Wanneer ze bij een hek komen, geeft madame Camier de mand aan Andrew, tilt haar rok op en klimt eroverheen. Als ze het pad verlaat, loopt Andrew door – en als madame Camier zich daarna weer bij hem voegt gaat ze opzettelijk vlak achter hem lopen. Hij glimlacht en doet alsof hij het niet merkt. Ze haalt hem in, plukt een lange, veervormige grasspriet en terwijl ze achterwaarts loopt, begint ze hem ermee in zijn gezicht te kriebelen. Het kietelt. Hij probeert niet te lachen. Ze lopen over een tapijt van bosanemonen en genieten van de geur van paddenstoelen en dennen, tot ze een bocht in de rivier bereiken waar het water traag stroomt en waterjuffers met hun gaasachtige vleugeltjes vlak over het water scheren. Ze zetten de mand neer en breken stukken brood af. Madame Camier tikt op de grond naast haar. Andrew komt dichterbij, loopt om een stel brandnetels heen en voelt de warmte van de aarde onder hem.

Madame Camier gooit een steentje en ze kijken hoe het rimpelende water tegen de met riet begroeide oever klotst.

Andrew ontkurkt een fles rode wijn, neemt een slok en huivert van de warme, bittere smaak voordat hij hem doorgeeft. Madame Camier neemt een slokje, steekt twee sigaretten op en neemt van allebei een trekje voordat ze er een aan hem geeft. Ze liggen op hun rug en staren naar een enkel wolkje. Het beweegt niet. Ze blazen loom rookkringen uit om het wolkje gezelschap te houden. Wanneer ze daarmee klaar zijn, gooien ze de peuken in de rivier en horen hoe ze sissend uitgaan.

Ik moet aldoor aan je denken, madame Camier.

Andrew wil deze woorden zeggen, maar ze komen niet. In plaats daarvan ligt hij op zijn buik en kijkt in haar ogen. De kleur verandert al naar gelang het licht, soms grijs, dan weer blauw. Nu lijken ze groen. Als ze ze dichtdoet, wil hij haar oogleden kussen. Ze steekt haar kin omhoog. Zijn eigen ogen zijn gesloten. Als hij ze weer opendoet ziet hij dat haar wangen blozen. Ze houdt zijn hand vast.

Vijf minuten verstrijken voordat madame Camier rechtop gaat zitten en de kaas pakt, er een stuk afbreekt en er zwijgend op kauwt. Andrew doet hetzelfde. In de wetenschap dat hij hetzelfde proeft als zij, voelt hij een bijna claustrofobische intimiteit met haar. Ze eten kleine porties koude tong en ham, die madame Camier heeft opgespaard, en ze drinken weer uit de fles. Andrew bedenkt dat hij nog nooit zo gelukkig is geweest en weet dat hij nooit meer zo gelukkig kan worden – dat zou onmogelijk zijn; een aangename, melancholieke gedachte. Hij slikt en kijkt of er een mes in de mand ligt. Als hij er een vindt, snijdt hij daarmee een klein lokje van madame Camiers haar af. Er zijn een aantal pogingen voor nodig en het lukt pas als hij een dunner lokje pakt.

'*Pourquoi?*' vraagt ze.

'Als bewijs.'

'Waarvoor?'

'Dat je hier bij me was. Wij tweeën alleen.' Hij ligt op zijn rug met een hand onder zijn hoofd en hij raakt met de top van zijn vinger haar lippen aan. Even later, wanneer een oude man op de oever aan de overkant het pad langs de rivier volgt, glimlacht madame Camier, maar Andrew wordt bleek. Onbekenden maken hem zenuwachtig. De oude man kijkt verwonderd naar hen voordat hij wordt afgeleid door een geur die zijn neus bereikt. Hij inspecteert om beurten de zolen van zijn schoenen en loopt dan verder.

Madame Camier legt haar hoofd in de kromming van Andrews arm en slaat een vlieg van haar kuit. Ze turen allebei naar de wolk, verloren in hun gevoelens, voordat hun ogen dichtvallen.

Als Andrew wakker wordt is het koeler, de zon is achter wolken verdwenen. Omdat hij een droge mond heeft, doet hij hem een paar keer open en dicht, waarop madame Camier wakker wordt. Hij krabt zich, steunt op zijn ellebogen en beseft dat hij is wakker geworden door de plotselinge kilte, zoals iemand die bij een vuur slaapt gewekt kan worden door een passant. Madame Camier stapt uit haar jurk, waaronder een zwempak tevoorschijn komt dat haar helemaal bedekt, met mouwen die lang genoeg zijn om haar stomp te verhullen. Ze loopt naar de kant van de rivier en aarzelt even voordat ze erin springt. Andrew rekt zich uit en geeuwt terwijl hij naar haar toe slentert. Het water is groenachtig bruin, de onderstroom werkt slib naar boven. Wanneer madame Camier weer boven water komt, haar haar naar achteren gooit en naar adem hapt, vraagt Andrew: 'Koud?'

Madame Camier klappert met haar tanden als ze antwoordt: 'N-nee. H-het is h-heerlijk.'

De lucht is zwaar en zwoel. De rivier dampt. 'Het gaat straks regenen,' zegt Andrew in het Engels. 'De muggen vliegen laag.' Als ter bevestiging rommelt het in de verte.

'Kom er in.'

'Ik heb geen zwempak.'

'Dat heb je niet nodig.'

Hij kijkt om zich heen voordat hij zijn bretels laat zakken en zijn hemd, broek en laarzen uittrekt, zodat hij alleen nog zijn lange onderbroek aanheeft. Als hij zijn tweede laars uittrekt, hinkelt hij op één voet. Hij knijpt zijn neus dicht en springt in de rivier. Het water is zo koud dat hij, als hij bovenkomt voor een hap lucht, even geen adem krijgt. Madame Camier spettert hem nat. Hij spettert terug. Nadat ze een tijdje hebben gewatertrappeld begint de kou pijn te doen en voelen ze de eerste vinnige regendruppels. Algauw vallen grote druppels op het wateroppervlak, en hoe harder ze vallen, hoe hoger ze opspringen. Op de oever absorbeert de zanderige grond het water en begint glibberig te worden.

'We moeten onze kleren beschermen,' schreeuwt madame Camier boven het lawaai van de regen uit. Als ze uit het water klautert, glijdt ze uit, terug het water in. Andrew plonst achter haar aan, grijpt haar enkel en laat zich naast haar vallen. Het kippenvel van hun koude kuiten schuurt tegen elkaar als madame Camier zich weet te bevrijden en een paar meter doorzwemt, terwijl ze in zichzelf lacht. De aarde wordt modderig en als Andrew er een handvol van pakt, moet hij aan de loopgraven denken. Hij smeert de modder uit over zijn armen en over zijn lange onderbroek, die door het gewicht van het water begint af te zakken. Hij draait haar zachtjes om zodat ze op een heup steunt, waardoor haar mouw naar achteren glijdt. Als ze hem naar haar stomp ziet kijken bedekt ze die met haar hand. Andrew tilt de hand op en kust de plaats waar de arm is afgezet. Hij kust haar nek en geniet van haar onwillekeurige rilling als zijn bakkebaarden haar kietelen, daarna raakt hij weer met zijn vingertop haar lippen aan. Als ze de vinger in haar mond neemt, springt Andrews hart op door de plotselinge sensatie van warmte en vocht. Hij trekt geschrokken zijn vinger terug. Ze gaan naast elkaar op het zand liggen, zij met haar rug tegen hem aan, hij met zijn ene arm onder haar nek en de andere onder haar knieën, en zo houdt hij haar stevig vast, zonder op de regen te letten.

Andrews volgende klus is buiten de stad langs een pad vol kuilen, begroeid met graspollen en omzoomd door lange populieren. Aan het einde ervan komt hij bij een bosje. Hij herkent het als de route die hij drie dagen ervoor heeft gevolgd met madame Camier. De oever van de rivier moet vlakbij zijn. Waarom is ze zo afstandelijk tegen hem geweest sinds die dag? Voelt ze zich opgelaten omdat hij haar stomp heeft gezien? Wilde ze dat hij haar kuste? Waarom had hij de gelegenheid weer voorbij laten gaan?

Sommige bomen dragen bloesems, andere hebben felgroene knoppen. Er hangt een geur van knoflook en vlierbloesem in de lucht. Andrew haalt diep adem, het kan hem niet schelen dat hij misschien de weg kwijtraakt. Een volgend pad dat verborgen ligt achter dichte struiken leidt naar een open wei waar een blauw waas overheen hangt. Dit lijkt veelbelovender. Bij nadere inspectie ziet hij vlak boven de grond wilde hyacinten die deinen in de wind. Erachter staat de boerderij, zijn bestemming.

Twee uur later heeft hij een lek in een waterreservoir gedicht en een dode duif weggehaald die een regenpijp verstopte. Op de terugweg naar Nieppe merkt hij dat hij voor het eerst in maanden een liedje fluit. Hij stopt bij de Estaminet du Cerf voor een glas *vin de table*, een smaak die hij heeft leren waarderen. De ober, een oude man met een vierkant hoofd en een koffiekleurige huid, draagt een zwart vest en heeft een witte doek over zijn onderarm. Hij glimlacht wanneer hij zijn vaste bezoeker ziet en trekt een kruk onder de bar uit. Aangezien het café leeg is, gebaart Andrew dat hij graag buiten wil zitten, waar hij naar mensen kan kijken die langslopen. De ober keert terug met een geruit tafelkleedje, vouwt het open en legt het op een van de tafeltjes buiten. Zonder dat hem iets wordt gevraagd brengt hij een glas wijn. Andrew mag de ober graag. Hij is vriendelijk en hij is de enige man met een bruine huid die hij ooit heeft gezien. Is hij een neger? Hij heeft wel eens plaatjes van ze gezien. Misschien komt hij uit een van de Britse overzeese gebiedsdelen, India of Australië. Maar hij spreekt alleen Frans. Andrew weet zeker dat ze in Australië Engels spreken. Hij is halverwege zijn glas als er twee Britse officiers verschijnen en met veel gekraak van hun glanzende leren schoenen aan een tafeltje verderop gaan zitten. Hij neemt hun gezicht op, de insignes op hun pet, de sterren en kroontjes op hun epauletten. De een is luitenant bij de Royal Garrison Artillery, de ander majoor bij de Rifle Brigade. Ze lijken even oud, maar de luitenant is langer en knapper, met diepliggende, gevoelvolle ogen.

De majoor heeft wallen onder zijn ogen en springerig haar dat naar voren is gekamd. Onder zijn rechteroor loopt een blauwig litteken van zijn kaak tot aan zijn kin. Andrew heeft deze officier al eens eerder gezien. Hij probeert zich zijn naam te herinneren. Morris. Majoor Morris. Hij was eropuit gestuurd om hem te zoeken in de loopgraaf in Ieper. Morris legt zijn wapenstok op het tafeltje en in dezelfde soepele beweging gooit hij zijn pet ernaast. Hij knipt met zijn vingers en de ober verschijnt. '*Deux cognacs s'il vous plaît*,' zegt hij, twee vingers opstekend.

Met zijn laars duwt Andrew tersluiks zijn plunjezak onder tafel.

Als de ober de cognac heeft gebracht, verdwijnt hij achter de bar en komt weer terug met een accordeon die hij om zijn bovenlichaam heeft gegord. Als hij begint te spelen, knipoogt hij naar Andrew en mimet: '*Pour les touristes.*' Andrew heeft hem nooit eerder horen spelen en beseft algauw waarom: zijn talent als accordeonspeler is niet groot. Desondanks blijft hij knipogen terwijl hij ingenomen met zichzelf heen en weer deint. Andrew wuift hem weg. Vóór alles wil hij horen wat de toeristen tegen elkaar zeggen. Hij vindt officiers intimiderend. Ze lijken onmenselijk beheerst en koelbloedig en, in tegenstelling tot de verhalen, wreder in de strijd dan gewone soldaten.

Hij ziet tweede luitenant Willets voor zich, schreeuwend van woede toen hij het bevel voerde bij Passendale, vlak voordat hij sneuvelde. Maar evengoed is het prettig om Engels te horen spreken.

Deze twee zijn als oude vrienden die elkaar bij de voornaam noemen: 'Peter' en iets wat klinkt als 'Rayf'. Ze praten over bekenden uit de tijd van het Royal College of Music, over concerten die ze voor de oorlog hebben bijgewoond in Parijs en Wenen, over componisten met wie ze hebben gespeeld: Ravel, Mahler, en een naam die Andrew eerder heeft gehoord: Elgar. De man die Rayf heet maakt aantekeningen op een omslag van *Punch*, en als hij ze aan de andere officier laat zien gebruikt hij woorden waar Andrew de betekenis niet van kent: 'tonaliteit', 'pianissimo', 'contrapunt'. De voor de hand liggende conclusie dat ze muzikant zijn geweest in Civvy Street wordt bevestigd wanneer de ober dichterbij komt en ze hem afkeurende blikken toewerpen totdat hij ophoudt met spelen.

Morris haalt een vel papier uit zijn portefeuille en strijkt het glad op het tafeltje. Andrew hoort de woorden 'Mahlers Negende', maar het zegt hem niets. De man die Rayf heet bekijkt het papier, knikt peinzend en gebaart dan naar de ober dat hij hem zijn accordeon moet aangeven. Als hij die vastheeft, laat hij zijn vingers even over de toetsen glijden om te wennen aan de vorm van het instrument, dan speelt hij een stukje, zo zacht en lyrisch dat Andrew wel op zijn knieën kan vallen. Hij heeft nog nooit zo'n hypnotiserende melodie gehoord. De officier houdt ineens op en verbreekt de betovering. Terwijl hij met zijn vinger een van zijn notities volgt, gaat hij weer helemaal op in het gesprek. Weer die onbekende woorden. Zonder op te kijken houdt hij de accordeon omhoog naar de ober. Die neemt hem mee en komt terug met een vel papier. Hij buigt zich over de luitenant voordat hij het papier op het tafeltje legt en met een zwaar accent in het Engels zegt: 'Monsieur, uw handtekening alstublieft. *Merci*.' Als de officier met een zwierig gebaar zijn handtekening zet – hij is duidelijk gewend aan dergelijke verzoeken – kijkt hij Andrew over zijn schouder recht aan, maar hij besteedt geen aandacht aan hem, het is alsof hij door hem heen kijkt. Andrew veegt zijn betraande ogen af met de rug van zijn hand. De ober leest wat er op het papier staat en maakt een halve buiging. 'Monsieur Vaughan William. Het is me een eer.'

Majoor Morris pakt nu het nummer van *Punch* en begint iets onder op het omslag te krabbelen. Wanneer hij het witte stukje heeft volgeschreven, slaat hij de eerste pagina op en daarna de volgende en die daarna, totdat het halve tijdschrift volgekrabbeld is. Vaughan William leest over zijn schouder mee terwijl hij in zichzelf knikt en af en toe met een vinger op de bladzijde tikt.

Het gesprek tussen de officiers verstomt wanneer een jonge vrouw met een kanten shawl om haar schouders langsloopt en naar hen glimlacht.

'Lachte ze naar jou of naar mij?' vraagt Morris.

'Naar ons allebei.'

'Dat dacht ik al. Hoeveel denk jij?'

'Misschien geeft ze groepskorting.'

'Speciaal tarief voor de bevrijder.'

Andrew pakt een nummer van *Le Temps* uit zijn tas en vouwt het open. Hij leest al weken hetzelfde exemplaar om zijn Frans te verbeteren. Als de officiers hun glas leegdrinken, een paar munten op het tafeltje gooien en hun stoelen met veel geschraap naar achteren schuiven, kijkt Morris zijn kant uit en ziet hem voor het eerst. Zijn ogen zijn hardvochtig en kil, vol wantrouwen. De twee mannen kijken elkaar even aan, dan knikt Morris, pakt zijn wapenstok en pet en rent weg om Vaughan William in te halen die achter de vrouw aan loopt.

Andrew krabt verstrooid aan zijn baard en bestelt nog een glas wijn. En nog een. Als dat wordt gebracht, vraagt hij de ober de fles achter te laten. Er zit geen etiket op. Er is nog een halve liter over. Tijdens het drinken voelt hij een warme prikkeling in zijn nek. Het doet hem denken aan de slok rum die hij had gekregen voordat hij ten aanval ging. Zijn zelfvertrouwen verdampt. Wanneer hij onvast overeind komt, tast hij in zijn zak, haalt er een handvol geperforeerde munten uit, van vijf en van tien centimes, en legt ze, net als de officiers, met een klap naast de lege fles. Terwijl hij slingerend langs het tafeltje loopt waar de twee officiers hebben gezeten, ziet hij dat ze het nummer van *Punch* hebben laten liggen. Het wit van de letter P is dubbel gearceerd, maar verder staat het omslag vol muzieknotatie. Als hij het oppakt ziet hij dat het vel papier eronder verstopt ligt. Nog meer muziek. Hij stopt het vel in het nummer van *Punch*, rolt dat op en stopt het in zijn plunjezak.

Tegen de tijd dat Andrew terugkomt bij zijn woning en probeert de grendel van het slot van de voordeur te halen is het donker. Als hij blijft klemmen, duwt hij er met zijn schouder tegenaan. Rammelend gaat hij open. De luiken zijn dicht. Madame Camier staat voor de haard. Ze heeft haar zondagse kleren aangetrokken. Haar haar hangt los en bedekt de vastgespelde mouw. Ze kijken elkaar even aan voordat ze een stap naar achteren doet, waardoor haar rok ruist. Andrew wankelt even voordat hij een grote stap naar voren zet. Hij grijpt met zijn ene hand haar pols, legt zijn andere hand op haar heup en kust haar. Ze protesteert niet. Hierdoor aangemoedigd trekt hij haar gesteven kraag open en laat zijn hand onder haar blouse glijden. Ze maakt zich los, doet een stap opzij en steekt een vinger op. '*Un moment*,' zegt ze. Het kost haar een paar pogingen om de twee kaarsen op de schoorsteenmantel uit te blazen en nog een aantal om met één hand haar blouse los te knopen, waarna een baleinkorset tevoorschijn komt. Terwijl ze Andrew haar rug toekeert zegt ze: 'Toe maar.' Hij maakt het met trillende vingers los en vraagt zich af hoe ze het in vredesnaam dicht heeft kunnen krijgen. Met de geur van gedoofde kaarsen nog in haar neus draait ze zich weer naar hem toe en brengt haar schouders naar voren zodat hij het lijfje kan uittrekken. Terwijl ze hem aankijkt, duwt ze haar zijden onderrok over haar heupen omlaag en laat die met een plofje op de grond vallen. Ze stapte eruit, maakt één kant van de keukentafel vrij door een pepermolen, een vergiet en een stapel knoflookbollen en courgettes weg te duwen, die een rubberachtig gepiep maken als ze langs elkaar schuiven. Ze gaat zitten. In de lange, dansende schaduwen van het vuur zet ze een van haar veterlaarzen tegen de rug van een stoel, maakt een kous los en rolt hem over haar knie en kuit omlaag, waarna ze hem als een ruche om haar enkel laat hangen. Ze doet hetzelfde met het andere been, voordat ze haar hand uitsteekt. Terwijl Andrew naar haar toe stapt, trekt hij zijn jasje uit en laat zijn bretels zakken. Ze laat een hand zoekend onder zijn hemd glijden. Als hij aan haar hemdje trekt steekt ze haar arm en haar stomp boven haar hoofd om hem tegemoet te komen, waarbij een fijn web van zwart haar onder haar oksels zichtbaar wordt. Hij legt zijn handen op haar kleine borsten, kust haar schouders en laat zijn blik over de rimpelige littekens onder aan de stomp glijden. Als hij probeert ook die te kussen, deinst ze terug. Zelfs in de amberkleurige gloed van het vuur is haar huid even doorschijnend als albast. Als hij zijn aandacht richt op haar tepels, blijken die zo hard als gedroogde vijgen. Ze huivert als hij er met zijn tong cirkeltjes omheen trekt. In een gebaar van vertrouwen draait ze zich zo dat hij haar opgeheven stomp kan kussen. De huid voelt ruw onder zijn lippen. Nog steeds zittend sjort madame Camier haar rok omhoog en opent haar benen. Andrew ziet een glimp van een zwart driehoekje. Hij voelt haar benen rond zijn middel. De volle zachtheid van haar dijen tegen zijn heupen maakt dat hij trillend zijn ogen sluit. Als hij zijn handen onder haar legt, kromt ze haar rug zodat hij haar half draagt en het gewicht van haar lichaam voelt. Ze raakt teder zijn baard aan en bij hun volgende kus gaat er een golvend gevoel door hem heen, van zijn tenen tot zijn hoofd. De plotselinge warmte die hem omvat maakt dat hij een kreet uitstoot, alsof een kogel zijn hart heeft doorboord.

Naderhand, een ogenblik later, laat Andrew zich zakken totdat hij op de stoel zit, met zijn gezicht verborgen in madame Camiers schoot. Als hij voelt dat haar vingers zijn haar strelen, snikt hij zonder tranen, eerst stilletjes, dan met schokken, totdat het snikken overgaat in lachen.

Die nacht slapen ze voor het eerst in hetzelfde bed en de volgende ochtend bedrijven ze opnieuw de liefde. Als het voorbij is, wordt Andrew overvallen door dezelfde postcoïtale droefheid als de avond ervoor, maar het duurt maar even. Als hij het laken over hun naakte lichaam trekt voelt hij vooral opluchting, alsof hij bevroren is geweest en nu smelt, een gletsjer die de zee in glijdt. Als zij die ochtend haar hoofd op zijn arm vlijt, noemt Andrew zijn nieuwe minnares voor het eerst Adilah. Hij beseft dat haar slaapkamer naar kamfer ruikt en besluit dat hij hier, in de tijd die hem nog rest, in de tijd die hij nog in bruikleen heeft, elke ochtend en elke avond de liefde met haar zal bedrijven, en als het werk het toelaat, ook elk middaguur. De liefde, zo redeneert hij, is alles wat hij nog heeft, alles wat hij de dood toe kan werpen, zijn enige bescherming tegen het vuurpeloton. Alleen door de liefde te bedrijven kan hij zijn gedachten wissen, zijn angsten verschroeien, de verschrikkingen van de nacht beteugelen.

Hij kleedt zich aan terwijl hij naar beneden loopt, en neuriënd gaat hij met zijn vingers langs de muur. Zonlicht valt schuin door de ramen binnen. Terwijl hij wacht tot het water in de ketel op het fornuis kookt, kijkt hij in zijn plunjezak en vindt daar het nummer van *Punch* dat de officiers in het café hebben laten liggen. Hij verstijft als hij de datum bovenaan ziet staan. Het is een recent nummer: 10 april 1918. De oorlog is zonder hem verdergegaan, en woedt nog steeds.

23

Londen. Nu. Vijf weken na de crash

Terwijl Daniel in zijn zak naar de sleutels van zijn kabelslot viste, trok hij zijn schouders op om te voorkomen dat het water in de kraag van zijn anorak liep. Die houding paste bij hem. Steeds als hij aan de beurt was om Martha van school te halen hing hij, zo subtiel als hij kon, de weerspannige martelaar uit. Niet dat hij de 4x4-wagens afkeurde – ook al deed hij dat –, maar hij voelde zich slecht verzorgd en, op een moeilijk te omschrijven manier, een bedrieger. Andere vaders leken rijker, zekerder. Ze leken ook volwassener in hun poging over huizenprijzen te praten en er tegelijkertijd presentabel uit te zien: ze kamden hun haar, poetsten hun schoenen en hadden een plooi in hun broek. Hun Audi's en bmw's zagen er nieuw en schoon uit. Daniel had altijd het gevoel dat hij werd beoordeeld als hij in zijn trainingspak de speelplaats op fietste.

Aan deze weerzin kwam een eind op de middag dat hij Hamdi Said-Ibrahim zag.

De regen nam af en maakte van de bomen op de meent een pluizige dot wol die opging in het nevelige beeld van voorbijrijdende auto's en joggers. Tegen de tijd dat hij de speelplaats op fietste, regende het niet meer en steeg er in een bleek zonnetje damp van het asfalt. Hij stapte van zijn fiets, zette zijn helm af en zag Martha zwaaien. Ze hield haar hand in de lucht terwijl ze probeerde de aandacht van de leraar te trekken, die met zijn rug naar haar toe stond. Toen ze vlak voor hem ging staan en naar Daniel wees, zag hij haar, keek naar Daniel, glimlachte naar hem en schudde het kind de hand. Martha rende naar hem toe, met haar schooltas achter zich aan, en toen ze bij hem was, pakte hij haar op en zwierde haar door de lucht.

'Wie is dat?' vroeg Daniel, zijn ogen afschermend tegen het zonlicht. Martha bloosde schuldbewust. 'Dat is meneer Hamdi Said-Ibrahim, mijn klassenleraar.'

Hamdi was de man die Daniel tijdens de protestdemonstratie had gezien. Zijn vriendelijke, bolle ogen waren onmiskenbaar: een te snel werkende schildklier waarschijnlijk. Hij had vast naar Daniel geglimlacht omdat hij hem herkende van het brengen en halen van Martha en van de ouderavonden. Daniel knikte. 'Ik herken hem,' zei hij. 'Hoe lang werkt hij hier al?'

'Vanaf halverwege het vorige trimester.'

'Hoe zei je dat hij heet?'

'Hamdi Said-Ibrahim. Hij is moslim.'

'Wat geeft hij voor les?'

'Alles. Hij studeert nog voor muziekleraar. Ik heb ook celloles van hem. Gisteren heeft hij me een stukje van Mahler geleerd.'

Daniels euforie ging over in opluchting. De man die hij in de Stille Oceaan op het water had 'gezien' was dan misschien een product van zijn verbeelding geweest, maar dat product was in elk geval gebaseerd op een bestaand persoon.

Toen Daniel over Clapham Common naar huis fietste, met Martha op haar fiets een paar meter achter hem, ging zijn opluchting over in een vreemd gevoel van dankbaarheid. Of Hamdi zich ervan bewust was of niet, hij, of althans iemand die sterk op Hamdi leek, had zijn leven gered. Per slot van rekening had hij op het punt gestaan zijn zwemvest uit te trekken toen 'Hamdi' zijn aandacht had getrokken. Hij was blijven drijven. In elk geval was er qua timing een oorzakelijk verband tussen de hallucinatie en zijn redding. Daniel besloot de leraar uit dankbaarheid een cadeautje te sturen. Een fles champagne. Nee. Hamdi was een moslim. Een cd-box. Dat was een beter idee. Mahler. Die kon hij online bestellen als hij thuis was. Hij probeerde er een paar woorden bij te bedenken – iets in de geest van 'bedankt voor het redden van mijn leven' – maar besefte dat alles wat hij zou schrijven idioot zou klinken, dus zou hij het cadeau anoniem sturen en de volgende dag laten bezorgen.

* * *

De telefoon ging. Nancy nam op. 'Spreek ik met mevrouw Kennedy?' De stem klonk beschaafd en afgemeten.

Nancy aarzelde. Mensen dachten vaak dat ze getrouwd was. 'Daar spreekt u mee.'

'U spreekt met Said-Ibrahim, van school. Ik vroeg me af of ik deze week 's middags even met u en uw man zou kunnen praten. Of zo snel als het voor u mogelijk is.'

'Is er iets aan de hand?'

'Nee, nee. Helemaal niet. Maar ik wil u beiden graag even spreken als dat mogelijk is.'

'Natuurlijk. Vanmiddag? Martha gaat na school met een vriendinnetje mee naar huis.'

'Zullen we afspreken om kwart voor vier? Dan ben ik in het klaslokaal.'

Het verbaasde Nancy dat Daniel er onmiddellijk mee instemde. Normaal gesproken probeerde hij onder schoolafspraken uit te komen.

Hamdi zat aan zijn bureau huiswerk na te kijken toen Nancy op de deur klopte.

'Fijn dat jullie zo snel konden komen,' zei Hamdi, terwijl hij opstond en het lokaal door liep om hen een hand te geven. 'Kan ik een kop koffie voor jullie halen?'

'Nee hoor, bedankt,' zei Nancy.

'Neem plaats.' Hamdi gebaarde verontschuldigend naar twee kleine stoeltjes voor zijn bureau. 'Sorry.'

Toen Nancy en Daniel gingen zitten, kwamen hun knieën bijna tot aan hun borst. Ze snoven de geur in de klas op en keken om zich heen. Het rook er naar lijm, gymsokken en Cup-a-Soup. Aan de muur hingen opstellen, een project over het oude Egypte, een papieren slinger, een overheadprojector en een schoolbord met de datum van die dag in krijt geschreven en het woord 'vergelijkingen' met twee strepen eronder. Er lagen ook stapels leesboekjes, kleurige bakken vol leerboeken en blikken met scherp geslepen potloden die naar koolstof roken.

Hamdi kwam meteen ter zake: 'Is thuis alles in orde?'

Het ouderpaar keek elkaar verbaasd aan.

'Martha gedraagt zich de laatste tijd vreemd,' vervolgde Hamdi. 'Ze lijkt niet in staat zich te concentreren tijdens de les. Ze is niet zichzelf, niet meer zo onbekommerd. En ik zou dit normaal gesproken niet aankaarten, aangezien zoiets af en toe best kan gebeuren, maar het lijkt erop dat ze...' Hij schoof ongemakkelijk heen en weer. 'Hoe moet ik het zeggen? Ze lijkt een beetje op mij gefixeerd.'

Daniel zag Martha's handschrift op een van de dozen over een vulkanenproject staan. Hij zag ook een grafiek met sterren achter namen van leerlingen, en achter die van Martha stonden de meeste. Zijn oog viel op het krantenknipsel op het prikbord achter het bureau van de leraar: de sterkste overleeft. Hamdi volgde zijn blik. 'Dat heeft Martha meegebracht,' zei hij. 'Ze is heel trots op u.' Weer zweeg hij even. 'Ze brengt een heleboel dingen voor me mee. Cadeautjes, zou men ze waarschijnlijk noemen. Ze stopt ze in mijn bureau.'

'Cadeautjes?' vroeg Nancy, terwijl ze defensief haar armen over elkaar sloeg.

'Kaarten zonder naam, maar met haar handschrift. Dichtregeltjes. Tekeningen. Chocola. Toen er een halfvolle fles aftershave verscheen, vroeg ik me af of ik daar niets van moest zeggen.' Hij haalde een zwarte fles eau de toilette van Calvin Klein uit zijn bureau.

'Ik vroeg me al af waar die was,' zei Daniel.

'Maar ik wilde haar niet in verlegenheid brengen,' vervolgde Hamdi. 'En ik ging ervan uit dat het iets voorbijgaands was. Ik besloot dat ik de aftershave aan het eind van het trimester in haar schooltas zou stoppen. Toen werd er een cd-box bezorgd. Er zat geen kaartje bij, dus heb ik de internetwinkel gebeld en daar vertelden ze me dat er met een creditcard voor was betaald door ene dr. Daniel Kennedy.'

Daniel vond het moeilijk om dit alles tot zich door te laten dringen. Hij zag Hamdi's lippen bewegen, maar hij kon zich niet concentreren op wat hij zei, de woorden glibberden steeds weg, als kwik door gespreide vingers. Het kwam voor een deel door Hamdi's uiterlijk – androgyn, bijna geslachtloos – en voor een deel door zijn stem. Die was onnatuurlijk neutraal en ondefinieerbaar, als zachte regen. Daniel kon er geen accent in bespeuren, iets waar hij meestal goed in was. En hij vond Hamdi's gezichtsuitdrukking ook moeilijk te interpreteren, alsof die niet helemaal scherp was, alsof er geen omtreklijnen waren. Maar ondanks zijn onpersoonlijke manier van doen had Hamdi voor Daniel iets vertrouwds, alsof hij hem al zijn hele leven kende. Het had te maken met zijn bolle ogen, zijn dwingende, scherpzinnige blik.

Nancy had geen moeite om zich te concentreren. 'Bedankt voor uw tactvolle optreden, meneer Said-Ibrahim.'

'Zegt u alstublieft Hamdi.'

'We zullen met haar praten.'

'En als er iets met Martha is waarover jullie me willen spreken, dan kunnen jullie me altijd thuis bellen. Mijn nummer staat op de lijst. Ze is een talentvol meisje.'

Zoals ze zich sinds de crash had aangewend droeg Nancy geen autogordel op weg naar huis. Ze zat op de passagiersstoel en toen ze in de asbak een muntstuk van een pond zocht en het onder haar beha stopte, vroeg Daniel: 'Wat doe je?'

'Dan vergeet ik vanavond niet om die onder Martha's hoofdkussen te leggen. Als ik me uitkleed, valt hij eruit en dan weet ik het weer.'

'Waarom wil je een pond onder haar kussen leggen?'

'Ze is vanochtend een melktand kwijtgeraakt.'

'Maar ze gelooft toch niet in de tandenfee.'

'Ze gelooft in geld.' Nancy keek Daniel onderzoekend aan. 'Wat vond jij van Hamdi?'

'Hij leek me aardig.'

'Hij heeft gelijk, weet je. Ze gedraagt zich vreemd. Ik denk dat we afspraken moeten maken om haar bij iemand te laten spelen en slapen. Ik geloof dat ze niet echt aansluiting heeft. Ze eet ook niet goed. Is klein voor haar leeftijd. We moeten eigenlijk samen eten.'

'Zullen we haar naar een kinderpsycholoog sturen?'

'Kan geen kwaad.'

'Ik denk dat ik eens met haar moet praten, van vader tot dochter.' Daniel tikte op het stuur. 'Aangezien ze mijn creditcard heeft gebruikt.'

Hij keek naar Nancy en had het idee dat er een blik van wantrouwen in haar ogen lag, maar dat zette hij uit zijn hoofd – ze kon niet weten dat hij niet van plan was om met Martha te praten. Toen hij thuiskwam ging hij naar zijn studeerkamer en belde Hamdi.

'Hallo…' Daniel wist de naam niet meer; hij ontglipte hem steeds, hij kon hem niet onthouden.

'Hamdi.'

'Met Daniel, Martha's vader.'

'Professor Kennedy. Hallo. Fijn dat u bent langs geweest…' Weer die stem die hij niet thuis kon brengen, deels warm bier, deels Arabische wierook. 'Ik hoop niet dat u vindt dat ik heb overdreven.'

'Nee.' Daniel trok zijn schouders op en sprak zachtjes. 'Ik ben blij dat u met ons heeft willen praten. In tegenstelling tot wat Nancy en ik zeiden, staan we sinds de crash onder spanning. Misschien gedraagt Martha zich daardoor wel vreemd.'

'Ah. Dank u voor uw telefoontje...' Stilte. 'Was er verder nog iets?'

Er klonk een aarzeling in Daniels stem. 'Ik weet dat dit vreemd zal klinken, maar ik heb het gevoel dat ik u al eens eerder heb gezien.'

'Ik werk hier sinds halverwege het vorige trimester.'

'Nee, ergens anders.'

Nu was het Hamdi's beurt om te aarzelen. 'Ik denk dat u me hebt gezien bij de demonstratie voor het parlementsgebouw.'

'Ja, daar heb ik u inderdaad gezien.'

'Ik nam er niet aan deel, weet u.' Hamdi klonk verontrust. 'Ik liep er langs. Ik ging een kijkje nemen. Ik was nieuwsgierig, meer niet.'

'Nee, nee. Dat wilde ik ook niet... Ik kwam er ook langs. Maar dat bedoelde ik niet. Hebt u altijd in de buurt van Clapham gewoond?'

'Pas een halfjaar. Voor die tijd studeerde ik aan Birmingham University.' Hij zweeg even. 'Ik studeer muziek. Doctoraat. Het was mijn bedoeling om muziek te doceren aan de universiteit, maar er heeft zich nog geen gelegenheid voorgedaan.' Weer een stilte. 'Ik denk dat als ze mijn naam op de sollicitatie zien staan... Ik heb erover gedacht hem te veranderen.'

'U moet eens langskomen op Trinity. Ik ben er bijna elke dag. Vraag de portier maar of hij me belt, dan zorg ik dat u binnen wordt gelaten. De docent muziek is een vriend van me. Ik zou u aan hem kunnen voorstellen. Dat kan geen kwaad.'

'Bedankt. Dat is heel vriendelijk. Wat doceert u daar ook alweer?'

Daniel aarzelde. Na jaren van lastige momenten tijdens etentjes had hij leren accepteren dat nematologie zo'n onbekend vak was dat hij altijd moest uitleggen wat het inhield. En wanneer hij dat deed, leken mensen altijd een beetje gegeneerd. Hij dacht dat hij een goede manier had verzonnen om mensen die gêne te besparen – en die paste hij toe. 'Ik ben nematoloog. Nee, ik had er ook nog nooit van gehoord. Het is een onbekende tak van de zoölogie.'

'Van zoölogie heb ik wel gehoord. U bestudeert olifanten en tijgers.'

'Niet precies, ik bestudeer wormen.'

'O.'

'En wat deed u voor u ging studeren?'

Er viel een stilte.

'Neem me niet kwalijk, meneer...'

'Hamdi.'

'Ik wil niet nieuwsgierig overkomen, maar...'

'Het geeft niet, professor.'

'Professor ben ik nog niet. Zeg maar Daniel.'

'Mijn familie woont in Birmingham. Mijn ouders zijn er geboren. Mijn grootouders zijn in de jaren vijftig naar dit land gekomen.'

'Vanuit?'

'Irak. Karbala.'

'Ben je daar ooit geweest?'

'Ik ben wel gevraagd...' Hamdi aarzelde. 'Maar het is er gevaarlijk.'

'Spanningen tussen godsdienstfanaten?'

'Nee, iedereen in Karbala is sjiiet. Het is een heilige stad, een plek van engelen. In de oude tijd kwamen er duizend uit de hemel, en ze keerden nooit meer terug.'

Daniel zweeg. Hij vond het moeilijk om zich weer op Hamdi's woorden te concentreren. Ze verdampten als adem op een spiegel.

'Hallo? Professor Kennedy? Bent u daar nog?'

'Ja, ik ben er nog. Luister, ik moet ophangen. Ik meen het, van Trinity. En zeg maar Daniel.'

Daniel zat voor zijn computerscherm en googelde enigszins opgelaten het woord 'beschermengel', nauwelijks in staat om naar het scherm te kijken terwijl hij het intypte. Zijn 'engel' had per slot van rekening aanhalingstekens in plaats van vleugels. Er waren duizenden treffers, fladderend in de elektronische ether als vogels in een kooi. Hij vond de meeste sites te weerzinwekkend om te bekijken: newage-aanbiedingen om 'te ontdekken wie je engelbewaarder is op grond van je geboortedag', of sites die foto's van 'engelen' beloofden die waargenomen zouden zijn in de rookwolken van de neerstortende Twin Towers. Een ervan, met de kop 'hoe herken je een engel aan zijn geur', intrigeerde hem genoeg om erop te klikken: volgens middeleeuwse engelenkunde, las hij, werden engelen omringd door een geur die in verband werd gebracht met engelwortel, een ingrediënt dat in cake en pudding werd gebruikt. Hij schudde glimlachend zijn hoofd. Een site die was gewijd aan de bewering van Shackleton dat hij een 'geest die hem leidde' had gevoeld toen hij in de bergen van South Georgia klom zag er veelbelovend uit, maar bleek nog onzinniger te zijn.

Toen hij een nieuwssite opende, zette hij van ongeloof grote ogen op: een poll in *Time* magazine onthulde dat 78 procent van de Amerikanen in engelen geloofde, terwijl 63 geloofde dat ze een eigen beschermengel hadden. Niet goed wetend waar hij naar op zoek was, scrolde hij door totdat hij bij een pseudoacademisch uitziende site kwam die was gewijd aan iets wat het Koninklijk Genootschap der Engelenkunde heette. Er stond inderdaad een koninklijk wapen op, evenals een detail van 'Maria-Boodschap' van Fra Angelico, plus iets over de achtergrond van het genootschap, maar meer was het niet. Het genootschap was opgericht door de hertog van Norfolk in 1615 en het jaar daarop was het erkend door koning James I. Er was een leerstoel voor opgericht in New College, Oxford, maar die werd al ruim een eeuw niet meer bekleed omdat hij was opgegaan in de leerstoelen voor theologie en filosofie. 'In de oude Griekse filosofie werd algemeen aangenomen dat God ieder mens een beschermende geest stuurt,' las hij in een inleiding, 'en Plato zinspeelt hierop in *Phaedo*, 108. Maar engelenkunde wordt vaker in verband gebracht met de joods-christelijke traditie. Het Hebreeuwse woord voor engel is *mal'akh*, dat oorspronkelijk "schaduwkant van God" betekende maar dat vertaald werd als "boodschapper"...' In de lijst met begunstigers stond ene professor Laurence Wetherby. Daniel pakte zijn *Who's who*. Onder Wetherby's interesses stond 'engelenkunde', en ook 'modernisten en liberalen vernederen'. Daniel tikte met een pen tegen zijn tanden, knikte in zichzelf en stuurde Wetherby een e-mail.

Martha kwam terug van haar vriendinnetje en rende zoals altijd de trap op naar haar vader. 'Wat lees je, Daniel?' vroeg ze.

Daniel glimlachte. 'Niets belangrijks. En je moet papa tegen me zeggen.'

Martha sprong op zijn schoot. 'Mag ik het zien?'

'Nee.' Hij kietelde haar in haar ribben. 'Dat is privé.'

'Is het porno?'

Zijn mobieltje verstoorde hun gesprek. Hoewel er een foto van een grizzlybeer opflitste op het scherm van zijn iPhone, aarzelde Daniel voordat hij opnam. De telefoon had ook een trilfunctie en tijdens het bellen draaide het toestel een klein stukje om zijn as. 'Beer,' zei hij kalmer dan hij zich voelde.

'Hoi, Dan. Waar zit je?'

'Thuis, met Martha. Zeg even dag tegen Bruce, schat.' Daniel drukte de iPhone tegen het oor van zijn dochter.

'Hallo, oom Beer. Hij wil me zijn e-mails niet laten lezen.'

'Wie z'n e-mails?'

'Wiens e-mails.'

'Wiens e-mails.'

'Weet ik niet. Hij zegt dat ze privé zijn.'

'En gelijk heeft hij. Krijg je nog dezelfde dosering insuline?'

'Ja.'

'Geen hypo meer gehad?'

'Neu. Mijn dokter zegt dat ik binnenkort zelf mijn injecties mag geven.'

'Geweldig. Mag ik nu papa weer?'

'Hij wil jou spreken.'

Daniel pakte de telefoon aan. 'Waarvoor bel je?'

'Ik wil alleen even vragen wanneer je langs kunt komen in mijn praktijk.'

'Voor de testresultaten?'

'Ja.'

Martha gebaarde dat ze de telefoon terug wilde. Daniel stak zijn vinger op. 'En wat is de uitslag? Ben ik geslaagd? Of gezakt?'

'Wanneer kun je langskomen?'

'Kun je het niet door de telefoon zeggen?'

'Misschien is het beter dat je langskomt, dan kan ik alles even, eh, je weet wel, fatsoenlijk met je doornemen. Hoe zit je deze week?'

'Donderdagochtend schikt me het best.'

'Mooi. Zie ik je dan.'

'Moet ik me zorgen maken? Hallo? Beer?' Hij keek Martha aan. 'Opgehangen.'

Terwijl hij naar de telefoon tuurde, gingen Daniels vingers langzaam naar zijn schedel en begonnen die te masseren.

24

Toen er via de luidsprekers werd meegedeeld dat het Deutsches Rundfunkarchiv over een halfuur dicht zou gaan, schudde Hai-iki buizi Yzu met haar pols en hield haar horloge tegen haar oor. Het was niet kapot, maar de uren hadden haar ingehaald. Vanaf tien uur die ochtend had ze alle ontwerpen van Mahlers symfonieën – een tot en met acht – bekeken in de hoop iets te vinden dat betrekking had op de Negende. Een krabbeltje. Een aantekening. Een schets. Het was afmattend werk geweest, niet in het minst doordat elke symfonie een doos van zo'n honderdzestig vellen muziek bevatte. Dat Mahler, uit bijgeloof, de Negende symfonie niet de Negende had willen noemen, maakte het probleem er niet kleiner op. Hij was een buitengewoon slordige krabbelaar met een spichtige hanenpoot en de onhebbelijke gewoonte alles door te strepen – en na urenlange intense concentratie had Hai-iki brandende ogen en hoofdpijn. Ze was ook misselijk, althans in de ochtenduren, reden waarom ze die middag op tijd weg had gewild om bij een drogist langs te gaan. De andere reden was dat ze over tijd was.

Ze was toch al zo gefrustreerd. De afgelopen twee dagen had ze zich door de brieven en dagboeken van de familie Mahler uit de periode van 1908 tot 1910 heen gewerkt die in de Abteilung Potsdam werden bewaard, maar haar onderzoek had niets van het materiaal opgeleverd dat ze volgens Wetherby's rotsvaste overtuiging zou vinden, en ze was bang om hem dit te vertellen. Er was iets aan hem waardoor ze het hem aldoor naar de zin wilde maken. Het kwam niet alleen doordat hij de meester was en zij de leerling, maar vooral doordat hij zo kwetsbaar was. Die ene keer waarop hij haar een klap had gegeven, had hij daarna zo'n berouw getoond dat ze zelf medelijden met hem had gekregen. Bovendien wist ze dat ze hem ertoe had uitgedaagd. Ze had een seksspelletje willen spelen, in de veronderstelling dat hij dat wilde. Hij zou de rol van onderdanige spelen, en zij die van de dominante partij – hem beledigen, slaan, hem uitmaken voor slappeling. Ze had er niet op gerekend dat hij zo weinig eigenwaarde had. Ze zag hem nu voor zich – zijn blik vol gekwetste waardigheid, zijn gevoelvolle ogen, zijn expressieve handen – en verlangen welde in haar op. Ze hield van zijn felle intellect, zijn droge humor, zijn tederheid wanneer ze elkaar kusten. Ze hield van hem.

Met een harde klik deed ze haar laptop dicht. Ze liet haar handen in gedachten over het deksel gaan, rolde toen het snoer op en pakte de twee resterende archiefdozen onder haar arm om ze terug te brengen naar de balie in een van de ouderwetse houten liften – 'doorloopkamertjes' – waar inwoners van Berlijn in en uit sprongen terwijl ze continu langzaam naar boven en beneden zoefden. De liften waren het toppunt van vooruitgang geweest toen het archief in de jaren dertig werd gebouwd. In feite was het hele gebouw, driehoekig van vorm, met binnenplaatsen en overal donkerbruin geglazuurde tegels, beschouwd als een mooi voorbeeld van Derde Rijk-architectuur: futuristisch, hoekig, Germaans. Dat het het bommentapijt van de oorlog had overleefd was een mysterie voor de plaatselijke bewoners. Het was het enige gebouw in de wijde omtrek dat niet tot puin was gereduceerd.

Toen Hai-iki de Berlijnse voorstad Charlottenburg in liep, snoof ze de *Berliner Luft* op en zette ze haar kraag omhoog. Hoewel er dikke lenteknoppen aan de beuken en eiken zaten, hing er nog een winterse kilte in de lucht. De dagen waren ook nog kort. De straatlantaarns gloeiden op. Een enorme radiomast tegenover het Rundfunkarchief vormde een silhouet. In de schemering verderop in de straat zag Hai-iki een korte, dikke zuil met aankondigingen van theaterprogramma's erop, en een paar meter daarachter een klein, groen neonkruis boven een etalageruit. De drogist in zijn blauwe jas wilde net de winkel sluiten toen ze bij de deur stond. Toen ze in haar ongepolijste Duits naar een zwangerschapstest vroeg, keek de man niet-begrijpend. Maar toen ze het nog een keer vroeg en met haar hand een overdreven dikke buik gebaarde, knikte hij. Een tram reed tot vlak voor de deur van haar hotel aan de Albertstrasse. Ze scheurde het pakje open en dronk een glas water terwijl ze de instructies las. Vijf minuten later kwam ze terug uit de wc, ging op haar bed liggen en staarde naar de pipet om te zien welke kleur er verscheen.

Wetherby, op en top gekleed in een double-breasted krijtstreep pak waarin hij langer leek, keek naar het gehate voorwerp op zijn bureau, een van de flatscreencomputers die sinds kort tot de standaarduitrusting van het personeel van Trinity behoorden. Tegen de laptop die hij moest gebruiken had hij niets, want die kon hij dichtklappen en opbergen, maar de bureaucomputer, zoals die daar op zijn bureau plaats stond in te nemen die door boeken opgevuld zou moeten worden, was een permanente belediging van zijn gevoel voor esthetica. Hij bewoog zijn muis zo dat de cursor boven de eerste van zes ongeopende e-mails bleef hangen, allemaal van dezelfde afzender. Ze was nog steeds in Berlijn en wachtte nog steeds tot haar een 'ontdekking' in de schoot zou vallen, en stelde hem nog steeds teleur. Hij had niet zo stom moeten zijn om zo'n netelig onderzoek aan een studente toe te vertrouwen. En nu begon ze beslag op hem te leggen, emotionele druk op hem uit te oefenen, hem haar toewijding te schenken, en in ruil daarvoor verwachtte ze enige mate van betrokkenheid of geruststelling van zijn kant. Hij was graag bij haar, luisterde graag naar haar pianospel, praatte graag met haar over de grote componisten. Maar in deze fase van zijn carrière zat hij niet te wachten op een volgeling, zelfs niet een die het goedvond dat hij met haar het bed deelde. Hij aarzelde, en logde vervolgens uit. Hij wist toch wel wat er in die e-mails stond. Ze stuurde ze al twee dagen, net zoals ze boodschappen voor hem insprak op zijn antwoordapparaat thuis.

Een snelle roffel op de deur trok zijn aandacht. Een hoofd, omlijst door kort, dik geblondeerd haar, verscheen om de hoek van de deur. 'Doctor Kennedy is hier voor u,' zei de secretaresse.

Wetherby keek haar aan over de rand van zijn halve brillenglazen. 'U had een afspraak met hem om elf uur.'

Wetherby sloeg zijn blik ten hemel zoals de heilige Petrus. 'O ja, nu weet ik het weer. Laat hem binnen. O, en...' Het hoofd verscheen weer. 'Zou je iets voor me kunnen nakijken over het aanvragen van een studentenpas?'

'Natuurlijk.'

'Ik geloof dat buitenlandse studenten toestemming moeten hebben van Binnenlandse Zaken voordat ze tijdens hun studie met een studentenpas naar het buitenland mogen reizen. Zou je voor me kunnen achterhalen wat daar over te vinden is? En uitzoeken of ze op grond daarvan weggestuurd kunnen worden? Dank je. Laat nu doctor Kennedy maar binnen.'

Toen de secretaresse verdween, verscheen Daniel met een brede grijns. Wetherby bekeek hem van top tot teen: de lage spijkerbroek en de trui met V-hals over een blauw met wit gestreept matrozenshirt. 'Dánny,' zei Wetherby met overdreven veel nadruk terwijl hij opstond en een hand uitstak. 'Hoe gaat het? Hersteld van je beproeving?'

'Min of meer. Het is prettig om weer aan het werk te zijn.' Daniel werd afgeleid door de haard, een hoog, breed bouwwerk van paarsbruin en grijs marmer, met schuine naden van turkooizen email. Het werd algauw duidelijk dat niet de haard hem boeide, of de buste van Dante op de schoorsteenmantel, of de witte gebosseleerde uitnodiging voor een diner in het Hogerhuis, maar het kleine voorwerp op het uiteinde, bijna verborgen achter een karaf: een engel van melkglas van twaalf centimeter hoog. Hij pakte het beeldje op en bekeek de handen die in gebed gevouwen waren, de vleugeltjes die recht omhoogstaken, boven het hoofd uit, en toen nog eens het hele beeldje. 'Ik geloof dat ik geluk heb gehad,' vervolgde hij terwijl hij de engel terugzette. 'Niet iedereen kan die crash navertellen.'

Wetherby schreed door de kamer naar hem toe. Zonder iets te zeggen zette hij het engeltje terug op de plek waar het had gestaan, acht centimeter verder op de schoorsteenmantel. 'Goed,' zei hij, terwijl hij zijn lange, dunne vingers tegen elkaar wreef en een abrupt einde maakte aan hun loze praatje. 'Wat is dat voor project waarover je het met me wilt hebben?'

'Het is gemakkelijker als ik het je laat zien.'

Terwijl de twee mannen, de een boven de ander uittorenend, naast elkaar door de marmeren gang liepen, zeiden ze niets. 'Mag ik je iets vragen?' zei Daniel, de stilte verbrekend. 'Heb je ooit een esthetische ervaring gehad?'

'Wat een merkwaardige vraag.'

'Dat weet ik, maar… is het zo?'

'Ja, ik geloof het wel.'

'Waarschijnlijk bij het luisteren naar muziek.'

Wetherby dacht hier even over na. 'Ik was veertien. Bruckners Zevende, in de Queen Elizabeth Hall. Ik voelde me overweldigd, geëxalteerd, tot tranen geroerd. Dát heb ik geïnterpreteerd als een esthetische ervaring. Mijn eerste.'

'En wat gebeurt er als iemand een esthetische ervaring heeft, in zijn hersenen bedoel ik?'

Waar is hij op uit, die saaie bioloog? Waarom ineens die belangstelling voor filosofie?

'Kant omschreef het als vrij spel van het cognitieve vermogen van verbeelding en begrip. Het is intersubjectief, in tegenstelling tot objectief of subjectief. Iedereen die op onbevooroordeelde wijze een muziekwerk of een kunstwerk ervaart, zou dezelfde esthetische ervaring moeten hebben.'

'En wat is het verschil tussen een esthetische ervaring en een religieuze ervaring?'

Aha.

Wetherby keek Daniel achterdochtig aan en boog zijn hoofd terwijl ze verder liepen. 'Je bedoelt of die twee hetzelfde zijn? Ik denk het niet. Een religieuze ervaring doet zich voor als een verschijning, een openbaring, een visioen enzovoort.'

'En heb jij die ooit gehad? Een visioen, bedoel ik. Baseer je daarop je geloof?'

Wetherby bleef staan naast een marmeren beeld van Locke. 'Helaas, ik geloof niet dat ik dat heb gehad. Evenals Kierkegaard heb ik een geloofssprong moeten maken.' Hij liep weer verder. '*Credo quia absurdum*, zoals Tertullian het zei. Ik geloof het omdat het absurd is, soms ook vertaald als *certum est quia impossibile est*, het is zeker omdat het onmogelijk is. Ik ben tot het inzicht gekomen dat God zich niet openbaart aan diegenen van ons die actief naar Hem op zoek zijn. Hij verschijnt aan de rand van ons gezichtsveld, wanneer je Hem niet verwacht, wanneer je er niet op uit bent.'

'Zoals wanneer je pas een woord te binnen schiet als je er niet meer over nadenkt? Aan iets anders denkt, en dan komt het ineens bij je op?'

Natuurlijk niet, kleine man. 'Zoiets.' Wetherby liep verder. 'De Heer houdt ons graag waakzaam, en openbaart zich op tijdstippen die Hij uitkiest, op onverwachte wijze.'

'Je bedoelt dat Hij het niet op verzoek doet?'

'Een God die zich steeds openbaart zou geen bijzonder indrukwekkende God zijn, nietwaar? Maar goed, waardoor ineens die belangstelling voor visioenen? Ben je een van je schertscolleges aan het plannen? Of een paper dat de spot drijft met ons, simpele zielen die rondspetteren in de ondiepe wateren van het geloof?'

Ze waren bij de zware eiken deur gekomen die uitkwam op de binnenplaats. Hoewel Wetherby vlak voor hem liep, was Daniel degene die de deur opendeed.

'Nee, helemaal niet,' zei Daniel. 'Verre daarvan. Je geloof moet een grote troost voor je zijn. Ik heb alleen...' Hij trok rimpels in zijn voorhoofd. Een gedachte.

Wetherby vroeg zich af of Daniel eindelijk doorhad dat zij tweeën, steeds als ze bij elkaar waren, een voorgeschreven rol speelden. Meester en leerling. Wetherby gaf hem altijd graag de indruk dat hij op de proef werd gesteld. De gewoonte om te wachten tot deuren voor hem werden opengedaan maakte daar deel van uit.

'Ik heb gewoon veel over dat onderwerp nagedacht,' vervolgde Daniel, 'vanuit een biologisch perspectief. Er doet een theorie de ronde dat het irrationele aspect van religie een bijproduct is van onze aangeboren behoefte om verliefd te worden, de tijdelijke dweperij en manie van verliefd worden, bedoel ik. De neuraal-actieve chemische stoffen die worden aangemaakt door iemand die verliefd is, zijn dezelfde als die worden aangemaakt door iemand die bezeten is van de idee van God.'

'Ja, dat heb ik gehoord. Het is mogelijk, veronderstel ik... Je zou natuurlijk hetzelfde van muziek kunnen zeggen. Welk deel van de hersenen maakt dopamine aan?'

'De naam? Eh... de eh...' Daniel knipte met zijn vingers. '*Nucleus accumbens*. Die regelt onze stemmingen.'

'Precies, maar ook de manier waarop we muziek ervaren.' Ze gingen aan de kant toen een student in een rolstoel langsreed, en namen daarna de kortste weg over het gazon, een voorrecht die hun functie met zich meebracht. 'Hoewel ik heb gezegd dat esthetische en religieuze ervaringen niet hetzelfde zijn, denk ik wel dat er een verband tussen bestaat. Je moet bijna kinderlijk worden om ze te krijgen.'

'Je bedoelt naïef?'

'Ik bedoel onschuldig. Open. Nieuwsgierig. Voor een deel ben ik overtuigd geraakt van de waarheid van het christendom door een reis die ik als zeventienjarige maakte – niet echt een rondreis door heel Europa, maar wel een culturele reis, door Frankrijk, Oostenrijk en Italië. Er was zoveel schoonheid die met de Kerk te maken had. De sonates van Bach. De fresco's van Giotto. De beelden van Michelangelo. Alle grote componisten en schilders leken te zeggen dat God hun hand had gestuurd, dat hun genialiteit hun door God gegeven was. En ik begon in te zien waarom. Wittgenstein beschreef Mozart en Beethoven als "de ware zonen van God". Van Beethoven weet ik het niet zeker, misschien een paar van zijn late bagatelles, maar als ik naar Mozart luister hoor ik inderdaad het goddelijke. Zijn muziek is hemels. Perfect in harmonie. Als je daarin opgaat, ga je op in jezelf. Alles in zijn muziek is extatisch. Als je de positie van één akkoord verandert, valt het hele stuk uit elkaar. Daarom raakt het je. En als muziek je niet raakt, als die je niet tot in het diepst van je ziel ontroert, wat heeft het dan voor zin? Wat ik waarschijnlijk probeer te zeggen is dat ik, wanneer ik naar Mozart luister, bewijs krijg van Gods bestaan. Dat is mijn zekerheid.'

Ze waren aangekomen bij het bronzen beeld van Charles Darwin dat de ingang van de faculteit zoölogie bewaakte. Het stelde de naturalist voor als een oude man, zittend, en statig met zijn puntboord, kale hoofd en golvende baard. Aan zijn voeten lag een stapel bronzen boeken en opgerolde kaarten. Hij fronste zijn voorhoofd. 'Ik denk al een tijdje dat we onze band met Darwin niet genoeg benutten,' zei Daniel, die bleef staan en opkeek naar het beeld. 'Kom maar mee.' Hij ging zijn collega voor door het gebouw, de trap af en door een donkere gang naar een kelderdeur waarop MAGAZIJN stond. Hij deed lampen aan, tastte in zijn zakken naar sleutels en opende de deur. Binnen knipte hij nog meer lampen aan. Na een momentje verspreidden ze hun licht over lange tafels stampvol prehistorische beenderen en fossielen. Over de gehele lengte van de muren stonden vitrinekasten met opgezette apen, specimina die in vloeistof bewaard werden en, in het midden van de kast, een gigantische mammoetschedel. 'Ik vind het hier heerlijk,' zei Daniel. 'Hier komt nooit iemand. Darwin heeft het meeste ervan verzameld... Ik wil je nog een vraag stellen. Waar was Darwin beroemd om?'

'Ik geloof dat hij de oudoom was van Ralph Vaughan Williams.'

Daniel grinnikte. 'Ik dacht meer aan zijn reis met de Beagle naar de Galápagoseilanden.'

Wetherby trok zijn hoofd een klein stukje in om onder de deurpost door te kunnen. Er was iets aan Daniels manier van doen dat hij vandaag bijzonder storend vond. Hij probeerde bij hem in het gevlij te komen. Dat was het. Hij bleef maar glimlachen. Wetherby kom hem wel slaan.

'Veel van deze verzameling heeft hij meegebracht van die reis,' vervolgde Daniel. 'En ik denk dat bezoekers er aardig wat geld voor over zouden hebben om het te zien, als ze ervan op de hoogte waren. We zouden er een interactieve ervaring van kunnen maken, met computergraphics en hologrammen. Voor schoolexcursies. We zouden het "De Darwin-belevenis" kunnen noemen of, en dit wilde ik eigenlijk op jou uitproberen...' Hij stak zijn armen langs zijn hoofd omhoog en hield ze wijd uit elkaar: '"Aan de kant van de mensapen: een reis door de evolutieleer van Darwin op grond van natuurlijke selectie".'

'Maar wat Disraeli zei was: "De vraag is deze: is de mens een aap of een engel? Ik sta aan de kant van de engelen, edelachtbare.'

'Dat weet ik.'

'Dus waarom zou je hem verkeerd citeren? Ik begrijp het niet.'

'Het is een spel...' Daniel betrapte Wetherby erop dat hij een grijns onderdrukte. 'Luister, het doet er niet toe. Waar het om gaat is dat het het eerste zou kunnen zijn wat bezoekers zien. Het zou hier kunnen staan...' Hij wees naar een ruimte boven de deur. 'Een schilderij van Disraeli die in het Sheldonian staat, met het citaat eronder. Kijk, ik heb een paar schetsen gemaakt.' Daniel opende een schetsboek met verschillende dwarsdoorsneden en perspectieven. 'Natuurlijk zou ik er een virtuele rondleiding van maken, zodat je weet hoe het eruit zal zien als je van de ene zaal naar de andere gaat. Ik weet dat het college een legaat heeft gekregen en ik dacht alleen... Natuurlijk zou ik een presentatie moeten houden voor de senaat. Het museum zou er verschillende faculteiten bij betrekken. Geschiedenis. Theologie. Biologie. Politieke wetenschappen. Filosofie. Het Courtauld zou ons een paar schilderijen van engelen uit de vijftiende eeuw kunnen lenen. Dit was een van de redenen waarom ik het eerst aan jou wilde voorleggen. Ik weet van je belangstelling voor engelenkunde... We zouden het als een gezamenlijk idee kunnen presenteren, jij vanuit de ene hoek, ik vanuit de andere. Ik zie het als een tegengif voor alle foutieve informatie die door de creationisten in scholen wordt gepompt. Wist je dat er een creationistisch museum in Ohio is waar ze een model hebben van kinderen uit het stenen tijdperk die met een troeteldinosaurus spelen?'

'Wat is daar mis mee?'

'Wat is daar mis mee! Dinosaurussen waren uitgestorven... O, ik snap het. Je maakt een grapje.'

Wetherby trommelde met zijn vingers op zijn kin. 'Een beter citaat boven de deur zou misschien zijn: "Mensen stammen af van apen. Engelen van mensen."'

'Dat is mooi. Wie heeft dat gezegd?'

'Darwin. Notitieboekje B.'

Daniel leek in verlegenheid gebracht.

Wetherby schiep hier genoegen in. 'Zie je dit als een oefening in esthetische propaganda?'

'Helemaal niet. Ik zie het als een manier om de discussie aan te zwengelen, studenten aan het denken te zetten over het onderwerp. We zouden het kunnen inluiden met een reconstructie van het debat van Disraeli, maar dan hier in de sociëteit. Jij zou de stelling kunnen poneren, ik zou haar kunnen aanvechten. Of andersom, afhankelijk van de stelling.'

'Maar ik zou het debat winnen, en dat zou niet kunnen. De traditie schrijft voor dat de atheïst altijd moet winnen.'

Daniel liet een korte, droge lach horen. 'En hoe zou je dan winnen? Wat zou je doorslaggevende argument zijn?'

'Ik zou winnen omdat er geen poëzie zit in jouw idee van de mens als voortsjokkende robot die de belangen van zijn genen dient. Mensen als poëzie. Denk aan de geloofsbelijdenis: "Alles wat er is, gezien en ongezien." Is dat niet poëtisch?' Wetherby amuseerde zich, hij genoot van de spanning en de academische slagvaardigheid. 'God kan niet gevonden worden door in een microscoop of een telescoop te turen. Dat zou net zoiets zijn als een menselijk brein uit elkaar halen om te kijken waar gedachten en gevoelens zich bevinden.' Hij pakte een klein, vergeeld bot op, hield het op armlengte om het beter te zien en woog het in zijn hand, alsof hij erover dacht het als knuppel te gebruiken.

'Dat is van een quagga. Heel zeldzaam,' zei Daniel.

Wetherby legde het bot voorzichtig op een kast waarin kevers, kakkerlakken en sprinkhanen opgeprikt zaten. Hij zuchtte diep. 'Weet je, ik benijd je je zekerheden van de Verlichting. Het leven is zoveel lastiger als je het goddelijke en het mystieke een plaats moet geven. Heb je wel eens gehoord van sir John Tavener?'

Daniel knikte.

Wetherby was ervan overtuigd dat hij blufte. 'Sir John heeft het over "de engel van inspiratie" en over "gehoorde visioenen" waarin hem muziek wordt gedicteerd. Blake had het over iets soortgelijks... Je kijkt geschokt.'

'Dat doet me ergens aan denken.' Daniel klonk ver weg.

Wetherby trok zijn wenkbrauwen op, maar Daniel, die keek alsof hij een geest had gezien, reageerde niet op de hint. 'Nou?' zei Wetherby.

'In de jaren vijftig was er een Canadese neurochirurg die de hersenen van epileptici opereerde. Hij ontdekte dat de patiënten, wanneer hij een bepaald gebied in de slaapkwab met elektroden stimuleerde, stemmen hoorden en geestachtige verschijningen zagen. Dit bracht Aldous Huxley tot de vraag of er een deel van de hersenen was vanwaaruit de onderzoekselektrode "Blakes Cherubijn" kon laten verschijnen. Ik kon het niet van me afzetten. Ik weet niet waarom ik niet...'

Wetherby zette zijn bril af, ademde op de glazen, wreef ze schoon en zette hem weer op. 'Zelfs als je het geluk had een goddelijke ingreep mee te maken, zou je het niet accepteren,' zei hij. 'Zo arrogant is de wetenschapper. Je zou het wegredeneren. Moorden om te ontleden.'

'Het ontleden van een engel, dat zou ik graag meemaken.'

'Milton ging ervan uit dat hun vitale organen gelijkmatig over hun lichaam verdeeld waren, zodat ze een en al hart, hoofd, oog en oor waren.'

'Als katholiek geloof je er zeker wel in?'

'In engelen? Daarvoor hoef je niet rooms-katholiek te zijn. Engelen beperken zich niet tot één enkel geloof.'

'Nu kan ik je niet meer volgen.'

'Alle drie de monotheïstische religies, de abrahamistische althans, hebben dezelfde engelen. Geloven in dezelfde engelen, bedoel ik.'

Daniel trok een verontschuldigend gezicht. 'Dat wist ik niet.'

'De islam, het christendom en het jodendom. De aartsengel Gabriël is daarvan de… jullie generatie zou hem "de papa" noemen.'

'Wetherby!' Daniel lachte. 'We zijn van dezélfde generatie!'

'O ja?' Wetherby kreeg plotseling het gevoel dat Daniel met iets worstelde, iets wat hij naar buiten wilde brengen. Het kwam door zijn onechte toon, zijn voorgewende nonchalance. Hij keek hem onderzoekend aan en zag dat hij op zijn lip beet. 'Als ik vragen mag, wat heeft jouw nieuwsgierigheid naar engelen geprikkeld?'

Daniel aarzelde en leunde tegen een kast met glazen modellen van kwallen, zeeanemonen en buikpotigen. 'Wat zou je doen als je hoorde dat iemand er een had gezien?'

'Dat zou ervan afhangen.'

'Of er getuigen bij waren?'

'Ja, en hoe betrouwbaar die getuigen waren. Ik zou de aangewezen autoriteiten van Westminster Cathedral ervan op de hoogte brengen. Het zou iets kunnen zijn wat het Vaticaan zou moeten onderzoeken. Maar er worden elk jaar duizenden van die beweringen gedaan, en bijna allemaal blijken ze onwaar of frauduleus te zijn. Het Vaticaan heeft een hele afdeling gewijd aan het ontmaskeren van zogenaamde wonderen en verschijningen van engelen.'

'Serieus? Wat hilarisch! Dus alleen door het Vaticaan goedgekeurde namaakwonderen en engelen zijn toegestaan? Ik neem aan dat ze de markt niet willen overspoelen. De valuta devalueren.'

Daniel ging hem voor naar de achterste vitrines. 'Kom hier eens kijken.' Hij wees naar een opgezet vogelbekdier. 'De snavel van een eend, de staart van een bever, de poten van een otter. Tegennatuurlijk, evolutionair gesproken. Alsof hij van restanten in elkaar is geflanst. Toen deze jongen aan het eind van de achttiende eeuw voor het eerst uit Tasmanië werd overgebracht, dachten Europese naturalisten dat het om een vervalsing op grote schaal ging…'

'Terwijl het in feite bewees dat God gevoel voor humor heeft.'

'Of dat de evolutie via willekeurige mutatie verloopt – Moeder Natuur die verschillende dingen uitprobeert om te zien wat het beste past.'

Wetherby blies luidruchtig uit. 'Misschien heb je gelijk. Misschien is dat de reden waarom God engelen maakt, immateriële wezens wier identiteit in de gedachtewereld schuilt. De onzichtbare wereld. De abstracte wereld. Het zijn wezens die niet weggeredeneerd kunnen worden door wetenschappers.'

'Ik dacht dat je zei dat engelen van mensen afstammen.'

'Nee. Ik zei dat Darwin dat heeft gezegd.'

'Geloof jíj er dan in?'

'Ze zijn wel eens beschreven als het mooiste verzinsel van het menselijk brein, en daar sluit ik me graag bij aan.'

'En het museum?'

'Lijkt me een waardevol idee. Ik zal het voorleggen aan de rector magnificus.'

Wetherby wilde al weglopen, maar hij draaide zich weer om en legde zacht zijn hand op Daniels voorhoofd. 'Ik denk dat je hier een kwetsuur hebt.'

Daniel deinsde een stukje terug, maar haalde de hand niet weg.

'Het doet pijn omdat je te veel denkt. Je zou moeten proberen hiermee te denken.' Wetherby legde zijn hand op Daniels borst. 'Denk met je hart.'

25

Noord-Frankrijk.
Eerste maandag van september, 1918

De huwelijksplechtigheid zal eenvoudig zijn, uit noodzaak. Noch de familie van de bruid, noch die van de bruidegom zal erbij aanwezig zijn. De priester heeft uitgelegd dat Adilah de overlijdensakte van wijlen haar echtgenoot aan hem moet laten zien. De enige andere benodigde papieren zijn hun geboorteakten. Nadat Andrew het geboorteregister in Somerset House in Londen schriftelijk om een kopie van de zijne heeft gevraagd en daarna een brief terug heeft gekregen met het verzoek om een identificatiebewijs en een vergoeding van twee pence, heeft hij per omgaande zijn soldatenzakboekje opgestuurd, samen met het bedrag in kleingeld. Zodra de akte wordt bezorgd, gaan ze trouwen. Hun kind zal niet als een bastaard ter wereld komen.

Het licht neemt af wanneer Andrew van zijn werk thuiskomt. Als hij op het bed gaat liggen, aangenaam vermoeid van het zware werk, komt Adilah bij hem en schort haar rok op zodat ze schrijlings op hem kan zitten. Ze buigt naar voren om een lok van zijn haar te knippen. Hij kijkt in haar ogen, terwijl haar haar in zijn gezicht kietelt, en hij trekt met zijn duim een spoor over haar ruggengraat. Hij gaat met zijn hand onder haar rok en voelt de soepele zijde rond haar knieën. Haar huid is bijna net zo zijdeachtig: fijn van textuur en verrukkelijk zacht om aan te raken, als meel – alsof je je vingers in een zak koud meel doopt.

Adilah buigt zich naar voren om hem te kussen, en hij voelt de vochtigheid van haar kus tot in zijn lendenen. Een dunne, heldere draad speeksel hangt tussen hen in als ze achteroverleunt om haar kleren uit te trekken. Steunend op haar goede arm kruipt ze over het bed naar hem terug, waarbij haar enigszins gezwollen buik en stevige heupen in verhouding veel korter lijken, alsof ze een reuzin is die op hem afkomt. Haar kleine borsten zijn twee omlaag wijzende kegels, de tepelhof is roze van kleur. Ze legt haar hand achter zijn hoofd en trekt zijn mond naar haar linkertepel, huivert, en draait haar schouder naar voren om hem de andere tepel voor te houden. Ze bedrijven de liefde en daarna wikkelen ze zich in handdoeken.

Later, als Adilah drie pannen op het fornuis verwarmt, sleept Andrew het zinken bad uit de bijkeuken en zet het voor de haard. Daarna schenkt hij twee glazen armagnac in en staart door de amberkleurige vloeistof naar het vuur, en hij huivert even voordat hij Adilah helpt haar haar tot een dik touw te vlechten. Als ze in het bad stapt, gooit ze de vlecht over haar schouder zodat die haar linkerborst bedekt. Ze verbergt de rimpels van haar stomp niet langer onder haar haar. Ze voelt zich niet meer verlegen of ongemakkelijk als ze naakt voor Andrew staat. Het vetweefsel onder haar huid, de rimpeltjes in haar ooghoeken, de sproetjes op haar schouders – ze weet dat Andrew alles aanbidt. Ze legt haar hand op de lichte zwelling van haar buik en gaat met haar nagels omhoog, waarbij ze kleine witte spoortjes op haar huid achterlaat. Ze voelt nog geen leven, maar ze heeft uitgerekend dat de laatste bloeding vier maanden geleden is. Als ze zich in het bad laat zakken, voelt Andrew in een reflex begeerte. Hij laat een stuk zeep schuimen, neemt even de tijd om er een haar uit te halen, en wrijft er dan haar rug mee in. Als het zijn beurt is om in bad te gaan, trekt Adilah een kamerjas aan en vult het bad bij met water uit de pan. Als hij zich heeft gewassen, vraagt hij haar om de handdoek. Ze houdt hem op armlengte terwijl hij rechtop staat en als hij ernaar reikt, laat ze hem vallen. Lachend en natte voetsporen op de stenen vloer achterlatend gaat hij haar achterna. Ze rent achter de tafel langs en maakt een schijnbeweging naar links als hij probeert haar een slag voor te zijn. Ze lachen zo hard dat ze aanvankelijk niet horen dat er op de deur wordt geklopt.

'Doe open.'

Een Engelsman.

Andrew voelt een ijzige kilte in zijn aderen.

Adilah gooit hem de handdoek toe. Terwijl hij die om zich heen wikkelt, grijpt hij een kam en kamt zijn haar naar één kant.

'Doe open.'

Andrew knikt naar Adilah dat ze de deur open kan doen. Instinctief gaat hij in de houding staan, het is iets in de toon van de man. Vier mannen van de militaire politie, te herkennen aan hun rode pet en hun mouwband, staan samengedromd in de deuropening. Ze hebben een pistool in hun hand. De langste, een assistent-commandant, kijkt naar Adilah in haar kamerjas, en dan naar Andrew. 'Soldaat Andrew Kennedy?' vraagt hij met een zwaar Schots accent.

Andrew slikt. 'Dat klopt.'

'Ik zou maar wat aantrekken, jongen. Je wil toch niet in je blote kont voor het vuurpeloton verschijnen?'

'Andrew?' Adilah kijkt angstig.

'Het komt wel goed,' zegt Andrew terwijl hij snel met zijn ogen knippert. Hij draait zich om naar de assistent-commandant en zegt: 'Mijn kleren liggen in de slaapkamer.'

'Nou, dan moet je die maar gaan halen. In looppas. En scheer dat afschuwelijke ding af.'

Een agent volgt Andrew de badkamer in, waar die een hemd en een onderbroek aantrekt voordat hij zijn baard afknipt met een schaar. Daarna scheert hij zich en hij vindt de plotselinge gladheid van zijn wangen vreemd genoeg weerzinwekkend, alsof hij kaalgeplukt is, zijn huid kwetsbaar en rauw. De agent loopt mee naar zijn oude kamer en kijkt ongeïnteresseerd toe hoe hij een deken met een touw eromheen onder het bed vandaan haalt. De deken valt open als hij het touw losmaakt, en er komt een uniform met aangekoekte modder en donkere vlekken tevoorschijn. Het ruikt naar schimmel. Als hij het aantrekt, rilt hij van het schurende gevoel op zijn schoongeboende huid. Hoewel hij sinds de laatste keer dat hij het droeg iets is aangekomen, is het hem nog steeds een maat te groot. Hij pakt de haarlok van Adilah die op het nachtkastje ligt en stopt hem snel in zijn zak. Als hij terugkomt in de keuken, staat Adilah te huilen.

'Kan ik even met haar alleen zijn?'

'Ben bang van niet, jongen.'

26

Londen. Nu. Zes weken na de crash

Bruce kwam binnen, rammelend met kleingeld in zijn zak, hij rook naar desinfecterende middelen. Er zat een opgerolde stethoscoop in zijn heuptasje. Hij kon zijn patiënt niet recht aankijken.

'Moet jij geen witte jas aan, met pennen die uit het borstzakje steken?' vroeg Daniel.

'Eh, ga even zitten, Dan.'

Daniel balde zijn vuisten en zette zich schrap. 'Is het zo erg?'

Bruce legde een negatief op een lichtbak en zei met een zucht: 'Ik geloof niet dat het iets, eh, iets is waar we ons zorgen over moeten maken. Maar er zit een schaduwplekje in je hersenen.' Hij wees met een dikke, harige vinger. 'Meer een verdikking op de kwab waarin waarneming en geheugen en zo zetelen. De temporaalkwab. Dit stukje hier.'

Daniel raakte de achterkant van zijn hoofd aan. Zijn mond was zo droog dat hij eerst niets kon zeggen. 'Het is een tumor, hè?'

'Niet typerend voor een tumor. Het zou een vorm van aneurysma kunnen zijn. Zou kunnen. Maar nogmaals, eh, niet typerend. Daarvoor zou ik een second opinion moeten horen.'

Daniel wreef weer over zijn hoofd. Hij voelde de haarvaatjes op zijn gezicht koud worden toen het bloed eruit wegtrok. 'Ik geloof dat ik even ga zitten. Ik ben een beetje duizelig.'

Daniel wist dat Bruce had geleerd hoe hij slecht nieuws moest brengen. Ze hadden het erover gehad. Als student geneeskunde had hij rollenspellen geoefend met studenten van de toneelschool, geleerd hoe hij moest reageren als mensen het niet aankonden, hoe hij troost moest bieden, hoe hij de informatie efficiënt en tactvol moest overbrengen.

'Wat denk jíj dat het zou kunnen zijn?' vroeg Bruce langzaam.

'Laten we niet dat spelletje spelen.'

'Ik gok dat het een bloedstolsel is dat je hebt overgehouden aan die klap op je hoofd. Een minieme bloeding die is gestopt voordat het een grote kon worden. Als het dat is, zal het waarschijnlijk over een paar weken verdwijnen. Je moet rustig aan doen, dat is alles. Je voelt je toch goed, of niet?'

'Ja, op de hoofdpijn na. En de dorst.'

'Dan denk ik niet dat het iets is om je zorgen over te maken.'

Daniel schudde zijn hoofd. 'Kun je me vijf minuten geven, Beer? Ik voel me een beetje... ik wil even vijf minuten alleen zijn als het kan.'

'Natuurlijk. Ik haal koffie. Melk, geen suiker, toch?'

'Nee, doe er maar wat suiker in bij mij, ik ben een beetje trillerig.'

Toen Bruce na vijf minuten terugkwam met twee dampende kunststof bekers, stond Daniel weer overeind, bij het raam. 'En hoe zit het met geuren en harde geluiden?' zei hij. 'Die worden toch in verband gebracht met een groeiende tumor?'

'Niet per se.' Bruce reikte hem de beker aan en nam een slok van zijn eigen koffie. 'We zullen nog een paar testjes moeten doen.'

'Kun je een test doen om epilepsie vast te stellen?'

'Je hebt me niet verteld dat je een toeval hebt gehad.'

'Het is meer... Ik zag wel een verblindende lichtflits. Zoiets wordt toch in verband gebracht met epilepsie?'

'Kan zijn... Het hersenweefsel achter de ogen is zwak en als je daar een klap op krijgt kunnen de hersenen, je weet wel, terugveren, en kan er een elektromagnetisch veld ontstaan...' Zijn stem stierf weg en net toen het erop leek dat hij uitgepraat was ging hij verder: 'Of een attaque in de temporaalkwabben. Een zintuiglijke aanwezigheid, misschien in de vorm van een felle lichtflits, kan op die manier gestimuleerd worden... Er zijn een paar elektromagnetische proefjes die we kunnen doen. Kijk even naar het plafond.' Bruce scheen met een kleine zaklamp in het oog van zijn vriend. 'Niets ongewoons te zien... hoewel...'

'Wat?'

'Ik was niet van plan je dit te vertellen, maar ik heb een zogenaamd "vergelijkend onderzoek" op je scan losgelaten en...'

De twee vrienden keken elkaar aan.

'Ja, en?'

'Dit zul je fijn vinden, Dan...'

'Ga door.'

'Het enige voorbeeld dat we hebben van een schaduwpatroon zoals dit gaat terug tot negentiendrieënnegentig. Bij een monnik die naar aanleiding van hoofdpijnklachten een scan liet maken.'

'Een monnik?'

'Ik geloof dat hij boeddhist was.'

Het was Daniels beurt om te zuchten. Hij stond op en liep terug naar het raam. Hij wreef nog steeds over zijn hoofd. 'Weet je nog dat je wilde dat ik je iets vertelde?'

Bruce nam nog een slok uit zijn beker en veegde met zijn mouw wat melkschuim van zijn bovenlip. 'Ga door.'

'Ik had een soort...' Daniel zocht naar het juiste woord. 'Je zult me uitlachen.'

'Ik zal je niet uitlachen.'

Daniel stak zijn onderlip naar voren. 'Oké.' Hij zuchtte nogmaals. 'Ik heb een visioen gehad.'

Bruce lachte.

Daniel pakte de foto van Kylie Minogue op. 'Ik wilde "hallucinatie" zeggen, maar...'

'Jíj? Een visióén?'

'Ja, ik. Maar ik wilde zeggen...'

'Wat zag je dan?'

'Een man. Een jongeman. Hij liep voor me op het water tijdens mijn zwemtocht toen ik hulp ging halen. Ik wilde het net opgeven toen ik hem zag. Ik wilde zelfs net mijn reddingsvest uittrekken. Hij glimlachte en gebaarde me naar hem toe te zwemmen.'

'Herkende je hem?'

'Dat kan ik niet echt zeggen. Hij had wel iets bekends. Ik geloof dat ik hem sindsdien heb gezien. Hij is leraar op de school van Martha.'

Bruce knikte weer. 'Dus je hád hem al eens gezien?'

'Ik denk het wel.' Daniel trok in een defensief gebaar zijn schouders op. 'Nou, dat was het.'

'Het is niet echt mijn, hoe heet het, vakgebied, maar gezien de toestand waarin je toen verkeerde, die klap op je hoofd en de hitte die je had uitgeput, denk ik dat het een wonder geweest zou zijn als je niet was gaan hallucineren. Hallucinaties kunnen heel realistisch lijken. Wat we zien wordt evenzeer gestuurd door wat we verwachten te zien, of willen zien, als door de daadwerkelijke patronen van licht en kleur die door onze ogen worden gesignaleerd. Dat hebben hersenscans aangetoond. Je wilde daar niet alleen doodgaan. Je wilde een ander mens zien. Dit was een man die je op school had gezien, dat bevestigt mijn idee. We hebben bijna altijd hallucinaties van dingen die we eerder hebben gezien. Herinneringen. Mensen.'

'Het wás een hallucinatie, toch?'

'Natuurlijk.'

'Ik noemde het een visioen vanwege het effect dat het op me had. Ik voelde me…' Hij zocht weer naar het juiste woord. 'Geëxalteerd.'

Bruce grinnikte. 'Daarom vroeg je zeker over epilepsie? Epilepsie in de frontaalkwab wordt in verband gebracht met religieuze visioenen.'

'Denk je dat het dat geweest kan zijn?'

'Zou best kunnen. En je was waarschijnlijk ook nog getraumatiseerd door de crash. Door de mensen die je hebt zien omkomen. Je voelde je schuldig dat je het had overleefd. Het gaat net zo met hallucinaties na een sterfgeval. Veel rouwenden denken de overledene gezien te hebben. Daardoor voelen ze zich beter. Het heeft allemaal te maken met de, eh…'

'Frontale cortex.'

'Precies. Besluitvorming. Hallucinaties hebben te maken met de, de… hogere cognitieve functies van de hersenen. Ik heb over iemand gelezen die aan vrijwilligers op Columbia vroeg onderscheid te maken tussen huizen en gezichten. Er werden steeds signalen in de frontale cortex geactiveerd wanneer proefpersonen verwachtten een gezicht te zien, ongeacht wat de daadwerkelijke stimulus was. Ze keken naar een huis en "zagen" een gezicht. Men noemt dat, hoe heet het…'

'Voorspellende codering?'

'Voorspellende codering. De hersenen hebben een verwachting van wat ze te zien krijgen en vergelijken die dan met informatie van de ogen. Als dit misgaat, doen zich hallucinaties voor. Onze ogen geven onze hersenen geen exacte foto's door van de dingen die we zien. Het zijn meer schetsen en indrukken die langs de oogzenuw komen voordat ze door de hersenen vertaald worden. Daar gaat het bij optische illusie om. De software van de hersenen is perfect in staat op die manier een visioen te simuleren.' Bruce glimlachte weer en hief zijn handen. 'Wat kan ik ervan zeggen? Het was absoluut een hallucinatie, Dan. Absoluut, absoluut. Daar twijfel ik geen moment aan. Het enige wat we moeten onderzoeken is of die het gevolg is van temporaalkwabepilepsie. Is het sindsdien vaker gebeurd?'

'Nee.'

'Dan hoef je je niet meer ongerust te maken.'

'Wat is er met hem gebeurd? Met die monnik?'

'Dat plekje bij hem is uiteindelijk verdwenen.'

'Dat klopt ergens wel. Weet je wat ik bedoel met de "God-spot"?'

'Heb ik wel eens iets over gelezen in *Nature*. Ze deden een experiment waarin zogenaamd religieuze verschijningen onder laboratoriumomstandigheden teweeggebracht werden. Hebben ze er geen nonnen voor gebruikt?'

'Karmelieten. Maar ze konden deze visioenen ook teweegbrengen bij niet-gelovigen. In de basis hebben ze aangetoond dat er een zenuwbaan in de hersenen bestaat die het geloof in God verklaart.'

'Zo zie je maar. Een engel, m'n reet.'

Daniel keek schuldbewust op. 'Ik heb nooit iets over een engel gezegd.'

'Luister, als jij er geëxalteerd door raakt, geniet er dan van zolang het duurt. Ik moet normaal gesproken pillen voorschrijven om dat effect te bereiken.'

'Er is nog iets.' Daniel lachte verlegen. 'Ik ben, soort van, oversekst...'

'Arme Morticia.'

'Arme ik. Sinds de crash hebben we niet één keer seks gehad. Zes weken.'

'Ik ben geen expert, maar dat is toch niet zo ongewoon na tien jaar? Voor heteroseksuelen, bedoel ik.'

'Wel voor ons. Vóór de crash was het altijd twee of drie keer per week.'

Bruce schudde zijn hoofd. 'Arme, arme Morticia.'

'Het komt waarschijnlijk door haar schouder. We hebben onlangs geprobeerd samen in één bed te slapen... ik zou je dit niet moeten vertellen...'

'Maar dat doe je wel.'

'Wat we altijd deden... als we rug aan rug lagen, legden we onze tenen tegen elkaar. Zelfs dat doen we niet meer.'

'Je hebt verder niemand verteld over je... wat het ook is geweest?'
'Ik had het bijna aan een van de professoren van Trinity verteld. Wetherby. Ken je hem?'
'Waarom heb je het niet gedaan?'
'Ik weet niet. Het leek me niet eerlijk. Hij gelooft in al die lulkoek. Waarschijnlijk wacht hij al zijn hele leven op een visioen... Hij is namelijk een vroom man. Als er iemand een visioenachtige hallucinatie verdient, is hij het wel. Hij zou vinden dat die aan mij verspild was.'
'Hij is vast niet zo kleingeestig.'
'Nou, ik wel. Misschien vertel ik het hem alsnog wel... Beer?'
'Ja?'
'Als me iets gebeurt... Als dit een tumor is, wil ik dat jij voor Nancy en Martha zorgt.'
Bruce grinnikte. 'Voor Martha zal ik zorgen, maar Morticia zoekt het zelf maar uit.'
'Wat is dat tussen jullie?'
'Om eerlijk te zijn, Dan, ze jaagt me de stuipen op het lijf.'
'Ze jaagt alleen mensen die ze kent de stuipen op het lijf.'
'En onbekenden.'
'En onbekenden, ja, maar dat doet ze omdat ze kwetsbaar is.'
'Ja, ja. Net zo kwetsbaar als de noordwand van de Eiger.'
'Oké, ik vraag je als vriend voor haar te zorgen. Jij bent de enige man aan wie ik haar toevertrouw.'
'Je kunt zelf voor haar zorgen, Dan. Er zal je niets overkomen. En nu moet ik...' Hij knikte naar de deur. 'En jij ook. Ga naar huis. Ga uitrusten. Bel me morgenochtend. En Dan...'
'Ja?'
'Trek je af. Doktersvoorschrift.'

* * *

Toen hij thuiskwam, bleef Daniel even met lopende motor in de auto zitten. De zon schitterde zo fel op de motorkap dat hij zijn ogen half dichtkneep. Hij sloeg tegen het stuur en glimlachte in zichzelf.
Hij had zijn verklaring.
Martha zat een Harry Potter-boek te lezen in de keuken. 'Mag ik een dvd kijken, Daniel?'

'Je moet papa tegen me zeggen. En waarom ga je niet door met lezen?'

'Ik lees al zowat een halfuur. Mam zei dat ik een dvd mocht kijken als ik een halfuur had gelezen.'

'Oké, als mama het heeft gezegd.'

'Ze zei ook dat jij me mijn injectie moest geven. Zal ik hem klaarmaken?'

'Dat kan ik beter doen.'

'Ik kan het ook. Ik heb ook al geoefend met injecteren. Op een sinaasappel. Mag ik het laten zien?'

'Oké, maar niet tegen mama zeggen.'

Martha vulde haar injectiespuit even bedreven als Nancy zou hebben gedaan, en hield hem omhoog zodat Daniel kon zien dat het de juiste hoeveelheid was. Ze pakte een huidplooi rond haar middel en liet zonder aarzeling de naald erin glijden. 'Zie je?'

'Heel goed.' Daniel woelde door haar haar. 'Hoe gaat het op school?'

'Goed.'

'Ben je gelukkig?'

'Ja.' Martha haalde haar schouders op. 'Geloof ik... Daniel?'

'Je moet papa zeggen.'

'Papa?'

'Ja.'

'Waarom huilt mama altijd?'

Daniel knipperde met zijn ogen. 'Wanneer huilt ze?'

'De hele tijd.'

Toen Daniel tien minuten later op de bank in de woonkamer zat te wachten, duwde Kevin de Hond de deur met zijn neus open, sloop de kamer door en wierp hem een schuldbewuste blik toe voordat hij over de leuning van de bank kroop en zich tot een bal oprolde. Martha wankelde achter de hond aan, op Nancy's naaldhakken. Ze droeg ook een handtas van haar moeder en een van haar hoeden. Haar gezicht was opgemaakt. Ze probeerde niet te giechelen.

Daniel speelde het spelletje mee en deed alsof hij niets zag.

Martha haalde een dvd van *Finding Nemo* uit de hoes, schoof hem in het apparaat en drukte met de afstandsbediening op play. Toen er niets gebeurde, maakte ze de afstandsbediening aan de achterkant open en draaide met haar duim de batterijen om. Het werkte.

Terwijl Martha naar de tv keek, bekeek Daniel heimelijk de details van haar gezicht, de poriën van haar sproetige huid, de dunne schelp van haar oor, haar dichte wimpers, de licht opwippende neus, de welving van haar lippen. Ze was zo bleek – een bleke imitatie van haar bronskleurige moeder. Zelfs de afwasbare tatoeage op haar arm dreef de spot met de echte uitvoering. Vergeleken bij Nancy was Martha gewoontjes en muizig. Ze had meer van Daniel. Ze had zijn teint. Zou de puberteit een gunstig effect hebben op haar uiterlijk? Hij legde een beschermende arm om haar heen en rook aan haar haar. Ze nestelde zich tegen hem aan – vader en dochter op een grote blauwe bank, met chocoladevlekken op de leuning. *Finding Nemo* was haar lievelingsfilm. Daniel en zij hadden hem vaak bekeken. Toen het deel begon waarin de clownvis een ritje maakt op een zeeschildpad, zei Daniel: 'Ah.'

'Waarom zeg je "ah"?'

'Omdat papa dingen heeft gezien.'

'Wat voor dingen?'

Daniel gaf geen antwoord. In plaats daarvan trok hij zijn dochter naar zich toe in de kromming van zijn arm. Toen de film hem na een tijdje begon te vervelen, liet hij haar los en klapte de klep van zijn Macbook Air open. Omdat hij niet op het internet kon komen, riep hij naar boven. 'Nancy? Ik heb geen verbinding. Heb jij internet op je laptop? Nancy? Ben je daar?' Hij nam de trap met twee treden tegelijk. De deur van haar studeerkamer stond open. Toen hij er binnenging, floepte er automatisch een energiebesparende sensorlamp aan. Hij pakte het lege wijnglas van haar bureau. Er zat een afdruk van haar lippen op de rand en toen hij het naar zijn neus bracht, sloot hij zijn ogen. De geur van haar lipstick stak hem in zijn benen, in zijn buik, in zijn borst. Hij dacht aan de 'vijf niet voor de hand liggende dingen' waarom hij van haar hield, de dingen waarvan Nancy hem ooit had gevraagd een lijstje te maken. Een ervan was de manier waarop ze Ambre Solaire gebruikte, in de winter. Hij probeerde zich de andere te herinneren: dat ze haar horloge aan de verkeerde arm droeg tijdens het koken om haar eraan te herinneren dat ze het vuur uit moest zetten als het eten klaar was; dat ze haar hele vuist in haar mond kon stoppen, wat altijd leuk was op feestjes; de manier waarop ze snurkte: zachtjes, bijna onhoorbaar, als een geluid dat door een mistige vallei golft; de manier waarop ze nieuwe talen leerde, gewoon voor de lol; en de manier waarop ze haar mouwen over haar polsen trok als ze onzeker was. Wat had ze ook weer gezegd toen hij het lijstje opsomde? Ja, hij wist het nu weer. 'Dat zijn zes dingen, sufferd. Ik vroeg er vijf.'

Ze gebruikte een laptop met Windows – hij had er nooit eerder bij stilgestaan dat hij een Mac-gebruiker was en zij niet – die openstond met een standaard screensaver: tropische vissen die borrelende geluiden maakten. Daniel bleef als aan de grond genageld staan terwijl hij in gedachten werd meegevoerd naar de Stille Oceaan. Hij sloot zijn ogen, masseerde ze met zijn vingers, liep naar de computer en raakte een toets aan. Het apparaat kwam tot leven. Het leek erop dat het internet werkte: er waren vier verticale balkjes, oplopend in grootte, die wezen op een breedbandverbinding. Hij zag een document op het scherm met als titel 'Dagnotities'. Misschien was Nancy de deur uitgegaan, dacht hij, en hij klikte ter controle op het document. Het was geen document waarin ze haar afspraken noteerde, het was een persoonlijk dagboek. Hij keek schuldbewust weg en bewoog de cursor om het document te sluiten. Toen staakte hij zijn beweging. Nancy zou weten dat hij het had geopend; het tijdstip zou vermeld worden als ze het wilde bekijken. Ze gedroeg zich zo vreemd dat ze dat misschien wel zou doen. Bij nader inzien dacht hij dat hij het misschien toch maar moest lezen. Het zou wellicht ergens goed voor zijn. Misschien was het wel Nancy's bedoeling dat hij het las. Het document was per slot van rekening niet afgesloten. Ze kenden elkaars wachtwoord. Ze had nog maar één keer geschreven. Het was een week geleden. Het was in haast geschreven; er was geen spellingcontrole overheen gegaan.

Tom, mijn therapeut – niet te geloven dat ik bij een therapeut loop – zegt dat ik een dagboek moet bijhouden. Dus bij dezen. Eigenlijk heeft hij gezegd dat ik een 'slaapdagboek' moet bijhouden om te noteren wanneer ik slaap, of beter gezegd wanneer ik niet slaap, namelijk ongeveer elke nacht.

Daniel ging zitten zonder zijn blik van het scherm te halen. Er daalde een stilte neer in huis alsof de lucht zich verdichtte: het enige wat hij hoorde was het gedempte gebons van de stoom in de radiatoren.

ik blijf steken. ik heb nooit eerder een dagboek bijgehouden. Ik weet niet
precies was ik erin moet zetten. tom zegt dat dagboeken nuttig zijn
– 'therapeutisch' – omdat ze je helpen dingendie je dwarszitten op een
rijtje te zetten. Asj ehet hebt opgeschreven spookt t niet langer door je
hoofd. Je moet gewoon noteren wat er in je omgaat. Wat zit me dwars?
Nou, vooral daniel. Niet de dingen van vroeger, zoals dat hij
nooithelpt met boodschappen en het huis schoonhouden en nooit helpt
met martha's huiswerk en nooit de wc-bril omlaag doet en altijdzit te
computeren in plaats van met ons iets te doen en me altijd vraagt wat
er is waar Martha bij is zodat ik niks kan zeggen en altijd overal
gelijk in wilhebben en altijd mijn zinnen afmaakt en nooit naar me
luister en me voor lief neemt en me negeert. Hij liep laatst vlak langs
me heen terwijl ik stond af te wassen, en hij merkte het niet eens. Maar
dat is het niet. hij is een goede vader.Hij is in zijn hart een goed mens.
Maar ik voel me al jaren alleen en het is altijd alsof zijn tijd
belangrijker is dan de mijne. Ik heb die gevoelens altijd genegeerd
omdat ikwist hoeveel hij van me hield maar sinds de crash... Hij kijkt
me nooit meer recht aan. En hij heeft steeds die glimlach... en ik voel
me al een stuk beter.

Daniel fronste zijn voorhoofd. De klachten waren hem bekend, maar
het afwasincident kon hij zich niet herinneren. Hij was degene die
altijd afwaste. Hij veegde zijn mond af.

Zijn werk komt altijd op de eerste plaats, ook al ben ik degene die het
meest verdient.

Daniel schudde zijn hoofd en hief zijn handen geërgerd naar het
scherm.

Hij is zo verdomd zelfzuchtig. Ik wil momenteel niet dat hij mee
aanraakt. Hij kruipt steeds naar mijn kant van het bed, slaat zijn arm
om me heen maar het is zo vertrouwd dat zijn hand hetzelfde voelt als
mijn eigen hand... en hij heeft constant een stijve.

Daniel fronste opnieuw, hij moest er niet aan denken dat Martha
dit zou lezen.

Ik kan de pijn in mijn schouder niet aan. Ik heb gisterochtend om negen uur een joint gerookt. De pijn en misselijkheid verdwenen erdoor maar toen het terugkwam was het nog erger. Ik moet wat sterkere pijnstillers halen. Vanochtend heb ik tegen de kleine staan schreeuwen. Ze wilde zich niet aankleden. Ik had het al tien keer gezegd, en toen ging ik totaal over de rooie. Een zwaar overdreven reactie. Ze begon te huilen, en toen begon ik ook. Toen kwam ze naar me toe en sloeg haar armen om me heen en begon mijn haar te aaien. Wat voor een klotemoeder ben ik? Ik voel me zo dik en ongelukkig en eenzaam en kwaad. Ik haat mezelf meer dan wat ook. Ik dacht dat het beter zou gaan als ik weer ging werken maar ik bleef gewoon steeds in tranen uitbarsten. Mw. Crawford keek me aan alsof ik gek was.. misschien heeft tom we lgelijk. Dan en ik hebben nog iets uit te zoeken sinds de crash. Ik wil het er wel met hem over hebben maar ik kan het niet. we hebben niet gepraat over wat er is gebeurd.

Daniel voelde zijn hart bonken. Hij keek even om voordat hij verder las.

Ik moet er steeds aan denken. Het houdt me 's nachts wakker. Hij heeft me verlaten. Hij heeft me verlaten.

Daniel hield zijn hand voor zich, met zijn vingers gespreid. Het was alsof hij van een vreemde was. Hij bekeek onderzoekend de haartjes op de rug voordat hij hem langzaam omdraaide om de lijnen aan de binnenkant te bekijken. De hand ging naar zijn gezicht en met zijn duim en wijsvinger sloot hij zijn oogleden en kneep hij in de brug van zijn neus. Hij liet zich achterover in de stoel zakken en bleef zo een volle minuut zitten voordat hij luidruchtig uitademde, zijn ogen opendeed en verder las.

Ik hou nog van hem. Natuurlijk. Maar ik weet niet of ik ooit kan vergeten wat er is gebeurd. Ik zie het elke keer dat ik naar hem kijk... er ligt angst in zijn ogen. Hij is bang dat we hier nooit overheen komen.Hij is over me heen geklommen om zijn eigen huid te redden. Ik had dood kunnen gaan. Hoe zat het met vrouwen en kinderen eerst?. Hij kwam terug om me te halen maar zijn eerste impuls was zichzelf in veiligheid te brengen en mij te laten verrekken. Hoe kon hij dat doen

als hij van me houdt? Ik weet dat hij van me hield, maar hij hield niet
genoeg van me... ik denk dat hij me ten huwelijk wilde vragen toen
we op vakantie waren.. ik zou ja hebben gezegd. Natuurlijk. Als hij
het me vandaag vroeg. Op dit moment. Weet ik niet wat ik zou
zeggen. Ik Weet dat hij van martha houdt. Ik weet dat hij Martha zou
redden... ik weet niet waar dit heen gaat. Ik huil nu wweer. Ik weet
eigenlijk toch niet zeker of het heeft geholpen om didt allemaal te
schrijven. Ik denk niet dat ik het nog eens zal doen.

Daniel sloot het document, ging naar beneden en schonk een whisky in. Een halfuur later, toen Nancy flossend binnenkwam, stond hij
op, liep door de kamer naar haar toe en, toen ze hem de rug toe-
keerde om de tijdschriften op te ruimen die verspreid op de piano
lagen, legde een hand op haar schouder. Ze kromp in elkaar – haar
wond – en zijn hand gleed naar haar gezicht. Hij haalde hem daar
snel weg. Geen van hen deed iets. Hij wilde haar verschrikkelijk
graag vasthouden, maar hij kon niet dicht genoeg bij haar komen.
De afstand tussen hen was te groot. Nancy vermeed zijn aanraking
door zich te bukken om een dvd-doosje op te pakken. Ze rechtte
haar rug en liep naar de deur. In de deuropening bleef ze staan, krabde in haar hals en zei: 'O ja, er waren vandaag een paar politieagen-
ten aan de deur die naar je vroegen.'

27

Noord-Frankrijk.
Eerste maandag van september, 1918

Het marcheren zit er algauw weer in bij Andrew, alsof zijn uniform een eigen geheugen heeft. Hij probeert niet naar links of naar rechts te kijken als ze over de keien van het marktplein lopen, maar hij voelt dat er gordijnen weggeschoven worden. Zijn escorte gaat hem voor naar het stadhuis, waar aan drie masten op een rij een Britse en een Amerikaanse vlag naast de Franse driekleur hangen. De Britse 4e Divisie en de Amerikaanse 33e hebben onlangs het gebouw teruggevorderd als tijdelijk gezamenlijk hoofdkwartier. Als Andrew de trap op en de gangen door wordt gestuurd ziet hij dat het een ruimte is waar een koortsachtige administratieve bedrijvigheid heerst: stapels papieren, rinkelende telefoons, kaarten die aandachtig bekeken worden door zongebruinde mannen met breedgerande cavaleriehoeden. Ze plannen een laatste aanval, denkt Andrew. Ze komen altijd met het vuurpeloton op de proppen voor een aanval. Hij loopt verder naar een binnenplaats achterin, die naar een ommuurde tuin leidt die hij inspecteert op kogelgaten. Hij ziet er geen. Wat hij wel ziet, achter in de tuin, is een houten barak die pas groen geverfd is. Andrew herkent het als het schuurtje dat vroeger van de bakker is geweest. De Schotse commandant opent de deur, die half uit zijn scharnieren hangt, en stapt opzij als Andrew naar binnen loopt. De deur valt kreunend achter hem dicht. Er wordt een grendel voor geschoven.

'Bewaker!' roept Andrew.

Weer klinkt de grendel. De deur gaat open.

'Hoe wisten jullie waar ik was?'

De commandant voelt in zijn zak, haalt er een geopende envelop uit en geeft die aan de gevangene. Hij is geadresseerd aan Soldaat A. Kennedy, 2e Shropshire Fuseliers, British Rifle Brigade, p/a Madame Camier, 11 Rue des Chardonnerets, Nieppe, Frankrijk. Gefascineerd kijkt hij naar de woorden. Het is de eerste brief die hij in ruim een jaar heeft ontvangen.

'De postbode wist niet wat hij ermee moest, dus heeft hij hem bij het hoofdkwartier laten bezorgen.'

Andrew kijkt in de envelop en ziet zijn zakboekje, een kopie van zijn geboorteakte en een kwitantie voor twee pence. 'Mag ik die houden?' vraagt hij.

De bewaker schudt zijn hoofd en gebaart dat hij de brief terug moet geven. De grendel wordt weer met veel gerammel voor de deur geschoven.

Het is donker binnen en wanneer zijn ogen eraan gewend zijn ziet Andrew dat er nergens een zitplaats is. De schuur is leeg, op een kapotte kippenren en een paar plantenpotten na. Hij zet een ervan ondersteboven en gaat op de onderkant zitten. Dan pas ruikt hij het. De schuur is duidelijk gebruikt als latrine, maar geen officiële, aangezien er geen emmer of gat is. Tien minuten later hoort hij voetstappen naderen. De bewaker schreeuwt 'In de houding!' en de deur gaat open. Een officier kijkt naar binnen. Hij houdt een stormlamp in een hand met een behaarde rug. Andrew herkent de majoor die hij vier maanden daarvoor in het café heeft gezien – het litteken onder zijn kaak is onmiskenbaar. De drie strepen op zijn manchet bevestigen zijn rang. Hij staart Andrew aan, maar zegt niets. Dan draait hij zich om en laat de gevangene achter, die knippert tegen het schemerlicht en luistert naar de zich verwijderende voetstappen. Hierna verschijnen een paar hoofden om de deur: soldaten die ergens iets hebben gedronken en langskomen om de deserteur te bekijken. Het gerucht over zijn gevangenneming heeft zich verspreid.

Drie uur na zijn arrestatie vraagt een bewaker met een zwaar plat accent en vriendelijke bruine ogen aan Andrew of hij heeft gegeten. Hij schudt zijn hoofd. De bewaker geeft hem vier crackers en een kroes water. De grendel gaat weer rammelend voor de deur.

'Word ik doodgeschoten?' schreeuwt Andrew door de deur.

'Je zal motte wachten tot de krijgsraad dat heb bepaald. Ze komme morgenoch'end. Dan brengen ze je naar de brigade in Chapelle d'Armentières.'

'Kun je dat aan mijn hospita doorgeven?'

'Eén ding tegelijk, jongen.'

Andrew is blij met het gesprekje, hoewel hij het dialect van de bewaker nauwelijks kan verstaan. Het is ruim een jaar geleden dat hij behoorlijk Engels heeft gesproken. 'Waar kom je vandaan?' vraagt hij.

'Uit Keithley.'

'Wat deed je daar?'

'Ik was mijnwerker.'

'Ken je Market Drayton?'

'Ja, wel 's van gehoord. Kommie daarvandaan?'

'Ik was er loodgieter.' Hij denkt even na. 'Hoe lang zit je bij de militaire politie?'

'Veel te lang, verdomme.'

Daarmee is het gesprek afgelopen en Andrew eet zwijgend. Een paar seconden lang ontgaat hem iets wat beweegt in de schaduw, dan ziet hij hem: een rat die op zijn achterpoten met trillende snorharen de boel verkent. Andrew deinst naar achteren, maar als hij ziet dat de rat blijft staan breekt hij een stukje van zijn cracker af en gooit het naar hem toe. De rat verroert zich niet. Andrew gooit nog een stukje. Deze keer verdwijnt de rat in de hoek van de schuur. Andrew kruipt op handen en knieën dichterbij en ziet op de plek waar de vloerplanken de houten latten van de muur raken een kleine opening met rafelige randen. Tanden hebben zich erdoorheen geknaagd. Direct eronder ligt aarde. Hij kijkt achterom naar het midden van de schuur en ziet dat er twee vloerplanken nodig zijn om de hele lengte van de vloer te bedekken. De planken tegen de achterste muur liggen los.

Hij wrikt zo stilletjes mogelijk een van de planken los. Hij is vochtig en brokkelt af. Als hij met een doffe klap doormidden breekt kijkt hij naar de deur. De bewaker verschijnt niet. Hij haalt de plank ernaast weg door eraan te trekken als aan een rotte kies en begint met zijn handen te graven. De aarde is bovenop stevig, maar algauw verandert hij in lossere grond. Na twintig minuten graven ligt er een hoop van zestig centimeter en is het licht van de maan onder de muur door te zien. Hij zet zijn pet af, gooit hem door het gat en gaat op zijn rug liggen, genietend van de frisse lucht. Hij kan zijn hoofd door het gat krijgen, maar het is niet groot genoeg voor zijn schouders, dus wurmt hij zich weer naar binnen en graaft nog verder. Tien minuten later kan hij zich als een slangenmens door het gat heen wringen, waarbij hij door zijn neus ademt en om de paar seconden ophoudt, uit angst dat hij lawaai maakt. Er staat zweet op zijn voorhoofd en als hij dat met zijn mouw afveegt zit zijn gezicht vol vieze strepen.

Als hij eenmaal buiten is, kruipt hij op zijn buik en ellebogen naar de tuinmuur en kijkt om naar de binnenplaats. Er brandt licht in het stadhuis en schildwachten lopen buiten heen en weer, maar ze hebben hem niet gehoord. Zijn vriendelijke bewaker staat een paar meter voor de schuur en warmt zijn handen bij een komfoor. Hij klimt centimeter voor centimeter over de muur en rent daarna gebukt door een steeg totdat hij weer op het plein is. Twee officiers lopen zijn kant op. Andrew trekt zijn pet naar beneden en salueert als ze hem passeren. Ze schenken geen aandacht aan hem. Hij ziet het kapotte geraamte van een gebouw, het uitgebrande casco op de hoek van de Rue de Bailleul, en hij loopt er monter op af. Binnen ligt puin, maar er is ook een trap die naar een eerste verdieping leidt. Het glas uit het raam van de overloop is verdwenen. Als hij daaronder neerhurkt en uitkijkt over het plein, probeert hij te bedenken wat hij nu moet doen. Als het kan, zou hij terug moeten naar de Rue des Chardonnerets om zijn fiets te halen en een tijd en plaats af te spreken om Adilah te ontmoeten als de militaire politie haar zoektocht naar hem heeft gestaakt. Hij zal niet hun voornaamste prioriteit zijn, in elk geval niet lang.

Zijn gedachten worden onderbroken door tumult op het plein. Er wordt gefloten en geschreeuwd. Soldaten rennen met fakkels rond. Honden blaffen. Andrew legt zijn kin op zijn knieën en slaat zijn armen om zijn benen. Hij zal voorlopig moeten blijven waar hij is.

Er verstrijken uren terwijl de gebeurtenissen van die dag aan zijn geestesoog voorbijgaan. Er komen plannen bij hem op die weer verdwijnen, steeds weer opnieuw glippen ze zijn gedachtewereld in en uit, totdat zijn ledematen zwaar worden en zijn ongerustheid door de slaap wordt weggevaagd. Hij wordt pas wakker van het gehinnik van een paard. De blauw omzoomde duisternis toont aan dat het ochtend wordt. Hij wrijft over zijn armen om de kou te verdrijven en kijkt uit het raam. De soldaten zijn verdwenen. Beneden ziet hij een paard-en-wagen, en een oude man op een fiets. Het is de postbode. Andrew vloekt zachtjes. Die bevende ouwe gek had hem verraden. Hoe kon hij zo stom zijn om met die brief naar het leger te gaan? Hij kent Andrew goed genoeg. Heeft hij soms een oogje op Adilah? Is dat het? Ja, dat moest het zijn.

Andrew voelt ineens dat hij honger heeft. Zijn ogen branden. Een gaap. Het is nog niet het juiste moment om naar Adilahs huis te gaan, de rode petten zullen hem daar opwachten. Hij zal zich een paar dagen schuil moeten houden. Hij kijkt hoe laat het is door op de wijzerplaat van zijn horloge te tikken. Halfzes. Vanuit zijn positie ziet hij in de halve schemering dat er een kamp is opgericht op een stuk land buiten de stad. Zo'n vijftig zestienmanstenten zijn in de vroege ochtendnevel te zien. Het is een kamp van een Amerikaans expeditieleger – hun vlag wappert aan een mast. Er staan tientallen paarden in een kraal, zwiepend met hun staart, en hun adem komt in wolkjes uit hun fluwelige neus. Hij ziet ook donkere gedaanten. Slapende reuzen. Zware artillerie, op weg naar het front.

De kou snijdt in zijn botten. Hij ruikt de geur van rokend hout en beseft dat het geen mist is wat hij ziet, maar rook van smeulend vuur. As wordt meegevoerd door de wind. Hij ziet een vlucht ganzen in V-vorm gakkend omlaag cirkelen naar een vijver achter het kamp, en als in een echo hiervan wordt op een bugel de reveille geblazen. Tijd voor het ontbijt. Hij zoekt in de zak van zijn uniformjas naar een restje van zijn noodrantsoen en vindt in plaats daarvan een portefeuille. De foto van Dorothy zit er nog in, al meer dan een jaar niet bekeken. Hij stopt hem schuldbewust terug. Wat ze in bed ook met elkaar hadden gedaan, het was geen seks geweest. Dat weet hij nu. En wat hij ook voor haar had gevoeld, liefde was het niet geweest. Liefde heeft hij gevonden bij Adilah. Zij heeft een chemische verandering in zijn hersenen veroorzaakt. Zij is de enige aan wie hij overdag denkt, en 's nachts als hij slaapt, droomt hij van haar. Hij klopt op zijn borstzakje en voelt zijn identiteitsplaatjes. Als hij die eenmaal heeft opgespeld voelt hij zich weer soldaat. Het is dageraad, een belangrijk tijdstip voor een soldaat. Hij ademt diep in en geniet ervan alsof het de laatste keer is.

Een gepijnigde kreet van een vrouw stijgt op van het plein. Als Andrew over de vensterbank gluurt, blijft hij als verlamd staan. De majoor met de littekens sleurt Adilah aan haar haren achter zich aan. Ze probeert overeind te blijven maar blijft struikelen. De majoor zorgt ervoor dat ze geen voet op de grond krijgt. Hij heeft een pistool in zijn hand. Als ze struikelt en voorovervalt, duwt hij de mond van het wapen tegen haar hoofd aan en schreeuwt: 'Overeind! Sta op, hoer! Sta op, ik zweer je dat ik een kogel in je kop jaag!' Hij trekt weer aan haar haar, waarop ze begint te jammeren. Ze wankelt een paar meter verder, maar omdat ze haar evenwicht niet kan vinden, struikelt ze weer. Ze snikt. Andrew knijpt zijn ogen samen en zet zijn tanden in zijn vuist. Hij kijkt weer naar het plein beneden. Adilah knielt neer. De majoor staat over haar heen gebogen en houdt het pistool bij haar hoofd. Zijn ene arm is gestrekt. 'Sta op! Sta op!'

Andrew draait zich om, drukt zijn rug tegen de muur en trekt zijn knieën op tot zijn kin om zich zo klein mogelijk te maken. Hij kan Adilah nog steeds horen. Om dit te voorkomen drukt hij zijn handen tegen zijn oren. Nog steeds hoort hij haar. Hij kijkt weer over de vensterbank naar het plein. De majoor heeft zijn pistool tegen Adilahs hoofd geduwd. Op dat moment weet Andrew dat hij de trekker over gaat halen. Hij weet ook dat hij liever zijn eigen leven geeft dan dat hij Adilah moet zien sterven. De diepe angst die hem zo lang in zijn greep heeft gehouden, verlaat zijn hart. Hij begrijpt wat hem te doen staat. Hij kan niet laf zijn. Hij strompelt naar de trap, waar hij half vanaf valt omdat zijn benen slapen. Vijf seconden later staat hij voor het gebouw, met zijn handen boven zijn hoofd. 'Genoeg!' schreeuwt hij. 'Laat haar gaan.'

De majoor houdt zijn arm gestrekt en richt zijn pistool nu op Andrews hoofd. Zonder naar Adilah te kijken zet hij zijn laars op haar schouder en drukt haar tegen de grond. Als hij naar zijn gevangene loopt, nog steeds met geheven pistool, brengt hij een fluitje naar zijn lippen en blaast.

28

Londen. Nu. Vijf maanden na de crash

De lichten in het auditorium van de Great Hall werden gedimd en tegelijkertijd op Daniel gericht die in een hoek van het podium stond. Hij stond achter een rijk bewerkte, notenhouten katheder die even oud was als de universiteit zelf. Toen het gekuch en gemompel afnamen, wachtte hij nog dertig seconden om de stilte te verdiepen – een techniek die veel sprekers toepassen.

'Sommigen van jullie...'

Hij zweeg.

Dit hoorde niet bij de techniek. Zijn gedachten waren weggevloeid; hij kon er geen greep op krijgen. Versuft wachtte hij tot ze afkoelden en vorm kregen. Hij was zich ervan bewust dat de studenten op de voorste rij elkaar aankeken; hij zag het rode lampje van een camera. Was het op hem gericht? Ja, hij wist het nu weer, dit college was rechtstreeks te zien via internet. Hij tikte op zijn vel met aantekeningen. Glimlachte.

'Sommigen van jullie wonen dit college misschien bij omdat jullie nieuwsgierig zijn naar de naam ervan,' begon hij weer, versterkt door speakers achter in de zaal. 'Anderen, degenen die nooit in hun postvakje kijken, zijn zich er misschien niet van bewust geweest dat dit college een naam heeft.' Hij wachtte even, keek naar de uitdrukkingsloze gezichten en dacht: hm, lastig publiek. 'Sommigen van jullie volgen dit college misschien om te weten wat een college is.' Hier werd om geglimlacht. Kunnen jullie iets harder glimlachen alsjeblieft? dacht hij. In elk geval had hij nu hun aandacht. 'De naam is, voor de goede orde: "Apen of engelen: aan welke kant sta je?" Degenen onder jullie die over een paar weken examen doen, vragen zich misschien af wat dit in hemelsnaam te maken heeft met nematoden. Nou... alles.'

Daniel drukte op een knop, en er verscheen een afbeelding van een niet-gesegmenteerde rondworm op een groot scherm achter hem. 'De nematode is, ondanks het gemis van biologische complexiteit, perfect aangepast aan zijn omgeving. En ik bedoel perféct.' Hij maakte een hakkende beweging met de ene hand op de andere. 'Er is niets aan te verbeteren. Tijdens een evolutie van miljoenen jaren heeft hij zelfs het toppunt van efficiëntie en perfectie bereikt. Een zenit. Een apotheose. Als hij pootjes of oren of wenkbrauwen zou ontwikkelen, zou het van een biologisch succes in één keer een biologische mislukking worden – van een overlevende soort naar een uitgestorven soort, in één generatie. Wat is nu de verklaring voor die perfectie? De religieus denkende mens probéért er niet eens een verklaring voor te zoeken. Die schrijft dit allemaal toe aan de Grote Man, aan God, aan Allah. Met andere woorden, die geeft het op, geeft zich over, gaat terug naar kinderfantasieën. Dat gemis aan verklaring wordt vervolgens doorgegeven van de ene religieus denkende aan de andere religieus denkende, als een virus. Vervolgens wordt het door de herhaling nog sterker. Mensen geloven het omdat ze het wíllen geloven. Priesters prediken tot de bekeerden… En ik vermoed dat ik hier hetzelfde doe.'

Weer zweeg hij even. 'Is hier iemand aanwezig die geen atheïst is?' Er werden geen handen opgestoken. 'Mooi. Al denk ik dat een gelovige zijn hand niet zou opsteken. Zo werkt groepsdruk. Zo werkt religie. Aan ons wetenschappers de taak om gelovigen te verlossen van hun eigen onwetendheid, hun eigen kuddegeest. We willen het individualisme en het vrije denken stimuleren. Je kunt jezelf geen echte wetenschapper noemen als je in God gelooft. Als wetenschapper is het je plicht om religie af te doen als de lege, oppervlakkige en infantiele propaganda die zij is. Einstein formuleerde het aldus: "Het woord god is voor mij niet meer dan de uitdrukking en het product van menselijke zwakte, de Bijbel een verzameling respectabele, maar wel primitieve volksverhalen die desondanks tamelijk kinderachtig zijn."'

Daniel liep naar de voorste rij, als in vervoering door wat hij nu ging vertellen, een perversiteit, zo persoonlijk en roekeloos. 'Stel je voor dat ik een visioen had. Ik denk bijvoorbeeld dat ik een engel heb gezien. In eerste instantie zou ik misschien denken dat het een religieus visioen was. Maar er zijn altijd rationele verklaringen als je ernaar op zoek gaat. Altijd. Het zou vrijwel zeker – we hebben het hier over een waarschijnlijkheid van 99,9 procent – een hallucinatie zijn, teweeggebracht door medische factoren. Bijvoorbeeld door uitdroging, blootstelling aan hitte, zonnesteek, onderkoeling, medicijnen, dat soort dingen. Het is per slot van rekening niet moeilijk om een hallucinatie te krijgen. Met de vooruitgang van de neurowetenschappen is het nu zelfs mogelijk om visioenen te reproduceren in laboratoriumomstandigheden. Mysterie opgelost.'

Een student vooraan stak een hand op.

'Ja?'

'Wat heeft dit in vredesnaam met nematoden te maken?'

Er werd waarderend gelachen. Daniel lachte mee. 'Heel leuk. Goed getimed.' Hij ging rechtop staan en keek de student die de vraag had gesteld recht aan. Weer toneelspel. 'Hoewel een nematode perfect is aangepast aan zijn omgeving, betekent dat niet dat hij niet iets anders zou kunnen proberen, een willekeurige mutatie, een experiment dat hem zal helpen. Zoals de Madagassische kikker, die geboren werd met een ooglid boven zijn mond.' De volgende dia kwam met een klik in beeld. 'De evolutie is grillig. Waarom anders zouden menselijke embryo's met vierentwintig dagen kieuwen ontwikkelen die daarna vrijwel onmiddellijk weer verdwijnen, en vervolgens, na vijf maanden in de baarmoeder, een laagje haar, om het meteen weer te verliezen? De natuur probeert graag dingen uit. Om te zien of ze geschikt zijn.'

Hij sprak nu zonder zijn aantekeningen te raadplegen en liep daarbij heen en weer. Het voelde alsof hij zich buiten zijn lichaam bevond, alsof hij hoog boven de collegezaal naar beneden keek. Hij was als een god. Een zoölogiegod met een zaalvullend ego. En hij wist dat zijn studenten meespeelden. 'We kunnen er absoluut zeker van zijn dat we afstammen van apen en dat eventuele eigenaardigheden van ons het resultaat zijn van willekeurige mutatie. We kunnen er absoluut zeker van zijn dat er niet zoiets bestaat als engelen, omdat het biologisch gezien niet mogelijk is dat engelen zich hebben geëvolueerd. Ze hebben immers geen fysieke dimensie. Geen lichamelijke verschijning. Ze zijn onstoffelijk. Geesten der verbeelding.'

Hij was weer bij de katheder, bleef daar staan en boog naar voren, meegevoerd door de stilte. 'Misschien hebben jullie in de krant gelezen over een ringstaartmaki die in gevangenschap is geboren bij de Wildlife Foundation in Massachusetts. Hij schijnt twee kleine donkere veren op zijn rug te hebben. Over een paar dagen vlieg ik naar Boston om hem te filmen, dus ik zal verslag komen uitbrengen over de vraag of dit wel of niet klopt. Het zit zo – creationisten in het Midden-Westen zien dit graag als een bewijs van intelligent ontwerp, omdat het volgens hen niet kan worden verklaard in termen van evolutie door natuurlijke selectie. "De nachtmerrie van een atheïst" noemen ze het. In werkelijkheid is het een perféct voorbeeld van natuurlijke selectie. De veren kunnen makkelijk worden toegeschreven aan het darwiniaanse proces waarbij gezonde organismen ontstaan zonder plan, zonder oog op de toekomst en zonder mechanismen die geavanceerder zijn dan willekeurige genetische herverdeling. Dit is de "cross-over" die zich voordoet in voortplantingscellen tijdens "willekeurige mutatie". Er is geen intelligente ontwerper, geen opperwezen, geen horlogemaker – en als die er al was, zou hij blind zijn.'

'Ik heb een vraag.'

Daniel schermde zijn ogen af om te zien wie dit zei. Er stond een man achter in de zaal. Hij droeg een lang wit hemd en een ruime broek, de traditionele islamitische salwar kameez.

'Ja?'

'En als u het nu eens mis hebt?'

Daniel keek verward. Langzaam ontspanden zijn trekken tot een glimlach. Die ging over in een echte lach, die steeds harder werd. Hij zocht steun bij de katheder, sloeg dubbel en veegde zijn ogen met de rug van zijn beide handen af. Ten slotte kwam hij weer op adem en kon hij net 'Ik weet het niet!' uitbrengen voordat hij weer de slappe lach kreeg. Inmiddels klonk er gehoest, gemompel en het openritsen van tassen, en na een paar minuten vertrok een aantal mensen, hun stoelen klapten omhoog, hun opgelatenheid was voelbaar. 'Sorry, mensen,' zei Daniel in de microfoon toen zijn lachbui eindelijk afnam. 'Laten we het hierbij laten voor vandaag.'

Een jonge vrouw met piercings in haar lip, neus en wenkbrauw kwam naar het podium. Ze hield een camera in haar hand. 'Voor de krant?' De vragende toon aan het eind van de zin wekte de indruk dat ze een Australische was. Hij was vergeten dat hij toestemming had gegeven voor een profielbeschrijving voor de universiteitskrant. 'O ja, dat is waar ook. Waar wil je me hebben?'

De rest van de studenten vertrok nu ook. Allemaal, op een na, die de trap af liep naar de katheder. '*Salam aleikum,*' zei hij. 'Ik hoop dat u het niet erg vindt dat ik bij uw college aanwezig was.'

Het was Hamdi, en Daniel zag nu dat hij ook een geblokte *shemagh*-sjaal droeg en een baard liet staan. 'Helemaal niet. Hoe ben je…?'

'Ik ben gewoon naar binnen gegaan. Ik had tegen de bewaking willen zeggen dat ik een vriend van u was, maar toen ik me bij de poort wilde melden, was daar niemand.' Hij haalde zijn schouders op. 'Dus daar ben ik dan.'

Daniel stak Hamdi zijn hand toe. 'Fijn dat je bent gekomen.'

'Heb je haast?'

Een tik op de wijzerplaat van zijn horloge. 'Ik heb wel een afspraak. Maar… Zullen we snel iets drinken?'

'Iets met alcohol?'

'Nee, ik bedoelde…'

Hamdi grinnikte. 'Ik ken een heleboel moslims die whisky drinken. De Koran noemt alleen wijn bij naam. Maar toevallig drink ik ook geen whisky. Een kop koffie wil ik wel.'

Toen ze elkaar op school hadden gesproken, en later aan de telefoon, had Daniel het moeilijk gevonden om zich op Hamdi's stem te concentreren. Nu merkte hij op dat Martha's leraar een hypnotiserend spraakpatroon van hard-zacht, lang-kort hanteerde, alsof zijn batterijen bijna op waren of dat hij experimenteerde met een onbekende taal. Er was weinig consistentie in de manier waarop hij de klemtoon legde: het was altijd op de eerste lettergreep van een woord, maar het woord kon overal in de zin staan.

Ze liepen naar de eetzaal, waar Hamdi een tafeltje uitzocht terwijl Daniel in de rij ging staan voor latte en bagels met roomkaas. Er kwam een gedachte bij hem op die hem niet meer losliet: dat hij DNA van Hamdi te pakken moest krijgen dat hij in het laboratorium van de universiteit kon laten onderzoeken. Daarmee zou hij antwoord kunnen krijgen op een vraag die aan hem knaagde. Maar hoe moest hij daaraan komen? Een haarfollikel? Een stukje kauwgom dat hij had uitgespuugd? Misschien zat er voldoende speeksel aan de rand van de kartonnen beker. 'Ik heb ook een bagel voor je gehaald,' zei hij toen hij bij het tafeltje aankwam.

'Dank je,' zei Hamdi.

'Je hoeft hem niet op te eten. Ik moest iets in mijn maag hebben.

Na een college ben ik altijd uitgehongerd. Zo, ik heb je vraag nog niet beantwoord.'

'Mijn vraag was belachelijk.'

'Nee, het was een goede vraag.'

'Je moest erom lachen.'

'Het spijt me, ik weet niet wat er gebeurde, ik had het niet meer in de hand. Het was niet mijn bedoeling om grof te zijn. God mag weten wat de andere studenten dachten.'

'Wetenschappers zoals jij bezien de wereld in termen van vragen waar een antwoord op bestaat.' Hamdi wachtte even maar dronk niet van zijn koffie. Zijn androgyne gezicht toonde geen uitdrukking en een donkere glans op zijn oogleden wekte de indruk dat hij oogschaduw droeg.

'Als ik het nu eens mis heb, vroeg je. Nou, ik heb het niet mis. Ik weet het zeker.'

'Net zo zeker als degene die in God gelooft? Ik ben gelovig, trouwens, ik stak mijn hand op toen je vroeg of er gelovigen aanwezig waren, maar je zag me niet staan achter in de zaal.'

'Sorry. Ik zou waarschijnlijk hebben gedaan of ik je niet zag als ik het had gezien. Dat zou mijn bewering om zeep hebben geholpen. Maar goed, mijn zekerheid is anders dan jouw zekerheid, als ik zo vrij mag zijn dat te veronderstellen. De mijne is gebaseerd op wetenschap en kennis en empirisch bewijs. Waar is jouw godsdienstige zekerheid op gebaseerd?'

'Op geloof.'

'Maar niet op bewijs.'

'Kunt u voor mij bewijzen dat er geen God is, professor?'

'Ik zou kunnen bewijzen dat er geen God nodig is, dat is bijna even goed.'

Hamdi trok zijn wenkbrauwen op. 'Kunt u dat?'

'De oerknal is de verklaring. De oerknal, gevolgd door miljarden jaren evolutie op grond van natuurlijke selectie.'

'Maar wat was er voor de oerknal?'

'Niets.'

'Dat is dan toch ook gebaseerd op geloof. Je gelooft dat er niets was. Dat kun je niet bewijzen.'

Daniel probeerde zijn korte lach toegeeflijk te laten klinken en niet te kleinerend. Hij mocht Hamdi. Hij had een vriendelijk gezicht. Hij vond zijn aanwezigheid opbeurend. 'Naast natuurkundige wetten zijn er biologische wetten en de belangrijkste, de wet die al het leven op deze planeet verklaart – en op elke planeet in het universum, trouwens – is dat alle dingen eenvoudig beginnen en daarna complex worden. De complexe dolfijn begon zijn evolutie honderden miljoenen jaren geleden als een eenvoudige, eencellige prokaryoot. Om het universum te scheppen zou een god hyperintelligent moeten zijn. Maar intelligentie ontwikkelt zich alleen mettertijd. De bewijsgrond voor een god begint met de veronderstelling van wat hij probeert te verklaren – intelligentie, complexiteit, het komt op hetzelfde neer – en verklaart dus niets. God is een niet-verklaring. De oerknal, gevolgd door miljarden jaren evolutie, dát is een verklaring.'

'Je hebt me het hoe verteld, maar niet het waarom.' Er klonk een lach door in Hamdi's woorden, nog iets wat Daniel niet eerder had opgemerkt. Als de jongeman iets zei wat hem amuseerde, gnuifde hij daarna bijna onhoorbaar – mm – een onderdrukte lach, een zweem van voldoening om wat hij zei.

Daniel blies langzaam zijn adem uit. 'Iedereen werpt me dat voor de voeten... Ik weet waaróm mensen in God willen geloven. Omdat ze iets niet willen weten. Omdat bij God de troostende fantasie hoort van een leven na de dood. Omdat mensen niet onder ogen kunnen zien dat alles wat leeft moet sterven. Toch is het natuurlijk, daartoe zijn we geboren. De dood maakt deel uit van het leven. Het zit in ons DNA. Ik kan je zelfs min of meer vertellen hoe lang je leeft, even afgezien van ongelukken. Hier...' Daniel pakte een zakje wattenstokjes uit zijn schoudertas. 'Ga hier eens mee over je tandvlees.'

'Waarom?' vroeg Hamdi terwijl hij een wattenstokje aanpakte.

'Vertrouw me maar.'

Hamdi ging met het stokje in zijn mond rond en liet het in het plastic zakje vallen dat Daniel voor hem openhield.

'De hele genetische achtergrond van je familie zit in dit zakje,' zei Daniel. 'Hieruit kunnen we berekenen hoe groot de kans is op het krijgen van alzheimer, hartkwalen, kanker, alles. Zou je willen dat we dat voor je uitzoeken?'

Hamdi schudde zijn hoofd. 'Nee, niet echt.'

Daniel keek teleurgesteld. 'O. Als je nog van gedachten verandert... Hallo?' De studente met de piercings en de camera stond voor hen. 'Sorry, ik werd even afgeleid. Wil je het hier doen?'

'Dat is prima,' zei de jonge vrouw. Toen haar camera flitste, draaiden studenten aan tafeltjes naast hen zich om. 'Mag ik er een maken van jullie samen?'

Daniel haalde zijn schouders op en schoof zijn stoel dichter bij die van Hamdi.

'En mag ik wat van het spul dat je hiervoor hebt gerookt?'

Daniel grinnikte en schudde zijn hoofd. 'Sorry daarvoor. Ik heb in jaren niet zo de slappe lach gehad. Ik weet niet wat me mankeerde.'

Toen de foto was genomen staarde Hamdi naar het zakje met het monster in Daniels hand. 'Als evolutie de verklaring is,' zei hij, 'ik bedoel, stel dat dat zo is, waarom is er dan een geloof in God in onze hersenen geprogrammeerd? Elke cultuur kent een variatie op hetzelfde geloof, dus welk evolutionair doel kan dat dienen?'

'Ik neem aan dat het ons geestelijk gezond houdt. Dat het ons weerhoudt van nadenken en vragen stellen. Dat het voorkomt dat we gek worden van het nadenken over de uitgestrektheid en complexiteit van het universum. Het niets. Geestelijke gezondheid is een belangrijk aspect voor het overleven van de soort… Daarom noemden de marxisten godsdienst opium van het volk.' Daniel stopte het zakje in zijn schoudertas, pakte de bagel op en begon er mee te gebaren. 'Persoonlijk vind ik het meer een vergif dan een opiaat. Het vergiftigt alles wat het tegenkomt. Het vervult harten met haat en vooroordelen. Het veroorzaakt oorlogen. Drijft families uit elkaar. Kijk maar naar eerwraak. Een vader vermoordt zijn eigen dochter liever dan dat hij toestaat dat ze seks heeft met een man van wie hij denkt dat zijn god hem afkeurt. Dat is waanzin.' Hij nam een hap. 'Sorry. Het is niet mijn bedoeling om jou of je geloof te beledigen.'

'Ik voel me niet beledigd… Wat kijk je steeds naar me. Het komt zeker door mijn baard.'

'Hij staat je goed.'

'Ik dacht, als ze alle moslims als terroristen gaan behandelen, kan ik er net zo goed uitzien als een terrorist.' Hij trok aan zijn kleren. 'En me kleden als een terrorist.'

'Hebben ze je benaderd?'

'De terroristen of de antiterroristen?'

Daniel nam een slok koffie. 'Natuurlijk zijn niet alleen moslims intolerant,' zei hij. 'Katholieken zijn even erg. En wedergeboren

christenen. En mormonen. Volkomen intolerant. En waarom? Vanwege een of andere gril. Ik durf te wedden dat volwassenen op dezelfde manier in God willen geloven als kinderen in de kerstman.
Ze blijven het doen, zelfs als ze vermoeden dat het niet waar kan
zijn, omdat ze zich er gelukkig door voelen. Ze zijn in staat tegelijkertijd te geloven en niet te geloven.'

'Gelooft Martha in de kerstman?'

Daniel schudde nadrukkelijk zijn hoofd en nam nog een hap van
zijn bagel. Door de compacte, deegachtige textuur kon hij even niet
reageren. 'Nee.' Hij slikte de hap door. 'Maar ze heeft er wel even
in geloofd, voordat we erover praatten. Ik vroeg haar hoe groot de
kans was dat één man in één nacht alle kinderen van de hele wereld
kon bezoeken. We kwamen tot de conclusie dat hij dan met de snelheid van het licht zou moeten reizen.'

'Hoe oud was ze toen?'

'Vijf of zes.'

'En die korte periode dat ze in de kerstman geloofde, maakte haar
dat toen gelukkig?'

'Misschien, maar daar gaat het niet om.'

'En was hij door haar geloof in hem echt, althans in haar gedachten? Hij heeft een tijdje voor haar bestaan, nietwaar? Was hij
echt voor haar?'

'Ja, maar dat is een louter subjectieve waarheid. De enige func-
tionele, betekenisvolle waarheid is objectief.'

Hamdi dacht hier even over na terwijl hij zijn handen op zijn
schoot in elkaar vouwde. 'Ben je ooit in Groenland geweest?'

Daniel schudde weer zijn hoofd.

'Maar je gelooft wel dat het bestaat?'

'Het zal niet lang meer duren, als ijs en sneeuw verdwenen zijn...
maar, ja.'

'Waarom geloof je dat het bestaat?'

'Ik ken mensen die er zijn geweest.'

'Dus dan geloof je ze op hun woord.'

'En ik ben er tientallen keren overheen gevolgd op weg naar Amerika.'

Een rimpel plooide Hamdi's voorhoofd. 'Misschien was Groenland geen goed voorbeeld. Waar het om gaat is dat een waarheid die
toevallig subjectief is, ook objectief kan zijn.'

Daniel keek weer op zijn horloge en depte met een natgemaakte vingertop de sesamzaadjes op die van zijn bagel waren gevallen. 'Er bestaat geen God. Daar is niets subjectiefs aan.'

'Dat is blasfemie, professor! U moet gestraft worden!' Hamdi grijnsde om te laten zien dat hij een grapje maakte en voegde er ten overvloede aan toe: 'Ik maak een grapje, mh.'

Daniel glimlachte. 'Ik wist niet dat jullie grapjes mogen maken over zulke dingen.'

'*Allahu akbar!*' zei Hamdi en hij stak zijn armen in de lucht en zwaaide met zijn handen. Twee studentes die aan een tafeltje naast hen op hun haar zaten te kluiven staarden hen aan.

Daniel tikte nog eens op zijn horloge. 'Ik moet gaan.'

'Je hebt een stressvolle baan, lijkt me.'

'Er is veel meer bureaucratie tegenwoordig.'

'Je zou je tot de islam moeten bekeren. Wij hebben geen bureaucratie.'

'Misschien moest ik dat maar doen. "Er is geen God dan Allah." Als ik dat tweemaal zeg in aanwezigheid van twee getuigen ben ik moslim, toch?'

'Het ligt eraan hoe je dat voelt met je hart.'

'Moet je dan je leven in handen geven van de islam? En die bepaalt alles, van kleding tot begroetingswijzen, en zelfs de manier waarop een glas water moet worden gedronken?'

Ergens in de eetzaal liet iemand een stapel borden vallen, waarop werd gereageerd met een spottend gejoel. Hamdi keek in de richting van het lawaai voordat hij zijn donkere, bolle ogen op Daniel richtte. 'Ja, mijn leven behoort toe aan de islam, aan Mohammed, aan Allah… maar het is geen blinde onderwerping. Wij bidden en vasten om te laten zien dat we in ons dagelijks leven met Hem zijn. Als je drinkt, pak je je glas met je rechterhand om Hem te gedenken. Het is een kwestie van gedenken.'

Daniel merkte op dat Hamdi zijn bagel niet had aangeraakt, en hij dronk ook niet van zijn koffie, met geen van beide handen. 'Is de koffie niet goed? Wilde je zwarte koffie?' Hij duwde het bord met de onaangeroerde bagel naar hem toe. 'Proef maar.'

Hamdi legde zijn hand op die van Daniel. Hij was koud. 'Nee.'

'Ben je aan het vasten?'

Hamdi glimlachte vaag. 'Weet je, een hoop westerlingen denken dat ze de islam begrijpen, maar... Wist je dat in de Koran nergens iets staat over dood door steniging?'

'Ik kan niet zeggen dat ik dat wist.'

'De Bijbelse strafmaatregel komt uit het Oude Testament, uit jullie tradities, mh.'

'Niet de mijne, vrees ik. Mijn enige testament is *Over de oorsprong der soorten*.' Daniel stak zijn handen op en op dat moment zag hij Wetherby op zich afkomen, zoals altijd de grove, liefdeloze wereld één stap voor.

'Wetherby,' riep Daniel uit. 'Maak kennis met mijn vriend...' Hij knipperde met zijn ogen. 'Sorry, mijn geheugen...'

'Hamdi.' De jonge moslim stond op en stak zijn hand uit.

'Ik ben hoofd van de faculteit muziek,' zei Wetherby. 'Studeer je nog?'

Daniel wreef in zijn nek. De naam was hem weer ontschoten, alsof hij in water geschreven was. 'Mijn vriend heeft muziek gestudeerd aan de universiteit.'

Wetherby trok laconiek een wenkbrauw op. 'Waar?'

'Birmingham.'

'Dat is een goede faculteit.'

'Hij is leerkracht op de school van Martha, maar ik geloof dat hij graag aan de universiteit zou lesgeven. Klopt dat?'

Hamdi keek verlegen.

'Kom maar eens praten,' zei Wetherby. 'Maak een afspraak met mijn secretaresse.'

'Hij leek me aardig,' zei Hamdi toen hij Wetherby nakeek.

'Is hij ook.' Daniel nam een slok koffie en keek weer op zijn horloge. 'Als je tenminste ontvankelijk bent voor zijn gevoel voor humor. Hij is diepgelovig, weet je. Hij vertelde me laatst dat de drie abrahamistische religies in dezelfde engelen geloven.'

'Het geloof in engelen staat centraal in de islam. De Koran is aan Mohammed gedicteerd door de voornaamste engel, Gabriël.'

'En jullie, ik bedoel moslims, geloven dat ze een menselijke gedaante aannemen?'

'Engelen bestaan uit licht. Ze kunnen een menselijke gedaante aannemen, maar alleen als verschijning. Engelen eten niet, planten zich niet voort en begaan geen zonden zoals mensen.'

'En wat doen ze, die engelen? Waar dienen ze voor?'

Hamdi vouwde zijn handen in elkaar. 'Ze zijn de boodschappers van de openbaring. Volgens de Koran beschikken ze niet over een vrije wil. Ze leggen alles vast wat mensen doen. Ze brengen een ziel in een pasgeboren kind. Ze onderhouden het klimaat, zorgen voor vegetatie en verdelen de regen. Na de dood voeren ze de ziel mee.'

'Je gelooft dat ze over ons waken... ons beschermen, bedoel ik?'

'O, zeker. Beschermen kunnen ze beter dan wat ook.'

'Maar als het hun taak is iedereen te beschermen, waarom is er dan zoveel leed in de wereld? Is dat Allahs wil? Ik wil niet lollig doen, maar roept hij af en toe zijn engelen terug als hij vindt dat de mensen leed verdienen?'

'Allah is algenadig, professor.'

'Zeg toch Daniel. En strikt genomen ben ik nog geen professor.'

'De houding ten opzichte van leed is, meen ik, het grootste verschil tussen de joodse, de christelijke en de moslimtradities. We zijn allemaal onschuldig geboren, maar we verliezen onze onschuld als we volwassen worden. Op dat moment moeten we verantwoordelijkheid nemen over ons eigen leven.'

'Dus Allah vindt het goed als een kind lijdt... Als Martha bijvoorbeeld zou moeten lijden.'

'Weet je, alle kinderen, alle kinderen op de wereld gaan volgens de islamitische overlevering naar het paradijs omdat ze onschuldig zijn.'

'Dus het geeft niet als ze op aarde lijden, omdat ze daarna naar het paradijs gaan?'

'Dit is het leven. Leven is lijden. Het leven bestaat uit leed. Zelfs Martha moet ooit lijden, maar u kunt troost putten uit de gedachte dat ze in het paradijs zal komen. Als ze tijdens haar kinderjaren sterft, bedoel ik.'

Het gesprek bezorgde Daniel een ongemakkelijk gevoel, ook al was het nog zo hypothetisch. Hij werd zich bewust van de twee haarkluivende studentes aan het naburige tafeltje die elkaar aan zaten te stoten. Ze hadden het over hem, voelde hij. De afgelopen dagen had hij ook andere studenten over hem zien praten, ginnegappend over de manier waarop hij de hele tijd zat te glimlachen. 'Ik ben bang dat dat niet echt een troost voor me is. Ik geloof niet in het paradijs.'

'En Martha?'

'Nou, ik denk dat het er niet toe doet of zij er wel of niet in gelooft, zij krijgt immers, omdat ze nog een kind is, gegarandeerd een met goud gebosseleerd kaartje voor een enkele reis? Toch?'

'Ja.'

'En ik? Kom ik als volwassen niet-gelovige in jouw paradijs?'

'Daar gaat Allah over. Ik weet het niet.'

'En zelfmoordterroristen en moslims die gebouwen in vliegen, gaan die naar het paradijs?'

'Daar gaat Allah over. Ik weet het niet.

Daniel legde zijn half opgegeten bagel neer.

Hamdi had de zijne nog steeds niet aangeraakt. Hij keek met een bezorgde blik in zijn glanzende, bolle ogen naar Daniel en vroeg: 'Gaat het wel?'

Daniel staarde Hamdi aan met een blik die verwarring leek uit te drukken. Hij kuchte even en na een moeizame ademhaling stootte hij een hoog gepiep uit. Zijn gezicht werd blauw en zijn handen gingen naar zijn hals.

29

Toen Nancy aan Tom had voorgesteld dat ze vaker dan een keer per week bij hem zou komen, had ze het vreemde gevoel dat hij haar tot dat voorstel had gebracht. Niet dat ze dat erg vond. Ze vond het prettig dat ze de kans kreeg om hardop na te denken over Daniel, over hoe haar vreedzame toenaderingen altijd uitmondden in ruzie. Tom kon goed luisteren en was van nature empathisch. Toen ze vertelde van de worstelingen in haar relatie, knikte hij begrijpend. De afspraken liepen altijd uit, en op een avond, aan het einde van een lange sessie, vroeg hij zo'n beetje terloops: 'Wanneer hebben Daniel en jij voor het laatst samen gelachen?'

'Dat kan ik me niet herinneren,' zei Nancy. 'Het is alsof ik met een stalker leef. Hij volgt me van de ene kamer naar de andere. Soms zit hij me daar aan te staren. Snap je wat ik bedoel? Tussen oogcontact en de doordringende blik van een psychopaat loopt een dunne grens. Die overschrijdt hij vaak.'

'Slapen jullie samen?'

Eerst zweefde de vraag even luchtig als het pluis van een paardenbloem tussen hen in. Onschuldig en relevant. Daarna begonnen de implicaties ervan zwaar op Nancy te drukken. 'Zoiets kun je me niet vragen,' zei ze hoofdschuddend, waarbij de donkere lokken rond haar sterk geprononceerde gezicht opwipten. 'Jij niet.'

'Neem me niet kwalijk.'

'Ik kan het momenteel niet.'

De onduidelijke opmerking bleef tussen hen in hangen.

'Wat kun je niet?'

'Hij wil wel.'

'Maar jij niet.'

'Ik weet nog niet wat ik wil. We hadden het altijd fantastisch in bed.'

'Freud heeft ooit gezegd dat het seksuele leven van volwassen vrouwen een "duister gebied" is voor de psychologie.'

'En wat zeg jij?'

'Ik denk dat mannen en vrouwen seksueel niet zo verschillend zijn.'

'We hebben sinds de crash niet meer gevreeën. Daniel wil wel, maar... Het probleem als je zo lang bij elkaar bent, is dat je alles al van elkaar weet. Ik zou in de slaapkamer niets kunnen doen waarmee ik hem zou verrassen, of hij mij. We zijn te vertrouwd voor elkaar. Te veel aan elkaar gewend. Te teder. Te voorspelbaar. Ik denk dat daarom een kus van een onbekende duizend keer schunniger en sexyer en opwindender voelt dan de schunnigste seks die je je kunt voorstellen met iemand die je kent.'

Tom verschoof op zijn stoel. 'Ga door.'

'Het klinkt gek, maar we probeerden elkaar altijd jaloers te maken door over de minnaars te praten die we hadden voordat we elkaar kenden. Het eindigde altijd in ruzie en het maakte de goedmaakseks daarna veel beter. Veel onstuimiger. Veel sletiger. Het gaf me het gevoel dat ik de maîtresse was en dat hij me ontrouw was.'

Zonder haar gedachtegang te onderbreken sprong Nancy op om met een opgerold tijdschrift een wesp dood te slaan. 'Dat is het probleem met Engelsen. Nooit jaloers genoeg. Ik ben met Spanjaarden geweest en met Italianen, en die zijn te jaloers. Maar Engelse mannen zijn niet jaloers genoeg.'

'Nu moet je mij niet aankijken, ik ben een Schot.'

Hoewel Nancy hierom glimlachte, sprongen de tranen haar in de ogen. Tom troostte haar met een klopje op haar rug, waarop ze tegen hem aan leunde met een knuffel die lang genoeg duurde om voor een omhelzing door te kunnen gaan. Hij zegde zijn volgende afspraak af en bood aan met haar mee te lopen naar haar auto. Toen hij haar een arm gaf vroeg hij haar voorzichtig of ze dacht dat het haar goed zou doen als ze een tijdje weg zou gaan bij Daniel. Ze antwoordde er niet op, maar bij het afscheid gaf ze hem een kus op zijn wang en hij reageerde daarop met een kus op haar mond. Het gebeurde zo snel dat ze niet zeker wist of het eigenlijk wel gebeurd was. Als ze al ergens door geschokt was, was dat vooral door zichzelf, omdat ze zich niet schuldig voelde over de kus.

De twee mannen voor de deur waren niet in uniform. De jongste was kaalgeschoren en droeg een T-shirt en een stonewashed spijkerbroek. De oudste droeg een pak, maar geen das. Hij had gemillimeterd haar, legerstijl. 'Geoff Turner,' zei hij, en hij hield zijn identiteitspasje omhoog. 'Ik ben van de veiligheidsdienst.'

'Kennen we elkaar?' vroeg Daniel terwijl hij zijn hoofd schuin hield.

'Ik ken uw vader.'

'O, oké... Wat is er aan de hand?' Daniel had nog steeds een mes in zijn hand waarmee hij knoflook en champignons had staan hakken voor de soep die hij aan het maken was. Het geluid van Charlie Parkers altsax was vanuit de keuken te horen.

'Hoor ik daar Bird?' vroeg de jongste man met een Amerikaans accent.

'Yep.'

'Met zijn kwintet?'

'Sextet. Dizzy Gillespie. Teddy Wilson. Specs Powell... Sorry, zei u net veiligheidsdienst?'

'We willen u een paar vragen stellen.'

'Kom binnen... koffie?'

De twee mannen gingen aan de keukentafel zitten terwijl Daniel water opzette.

'Hoe is het met Philip?' vroeg Turner.

'Prima, prima. Waar kent u hem ook alweer van?'

'Hij heeft mijn leven gered. In Koeweit.'

'Echt? Daar heeft hij zijn onderscheiding gekregen.'

'Dat weet ik.' Turner rolde de mouw van zijn overhemd op om donker littekenweefsel te laten zien dat eruitzag als een kaart van Australië. 'Anders zou ik verbrand zijn.'

Daniel zette met de afstandsbediening de muziek zachter. 'Was u een van degenen die hij heeft gered?'

'Een van hen, ja.'

'Hij heeft het daar nooit met me over gehad. Wat is er gebeurd?'

'Hij heeft zijn leven gewaagd om ons in veiligheid te brengen.'

'Ja, maar hoe? Wat is er feitelijk gebeurd?'

'Heeft hij u dat nooit verteld?'

'Niet echt, nee. Hij heeft iets gezegd over de Official Secrets Act, de wet die geheimhouding oplegt.' Daniel schonk kokend water in twee bekers. 'Instantkoffie, is dat goed?'

'Prima,' zei Turner. 'Melk, geen suiker.'

'Voor mij ook,' zei de Amerikaan.

'Als Philip je het nooit heeft verteld, moet ik dat misschien ook niet doen,' zei Turner.

'O,' zei Daniel. 'Geen probleem... Wat wilde u van mij?'

De Amerikaan legde foto's van Hamdi naast elkaar op de tafel. 'Kent u deze man?'

'Ja. Hij is de leraar van mijn dochter.'

'U hebt hem een paar cd's gestuurd.'

'Is dat een misdaad?'

'Men heeft hem gevraagd om naar Karbala te gaan. Heeft hij daar iets tegen u over gezegd?'

'Hoe weten jullie dat?'

'Dat weten we.'

'Nou, dan zullen jullie ook wel weten waarom ik hem die cd's heb gestuurd en waarom hij me is komen opzoeken. Het had niets te maken met...'

'Met wat?'

'Als beveiligingsdienst gaan jullie over...?'

'Antiterrorisme,' zei Turner.

'U verdenkt de leraar van mijn dochter ervan dat hij een terrorist is?'

'Dat hebben we niet gezegd. Maar hij is gesignaleerd bij...'

'Hij was bij die demonstratie. Dat weet ik. Ik was daar ook. Ben ik daardoor verdacht? Hij kwam er langs, net als ik. Nieuwsgierig. Hij heeft het me verteld. Ik heb nog nooit iemand ontmoet die minder weg had van een terrorist.'

De kaalgeschoren Amerikaan keek Daniel aan. 'Hij staat wat men noemt "onder aandacht". Het is de gangbare procedure.'

Daniel schudde zijn hoofd. 'Nee, hoe noemen jullie dat ook weer? Onbesproken gedrag? Hij is van onbesproken gedrag, toch? Jullie hebben je best gedaan, maar er valt hem niets in de schoenen te schuiven.'

Turner liet een flauwe glimlach zien. 'Onbesproken gedrag betekent dat hij geen strafblad heeft. Maar inderdaad, hij is van onbesproken gedrag. En ik adviseer u bij hem vandaan te blijven. Dat zeg ik u als vriend.'

'Dit is echt de gangbare procedure,' zei de Amerikaan. 'Kunt u het

ons laten weten als u iets verdachts ziet of hoort? Dit is mijn door-
kiesnummer.' Hij overhandigde hem een kaartje.
'Jullie beseffen toch dat ik hem dit ga vertellen?'
Turner keek de Amerikaan aan en liet weer dat strakke lachje zien.
Daniel belde Hamdi zodra hij de voordeur achter de twee man-
nen had dichtgedaan. 'Ik moet je iets vertellen – en voor het geval
iemand dit gesprek afluistert: mijn naam is Daniel Kennedy en het
kan me niet schelen als jullie het weten –, je wordt in de gaten gehouden. Ze hebben me vragen over je gesteld. Je bent wat ze noemen van onbesproken gedrag.'
'Dat is iets wat moslims nastreven.'
'Wist je dat je in de gaten wordt gehouden?'
'Alle jonge moslims die ik ken worden in de gaten gehouden.'
Hamdi sprak zorgvuldig. 'Maar bedankt dat je me dit vertelt. Ik heb
onlangs melding gedaan van een telefoonstoring en toen kwam er
bijna onmiddellijk een reparateur. Normaal gesproken duurt dat weken. Ik heb gehoord dat ze zo'n storing kunnen veroorzaken... Bedankt voor de waarschuwing.'
'Het minste wat ik kon doen. En nogmaals bedankt voor de keer
dat je me te hulp schoot in de eetzaal. Ik stikte daar bijna. Ik moet
hebben uitgeademd vlak voordat ik slikte, want het was alsof ik geen
lucht meer in mijn longen had. Toen zag ik zwarte vlekken voor
mijn ogen verschijnen. Nooit een goed teken.'
'Iedereen zou dat hebben gedaan.'
'Maar niet iedereen kent de Heimlichmanoeuvre.'
'Alle leerkrachten moeten die kennen. Het hoort bij de cursus eerste hulp.'
'Je bleef heel kalm, ook al brak je bijna een van mijn ribben! Geen
opschudding. Geen paniek.'
'Het was Allahs wil dat u werd gered.'
Daniel schoot in de lach. 'Nou, Allah zij geprezen.'

* * *

Nadat Wetherby zijn fiets veilig had gestald en op slot gezet, keek
hij op zijn horloge. Twintig minuten te vroeg. Hij keek over de au-
toparkeerplaats naar de in glanzend chroom en licht hout uitgevoerde
entree van dokter Nancy Palmer, tandartspraktijk. Met de sfeerver-

lichting en de discrete neonspotjes die 'cosmetisch advies', 'schoon- heidsbehandeling' en 'bleken, polijsten en implantaten' aanprezen, leek het meer op een wijnbar dan op een tandartspraktijk. Het zag er ook kostbaar uit. Fronsend liep Wetherby de hoek om en ging het hek aan de oostkant van Battersea Park in. Hij vroeg zich af of Nancy zijn naam in het afsprakenboek zou herkennen. Ze hadden elkaar een paar keer ontmoet en bij beide gelegenheden had hij haar intelligent, mooi en een beetje angstaanjagend gevonden. Toen hij haar had verteld hoe vreselijk hij de spleetjes tussen zijn tanden vond, had ze hem voorgesteld bij haar langs te komen. Maar dat was drie jaar geleden.

Terwijl hij naar een bankje liep dat uitkeek op het botenmeer, zag hij haar op een afstand van vijftig meter, onmiskenbaar in haar wit- te jas, zijn kant op lopen, gearmd met een man die hij niet herken- de. Aangezien ze hem niet had gezien, dacht hij erover van koers te veranderen, maar toen het tot hem doordrong dat ze te zeer in haar gesprek was verdiept om op voorbijgangers te letten, bleef hij haar kant op lopen. Ze praatte niet alleen geanimeerd, ze rookte ook – ze nam felle, geagiteerde trekjes en gunde zich nauwelijks tijd om de rook binnen te houden voor ze hem uitblies, waarschijnlijk om haar gedachte te kunnen afmaken. Ze wierp haar sigaret half op- gerookt op de stoep en drukte hem met haar voet uit, waardoor een jogger achter haar moest uitwijken. Nu maakte ze weidse gebaren, haar armen wijd uit elkaar, de vingers gespreid. Haar haar schitter- de in de zon en leek geschilderd door een prerafaëliet. Ze maakte een haarspeld los en terwijl ze die tussen haar tanden klemde, schud- de ze haar hoofd, pakte haar haar weer vast, draaide het rond en bond het weer op. De man stak een hand uit om haar haar te stre- len. Met zijn andere hand wreef hij over haar arm. Hallo, dacht Wetherby. Wat is dit? Toen de man een wimper van haar wang haal- de, sloeg ze zijn armen om zijn nek en bleef zo staan.

Wetherby was nog maar een paar meter van hen vandaan, en toen hij langs hen liep, zag hij dat Nancy huilde. Hij schreed nog twin- tig meter verder voordat hij zich omdraaide en zag dat ze op het hor- loge van de man keek en iets zei wat hij niet kon horen. Hij nam aan dat ze had beseft dat ze te laat zou komen voor haar volgende afspraak: met hem. Ze gaf de man een kus op zijn wang en hij pak- te even haar hand voordat hij hem weer losliet toen ze van hem wegliep, waarbij haar vingers een spoor trokken als een parfum dat nog even blijft hangen. Terwijl ze energiek naar de uitgang van het park liep, en af en toe een paar extra snelle pasjes deed, bleef de man haar na staan kijken. Toen ze uit het zicht was verdwenen keek hij op zijn horloge, maar hij liep niet weg. Wetherby liep terug, zijn kant op. 'Hallo,' zei hij als in een vertraagde reactie toen ze vlak bij elkaar stonden.

De man keek verward op. 'Hallo?'

'Sorry,' zei Wetherby. 'Kennen we elkaar niet?'

De man bekeek hem onderzoekend. 'Ik weet het niet.'

Wetherby fronste zijn wenkbrauwen. 'Van Londen University misschien? Ik ben adjunct van Trinity College.'

'Ik ken daar wel een professor, nou ja, via via.'

'Hoe heet hij?'

'Kennedy, professor Daniel Kennedy.'

'Misschien is dat het. Al geloof ik dat hij nog niet echt professor is. Werkt u ook op de universiteit?'

'Nee, ik ben traumatherapeut.'

'Dus u bent Daniels therapeut?'

'Sorry… dat is vertrouwelijk. Eerlijk gezegd ken ik zijn vrouw, Nancy.' Hij stak zijn hand uit. 'Tom.'

'O ja, de crash.'

'U weet ervan?'

'Van Daniel. Ik ben een vriend van hem. Hoe gaat het met Nancy? Ziet u haar regelmatig?'

Tom aarzelde. Wetherby zag een zweem van schuldgevoel op zijn gezicht. 'De volgende keer dat ik haar zie zal ik zeggen… sorry, ik weet uw naam niet.'

'Wetherby. Trouwens, ik ben naar haar op weg. Ze is mijn tandarts. Past u maar op.'

'Hoe bedoelt u?'

'Patiënten worden vaak verliefd op hun psychotherapeut.'

Weer die schuldbewuste blik. 'Ik ben geen psychotherapeut. Ik ben traumatherapeut. En ik heb niet gezegd dat ze mijn patiënt is. Bovendien is dat een mythe.'

'Werkelijk? Ze lijkt erg dol op u te zijn.'

Tom keek weer verward. Het leek alsof hij iets wilde zeggen. Keek toen weer op zijn horloge en stak zijn hand op in een halfslachtige begroeting. Toen hij naar de muziektent in het midden van het park liep, keek Wetherby ook op zijn horloge en liep dezelfde kant op als Nancy. Hij glimlachte in zichzelf, zijn flauwe versie van een glimlach.

'Die moslimvriend van jou leek me aardig.'

Daniel schrok op. Hoewel de eetzaal bijna leeg was, had hij Wetherby niet aan horen komen.

'Althans, ik neem aan dat hij moslim is.'

'Ja, hij is moslim, helaas voor hem.'

Wetherby zette zwijgend zijn lege blad naast dat van Daniel. 'Waarom zeg je dat?'

'De binnenlandse veiligheidsdienst zit achter hem aan. Ze zijn zelfs bij mij thuis geweest om vragen te stellen.'

'Zeiden ze waarom?'

'Omdat hij een moslim is, denk ik. Omdat het allemaal fascistische klootzakken zijn.'

'Wat heb je ze verteld?'

'Niets. Er viel niets te vertellen.' Daniel schoof zijn blad een stukje verder. 'Ik zou de soep kunnen proberen.'

'Heeft die man van de veiligheidsdienst zijn naam gezegd?'

'Ik geloof dat hij Turner heette. Geoff Turner. Hoezo?'

'De rector magnificus heeft me gevraagd contactpersoon voor de politie te worden voor zijn nieuwe rampenbeleid. Ik dacht dat ik hem misschien kende.'

'Ik ben alleen blij dat Nancy niet thuis was.'

'Hoe gaat het met haar?'

'Goed.' Daniel knikte afwezig toen een vrouw in een groen schort en met een haarnetje op haar hoofd met een opscheplepel naar twee soeppannen gebaarde. 'Nou ja, zo goed als je kunt verwachten. Tomaten, graag. Ze loopt nog steeds bij haar therapeut.'

'Ja, dat had ik gehoord. Ze ziet hem geloof ik vaak.'

Daniel keek naar Wetherby om aan zijn gezicht af te lezen waar hij op doelde. In zijn verwarring stootte hij een kort lachje uit. 'Hoe weet jij dat?'

'We hebben alleen nog uien.'

Daniel keek naar de vrouw die de soeplepel omhooghield. 'Best,' zei hij.

'Ik vertel je dit als vriend.' Wetherby sprak nu bijna op fluistertoon.

'Hoe bedoel je, je vertelt het me als vriend. Wat vertel je me precies?'

'Voorzichtig, hij is heet.' De vrouw met het schort hield een dampende kom uiensoep omhoog.

'Het spijt me,' zei Wetherby, 'het gaat mij niets aan.'

'Wat probeer je me nou te vertellen als vriend?'

Voordat Wetherby antwoord kon geven, zette een kleine man in een zwart zijden overhemd, een zwart denim jasje en een zwarte spijkerbroek zijn blad tussen die van hen in. Hoewel het dikke haar dat tot zijn schouders reikte zilvergrijs was, was de huid van zijn handen en gezicht glad als van een tiener. Een glimlachje speelde om zijn mond en terwijl hij bekeek wat de warme hap van de dag was, neuriede hij in zichzelf.

'Ah, professor Sang-mi,' zei Wetherby. 'Kennen jullie elkaar?' Hij keek Daniel boven het hoofd van de professor aan. 'Professor Sang-mi is sinds kort bij ons, hij komt van het MIT. Hij gaat hier twee trimesters theoretische natuurkunde geven. We zijn heel blij met hem... Jij was toch onderzoeksstudent aan het MIT, Daniel?'

'Wat?... Ja... Sorry.' Hij stak zijn hand uit. 'Daniel Kennedy. Zoölogie.'

'Hallo.' Sang-mi sprak Amerikaans met een licht Koreaans accent. 'Ik ken u. Ik heb uw programma gezien. Heel boeiend.'

Daniel trok een grimas. 'Het mag niet te moeilijk zijn. Voor televisiekijkers, bedoel ik.'

Wetherby wees naar een tafeltje. 'Kom bij ons zitten.'

De drie mannen gingen bij elkaar zitten, maar het gesprek ging voornamelijk tussen de docenten muziek en natuurkunde.

'En hebben we de geest van God al doorgrond?' vroeg Wetherby, en hij trok quasi serieus zijn wenkbrauwen op. De buitensporig lange klinkers gaven zijn woorden iets spottends. 'Hebben we die lastige theorie van het alles doorgrond?'

Sang-mi sprak traag en temend – zacht en vol, alsof zijn mond al zijn woorden wilde inslikken. Het was een verlegen stem en tegelijkertijd een stem die om aandacht vroeg. 'Wij geven de voorkeur aan de term "kwantumzwaartekracht",' zei hij.

'Ach ja, we zijn allemaal op onze eigen manier op zoek naar de geest van God,' vervolgde Wetherby. 'En we hopen dat de weg vlak is in plaats van steil. *Aequam memento rebus in arduis servare mentem.*' Wetherby wierp zijdelings een blik op Daniel, die het niet zag omdat hij er met zijn gedachten niet bij was.

Sang-mi sprak glimlachend. 'Ik denk dat de faculteit natuurkunde eerder zover is dan de faculteit muziek. Met alle respect.'

'De dag waarop je Bach kunt spelen op een van je deeltjesversnellers zal de dag zijn waarop je het dichtst bij de geest van God komt.'

'Je maakt een grapje, maar ik heb een doctoraalstudent die momenteel bezig is met de schoonheid van vergelijkingen. Hij wijdt een heel hoofdstuk aan Bach. Zo'n wiskundige componist.'

'Inderdaad. Wat vind jij, Daniel?'

'Hè? O, beslist. Bach. Of Miles Davis. Het is allemaal goed.'

Sang-mi's mond bleef glimlachen. 'Nee, ik denk dat het Bach zou moeten zijn. Er is zelfs een discussie gaande over de vraag of Bach van dienst kan zijn bij de snaartheorie. Ben jij bekend met de snaartheorie?'

Daniel knikte. 'Dat het universum elf dimensies zou hebben?'

'Precies. De trillingen van onze piepkleine, eendimensionale snaren kunnen worden uitgelegd als deeltjes. De snaartheorie – dit zul jij wel leuk vinden, Wetherby – is gewoon muziek, verschillende harmonieën die je op de snaren kunt spelen. Het is de enige kandidaat voor een theorie van het alles die consistent zou zijn met de fraaie symmetrie van het universum.'

Wetherby boog naar voren. 'Misschien heb ik het mis, maar ik heb gehoord dat de snaartheorie eenvoudige, fantasieloze christenen als Dante, Milton en mij gaat helpen bewijzen dat God bestaat. Dat moet een vervelend vooruitzicht voor jou zijn.'

Sang-mi proestte. 'Helemaal niet! De geest van een wetenschapper staat open voor alle mogelijkheden. Neem de onzekerheid van de subatomaire wereld. Die zou vol fluctuaties zijn die ook van toepassing zijn op ruimte-tijd. Dus omhoog en omlaag, links en rechts, zelfs verleden, heden en toekomst zijn niet langer voorspelbaar op subatomair niveau. Het verleden zou het heden kunnen betreden. Je overgrootouders, Daniel, of die van jou, Wetherby, zouden hier op dit moment binnen kunnen lopen.'

Daniel bracht net een lepel soep naar zijn mond maar bleef halverwege steken.

Sang-mi knikte hem toe. 'Ik weet het! Het klinkt idioot, niet? Maar zoals Einstein ons heeft laten zien, is tijd relatief ten opzichte van ruimte. Er is geen absoluut nú, en geen absoluut tóén. Niet dat dit betekent dat God de wereld in zeven dagen heeft geschapen.'

'Zes,' corrigeerde Wetherby hem. 'Op de zevende dag nam hij rust.'

'Zes dan.' Sang-mi's knie wipte steeds op en neer. 'Of zes miljard jaar. Het doet er niet toe, omdat er geen mathematisch model bestaat voor jouw God. Geen enkel. Zeker niet voor de persoonlijke God die ingrijpt in mensenlevens. Ik bedoel, hoe druk je dat mathematisch uit? Dat kan niet. Maar als je God definieert als harmonie kom je misschien wel ergens. Dan zou je kunnen zeggen dat al je vergelijkingen harmonie en eenwording moeten brengen. Dat wordt een toetsbare theorie. Bestaan harmonie en symmetrie in het universum? Als dat jouw idee is van God, dan is dat toetsbaar.'

Wetherby staarde de natuurkundeleraar aan met de holle blik van een heilige van El Greco. 'Ik zou persoonlijk niet de vrijheid nemen om God te definiëren, behalve dan door te zeggen dat Hij ondefinieerbaar is.'

Professor Sang-mi legde zijn mes en vork neer. Zijn glimlach was verdwenen, samen met zijn enigszins betuttelende toon. 'Het punt is dat de fundamentele deeltjes van het universum dat we kennen niet bestaan uit verschillende materialen, maar uit hetzelfde materiaal. Dat ze verschillende karakteristieken vertonen komt doordat hun innerlijke snaren op verschillende manieren trillen. Als de snaartheorie juist is, en dat is ze, is de totale som van de onvoorstelbaar kleine trilsnaren gelijk aan de harmonische symfonie van het universum dat we om ons heen zien. Daarom zal een vergelijking, als die juist is, mooi zijn. Ze zal harmonie en symmetrie en eenvoud hebben. Als je naar een partituur van Bach kijkt, zie je hanenpoten, behalve als je muzieknoten kunt lezen. Voor een musicus hebben ze klank en schoonheid. Vergelijkingen zijn voor een natuurkundige even mooi. Ze spreken tot je. Je kunt er niet omheen. Neem $E = mc^2$. Prachtig.'

Daniel staarde voor zich uit, verdiept in zijn eigen gedachten. 'Prachtig,' herhaalde hij flauwtjes.

'O, maar biologie is veel sexyer dan theoretische natuurkunde,' zei Sang-mi, in een poging Daniel bij het gesprek te betrekken.

Wetherby keek Daniel onderzoekend aan. 'Jij hebt toch een paar interessante dingen gedaan met wormen? Heb ik niet gelezen dat je voor God hebt gespeeld en het verouderingsproces hebt omgekeerd?'

'Hè? O. Ja. Jazeker. Sorry.' Daniel zat nu doelloos in zijn soep te roeren. 'We kunnen de levensverwachting van de nematode verdubbelen tot veertig dagen, en dat is...' De zin bleef onafgemaakt. Hij staarde naar de lepel in zijn hand. Ten slotte keek hij de natuurkundeprofessor aan en zei: 'Zei u dat het verleden in het heden kan komen?'

Wetherby en Sang-mi wisselden een blik.

'Ja,' zei Sang-mi. 'Voelt u zich niet goed? U ziet er...'

'Sorry. Ik wil niet onbeleefd zijn. Ik heb...' Daniel sloot zijn ogen in concentratie. 'Wetenschappers zijn niet zo tegen godsdienst als je denkt, Wetherby. We willen alleen bewijs. Een flintertje maar. Het is niet veel gevraagd. Iets toetsbaars. Iets wat we in onze hand kunnen houden... Ik bedoel, je kunt alles beweren zonder bewijs. Alles! *Het heelal* gaat over de dame die volhield dat de aarde op een gigantische schildpad rustte. Toen haar werd gevraagd waar dat beest dan op rustte, antwoordde ze dat de kosmos "een en al schildpad was".' Daniel knipperde met zijn ogen. Het woord schildpad had wat cognitieve frictie teweeggebracht. Hij probeerde het te herhalen maar zijn tong bleef steken.

Wetherby raakte zijn arm aan. 'Daniel, voel je je niet lekker? Je hebt je soep niet aangeraakt.'

'Soep?' zei Daniel. 'Schildpaddensoep... Nepschildpaddensoep...' Hij stond op uit zijn stoel, mompelde 'Neem me niet kwalijk', en verliet de eetzaal.

Sang-mi keek geschrokken op. 'Heb ik iets verkeerds gezegd?'

'Let maar niet op Daniel,' zei Wetherby terwijl hij de gegraveerde ring met kornalijn aan zijn vinger ronddraaide. 'Hij heeft soms wat last van territoriumdrift, dat is alles. Hij vindt waarschijnlijk dat je je op zijn terrein begeeft. En... misschien zou ik dit niet moeten vertellen...'

Sang-mi keek naar links en naar rechts. Hij boog zich dichter naar hem toe.

'Zijn zenuwen zijn de laatste tijd een beetje gespannen. Het is een bron van zorg voor zijn collega's.'

30

Nancy smeet de sleutels van de voordeur neer, rende de trap op, opende haar laptop en klikte op het document met de titel 'dagnotities'. Het was leeg. Mooi. Ze had er voordat ze naar haar werk ging aan gedacht om de inhoud ervan te wissen. Het had de hele dag door haar hoofd gespookt. Ze liep de trap even snel af als ze hem op was gerend, waarbij de hakken van haar laarzen op het hout roffelden. Ze trof Daniel in de keuken, waar hij op haar wachtte. 'Waarom heb je niet gebeld om te zeggen dat je laat thuis zou komen?' vroeg hij. 'Ik had vanavond een faculteitsvergadering. Die heb ik moeten afzeggen.'

'Mijn horloge is nog steeds kapot.'

'Nou, waarom laat je het dan niet maken?'

'Ik laat het zo, om me te herinneren aan de crash.' Er klonk een harde toon in haar stem door. Het verbaasde haar.

'Waarom zou je jezelf willen herinneren aan de crash?'

Geen antwoord.

'O, natúúrlijk wil je herinnerd worden aan de crash.' Daniel sprak met een sarcastische ondertoon waarmee hij haar op de kast zou jagen. 'Waarom zou je níét herinnerd willen worden aan de crash?'

Ze verplaatste haar gewicht van de ene op de andere voet, met haar handen in haar zij. Het stoorde haar dat hij over dat horloge bleef zeuren. Verdomme, hij had geen reden om zich druk te maken. Hij had er het recht niet toe. Zij was degene die geïrriteerd zou moeten zijn. 'Ik wil het gewoon zo.'

'De tijd is stil blijven staan. Ik snap het. Net als jij. Stil blijven staan.'

'Hou erover op, Daniel.'

Hij deed een stap in haar richting en maakte zich breed. 'Je bent verstard en je ziet het niet.'

'Hou op.'

'Maar goed, je moet aan die crash blijven denken zodat je naar je therapeut kunt blijven gaan. Hoe vaak zie je hem?'

Nancy trok haar haar over een schouder en kamde met haar vingers twee lokken van haar pony naar beneden zodat ze vervaarlijk voor haar ogen hingen. 'Bijna elke dag. Hoezo?'

'Waar hebben jullie het over?'

'Gaat je niets aan.'

'Is dat het enige wat je doet? Praten?'

'Wat probeer je nou te zeggen?'

'Zeg jij het maar.'

'Doe niet zo zielig.' Nancy's neusgaten sperden zich open, in haar ogen flitste woede.

'Nou?'

'Of ik met hem neuk? Denk je dat ik met hem neuk?' Nancy schudde ongelovig haar hoofd. De uitdrukking in haar ogen werd hard en ze knikte. 'Ja, ik neuk met hem.'

'Dat meen je niet.'

'Natuurlijk niet, klootzak.' Ze gooide een deodorant naar hem, het eerste wat ze in handen kreeg. Hij stuiterde tegen zijn arm. Daarna gooide ze een beker; die viel tegen de muur achter hem in stukken.

Daniel tuurde even zwijgend naar de brokstukken en zei toen: 'Het wordt hier een beetje druk', en liet haar alleen achter.

Toen ze de volgende ochtend ieder voor zichzelf ontbijt maakten, zeiden ze allebei geen woord, hoewel elk gerammel van borden en bestek als een verwijt voelde. Toen Nancy naar boven ging om te flossen en met mondwater te spoelen, zei Martha tegen Daniel: 'Ik hoorde jullie gisteravond schreeuwen. Waarom was dat?'

'Mama en papa hadden een meningsverschil.'

Martha dacht even na voordat ze zei: 'Wie heeft er gewonnen?'

'Tja, allebei, op een bepaalde manier.'

'Mama dus.'

Ze zwegen nog steeds in de auto op weg naar school. Daniel reed, en zoals gewoonlijk zette hij eerst Martha af en bracht hij daarna Nancy naar haar praktijk. Geen van hen zei gedag. Een poging om ergens anders aan te denken bleek niet te werken. Nancy kwam steeds terug in zijn gedachten, vulde de ruimte in zijn geest als een vloeistof: haar gezicht, haar stem, haar geur. Hou op. Denk aan iets anders. Waar hadden Wetherby en de natuurkundeprofessor het over gehad? Het had boeiend geklonken. Iets over het verleden dat het heden in kwam. Zijn gedachten bleven om het gesprek heen dwarrelen, niet in staat er vorm of inhoud aan te geven.

's Avonds, toen Daniel thuiskwam van zijn werk, ging hij meteen in het bad dat Nancy had laten staan – dat deed hij altijd, om water te sparen, om de planeet te sparen – en kreeg jeuk. Hij stak zijn armen omhoog. De huid was rood en vlekkerig. Zijn ogen traanden en toen hij ze afveegde voelde hij ze prikken. Nu pas rook hij de geur die uit het badwater opsteeg: natriumhypochloriet. Hij schoot het bad uit en greep een handdoek. 'Nancy!' schreeuwde hij naar beneden. 'Heb jij iets in het bad gedaan?'

Er volgde een stilte. 'Sorry, ik ben het aan het schoonmaken. Ik heb er wat bleekwater in gedaan.'

Tien minuten later stond Daniel in de deuropening van de keuken te kijken hoe Nancy het aanrecht met een vochtige doek afnam. Hij sprak als eerste. 'Dat heb je expres gedaan.'

'Wat?'

'Bleekwater in het bad.'

'Ik weet dat ik dat heb gedaan. Ik wilde het schoonmaken.'

'Je wist dat ik er na jou in zou gaan.'

'Ik zei toch sorry. Ik was het vergeten.'

'Natuurlijk was je dat niet vergeten. Ik doe dat al jaren.' Hij ademde luidruchtig door zijn neus. 'Dat was echt gevaarlijk, verdomme, Nancy. Ik heb nog steeds jeuk.'

'Sorry. Oké? Ik heb het niet met opzet gedaan. Je bent niet met je hoofd onder water gegaan, toch?'

'Dat had ik kunnen doen.'

'Je zei dat je niet met je hoofd onder water kon sinds de crash.'

Daniel keek haar woedend aan. 'Ongelooflijk.'

Nancy bleef onverzettelijk. 'Ga jij zo?'

Ze waren uitgenodigd voor een etentje in Hampstead, maar Daniel had een spijkerbroek aan met een scheur in de knie, gympen zonder veters en een nauwe marineblauwe trui met ronde hals over een wit T-shirt. Hij bekeek zichzelf, daarna Nancy, die stijlvol gekleed was: suède laarzen tot haar knieën, een roodbruine rok, en een trui met col als effen ondergrond voor een snoertje ongeslepen amethisten. 'Yep,' zei hij. 'En jij zo?'

Het lukte het stel een vrolijk gezicht te trekken toen ze hun gast-vrouw Camilla met een kus op beide wangen begroetten. Ze was een halfjaar daarvoor weduwe geworden toen haar man Mark, fa-culteitshoofd bij Trinity, op zevenenveertigjarige leeftijd aan een hartaanval was overleden. Dit was haar eerste poging om een eten-tje te geven sinds de begrafenis. Nancy en Daniel werden voorge-steld aan een ander paar, een architect en een juriste, met wie ze een paar minuten babbelden voordat ze, boven de hoofden van de andere gasten, Wetherby's magere gestalte in driedelig kostuum met stropdas ontwaarden. Hij praatte met Bruce, die er onverzorgd uitzag, en een jonge, oosters uitziende vrouw met een zwarte po-ny. Daniel ging door het gedrang op hen af en merkte dat ze er schuldbewust het zwijgen toe deden toen ze zich omdraaiden en hem zagen. 'Hadden jullie het over mij?' vroeg hij met een lach, en hij klonk met zijn champagneglas tegen dat van Bruce en Wether-by.

'Er zijn nog meer gespreksonderwerpen,' zei Bruce.

'Ik wist niet dat jullie elkaar kenden.'

'We hebben Mark allebei gekend,' zei Wetherby, waarbij een me-talen draadwerk over zijn voortanden zichtbaar werd, 'en we kwa-men tot de ontdekking dat we jou allebei kennen.'

'Dus jullie hadden het wél over mij.'

'Mag ik je voorstellen aan mijn vriendin Hai-iki,' zei Wetherby, terwijl hij een stap opzij deed. 'Een zeer getalenteerde pianiste.'

'Hallo,' zei Daniel, en hij greep haar kleine hand. 'Wat voor mu-ziek speel je?'

Hai-iki's volle lippen weken uiteen tot een brede glimlach. 'De laatste tijd ben ik bezig met recitals van Ravel. Debussy. Delius. Voornamelijk impressionisten. Speelt u ook?'

'Niet echt, maar ik luister vaak naar jazz.'

Hai-iki en Wetherby wisselden een blik.

Daniel had het niet in de gaten. 'Wetherby, herinner je je Nancy nog?'

'Natuurlijk, natuurlijk.' Wetherby gaf Nancy een kus op de hand die ze had uitgestoken, een bijzonder ouderwets gebaar, zelfs voor hem. 'Ze is mijn tandarts.'

'O ja? Pas dan maar op. Zo heeft ze mij in bed gekregen.'

'Ik weet nog dat je me dat hebt verteld.'

Nancy trok haar hand zogenaamd verontwaardigd terug. 'Dus daarom wilde je patiënt van me worden!'

Wetherby glimlachte, waardoor zijn beugel weer te zien was. 'Natuurlijk.'

Terwijl Wetherby Nancy voorstelde aan Hai-iki, nam Bruce Daniel even apart en zei zachtjes: 'Eigenlijk hadden we het, eh, over... Wetherby vroeg naar jou en Morticia, hij zei dat ze zich op Trinity ongerust over je maken.'

'Ze?'

'Je weet wel, de rector magnificus. Stafleden.'

'Echt? Wat heb je gezegd?'

'Niets compromitterends. Gaat het goed met je? Het lijkt wel of je vlooien hebt.'

'Ik heb uitslag,' zei Daniel, aan zijn heupen krabbend. 'Nancy heeft een bijtend middel in het bad gedaan.'

'Ooo, wat vals. Zelfs voor haar.'

'Ze heeft het niet expres gedaan. Ik bedoel, ze wist niet dat ik erin zou gaan.' Hij krabde aan zijn ribben. 'Hoe vond je Wetherby?'

'Heel lang.'

'Behalve dat.'

'Ik mocht haar wel. Is ze single?'

Daniel krabde op zijn borst. 'Ik bedoel niet op die manier. Maar goed, ze is – hij is – hetero. Ik bedoel, mocht je hem? Ik heb altijd het idee gehad dat jullie wel met elkaar zouden kunnen opschieten. Hij lijkt een beetje maf, maar het is een fatsoenlijke kerel.'

Bruce liet zijn stem zakken. 'Ik dacht dat je Wetherby had verteld over, je weet wel, wat het ook was, je hallucinatie, dat visioengedoe...'

'Nee, heb jij het hem verteld?'

'Wilde je dat dan niet?'

'Je doet je beroep eer aan, Beer. Heb je hem ook maar meteen al mijn medische dossiers laten zien?'

'Sorry. Het ontglipte me.'

'Wat zei hij?'

'Ik geloof dat het hem verbaasde.'

'Verbaasde?'

'Hij had net een soepstengel in zijn hand, en die brak toen ik het hem vertelde.'

'Bruce en ik hadden het over die engel die je hebt gezien,' zei Wetherby terwijl hij naast Daniel opdook en hem liet schrikken.

'Het was geen engel,' zei Daniel verstrooid, terwijl hij de kamer rondkeek op zoek naar Nancy. 'Het was een...'

Ze stond te praten met een man die hem halverwege de dertig leek en een duur, getailleerd crèmekleurig pak droeg waarin zijn gebronsde huid goed uitkwam. Hij had de gebeeldhouwde trekken en de krullen van een standbeeld van Michelangelo en iets aan de manier waarop Nancy stond, als een balletdanseres, met haar armen achter haar rug en de hak van haar ene voet in de holte van de andere, gaf hem het idee dat ze probeerde indruk op hem te maken.

'Natuurlijk,' vervolgde Wetherby, 'is 99,9 procent van alle verschijningen bedrog. Mensen zeggen het om aandacht te trekken of om een of andere tekortkoming te compenseren.'

Bruce wierp Daniel een blik toe, maar zijn vriend had de sneer niet gehoord. Toen richtte hij zich tot Wetherby. 'Was er tijdens de Eerste Wereldoorlog niet een beroemde verschijning?'

'De Engel van Mons?'

'Ja, die.'

'Een typisch geval van bedrog. Weet je er veel van?'

'Niets, alleen de naam.'

'Nou, de naam verwijst naar de eerste grote slag van die oorlog, en voor de Britten, die zwaar in de minderheid waren, de eerste grote nederlaag. Ze noemden het een strategisch terugtrekken, maar het was een complete aftocht.' Wetherby keek even over zijn schouder om te zien waar Daniel naar stond te kijken. Toen hij zag dat hij naar Nancy staarde, die in gesprek was, vroeg hij: 'Weet jij iets van Mons, Daniel?'

'Huh?' Daniel keek hem met een verwarde blik aan. 'De mons Veneris? Zeker. De zachte venusheuvel, bestaand uit vetweefsel, vlak boven de vagina. Beschermt het schaambeen. Hoezo?'

Wetherby trok zijn wenkbrauwen op en richtte zich weer tot Bruce. 'Maar goed, waar het om gaat is dat er iets merkwaardigs gebeurde tijdens die terugtocht van de Britten. De Duitsers wisten niet hun voordeel te benutten. Ze kwamen geen stap verder. Het gerucht ging dat een engel had ingegrepen. De Engel van Mons.'

'Ja, logisch,' zei Bruce met een uitgestreken gezicht. 'Wat had het anders kunnen zijn?'

Daniel keek weer langs Wetherby's schouder en luisterde maar half. Hij zag dat Nancy geboeid naar het beeld stond te luisteren en zijn arm aanraakte terwijl ze om zijn grapjes lachte. Ongelooflijk.

'Wat?'

Daniel moest zijn gedachte hardop uitgesproken hebben want Wetherby keek hem aan en herhaalde zijn vraag. 'Wat is er ongelooflijk?'

'Eh, dat de Britse regering die geruchten verspreidde over de engel, om de indruk te wekken dat God aan hun kant stond,' zei Daniel rap.

'Zo was het eigenlijk niet,' zei Wetherby, en hij ging zo staan dat hij Daniels uitzicht blokkeerde. 'Het gerucht begon met een kort verhaal van Arthur Machen. Hij schreef het voor een Londense krant, ik ben vergeten welke. Het begon met een verslag over hoe het slagveld bij Mons had getrild toen de Britse troepen de heilige George aanriepen. De heilige verscheen gehoorzaam, samen met duizenden boogschieters.'

'Handig,' zei Bruce, en hij nam een slokje champagne.

'Zeer. De lucht zag zwart van de pijlen en tienduizend Duitsers lagen dood op de grond, hoewel geen van hen een wond had.'

'Dat heb ik ook altijd met mijn patiënten. De oudjes dan. Een injectie met diamorfine in de bal van de voet werkt het best. Ze kunnen niets bewijzen.'

Wetherby knikte peinzend, hij speelde het spelletje met Bruce mee. 'Het lijkt me alleen vreselijk saai werk voor de administratie. Al die overlijdensakten. En medische achtergronden verzinnen om aan te tonen dat je patiënten in slechte gezondheid verkeerden.'

Bruce grijnsde.

'Wat voor overlijdensakten?' vroeg Daniel, die de draad weer kwijt was.

'Ik vertelde Bruce net een verhaaltje. Een paar dagen na de publicatie ontving Machen een brief van de redacteur van de *Occult Review* waarin hem werd gevraagd of het verhaal op feiten berustte. Hoewel hij uitlegde dat het totaal verzonnen was, plaatste het tijdschrift toch een bericht, alsof het op waarheid berustte. De maanden daarna deden verschillende parochiebladen hetzelfde. Zelfs de *Tablet* publiceerde het verslag, compleet met een vermeend ooggetuigenverslag van een anonieme katholieke legerofficier. De mythe van de Engel van Mons verspreidde zich als...'

Daniel had er nu zijn aandacht bij. 'Een virus?'

'Precies, precies, ik dacht wel dat dat je zou aanspreken. Het gerucht verspreidde zich zo snel dat de *Illustrated London News* het rond kerst 1915 opluisterde met een illustratie. Je kon bladmuziek kopen voor iets wat "De wals van de Engel van Mons" heette. Ik heb er ergens een kopie van. Is alles goed met je, Danny?'

Nancy dronk uit het glas van het beeld. 'Sorry,' zei Daniel. 'Ga door. Ik luister echt. Hebben ze munt geslagen uit dat verzinsel?'

Wetherby trok nu ook toehoorders onder de andere gasten. Hij maakte zich groot, genietend van zijn sprekersrol. Hai-iki stond vlak naast hem en keek vol verrukking naar hem op, waarbij haar hoofd amper tot zijn borst reikte. 'De mythe van de Engel van Mons begon zich in dat stadium al snel te ontwikkelen. Volgens sommige versies waren de middeleeuwse boogschieters vreemde, lichtgevende wolken in menselijke gedaante.'

Bruce schudde zijn hoofd. 'En wat vond die Machen hier allemaal van?'

'Tja, die werd wanhopig. Hij vroeg een eind te maken aan die onzin, maar dit had slechts tot gevolg dat een andere schrijver, Harold Begbie, zich ermee bemoeide. Begbie vond het verhaal zo inspirerend voor de troepen dat hij een boek schreef waarin hij het verdedigde. Het heette, even denken, *Aan de kant van de engelen*, en hierin opperde hij dat de onthulling over de Engel van Mons rechtstreeks vanaf het slagveld tot Machen zou zijn gekomen via telepathie.'

'Arme man,' zei Daniel. 'Machen, bedoel ik.'

Nancy gooide haar haar naar achteren en lachte om iets wat het beeld zei. Ze kon haar ogen niet van hem afhouden. Hoe kon ze hem dit aandoen ten overstaan van al zijn collega's?

'Het werd nog erger. Er was maar één stukje...' Wetherby tekende met zijn lange vingers aanhalingstekens in de lucht, '"bewijs" dat niet anoniem was. Dat was een bewering van een jonge verpleegster, Phyllis Campbell. Zij had bij een verbandplaats gewerkt in de buurt van Mons, bij een van de spoorwegstations. Ze beweerde daar twee mannen te hebben ontmoet die de engel hadden gezien, een fuselier uit Lancashire die een lange man had gezien in een gouden harnas op een wit paard, met geheven zwaard, en een majoor van de

Rifle Brigade die "iets had gezien", hoewel hij niet precies wist wat. Machen dacht dat als hij kon aantonen dat dit bewijs helemaal geen bewijs was, de mythe uit de wereld zou zijn en alle feiten op een rijtje gezet konden worden. Dus daagde hij zuster Campbell openlijk uit om met beëdigde verklaringen van de twee soldaten te komen. Ze werkte zich er deels onderuit door te zeggen dat de fuselier weigerde omdat hij bang was dat hij erdoor in de problemen zou komen. Het enig wat ze te bieden had was een citaat uit een brief die de majoor haar gestuurd zou hebben, maar die ze niet aan Machen liet zien. In die passage stond dat de majoor hallucinaties had gehad toen hij 's nachts marcheerde. Hij zei dat iedereen in zijn omgeving over de weg had lopen zwalken en ook dingen had gezien.'

Bruce grijnsde weer. 'Zoals?'

'Flitslichten. Vreemde gestalten. En een etherische figuur die rustig door een regen van kogels naar hen toe was gelopen en hen daarna in veiligheid had gebracht.'

Bruce dronk zijn glas leeg. 'Dus het enige bewijs voor de Engel van Mons was een brief waarin hallucinaties beschreven stonden van soldaten die dronken waren van moeheid?'

Camilla tikte met een lepeltje tegen een glas. 'Het eten is klaar! Als iedereen hierheen wil komen…'

Daniel was opgelucht toen hij zag dat het beeld een plaats kreeg toegewezen aan het hoofd van de tafel, naast Hai-iki, en Nancy in het midden, tegenover hem, tussen Bruce en Wetherby.

Nancy deed geen poging haar afschuw voor Bruce onder stoelen of banken te steken en draaide hem de rug toe zodra ze hadden plaatsgenomen. Hij zat al met zijn brede rug naar haar toe. 'Zo,' zei ze tegen Wetherby. 'Wat heb jij allemaal te vertellen?'

Wetherby keek geschokt. Hij zei niets.

'Geestig noch spontaan,' vervolgde Nancy. 'Dat zie ik graag bij een man.'

Wetherby knikte en glimlachte. Nancy was zijn type vrouw. 'Dank je,' zei hij.

'Ik kan je niet Wetherby blijven noemen,' ging Nancy verder. 'Wat zeggen je vrienden?'

'Wetherby.'

Nancy grinnikte en tikte hem op zijn knie. 'Hoe zit de beugel?'

Hij glimlachte weer, niet erg overtuigend. 'Goed, geloof ik.'

'Blijven er geen etensresten tussen zitten?'

'Nee.'

'En hoe is het op het werk? Druk?'

'We zwoegen voort.'

'Ik waardeer wat je hebt gedaan voor Daniel, met dat professorschap. Het betekent veel voor hem.'

'En hij betekent veel voor ons.'

'En jij? Ben je gelukkig op het Trinity? Je zit daar al eeuwen, niet? Wanneer ga je het overnemen van de rector magnificus, hoe heet hij ook weer...' Ze knipte ongeduldig met haar vingers.

Wetherby boog zich naar haar toe, zo dichtbij dat Nancy de zurige geur van champagne in zijn adem kon ruiken. 'Ik kan in mijn werk mijn ware passie kwijt,' mompelde hij.

'En dat is?'

'Speurwerk. Ik probeer een alternatieve opening op te sporen van Mahlers Negende.'

Er werden twee borden asperges voor hen neergezet.

'Een nieuwe opname?'

'Nee, nee, een alternatieve versie van Mahler zelf, maar die is verloren gegaan of vernietigd. De Negende ken je natuurlijk.'

Nancy dacht even na. Ze schudde haar hoofd. 'Ik zou hem waarschijnlijk wel herkennen.'

'Het was zijn laatste voltooide symfonie. Zijn overpeinzing over het sterven. Een aankondiging van zijn eigen dood en het op handen zijnde bloedbad van de Eerste Wereldoorlog. De lange passages voor violen aan het eind laten beter dan wat ook horen hoe muziek het geluid van de stilte kan benaderen. Maar het openingsstuk heeft de geleerden altijd geïntrigeerd. Dat is lang en golvend, een vloeiende sonate in majeur en mineur waarin tederheid met wreedheid wordt gecombineerd. Niet naar ieders smaak, en ik moet bekennen dat ik het altijd onrustig en onbevredigend heb gevonden. Mahler had misschien een zenuwinzinking toen hij het schreef. Niet alleen had hij kort daarvoor te horen gekregen dat zijn jonge vrouw hem ontrouw was, maar ook dat hij een hartkwaal had. Men denkt wel dat het aarzelende, gesyncopeerde motief van het eerste deel Mahlers onregelmatige hartslag weergeeft. Kun je een geheim bewaren?'

'Nee.'

Wetherby lachte flauwtjes. 'Er is een brief in mijn bezit gekomen die bewijst dat hij ontwerpen en opzetjes voor een andere opening heeft geschreven, een die logischer lijkt met betrekking tot de muzikale en filosofische ontwikkeling ervan. Hij heeft er een beperkte oplage van uitgegeven, maar vervolgens is hij van gedachten veranderd en heeft toen alle kopieën van de bladmuziek op één na laten vernietigen. Niemand weet waar die ene is, maar het Mahlergenootschap is al jaren op de hoogte van die geruchten. Hai-iki helpt me bij het opsporen ervan.' Hij wuifde even over de tafel en Hai-iki reageerde door haar glas water naar hem op te tillen. 'Ze is pas terug van een speurreisje naar Berlijn.'

Nancy knikte. 'En wat staat er in de brief?'

'Hij schrijft aan wie hij de vermiste kopie heeft gegeven. Niet met naam en toenaam, maar... Laten we zeggen dat het aantal mogelijkheden er aanzienlijk door is beperkt.'

'Neurie het eens,' zei Nancy, en ze prikte een asperge op haar vork en nam een hap.

'De originele versie? Die zou ik geen recht kunnen doen. Maar ze is prachtig...' Hij boog naar Nancy toe waardoor ze zijn warme adem in haar oor voelde toen hij erachteraan fluisterde: 'Net als jij.'

Nancy hield op met kauwen.

'Ze wordt gespeeld in de Barbican Hall,' vervolgde Wetherby terloops. 'Ik ga er volgende week naartoe. Misschien zou je met me mee willen gaan.'

'Dat is een vriendelijk aanbod.'

'En met dat antwoord houd je een slag om de arm.' Wetherby staarde naar de onaangeroerde asperges op zijn bord. 'Ik heb je in verlegenheid gebracht.'

'Helemaal niet.'

Wetherby kwam nog dichterbij. 'Je bent er waarschijnlijk aan gewend om te horen dat je mooi bent.'

Nancy glimlachte.

'Eraan gewend,' vervolgde Wetherby fluisterend, 'maar je kunt er geen genoeg van krijgen.'

'Word jij het nooit zat om een intellectueel genoemd te worden?'

'Nooit.' Wetherby glimlachte en streek met de rug van zijn hand langs Nancy's been. 'De waarheid is natuurlijk dat ik verliefd op je ben.'

Nancy's ogen werden groot.

'Je herinnert je je waarschijnlijk onze eerste ontmoeting niet meer,' ging Wetherby op nauwelijks hoorbare toon verder. 'Maar ik wel, en sindsdien heb ik voortdurend aan je moeten denken.'

'Nou, daarmee breng je me wel in verlegenheid,' zei Nancy zachtjes, terwijl ze haar vingers in een kommetje water doopte.

'Je hebt me van mijn stuk gebracht.'

'Rustig aan, Wetherby.'

'Ik hou van je.'

'Je moet die woorden niet te kwistig gebruiken.'

'*Amor tussisque non celantur.*'

'Dat zul je moeten vertalen.'

'"Liefde en hoest zijn niet te verbergen." Ovidius.'

'Wat zitten jullie te fluisteren?' vroeg Daniel van de andere kant van de tafel.

'Ik probeerde je vrouw te verleiden,' zei Wetherby, 'met vrijkaartjes voor een concert van Mahler.'

'We zijn niet getrouwd,' corrigeerde Nancy hem.

'Die zijn aan haar niet besteed,' zei Daniel, terwijl hij op zijn maag krabde. 'Zij luistert alleen naar hiphop.'

Nancy keek hem met een blos aan.

'Nou, het zal toch wel afschuwelijk zijn,' zei Wetherby. 'Het is op een vrijdagavond, dan zitten er meestal luisteraars van Classic FM. Ze komen met busladingen uit de provincie en applaudisseren tussendoor.'

'Is dat erg?' vroeg Daniel, terwijl hij een sliertje asperge tussen zijn tanden uit haalde. Hij leek zich niet bewust te zijn van de kille blik die Nancy hem over de tafel toewierp.

'In de Negende is Mahler het meest intensief, introspectief en diepzinnig. Je kunt het alleen op waarde schatten als één geheel. Onderbroken door applaus verliest het zijn betekenis.'

'Daniel klapt altijd tussendoor,' zei Nancy.

'Dat klopt, schat, ik ben dan ook geen intellectueel, jij wel. We vullen elkaar aan.'

Er viel een gespannen stilte, slechts onderbroken door het geschraap over borden en het naar binnen klokken van wijn.

Toen ze twee uur laten in een taxi stapten zeiden ze niets. Daniel maakte zijn gordel vast, Nancy liet de hare waar hij was. Ze reden al twintig minuten voordat Nancy haar raampje opendraaide om de geur van een chemische luchtverfrisser naar buiten te laten. 'We gaan het er zeker niet over hebben?' zei ze.

'O, denk je dat?'

Nog een minuut stilte. Dit keer werd die verbroken door Daniel. 'Wil jij praten?'

Nancy schudde haar hoofd.

'Waarom niet?'

'Omdat er te veel te zeggen is,' zei ze, terwijl ze weer haar hoofd schudde.

Weer stilte.

'Moet je zo gemaakt lachen?' vroeg Nancy. 'Iedereen kromp ervan in elkaar.'

'Moet jij zo overdreven met mannen flirten?'

Nancy gooide haar haar naar achteren en maakte zich mentaal op voor de strijd, zonder Daniel aan te kijken. 'Heb je het over Wetherby?'

'Wat? Nee. Natuurlijk niet. Die effectenmakelaar.'

'Paul?'

'Zo heet hij toch?'

'Die is hedgefondsmanager.'

'Dan is het goed. Ik dacht heel even dat hij een cynische opportunist was die de wereldeconomie ten val zou willen brengen met de bedoeling er zelf snel beter van te worden.'

'Heb ik je ooit verteld hoe aantrekkelijk je bent als je jaloers bent?'

'Moest je zo overdreven doen? Je hing bijna om zijn nek.'

'Páúl is gelukkig getrouwd.'

Deze opmerking schokte hen allebei zo dat ze er stil van werden. Ze bleef tussen hen in hangen als een wolk gifgas, zwaarder dan lucht, die de temperatuur deed dalen. *Paul is gelukkig getrouwd*. Nancy had haar lip naar voren gestoken toen ze het zei, een retorische zweepslag. Ze hield haar hoofd schuin om naar Daniels profiel te kijken, daagde hem uit haar aan te kijken. Zijn trekken waren afwisselend vaag en scherp, de duisternis achter in de taxi werd steeds heel even verdreven door de oranje straatlantaarns toen ze rond de meent reden. Daniel tuurde recht voor zich uit. Nancy wilde hem slaan, met haar vuist in zijn gezicht stompen, zijn zelfgenoegzaamheid uit hem rammelen. Ze wilde hem bijten, zoals Sylvia Plath Ted

Hughes zou hebben gebeten – een hap nemen uit zijn stomme, zelf-voldane wang. Ze voelde de woede in haar borst opwellen, waardoor ze sneller door haar neus begon te ademen. Deze woede was kleur-loos. Geurloos. Ze wist dat ze zich niet kon inhouden. Zelfs zonder haar tanden in zijn wang te zetten had ze bloed geproefd. Haar doel was nu hem iets aan te doen. Dit ging niet over Paul, maar ze wist niet hoe ze Daniel duidelijk moest maken waar het wel over ging. 'Paul houdt van zijn vrouw.'

Daniel ving de blik van de taxichauffeur in het achteruitkijkspie-geltje. 'Niet doen, Nancy.'

'Paul is een man.'

'Niet doen.'

'Wat niet doen?'

Daniel leek onzeker, alsof hij niet wist waar dit op uit zou draaien. 'Ik ben te moe.'

'Moe of bang?'

'Zeg geen dingen die je niet kunt terugnemen.'

Waar haalt hij het lef vandaan, dacht Nancy. Waar haalt hij het lef vandaan zich hieruit te willen redden door mij een schuldgevoel aan te praten. Door te beginnen over een man die van zijn vrouw hield, had Nancy een taboe doorbroken dat ze zichzelf had opge-legd. Ze wist nu wat ze wilde. Ze wilde dat Daniel sterk was. Ze wilde dat hij haar beschermde. Ze wilde dat hij een man was. Het was niet heel veel gevraagd. Ze wilde niet de sterkste hoeven zijn. Ze wilde dat de man van wie ze hield, de vader van haar kind, haar zo hartstochtelijk beminde dat hij zijn leven voor haar zou geven. Zonder dat er voorwaarden aan verbonden werden. Er was een tijd geweest waarin ze eenduidig had kunnen zeggen dat ze zoveel van Daniel hield dat ze haar leven voor hem zou kunnen geven. Nu ze in deze taxi zat, in de voorbijflitsende schaduwen van Londen, kon ze dat niet meer – en de manier waarop hij voor zich uit zat te sta-ren, slap en onmannelijk, ergerde haar. Ze besefte ook met een angst-aanjagende helderheid dat het onderwerp niet langer vermeden kon worden. Het zou steeds groter worden, totdat het de ruimte tussen hen vulde en hen uit elkaar dreef. Ze konden niet meer terug. Haar hart bonkte. Ze kon amper ademhalen. Het onderwerp woog zo zwaar op haar schouders dat ze er bijna door verpletterd werd. 'Waar gáát dit eigenlijk over, Dan? Hm? Vertel me dat eens.'

'Hou op,' zei Daniel met een onverwachte vastberadenheid en zelf-verzekerdheid. 'Niet hier.'

Dat was goed, dacht Nancy. Ze had de zwakke plek gevonden, een laagje glazuur dat ze weg kon schrapen. Dit maakte het gemakkelijker. Nu was híj kwaad. Ze had hem aangestoken met haar woede. Het gaf haar de kans om verder te gaan, op te houden met slinkse manoeuvres en te beginnen met vechten. Dat haar haar was losgeraakt liet zien hoezeer ze er klaar voor was. Ze boog zich naar voren om in het oor van de taxichauffeur te zeggen: 'Sorry, hebt u last van ons gesprek?'

De chauffeur reageerde zonder om te kijken. 'Vergeet gerust dat ik hier zit.'

'Hij zegt dat we moeten vergeten dat hij daar zit,' zei Nancy tegen Daniel.

'Ik probeer je tegen jezelf te beschermen,' zei Daniel op gespannen toon.

'Jij wilt mij beschermen? Dat is ook voor het eerst.'

Daniel keek haar aan. 'Het ligt aan jou, niet aan mij,' zei hij, erop gokkend dat de aanval de beste verdediging was. 'Ik heb geprobeerd erover te praten. Maar ik kan het niet. Je bent net een vreemde voor me, een waanzinnige vreemde die altijd kwaad is, altijd met dingen loopt te gooien, die medelijden met zichzelf heeft. Luister, je hebt het overleefd. Laat het achter je. Ga verder met je leven. Laat dat verdomde horloge van je repareren.'

Het was alsof er voor Nancy een gevangenisdeur was opengegaan. Haar lang opgekropte woede bevrijdde haar. Ze voelde zich extatisch, uitgelaten, gevaarlijk. Volgens haar opvatting had Daniel geen rechten meer; zijn woorden ontnamen hem die. 'Je bent een lafaard,' zei ze en ze zweeg even tot dit tot hem was doorgedrongen. 'Dat ben je. Je bent een zielige kleine lafaard. En haal die stomme grijns van je gezicht.' Ze tikte de chauffeur op zijn schouder. 'Stopt u maar.'

De chauffeur stopte en Nancy deed haar portier open en werd gevangen in de koplampen van een naderende auto die moest uitwijken om haar niet te raken.

'Wat doe je?' schreeuwde Daniel, terwijl hij zich naar het portier toe boog. Nancy sloeg de deur met een klap dicht, beende naar de stoep en bleef met haar rug naar de auto gekeerd naar de zwarte omtrek van de bomen op de meent staren.

'Stap weer in,' zei Daniel op neutrale toon, terwijl hij zelf uitstapte. Nancy sprak zonder zich om te draaien. 'Ik loop wel naar huis.'

'Doe niet zo belachelijk.'

Ze hoorde dat Daniel naar haar toe kwam lopen, ze voelde dat hij haar schouder wilde pakken maar haar net niet aanraakte. 'Ik wil lopen,' zei ze.

'Je kunt wel overvallen worden.'

'Ik kan voor mezelf zorgen.'

'Ik laat je niet alleen gaan.'

'Dat zou anders niet de eerste keer zijn.'

De opmerking bleef opnieuw als een gifwolk in de avondlucht hangen. Het geluid van sirenes in de verte doorboorde de stilte. Nancy sloot haar ogen en zei: 'Daniel.'

Hij zei niets. Hoopte hij eronderuit te komen als hij niet op zijn naam reageerde?

Nancy merkte dat ze kalmer sprak dan ze zich voelde: 'We hebben een tijdje rust nodig.'

De taxichauffeur claxonneerde. 'Stapt u nog in?' riep hij.

Daniel liep snel naar hem toe en gaf hem twee briefjes van twintig. Hij wachtte niet op wisselgeld en rende terug. Het was alsof de betekenis van Nancy's woorden niet tot hem door kon dringen. 'Waar heb je het over? Hoezo een tijdje rust?'

'Van elkaar.'

Nancy zou het zichzelf later kwalijk nemen dat ze de dingen verder had laten escaleren dan nodig was. In dit stadium had ze het er bij kunnen laten. Maar ze ging door om haar bedoeling duidelijk te maken. 'Een adempauze.' Ze draaide zich met een ruk naar hem toe. 'Ik krijg geen adem.'

De taxi reed weg. Hun blik bleef op de verdwijnende achterlichten gericht. Er bewoog iets tussen de bomen. Een vos. Zijn robotachtige ogen glansden in de gloed van een naderende auto. Hij snoof even en toen de auto was verdwenen, liep hij snel de weg over tot op een meter van de plek waar Daniel en Nancy stonden. Zonder om te kijken verdween hij achter de cricketkooi, de nacht weer in.

'Dat was een dappere vos,' zei Daniel.

'De Steve McQueen onder de vossen.'

'Steve McFox.' Er lag een nieuwe klank in Daniels stem, geen woede of angst, maar verslagenheid en bedroefdheid. Iets wat zich ongezien tussen hen had ontwikkeld was nu tastbaar aanwezig. 'We kunnen hierover praten... wat het ook is... als ik terug ben uit Boston.'

Ze liepen in de richting van hun huis, twee straten verderop. Het klikklak van Nancy's hakken op de stoep klonk onwaarschijnlijk hard. Daniels gympen maakten geen geluid. Ze liepen altijd arm in arm, maar een bepaalde kracht hield hen vanavond van elkaar verwijderd, als polen die elkaar afstoten. Nancy had het gevoel dat ze ieder hun eigen rol speelden, dat het niet waardig zou zijn om uit die rol te stappen. 'Ik wist niet dat je naar Boston gaat,' zei ze.

'Ik weet het ook pas sinds kort. Het team van *The Selfish Planet* gaat erheen om een pasgeboren maki te filmen voor de volgende serie. Ze willen dat ik een deel daar maak, zodat ze ter plekke kunnen filmen.'

'Vinden ze het op je werk goed dat je zomaar vrij neemt?'

'Ze moeten wel. Als ik er een academische draai aan kan geven, zou het... zou het misschien afstralen op de faculteit. Ik zou er een artikel over kunnen schrijven. Misschien goed voor mijn aanstelling. Ik moet...' Hij bleef staan. 'Kom op, Nance. Dit hoeven we toch niet te doen.'

Nu wist ze dat ze hem had gekwetst. 'Red je het wel in het vliegtuig?' De vriendelijke toon deed hun allebei goed en bracht weer iets tot leven.

'Bruce heeft me er iets voor gegeven, maar lief dat je het vraagt. Ik wist niet dat het je iets kon schelen.'

'Natuurlijk kan het me wat schelen.'

31

Le Bizet, België.
Tweede maandag van september, 1918

Het gedreun van laarzen op verende vloerdelen wordt harder als Andrew in marstempo wordt binnengeleid in een geïmproviseerd gerechtshof, een galmende dorpszaal in Le Bizet, bijna acht kilometer ten oosten van Nieppe. De begeleider, een korporaal met een kippenborst, komt een seconde na de gevangene met veel gerammel tot stilstand, schoudert zijn wapen en salueert door op de kolf van zijn geweer te slaan. Drie officiers zitten achter een lange eiken tafel en in de stilte die volgt dwarrelen stofdeeltjes omhoog, gevangen in een brede baan herfstzon. Andrew herkent een van zijn rechters: de met littekens overdekte majoor die Adilah over het marktplein sleurde. Het is alsof hij naar één kant overhelt – de linkerkant van zijn uniformjas hangt vol medailles, elf stuks, waaronder een Victoria Cross en een Mons Star uit 1914. Zijn oogleden zijn gezwollen en zijn ogen lijken rood; van dichtbij, in het licht, zien ze er troebel en opgejaagd uit. Een van zijn in leren handschoenen gestoken handen trilt, merkt Andrew. De majoor merkt het ook en houdt hem met zijn andere hand vast.

Links van hem – de middelste van de drie officiers – zit een man die niet veel ouder lijkt dan Andrew. Hij heeft een Romeins profiel en draagt een getailleerde, bruingele uniformjas van keperstof die is gedecoreerd met zeven medailles. De kruisbanden van zijn Sam Browne-riem glimmen als spiegels en houden een glanzend leren holster op de rechterheup en een zwaard op de linker op hun plaats. Op zijn rode kraaginsigne staan een zwaard en een wapenstok die elkaar kruisen: een brigadegeneraal. Het vuil onder zijn nagels wijst erop dat deze brigadegeneraal onlangs in actie is geweest. Zijn rode neus en waterige ogen verraden een verkoudheid. De officier links draagt ook medailles. Hij is een tengere man van halverwege de vijftig. Zijn gelaatskleur is net zo staalgrijs als het haar dat onder zijn pet uit komt. Zijn ogen zijn dof.

Andrew neemt de rest van de zaal met snelle zijdelingse blikken op. Overal waar hij kijkt ziet hij geflonker van brons en zilver. Aan de uiteinden van de tafel zitten nog twee officiers, beiden gedecoreerd, en in de schaduw achter de tafel staat een aalmoezenier met een verveelde uitdrukking op zijn gezicht. Hij draagt een hoge boord onder zijn uniform en op zijn borst een wit geëmailleerd en met goud afgezet kruis: een onderscheiding van de Orde van Voorname Dienst. Zijn verstrengelde vingers liggen op *Het wetboek van militair strafrecht*. Een klerk – een hogere onderofficier met een blocnote en pen – zit bij de deur. Andrew zet zijn pet af en gaat met zijn hand over zijn hoofd om zijn haarscheiding te controleren.

De middelste officier draait de dop van zijn zilveren vulpen los, tikt op een paar papieren en schraapt zijn keel. Als hij spreekt produceert hij een nasaal geluid: 'Heden is dit militair gerechtshof...' hij zoekt naar het juiste woord, 'bijeengekomen, op de veertiende september negentienachttien. Aanwezig zijn de drie officiers die de leiding hebben: luitenant-kolonel James van de Royal Field Artillery...' Hij steekt zijn linkerhand horizontaal uit. '... Majoor Morris van de Second Rifle Brigade...' Zijn rechterhand gaat omhoog, '... en ikzelf, brigadegeneraal Blakemore van de Seventh Royal Welch Fuseliers.' Hij wendt zich tot de klerk en vervolgt: 'En kunt u noteren dat mijn aide de camp, tweede luitenant Cooper...' hij knikt naar een knappe jongeman met golvend geelblond haar, kuiltjes in zijn wangen en een bril, 'zal optreden als verdediger, en kapitein Peterson...' Omdat hij niet op de juiste benaming kan komen, tikt hij weer op zijn papieren, '... zal optreden namens dit militair tribunaal.' Hij snuit zijn neus en als hij vooroverbuigt om zijn zakdoek weer op te bergen, ziet hij de geestelijke staan. 'En aalmoezenier Horncastle zal optreden als raadsman van het hof.' Hij kijkt naar Andrew. 'Wil de gevangene zich identificeren?'

Andrew blijft zwijgen terwijl hij met knipperende ogen de zaal bekijkt. Luitenant Cooper kucht om zijn aandacht te vangen, trekt zijn wenkbrauwen op en zegt: 'Noem uw naam, rang en nummer.'

'Soldaat Kennedy, A., nummer negen acht zes twee, Eleventh Shropshire Fuseliers.'

'Soldaat Kennedy,' vervolgt brigadegeneraal Blakemore, 'u wordt beschuldigd van het verzaken van uw plicht, met name schandelijke desertie in het aangezicht van de vijand. Wat hebt u hierop te zeggen?'

'Schuldig, edelachtbare.'

Blakemore knikt. De luitenant, twee jaar jonger dan de gevangene, wat hem aan te zien is, leidt Andrew naar de achterkant van de zaal, gaat met zijn rug naar de bank staan en praat met hem op gedempte toon. Andrew schudt zijn hoofd. Knikt. Als ze terugkomen knippert hij met zijn ogen en zegt: 'Ik wil graag mijn verklaring veranderen in "niet-schuldig", edelachtbare.'

'Heel goed,' zegt Blakemore, en hij snuit opnieuw zijn neus. Hij wendt zich tot kapitein Peterson. 'De aanklager, alstublieft.'

Peterson, een kale man met een edwardiaanse snor en kleine, doordringende ogen, schuift schrapend zijn stoel naar achteren. De aalmoezenier klopt op de tafel. 'Ik geloof dat de gevangene eerst de eed moet afleggen...'

'Ja, natuurlijk,' zegt Blakemore. 'We moeten een bijbel hebben. Heeft iemand een bijbel meegebracht? Aalmoezenier?'

De geestelijke kijkt gegeneerd. 'Ik heb de mijne niet bij me...'

'En *De krijgswet*?' zegt luitenant Cooper. 'Daarvan heb ik een exemplaar in mijn tas.'

'Ik heb een liturgieboek bij me,' zegt de geestelijke.

'Dan moeten we het daar maar mee doen.' De brigadegeneraal gebaart dat het boek aan de gevangene overhandigd moet worden.

Als Peterson het betoog houdt namens de eisende partij, zakt Andrews mond een stukje open van ontzag voor de nuances en geleerddoenerij van de wettelijke procedure. 'Op de eenendertigste juli negentienzeventien, de eerste dag van wat bekend is geworden als de slag van Passendale, werd soldaat Kennedy bij het appel als afwezig genoteerd. Zijn sergeant-majoor heeft hem naar behoren als vermist opgegeven. Zijn familie werd op de hoogte gesteld. Zijn bezittingen werden naar huis gestuurd. In féíte,' kapitein Peterson richt zich tot Andrew, 'werd je helemaal niet vermist. Je was uit onbeschaamde lafheid gevlucht voor de vijand. Je was gedeserteerd. Je was naar de stad Nieppe gegaan, waar je onderdak vond in een huis,' hij raadpleegt zijn aantekeningen, 'aan de Rue des Chardonnerets. Je hospita,' weer kijkt hij in zijn aantekeningen, 'was madame Adilah Camier, een weduwe. Ik heb begrepen dat je een relatie had met madame Camier en ten tijde van je arrestatie in luxe leefde... in een tijd waarin je kameraden nog steeds aan het front vochten voor hun koning en vaderland. Je had een andere naam aangenomen, je gaf je uit voor loodgieter, en je bent dertien maanden onontdekt gebleven. Klopt dat?'

'Ik heb nooit gelogen over wie ik was, edelachtbare.'

Luitenant Cooper staat op. 'Mag ik de krijgsraad eraan herinneren dat soldaat Kennedy zijn eigen naam en adres heeft gebruikt om zijn geboorteakte naar Frankrijk te laten sturen?'

'Daar komen we later op, luitenant,' zegt brigadegeneraal Blakemore op quasi geduldige toon.

De luitenant gaat zitten en staat meteen weer op. 'Met alle respect, edelachtbare, ik zou ook graag willen laten aantekenen dat soldaat Kennedy vrijwillig dienst heeft genomen.'

Blakemore knikt naar de klerk. 'Heel goed.' Zijn toon verhardt. 'En ook dat hij zichzelf heeft aangegeven.'

Brigadegeneraal Blakemore steekt zijn ergernis niet langer onder stoelen of banken. 'U bedoelt nadat hij uit handen van de militaire politie in Nieppe was ontsnapt?'

Luitenant Cooper kijkt teleurgesteld. Hij is duidelijk zenuwachtig. 'Correct.'

Kapitein Peterson grijpt zijn kans. 'Mag ik, aangezien dit het ogenblik lijkt te zijn om alles vast te leggen, de raad herinneren aan wet nummer 585, uitgevaardigd voor het Britse expeditieleger op de dertiende januari van het jaar negentienvijftien?' Hij leest een gemarkeerd papier uit zijn stapel aantekeningen voor. 'In geval van desertie wordt het vermoeden van onschuld weggenomen en de bewijslast herroepen. Tenzij een beschuldigde soldaat zijn onschuld kan bewijzen, is het hof gerechtigd hem schuldig te achten.' Hij kijkt op. 'Soldaat Kennedy, het is mij duidelijk dat u niet van plan was naar uw bataljon terug te keren. U meende ermee weg te komen. Begon een nieuw leven. U zat de oorlog uit, ver van het gevaar. Uw verdediger zal ongetwijfeld aanvoeren dat u aan shellshock leed, of dat u uw geheugen kwijt was. Hij zal, met andere woorden, opperen dat u niet verantwoordelijk gehouden kunt worden voor uw daden. Maar laten we die daden nader bekijken. Vertelt u eens, soldaat Kennedy, waarom bent u weggelopen?'

Een afwachtende stilte daalde neer in de zaal. 'Ik weet het niet precies, edelachtbare. Ik was de rest van mijn peloton kwijt. Ik zat in een granaattrechter. Iedereen om me heen was dood.'

'Waarom heb je dan niet geprobeerd terug te gaan naar je eigen linie?'

'Ik kon niet lopen, edelachtbare.'

'Je was gewond?'

'Dat kan ik niet echt zeggen, edelachtbare. Ik was door iets getroffen, op mijn helm. Ik geloof dat ik een tijdje buiten westen heb gelegen. Ik wist niet precies waar ik was. Het was donker. Ik was mijn geweer kwijtgeraakt.'

'Je had je geweer weggegooid?'

'Nee, edelachtbare, het moet uit mijn handen zijn gevallen toen ik dekking zocht. Zoals ik al zei, ik was het kwijtgeraakt.'

'Hoe zou je je gemoedstoestand beschrijven toen je je schuilhield in die granaattrechter?'

'Ik weet niet wat u bedoelt, edelachtbare.'

'Was je bang?'

'Nee, edelachtbare. Nou, ja, edelachtbare. Het was angstaanjagend. Maar ik ben geen lafaard.'

'Maar je vond wel dat je je leven moest redden door te vluchten voor de vijand?'

'Ik liep naar ze toe, edelachtbare.'

'Wát?'

'Ik liep naar de Duitse linie.'

'Zonder je wapen?'

'Ja, edelachtbare.'

'Wilde je gevangengenomen worden?'

'Nee, edelachtbare.'

'Zeg je nu dat je besloot naar de Duitse linie te lopen, alleen, en zonder wapen?'

'Ik was niet alleen, edelachtbare.'

'Wie was er dan bij je?'

De gevangene knijpt zijn lippen op elkaar en schudt zijn hoofd. De vraag wordt herhaald.

'Ik was niet alleen, edelachtbare. Er was iemand bij me.'

'Iemand uit je compagnie?'

'Weet ik niet, edelachtbare.'

'Hoe bedoel je "weet ik niet"?'

'Het was een van de onzen.' Andrew tikt tegen zijn slaap. 'Het was verwarrend. Hij heeft me naar veilig gebied gebracht. Langs de Duitse linie. Naar de rivier.'

De aalmoezenier staat op. Iedereen draait zich naar hem om. 'Droeg hij echt een Brits uniform?'

'Ja, edelachtbare.'

De aalmoezenier beweegt onrustig. 'Weet je dat zeker?'

'Ik geloof het wel. Ik weet het niet meer zo goed. Er waren veel lichten. Ik kon hem niet goed zien vanwege die lichten.'

'Vuurpijlen?'

'Ja, edelachtbare. Dat moeten het geweest zijn.'

De aalmoezenier tikt tegen zijn kin. 'Maar hij vroeg of je hem volgde?'

'Hij zei niets.'

'Waarom ben je hem dan gevolgd?'

'Hij gebaarde dat ik met hem mee moest komen. Hij draaide zich om en begon naar de Duitse linie te lopen, dus ik sta op en loop achter hem aan.'

'En hoe lang ben je hem gevolgd?'

'Een paar uur.'

Kolonel James gooit zijn potlood op de tafel voor hem en doet voor het eerst zijn mond open. 'Verwacht je van ons dat we geloven dat jij en die andere man tijdens een aanval twee uur in niemandsland hebben gewandeld?'

Andrew kijkt hem kalm aan. 'Zo is het gegaan, edelachtbare.'

Kolonel James draait zich om naar de verdediger. 'Ik snap het niet helemaal. Hebt u uw cliënt geïnstrueerd zich op krankzinnigheid te beroepen?'

Luitenant Cooper schudt zijn hoofd. Hij lijkt van zijn stuk gebracht.

Kolonel James richt zich weer tot Andrew. 'Probeer je het hof ervan te overtuigen dat je niet meer over je gezonde verstand beschikt?'

'Nee, edelachtbare.'

'Dus jullie zijn samen verder gelopen naar Nieppe?'

'Nee, edelachtbare. Toen we bij de rivier kwamen, wees de man op de restanten van een ton in de modder. Daar ben ik op gaan liggen en ik heb mezelf het water in geduwd. Daarna heb ik hem niet meer gezien.'

'En heb je toen je uniform weggegooid?'

'Nee, edelachtbare. Dat heb ik nu aan.'

'Maar het past niet.'

'Dat weet ik, edelachtbare. Ze hadden geen andere maten toen ik dienst nam.'

Brigadegeneraal Blakemore moet een glimlach onderdrukken.

'Heb je je naamplaatjes weggegooid?' vervolgt kolonel James.

Andrew steekt zijn hand in zijn zak, haalt zijn persoonsbewijzen eruit en frummelt eraan.

'Wat heeft dit voor zin, edelachtbare?' zegt kolonel James, terwijl hij zich omdraait naar de brigadegeneraal. 'Hij heeft zijn desertie toegegeven.'

'Eens. Ik denk dat we genoeg hebben gehoord. Heeft de verdediging hieraan nog iets toe te voegen?'

Luitenant Cooper kijkt in zijn aantekeningen. 'Ik heb een getuige, edelachtbare.'

De brigadegeneraal wendt zich tot de geestelijke. 'Is dit toegestaan, eerwaarde?'

'Ik kan in de militaire wet geen bezwaar vinden, edelachtbare.'

'Goed dan. Roep de getuige binnen.'

Adilah wordt binnengeleid. In haar verpleegstersuniform, met haar légion d'honneur aan een lint om haar nek, ziet ze er respectabel en elegant uit. Op haar gesteven witte verpleegsterskap zit een rood kruisje. Ze houdt haar hand op haar buik, die duidelijk van haar zwangerschap getuigt. De leden van de krijgsraad wisselen blikken.

'Madame Camier,' zegt luitenant Cooper, 'wilt u de raad vertellen wie de vader van uw kind is?'

Adilah kijkt niet-begrijpend op.

De aalmoezenier vertaalt het voor haar.

'Monsieur Kennedy,' zegt ze, wijzend naar de gevangene.

'Wist u dat Kennedy in het leger zat?'

Ze wacht op de vertaling. Ze knikt.

'Wilt u alstublieft antwoord geven.'

'Ja, dat wist ik. Dat kon ik wel raden.'

'Had u de indruk dat hij van plan was om terug te keren naar het leger?'

'Ja. Ik dacht dat hij op een dag weer zou gaan. Maar hij wilde me helpen. Hij zorgde voor me.' Ze werpt een blik op de manchet van haar linkermouw, die aan haar schouder vastgespeld is. 'Hij beschermde me.'

'Wat zegt ze?' vraagt brigadegeneraal Blakemore ongeduldig.

'Ze zegt dat ze dacht dat de gevangene zou terugkeren naar het leger,' vertaalt de aalmoezenier.

Kolonel James interrumpeert weer: 'Heeft dit zin?'

Coopers vermoeden dat madame Camier bij de raad sympathie zal wekken voor de beklaagde werkt niet. Het woord is aan de aanklager. Kapitein Peterson staat op. 'Madame Camier, heeft soldaat Kennedy u verteld dat hij een deserteur was?'

Andrew voelt een steen in zijn maag. Terwijl de aalmoezenier vertaalt, kijkt zij naar de gevangene. *'Non. Mais ce n'est pas un lâche. Il est revenu pour moi.'*

De aalmoezenier vertaalt weer. 'U was van plan met hem te trouwen? Klopt dat?'

'Dat klopt.'

'Heeft soldaat Kennedy u verteld dat hij al getrouwd was? Dat hij, met andere woorden, van plan was bigamie te plegen?'

Als dit wordt vertaald, trekt de kleur uit het gezicht van madame Camier weg. Ze schudt haar hoofd.

'Geeft u alstublieft antwoord.'

'Non.'

'Dank u, madame,' zegt Blakemore. 'U mag weer gaan... Zijn er nog meer getuigen?'

'De adjunct-directeur van de medische dienst,' zegt Cooper.

Majoor John Hayes, adjunct-directeur van de medische dienst, is gepensioneerd arts. Hij had een praktijk in Norfolk. Hij heeft dikke wangen en mondhoeken die omlaag wijzen.

Blakemore gaat recht op zijn doel af. 'Lijdt deze man volgens u aan shellshock?'

'Ik denk dat hij zeker nachtmerries en hallucinaties heeft gehad,' zegt de arts met een stem als fijn schuurpapier. 'Shellshock is ingewikkelder. Misschien heeft hij daar indertijd wel aan geleden. Misschien heeft hij nu wel neurasthenie.'

'Ja of nee?'

Andrews gedachten blijven wegdwalen, alsof het gesprek niet over hem gaat. Door het raam ziet hij weideland. Hij hoort het geklepper van hoeven en het geratel van een passerend munitievoertuig.

De arts heeft iets op zijn hand geschreven, ziet hij. Wat is het? Andrew staat te ver van hem vandaan om het te kunnen lezen. Hij concentreert zich nu op de lippen van de arts. Ze bewegen, maar het duurt even voordat zijn woorden tot hem doordringen. 'Hij heeft al ruim een jaar niet meer gevochten,' zegt Hayes, 'dus op dit moment lijdt hij waarschijnlijk niet aan shellshock. Toentertijd leed hij er vrijwel zeker aan, zou ik zeggen. Maar misschien heeft hij last van dissociatieve amnesie – geheugenverlies ten gevolge van een traumatische gebeurtenis.'

'Soldaat Kennedy gebruikte zijn eigen naam en adres om zijn geboorteakte vanuit Engeland te laten opsturen om bigamie te kunnen plegen,' voert Blakemore aan. 'Klinkt dat als de daad van iemand die zijn geheugen kwijt is?'

Hayes kijkt van links naar rechts, omhoog naar het plafond, omlaag naar de grond. Hij haalt diep adem. 'Het geheugen is onvoorspelbaar. Misschien was hij vergeten dat hij getrouwd was.'

'Hij mag dan een dwaas zijn, dat betekent niet dat hij zijn geheugen kwijt is. Na maandenlang onontdekt te zijn gebleven, had hij het idee dat hem niets meer kon gebeuren.' Blakemore wuift met zijn hand naar de getuige. 'U kunt gaan.'

De arts stapt uit de getuigenbank en doet een paar stappen. Blijft staan. Keert terug. 'Dit is waanzin,' zegt hij nauwelijks hoorbaar, alsof hij de woorden inslikt. 'Dat weet u toch? Ik heb te veel goeie kerels gezien die in deze oorlog zinloos zijn omgekomen. Soldaat Kennedy was vrijwilliger, in godsnaam. Hij heeft zijn plicht zo goed mogelijk gedaan. Hij wist niet dat zijn zenuwen het zouden begeven. Geen van ons weet dat, totdat we op de proef worden gesteld tijdens de strijd. Toon clementie. Wees menselijk.' Hij loopt naar de lange tafel, legt zijn handen erop en kijkt de drie rechters om beurten aan. 'De Duitsers zijn teruggedrongen tot achter de Hindenburglinie, godsamme! De oorlog is bijna gewonnen. Over een paar weken zijn we thuis.'

Majoor Morris slaat met zijn vuist op de tafel en laat zich voor het eerst horen. Hij heeft een diepe stem. 'De man is een lafaard. Lafaards verdienen geen medelijden.'

'Je weet net zo goed als ik dat de bossen rond Étaples wemelen van de deserteurs,' protesteert Hayes. 'Duizenden. Waarschijnlijk zitten ze er nog. Ben je van plan die allemaal dood te schieten?'

'Degenen die we te pakken krijgen wel. Om als voorbeeld te dienen. Ik zal de klootzakken zelf doodschieten.'

'Majoor!' Er klinkt kille woede in het verwijt. De arts richt zich op. 'Beheers u. Het gaat om een mensenleven.'

De majoor recht zijn rug en verplaatst de blik onder zijn zware oogleden van de arts naar de gevangene. 'We zijn hier klaar.'

'We zijn geen barbaren, edelachtbare,' zegt Hayes, en zijn wangen worden rood.

De ogen van de majoor branden en tranen. 'We zijn hier klaar,' herhaalt hij.

De brigadegeneraal snuit zijn neus. 'Ja, goed. Zijn er nog opmerkingen? De verdediger?'

'Nee, edelachtbare.'

'De aanklager?'

'Nee, edelachtbare.'

'Is de krijgsraad tevreden over de gang van zaken?'

De aalmoezenier houdt zijn hoofd schuin. Hij heeft in Cambridge rechten gestudeerd, maar wat hij heeft geleerd is nauwelijks van toepassing op het geweifel van dit hof. 'Ik zou willen aanvoeren dat de raad, om tot een oordeel te komen, ervan overtuigd moet zijn dat de beklaagde niet alleen afwezig was zonder verlof, maar ook van plan was nooit meer naar zijn eenheid terug te keren.'

'Heel goed,' zegt Blakemore met een knikje. 'We weten daarop het antwoord. Dank u, eerwaarde. We zullen de zitting schorsen om na te denken over onze uitspraak. Breng de gevangene weg.'

Andrew heeft vier minuten zitten wachten als een schorre kreet hem weer roept. Er ontstaat enig tumult in de zaal. Met de overdreven strakke lippen van een modelmilitair gaat de klerk in de houding staan en leest voor van een papier: 'Soldaat Andrew Kennedy, u bent schuldig bevonden aan schandelijke desertie in het aangezicht van de vijand, en de krijgsraad heeft besloten dat u bij het aanbreken van de dag van de vijftiende september geëxecuteerd zult worden. Moge de Heer uw ziel genadig zijn.'

De aalmoezenier zegt: 'Amen.'

Andrew salueert en blijft in de houding staan.

Blakemore weet niet precies wat hij hierna moet doen. Hij kijkt afwachtend naar de gevangene. 'Hebt u nog iets te zeggen?'

'De vijftiende, edelachtbare. Wanneer is dat?'

'Morgen.'

Even lijkt het alsof de gevangene nog iets wil zeggen, maar hij slaat alleen zijn hakken tegen elkaar. Zijn proces heeft van begin tot eind drieëntwintig minuten geduurd.

32

Londen. Nu. Vijf maanden na de crash

Met haar haar nog nat van de douche zocht Nancy in haar la met ondergoed, waar ze verschillende onderbroekjes uit haalde totdat ze een zwarte, zijden hipster met een kanten randje uitkoos. Tijdens het aantrekken hinkte ze twee keer en moest ze zich vasthouden aan de chaise longue. Half staand, half zittend maakte ze een nieuw pakje zwarte zelfophoudende kousen open en trok ze aan. Daarna koos ze een beha, een zwarte met halve cups die haar borsten een beetje platdrukten zodat het kruisje van Theo Fennell dat ze wilde dragen beter hing. Vervolgens spoot ze parfum uit een flesje op, liep door de nevel heen en bleef voor haar passpiegel staan om de welving van haar heupen en haar strakke, ronde billen te kunnen zien. Ze tikte tegen haar linkerwang om de elasticiteit van haar huid te testen, en wreef over haar voorhoofd. Waarom had ze ja gezegd toen Tom had gevraagd of ze zondag met Martha bij hem kwam lunchen? Ze was hem vlak bij haar huis tegen het lijf gelopen. Ze wreef nogmaals. Wat had hij uitgespookt bij haar huis? En waarom had ze gezegd dat Daniel naar Boston was? 'Waarom doe je zo je best?' zei ze hardop tegen haar spiegelbeeld. Ze wist waarom, en ze kreeg er een nerveus gevoel van in haar buik. Ontrouw begint in je verbeelding, en voor Nancy was het de middag begonnen waarop Tom met haar naar haar auto was gelopen. Ze had sindsdien in onbewaakte ogenblikken gedagdroomd dat ze seks met hem had, seks uit wraak, vunzige seks, en deze geestelijke ontrouw had haar schichtig en lichtgeraakt gemaakt. De daad zelf was niet meer dan een technisch detail.

Ze haalde haar BlackBerry uit haar tas en stuurde Daniel een mailtje om haar schuldgevoel te sussen. 'Als je toch in Boston bent, kun je Susie wel opzoeken,' begon ze. 'Ik heb met haar gemaild en ik weet zeker dat ze het fijn zal vinden om met een andere overlevende te praten, iemand buiten mij bedoel ik. Het zou voor jou misschien ook goed zijn. Ik weet dat ze nog steeds niet heeft verwerkt wat er met Greg is gebeurd. Arm kind. Haar hart is gebroken. In de laatste mail die ik van haar kreeg, zei ze dat ze weer is gaan studeren. Ik denk dat ze ook religieus is geworden, maar gebruik dat niet tegen haar. Ze zei dat ze elke dag begint met een bezoek aan de kathedraal x.'

Een paar seconden na deze mail stuurde ze er nog een: 'We missen je... De vuilnisbakken moeten worden geleegd x.'

Lang nadat het bericht was verstuurd zat ze nog naar het schermpje te staren. Als vanzelf ging haar hand terug naar de tas en viste er een doosje antidepressiva uit. De platte aluminium verpakking bevatte acht pillen, van elkaar gescheiden door een stukje folie. Het waren net gevangenen, alleen in een cel. Eenzaam en opgesloten, hermetisch afgesloten en claustrofobisch. Hun eenzaamheid weerspiegelde op wrede wijze de hare. *Ze moeten zich net zo voelen als ik. Waarom zitten ze niet met z'n allen in een flesje?* Ze drukte ze een voor een uit de verpakking en veegde ze bij elkaar alsof het fiches waren. Weer die starende blik. Terwijl ze er een innam zonder water, klikte ze haar handtas dicht. Het klonk geruststellend, resoluut, spannend.

Tom woonde in een victoriaans huis van rode baksteen in Dulwich Village. Het was een twee-onder-een-kapwoning, met drie verdiepingen. 'Ik heb het geërfd van een oom,' legde hij verontschuldigend uit toen Nancy van de zwart-witte marmeren tegels op de vloer naar het hoge plafond in de hal keek. Hij ging haar voor door een ruime keuken en terwijl hij een koelkastdeur opendeed die vol zat met kleurige magneten, vroeg hij of Martha een blikje cola wilde.

'*Light?*' vroeg Martha.

'*Light,*' bevestigde Tom.

'Sorry. Ze moet op haar suikerspiegel letten,' verklaarde Nancy.

Er klonk een sissend geluid toen Tom het ringetje van het blikje trok en het aan zijn lippen zette om te voorkomen dat de cola eroverheen schuimde. 'Ik pak een ander blikje voor je,' zei hij.

'Deze is prima,' zei Martha scherp.

Tom haalde zijn schouders op en ging hun voor naar de tuin, waar een fles champagne beslagen van de kou in een ijsemmer wachtte. Ernaast, op een mahoniehouten tafel, stonden twee hoge kristallen flûtes. Terwijl hij bedreven het ijzerdraadje losmaakte, vroeg hij aan

Nancy of ze een glas met hem dronk. Nancy's ja werd overstemd door het geluid van de kurk die van de fles schoot.

'Je ziet er opgewekter uit,' zei Tom terwijl hij zowel de fles als het glas schuin hield.

'Ik voel me ook opgewekter. Dankzij jou.'

'Ik denk niet dat het aan mij ligt. Je had een luisterend oor nodig, dat was alles.'

'Ben jij ooit bij een therapeut geweest?'

'Waarom denk je dat ik er een geworden ben? Mijn therapeut heeft mijn leven gered.'

'Echt waar?'

Tom rolde zijn mouwen op en liet haar de dunne witte littekens op zijn polsen zien.

Nancy sloeg haar hand voor haar mond. 'Waarom?'

'Het is gebeurd nadat mijn vrouw was overleden. De enige manier die ik kon bedenken om uit de duisternis te komen.'

'Ik wist niet... je hebt het nooit over een echtgenote gehad.'

'Het is ook niet iets om een gesprek mee te beginnen... "Hallo, ik ben Tom. Trouwens, ik ben weduwnaar."'

'Hoe lang is het geleden?'

'Acht jaar, bijna negen. Maar een jaar daarvoor lag ze al op sterven. Een afschuwelijk langzame dood.'

'Arme man.' Nancy raakte zijn arm aan. 'Wat erg voor je.'

'Laten we het over iets anders hebben... Op betere tijden.'

Ze klonken.

'Betere tijden.'

Ze aten buiten onder een grote canvas parasol. Tom had lamsvlees klaargemaakt, met nieuwe aardappelen en verse munt, en toen de champagnefles leeg was, maakten ze een fles rode wijn open. Met een licht gevoel in haar hoofd zocht Nancy steun bij de tafel toen ze opstond. Ze moest nog glimlachen om haar eigen onhandigheid toen ze een minuut later in de badkamer het medicijnkastje bekeek en een paar potjes antidepressiva vond. Ze herkende ze. Zij had dezelfde.

Later, toen Tom de vaatwasser inruimde, stond ze over het aanrecht gebogen met haar kin op haar vuisten en keek naar Martha, die in de tuin met Kevin de Hond aan het spelen was. Ze voelde zich dronken, alsof ze nodig moest gaan zitten. Toen ze Toms vingers voelde die haar schouders masseerden, kantelde ze haar nek een klein stukje, waarmee ze hem toestemming gaf om door te gaan. Hij pakte haar goudbruine haar vast en genoot van het gewicht, de geur en textuur voordat hij het zachtjes over haar schouder drapeerde en haar achter in haar nek kuste. Ze sloot haar ogen toen zijn handen naar voren gleden en haar borsten omvatten, een schokkend intiem gebaar. Wat grof. Wat heerlijk grof. De onbekende handen waren duizend keer erotischer dan Daniels bekende handen geweest zouden zijn. Toen ze nog steeds niet protesteerde, hees hij haar rokje op tot haar heupen; het was strak en ze moest hem er een beetje bij helpen door een kronkelende beweging te maken. Ze voelde dat hij zijn lippen op de blote welving boven haar onderbroek drukte. Vederlichte kussen. Kippenvel. O god. Hij kuste haar in haar knieholten. Ze sloot haar ogen, ademde door haar neus, riep zichzelf een halt toe. Daarna riep ze Tom een halt toe. Dit was niet goed. Ze kronkelde weer toen ze haar rok omlaag trok en gladstreek.

'Wat doe je, mam?'

Nancy deed haar ogen open. Martha stond vlak voor haar in de deuropening. Als ze haar hoofd een fractie kantelde, zou Martha Tom zien. 'Ik stond even na te denken, schat.' Terwijl Nancy dit zei, hief ze in verwarring een hand naar haar losgeraakte haar. 'En je moet mama tegen me zeggen.'

'Waar dacht je aan?'

'Ik bedacht net dat we moeten opstappen. Roep Kevin maar binnen.'

* * *

De volgende ochtend, een schrale maandag, sloot Wetherby de deur van de kamer van de rector magnificus, liep langzaam de gang door naar zijn eigen kamer, ging zitten, liet zijn stoelleuning naar achteren kantelen en glimlachte zuinig in zichzelf. De bespreking was goed verlopen. Buitengewoon goed. Ze had niet beter kunnen verlopen. De rector magnificus was iemand die normaal gesproken als een waterspin over een gesprek heen scheerde. Het had te maken met zijn slechte concentratie: de manier waarop hij constant knikte en glimlachte, maar zich zelden concentreerde op wat Wetherby zei, en nog minder op wat hij zelf zei. Maar deze keer... Terwijl hij in gedachten terugliep door de gang liet hij het gesprek de revue nog eens passeren, en hij genoot van de nuances en de dramatische opbouw ervan. De waterspin had zijn rol ook goed gespeeld, beter dan ooit. Toen hij Wetherby's tegenzin voelde om te vertellen wat hem kennelijk hoog zat, was hij opgehouden met schrijven en had hij zijn pen neergelegd, waarbij hij zoals gebruikelijk een geïrriteerde houding voorwendde over het feit dat hij, zo'n druk man, werd gestoord.

'Zo, Larry, wat verdient volgens jou mijn aandacht?'

Toen Wetherby hem met een gespeelde zucht vertelde dat een van de hoofdmedewerkers contact had gehad met een terreurverdachte – zelfs een man naar de campus had meegenomen die er door de inlichtingendienst van werd verdacht een jihadstrijder te zijn die probeerde moslimstudenten te ronselen –, leek de rector, opgeblazen kikker als hij was, met stomheid geslagen. Letterlijk, alsof hij door een stroomstoot was geraakt. Zijn blik drukte een en al verwarring uit. Wetherby had ervan genoten.

'Het lijkt me niet juist om te zeggen om wie het gaat, in dit stadium,' zei Wetherby alsof hij de grootmoedigheid zelve was. 'Ik zou niet graag iemand beschuldigen en mogelijk zijn carrière naar de maan helpen zonder *ablativus absolutus*.'

De rector drong aan. Omdat de rector altijd aandrong. Omdat de rector een volhardende gluiperd was. 'De naam. Ik moet de naam weten. Ik sta erop.'

Toen Wetherby zich de naam liet ontvallen, schudde de man vol ongeloof zijn hoofd. 'Daniel Kennedy? Dat kan niet waar zijn.'

Wetherby vouwde het exemplaar van de krant van Trinity College die hij in zijn hand hield open en duwde hem over de tafel. De rector staarde naar de foto waarop Daniel met een jonge moslim met een baard van een paar weken en een geblokte sjaal rond zijn hoofd in de eetzaal zat. Hierna volgde een stortvloed van vragen. Hoe wist Wetherby dit? Wat moesten ze doen? Dacht hij dat dit om een op zichzelf staand incident ging?

Wetherby vertelde over zijn telefoongesprek met Geoff Turner, de man van de veiligheidsdienst die gespecialiseerd was in contraterrorisme. (Hij verzweeg dat hij degene was geweest die Turner had gebeld, en niet andersom. Het was niet nodig om dat te zeggen. Het zou de rector, een man met een beperkte concentratie, maar hebben afgeleid.) 'Turner denkt niet dat we te maken hebben met een typische celvorming. Er is geen vaste commandohiërarchie. Geen militaire raad. Op die manier gaat AQ – Turner noemt Al Qaeda alleen bij de initialen – te werk. Ze zijn organischer. Spontaner. Een groepering met een losse structuur. Naar alle waarschijnlijkheid zal de jihadcel op de campus...'

'Is er een jihadcel op de campus? Jezus!'

Wetherby negeerde de godslastering van de traag reagerende rector. 'De jihadcel op de campus,' herhaalde hij, 'zal zijn begonnen als een informeel gesprek tussen een groepje gelijkgestemde mannelijke studenten. Het zijn altijd mannen, maar niet per se fundamentalisten. Althans, niet in eerste instantie. Dit zal veranderen als de inzet bij de volgende bijeenkomst wordt verhoogd. Dan zal een lid een terreuraanval ter sprake brengen. Ze zullen ontdekken dat ze over bepaalden talenten of middelen beschikken, toegang tot materialen, expertise in scheikunde enzovoort. Hun gedrag lijkt dan op dat van een groepje hangjongeren, en de band die ze hebben komt psychologisch gezien in de buurt van groepslef. Niemand wil als eerste het project verlaten – en zo ontwikkelt het zijn eigen stootkracht. Ze zijn vaak slecht gedisciplineerd. Ze fantaseren. De Britse geheime dienst heeft gesprekken opgevangen van een groep die volgens hen banden heeft met de groep op de campus – gesprekken over het ontvoeren van Britse en Amerikaanse kinderen en het filmen van hun martelingen. Het probleem voor MI5 is dat ze niet weten wanneer ze er politie op af moeten sturen. Als ze te vroeg zijn, is er geen bewijsmateriaal voor een vervolging. Zijn ze te laat, dan...' Wetherby gaf met zijn handen een explosie aan.

Het bloed was uit het gezicht van de rector weggetrokken. 'Ongelooflijk,' zei hij. 'Dit is ongelooflijk. Hoeveel moslimstudenten hebben we?'

'Een stuk of dertig, geloof ik.'

'Het slaat nergens op. We doen er alles aan om aan hun behoeften tegemoet te komen.'

'Volgens Turner is dat misschien het probleem. Hoe beter opgeleid, hoe meer voorrechten, hoe groter de kans dat ze radicaal worden.'

'Maar waarom Daniel? Die man is atheïst.'

'Een goede dekmantel.'

'Bedoel je dat hij geen atheïst is?'

'Nee, ik bedoel dat ze hem daarom inzetten. Ze weten dat hij een liberaal is, gemakkelijk over te halen. Dat hij ook een uitgesproken atheïst is, komt hun goed uit. Dat maakt hem totaal niet verdacht.'

'Is hij zich ervan bewust dat hij wordt gebruikt?'

'Wie weet.'

Wetherby sloot zijn ogen toen hij zich het volgende deel van hun gesprek voor de geest haalde, en liet het even in zijn geheugen zweven, als de geur van wierook na een plechtige mis. Natuurlijk was de rector erop gebrand dat 'dit allemaal' uit de pers werd gehouden – dat zijn naam, die van de rector magnificus, uit de kranten zou blijven. Wetherby beaamde dat het gevaar bestond dat het verhaal zou uitlekken. Als dat gebeurde, zou de pers willen weten waarom de rector niet had ingegrepen zodra hij ervan op de hoogte was – waarom hij Kennedy niet had geschorst hangende een onderzoek.

De rector schudde ernstig zijn hoofd. 'Ja, schorsing is de enige optie. Maar dat moet met tact gebeuren. Er dan is er de kwestie van Daniels geestelijke gezondheid – de universiteit draagt verantwoordelijkheid voor hem.

'Natuurlijk, natuurlijk.' Wetherby verzekerde de rector ervan dat hij daar persoonlijk op zou toezien; dat hij een en ander discreet zou afhandelen. Hij was er per slot van rekening van overtuigd dat het allemaal op een misverstand berustte; dat dit niet meer was dan een symptoom van het feit dat Daniel de laatste tijd veel stress had gehad.

'Stress? Wat voor stress?'

Dit was het moment waarop Wetherby de proefscheiding ter sprake bracht. Het ontglipte hem. 'Ach, u weet wel, zijn proefscheiding.'

Ook het nieuws over Daniels waandenkbeelden ontglipte hem.

'Ziet hij dingen? Wat voor dingen?' De rector stond op en begon door de kamer te ijsberen. 'Heeft Daniel je verteld dat hij dingen ziet?'

Nog beter zelfs, dacht Wetherby, maar hij zei het niet. 'Nee, nee, dat heeft zijn arts me verteld.'

'Maar artsen mogen toch niet met anderen over hun patiënten spreken?'

'Klopt, maar hij heeft het me in vertrouwen verteld, als een vriend. Als wederzijdse vriend.'

Wetherby had uitgelegd dat de dokter bang was dat Daniel aan een zenuwinzinking leed. De dokter had bovendien willen weten hoe hij zich op zijn werk gedroeg. Het was niet meer dan verstandig om de dokter, de vriend, de wederzijdse vriend, te vertellen over de negen colleges en seminars die Daniel in twee weken had gemist of afgezegd. Ook over die ene die hij wel had kunnen geven, en waar abrupt een eind aan kwam toen hij een soort lachstuip had gekregen, die op het internet was vertoond – schijnbaar werd hij duizenden keren bekeken op YouTube. Wetherby vond het ook verstandig om de bezorgdheid van zijn collega's ter sprake te brengen: zelfs Sangmi, de nieuwe professor theoretische natuurwetenschap, had iets gezegd over Daniels vreemde en, eerlijk gezegd, asociale gedrag.

De rector voerde aan dat hij er geen idee van had dat het zo erg was. 'Ik had er geen idee van. Geen idee...' Hij vroeg zich af of hij Daniel moest laten komen om met hem te praten. Dit was het signaal voor Wetherby's pièce de resistance. De rector kon niet met Daniel praten omdat Daniel... Hij wachtte even om alles uit het moment te halen... Omdat Daniel op een van zijn tripjes naar het buitenland was, voor een opname van zijn televisieprogramma in Boston. Was de rector hiervan niet op de hoogte gesteld?

Wetherby liet de rector achter, die zijn slapen zat te masseren met kleine cirkelbewegingen van zijn vingertoppen. Ja, het was goed gegaan. Zijn optreden, zijn timing, de manier waarop hij de rotzak in zichzelf tot leven had gewekt, het was allemaal goed gegaan. Hij keek op zijn horloge. Bijna lunchtijd. Hij greep een karaf bij de hals en schonk een glas port in. De serieuze, narcistische, godslasterlijke Daniel Kennedy, dacht hij toen de rand van het glas zijn dunne lippen raakte, kreeg wat hij verdiende.

Dit vroeg om een feestje. Een privéles met Hai-iki. Waar zou ze zijn? Hij bekeek het rooster van de muziekfaculteit en belde haar mobiele nummer. Wat een opluchting dat hij er niet voor had gekozen haar weg te sturen. Hij trommelde met zijn vingers. Schiet op, Hai-iki, neem op. Wetherby is in een romantische bui.

Daniel werd wakker uit een ondiepe slaap waarin hij Nancy en Martha was gevolgd door een drukke straat zonder dat hij hen kon bereiken, zonder dat ze hem konden horen roepen. Waar was hij? In Boston. Zijn hotel in Boston. Met zweet op zijn voorhoofd zapte hij langs de zenders van een groot tv-scherm. Niets kon hem boeien. Het was alsof er op elke zender een tv-dominee te zien was in een glanzend pak op een podium met een microfoon, en een publiek dat op hem reageerde met 'Zo is het!' en 'Amen'. Er waren ook sportzenders met gespierde vrouwen in strakke pakjes, weerzenders die waarschuwden voor orkanen aan de oostkust, en talloze identieke nieuwszenders met deskundigen die voortdurend uitgebreid uitleg gaven over de val van de Dow Jones. Toen hij BBC World had gevonden, hield hij op met zappen. Er was weer een alarm geweest in Londen. Een anglicaanse school was geëvacueerd. Weer een vals alarm. In een andere nieuwsuitzending had het ministerie van Binnenlandse Veiligheid ontdekt dat Al Qaeda van plan was Amerikaanse kinderen te ontvoeren, hen te filmen als ze onthoofd werden en de opnames naar islamitische websites te sturen. 'We zullen ze afslachten als varkens,' had er in een bericht gestaan. Men dacht dat ze het onthoofden zouden laten doen door kinderen, in navolging van een geval waarin de taliban in Afghanistan een elfjarige jongen had gefilmd die een 'verrader' onthoofdde met een keukenmes. Er verscheen een commentator in beeld die de 'boodschap' van Al Qaeda interpreteerde – dit zou bewijzen dat ze fanatieker waren dan hun decadente westerse vijanden; dat de jihad tot in de volgende generatie zou blijven duren; dat de jihadstrijders nooit zouden ophouden. 'We zijn niet van plan om weg te gaan. Dat is hun boodschap.'

Met een misselijk gevoel zapte Daniel naar CNN. Een creationist sprak over de ringstaartmaki met de veren. Hij keek hoe een predikant zichzelf stond op te zwepen. Misschien hadden de conservatieve marxisten op de campus gelijk. Zelfs met een liberale president was Amerika nog een fundamentalistische staat die de planeet aan opwarming ten onder liet gaan. Hij deed de tv uit, zette zijn slaapmasker uit het ziekenhuis op en deed het weer af om naar de bijbehorende oordopjes te zoeken. Toen hij ze niet kon vinden luisterde hij noodgedwongen naar het geklingel van een bel in de haven, en naar de melancholieke tweetonige toeter van een goederentrein. Toen er een pneumatische boor werd aangezet en een verwrongen, metalige stem vertrektijden aankondigde – hij zat vlak bij het station – tikte hij twee keer op zijn horloge: halfacht. Hij was al vier uur wakker. Voor het raam nam hij de oude pakhuizen die in een halve cirkel op de werf stonden in zich op. Met hun leien daken en koperen voegloden leken het net spaken van een enorme ventilator.

Erachter stond restaurant Antony's op Pier 4, waar hij de vorige avond naar rauwe jazz had geluisterd en soep van schelpdieren had gegeten. Aangemeerde jachten lagen te deinen in de haven. Te slapen. In slaap gewiegd door het water dat tegen de boeg klotste. Touwen klapperden en kletterden tevreden tegen de rechtopstaande palen. Een metalig slaapliedje. In Londen was het nu laat op de avond; toch keek hij even op zijn iPhone. Een berichtje van Nancy: 'We missen je... De vuilnisbakken moeten worden geleegd. x.' Hij glimlachte. 'Ik mis jullie ook,' mailde hij terug. 'Kan niet slapen. Het duurde twee uur voor ik door de bewaking in Logan was. Er ligt een hoop water tussen ons in.'

Daaronder stond nog een berichtje van Nancy, over Susie. Nadat hij dit had gelezen, keek hij in de fotomap en klikte de foto aan die hij van Nancy had genomen op het moment dat hij haar over hun verrassingsreisje had verteld. Hij scrolde terug en kwam uit bij een foto die Nancy van hem had genomen toen hij Martha rondzwierde. Hij maakte de afbeelding beeldvullend. Op de volgende foto stond Martha lachend terwijl ze probeerde haar evenwicht te bewaren na het rondzwieren. Hij stuurde haar een berichtje. 'Zag geen kans gedag te zeggen voor Boston. Dus. Dag. Papa. x.'

Een halve minuut later kwam er een berichtje terug: 'Auf Wiedersehen.'

Daniel grijnsde en toetste in: 'Au revoir.'

Twintig seconden later verscheen er: 'Arrivederci.'

'Sayonara.'

'Do svidaniya.'

'Ciao schat. Ik zie je dit weekend. Zorg goed voor mama. Hou van je. xxx.'

'Ik ook van jou. xxx. Neem een cadeautje voor me mee.'

'Oké.'

'En geen prul van het vliegveld.'

'Okee-hee.'

'Het moet book zijn.'

Daniel glimlachte. Martha had hem verteld dat 'book' een textoniem was voor 'cool' — de tekstherkenning op mobieltjes, legde ze uit, gaf altijd 'book' te zien als je 'cool' intoetst. 'Ik zorg dat het book is.'

'Maar geen boek.'

'xxx.'

'Mam vond de rozen mooi.'

'Rozen?'

'Die je gestuurd hebt.'

Een item op het nieuws leidde zijn aandacht af. Een microscoop. Beelden van een kronkelende spermacel. De verslaggever zei: 'Wetenschappers hebben de honderden proteïnen geïdentificeerd die de kop en staart van de kleinste cel in een mannenlichaam vormen – zo klein dat er vijfhonderd miljoen op een theelepeltje passen. Ze denken dat de proteïnen tot nieuwe inzichten zouden kunnen leiden over hoe de spermacel slaagt in het equivalent van een trans-Atlantische zwemtocht en de pogingen van een rivaal tijdens de race saboteert om als eerste het eitje te bereiken.' Daniel keek naar de zwembroek die over de rug van een stoel hing. Hij had hem meegenomen voor het geval hij zich sterk genoeg voelde om te gaan zwemmen. Vijftien minuten later, toen hij in de zwembroek voor het diepe bad van het hotel stond, voelde hij zijn ledematen verlammen. Hij strekte zijn armen voor zich uit, maar hij kon niet duiken. Een man van middelbare leeftijd met behaarde schouders stond naast hem en dook zonder aarzelen. Zijn lichaam leek te krimpen door het water, dat de lichtval vervormde en omboog. Daniel dacht terug aan zijn lange zwemtocht. Het had hem toen geholpen zich voor te stellen dat hij gewoon een baantje trok in een zwembad. Nog één baan. Een halve. Een kwart. De herinnering maakte hem weer misselijk. Hij ging op zijn tenen staan en haalde diep adem, maar nog steeds waagde hij de duik niet. Na tien minuten gaf hij het op en ging hij in de stoomruimte zitten.

Toen hij veertig minuten later uit het hotel tevoorschijn kwam, las hij met een half oog de voorpagina van een gratis nummer van de *New York Times* – KOERSDALING VEROORZAAKT OPSTOOT WALL STREET – maar het wilde niet tot hem doordringen. Een portier in livrei begroette hem loom. Op hetzelfde moment schreeuwden twee taxichauffeurs iets naar hem. Hij kon niet horen wat ze zeiden. Toen hij besefte dat ze vroegen of hij een rit wilde, schudde hij zijn hoofd, zette zijn kraag omhoog en liep in de richting van het Boston Tea Party Ship. Er hing een zilte mist en de straten waren leeg en nat van een recente regenbui.

Daniel genoot van het alleen-zijn, het gevoel dat hij de hele ochtend voor zichzelf had. Toen hij bij een kruising kwam liet hij de haven achter zich en liep hij in de richting van Chinatown langs een blok woningen van bruinrode zandsteen tot hij bij een weg met stijlvollere huizen kwam, met buitenmuren van overnaadse planken. Hij ging de hoek om en dwaalde zo'n vierhonderd meter rond, genietend van de energie van de stad die tot leven kwam. Er vloog een vliegtuig boven hem. Het ging met een boog hoger de lucht in en liet een dun rookspoor achter. Hij was de weg kwijt. Hoe ver had hij gelopen? Waarom herkende hij deze straten niet? Hij kende Boston even goed als Londen. Beter. Verderop zag hij het gotische kruis van de kathedraal en hij vroeg zich af of Susie daarbinnen zou zijn. Had dat niet in Nancy's e-mail gestaan?

Toen hij dichterbij kwam, zag hij dat twee vrouwen al pratend de ingang blokkeerden. Ze gingen opzij om hem door te laten, en binnen was het koel en, behalve op plekken waar groepjes druipende kaarsen stonden, donker. Hij slenterde met echoënde voetstappen over een gangpad en ging in een lege kerkbank zitten. Het was één open ruimte, slechts onderbroken door twee rijen pilaren langs het kerkschip die het dak in het midden steunden. Aan de beschimmelde muren waren de kruiswegstaties te zien op wandtapijten en, daarboven, haveloze oorlogsvlaggen uit de Onafhankelijkheidsoorlog. Hij keek omhoog naar het koepelvormige plafond, knikte in zichzelf en snoof slaperig de vochtige lucht op van schimmel en wierook. Het rumoer van verkeer en gekwebbel in zijn hoofd nam af. De stilte was puur. Is dit, vroeg hij zich af, wat mensen bedoelen met in stilte de waarheid afwachten, in aanwezigheid van het vraagteken? Zijn hoofd werd leeg. Hij sloot zijn ogen.

Wie heeft Nancy in vredesnaam rozen gestuurd?

Hij deed zijn ogen open en zag een schoolmeisje voor hem dat neerknielde, met gebogen hoofd, een blonde vlecht volgde de welving van haar rug. Hij kantelde zijn hoofd en bekeek haar onderzoekend, benijdde bijna haar eenvoudige geloof en zekerheid, maar voelde ook medelijden met haar. De iPhone in zijn zak maakte een tinkelend geluid en verstoorde de stilte, waarop het meisje om zich heen keek. Het was een bericht van de faculteit genetica van Trinity. 'Hoi, Dan. Vrees dat we niets hebben kunnen vinden naar aanleiding van dat wattenstokje dat je ons gaf. Beide kanten geprobeerd! Was het belangrijk?'

Daniel tuurde nog steeds naar het schermpje toen het meisje twee minuten later opstond, een kniebuiging maakte terwijl ze een kruis sloeg en zich omdraaide om naar buiten te gaan. Ze moest hebben gezien dat Daniel naar haar keek. want ze liep met echoënde voetstappen naar hem toe. Hij wendde zijn blik af en tuurde naar zijn voetenbank.

'Professor Kennedy?'

De jonge vrouw keek hem over haar brillenglazen aan.

'Ik ben het, Susie.' Een brede glimlach. Een duur Amerikaans gebit. 'Galápagoseilanden?'

'God, Susie.' Daniel stond op en greep haar handen, waarna hij haar een kus op haar beide getekende wangen gaf. 'Nancy vertelde dat je hier vaak komt. Hoe gaat het met je?'

'Niet geweldig. Wel iets beter... ik ben weer gaan studeren.'

'Dat vertelde Nancy. Wat studeer je?'

'Kunstgeschiedenis.'

'Mooi vak.'

'Hoe is het met u? Met dat biologieonderzoek?' Haar accent was knauweriger dan Daniel zich herinnerde.

'Goed. Maar technisch gesproken ben ik nog geen professor. Zeg in elk geval maar Daniel.'

'Hoe gaat het met Nancy?'

'Goed.'

'Ze mailde me dat je in de stad bent.'

'Ja, ze zei dat je hier vaak komt.' Hij glimlachte. 'Dat had ik al gezegd.'

'Ik weet dat jij dat afkeurt. Maak je geen zorgen, ik ben geen wedergeboren christen of zoiets. Ik wil alleen...' Ze keek omhoog naar het plafond en spreidde haar armen. 'Ik merkte dat het hielp na de crash.'

'Ik keur het niet echt af, het is meer...'

'Je haat het argument dat wetenschap de hoe-vragen beantwoordt, maar alleen theologie de waarom-vragen kan beantwoorden?' Ze grijnsde. 'Dat heb je op je blog geschreven... Nu vind je me vast een stalker.'

Daniel lachte. 'Ik vind dat inderdaad een beetje gênant, als argument.'

'"Een zinloos cliché".'

Daniel schoot opnieuw in de lach. 'Precies. Een zinloos cliché. Een ontwikkelde geest onwaardig.'

'Maar goed, in de wetenschap dat Greg nu bij de Heer is... wip ik hier elke ochtend even binnen. Ik merk dat ik hier met hem kan praten.'

'Met Greg?'

'Met de Heer. Met allebei, denk ik.'

'Het is hier inderdaad heel vredig. Ik was er nooit eerder geweest.'

'Ben je...?' Ze maakte haar zin niet af maar zwaaide met haar armen.

'Nee. Nee, ik ben nog steeds bij de andere...'

Susie citeerde hem. '"Ik ben een atheïstische fundamentalist. Ik geloof nergens heel sterk in."'

'Je hebt écht mijn blog gelezen... Ik geloof dat ik hierheen ben gekomen omdat ik niet kon slapen. Jetlag. Ik logeer hier vlakbij, in het George Washington, met uitzicht op de haven. Ken je het?'

'Ja.'

'Heb je trek in koffie? Er is een Starbucks aan de overkant.'

'Ja hoor.'

Toen Daniel zag dat de polystyrenen bekers weggegooid werden, begon hij over de opwarming van de aarde en recycling, maar toen Susie alles meedreunde, zijn blog bijna woordelijk citeerde, moest hij lachen en staakte hij zijn verhaal. Hij merkte een gespannenheid bij Susie op die er niet was geweest voor de crash. En ook iets kwetsbaars. Het had te maken met de littekens op haar bleke gezicht, die veroorzaakt waren door het rondvliegende glas. En het kwam ook door haar beweeglijke, vragende wenkbrauwen. Verder was haar stem onverwacht licht, zwevend als pluis van een paardenbloem. 'Wat doe je in Boston? Je hebt hier gestudeerd, toch?'

'Dat je dat nog weet. Aan het MIT... Ik ben hier vanwege de maki. Heb je erover gelezen?'

'Die met die veren?'

'We weten nog niet of het veren zijn. Ik ben hier met een filmploeg. We maken opnamen voor de volgende serie van *The Selfish Planet*. Ik weet nog dat je zei dat je ernaar keek... Ik dacht meer aan hoe de maki een perfect voorbeeld is van willekeurige mutatie als een verklaring van de evolutie. Ik heb over een uur afgesproken met de filmploeg, dus ik moest maar...' Hij stond op. 'Heb je zin om mee te gaan?'

'Ik kan niet. Ik heb om tien uur college... Heb je een visitekaart-je?'

Daniel opende zijn portefeuille en gaf haar zijn kaartje. Met fraaie, ronde letters schreef Susie haar nummer op een ser-vetje. 'Hier. Wanneer je maar wilt... Wist je dat ik na de crash ont-dekte dat ik zwanger was?'

'Nee, ik...'

'Het is niet voldragen.' Daniel ging weer zitten en legde zijn hand op die van Susie op de tafel. Ze hield hem stevig vast. 'Het was een jongetje.' Ze leek niet op haar gemak. Het noemen van de baby had haar verlamd. Daniel, die zich al even ongemakkelijk begon te voe-len, haalde zijn hand weg en nam een slok van zijn koffie.

De Wildlife Foundation, een dierentuin in alle opzichten behalve in naam, bevond zich in Dorchester, veertig minuten rijden. De direc-teur, een man met een verweerd gezicht van in de vijftig, stond op hem te wachten: hij wilde dat Daniel niet te veel zou verwachten voordat hij de babymaki zag. 'De sensatiepers is er een beetje mee aan de haal gegaan,' zei hij terwijl hij met Daniel meeliep en hem het masker en de schort aangaf die hij moest aantrekken.

De babymaki lag in een couveuse. Daniel tuurde naar binnen. Hij was niet langer dan vijfentwintig centimeter en als hij al veren had, was niet duidelijk te zien waar die zaten. Hoewel het aapje nog maar een paar weken oud was, leek het al op het volwassen dier dat het zou worden. De handpalmen van zijn voorpoten waren bekleed met een zachte, leerachtige huid en het smalle gezicht was bleek, met zwarte, ruitvormige vlekken rond de ogen en een vosachtige snuit. De vlassige staart met zwart-witte ringen moest nog groeien, en zijn onderbuik was grijs met wit. De slanke vingers hadden platte, mens-achtige nagels en de ogen waren feloranje. De directeur draaide de maki op zijn buik en wees naar twee kleine, pluizige plukjes haar op zijn rug. Daniel kantelde zijn hoofd en zei: 'Ik zie wat u bedoelt.'

'We noemen hem Red Sox. Dat hebben de kranten juist geci-teerd.'

Zolang de babymaki op de intensive care lag, mochten de came-ra's hem niet van dichtbij filmen. Dat moesten ze doen vanuit de ka-mer ernaast, door een raam. Daniel hield daar ook zijn praatje voor de camera. De producent was na drie opnames tevreden en zei dat hij niet in de buurt hoefde te blijven als hij dat niet wilde – ze zouden een van de verzorgers interviewen die bij de geboorte aanwezig was geweest en daarna nog een paar algemene shots van de dierentuin maken. Daniel besloot nog een halfuur in de buurt te blijven voor het geval men hem nog nodig had; een halfuur waarin hij de rest van het terrein kon bekijken. Hij keek naar een tijger die neurotisch in zijn kooi heen en weer liep en ging daarna naar het aquarium.

Het felle geel, blauw en oranje van de tropische vissen vond hij prachtig maar hypnotiserend. Terwijl hij naar ze stond te kijken, ging hij terug in de tijd en was hij weer in de Stille Oceaan. Een herinnering sneed door zijn gedachten als scheurend metaal. Hij rook een brandlucht, scherp als accuzuur, en hij zag een rookwolk die de cabine binnenkwam. Hij herinnerde zich dat het watervliegtuig steeds sneller omlaag tolde, waarbij de horizon in een hoek van vijfenveertig graden te zien was. Nancy had haar hand uit de zijne getrokken, haar hoofd tussen haar knieën gebogen en beide handen eromheen geslagen.

Wie had Nancy die bloemen gestuurd?

Terwijl hij in het aquarium staarde, zag hij in zijn geheugen nog een fragment: op een bepaald moment had het vliegtuig een duikvlucht gemaakt en toen had hij geweten dat hij zou gaan sterven, maar toch had een deel van hem zich vastgeklampt aan de hoop dat dat niet zou gebeuren, dat Nancy en hij eraan zouden ontkomen. Een deel van hem, het minieme niet-wetenschappelijke deel, geloofde nog steeds dat hij niet dood kon gaan. In gedachten hoorde hij het steenkolenengels van de steward: 'Trek ook hoge hakken uit, en bril, en giet drank leeg in het vak op de stoelrug voor u. Trek zwemvest over hoofd maar blaas pas op wanneer u klaar is om vliegtuig te verlaten. Als u "Bukken! Bukken!" hoort roepen, brengt u hoofd naar knieën, met voeten onder de stoel en handen om hoofd.'

We redden het samen.

Daniel drukte zijn voorhoofd tegen het koude glas en sloot zijn ogen. Hij zag de steward voor zich die de juiste houding voordeed terwijl hij met wankele passen en trillende handen door de cabine liep. Hij had alle passagiers hetzelfde laten doen. Hij drukte Nancy's hoofd verder omlaag. 'Goed,' zei hij. 'Controleer nu of riemen vastzitten en of stoel recht staat. Dank u.' Hij herhaalde de procedure in het Spaans. Daniel wist nog dat hij dacht: *Hij moet net zo bang zijn als wij, maar hij toont moed. Hij is een man. Hij houdt zich stoer.*

Toen hij het benauwd kreeg wankelde Daniel, en hij knoopte zijn jas los en deed zijn sjaal af.

'Alles goed, jongen?'

Een pafferige, zilvergrijze vrouw in een gemotoriseerde rolstoel keek naar hem op. Aan de armen van de stoel hingen tassen die uitpuilden van de boodschappen.

'Alleen een beetje warm.'

'Kom je uit Engeland?'

'Ja.'

'Weet je zeker dat het goed gaat, jongen? Je ziet eruit alsof je aan een glaasje water toe bent.'

'Ik heb frisse lucht nodig.'

De vrouw glimlachte, drukte op een hendel op de arm van haar rolstoel en reed met een elektrische zucht de volgende hoek om. Daniel liep de andere kant op en bleef abrupt staan toen hij in de bolle ogen met zware oogleden keek van een gigantische lederschildpad. Hij was even groot als een mens en dreef vlak voor hem, alsof hij in het luchtledige hing. Daniel dacht dat hij misschien dood was, totdat hij zijn bek open- en dichtdeed. Hallo. Gebiologeerd door de lange tenen aan de zwempoten bracht hij langzaam zijn hand omhoog en drukte hem tegen het glas. De schildpad verroerde zich niet. Het dier kon zijn gedachten lezen, een indruk die voorafgegaan werd door een gevoel van kou achter in zijn schedel. Daniel ging met zijn uitgestoken hand langzaam van de ene kant naar de andere. Met een krachtige vleugelachtige slag van zijn zwempoten zwom de schildpad weg en gunde hem een korte blik op het dikke, olieachtige oppervlak van zijn hartvormige schild, voordat hij een onduidelijke schim werd in het troebele water achter in het aquarium.

Daniel kreunde. Hij voelde zich koortsig en alles deed zeer. Deze plek, deze schildpad, deze herinneringen – hij moest hier weg zien te komen. Zonder te weten hoe hij er was gekomen, zat hij ineens achter in een taxi. Het was alsof hij verdoofd was. Hij tikte twee keer op zijn horloge en vroeg de chauffeur hem naar zijn hotel te brengen. Toen ze over de Massachusetts Turnpike reden, keek hij omhoog naar een enorme reproductie van een schilderij van Stanley Spencer op Huntingdon Avenue. Het was een reclame voor een tentoonstelling van kunstenaars uit de Eerste Wereldoorlog in het Museum of Fine Art. Hij zei tegen de chauffeur dat hij daar uit wilde stappen.

Met de gekoelde lucht en smaakvolle schemerverlichting – kleine lichtbronnen op gelijke afstanden – ademde de galerie een sfeer die veel weg had van die in de kathedraal. Ook een plaats van aanbidding. Het altaar van de kunst. Toegangsprijs zeventien dollar. Hij liep snel de marmeren trap op die naar de hal leidde, zag een bord voor de tentoonstelling uit de Eerste Wereldoorlog en liep een zaal door die aan het Duitse expressionisme gewijd was. Toen hij in de zaal kwam waar de tijdelijke collecties tentoongesteld werden, was hij duizelig en zo slap dat hij nauwelijks de zware dubbele deur met geluiddichte rubberstrips open kreeg.

Het viel hem op dat de olieverfschilderijen hier onwaarschijnlijk fel en kleurrijk waren, in tegenstelling tot de zwart-witafbeeldingen die je normaal gesproken verwacht van loopgraven. Groen opkringelend gas, in dikke lagen verf opgebracht. Goudkleurige sterexplosies aan de nachtelijke hemel, die de bleekheid van de ouderdom trotseerden. Prikkeldraad, glanzend onder Verey-lampen, terwijl uit de grote loop van bultige houwitsers citroengele flitsen schoten. Een paar schilderijen waren abstract en eenvoudig, beïnvloed, las Daniel op het informatiebord, door de futuristische beweging – patronen van loopplanken en helmen waaronder sigarettenrook opsteeg; spookachtige clair-obscurfiguren met gasmaskers die over omgeploegde velden vol lijken liepen; groepjes van voorovergebogen overjassen, teruggebracht tot kleurvlakken in donkere landschappen vol kraters. Terwijl Daniel erlangs slenterde, klemde hij zijn handen achter op zijn rug en knikte in zichzelf. Eén werk vertoonde een getande rand van een loopgraaf waarlangs mannen over de hele lengte stonden te braken. Sommigen werden omhooggeslingerd als schuimende golven die achterwaarts terugvielen op een zwarte oceaan. De tekeningen hadden iets cartoonachtigs. Bijna iets kinderlijks. Explosieven teruggebracht tot vuurwerk. Onder een van de schilderijen van Paul Nash – een zwart landschap van versplinterde boomstronken – las Daniel een brief die de schilder had geschreven aan zijn vrouw in november 1917. Zijn blik vloog eroverheen en bleef steken bij één woord. Het was een woord dat Hamdi nog maar een paar dagen eerder had uitgesproken.

Er is geen glimp te zien van Gods hand. Zonsondergang en zonsopgang zijn godslasteringen, ze drijven de spot met de mens; alleen de zwarte regen uit de gekneusde en gezwollen wolken of het bitterzwart van de nacht tekent de sfeer die in een dergelijk land past. De regen gaat maar door, de stinkende modder kleurt nog vuiler geel, de granaattrechters vullen zich met groenwit water, de weg en de paden zijn bedekt met centimeters slijk, de zwarte stervende bomen druipen en zweten en de granaten houden nooit op.

Hij keek weer naar het schilderij. Het was een rake beschrijving. Nash was even goed met woorden als met verf. Misschien konden alleen woorden recht doen aan die hel, dacht Daniel. Hij herinnerde zich het gedicht van Siegfried Sassoon dat zijn vader had geciteerd: 'Ik stierf in de hel – (Ze noemden hem Passendale).' Deze woorden voelden nu zwaar en zwart van betekenis. Daniel voelde hun gewicht. De hel. Passendale. Godslastering. Het was alsof de loopgraven bovenkwamen in zijn eigen geheugen, zijn eigen bewustzijn. Ze bogen over hem heen, gaven hem een verschrikkelijk voorgevoel, riepen woorden op die geen betekenis meer voor hem hadden sinds hij ze als kind achter zich had gelaten. Hier was het kwaad. Dit was een goddeloos landschap. Een godslasterlijke plaats. Zijn overgrootvader was hier geweest, in deze modder. Hij keek weer naar de schilderijen en besefte dat deze visioenen van de hel veel nachtmerrieachtiger waren dan die welke Jeroen Bosch ooit had geschetst. Dit was geen gefantaseerde hel. Dit was een hel die door mensen tot stand was gebracht. Een hel op aarde. Een hel met donkere vuren. Hij kon zijn eigen gezicht weerspiegeld zien in het glas en het was alsof het schilderij tot leven kwam. Het bracht ook een zintuiglijke herinnering terug, net als het aquarium; het gevoel dat hij terug was in het vliegtuig toen het neerstortte. Hij was er toen van overtuigd geweest dat hij ging sterven, en het naderende vooruitzicht op zijn dood, op het niets dat die vertegenwoordigde, de hel van het niet-zijn, maakte hem bang.

Wankelend in de koele schaduwen van het museum werd Daniel

weer bevangen door doodsangst. De muren van de zaal kwamen op hem af. Een bal van paniek drong omhoog door zijn middenrif, in zijn borst. Overal om hem heen was modder, een kolkende zee van kleverige, door gas vergiftigde duisternis. Misselijk en claustrofobisch deinsde hij achteruit, weg van de schilderijen, waarbij hij de aandacht trok van een man met wit haar tot op zijn schouders en een vlekkerige vlinderdas. Ook een schoolmeisje met een beugel staarde hem aan, eerst glimlachend, daarna geschrokken. Hij wilde afstand tussen hen en hemzelf. Hij rende de trap af, de hoofdingang uit, over het gras en toen linksaf naar Huntingdon. Hij liep nu keihard, even snel als een tram die parallel aan de weg denderde. Bij Symphony Hall ging hij weer linksaf, in de richting van de rivier de Charles en de troostvolle aanwezigheid van de MIT-gebouwen aan de verre oever. Hij negeerde het rode voetgangerslicht en stond ineens op Harvard Bridge. Toen hij zwetend in het midden van de brug stilstond, sloeg hij dubbel en hapte hij naar lucht. Hoewel er een loodgrijze wolk vlak boven hem hing, zag hij zijn schaduw in het water. Toen hij misselijk van duizeligheid naar het inktzwarte kolkende water keek, voelde hij zich uit balans en hij vervloekte zijn eigen zwakte, zijn kinderachtige, laffe gedrag in het museum.

De rivier liep als een breed litteken door de stad, en te oordelen naar de dikke, golvende rimpelingen op het spiegelende oppervlak stond er een sterke stroming. Zwartgevederde meerkoeten met rode ogen en witte snavels deinden op het water. Zij veroorzaakten de rimpelingen. Het water absorbeerde het licht, slokte het op in zijn zwarte rimpels en draaikolken. Hij zag iets wat een plaat van donker metaal leek, een schild misschien, een lederschildpad. Weg was het. Stom, stom, stom. In rivieren leven geen lederschildpadden.

Hij begreep deze rivier. Hij begreep waarom die hier stroomde en hoe hij functioneerde. Hoewel hij in het binnenland ontsprong, was hij vlak bij het punt waar hij in zee stroomde en bijna keerde het tij, het punt waarop het water, verloren in besluiteloosheid, terugstroomde. Als student had hij naar de roeiers gekeken die hier trainden, en het aantal afgelegde mijlen tussen de bruggen bijgehouden. Nu keek hij omlaag en zag een metalen plaquette ter herinnering aan een ontsnapping die Houdini in 1908 op de brug had uitgevoerd. Misschien kon Daniel ook aan de dood ontsnappen. Hij had het één keer gedaan, in het vliegtuig. Het was niet zo ver naar beneden, niet meer dan negen meter. Hij stak zijn hand naar voren en keek er peinzend naar.

Een lage mist hing vlak boven de rivier. Het smeedijzer was koud aan zijn benen en handen toen hij over de reling van de brug klom. Hij bleef recht voor zich uit turen, licht trillend in de wind, om het moment uit te stellen waarop hij naar beneden zou kijken. Toen hij het deed, was hij niet bang meer. Integendeel, hij kreeg een aanvechting om te gaan zwemmen zoals hij die niet meer had gevoeld sinds de crash. Hij begon zich uit te kleden.

Die middag ging Nancy's mobieltje voor de vijfde keer. Toen ze Toms naam op het schermpje zag staan, liet ze de voicemail voor de vijfde keer opnemen. Hij had de vorige avond zes berichtjes ingesproken op haar vaste telefoon thuis, en ze had de vier nieuwe e-mails van hem in haar inbox niet opengemaakt. Dit ging al drie dagen zo, sinds ze hem had gezegd dat ze hem niet meer kon zien, dat het een vergissing was geweest. Nu wist ze niet goed wat ze moest doen. Er kwam weer een sms'je. 'Ben je daar? Waarom neem je niet op? xx Tom.'

Hierop antwoordde ze: 'Hou hier alsjeblieft mee op, Tom. Dit voelt niet goed.'

Bijna onmiddellijk kwam zijn reactie. 'Sorry, sorry. Kunnen we er in elk geval over praten?'

Nancy antwoordde: 'Ik kan dit er nu niet bij hebben.'

Ze kon het er niet bij hebben. Ze had te veel aan haar hoofd. Daniel zou overmorgen terugkomen uit de States en die nacht, waarschijnlijk meerdere nachten, zou hij bij Bruce logeren. Dit vroeg om enige uitleg aan Martha, die trouwens in een vreemde stemming was. Ze had sinds hun lunch bij Tom zitten nukken en ze had Nancy veelbetekenende blikken toegeworpen, alsof ze wel wist waar Tom op uit was geweest.

Toen Nancy voor haar huis parkeerde zag ze Toms auto aan de overkant staan. Hij zat achter het stuur. Een glimlach. Een zwaai. Ze liep met grote stappen naar hem toe en tikte op zijn raampje. Toen het omlaagging zei ze: 'Dit moet ophouden. Genoeg zo.' Toms gekwetste uitdrukking stemde haar milder. 'Hoor eens. Ik heb aanleiding gegeven. Dat had ik niet moeten doen. Maar jij had niet... Je weet hoe kwetsbaar ik was... Ik weet dat je een fatsoenlijke man bent. Laten we dit niet verpesten. Ik bel je over een paar weken.' Ze beende weg in de richting van haar huis voordat de bestuurder van de auto de kans kreeg om iets te zeggen.

De motor startte. De auto reed weg. Tien minuten later verscheen hij weer aan de andere kant van het plein en parkeerde hij op een plek waarvandaan hij een beperkt zicht had op het huis.

Die avond, toen Daniel op zijn bed in T-shirt en boxershort de *New Yorker* lag te lezen, hoorde hij een zoevend geluid: papier dat onder de deur werd geschoven. Een envelop. Hij kwam met een sprong van het bed af en deed net op tijd de deur open om een jonge vrouw te zien weglopen.

'Susie?'

'Hoi. Sorry. Ik wilde je niet storen.'

'Dat deed je niet.' Hij maakte de brief open. Het was een foto van hem en Nancy in het vliegtuig naar de Galápagoseilanden, gemaakt door Susie.

'Het lukte me om mijn camera vast te houden tijdens de crash. Ik dacht dat je hem misschien zou willen hebben.'

'Wat lief van je. Wil je niet binnenkomen?'

Susie volgde hem de kamer in en nadat ze de deur achter zich had dichtgedaan ging ze met haar hand langs de bovenkant van de flat-screen-tv, liep traag om het bed heen en speelde met de dimmer voordat ze besloot het licht zo te dempen dat een deel van haar geschonden gezicht in de schaduw verdween. Ze installeerde zich uiteindelijk op het bed, met de zijkant van haar hoofd in de palm van haar hand, alsof ze het op een schotel aanbood.

'Ik heb net een fles pinot grigio opengemaakt, maar ik geloof dat hij naar kurk smaakt,' zei Daniel terwijl hij in zijn spijkerbroek schoot en de riem vastgespte. 'Neem iets uit de minibar. Mijn baas betaalt.'

Susie glimlachte verlegen. 'Ik drink eerlijk gezegd niet,' zei ze. 'Maar ik rook wel.' Ze hield een zakje wiet omhoog. 'Mag je hier in de kamer roken?'

Daniel haalde zijn schouders op.

'Heb jij bezwaar?'

Daniel schudde zijn hoofd. 'Ik rook het zelf ook af en toe.'

Susie begon een joint te rollen.

Daniel zette wat muziek op, een jazzcompilatie van het hotel. Hij ruimde een paar tijdschriften en kleren op en ging aan zijn bureau zitten. Zijn blote voeten waren koud en deden pijn. Hij tuurde naar de foto. 'Nancy en ik hebben een tijdje – hoe noemde ze het ook weer? – "adempauze".'

'O.' Susie likte aan het vloeitje, rolde het om en draaide één uiteinde dicht. Daarna scheurde ze een reepje karton af, rolde er een filter van en stak die in de andere kant. Die stopte ze tussen haar lippen terwijl ze een lucifer afstreek. Blauwe rook kringelde om haar heen toen ze opstond en naar het raam liep. 'Mooi uitzicht,' zei ze terwijl ze uitblies. 'Al die mooie boten in de haven. En daar is de pendelboot. Ben je daar wel eens mee geweest?'

'Nee. Nou ja, één keer. Lang geleden.'

Een scherpe, aromatische geur vulde de kamer.

'Heb je niet de pest aan hotels waarvan de ramen niet open kunnen?' zei Susie. 'Ik voel me er altijd zo opgesloten.' Het trieste geluid van een brandweerauto kwam van ver beneden. Susie drukte haar wang tegen het glas terwijl ze naar beneden keek. Toen ze weer overeind stond, was haar adem op de ruit nog te zien. Ze tekende er piepend een vredesteken in.

'Maakt mij niet zoveel uit. Ik ben sowieso geen held op grote hoogte, dus ik vermijd de ramen altijd.' Daniel keek zijn gast aan. 'Het is mijn schuld.'

'Wat?'

'Dat Nancy en ik uit elkaar zijn. Ik ben over haar heen geklommen om mezelf in veiligheid te brengen.'

'Dat weet ik.'

'O ja?'

Susie nam nog een haal. 'Nancy heeft het me verteld toen we op hulp wachtten.'

Daniel keek naar zijn tenen. 'We hebben het er nog steeds niet over gehad. Niet echt. Ik denk dat we dat nooit zullen doen. Ik geloof dat we het niet kunnen. Zodra het tussen ons uitgesproken is… Ik weet niet, ik denk dat het dan nooit meer wordt zoals vroeger.'

'Weet je, jij was die dag een held. Je hebt mij gered. Weet je dat niet meer? Ik probeerde mijn riem los te maken alsof het een autogordel was en jij hebt hem toen voor me losgemaakt. Greg heb je ook gered. Hij heeft het me verteld… Ik wou dat ik hem had kunnen redden.'

'Was je dicht bij hem toen...?'

Terwijl ze terugliep door de kamer, gaf Susie de joint aan Daniel. Hij klemde hem tussen duim en wijsvinger en nam een diepe haal, die hij een paar seconden binnenhield voordat hij uitblies, naar de joint keek en knikte. Hij werd meteen licht in zijn hoofd.

Susie ging weer op het bed zitten. 'Ik weet niet hoe lang hij met zijn gezicht in het water lag. Iemand riep "Hé, kijk!" en toen ik keek dreef hij met zijn gezicht in het water. Wat ik hier zo vreemd aan vind is dat hij zo... Hij was luidruchtig. Hij was altijd... Het voelde raar dat hij zo stilletjes was overleden. Volgens de lijkschouwer is hij gestorven aan hyponatremia, als gevolg van de kou. Het is een soort nierfalen. Het was een kwaal die hij had... Hij was zo sterk. Ik ben hem blijven vasthouden totdat de helikopter kwam... Ik was zwanger.'

'Dat vertelde je.'

'Ik heb je verteld dat ik een miskraam heb gekregen. Dat was een leugen. Ik heb een abortus gehad... Ik kon het niet aan... Het was een legale abortus. De dokters zeiden dat het,' ze tikte tegen haar hoofd, '"psychologisch gerechtvaardigd" was.' Een traan biggelde over een van de littekens op haar wang en bleef liggen in het kuiltje van haar mondhoek. Ze snufte. 'Kijk mij nou. Ik had me nog zo voorgenomen niet te huilen.'

'Huilen is goed voor je.'

Susie snufte nog eens en veegde haar gezicht af met de muis van haar hand. 'Is het waar dat het zoutgehalte van tranen hetzelfde is als dat van zeewater?'

'Vast wel. En zo niet, dan zou het zo moeten zijn.'

'We hebben het allebei overleefd, jij en ik.'

Daniel merkte op dat Susie geen beha droeg, net als toen in het vliegtuig. 'Zoiets,' zei hij verstrooid. 'Ik voel me nog steeds niet dezelfde als voor de crash. Ik voel me raar. Soms word ik wakker van mijn eigen geschreeuw. Soms ben ik bang om te gaan slapen. Dan voel ik me trillerig, alsof ik koorts heb maar tegelijkertijd ben ik helder in mijn hoofd. Het is moeilijk te beschrijven. Het is alsof alles intenser is. Nat lijkt natter. Blauw lijkt blauwer. Ik voel me energieker en rusteloos. Mensen zeggen dat ik steeds glimlach. Soms heb ik het gevoel dat ik sinds de crash mijn ware ik heb gevonden – dat een glazen wand die me van de rest van de wereld scheidde, is ingestort. Het is alsof ik voordat het gebeurde onder water was, dat alles gedempt was. Ik hoorde geluiden van een afstand. Nu hoor ik alles scherp. Kun je me volgen?'

'Ik geloof het wel.'

'Vanochtend in de dierentuin raakte ik van mijn stuk door iets wat ik zag. Het was een lederschildpad. Het kwam door zijn kop. Ik moest daar weg. Uiteindelijk belandde ik in het Museum of Fine Art, ik keek er naar een paar schilderijen en het was alsof ik ze in het echt zag. Alsof ze echt waren. Alsof ik er zo in kon stappen. Alsof ik nooit eerder een schilderij had gezien. Het was fascinerend en afgrijselijk tegelijk. Ik merkte dat ik daar ook weg wilde rennen. Rennen, rennen, rennen. Ineens stond ik op Harvard Bridge naar de rivier onder me te kijken. Ik had mijn kleren uitgetrokken. Ik geloof niet dat ik wilde springen. De waarheid is dat ik niet weet wat ik dacht. Ik stond daar ineens, aan de verkeerde kant van de leuning, ik hield me eraan vast en staarde naar het water, naakt. Er stopte een fietser die me vroeg wat ik aan het doen was. Ik zei dat ik het niet wist. Ik voelde me net een verbaasde toeschouwer.'

'Dus klom je weer terug?'

'Ja. Trok mijn kleren weer aan. De fietser vroeg of ik zeker wist of alles in orde was en toen stapte hij op. Ik hield een taxi aan en ben weer hierheen gegaan.'

Susie plaatste de asbak op het bed en zette haar bril af. Dacht na. 'Ik was maagd toen we trouwden,' zei ze. 'Al mijn vriendinnen plaagden me ermee, maar het was gewoon een plechtige belofte die ik had gedaan. Greg had al veel meisjes gehad... Sindsdien ben ik met niemand geweest. Het voelt niet goed. Te vroeg.'

'Je voelt het vanzelf als je er aan toe bent.'

Susie klopte naast zich op het bed. Daniel aarzelde, en ging toen zitten met een beker in zijn handen die hij als asbak gebruikte. Hij reikte haar de joint weer aan, waarop ze met een grijns zei: 'Wil je een *blowback*?'

Daniel liet onverwacht een schaterlach horen. Hij had die uitdrukking al jaren, sinds zijn studententijd, niet meer gehoord, en hij vond het woord erg komisch. 'Noemt jouw generatie dat nog steeds zo?'

'Ik dacht dat wij het hadden uitgevonden.' Susie stak het aangestoken uiteinde van de joint, die bijna helemaal opgebrand was, in haar mond, met haar lippen stijf op elkaar rond het niet-brandende uiteinde, en vormde met haar handen een koker. Die drukte ze tegen Daniels open mond en blies de rook erdoorheen. Daniel voelde de kamer wegglijden. De rookmelder ging af. Susie drukte de joint uit in de asbak en wapperde met haar hand. Ze barstten allebei in lachen uit. Toen de rookmelder ophield, leek de jazz harder te klinken. Oscar Peterson. Daniel begon geluidloos mee te zingen, en speelde met zijn vingers, afwisselend gestrekt en slap, piano met slappe polsen en opgetrokken schouders, terwijl hij meeknikte.

Susie deed hem na.

'Je hoort muziek pas echt als je stoned bent,' zei Daniel. 'Je hoort elke noot superhelder, bijna driedimensionaal. Je kunt je aandacht verplaatsen van het ene instrument naar het andere, alsof je daadwerkelijk binnen de muziek aan het rondkijken bent.'

Susie zette de asbak op de grond en legde haar hoofd in de kromming van zijn arm. Binnen de kortste keren hoorde hij dat ze in slaap was gevallen. Daniel deed het bedlampje uit en viel ook in slaap. Toen hij wakker werd was het nog steeds donker, en hij was alleen. Hij deed het licht aan en keek op zijn horloge. Er lag een briefje op het nachtkastje. 'Nancy mag zich gelukkig prijzen. Bel me als je weer in de stad bent. xx Susie.' Daarnaast lag de foto waar hij en Nancy op stonden. Hij ging weer liggen en drukte er een kus op.

Zijn vlucht ging over drieënhalf uur. Slapen had geen zin meer. Tijd om te douchen en in te pakken. Hij kon op het vliegveld ontbijten.

Tijdens het eerste halfuur van de vlucht repeteerde hij wat hij tegen Nancy wilde zeggen. Dat hij wist hoe ze zich voelde. Dat hij zich ook zo voelde. Dat het hem diep speet wat er was gebeurd in het vliegtuig naar de Galápagoseilanden, maar dat hij ook maar een mens was. Op een ander moment zou hij misschien anders gehandeld hebben, had hij misschien eerst haar in veiligheid gebracht, maar in die verwarrende, van adrenaline doortrokken seconden had het vecht-of-vluchtmechanisme de overhand gekregen. Dat was hij niet geweest. Hij was niet degene geweest die haar in de steek had gelaten. Het kwam door de biologie. Twee miljoen jaar evolutie. Hij zou haar vertellen dat ze allebei getraumatiseerd waren door de crash, maar dat ze alle eventuele problemen konden oplossen door te praten, door te luisteren. Hij zou haar vertellen hoe hij in Boston uit het lood was geraakt. Hij zou haar vertellen over de kathedraal, de schildpad en de schilderijen in het museum die tot leven waren gekomen. Hij zou haar misschien zelfs vertellen wat er op de brug was gebeurd. Ze zou het begrijpen. Nancy begreep altijd alles.

Hij besloot geen diazepam te nemen voor de vlucht – hij moest helder zijn als hij landde –, maar zodra de bordjes RIEMEN VASTMAKEN aanfloepten en het vliegtuig als gevolg van turbulentie begon te schudden, had hij er spijt van. Hij dronk zijn glas rode wijn leeg zodat hij er niet mee kon morsen, en keek de eerste twintig minuten naar een film, een teleurstellende thriller met Robert de Niro. Even lukte het hem in te dutten, tot hij in paniek wakker schoot – de klaarwakkere, tandenknarsende paniek wanneer je beseft dat je achttien kilometer boven de aarde zweeft in honderd ton metaal, honderd ton metaal waarin ook nog eens honderd ton goederen vervoerd worden. De rest van de vlucht hield hij de armleuningen stevig vast. Op Heathrow stuurde hij Nancy, zodra hij zijn bagage had gehaald, een sms'je. 'Net geland. Kan ik langskomen? Moet een paar dingen ophalen. Is Martha thuis?'

'Martha is op school. Even dan. Ga zo naar sportschool.'

Toen de zwarte taxi het plein van Clapham Old Town op reed, begon Daniels hart sneller te slaan. Hij ademde diep in, rende de trap op en klopte op de deur.

33

In een Georgian herenhuis met dubbele gevel in Kew bekeek een oude man de fotolijstjes op zijn bureau: zijn zoon in padvindersuniform, zijn grootvader met een gezicht vol modder in een loopgraaf naast een andere soldaat die zijn arm om hem heen heeft geslagen. Er was een foto van zijn tweede vrouw op het strand, maar niet van zijn eerste. Dat leek ongepast.

Philip pakte een foto op van zichzelf als tienjarig jongetje, poserend met zijn moeder en zijn zusje Hillary, alle drie bij zijn vaders graf op de oorlogsbegraafplaats van Bayeux, met de twee torentjes van de kathedraal op de achtergrond. Hij droeg die dag zijn zondagse kleren: korte broek, riem van slangenleer, kniekousen, ruitjesoverhemd, vlinderdas. Zijn kin was geheven. Armen plat tegen zijn lichaam. In de houding.

Een geluid. De klank van zilver tegen porselein. Amanda zette een kopje thee op de tafel naast hem. Ze dacht zeker dat hij sliep. Toen hij zijn ogen een stukje opendeed zag hij haar de kamer uit lopen, en weer keek hij naar de ingelijste foto in zijn kurkdroge handen. Hij was genomen op 6 juni 1954, de tiende viering van D-day. Zijn eerste bezoek aan de begraafplaats.

Toen Philip in zijn eigen ogen keek – de ogen van de tienjarige jongen – werd de tijd vertraagd, bleef stilstaan en draaide, als de propellers van een oceaanboot die van koers verandert, terug. Draait. Een overgang van verleden naar heden...

Philip hoort zeemeeuwen krijsen tijdens de oversteek op de veerboot, hij proeft weer de zilte lucht, voelt de warmte van zijn moeders hand die hij pakt als hij zich schrap zet tegen het deinen en schommelen van de boot.

De straten in Bayeux zijn kriskras versierd met vlaggetjes: van Amerika, van Groot-Brittannië en van Canada. Voor zover hij kan zien zijn er geen vlaggen van Australië of Nieuw-Zeeland. Het moet te ver zijn geweest voor hen. Zijn moeder heeft gezegd dat de koningin misschien naar Normandië komt voor de herdenking. Hij had haar kroning het jaar daarvoor niet gezien. Ze hadden geen televisie. Maar hij had haar wel op de foto gezien in *The Times*. Ze zag er aardig uit. Ze leek een beetje op zijn moeder.

Als de bus stopt, stapt Philip als eerste uit en als hij naar de ingang van de begraafplaats rent, valt zijn mond open. Hij ziet ruim vierduizend witte grafstenen, rij na rij, glanzend in de zon en perfect geordend, horizontaal en verticaal. Geen grassprietje staat verkeerd. Hij hoort zijn moeder roepen dat hij moet wachten.

Andere bussen arriveren en het wordt druk op de paden. Weduwen, ooms, ouders, zusjes, grootmoeders. De grafstenen zien er allemaal hetzelfde uit, op een enkele na die de vorm heeft van een davidsster, of waarin een halvemaan is uitgesneden, die een andere kant op wijst. Philip vindt het mooi dat de geëerde doden net zo begraven liggen als ze aantraden, in het gelid. Toch denkt hij dat ze allemaal anders geweest moeten zijn: sommigen klein, sommigen lang, sommigen dik, sommigen dun, sommigen dapper, sommigen laf. De meest voorkomende leeftijd op de witte grafstenen is negentien, ziet hij algauw. Dit betekent dat ze nog in de twintig zouden zijn als ze D-day hadden meegemaakt. Te midden van hen heeft hij het gevoel dat hij in een leger staat.

Zijn vaders graf blijkt moeilijk te vinden en zijn moeder moet met hen terug naar de ingang om het boek te raadplegen waarin alle namen van de overledenen vermeld staan. Op de kaart is te zien waar ze liggen. Als ze het bewuste graf vinden, zien ze tot hun verbazing dat er verse bloemen op gelegd zijn. Ze kijken om zich heen. Ook op een aantal andere graven liggen bloemen. De bloemen zijn waarschijnlijk voor degenen die een onderscheiding hebben gekregen. Philip kijkt op naar zijn moeder. Tranen lopen over haar gepoederde wangen. Haar lippen vormen prevelend de woorden die op de grafsteen staan.

KAPT. W. KENNEDY, VC, MC

48 / ROYAL MARINES

GESNEUVELD IN DE STRIJD OP 27 JUNI 1944

HIJ IS GESTORVEN OPDAT ANDEREN KONDEN LEVEN

Philip had zijn moeder een keer aan de telefoon iets horen zeggen over die tekst. Het leger wilde zijn vaders leeftijd erbij zetten, maar daar bestond enige verwarring over. Volgens hun gegevens was hij vijfentwintig. Maar hij had tegen haar altijd gezegd hij een jaar ouder was. Aangezien ze zijn geboorteakte niet hadden kunnen opsporen, was zijn leeftijd op de grafsteen weggelaten.

Zijn moeder haalt een zakdoek uit haar mouw en bet haar ogen. Philip doet een stap naar voren en kijkt weer naar haar op, deze keer om te vragen of hij de steen mag aanraken. Ze knikt. Hij is koud. Portlandsteen. Hij haalt zijn zakhorloge tevoorschijn, het exemplaar dat zijn vader hem in zijn testament heeft nagelaten, doet het open en houdt het bij de grafsteen. Hij hoort zijn moeder achter hem snuffen. Zijn zusje stapt naar voren en raakt ook de steen aan, aarzelend, alsof ze bang is dat er stroom op staat. Ze heeft een zelfgemaakte tekening van een soldaat bij zich en legt die op het graf.

Philip stapt naar achteren en tast naar zijn moeders hand. Zijn zusje doet hetzelfde en met zijn drieën staan ze zwijgend bij het graf, met gebogen hoofd. Een tuinman die twee rijen verder aan het werk is trekt Philips aandacht. Hij ziet dat hij zijn rug recht en met beide handen over het onderste deel wrijft, waarna hij zich weer bukt om zijn kniebeschermers los te maken – die eruitzien alsof ze uit autobanden zijn geknipt. Hij legt ze in zijn kruiwagen, boven op de kluiten die hij van de randen van het grasveld heeft gesneden. Hierop legt hij zijn tuinschaar en schop en een vreemd uitziend snijwerktuig dat halfrond van vorm is. Hij trekt zijn jasje uit en rolt zijn mouwen op, waaronder witte haren tevoorschijn komen. Het wordt warm. De tuinman zet ook zijn pet af, veegt zijn kale hoofd af en zet hem dan weer op. Hij zakt een stukje door zijn knieën en pakt de handvatten van de kruiwagen, tilt hem met een zucht op en duwt. Het piepen van het wiel lijkt een solidaire weerklank van zijn stappen. Hij komt hun kant op. Philip volgt zijn bewegingen vanuit zijn ooghoeken. Als hij voelt dat de tuinman achter hen staat, draait hij zich om.

'Hier ligt mijn vader,' zegt Philip.

De tuinman kijkt op de grafsteen. 'Je zult wel trots op hem zijn.'

'Hij heeft zijn VC postu, postum...'

'Postuum gekregen,' maakt zijn moeder af.

'Waarvoor heeft hij die gekregen?

'Hij heeft een Duits mitrailleursnest aangevallen,' zegt Philip. 'Hij was heel dapper.'

'Kunt u een foto van me maken naast papa?' vraagt Hillary, terwijl ze aan haar moeders mouw trekt.

Haar moeder pakt de Brownie 127-camera uit haar tas waarvoor ze op de boot een pond, vier shilling en een sixpence heeft betaald. Philip en Hillary gaan aan weerskanten van de grafsteen staan.

'Zal ik er een van jullie allemaal samen maken?' vraagt de tuinman.

Hun moeder denkt hier een ogenblik over na voordat ze de camera doorspoelt en aan hem overhandigt. 'Wilt u zo vriendelijk zijn?' Ze gaat achter de grafsteen staan en zet haar hoed recht. Ze trekken alle drie een gepast ernstig gezicht.

Klik. Stilte. *Klak.*

Philip deed zijn ogen open. Het geluid dat hij in zijn herinnering hoorde, had hem uit zijn dagdroom gewekt. Hij nam een slokje thee. Die was koud. Met behulp van zijn wandelstok kwam hij overeind uit de stoel en liep stijfjes door het gedeelte van zijn bibliotheek met memoires aan de Tweede Wereldoorlog. Zijn vingers sloten zich om de rug van een boek van brigadier Frank Waterhouse, een ex-commando die in 1998 was overleden. Het viel open bij een passage die hij uit zijn hoofd kende. Daniel moest het ook uit zijn hoofd kennen – als kind had hij het vaak als verhaaltje voor het slapengaan willen horen. Philip hoopte dat er genoeg tijd was verstreken sinds de laatste keer dat hij het had gelezen om iets van de zinnen te zijn vergeten en er daardoor opnieuw van te kunnen genieten. Het was geschreven in de droge, bescheiden stijl die favoriet was bij gepensioneerde soldaten van die generatie – heel anders dan de snoeverige toon van hedendaagse memoires. Bijzondere daden die zonder poespas werden verteld – des te sterker vanwege het ontbreken van overdrijving.

Philip las:

In de oorlog worden mannen alleen beoordeeld op hun dapperheid. Niets anders doet ertoe. Een van de dapperste mannen met wie ik heb mogen dienen was kapitein William Kennedy, 'Zijderups Kennedy', zoals hij werd genoemd. Ik mocht Zijderups graag. Met zijn knappe uiterlijk en vierkante kaken had hij wat de dichter Keith Douglas dat 'beroemde onbekommerde' noemde – en de gewoonte achteloos in zijn nek te wrijven als hij de strijd inschatte die hun te wachten stond. Hij was een van die officiers die zich met een bepaalde homoseksuele nonchalance en zwierigheid gedroeg. Op vrolijke avondjes droeg hij soms vrouwenkleren en danste hij met andere officiers. Zijn bijnaam dankte hij aan zijn voorkeur voor zijden ondergoed, dat hij altijd kocht in een winkel in Jermyn Street. Ik denk niet dat hij echt homoseksueel was – na de oorlog kwam ik erachter dat hij getrouwd was en twee kinderen had – ik vermoed dat hij zich expres zo 'aanstelde' als tegenwicht voor het wrede doden. Homoseksuelen werden per slot van rekening beschouwd als toonbeeld van gevatheid en gekkigheid, en zulke eigenschappen werden tijdens de oorlog beschouwd als levensbevorderlijk. Toen ik hem leerde kennen was ik laag in rang en hij was kapitein en had al een Military Cross. Hij had ook een reputatie. Het praatje ging dat je tijdens de strijd nooit te dicht bij een MC moest staan. Deels omdat die onnodige risico's zou nemen om nog een medaille binnen te halen om zijn collectie compleet te maken, deels uit bijgeloof dat zijn geluk wel eens op zou kunnen raken.

Het geluk van Zijderups Kennedy raakte inderdaad op toen hij op de eenentwintigste dag na D-day op weg ging naar Tilly-sur-Seuilles. Onze colonne werd vastgehouden door een eenheid van de Waffen-SS in een vervallen boerderij op een uitstekende rots, vierhonderd meter boven de vallei. Ze waren niet al te vriendelijk. Er waren drie of vier machinegeweren, schatten wij, plus mortieren, en wij bevonden ons binnen schootsafstand. Een Spit had hen gebombardeerd, maar ze hadden dekking gezocht en waren doorgegaan met schieten zodra de luchtaanval voorbij was. Normaal gesproken zouden we hebben gewacht tot de artillerie kwam om hen weg te blazen, maar het zware geschut achter ons werd overvallen, samen met een konvooi Amerikaanse en Canadese trucks. Er waren geen andere wegen op het terrein en de velden om ons heen lagen vol mijnen. Via de radio van de bataljoncommandant kwam het bevel dat het obstakel 'tegen elke prijs' uit de weg moest worden geruimd.

Er waren al twee aanvallen geweest – een om de open rechterflank heen, de andere om de linker. We hadden noodgedwongen dekking gezocht en de Duitsers hadden ons nog steeds in hun greep. De enige optie die we nog hadden was wachten tot de nacht viel en dan frontaal aanvallen, direct tegen de helling op kruipend, onder de overhangende rotswand. We moesten maar hopen dat ze geen vuurpijlen hadden. In beide gevallen zou het een 'VC job' worden, soldatenjargon voor een zelfmoordactie. Alleen vrijwilligers. We namen als vanzelfsprekend aan dat Kennedy zich zou aanbieden, en dat deed hij ook. Hij leek zelfs opgetogen bij het vooruitzicht – ik weet nog dat zijn ogen straalden. De vraag was, wie zou er met hem meegaan? Ik was niet bang om dood te gaan, maar wel om toe te geven aan mijn angst en als verlamd te blijven staan wanneer ik moest schieten om hem te dekken. Maar iets aan Kennedy's onbekommerdheid maakte dat ik die dag mijn hand opstak. Zes anderen deden hetzelfde. We smeerden camouflagecrème op ons gezicht en controleerden onze Thompson-machinepistolen, wij allemaal behalve soldaatkorporaal Carter die een Bren bij zich had. Ik weet nog dat iemand een vlammenwerper opperde, maar die zou te groot zijn geweest – de Duitsers zouden ons van een kilometer afstand hebben zien aankomen. In plaats daarvan hadden we ieder zes granaten bij ons.

Het kostte ons ongeveer een uur om de eerste driehonderd meter af te leggen, waarbij we centimeter voor centimeter op onze ellebogen vooruitkropen. Op een teken van Kennedy nam Carter positie achter een paar stenen aan de linkerkant. De rest van ons kroop verder. Toen we zo'n twintig meter van de boerderij waren, ging er een vuurpijl de lucht in – het moet een valstrik zijn geweest – en in de nachtelijke hemel wemelde het van de kogels. Ik voelde de luchtverplaatsing op mijn gezicht. Kennedy stond op en ging over tot de aanval. Ik probeerde hem dekking te geven met mijn Thompson, maar die zat vast. Er was een explosie. Hij had een van de

mitrailleursnesten uitgeschakeld met een granaat en rende
gebukt langs de muur naar het puin van het volgende raam.
Op dat moment werd het nogal link. Kogels sloegen
brokstukken van de muur af. Drie van onze mannen waren
geraakt. Ik pakte een Thompson van een van de dode
mannen en dekte Kennedy. Er was nog een explosie en weer
raakte een machinegeweer onklaar. We beseften nu dat er een
tweede schuur was achter de hoofdboerderij waar ook schoten
van een machinegeweer uit kwamen. Er waren nog meer
vuurpijlen en ontploffende granaten, toen ik zag dat Kennedy
een van onze gewonden uit de vuurlinie wegsleepte zonder
zich om de kogels te bekommeren. Daarna ging hij weer in
de aanval. Hij smeet een granaat door het raam, maar werd
vlak daarvoor door het machinegeweer getroffen. De
resterende Duitsers gaven zich daarna over, een stuk of tien,
sommige gewond. Een volgende vuurpijl ging de lucht in en
Carter ging naar de plek waar Kennedy op zijn rug lag.
Omdat ze van dichtbij waren afgevuurd, waren de kogels in
een kringetje dicht naast elkaar door zijn maag gegaan.
Volgens Carter keek Kennedy omlaag naar de bloederige
gaten in zijn uniformjas en zei: 'Bewonderenswaardig, zo
netjes op een rij!' Ikzelf heb het niet gehoord, maar het zou
aardig zijn als dat zijn laatste woorden waren. Hij werd
postuum onderscheiden met een Victoria Cross. Collectie
compleet.

Philip sloeg het boek met een klap dicht en zette het terug op de
plank. Hij kon het bezoek aan het nationaal archief niet langer uitstellen. Geen excuses meer.

Toen Nancy de deur opendeed en Daniel op de stoep zag staan,
kon ze aan hem zien dat hij zijn praatje klaar had. Hij kon haar
niet recht aankijken. Hij haalde onregelmatig adem. Hij was keurig gekleed, voor zijn doen. Een blauw gestreken overhemd en een
broek van zware katoen. Gladgeschoren. De geur van listerine en
aftershave.
Hij zei niets.
Nancy was blootsvoets en droeg een wijd grijs sweatshirt met bij-

passende broek. In haar hand hield ze gymschoenen en opgerolde sportsokken. Na het douchen en tandenpoetsen had ze haar huid ingewreven met Ambre Solaire. Dat vleugje zomervakantie. Ze vroeg zich af of hij het rook.

Het moment waarop ze elkaar in een formele begroeting een kus op de wang hadden moeten geven was voorbij. Daniel zette zijn tas neer en deed een stap in haar richting. Ze stond met haar rug tegen de muur. Hij deed nog een stap en kuste haar op de mond, eerst aarzelend, waarbij hij haar lippen met zijn tong uit elkaar dwong. Nancy werd erdoor overrompeld. De zachtheid van zijn lippen, zijn warme, frisse adem maakte iets in haar wakker wat lang in haar verscholen had gelegen, een verlangen dat zich kenbaar maakte. Na een paar seconden duwde ze hem weg, schopte de voordeur met haar voet dicht en stak haar armen omhoog. Hij trok haar sweatshirt uit. Liet zijn vingers achter de stof van haar sportbeha glijden. Kuste haar hals.

Ze duwde hem weer naar achteren, trok zijn overhemd uit en schampte met haar tanden over zijn borst. Het was alsof ze een gevecht leverden, elkaar ontweken en uitprobeerden – en ook alsof ze probeerde zich te verliezen, een rol te spelen, onherkenbaar te worden. Ze sjorde haar sportbroek en onderbroek omlaag en sloeg haar armen om zijn nek. Hij was nu een vreemde, en dat bracht haar in vervoering. Seks met een vreemde. Hij hief zijn hoofd naar haar op en ze kronkelden en draaiden hun nek als in een paringsritueel, alsof ze het juiste moment voor de aanval afwachtten. Ze stond met haar schouders tegen de muur en de handen van de vreemdeling tilden haar benen omhoog en legden ze over zijn heupen. Ze gebruikte haar hand om hem te leiden, en voor de eerste keer in vijf maanden voelde ze hem in zich. Toen er rillingen door haar heen gingen kwam ze even bij zinnen, daarna liet ze zich weer meeslepen en sloeg ze haar voeten achter zijn rug over elkaar terwijl ze probeerde zich zo hard mogelijk tegen hem aan te drukken. Ze hield hem in een ijzeren greep, spietste zich vast, betastte met haar vingertoppen het reliëf van zijn rugwervels. Had hij aan sport gedaan? Zijn spieren voelden anders. Ze pakte hem steviger vast, sidderde over haar hele lichaam en sloot haar ogen. Ze had een duizelingwekkend gevoel in haar buik. Het verplaatste zich naar haar onderrug, de onderkant van haar ruggengraat, door haar bekkenbodem – duizend piepkleine elektrische schokjes. Ze was zich niet langer bewust van haar lichaam. Ze bewoog zonder botten en schramde zijn rug met haar nagels. 'Neuk me,' zei ze met een dikke stem die diep van binnen kwam, een bezwering van achter uit haar keel. 'Neuk me.' De woorden voelden vreemd en nat op haar tong, alsof ze bezeten was, alsof ook zij een vreemde was, alsof een vreemde haar lichaam had overgenomen, haar mond, haar geest. 'Neuk me, klootzak.' De tijd vertraagde. Ze werd zich bewust van de warme adem van de vreemdeling in haar oor.

'Waar zijn we mee bezig, Nance?' zei hij nu. 'Dit voelt meer als vechten dan als neuken. Is dit wat je wilt? Nou? Wil je vechten?'

Haar heupen beukten als antwoord − een beweging van onbeheerste, sidderende razernij. Haar bewegingen voelden als vloeistof, zware, hete, stroperige vloeistof. Ze verdronk in zichzelf, in haar eigen verstikkende seksualiteit, snakkend naar adem, naar betekenis. Wat gebeurde er? Wat was die vreemde man aan het doen? Ze keek omlaag over de borsten die uit de cups van haar sportbeha stulpten, over de welving van haar buik, naar de plek waar hij verscheen en verdween.

'Ik hou van je,' zei hij.

Hij zei dat hij van me hield. De vreemdeling zei dat hij van me hield.

Hij kuste haar opnieuw en ze zag haar ogen weerspiegeld in de zijne. Ze stonden verward. De ogen van een vreemde. Een glimlach verscheen rond zijn mondhoeken. Zijn voorhoofd glom van het zweet. Er plakten haarsliertjes tegenaan.

Ze betastte zijn gezicht met gespreide vingers, ze drukte zijn neus plat, duwde hem weg. Daarna sloeg en krabde ze hem met beide handen voordat ze haar vuisten balde en daarmee op zijn borst roffelde. Zijn handen gleden nu over haar handen en zijn vingers strengelden zich in de hare. Even van haar stuk gebracht door deze gewaarwording, niet wetend waar zij ophield en hij begon, zei ze: 'Je hebt mijn hart gebroken.'

Ze haalden nu allebei onregelmatig adem, alsof ze naar lucht hapten. Ze drukte haar heupen tegen hem aan. Hij reageerde erop door met zijn bekken te draaien. Er volgden meer diepe kussen, meer op-en-neerbewegingen, daarna kwamen de laatste stuiptrekkingen en het hoofd van de vreemde man viel in de kromming van haar schouder, alsof hij dood was.

Nancy ging op haar benen staan, maar ze liep niet weg. Ze bleven een minuut lang in de gang staan terwijl ze op adem kwamen en afstand namen. 'Je kunt niet blijven,' zei ze. 'Ik vind niet dat je moet blijven.'

34

Philip zat stijfjes aan een achthoekige tafel met acht lampjes met groene kap te wachten op de documenten waar hij om had gevraagd. Hij controleerde zijn tafelnummer, klikte zijn zakhorloge open en zag zijn trekken weerspiegeld op hetzelfde zilveren vlak dat ooit het gezicht van zijn vader en van zijn grootvader had weerspiegeld. De archivaris had gezegd dat het een halfuur zou duren voor de gevraagde documenten tevoorschijn gehaald en afgegeven zouden worden. Hij wachtte al vijfenveertig minuten. De documenten, was hem verteld, waren afkomstig uit de 'verbrande collectie'. Dit sloeg op de Britse militaire verslagen uit de Eerste Wereldoorlog, waarvan zestig procent was verbrand tijdens een aanval van de Duitsers op het ministerie van Oorlog in 1940. Philip was gewaarschuwd dat hij kon verwachten dat er stukken ontbraken in de rapporten die hij had opgevraagd.

Hij was al weken van plan om een bezoek te brengen aan het Nationaal Archief – het was een korte wandeling vanaf zijn huis – maar een knagend gevoel had hem ervan weerhouden. Toen tien minuten later een doos met een touw eromheen voor hem werd neergezet, aarzelde hij voordat hij die openmaakte, en langzaam liet hij zijn vingers over het wasachtige oppervlak glijden: zuurvrij karton ter bescherming van de documenten. De verwachtingsvolle stilte maakte abrupte bewegingen onmogelijk. Met waterige ogen las en herlas hij de naam op het deksel: SOLDAAT ANDREW KENNEDY, IIE SHROPSHIRE FUSELIERS.

Automatisch begon hij het touwtje los te maken.

De doos bevatte een geboorteakte met een begeleidende brief uit Somerset House, een soldatenzakboekje met vlekken van iets wat eruitzag als koffie of modder, en een enkel dossier waaraan flintertjes rode zegelwas plakten. In puntige, duidelijke letters stond een opsomming van de inhoud op het omslag. Eronder stond een stempel die duidelijk maakte dat het dossier niet compleet was, aangezien bepaalde onderdelen ervan nog geheim waren. Philips handen trilden toen hij het openmaakte.

Het appartement in Chelsea bestond uit een benedenverdieping en een souterrain in een victoriaans huis van vijf etages. Het had een eigen voordeur die lichtblauw geschilderd was. Toen Bruce opendeed en zijn vriend grijnzend op de stoep zag staan, kermde hij.

Daniel zwaaide met de fles wodka die hij bij de hals vasthield. 'Voor je meegebracht uit de taxfreeshop.'

Bruce schudde nadrukkelijk zijn hoofd en zei: 'Geen denken aan.'

'Eén spelletje.'

'Lazer op.'

'Het zal ons allebei goeddoen.'

'Het zal jou goeddoen, omdat jij altijd wint. Ik ben straks weer de lul. De laatste keer heb ik mijn maag leeg moeten laten pompen.'

'Niet waar.'

'Daar gaat het niet om.'

'Jij mag met wit spelen.'

'Nee. Ik voel me niet lekker. Ik zit in het eerste stadium van een longontsteking. Mijn longen voelen…'

Daniel stapte een kamer in die ingericht was met sierlijke filigraanlampen, zwierig gedrapeerde fluwelen gordijnen en een muurschildering van halfnaakte jonge Atheense mannen die smachtend op de trap van een tempel lagen. Hij liet zijn weekendtas op de grond vallen en liep naar de kleine vleugel waarop een schaakbord stond met wodkaglaasjes als stukken. Hij zette het bord op een glazen salontafel naast een vaas tulpen, schroefde de dop van de fles wodka en vulde voorzichtig elk glaasje tot de rand. 'Weet je wat ik zo fijn vind van schaken?' vroeg hij.

'Dat je altijd wint?'

'Dat het een begin, een middenfase en een einde heeft. En je weet nooit wanneer je in de middenfase zit, omdat dat afhangt van hoe snel de eindfase begint. Zonder dat je het weet kun je twee zetten van schaakmat verwijderd zijn.'

'Nog een reden om de pest te hebben aan schaken.'

'Laatst speelde ik het met Martha en in plaats van haar koning weg te halen toen ik haar schaakmat zette, tilde ze hem langzaam van de tafel, alsof hij ten hemel opsteeg.'

'Wil je niet eens doen alsof je verliest van je eigen negenjarige dochter? Wat ben je toch een misselijk figuur.'

'Fijn dat ik hier kan logeren.'

'Zolang je mijn kansen met mijn medebewoner maar niet verpest.'

'Peter?'

'Hij kan elk moment thuiskomen.'

'Controleer je wanneer hij thuiskomt?'

Bruce trok zijn wenkbrauwen op en keek Daniel vermoeid aan. 'Als je hem ziet, begrijp je het wel.' Bruce zuchtte weer terwijl hij tegenover Daniel ging zitten en de witte pion voor de dame verplaatste. 'De spieren van zijn bovenlichaam zijn duidelijk gevormd in de sportschool. En hij schrijdt in schoonheid, als de nacht. Ik geloof dat hij ook op zoek is naar liefde. Zo'n tragisch, vrouwelijk type, zonder iemand die hem beschermt. Als ik 's avonds alleen ben in mijn studeerkamer denk ik aan zijn engelachtige gezicht en pleng ik een traan.'

'En nog wat andere lichaamssappen.'

'Hoe is het tussen jou en Morticia?'

'Verwarrend... Waarom mag je haar niet, Beer?'

'Ik mag haar wel. Nee, dat is niet waar. Maar het ligt aan háár. Zij kan mij niet uitstaan. Ik voel dat ze zich ergert als ik bij haar in de buurt ben.'

'Iedereen ergert zich aan jou.' Daniel schudde zijn hoofd terwijl hij een paard verzette. Bruce verplaatste de pion voor de koning. Daniel sloeg het stuk met zijn paard en reikte Bruce het volle glaasje aan.

* * *

Tien minuten na zijn terugkeer van het archief stond Philip in de houding voor de passpiegel in de slaapkamer. Hij droeg zijn gala-uniform; zijn rug boog een beetje door onder het gewicht van de medailles. Zijn riem – horizontale banden van mat cerise, blauw en goud – had een zilveren gesp. Op zijn kraag zaten regimentsspelden, miniaturen van het insigne op zijn pet, waarbij de koppen van de slangen elk een andere kant op keken. In zichzelf mompelend draaide hij ze zo dat ze naar elkaar keken – een nuance waarmee hij aangaf dat hij gepensioneerd was. Aan zijn zijde hing het zilveren zwaard dat hij bij zijn pensionering had gekregen. Hij hield de schede in zijn linkerhand – legerartsen trekken hun zwaard niet – en salueerde met zijn rechterhand naar zijn spiegelbeeld.

Er werd gebeld. Philip vergat even wat hij aanhad en deed open. Het was Nancy, met haar hand omhooggestoken om voor de tweede keer aan te bellen. Ze nam hem van top tot teen op en zei: 'Het is toch niet weer oorlog, Phil?' en bood hem haar wang voor een kus. 'Niemand vertelt mij ooit wat.'

Nancy was de enige die 'Phil' zei tegen Philip Kennedy. Dat vond ze grappig. Hij was op en top een Philip.

De oude man keek even verbaasd, en lachte toen. 'Ik keek even of het nog paste. Ik heb binnenkort een diner van het regiment.' Het was geen leugen, ook al was het niet de hele waarheid.

'Ik heb de brieven van je grootvader bij me. Ik heb ze vertaald. Ze zijn best ontroerend.'

'Dank je, lieverd,' zei Philip, en hij pakte ze aan. 'Dat is aardig van je. Kom binnen.'

Nancy praatte over haar schouder terwijl ze langs de oude man de hal in liep, gevolgd door een vleugje gardenia. 'We hadden ze vóór de vlucht in een kluis van ons hotel in Quito gelegd. De manager heeft ze doorgestuurd.'

'Dat zei Daniel al. Ik verheug me erop ze te lezen. Amanda is aan het winkelen. Kopje thee?'

'Graag.'

Nancy ging hem voor naar de keuken, vulde zelf de waterkoker en drukte ongeduldig de knop in. Ze trok haar duffeljas uit, vouwde hem dubbel en legde hem op het aanrecht. Ze droeg een kort geruit rokje over een zwarte wollen maillot. Haar laarzen, puntig en met een koket hakje, reikten tot haar knieën.

'Hoe gaat het met je?' vroeg Philip terwijl hij kop en schotels op de keukentafel zette.

'Het is wel eens beter geweest,' zei Nancy, terwijl ze een porseleinen theepot verwarmde voordat ze er twee theezakjes in hing. 'Ik ben in behandeling bij een traumatherapeut. Heb je het van Daniel gehoord?'

'Je moet iets harder praten. Die oude waterkoker maakt zo'n lawaai.'

'Weet je dat Daniel niet meer thuis woont?'

Vertel verder, zei Philip met zijn ogen.

'Hij logeert bij de Beer.'

'De Beer?'

'Bruce. Bruce Golding.'

'Nee. Dat wist ik niet.' Stilte. 'Ik mocht Bruce altijd wel. Ik weet nog dat hij voor advies bij me kwam toen hij erover dacht om arts te worden.'

Nancy schonk het water in de pot en strekte haar armen terwijl ze wachtte tot de thee getrokken was. 'Natuurlijk is Dan degene die eigenlijk naar een therapeut zou moeten gaan. Hij gaat gebukt onder schuldgevoelens.'

'Waarover?'

Nancy stak haar onderlip naar voren terwijl ze afwoog in hoeverre ze bereid was Daniel te kwetsen; hoe wreed ze tegen Philip kon zijn. 'Hij is over me heen geklommen toen het vliegtuig neerstortte.' Ze zei het te snel, alsof ze bang was dat ze de woorden er anders niet uit kon krijgen. 'Om zichzelf in veiligheid te brengen.' Ze legde haar hand met gespreide vingers zachtjes op Philips gezicht. 'Zo deed hij. Hij liet me aan mijn lot over.' Ze liet haar hand naast haar lichaam vallen en begon thee in te schenken. 'Hoe was het ook weer, gebruik je nog steeds suiker?'

Philip keek alsof hij een klap in zijn gezicht had gekregen. Hij bleef even zwijgen. Toen hij begon te praten klonk zijn stem hees. 'Maar ik dacht dat Daniel iedereen had gered.'

'Dat heeft hij ook. Later. En hij is wel teruggekomen om me te redden, maar... Luister, ik neem hem niets kwalijk. Mensen doen zo. Ik had waarschijnlijk hetzelfde gedaan. Dat is ons instinct.'

'Maar dat is... dat is... verschríkkelijk.' Philip staarde voor zich uit alsof hij stemmen hoorde.

Het was Nancy's beurt om zich schuldig te voelen. De oude man zag asgrauw. Ze verzachtte haar toon. 'Hij weet niet zeker of ik het weet.'

'Jij arme, arme schat.' Zijn zwaard kletterde tegen zijn riem toen hij op haar afliep en een knokige hand met losse huid op haar schouder legde.

Nancy voelde hete tranen opwellen en drukte haar gezicht tegen Philips borst. 'Ik weet niet wat ik doen moet, Phil,' zei ze, waarbij haar woorden gesmoord werden door de lintjes op zijn uniform. 'Ik weet het niet meer.'

Philip legde een arm om haar heen en wreef over haar nek. 'Ik heb nooit een man van hem gemaakt,' fluisterde hij.

'Was je teleurgesteld toen hij niet bij het leger wilde?'

'Dat was het niet.'

Nancy stapte naar achteren zodat ze de oude man kon aankijken. 'En als legerarts?'

'Dat is niet voor iedereen weggelegd. Legerartsen krijgen vreselijke geheimen te horen. Mannen die op sterven liggen, schreeuwen vaak dingen in doodsangst. Ik heb geprobeerd om ze privacy te geven, maar dat is niet altijd mogelijk op een slagveld.'

'Waarom ben jij erbij gegaan?'

Philip dacht na. 'Dat kwam door een gedicht. Een beroemd gedicht. "In Flanders Fields". Geschreven door een legerarts.'

'Over die klaprozen?'

'Ik heb je er vast al eerder mee verveeld.'

Nancy glimlachte toegeeflijk. 'Verveel me er nog maar eens mee.'

Philip sloot zijn ogen, alsof hij de woorden van de binnenkant van zijn oogleden las. '"In Vlaanderens velden bloeien de klaprozen / Tussen de kruisen, rij na rij..."'

'Prachtig.'

'Droevig.'

'Heeft je grootvader een graf?'

'Nee. Hij staat tussen de vermiste personen op het monument van Menen...' Zijn keel werd dichtgesnoerd bij deze woorden. Hij ging te snel op een ander onderwerp over. 'Heb ik je dit ooit laten zien?' Hij nam Nancy bij de hand en liep langzaam met haar naar zijn studeerkamer waar hij, tegen een schemerige achtergrond van geschilferde kroonlijsten en donker geworden olieverfschilderijen, op een gebarsten leren leunstoel ging staan en iets van een hoge plank pakte. 'Dit komt uit Normandië.' Hij reikte haar een glazen bakje vol aarde aan. 'Ik heb ook altijd wat aarde uit Vlaanderen willen halen.'

Nancy wilde de oude man niet ontzien met een leugen. 'Je hebt het me inderdaad eerder laten zien, Phil. Maar bedankt dat je het nog eens hebt gedaan. Het is niet niks.' Ze hield het bakje tegen het licht. 'Je gaat elk jaar naar het graf van je vader, toch?'

'Dit is het eerste jaar dat ik niet ben gegaan. Ik moet er gauw naartoe. Een paar keer achter elkaar, in de jaren zeventig, vond ik bloemen en brieven op zijn graf.'

'Van mannen die samen met hem hadden gevochten?'

'Daar ging ik van uit. Ik heb de brieven nooit opengemaakt. Het zou een schending van zijn privacy zijn geweest. Ik nam ze mee naar huis, voordat ze in de regen zouden vergaan. Ik heb ze nog steeds ergens in een doos.' Hij pakte het bakje weer aan en zette het voorzichtig op de plank.

Ze gingen zitten en dronken in aangename stilte van hun thee.

Philip was de eerste die hun stilzwijgen verbrak. 'Ik vind sentimentaliteit onverdraaglijk,' zei hij. 'Zo'n onecht gevoel.'

'Lippen stijf op elkaar, geen spier vertrekken. Is dat de manier om met emoties om te gaan, Phil?

'Ja, eigenlijk wel. Ik doe niet sentimenteel over Daniels moeder omdat... Hoe zeg ik dat?... Omdat ik in een soort leven na de dood geloof. We leven voort in de herinneringen van de mensen die van ons hielden, onze vrouw of man, onze vrienden, onze kinderen en, als we geluk hebben, onze kleinkinderen. Op die manier leven we voort, ten minste een of twee generaties, daarna vervagen we, worden we die oude sepiafoto's waar niemand raad mee weet omdat niemand weet wie erop staat.'

'Ik geloof dat ik je nog nooit zo lang aan het woord heb gehoord, Phil.'

De oude man haalde zijn schouders op.

'Dus jouw vader leeft voort via jou?'

'Nee,' zei Philip. 'Ik heb geen herinneringen aan hem. Ik heb alleen aandenkens aan hem, en dat is niet hetzelfde.'

Nancy roerde in haar thee. 'Ik heb laatst zoiets aardigs gehoord. Ken je de uitdrukking *Gone for a Burton*?'

Philip knikte.

'Het is een eufemisme. Uit de Tweede Wereldoorlog. In plaats van te zeggen dat een kameraad dood was, zeiden piloten van de Royal Air Force dat hij alleen maar "een Burton-biertje was gaan halen". Ontroerend, vind je niet? Bedoeld om het pijnlijke nieuws wat te verzachten.'

'Het meest welsprekende, nietszeggende Engels.' Philip leek elk moment in tranen te kunnen uitbarsten.

Nancy had hem nooit eerder zo meegemaakt. Daniel had haar

eens verteld dat zijn vader zijn leven lang geen traan had gelaten. Ze ging teder met haar hand over zijn wang.

Philips gezicht klaarde onmiddellijk op, en met vaste stem zei hij: 'Mijn ogen zijn oud. Ze worden waterig als het koud is.'

'Sorry. Ik bedoelde er niets mee.' Nancy was boos op zichzelf. 'Ik moet gaan. Martha van school halen.' Ze schudde haar hoofd. 'Ik had het je niet moeten vertellen over Daniel.'

'Ik ben blij dat je het hebt gedaan.'

'Het enige wat hij altijd heeft gewild is aan jouw verwachtingen voldoen, weet je.'

Nadat hij haar had uitgelaten ging Philip in een stoel bij de kachel zitten en las de vertaalde brieven van zijn grootvader, waarbij hij zijn handen op zijn schoot legde om ze stil te houden, en hij knikte in zichzelf. Toen hij ze uit had, hield hij ze onder zijn neus. Hij rook Nancy's parfum. Hij trok zijn uniform uit. Nam de telefoon op.

'Hallo, Philip. Met Geoff. Luister, er is iets wat je moet weten. Een van de professoren van Trinity, ene Laurence Wetherby, heeft ons benaderd over Daniel... Hallo, Philip?'

'Ja, ik ben er.'

'Ik denk dat hij in de problemen zit.'

Philip zei niets.

'Hij gaat met iemand om die wij in de gaten houden.'

'Weet diegene dat jullie hem in de gaten houden?'

'Ja. We willen dat hij dat weet.'

'Is er iets wat ik kan doen?'

'Je zou Daniel zover kunnen krijgen de eerstvolgende paar dagen te verdwijnen. Uit Londen weg te gaan.'

'En zijn werk dan?'

'Ze willen hem schorsen. Dat weet hij nog niet.'

'Heeft Wetherby je dit verteld?'

'De schorsing is zijn idee.'

Philip pakte zijn koffer, boekte online twee tickets voor de Eurotunnel en twee hotelkamers in Ieper. Hierna belde hij Daniels mobiele nummer.

35

Le Bizet, België.
Tweede maandag van september, 1918

In zijn cel luistert Andrew naar het geluid van een kist die wordt getimmerd: de bewaker heeft hem eraan herinnerd dat doodskisten een luxe zijn die degenen die aan het front gedood worden niet krijgen. Hij wordt vastgehouden in het politiebureau van de stad. Er ligt een gevlekte matras op de grond, er staan twee stoelen en een emmer. Zijn cel ruikt naar paraffine. Als hij zich vastgrijpt aan de tralies van het hoge raam en zich optrekt, ziet hij twee soldaten die een gat in de tuin graven. Hij is nieuwsgierig, maar niet bang. Een rustige afstandelijkheid is in hem gevaren, geeft hem houvast. Met behulp van een Frans woordenboek dat hij van de Schotse commandant heeft geleend begint hij een brief aan Adilah, en hij is halverwege als ze bij hem binnen wordt gebracht. De sergeant komt achter haar aan en blijft bij de deur staan. 'Je heb vijf minuten, knul.' Hij kijkt recht voor zich naar de muur. Meer intimiteit is hun niet gegeven.

'Het spijt me, Andrew,' zegt Adilah, niet in staat hem aan te kijken. 'Ik geloof niet dat ik iets voor je heb kunnen doen tijdens het proces.'

'Dat je er was hielp al.'

'Hoe is ze, je vrouw in Engeland?'

Andrew pakt Adilahs hand. De sergeant kijkt hem boos aan, daarna verzacht zijn blik en schudt hij zijn hoofd. 'Ik heb nooit van haar gehouden zoals ik van jou hou…' Andrew zegt dit rustig, terwijl hij zijn hand terugtrekt. 'Ik hou echt van jou. Ik hou meer van je dan ik kan zeggen.'

'Ik ook van jou, Andrew.' Haar stem stokt even. 'Ik ben blij dat we die tijd samen hebben gehad.' Ze bet haar ogen.

Hij merkt dat zijn handen naar haar buik gaan. 'Als het een jongen is, wil ik graag dat hij William heet.'

Adilah knikt en snikt. Ze houdt zijn handen op de bolling voordat ze zijn vingers in de hare neemt en ze tegen haar gezwollen borsten drukt. Hij kent elk detail van die borsten, de zachtheid van de huid, de lichtblauwe adertjes vlak eronder, de roze tepels.

'Niet aanraken,' zegt de sergeant. Maar er ligt iets vriendelijks in zijn stem.

'Wanneer William wat ouder is, wil je hem dan dit geven?' Andrew doet een stap naar achteren en houdt zijn zakhorloge omhoog. Na een knikje van de sergeant drukt hij het Adilah in de hand, en neemt de gelegenheid te baat om daarbij met zijn vinger langs haar huid te strijken.

Adilah snikt weer.

'Niet doen, alsjeblieft. Ik kan niet sterk blijven als jij huilt.'

'U moet nu gaan, madame,' zegt de sergeant.

Adilah herstelt zich en kijkt Andrew aan. 'Goodnight,' zegt ze.

Hij glimlacht gespannen. 'Bonne nuit.'

36

Noord-Frankrijk. Nu.
Vijfenhalve maand na de crash

De schaduwen werden langer toen de banden van Philips twaalf jaar oude Daimler met een blikkerig geluid van de afrit het met zout bevlekte Franse asfalt op reden. Er was in de Eurotunnel een oponthoud geweest van twee uur – alarm aan de kant van Engeland – en er volgde nog meer oponthoud toen de auto aan de kant van de weg moest stoppen en veiligheidsagenten vader en zoon vroegen uit te stappen, zodat ze de auto met een staafvormige nitroaromatendetector konden onderzoeken. Omdat Daniel achter het stuur zat, werd hem gevraagd de kofferbak open te maken. Er stond een emmer in met rubberhandschoenen, twee borstels en een schoonmaakmiddel. Achter hun koffers lagen twee schoppen, een pikhouweel, een bijl, een grote rode lantaarn en een aantal rollen vuilniszakken. Niets wat het wantrouwen van de politie kon wekken. Bedankt, pa.

Toen hij ging staan, tastte Philip in zijn vestzak naar zijn horloge, trok het aan de ketting naar buiten en klikte het met zijn duim open. Hij begon zijn gewicht van zijn ene voet naar de andere te verplaatsen. Om redenen waar hij verder niet over wilde uitweiden, wilde hij die avond rond acht uur in Ieper zijn.

'Vergeet niet het een uur vooruit te zetten,' zei Daniel, die zijn eigen horloge stond op te winden. 'Het is halfzeven, niet halfzes.' Hij had onmiddellijk spijt van deze opmerking, omdat zijn vader duidelijk geen rekening had gehouden met het tijdsverschil. Hij probeerde er luchtig over te doen: 'We gaan hoe dan ook terug in de tijd, pa. Daar gaat het uiteindelijk toch allemaal om?' Zijn vader reageerde hier niet op, maar toen ze weer vertrokken, tikte hij op de voorruit en wees naar een bord waarop Engelsen eraan werden herinnerd rechts te rijden. Daniel was het vergeten. Touché, dacht hij.

Uit gewoonte stak Daniel een hand uit naar de plaats waar in zijn eigen hybrideauto het navigatiescherm zat – door Nancy Navigatrix genoemd vanwege de bazige toon van de vrouw –, maar nadat zijn hand daar een moment was blijven zweven legde hij hem weer op het stuur. Hij vroeg zijn vader wat de beste route was, in de hoop dat dit hem zou afleiden. Philip zou het fijn vinden om de kaart open te vouwen en neer te leggen op zijn schoot en het paneel met de airbag. Sommige wegnummers klopten niet meer. Desondanks was er snel een route uitgestippeld, wat inhield dat ze een halfuur de kust zouden volgen langs Duinkerken voordat ze het binnenland in reden. Toen ze langs akkers met koolzaad en onrijpe tarwe kwamen, nam Daniel een Mint Imperial van zijn vader en zette de radio op een Franse jazz-zender. John Coltrane speelde 'A Love Supreme'. Hij zou er graag naar hebben geluisterd, maar hij stemde af op een klassieke zender omdat hij wist dat zijn vader daar de voorkeur aan gaf.

Toen er een bord met Ieper verscheen, verlieten ze de snelweg en reden ze in zuidoostelijke richting naar de stad, langs een bord waarop de Britse en Australische oorlogsbegraafplaats van Polygon Wood werd aangegeven, en over de weg naar Menen. Toen ze bij een verkeersplein kwamen, zei Philip: 'Dit is Hellfire Corner.'

'Daar heb ik van gehoord,' zei Daniel.

'Dat moet wel. Iedereen moet daarvan hebben gehoord. Het staat synoniem voor een meedogenloze dood.'

'Merkwaardig, het lijkt niet zo erg. Ik bedoel, kennelijk rijden de Belgen hier als idioten…' Daniel ving de blik in zijn vaders ogen op en staakte zijn scherts. Hij merkte altijd dat de ernst van zijn vader de grappenmaker in hem wakker maakte, om donkere wolken te verdrijven met luchtigheid.

Ze waren bij de buitenwijken van de stad aangekomen.

'Hier,' zei Philip. 'Stop hier maar.'

Daniel keek in zijn achteruitkijkspiegel, gaf richting aan en vond een parkeerplaats aan de kant van de weg. Het was een tamelijk zachte avond, maar fris genoeg voor Daniel om zijn suède jasje over zijn capuchontrui aan te trekken. Hij haalde ook Philips waxcoat uit de kofferbak en hield die omhoog. Philip schudde zijn hoofd en zei: 'Niet nodig… maar geef me mijn stok maar aan.' Vader en zoon sloegen de portiers van de auto tegelijk dicht en begonnen hun nek te rekken en te draaien. Daniel keek op de parkeermeter. Na zes uur 's avonds vrij parkeren.

'Deze kant op,' zei Philip, en hij ging met zijn wandelstok op weg. Voor hen bevond zich de koepelvormige boog van de Meense Poort. Toen ze daar aankwamen werden ze verwelkomd door een sterke geur van bloemen, die, in cellofaan, waren neergelegd tussen de kransen van kunstklaprozen. 'Die hebben ze hier gebouwd,' zei Philip, 'omdat het de route was die iedere Britse soldaat zou hebben genomen op weg naar het front.'

'Door de poort?'

'Er was geen poort. Zelfs geen boog. Het was een opening in de verdedigingswal die rond de stad liep, een brug over een gracht.' Hij keek weer op zijn zakhorloge. 'Mooi. We hebben nog tijd.' Ze liepen naar het monument en bekeken de donkere boog van witte en rode stenen. Een groep schoolkinderen van een jaar of vijftien verzamelde zich eronder: tienerjongens in voetbalshirt en zonnebril; meisjes met een topje dat hun buik voor een deel vrijliet.

'Ze komen hier met busladingen naartoe,' fluisterde Philip. 'Vijftig bussen per dag. De Eerste Wereldoorlog maakt namelijk deel uit van het onderwijsprogramma. De plaatselijke bevolking vindt het maar niets, want de kinderen weten zich niet te gedragen. Ze springen over de grafstenen, laten rotzooi achter, vloeken.'

Terwijl Daniel omhoogkeek naar de stenen overspanning boven zijn hoofd, floot hij zachtjes. Hij zag dieper gelegen vlakken in een half elliptische boog met aan beide uiteinden een plattere boog. Elk ervan werd geflankeerd door een enorme Dorische zuil waar een entablement boven uitstak. Aan de kant van de trappen en in de loggia's aan de noord- en zuidkant van het monument stonden op enorme panelen tienduizenden namen. In alle vlakken waren hoofdletters uitgebeiteld op witstenen platen. Hij zag dat de namen op de buitenste delen van de trap waren uitgesleten door de regen.

'Dus hier staan de namen van al diegenen die tijdens de oorlog bij de Ieper Salient zijn gesneuveld?' zei Daniel. 'Wat een hoeveelheid.'

'Nee, dit zijn degenen die geen eigen graf hebben. Ruim vijftigduizend. En daarbij horen niet de ruim dertigduizend die vermist werden in het laatste jaar van de...' Zijn stem stierf weg terwijl hij de namen bekeek. Auto's reden nog onder de boog door, over de kasseien, en één moest iets uitwijken voor Philip. Hij was vergeten aan welke kant het verkeer reed.

'Pas op, pa,' zei Daniel, en hij leidde hem naar de kant. 'Je was bijna zelf een van de vermisten geworden.'

Een brede trap liep vanuit de hal naar de borstwering en de loggia's. Daniel las de inscriptie boven de ingang voor: "*In maiorem dei gloriam*. Hier staan de namen van officiers en mannen die bij Ieper Salient zijn gesneuveld, maar wier lot de eervolle begrafenis die hun kameraden ten deel viel heeft ontzegd." En waar staat hij?'

Philip wees met een reumatische kromme vinger. 'Daar.' Boven hen hing de plaat die gewijd was aan de vermiste Shropshire Fuseliers. Halverwege stonden tientallen Kennedy's, als eerste KENNEDY A. De zon was bijna onder. Philip haalde zijn zakhorloge weer tevoorschijn en klikte het open. 'Het is tijd.'

Het lawaai van het verkeer hield ineens op en een gedempte stilte daalde neer, alsof er een onzichtbare donzen deken over de stad was uitgespreid. De menigte op de weg boog het hoofd. Drie blazers in gesteven, kleurige uniforms marcheerden onder de boog door en nadat de kerkklokken het hele uur hadden geluid speelden ze 'The Last Post'. Een tienermeisje naast Daniel begon haar moeder over haar rug te wrijven. Toen de laatste noot wegstierf, volgden twee minuten stilte. Een gedeeltelijke stilte. Het bliepen van camera's was te horen, en een baby die huilde. Na twintig seconden begon er een mobiele telefoon te rinkelen en een jonge, Engelse stem nam op – die de beller er luid fluisterend van op de hoogte bracht dat ze met haar school bij de herdenking in Ieper was. 'Mwah, eigenlijk een beetje saai.' Toen de gedeeltelijke stilte voorbij was, werden er weer auto's en vrachtwagens gestart en week de menigte uiteen om ze onder de boog door te laten rijden.

Philip keek teleurgesteld omdat Daniel niet geëmotioneerder was. 'Fijn dat we hiervoor op tijd waren,' zei hij.

'Ja, het was mooi.'

In stramme pas ging Philip als eerste de trap op naar een stuk gras waar zich schoolkinderen verzamelden. Ze moesten twee aan twee gaan staan om koppen te tellen. Een namenlijst werd opgelezen. 'Is dit in navolging van de presentielijsten in de loopgraven?' vroeg Daniel aan zijn vader. 'Het koppen tellen na de grote aanval?'

'Laten we inchecken in ons hotel, en daarna iets eten,' zei Philip, de vraag van zijn zoon negerend. 'Ik moet je iets vertellen, maar dat doe ik liever bij een borrel.' Philip ging als eerste de trap van het monument af, terug naar de auto waaruit ze hun weekendtas haalden. Hij liep dezelfde weg terug onder het monument door, en langs een kasseienstraatje met winkels aan beide kanten, waar ze boeken en souvenirs van het Britse leger verkochten. De etalage van een ervan, Tommys Gift Shop – zonder apostrof – hing vol slingers van Engelse vlaggen en klaprozen. Ze verkochten er paraplu's met een klaproospatroon, replica's van Vickers-geweren en helmen, bekers en lepels met afbeeldingen van Britse tommy's. De steeg kwam uit op een groot, open plein, de Grote Markt. Hoewel de zon nog niet helemaal onder was, werd het al volop verlicht.

Daniel zette grote ogen op toen hij de gotische toren van de Lakenhal in de gaten kreeg. 'Prachtig.'

'Prachtig nagemaakt. Dit lag allemaal in puin,' zei Philip met een weids gebaar. 'In 1918 had een man te paard aan de ene kant van de stad vrij zicht tot aan de andere kant.'

Daniel probeerde zich voor te stellen dat de Britse manschappen over het plein op weg naar het front marcheerden. 'Dus de Belgen hebben het weer opgebouwd.'

'De Britten hebben het weer opgebouwd volgens de originele tekeningen. De Duitsers hebben het betaald.'

'Ze hadden de Duitsers de wederopbouw moeten laten doen.'

Philip schudde zijn hoofd. 'De Britten wílden het doen, omdat dat werk betekende voor Britse militairen die gedemobiliseerd waren. Beter dan lucifers verkopen op de hoek van de straat. Ze kwamen hier terug, waar ze bij hun oude kameraden konden zijn en betaald kregen voor hun vakkennis als metselaar, loodgieter en ingenieur. Ze voelden zich in hun eigen woonplaats trouwens niet meer thuis. Ze konden daar niet met andere soldaten praten over wat ze hier hadden meegemaakt.'

Daniel knikte. Hij vond het prettig als zijn vader over het leger praatte. Het was het enige onderwerp waarover hij ooit uitweidde.

Ze vonden hun hotel aan de kant van het plein met uitzicht op de Lakenhal. Er stonden drie vlaggen voor te wapperen: de Canadese, de Britse en de Australische. 'Ik denk dat er maar één reden is voor buitenlanders om deze stad te bezoeken,' zei Daniel.

Het hotel leek net een museum: schilderijen van de oorspronkelijke Lakenhal die in vlammen opging hingen aan de muren van de sombere foyer, naast grofkorrelige foto's van verfomfaaide soldaten die met munitievoertuigen en paarden over het plein strompelden. Hun kamers grensden aan elkaar. Daniel liet zijn canvas tas op een nylon sprei vallen die het bed bedekte. De muren waren betimmerd met spaanplaten. Er stond een grenen kast waarvan de deur half uit de scharnieren hing. De kamer werd gedomineerd door een grote tv die aan een beugel aan de muur hing. De wastafel in de badkamer had twee koude kranen met een blauwe knop. Toen Daniel ze probeerde, ontdekte hij dat er uit één warm water kwam. Toen hij vocht zag op de polystyrenen tegels op het plafond, grinnikte hij. Het was altijd hetzelfde liedje als hij het reserveren van een hotel aan zijn vader overliet. Die wilde het goedkoopste.

'Ik dacht dat je zei dat deze hele stad heropgebouwd is,' zei Daniel nadat hij op de deur van zijn vader had geklopt en naar binnen liep. 'Dan is dit hotel zeker een van de weinige dingen die overeind zijn gebleven.'

Philip stond met zijn rug naar de deur, met één arm in zijn overhemd. Toen hij in de andere mouw schoot, zag Daniel de huidkleurige pleisters op zijn schouders. Ze zagen eruit als nicotinepleisters, maar dat was onmogelijk. Zijn vader rookte al jaren niet meer. Zonder zich om te draaien haalde Philip iets uit zijn mond. Het was een zakdoek, zag Daniel.

'Het is goedkoop,' zei Philip, terwijl hij zich herstelde. 'En we hebben in elk geval uitzicht op het plein.'

Toen Daniel zijn deur wilde afsluiten, merkte hij dat het slot kapot was en vroeg hij of hij zijn tas bij Philip in de kamer kon zetten voordat ze uit eten gingen. Deze keer merkte hij op hoe mager de benen van zijn vader waren, en hoe smal zijn borst was geworden. Hij merkte ook de spullen op die bij oude mensen horen: de potjes met pillen in de badkamer, de rubberdop onder aan de wandelstok die tegen de deur stond, de steunkous op het bed. Hij merkte ook de bakkenbaarden op die zijn vader niet had geschoren, en de rokerige geur van urine aan zijn broek.

Op weg naar buiten verbaasde het Daniel dat de oude man zich omdraaide en langzaam en voorzichtig achterwaarts de trap af liep. Geen van hen zei er iets over.

Nadat ze een restaurant hadden gevonden op de hoek van het plein dat vol hing met bloembakken, namen ze plaats aan een tafeltje op het terras. Hoewel ze in het Frans om het menu en de wijnkaart vroegen, kregen ze de Engelse versie. Daniel bestelde een dure fles bourgogne en keurde hem door het glas rond te walsen en eraan te ruiken in plaats van een slokje te nemen. Hij knikte de ober toe en glimlachte in zichzelf toen hij besefte dat hij nog steeds probeerde indruk op zijn vader te maken, nog steeds probeerde zijn goedkeuring te krijgen. De wijnkenner aan tafel. Wat deerniswekkend.

Zoals gewoonlijk was Daniel degene die het gevoel had dat hij het gesprek moest leiden. Hij begon te praten over de universiteit, over de stapels administratief en bureaucratisch werk van de laatste tijd, over hoe de rector magnificus altijd probeerde de boel te moderniseren en nieuwe computersystemen te introduceren. Hij praatte te snel om te zeggen wat hij uiteindelijk kwijt wilde. Toen kwam het er plompverloren uit: 'Trouwens, ik ben geschorst, pa.'

Philip nam een slok wijn en knikte. Daniel kon niet zien of hij knikte om blijk te geven van zijn goedkeuring over de wijn, om aan te geven dat hij had gehoord wat Daniel zei, of omdat hij het al wist. 'Het is een misverstand,' vervolgde hij. 'Bureaupolitiek, eigenlijk. Mijn vriend Wetherby verdedigt mijn zaak. Hij denkt dat het wel zal overwaaien.' Stilte. 'Het heeft te maken met islamistische radicalisering op de campus. Ik heb een moslim op de campus uitgenodigd die volgens hen radicale theorieën predikt of zoiets. Natuurlijk doet hij dat helemaal niet. Hij is leraar op Martha's school. Ik dacht dat ik...' Weer een stilte. Deze keer met een zucht. Daniel had nog steeds geen overtuigende manier gevonden om te verwoorden wat er was gebeurd. 'Na de crash, toen ik wegzwom om hulp te halen...' Weer een zucht, dieper nu. 'Toen had ik een hallucinatie.' Daniel besefte dat hij zat te kakelen als een kip zonder kop, en zoals gewoonlijk luisterde zijn vader zonder iets te zeggen. 'Ach, het is altijd goed om te praten, pa.' Hij dronk zijn glas leeg. 'Dat zouden we vaker moeten doen.'

'Is Wetherby een vriend van je?'

'Ja. Ken je hem?'

'Hij doceert daar toch muziek?'

'Ja. Hij is bezig met iets wat te maken heeft met Mahler. Ik hoorde hem erover praten met Nancy. Hij vermoedt dat Mahler een alternatieve opening heeft geschreven voor een van zijn symfonieën... Alles goed, pa?'

Philip had zijn ogen gesloten. Hij zocht naar woorden. 'Ik heb ook iets wat ik je moet vertellen.'

Daniel knipperde met zijn ogen en slikte. Zijn handen gleden naar de rand van de tafel en grepen die vast. 'Ga door.'

'Er staat een naam op het monument die er niet hoort.'

De ober kwam terug. 'Wilt u al bestellen?'

Philip zette zijn bril op en maakte het riempje achter zijn hoofd vast dat de functie overnam van zijn ontbrekende oor. Hij bekeek vluchtig het menu. 'Ik neem de mosselen,' zei hij.

'Voor mij de omelet en een salade.'

'Nog steeds vegetariër?'

'Nog steeds carnivoor?' Daniel keek de ober na voordat hij zich tot zijn vader richtte. 'Wat zei je?'

'De naam Andrew Kennedy, die hoort daar niet te staan.'

'Is zijn lichaam dan gevonden?'

Stilte. 'Hij is nooit vermist. Het is niet gemakkelijk om dit te zeggen, Daniel… Andrew Kennedy is bij zonsopgang geëxecuteerd. Hij was een deserteur. Hij is door de krijgsraad veroordeeld en geëxecuteerd.'

Daniel hield zijn hoofd schuin en fronste zijn voorhoofd. Hij kon het niet bevatten. 'Ik begrijp het niet… Heb je dat altijd geweten?'

'Ik had er geen idee van, tot begin deze week. Het stond in zijn dossier in het nationaal archief. In het verslag van zijn proces. Het is nog maar onlangs vrijgegeven.'

'Maar hebben ze niet tegen je grootmoeder gezegd dat hij in de strijd was omgekomen?'

'Familie van deserteurs krijgt zelden de waarheid te horen. In de brief die naar huis werd gestuurd stond meestal "bezweken aan verwondingen".'

'Stond dat ook in die van ons?'

'Nee, niet precies. Ik heb hem hier.' Philip reikte hem een voorgedrukte brief aan met stippellijnen die met de hand ingevuld waren.

GEACHTE HEER, OP MIJ RUST DE ZWARE PLICHT U MEE TE DELEN DAT, AANGEZIEN NIETS MEER IS VERNOMEN VAN (NR.) … 9862. (RANG)… SOLDAAT. (NAAM) … ANDREW KENNEDY. (REGIMENT) … SHROPSHIRE FUSELIERS, VERMIST SINDS …

'Ze dáchten dat hij tijdens de strijd vermist was geraakt,' legde Philip uit. 'Daarna beseften ze dat hij was weggelopen.'

Daniel liet een diepe zucht ontsnappen. 'Arme drommel. Hoe hebben ze hem te pakken gekregen?'

'Hij was al ruim een jaar weg. Hij was in Nieppe gaan wonen, een stadje hier twintig kilometer vandaan. Hij ontmoette een Française.'

'Een jaar!'

'Hij ontmoette een Française.'

'Die brieven...'

Philip knikte. 'Ze zouden gaan trouwen. Hij had zijn geboorteakte uit Engeland laten opsturen om het officieel te maken. Die kwam, gericht aan zijn regiment. Daarna was hij gemakkelijk op te sporen.'

'Maar hij was al getrouwd...'

Philip zuchtte. Hij haalde een wit plastic flesje uit zijn jaszak en nam er een slokje uit.

'Wat is dat? Een heupflacon?'

Philip ging er niet op in. 'Die Française heette Adilah Camier. Ze werd als getuige voor de krijgsraad geroepen. Volgens de verslagen was ze zwanger.'

Twee volle borden werden neergezet. Daniel brak een stuk brood af en smeerde er boter op. 'Was Andrew de vader?'

'Daar lijkt het wel op. In zijn brieven aan haar heeft hij het over de baby.'

'En weten wij wat er van die baby is geworden?'

'Daar hoop ik achter te komen. Ik dacht eraan om morgenmiddag naar Nieppe te rijden, daar rond te kijken om te zien of we het huis kunnen vinden waar hij heeft gewoond. Wat vind jij?'

'Natuurlijk. Ik probeer het nog te bevatten.' Daniel dronk zijn glas leeg en vulde het weer, en daarna boog hij zich naar voren om ook Philips glas bij te schenken. 'Dus misschien heb je een oom of tante gehad van wie je nooit hebt geweten?'

'Het is mogelijk, maar... Er was altijd iets wat niet helemaal klopte aan het tijdstip van mijn vaders geboorte. Zo was er bijvoorbeeld geen geboorteakte. Iedereen in onze familie zweeg altijd over dit onderwerp. Ik weet nog dat mijn moeder er nooit over wilde praten. En ik had altijd het vermoeden dat mijn zus iets wist wat ik niet wist, dat ze me op de een of andere manier in bescherming nam.'

'Denk je dat die baby misschien je vader, mijn grootvader, is geweest?'

'Ik weet het niet.

'We zouden meteen naar Nieppe kunnen rijden.'

'Ik heb morgenochtend een afspraak met een archeoloog. Een vriend van me. Ik zit met hem in de Britse War Graves Commission. Hij is aan het graven bij de heuvelrug Passendale. Daarna kunnen we vertrekken.'

'Klinkt goed.'

Het schrapen van bestek over borden.

Daniel voelde dat de wijn zijn maag verwarmde en de scherpe kantjes van hun gesprek haalde. Hij sprak als eerste. 'Tegenwoordig is het toch geen schande meer, of wel? Neergeschoten bij zonsopgang. Iedereen weet dat die arme kerels allemaal aan shellshock leden. Hebben ze een paar jaar geleden niet allemaal gratie gekregen?'

'Ik geloof dat ze dat "retrospectieve aanbeveling voor gratie" noemden, maar inderdaad. Aan alle driehonderdzes geregistreerde gevallen is postuum gratie verleend.'

'Daar viel Andrew waarschijnlijk niet onder?'

'Ik denk dat het voor iedereen bedoeld was.'

'Ik vraag me af of het erfelijk is.'

'Wat?'

'Lafheid.'

Het geluid van schelpen die krakend opengingen, saus die werd opgeslurpt. Toen zei Philip: 'Wat bedoel je?'

'Nou, ik vraag me af of er een gen bestaat voor lafheid. Kennelijk heeft het in onze familie twee generaties overgeslagen – mijn overgrootvader, en daarna ik.'

Philip vermeed Daniels blik. 'Waarom zeg je dat?'

'Je weet wel: jij en je vader. De medailles. Het helden-gen.' Daniel bekeek onderzoekend zijn vaders gezicht, hij ging met een korst brood over de rand van zijn bord. 'Mijn overgrootvader en ik, laf...'

'Ik weet niet waar je het over hebt, Daniel.'

'Nancy heeft je toch verteld wat er in het vliegtuig is gebeurd?'

Philip aarzelde. Knikte. Hij vermeed nog steeds de blik van zijn zoon. 'Daar heeft ze iets over gezegd. Maar zonder in detail te treden.'

'Nou, laat ik het je dan vertellen. Ik heb mezelf in veiligheid gebracht en haar overgelaten aan de verdrinkingsdood.'

'Ik weet zeker...' Philip wist niet hoe hij de zin moest afmaken. 'Ik heb altijd alle respect gehad voor Nancy.'

'Je verandert van onderwerp.'

'Je moet voor haar vechten. Om haar bij je te houden.'

'Dat doe ik, pa, maar de laatste tijd... Ze heeft me een lafaard genoemd.'

'Ze is een prachtige vrouw... Prachtig... Net als je moeder.'

Daniel knipperde met zijn ogen. Het verbaasde hem zijn vader op deze manier te horen praten. Hij kon zich niet herinneren wanneer hij hem voor de laatste keer iets over zijn moeder had horen zeggen. Dat onderwerp was taboe. 'Ik weet het. Ik denk niet dat ik besef wat een geluksvogel ik ben.' Hij besefte dat hij de fles wijn voor het grootste deel zelf had opgedronken, en vervolgde: 'Sorry, pa, jij hebt haast niets gehad. Ik bestel er nog een.'

'Misschien liever een cognac.'

Daniel ving de blik van de ober en stak twee vingers op. '*Deux cognac, s'il vous plaît.*'

Toen de glazen werden gebracht, zei Daniel: '*Merci, et l'addition, s'il vous plaît.*'

'Goed, meneer,' zei de ober in het Engels.

'Ik geef mezelf de schuld,' zei Philip. 'Ik heb je te veel beschermd... na de dood van je moeder.'

'O ja? Zo herinner ik het me niet.'

'Ik heb je altijd behoed voor pijn. Weggehouden bij brandnetels. Voorkomen dat je uit een boom viel.'

Daniel begreep dat zijn vader zich opgelaten voelde, maar toch ging hij door. Hij was aangeschoten, hij voelde zich roekeloos en vol genegenheid. 'Waarom hebben we nooit over mijn moeder gepraat?'

Philip blies zijn adem uit en speelde met de bril die aan een koord om zijn nek hing. 'Ik weet niet. Je was altijd erg boos over haar dood. Boos op God.'

'O ja?' Daniel klonk alsof hij ver weg was. 'Waarom is zoiets als dit nodig om ons aan het praten te krijgen? We hebben nooit echt gepraat, toch?'

'Dat is niet waar, Daniel.'

Beide mannen wisten niet goed raad met dit gesprek. Het bleef in de lucht hangen, en geen van beiden wist hoe ze ervan af moesten komen.

37

Le Bizet, België.
Tweede maandag van september, 1918

Majoor Morris vindt de aalmoezenier in de consistoriekamer van de kerk. Hij klopt op de geopende deur. Zet zijn muts af. 'Ik kom me verontschuldigen,' zegt hij met een iel stemmetje.

De aalmoezenier heeft hem niet horen binnenkomen en schrikt enigszins. 'Waarvoor?'

'Voor mijn gedrag in het militair gerechtshof.'

De aalmoezenier kijkt niet-begrijpend.

'Ik kom vergiffenis vragen.'

'Van mij?'

'Van God.'

'Juist, ja. Nou.' Hij gebaart naar een stoel.

'Wilt u met mij bidden?'

'Natuurlijk.' De twee mannen knielen samen neer en bidden het Onzevader.

De aalmoezenier voelt dat er meer nodig is, legt zijn hand op het hoofd van de majoor en zegent hem.

'Dank u,' zegt Morris, nog steeds geknield. 'Wat vond u van de verklaring van soldaat Kennedy? Dat hij die soldaat was gevolgd door niemandsland?'

'Ik weet het niet. Hoezo?'

'Hebt u wel eens van de Engel van Mons gehoord?'

De aalmoezenier haalt zijn hand weg. 'Iedereen heeft daarvan gehoord.'

Morris heft zijn hoofd en kijkt de aalmoezenier recht aan. 'Nou, ik heb hem gezien. Ik was daar.'

'De Engel van Mons is toch een mythe?' De aalmoezenier kijkt hem onderzoekend aan. 'Verwacht je van mij dat ik geloof dat jij de heilige George hebt gezien, in wapenuitrusting en op een wit paard?'

'Nee, het was een soldaat. Hij stond daar gewoon, zonder dat de kogels hem verwondden. Ze gingen door hem heen alsof hij van lucht was.'

'Waarom heb je daar niets over gezegd tijdens het proces?'

'Omdat ze me dan voor gek hadden versleten. Omdat ik mijn eigen ogen niet kon geloven. We waren uitgeput. Als je dagen niet hebt geslapen ga je dingen zien.' Morris pakt de hand van de aalmoezenier. 'Ik ben niet gek, weet u. Ik heb het niemand verteld, behalve een verpleegster van wie ik wist dat ze er onderzoek naar deed. Ik heb haar geschreven.'

'Juist. En jij denkt dat Kennedy dezelfde figuur heeft gezien?'

Morris kijkt weg. 'Ik weet het niet. Het doet er nu trouwens niet meer toe. Het verandert niets aan het feit dat hij zijn post heeft verlaten.' Een diepe zucht. 'Dank voor uw luisterend oor, eerwaarde. Er valt een last van me af.' Hij staat op. 'En als u me nu wilt excuseren, ik moet ergens naartoe.'

Eenmaal buiten stuurt Morris de chauffeur die zit te wachten weg en kruipt zelf achter het stuur. Als hij vijf minuten later parkeert voor de wapenkamer, in een omgebouwd schoollokaal, houden schildwachten hem staande. Met een krabbel tekent hij voor een tiental Lee Enfield-geweren met klein magazijn. Die draagt hij naar de auto, twee tegelijk, en legt ze tegen de treeplank. Daarna gaat hij een doos met .303-munitie halen die hij in de kofferbak van zijn auto zet, laadt een patroon in elk geweer en zet de veiligheidspal erop voordat hij de wapens voorzichtig op de houten stoelen achterin legt. Hij rijdt vervolgens naar het politiebureau, en als hij de weg op draait mist hij op een haar na een koerier op een motorfiets.

* * *

Omdat de benedenverdieping van zijn huis onlangs opnieuw was behangen met kostbare zijde uit Parijs, had de burgemeester van Le Bizet niet zonder meer ingestemd met de invordering. Maar tot zijn opluchting hoorde hij dat de ruimte als eetzaal gebruikt zou worden door officiers, niet door soldaten. Twee van hen staan nu in de salon en praten na over het militair gerechtshof.

'Wat vind jij van majoor Morris?' vraagt brigadegeneraal Blakemore, terwijl hij uit het raam staart.

Luitenant Cooper knijpt zijn droge lippen op elkaar. 'Ik weet het niet, meneer. Ik ken hem niet.'

'Weet jij hoe hij aan zijn Victoria Cross is gekomen?'

'Nee, generaal.'

'Ik ook niet.'

'Als u wilt kan ik proberen erachter te komen, generaal.'

'Niet nodig. Alleen, hij heeft gevraagd zelf de leiding te mogen nemen over het vuurpeloton. Wat voor man doet dat?' De brigadegeneraal keert zich om naar de luitenant. 'Wat was hij, weet jij dat?'

'Hoe bedoelt u?'

'Voor de oorlog.'

'Morris? Ik heb horen zeggen dat hij dirigent was.' Alsof dat om nadere uitleg vraagt, vervolgt hij: 'Symfonieën en zo. Maar dat heb ik alleen horen zeggen.'

'Goeie god.' Blakemore loopt met zware stappen naar een kast en schenkt whisky in uit een karaf. 'Heb je gezien hoe zijn handen trilden?'

'Ja, generaal. Hij zit er al vanaf het begin bij. Heeft in Mons gevochten.'

Het vroem-vroem van een motorfiets op de weg geeft aan dat er een bericht van het hoofdkwartier naar hen onderweg is. Beide officiers weten dat dit betekent dat veldmaarschalk Haig het doodvonnis heeft getekend. Anders zou er opgebeld zijn.

'Nou, het is zover,' zegt Blakemore als hij opkijkt nadat hij het rapport heeft gelezen. 'Ik dacht dat hij zo vlak voor het einde misschien wat milder zou zijn.' Hij tuurt naar de amberkleurige vloeistof in zijn glas en walst het rond.

'Ik heb nagedacht,' zegt Cooper. 'De vrouw van soldaat Kennedy in Engeland denkt dat hij is gesneuveld in Passendale. Moeten we haar niet uit de droom helpen?'

Blakemore neemt een slok terwijl hij nadenkt. 'Nee, ik denk het niet... Vreemd, die toestand met die Franse verpleegster. Aantrekkelijke vrouw. Is ze teruggestuurd naar Nieppe?'

Cooper glimlacht verlegen. 'Ik heb gezegd dat ze de gevangene mag bezoeken. Vijf minuten.'

'Je hebt nog steeds mededogen, Cooper... Hoe oud ben je?'

'Negentien, generaal.'

Blakemore zet zijn lege glas neer. 'Weet je hoe oud ik ben?'

'Nee, generaal.'

'Achtentwintig. Verbaast je dat?'

'Ik weet het niet, generaal.'

'Kennedy is tweeëntwintig. Dat stond op zijn geboorteakte.' Hij pakt de karaf met whisky en geeft hem aan Cooper. 'Zou je me een plezier willen doen en dit naar zijn cel brengen? Zeg maar niet wie het hem heeft gestuurd.'

38

Ieper. Nu. Vijfenhalve maand na de crash

In het hotel keek Daniel naar zijn spiegelbeeld terwijl hij vochtinbrengende crème opbracht. Hij zag niet zijn vaders trekken in het gezicht dat hem aanstaarde, zoals meestal het geval was bij mannen van rond de veertig. Maar hij herkende er wel iets in. Dat kwam door de dubbele rand van zijn oorschelp. Hij was genetisch gecodeerd met de blik en de fijne gelaatstrekken van zijn overgrootvader. Ze achtervolgden zijn gezicht.

Hij las nauwelijks een minuut voordat hij zijn bedlampje uitdeed en in een lichte slaap viel die algauw dieper werd, en hij droomde over Nancy en Martha die voor hem uit liepen op Clapham High Street. Hij kon hen niet bereiken. Er liepen steeds mensen in de weg. Toen hij hen door het hek van een grote begraafplaats zag lopen, volgde hij hen, maar tussen de rijen grafstenen kon hij hen niet meer zien. Hij begon te rennen en hun naam te roepen. Nu zag hij hen in de achterste hoek, knielend onder een boom. Ze stonden op en liepen weer weg. Hij schreeuwde, maar ze hoorden hem niet. Hij wilde het graf zien dat ze hadden bezocht, maar hoe dichterbij hij kwam, hoe verder het van hem af lag. Nancy en Martha waren nu mijlenver, terug bij de ingang. Hij schreeuwde hen na. Hij probeerde te schreeuwen. Iemand zei dat hij zich geen zorgen moest maken.

Toen hij koude lippen op zijn voorhoofd voelde, deed hij zijn ogen open. Er was niemand in de kamer. Hij wist weer waar hij was. Ieper. In een hotel. Zijn vader lag in de kamer naast hem. Alles was in orde omdat die menselijke rots, die steun en toeverlaat, in de kamer naast hem lag. Hij tikte twee keer op zijn horloge en hoorde beneden commotie. Een dronken gast probeerde het hotel binnen te komen. Misschien was hij daardoor wakker geworden. De dienst van de nachtportier zat er kennelijk op en de gast besefte niet dat hij met de sleutel van zijn kamerdeur ook de voordeur van het hotel kon openmaken. Hij stond zo heftig aan de deurknop te zwengelen dat de dunne wanden van het gebouw ervan trilden. Daniel, uitgedroogd en katterig, mompelde in zichzelf: 'Gebruik je sleutel dan. Gebruik je sleutel.' Toen hij een kussen over zijn hoofd trok en zich omdraaide, voelde hij dat het koud en vochtig was van zijn eigen zweet.

De gast, aan zijn accent te horen een Australiër, werd steeds gefrustreerder, ramde met zijn schouder tegen de deur en schopte er tegenaan. Hij schreeuwde ook: 'Kloteland! Doe die klotedeur open!' Hij liep weg, kwam vijf minuten later terug en begon weer te schreeuwen en aan de deur te rammelen. Daniel stapte uit bed en keek uit het raam. De man stond nu voor de Lakenhal te urineren. Hij leek halverwege de veertig. Waarschijnlijk was hij hier ook om het graf van zijn overgrootvader te bezoeken. Daniel belde de receptie maar er werd niet opgenomen. Hij dacht erover om naar beneden te gaan en de Australiër binnen te laten, maar hij was bang dat de man hem misschien zou aanvallen, in de veronderstelling dat hij de portier was. Weer lafheid. Wees een kerel. Hij wilde net de politie bellen toen de dronkenlap wegging. Daniel kon niet meer in slaap komen, gaf het op en staarde naar de vlekkerige polystyreen tegel boven zijn hoofd. In het licht van de straatlantaarn was die oranje.

Om halfzes, toen vrachtwagens voorbij begonnen te denderen, waarbij het geluid van hun banden werd versterkt door de kasseien, deed hij het licht aan. Toen om zeven uur de lucht loodgrijs kleurde, laaghangend en zwaar van de regen, ging Daniel naar beneden om te ontbijten. Zijn vader zat er al, onberispelijk gekleed in een overhemd met donkere ruiten op een lichte achtergrond, een regimentsdas en een keurig gestreken broek van dubbelgekeperde wol.

'Er klonk vannacht geschreeuw,' zei Philip.

Daniel nam een glas sinaasappelsap, een stuk stokbrood en vier plakjes kaas. 'Dat heb ik ook gehoord.'

'Nee, daarvoor al. Het kwam uit jouw kamer.'

'Heb ik liggen schreeuwen?' Daniel schudde zijn hoofd. 'Nancy zegt dat ik dat soms doe, sinds de crash. Nachtmerries. Ik word zwetend en ijlend wakker.'

'Ben je ervoor naar de dokter geweest?'

'Bruce geeft me bètablokkers. Die neem ik als ik me paniekerig voel.'

'Ik schreef ze altijd voor aan mannen die aan posttraumatische stress leden.'

'Heb jij ze ooit nodig gehad?'

Philip schudde zijn hoofd. 'Sommige mannen hebben ze niet nodig. Het heeft niets te maken met dapperheid, ik heb gewoon geluk.'

'Ik neem aan dat je vader net zo was... Grappig, ik denk altijd aan hem als jouw vader, in plaats van als mijn grootvader. Waarschijnlijk omdat ik hem nooit heb gekend.'

'Ik heb hem ook nooit gekend.'

'Dat moet raar zijn geweest, om hem niet te kennen. Ik bedoel, je weet van zijn VC en zo, en er staat een passage over hem in dat stuk over de oorlog, maar je weet niet of hij liever koffie of thee dronk, of hij links of rechts was, hoe zijn stem klonk.'

'Raar, ja, zo kun je het zien.'

'Heb je ooit met mannen gesproken die samen met hem in het leger zaten?'

'Een paar, maar hun generatie sprak nooit veel over de oorlog.'

'Ik dacht dat dat het enige was waar ze het over hadden.'

'Ze hadden het er wel over, maar niet met mensen die het niet hadden meegemaakt. Veel soldaten zijn zo.' Philip smeerde boter op zijn brood. 'Hij was duidelijk een dappere man, mijn vader, maar ik geloof niet dat hij ooit angst heeft gevoeld. Om echt dapper te zijn moet je weten wat angst is. Het is veel erger voor mannen die bang zijn. "De lafaard sterft duizend keer, de dappere man slechts éénmaal."'

'En jij, pa? Was jij bang?'

Philip hield zijn hoofd schuin. Het leek alsof hij iets wilde zeggen. Zich bedacht. Hij begon met zijn vingers op de tafel te trommelen. 'In de Golfoorlog? Ik wilde dat ik kon zeggen dat ik bang was, maar dat is niet zo. Ik geloof niet dat ik bang was. Niet zoals sommige anderen. Ik heb mannen zien huilen voordat ze de strijd in gingen. Maar anderen hadden het idee dat ze onsterfelijk waren, dat ze voelsprieten hadden die hen waarschuwden voor dreigend gevaar, die hen behoedden.'

'Zo voelde ik me toen... Dat probeerde ik gisteravond uit te leggen over…' Hij zocht naar de naam, maar die wilde hem niet te binnen schieten. 'Martha's leraar. Die moslim. Na de crash zwom ik weg om hulp te halen en hij verscheen uit het niets in het water en ik had het gevoel dat… dat hij me voor gevaar behoedde. Alsof hij me in veiligheid wilde brengen, me de juiste richting wees, naar de eilanden. Ik hallucineerde natuurlijk. Ik had een zonnesteek en leed aan onderkoeling. En ik was uitgedroogd. Alle symptomen. Maar… Ben ik te volgen?' Daniel zocht in zijn jasje naar het knipsel uit de studentenkrant van Trinity College, met de foto van hemzelf en Hamdi samen in de eetzaal. 'Ik dacht dat ik een foto van hem had. Heb ik zeker boven laten liggen.'

'Had je het gevoel dat hij je beschermengel was?'

Daniel wuifde met zijn hand en lachte laatdunkend. 'In geen… Néé! Natuurlijk niet. Ik heb je toch gezegd dat ik hallucinéérde. Ik heb het allemaal met Bruce besproken. Ik heb tijdens de crash een klap op mijn hoofd gehad, en die kan temporaalkwab-epilepsie hebben veroorzaakt. Er is een kleine schaduw te zien in mijn hersenen.'

Philip keek bezorgd. 'Waarom heb je me dat niet verteld?'

'Bruce heeft het onderzocht. Ik wilde je niet ongerust maken.'

'Ik heb enige ervaring met temporaalkwab-epilepsie. Heb je stuiptrekkingen gehad?'

'Niet echt. Meer een soort migraine. Een verblindend licht.'

'En daarna heb je dat niet meer gehad?'

'Wel hoofdpijnaanvallen. Meer niet.'

'Je had het me moeten vertellen. Ik ken een paar uitstekende neurochirurgen. Het wordt in verband gebracht met uittredingen en pseudoreligieuze visioenen, weet je.'

'Ik weet het.'

Philip aarzelde. 'Heb je eraan gedacht dat het misschien een echt visioen is geweest?'

'Onmogelijk.'

'Hoe weet je dat?'

'Ik ben wetenschapper, pa. Zoiets weet ik.'

'Ja, maar hóé weet je dat?'

Daniel nam een slok koffie. 'Het is nooit bewezen.'

'De wetenschap kan ook niet het tegendeel bewijzen.'

'Nou, dus wel. Als ze niet te testen zijn volgens de bekende wetten van de natuurkunde en biologie, dan…'

'Misschien heeft God jou daarom uitgekozen.'

'Uitgekozen!' Daniel lachte weer, nerveuzer dan eerst.

'Iemand die de betekenis van wetenschappelijk bewijs kent. Een darwinist. Een darwinist op de Galápagoseilanden.'

'Zeg je nu dat de Grote Man wel van een uitdaging houdt? Zo had ik het niet bekeken. Ik neem aan dat het leven heel saai wordt voor een opperwezen dat alles kan doen wat en wanneer hij maar wil. Dat hij uitdagingen mist. Ik neem aan dat hij daardoor zo jaloers en onzeker is geworden. Dat hij gaat eisen dat mensen hem en niemand anders aanbidden. En degenen straft die zijn naam ijdel gebruiken.'

Philips ogen lachten, iets wat zelden gebeurde. 'Pas op, Daniel, je hebt het over Hem alsof Hij bestaat.'

Daniel sloeg zijn blik ten hemel. 'Oké, Allah, Jaweh, of hoe u ook genoemd wilt worden, als u bestaat, geef me dan een teken. Ééntje maar. Het hoeft geen engel te zijn... Ik beloof dat als u me nu een teken geeft, ik mijn eerstgeborene op het altaar zal offeren, aangezien u dat een kick schijnt te geven...' Hij hield zijn hoofd schuin. 'Niets. Geen bliksemschicht. Zelfs geen vallende ster.'

'"Het geloof legt de grondslag voor alles waarop we hopen, het overtuigt ons van de waarheid van wat we niet zien".'

'Dat is uit Hebreeën, toch?... Verbaast het je dat ik dat weet? Ik heb tijdens mijn studie de Bijbel van begin tot eind gelezen. Je moet je vijand kennen. Dat heb jij me geleerd.'

'Misschien ligt het bewijs waar je naar zoekt allang voor je en kun je het niet zien, of sta je jezelf niet toe het te zien. Soms is geloven zien.'

'Dat heet bijgeloof.'

'Dat heet geloof.'

'Sorry pa, maar geloof is niet genoeg. Ik wéét dat deze tafel bestaat.' Daniel boog zijn hoofd naar de tafel en deed alsof hij er herhaaldelijk tegenaan beukte. 'Ik hoef niet te gelóven dat hij bestaat als een geloofsdaad.'

'Jij zegt altijd dat godsdienst voor bekrompen geesten is, maar ik denk het tegenovergestelde. Ik denk dat het iets is voor mensen met een open geest. Een geest die openstaat voor de mogelijkheid dat er méér is, iets wat we niet kunnen verklaren.'

'Sorry, pa, maar het is gewoon niet waar. We weten allemaal hoe een kind wordt verwekt, om maar een duidelijk voorbeeld te nemen, en daardoor kunnen we het idee van een maagdelijke geboorte terzijde schuiven.'

'En ivf dan?'

Daniel lachte geforceerd. 'Oké. Je hebt me tuk. De verrijzenis dan. We weten dat dat niet is gebeurd omdat we weten hoe leven en dood werken. Als Jezus drie dagen na de kruisiging leefde, kwam dat doordat hij nog steeds leefde. Hij is nooit gestorven. Hij raakte in coma. Ik denk niet dat er toen veel artsen in de buurt waren met thermometers, bloeddrukmeters en horloges om te controleren of iemand nog in leven was. Luister, we weten dat hij niet weer tot leven is gekomen omdat dat biologisch gesproken onmogelijk is.'

'Misschien ging het daar juist om. Misschien moest het iets onmogelijks zijn, iets wat de mensheid zou opvallen en waar men zo'n tweeduizend jaar later nog over zou praten.'

Met een harde klap zette Daniel zijn kopje op het schoteltje. 'Pa! Je bent arts! Hoe kun je dat nou zeggen?'

'Dat kan ik zeggen omdat ik in God geloof.'

Daniel zuchtte. 'Wetenschappers staan open voor het geloof, maar alleen als het wordt geschraagd door harde bewijzen. Dat is wat mensen niet van ons begrijpen. Wij staan overal voor open. Wij zíjn bereid onze ideeën te veranderen, maar alleen als er bewijs wordt geleverd. Bewijs dat je vast kunt houden.' Hij schudde zijn hoofd. 'Hoe lang geloven mensen al in goden? Sinds onze geschiedenis te boek werd gesteld. Hoe lang is dat geleden? Vijf-, zesduizend jaar? En waarschijnlijk al duizenden jaren eerder. Al die tijd is er geen spoor van bewijs. Geen flintertje. Niets wat je vast kunt houden en waarvan je kunt zeggen: 'Kijk! Daar is het! Bewijs!'

Philip hield zijn adem in en draaide zich met een ruk in zijn stoel om, alsof er een elektrische stroom door zijn rug was getrokken. Hij klemde zijn handen tot vuisten.

* * *

Vanaf Ieper was het tien minuten rijden naar het terrein van de opgraving en tijdens de rit zwiepten de ruitenwissers heen en weer in de stromende regen. Daniel boog steeds als de ruit helder genoeg was naar voren, op zoek naar een bord met Passendale – er stond er geen, het dorp dat zijn naam aan de slag had gegeven was door Brits artillerievuur tijdens de Eerste Wereldoorlog van de kaart geveegd. In plaats daarvan waren er weilanden en maïsvelden, pakhuizen en een rioolwaterzuiveringsinstallatie. Er bloeiden ook klaprozen, maar alleen in de greppels waar de onkruidverdelgers hun werk niet hadden kunnen doen. Toen ze bij een splitsing kwamen die hen over een landweg voerde door de Passendaalse Heuvelrug – niet zozeer een heuvelrug als wel een rimpeling in het verder vlakke landschap – zagen ze dat de berm vol lag met stapels roestig oorlogsmateriaal, een deel van de honderd ton granaten die jaarlijks bij het ploegen door de boeren uit de grond gehaald werden. De exemplaren die klaarblijkelijk niet geëxplodeerd waren, lagen tussen de betonnen telegraafpalen, waar ze door de Belgische bommenopruimingsdienst wekelijks werden opgehaald.

Tijdens de rit zag Daniel dat de voorbijrazende wind de regendruppels op het raampje aan de bestuurderskant langer maakte, zodat ze eruitzagen als zaadcellen die onder een microscoop op een petrischaaltje rondzwommen. Dit leidde hem zo af dat hij de oranje graafmachine niet zag waarvan een gescharnierde arm in de grond hapte.

Philip tikte hem op zijn schouder om hem erop te wijzen. De machine liet een spoor van modder achter bij het uitgraven van de aarde, en ernaast stond een kleine bulldozer met rupsbanden. Daarachter stond een grote witte tent waar een groepje van zo'n vijf à zes mannen en vrouwen omheen stond, in fluorescerende jassen, helmen en kaplaarzen. Een van hen droeg een hoofdtelefoon en ging met een metaaldetector heen en weer over de grond.

Vader en zoon parkeerden en vonden twee paraplu's in de kofferbak. Een kleine, zwaargebouwde man rende op hen af, grijnsde breed en duwde zijn bril verder omhoog op zijn neus. Hij droeg een houthakkerspet met oorkleppen die los naast zijn hoofd bungelden en een lange anorak over een roze overhemd dat vol modderspatten zat. 'Dat is Clive,' fluisterde Philip. 'Een beetje een kletsmajoor, maar laat je daardoor niet afschrikken. Het is een goeie vent.'

'Philip, Philip, hoe gaat het?' zei Clive buiten adem terwijl hij hem een hand gaf. Zijn brillenglazen waren beslagen. Zijn vlekkerige wangen waren uitgezakt. Hij wendde zich tot Daniel. 'Goed om u weer te zien, professor Kennedy...'

Daniel knipperde met zijn ogen. 'Eerlijk gezegd ben ik geen...'
Hij stak met een verdwaasde blik op zijn gezicht zijn hand uit. 'Hallo... Weer?... Ik probeer me te herinneren...'

'Trinity College. Ik was daar portier tot... nou ja, daar hoeven we het verder niet over te hebben. Het was een baan om mijn rekeningen te kunnen betalen. Dit is mijn ware passie. Ik werk op gevechtsterrein. Ik ben ook amateurarcheoloog.'

'Een van de meest professionele die ik ooit ben tegengekomen,' verbeterde Philip hem.

Clive straalde. 'Heel spannend. Vanochtend. Nog twee lijken. Duitsers, denken we. Godzijdank waren wij er het eerst bij. De plaatselijke boeren melden Duitsers vaak niet. Ik heb gehoord dat ze op de beenderen spuwen. We moeten de plaatselijke politie op de hoogte brengen voor het geval het om slachtoffers van moord gaat. Hebben jullie rubberlaarzen?'

Daniel en Philip schudden hun hoofd.

'Geeft niet. Het kan ook wel zonder. Maar jullie moeten wel een helm op. Er liggen er een paar in die tent daar. Loop voorzichtig. Het is hier glibberig.' De archeoloog ging hun voor naar de tent, waar hij zijn eigen houthakkerspet omwisselde voor een helm en Daniel en Philip er ook een aanreikte. Het drietal begaf zich naar een modderige uitgraving, waar hun schoenen de oranje modder opzogen. De regen spetterde in de plassen onder in de kuil. In de doorweekte grond waren de restanten van loopplanken en een rottend houten frame te zien. 'Van opgegraven lijken moeten we zeker weten wie ze zijn voordat we ze formeel kunnen begraven,' schreeuwde Clive in één adem boven de neergutsende regen uit. 'Alleen dan kunnen we ze van de lijst met vermiste personen schrappen. Dingen als horloges en sigarettenkokers met initialen zijn op zichzelf niet genoeg, omdat beenderen vaak door elkaar liggen. Je weet wel, als iemand een ander op zijn rug droeg als ze werden getroffen door een granaat. Dan kun je niet zien wat van wie is. Identificatie is meestal onmogelijk omdat de naamplaatjes van karton en leer waren, en dat verteert. Dit hebben we gisteren gevonden.' Clive hield een roestig graafwerktuig omhoog. 'Meestal vinden we stoffelijke resten in de buurt. Daarom staat deze plek bekend als "het knekelveld van België". En kom hier eens kijken.' Hij wees naar een dwarsdoorsnede in de aarde, drie meter diep, waar meerdere lagen roestig metaal te zien waren onder het veen en de klei. 'Er is hier zoveel lood uit de lucht komen vallen, en zo lang achter elkaar, dat er een geheel eigen geologische formatie is ontstaan. Kijk! Eén grote roestmassa. Verbazingwekkend, toch?'

Daniel knikte onder zijn paraplu.

'Dit hele terrein was één groot doolhof van tunnels en bunkers. Koeien verdwijnen soms in een schacht wanneer een stuk aarde inzakt. Zelfs tractoren verdwijnen wel eens. De grond opent zich en slokt ze op.'

'Het heden dat wegzakt in het verleden,' zei Daniel.

'Of het verleden dat oprijst naar het heden. Hier hebben we er een.' Clive ging hun voor naar een met hekken afgezet gat. 'Kijk hier maar in.'

Daniel tuurde over de rand en deinsde onmiddellijk terug. 'Sorry. Ik kan niet goed tegen hoogtes.'

Clive scheen met een zaklantaarn in de diepte. 'Je kunt de bodem niet zien. Het moet zo'n vijftien meter diep zijn. De ingang van een tunnel. Niet-geëxplodeerde mijnen gaan soms af, vooral als het bliksemt. Ze werpen aarde omhoog die sinds de Eerste Wereldoorlog niet in contact is geweest met de lucht. Kijk dit.' Hij hield een smerige fles omhoog. 'HP-saus. Die moet Brits zijn. Wil je hem als souvenir?'

Daniel keek even naar zijn vader alsof hij hem om toestemming vroeg.

'En,' zei Clive, terwijl hij hem de fles aanreikte, 'heb ik gelijk met mijn veronderstelling dat uw overgrootvader bij Passendale heeft gevochten?'

Daniel, verward door gebrek aan slaap en niet in de stemming voor een dergelijk enthousiasme, zei: 'Die is de eerste dag weggelopen.' Hij keek weer even naar zijn vader. Het was geen leugen.

'En hij zat toch bij de Shropshire Fuseliers? Nou, op de plek waar we nu staan, bevond zich op de vooravond van de aanval de frontlinie.' Hij wees naar de restanten van een betonnen bunker, een paar meter verderop. 'De Duitsers zaten er vlakbij, op het hoger gelegen gebied. Ze konden hen horen praten. Ze konden het spek ruiken dat ze voor het ontbijt bakten. Ik zou het moeten nakijken, maar ik weet vrijwel zeker dat de Shropshire Fuseliers in dit gedeelte zaten. Ze vielen aan in de derde golf. Volgens onze kaart zitten we boven een loopgraaf die ze Clapham Common noemden.'

Het leek even alsof Daniel iets wilde zeggen, maar in plaats daarvan wreef hij over zijn armen. Zijn jas was doorweekt, de stof droop.

'Ze gaven de loopgraven altijd een vertrouwde naam, zodat de mannen zich thuis zouden voelen. Ze wáren ook best gezellig. In de zomer van 1917 hadden ze twee jaar de tijd gehad om aan deze loopgravenstelsels te werken. Het was een zeer vernuftig systeem.' De regen was overgegaan in miezel. Clive stak zijn hand uit. 'Ik geloof dat het zo'n beetje is opgehouden. Loop maar mee. Ik wil jullie iets laten zien in de Landrover. Kom je, Philip?'

'Huh?'

'Loop je mee naar de auto?'

'Eigenlijk moet ik iets uit onze eigen auto halen. Gaan jullie maar.'

'Kun je dit meenemen, pa?' Daniel reikte hem de fles HP aan.

Clive hield het gesprek gaande terwijl hij haastig doorliep. 'Ik kan me voorstellen dat hij mijn geprat over Passendale intussen wel zat is. We zitten samen in de War Graves Commission, weet je.'

'Ik weet het.'

'Hij heeft je er zeker alles over verteld?'

'Over die Commission?'

'Over Passendale.'

'Niet echt. Je weet hoe hij is.'

'Hij is heel…' Clive keek achterom. 'Hoe noem je dat?'

'Zwijgzaam?'

'Tja, holle vaten klinken het hardst.'

'Sommigen vinden hem bot. Ik denk dat dat komt doordat hij een beetje doof is. Hij vindt het moeilijk om aan een gesprek deel te nemen. Hij kan dagen, zelfs weken zwijgen.'

'En wat wil jij zo graag weten?'

Daniel keek naar zijn vader die met een rechte rug wegliep. 'Heeft hij u gevraagd me een lesje geschiedenis te geven?'

Clive grinnikte terwijl hij het portier van een Landrover opendeed, zijn vlekkerige handen hief en er een boog mee beschreef. 'Wanneer de regen optrok hing er een dikke zwarte rook over het landschap die de zon verduisterde. Meer dan een half miljoen Britse en Duitse troepen werden hier tijdens de oorlog gedood – en vaak werden de doden begraven onder een stroom modder, om weer boven te komen bij de volgende granaataanval en weer begraven te worden in de daaropvolgende. In de zomermaanden werden de lijken die aan de oppervlakte waren gekomen opgegeten door ratten of tot op het bot aangevreten door maden, een proces dat acht dagen in beslag nam. En het stonk er verschrikkelijk, naar cordiet, mosterd, rottend paardenvlees.'

'Hoe ging het op de eerste dag?'

Clive wees met zijn paraplu naar struikgewas in de verte. 'De Britten namen de Pilckem Ridge in, een van hun doelwitten. Maar aan het eind van die dag hadden we zevenentwintigduizend doden, gewonden en vermisten. De Duitsers hadden er evenveel. In zijn dagboeknotitie van 1 augustus beschreef veldmaarschalk Haig de eenendertigste juli als "een geslaagde werkdag". De verliezen noemde hij "gering".'

Daniel kneep zijn lippen op elkaar terwijl hij dit tot zich liet doordringen. Hij keek naar het grasland om hem heen en knikte toen hij zag dat het nog steeds vol kuilen en kraters zat. Hij keek weer in de richting van Ieper, maar vanwege de regen kon hij de torenspitsen niet zien. Toen hij zich weer omkeerde naar zijn gids, stond die vijftien meter verderop met een grote papieren rol op een blok beton en wenkte Daniel.

'Dit,' zei Clive, terwijl hij met de papieren rol op het beton tikte, 'is een Duitse bunker. Van ferrocement. Toen je overgrootvader hier de eerste dag de borstwering op klom, moet hij hele bataljons hebben gezien waar niets van was overgebleven door de machinegeweren. De tommy's noemden het de Maxim-geweren. Ze zetten ze hier bovenop.' Hij stampte met zijn voet. 'Dit hele deel van het front,' weer een weids armgebaar, 'was moerasgrond. Modderwater. Soldaten die van de loopplank gleden verdronken. Marcherende soldaten kregen het bevel de hulpkreten te negeren. Het was onmogelijk om stil te gaan staan met een bataljon achter je op een glibberige loopplank van vijftig centimeter.'

Terwijl de torenspitsen van Ieper achter hem in de mist langzaam opdoemden, rolde Clive de panoramische zwart-witfoto uit die hij uit zijn Landrover had gehaald. Hij vroeg Daniel om het ene uiteinde vast te houden. De foto was vierenhalve meter lang en toonde een zwartgeblakerd, haveloos landschap waar bijna niets te zien was behalve prikkeldraad en een paar versplinterde boomstronken op de Heuvelrug Passendale. 'Dit is het uitzicht dat je overgrootvader heeft gehad op de ochtend van de aanval,' zei hij. 'Zou jij je daar graag in hebben gestort?'

Daniel schudde zijn hoofd. 'Niet echt.'

Terug bij de auto troffen ze Philip slapend in de passagiersstoel, met zijn mond open. Zijn huid was grauw. Hij had de fles HP in zijn hand.

Daniel tikte tegen het raampje. 'Alles goed, pa?'

'Mwah? O... Ik heb vannacht slecht geslapen.'

Daniel reed langzaam over de weg naar Nieppe. Het leek hem respectvol om dat te doen.

Een vrouw op leeftijd met haar als bloemkool boog zich uit een raam halverwege een grijs flatgebouw in het centrum van Nieppe. Haar mond was ingevallen door het gemis van tanden. Ze staarde naar de grote auto met de Engelse nummerplaat die onder haar geparkeerd stond – en terwijl ze met troebele ogen toekeek, stapte een elegante man met fijne trekken uit de auto aan de bestuurderskant en liep naar een bord met een stadsplattegrond. De man bekeek het bord even, tikte er twee keer tegen, keek omhoog en glimlachte naar de oude vrouw. Toen ze niet teruglachte, tuurde hij de straat in waar hij doorheen was gekomen en met zijn handen in zijn zij knikte hij in zichzelf. Een warme bries stak op en joeg zandvlagen over de straat.

Hoewel afzichtelijk als gevolg van satellietschotels, was Nieppe toch vriendelijker dan andere stadjes die de lijn markeerden van wat ooit het Westelijk Front was geweest. Het ademde een landelijke sfeer, met stoffige scharrelkippen en mollige katten die lagen te luieren op tuinmuurtjes.

Er schommelden bakken met fuchsia's aan balkons, en de straten werden omzoomd door populieren. De meeste huizen waren van rode baksteen en sommige – het grootste verschil tussen deze stad en andere waar ze doorheen waren gereden – leken origineel en hadden de Eerste Wereldoorlog overleefd. De beek leek helder – zo helder dat er vis in kon leven, te oordelen naar de hengelaars op de oever. Het Château de Nieppe zag er beroet en verwaarloosd uit, maar de slanke geschuttoren was nog geheel intact. Daniel liep terug naar de auto en opende het portier aan de passagierskant. 'We zitten op de Rue d'Armentières, pa,' zei hij. 'De hoofdweg door de stad. De weg die we moeten hebben ligt achter die kerk daar.' Hij zwaaide met een vinger in de richting van een toren. 'We kunnen net zo goed de auto hier laten staan en gaan lopen. Voel je je daar goed genoeg voor?'

Terwijl Daniel voor verkeersagent speelde, stak Philip met behulp van zijn stok de hoofdweg over, maar hij kwam langzaam vooruit en een vrouw die de zoom van haar rok omlaaghield tegen de aantrekkende wind haalde hem met gemak in. Toen hij aan de overkant was, zwaaide Philip dankbaar met zijn stok naar een auto die voor hem was gestopt. Ze liepen door een smalle steeg en over een kasseienplein, waarna ze uitkwamen in de Rue des Chardonnerets. Volgens de dossiers die Philip in het Nationaal Archief had ingezien, was Andrew Kennedy gearresteerd op nummer II. De woning was klein, met een puntgevel en een leien dak, en dichtgespijkerde ramen. Op de planken waren kreten over Le Pen gespoten. Vader en zoon keken elkaar aan en haalden vertwijfeld hun schouders op voordat ze terugliepen. Ze gingen langs de auto, rond een fontein die geen water spoot, naar het stadhuis: een oud gebouw met een gepleisterde gevel uit de tijd van Napoleon. Over de ene kant van de stenen voorzijde was een Franse vlag gedrapeerd, over de andere een vlag van de EU. Op de gevel stonden de woorden MAIRIE DE NIEPPE en daaronder LIBERTÉ, ÉGALITÉ, FRATERNITÉ. Daniel sprak in gebrekkig Frans met de receptioniste die hem naar de afdeling landregistratie verwees. Daar sprak hij een jonge medewerkster aan die een sms'je zat te lezen en gaf haar een vel papier waarop RUE DES CHARDONNERETS II, NIEPPE stond. Hij legde uit dat hij alles over dit gebouw wilde weten, wat het ook was. De medewerkster kwam tien minuten later terug met een dunne map.

'Dat huis staat al vier jaar leeg, monsieur. De familie Lemarre was de laatste die het in bezit had. Zij hebben het gekocht in 1973. Voor die tijd is het veertig jaar in handen geweest van een en dezelfde familie.'

'Weet u de naam van die familie?'

Ze gaf hem de map aan. Hij was nog warm van haar handen. 'Hun naam was Boudain. Ze kochten het in 1933. Het staat hierin.'

'Staat er ook in wie er voor die tijd heeft gewoond?' vroeg Daniel terwijl hij het dossier doorbladerde.

Het meisje zuchtte geërgerd terwijl ze de documenten weer terugnam. 'Camier.' Ze sloeg de map dicht en trommelde er met haar vingers op.

'U weet toevallig niet waar ze naartoe zijn gegaan?'

'Nee.' Ze begon weer te sms'en, hield ermee op en streek haar haar naar één kant. 'Ik geloof dat er een familie Camier woont aan de Rue d'Armentières, tegenover de Hyundai-garage. Een van hen heeft wel eens behangen voor mijn vader.'

Tegen de harde wind in kwamen ze langzaam vooruit, en Philip, krom als een spinnaker, tikte met zijn stok op de stoep. Maar toen ze de garage vonden, vertraagden ze hun tempo nog meer, alsof ze de tocht langer wilden rekken, elke teleurstelling wilden uitstellen die hun wellicht bij hun bestemming te wachten stond. Ze keken elkaar aan voordat ze aanklopten. Na een halve minuut ging de deur open met een ketting.

'*Oui?*' Een vrouwenstem.

'Madame Camier?' vroeg Daniel.

Er verscheen een vinger die naar de deur ernaast wees.

Toen Daniel daar aanklopte, deed er een ongeschoren vijftiger open. Hij droeg een vest. Zijn vingers waren geel van de nicotine.

'*Oui?*' Meer een grom dan een woord.

'*Parlez-vous anglais?*'

'Beetje.'

'We willen iets weten over een familielid. Hij heeft tijdens de Eerste Wereldoorlog in Nieppe gewoond.'

'Hier?'

'Nee. Hij woonde in de Rue des Chardonnerets. Zijn hospita heette Adilah Camier. Er is ons verteld dat hier een familie woont die Camier heet.'

De man krabde op zijn buik en hield zijn hoofd schuin terwijl hij de twee vreemde mannen onderzoekend aankeek.

'Ze was getrouwd met Henri Camier.' De stem was zo schor als van een kraai. Hij was afkomstig van een oude vrouw. De man stapte opzij en een gebochelde figuur wenkte hen binnen. Haar gezicht had een leerachtige huid, omlijst door grijze haarslierten die uit een slordige knoedel losgeraakt waren. 'Hij is gedood bij Verdun. Komt u maar binnen.'

Philip en Daniel volgden haar door een afbladderende gang naar een kleine zitkamer waar het naar kattenvoer rook en die werd gedomineerd door een verschoten affiche van de Maagd Maria. Ze gebaarde hun plaats te nemen op een groene bank waarvan de veren akelig dicht onder de bekleding zaten. Een kat sprong bij Daniel op schoot. Het geluid van een windgong klonk uit een andere kamer. De man in het vest klom luidruchtig de trap op, de oude dame verdween en kwam terug met een blad met daarop twee blikjes Fanta en een schaal zoutjes. 'Na de dood van Henri leerde Adilah een Engelsman kennen, een soldaat. Ze heeft een kind van hem gekregen. Alstublieft...' Ze trok het ringetje van een van de blikjes en reikte het Daniel aan. 'U zult wel dorst hebben.'

Het blikje was vochtig van de condens en zo koud dat Daniels handen er pijn van deden. Terwijl hij dronk zag hij de oude dame eerst in de ene la van een kast rommelen, daarna in een andere. Ze was tenger en bleek, alsof ze eerder met aquarelverf was geschilderd dan met olieverf. Gezichtsbedrog, concludeerde hij – er brandden geen lampen en aangezien het een sombere middag was, was het licht dat binnenviel door de schuiframen zacht en wazig. Ze haalde een schoenendoos met kleine sepiakleurige foto's tevoorschijn en begon die door te spitten. Na een minuut die lang duurde stak ze er een in de lucht en keek naar iets wat op de achterkant geschreven stond. Het was een foto van een knappe vrouw, met opvallend lichte ogen. Ze droeg haar haar tot op haar schouders en de lege mouw van haar ene arm was vastgespeld. In de andere arm droeg ze een baby, gewikkeld in een dekentje. 'Dit is ze.'

De voordeur vloog open, een windvlaag gierde door het huis. Met een klap viel hij weer dicht. Philip keek even op en richtte toen zijn blik weer op de foto. 'En zij was uw...?'

'Adilah Camier was mijn tante. Nee, mijn oudtante. Ik haal de dingen door elkaar. Mijn geheugen.' De oude vrouw bekeek aandachtig de vervormde achterkant van Philips ontbrekende oor. 'Het is al heel wat jaren geleden dat ik in Engeland was. Ik ging er altijd heen op schoolreis. Ik heb Engels gegeven in...' Haar stem stierf weg. 'Komen jullie uit Londen?'

'Ja,' zei Philip. 'Uit Kew. Daniel woont in Clapham. Het spijt me, we hebben ons niet fatsoenlijk voorgesteld. Mijn naam is Philip Kennedy. Dit is mijn zoon Daniel.'

'Mijn naam is Marie Camier.' De oude vrouw stak een kleine hand vol levervlekken uit. Philip drukte hem. 'Ik ben wel eens in Kew geweest. Ze hebben daar een prachtige tuin.'

'Daar wonen we vlakbij.'

'U zei dat u een familielid probeert op te sporen?'

Philip aarzelde. 'De Engelse soldaat over wie u het had, dat was mijn grootvader. Andrew Kennedy. Hij is omgekomen in de Eerste Wereldoorlog...' Hij aarzelde weer. Gaf de foto van Adilah aan Daniel. 'Ik denk dat Adilahs kind misschien mijn vader is geweest. Ik heb hem nooit gekend. Hij is ook omgekomen in de strijd tegen de Duitsers, in de Tweede Wereldoorlog.' Hij nam een slokje Fanta.

'Hoe heette uw vader?'

'William.'

De oude dame knikte. 'Ja, ik geloof dat het kind een Engelse naam had.'

'Voor zover ik heb kunnen achterhalen, is het zo gegaan...' Philip tikte met twee vingers van zijn rechterhand in de palm van zijn linkerhand. 'Andrew Kennedy, mijn grootvader, had al een echtgenote in Engeland. Haar naam was Dorothy. Ik ging er altijd van uit dat Dorothy mijn grootmoeder was, omdat zij degene was die mijn vader heeft opgevoed.'

'Alleen?'

'Nee, zij woonde samen met Will Macintyre. Hij was bevriend geweest met mijn grootvader. Voor de Eerste Wereldoorlog waren ze allebei loodgieter geweest in Market Drayton, en ze zijn samen naar Frankrijk gegaan. Mijn vader is naar hem vernoemd... Wat ik niet begrijp is hoe Adilahs baby, mijn vader, in Engeland terecht is gekomen.'

De oude vrouw glimlachte haar verkleurde tanden bloot. 'U weet dat Adilah is gestorven aan *la grippe*, de grote griepepidemie?'

'Nee, dat wist ik niet. In 1919?'

'*Oui*. Die loodgieter...'

'Will Macintyre.'

'Ik heb van hem gehoord. Hij moet degene zijn geweest die na de oorlog terugkeerde naar Frankrijk om te helpen bij de wederopbouw van Ieper. Hij kwam naar Nieppe om Adilah op te zoeken. Toen zij stierf, heeft hij de baby meegenomen naar Engeland. Ik heb altijd geweten...' De zin bleef onafgemaakt. 'Hij is teruggekomen, weet u.'

'Wie?'

'De loodgieter.'

'Will?'

'Ik weet het niet precies meer. Het moet in de jaren vijftig zijn geweest. Ik heb hem ontmoet.'

'U hebt Will ontmoet?'

De oude vrouw greep naar haar hoofd. 'Ik bedoel uw grootvader, toch? Wie was Will? Mijn geheugen is niet meer wat het is geweest.'

Tien minuten later, bij de auto, vonden ze een briefje onder de ruitenwisser. Er stond op dat ze met hun auto een oprit blokkeerden. Philip spreidde zijn kaart uit op de motorkap. 'Zo'n acht kilometer verderop ligt een dorpje, Le Bizet,' zei hij, terwijl hij op de kaart wees. 'Daar is Andrew naartoe gebracht na zijn arrestatie om hem door de krijgsraad te laten berechten. Hij werd daar vastgehouden op het politiebureau, en geëxecuteerd op het terrein erachter. We komen erlangs op de terugweg, dus we kunnen er een kijkje nemen. Ik rijd wel, als je dat wilt.'

Daniel wierp hem over het dak de sleutels toe. Philip greep mis. Toen ze hun gordel vastmaakten, steeg er een weeë geur van urine op. Daniel deed heimelijk het raampje omlaag. Hij ging met zijn vinger over het scherm van zijn iPhone, wachtte een seconde en tikte op het interneticoontje. Hij tikte nog eens en tuurde even naar een website. 'Er is een site over de psychologie van vuurpelotons. Er staat dat geen van de mannen het leven van de veroordeelde zou kunnen redden door niet te vuren, en daarmee is de morele prikkel om niet te schieten teruggebracht. Dit fenomeen staat bekend als "gespreide verantwoordelijkheid".'

Philip knarsetandde.

Daniel keek naar hem, daarna weer op zijn scherm. 'In sommige gevallen,' vervolgde hij, 'kreeg een van de deelnemers van het peloton een wapen met een losse flodder. Het idee erachter was dat alle mannen van het vuurpeloton van tevoren de hoop hadden dat hij degene was met de losse flodder. Dat verkleinde de kans op terugschrikken. Het gaf ook iedereen de kans om daarna te geloven dat niet hij het dodelijke schot had gelost. Normaal gesproken merkten ze het verschil tussen een losse flodder en een scherp patroon aan de terugstoot, maar er was een psychologische prikkel om geen aandacht te besteden aan de terugstoot en zich die na verloop van tijd te herinneren als zwak.'

'Daar heb ik over gehoord.'

'Zou Andrew op slag zijn overleden?' Philip nam gas terug voor een rood licht. Toen de auto was gestopt, keek hij zijn zoon aan. 'Kogels die in de borst worden afgevuurd verhitten vluchtige vetten tot het kookpunt en veroorzaken een scheur in het hart, in de grote bloedvaten en longen, zodat het slachtoffer sterft aan bloedverlies en shock. De dood treedt vrijwel altijd onmiddellijk in. Maar...'

'Wat?'

'Ik kan er niet de vinger op leggen waarom...'

'Waarom wat?'

'Waarom ik denk dat het hem op de een of andere manier is gelukt het vuurpeloton te overleven. Marie Camier vertelde dat Will Macintyre hier in de jaren vijftig is terug geweest, maar hij is al in de jaren dertig overleden. In negentienvierendertig, als ik het me goed herinner. Ik heb het gevoel dat... Ik denk dat de man die ze toen heeft ontmoet, Andrew is geweest.'

Op de vloer van zijn slaapkamer in het zuidwesten van Londen lag Hamdi op zijn knieën. Een meter verderop stonden de slippers die hij had uitgetrokken netjes naast elkaar tegen de muur. Zijn hoofd raakte het bidkleed dat ervoor zorgde dat zijn gebedsplek rein was. De sajada, zoals het kleedje werd genoemd, was zowel een kompas als een versleten, kleurig geborduurde rechthoek, en hij wees naar het centrum van de wereld, naar de heilige zwarte steen Kaaba in Mekka. Hij wiegde naar achteren op zijn hielen, prevelde een eeuwenoude spreuk en maakte een gebaar alsof hij met zijn handen water in zijn gezicht spatte – het uitvoerige 'droge wassing'-ritueel van de woestijn. Vervolgens drukte hij een kus op de Koran, rolde het kleedje op en legde het op een stoel, waarna hij blootsvoets naar zijn kleine badkamer liep.

Hij keek in de spiegel, pakte een schaar en knipte de baard af die hij een aantal weken had laten staan – hij vond hem te kriebelig en afleidend. De zwarte haren lagen als een dode hond, een onrein dier, in de wastafel, en het lukte hem ze in twee keer bij elkaar te vegen en in de toiletpot te gooien. Daarna trok hij zijn overhemd uit en spoot scheerschuim in zijn hand dat hij op zijn gezicht en borst smeerde. Hij begon met zijn borst, waarbij hij met zijn scheermes van beneden naar boven ging tot aan zijn hals, waar hij een paar onreine haartjes die ingegroeid waren weghaalde. Vervolgens schoor hij zijn wangen en kin, voorzichtig, met zijn kaak schuin naar het licht om er zeker van te zijn dat hij geen stoppeltje oversloeg. Hij plensde koud water op zijn gezicht, een spiegeling van het eerdere gebaar, en begon opnieuw. Toen hij zich een tweede keer had geschoren spoot hij schuim onder zijn armen en, na zijn broek en onderbroek te hebben uitgetrokken, in zijn liezen. Hier moest hij voorzichtiger te werk gaan. Hij was nu glad, niet langer bezoedeld door lichaamshaar. Hij ging met een hand over zijn borst en genoot van het feit dat er geen wrijving was.

Naderhand nam hij met evenveel zorg een douche en wreef het gebarsten stuk zeep tot schuim terwijl de douchekop eerst een paar keer haperde voordat hij voluit water spoot. Hij ging met cirkelbewegingen over zijn lichaam, over zijn nek, langs zijn zij en billen, achter zijn knieën, onder zijn testikels. Met het plastic douchegordijn tegen zijn schouders als een extra huidlaag waste hij zijn haar, stak hij zijn hoofd onder de straal en spuwde hij het zeepwater uit dat hij had binnengekregen.

Toen hij zich met een harde handdoek had afgedroogd, trok hij een pak en een das aan, deed de voordeur open, aarzelde, deed de deur weer dicht en liep naar een telefoon op de keukentafel. Na een paar keer overgaan hoorde hij het antwoordapparaat. Daniels stem. 'Als u een boodschap wilt achterlaten voor Daniel of Nancy, dan kunt u dat na de piep doen.' De piep had meer van een elektronisch gejank. 'Professor Kennedy, u spreekt met Hamdi. Ik heb nagedacht over ons gesprek. U vroeg naar engelen en ik heb u geen bevredigende uitleg gegeven. Moslims geloven dat Allah een onzichtbare wereld heeft geschapen, met daarin ook engelen en geesten. Ik kan het u beter uitleggen als we elkaar de volgende keer spreken. Dat is alles.'

In een ander deel van Londen, achter een rij digitale opname- en montageapparaten, maakte een medewerkster van de inlichtingendienst met een hoofdtelefoon op een aantekening van dit gesprek, waarbij haar vingers als een waas over het toetsenbord vlogen. Ze nam een slok uit een plastic fles met water en controleerde of wat ze had geschreven goed gespeld was.

Voordat Hamdi de deur van zijn flat dichttrok, voelde hij in zijn jaszak of hij zijn sleutels bij zich had. Daarna stapte hij buiten de galerij op en ging de metalen brandtrap af, met zijn cellokist voor zijn lichaam. Zijn Mini Cooper, die voor het flatgebouw geparkeerd stond, startte niet meteen. Bij de tweede poging sloeg de motor met een schor geluid aan. Hamdi gaf richting aan, trok op en reed weg. Twintig meter achter hem deed een groene Volvo hetzelfde.

'Verdachte vertrekt op dit moment,' zei de bestuurder van de Volvo in een microfoon.

Le Bizet was eerder een uitgestrekte, anonieme buitenwijk van Armentières dan een zelfstandig dorp op de grens van België en Frankrijk. Het politiebureau, ontdekte Philip nadat hij het aan de postbode had gevraagd, lag iets van de hoofdweg af en was nu een woning. Het gebouw was zeer onlangs gerenoveerd, te oordelen aan de fris geverfde buitenmuren. De luiken waren felgeel. Hij klopte op de deur. Geen reactie. Hij keek door het raam. Lakens over de meubelen. 'Ik denk dat de bewoners de hele zomer weg zijn,' zei hij toen hij achterom liep naar een besloten tuin met een onberispelijk gazon waarop sproeiers die op een tijdklok werkten sissend water verspreidden.

'Mogen we dit wel doen, pa?' vroeg Daniel. 'Is dit geen verboden terrein?'

'Dat moet de muur zijn geweest.' Philip keek naar een hoge, met mos begroeide muur achter een heesterhaag. Bomen onttrokken delen ervan aan het zicht, maar hij was zeker dertig meter lang. 'De paal waaraan ze hem hebben vastgebonden moet daar voor hebben gestaan.'

De zon kwam achter de wolken vandaan, wierp zijn licht schuin door de bladeren en bestrooide de tuin met lichtvlekjes. 'Ik vraag me af of er nog kogelgaten te zien zijn,' zei Daniel, en hij zette zijn zonnebril af.

Philip liep moeizaam om een kas heen naar een bloembed. Daar stootte hij een kreet van pijn uit.

Daniel liep snel naar hem toe. 'Alles goed, pa? Ben je uitgegleden?'

'Niets aan de hand. Niets aan de hand.' Philip leek verstrooid en praatte half in zichzelf. 'Hij ligt hier ergens begraven, ik weet het. Zonder steen, anoniem.' Met gebruik van zijn wandelstok duwde de oude man de takken naar achteren en zag de muur, overgroeid met klimop en winde. Daniel liep ernaartoe en hield het onkruid naar achteren terwijl zijn vader met zijn vingers de muur aftastte, alsof hij een brandweerman was die hem op hitte controleerde. Ze liepen op deze manier vijf meter door voordat Philip bij een voorwerp kwam dat uit de muur stak. Onder een donkere wirwar van wortels was het moeilijk om de vorm ervan te herkennen. Daniel duwde de klimop met hernieuwde kracht naar achteren.

Het voorwerp was plat en stond rechtop, met een gewelfde bovenkant, begroeid met modderige groene korstmos.

'Portlandsteen,' zei Philip met een knikje. 'Absorbeert alles. Kun jij even die zaklamp uit de auto halen? Wil je ook die emmer meebrengen met de borstel en het schoonmaakmiddel? En kijk of je ergens water kunt vinden.'

'Ik vroeg me al af waarvoor je die had meegebracht.'

Toen Daniel terugkwam, betastte Philip de gravering. 'De letters zijn geërodeerd,' zei hij.

'Is het van Andrew?'

'Ik denk het niet. Doe die zaklamp eens aan.' Philip lag op zijn knieën. 'Goeie god! Het is een VC!'

Toen ze de bovenste helft van de steen hadden schoongeschrobd deden ze een stap naar achteren en lazen de volledige inscriptie: MA-JOOR PETER MORRIS VC, MC & BAR, DSO & BAR, DFC, MONS STAR, BWM, VM. 2/RIFLE BRIGADE. 1880-1918.

Daniel trok onkruid van de onderste helft en ging door met schrobben. De steen was nog steeds groen, maar er werden meer woorden leesbaar.

'"Er bestaat geen grotere liefde",' las Philip het grafschrift voor, "dan je leven te geven voor je vrienden." Wat bijzonder. Ik heb nooit van hem gehoord. Hij zou begraven moeten liggen op een Britse militaire begraafplaats.'

'Waarschijnlijk is er een reden voor. Misschien is hij ook geëxecuteerd.'

Philip klemde zijn handen tot vuisten en spande zijn kaak.

'Gaat het, pa?'

'Dit is nou net de reden waarom we het comité hebben opgericht... Ik zal erop toezien dat hij wordt opgegraven en opnieuw begraven, met alle eer.' Hij tuurde even naar de grafsteen, verdiept in gedachten. 'Meestal begroeven ze geëxecuteerde mannen vlak bij de plaats waar ze werden neergeschoten, dus ik vermoed dat Andrew hier ook ergens ligt.'

'Ik neem aan dat ze hem niet in gewijde grond mochten begraven.'

Philip ging met zijn door artrose vergroeide hand over de welving van de grafsteen. 'Ben je nog steeds atheïst, Daniel?'

'Natuurlijk. En jij nog steeds christen?'

'Ik worstel met de vraag waarom God toestaat... Als je nadenkt over het bloedbad van Passendale.'

'Het is niet God die dat toestaat, pa. Het is de mens.'

'Het is God.'

'Dan is God een klootzak.'

'Je moet geen godslasterlijke dingen zeggen.'

Daniel lag op zijn knieën om nog meer onkruid weg te halen en betastte intussen de muur. 'Grappig, iemand anders heeft dat ook tegen me gezegd.' Hij probeerde zich de naam van Hamdi te herinneren. 'Die moslim over wie ik het had.' Hij hield op met onkruid uittrekken en rechtte zijn rug. 'Maar je kunt geen lasterlijke dingen zeggen over iets wat er niet is. Over mens en natuur daarentegen... Passendale was een blasfemie. Wat ik Nancy heb aangedaan was een blasfemie...' Toen hij een paar meter verderop iets zag bewegen, bracht hij een vinger naar zijn lippen en fluisterde: 'Daar. Kijk.'

Philip keek en zag een rat met een lange kale staart die naar hen zat te kijken.

39

Le Bizet, België.
Tweede maandag van september, 1918

Nadat Morris zijn auto tot voor de trap van het politiebureau heeft gereden, brengt hij naarstig de geweren naar binnen, met twee tegelijk, en zet ze tegen een bed in een lege cel. Als hij de laatste twee naar binnen brengt, passeert hij Adilah, die uit Andrews cel komt. Ze doen allebei alsof ze elkaar niet zien – Morris kijkt naar de grond, Adilah recht voor zich uit naar de houten, beslagen dubbele deur die uitkomt op de tuin. De assistent-commandant is de volgende die opduikt uit de dodencel en hij doet de deur zorgvuldig achter zich dicht en rammelt met een grote sleutelbos tot hij de juiste sleutel vindt. Morris tikt hem op zijn schouder en zegt, terwijl hij met de geweren in de richting van de cel wijst: 'Die deur moet op slot blijven tot morgenochtend halfzes. Dan leg je de geweren in de tuin, precies een meter van elkaar, in twee rijen van zes, de eerste rij op vierenhalve meter van de paal, de tweede op zes meter. Is dat duidelijk?'

De assistent salueert. 'Majoor.'

Morris loopt de tuin in om de houten paal te inspecteren die voor de muur in de grond is geslagen. Hij steekt met trillende handen een sigaret op en neemt een haal als hij naar de plek loopt waar het gat wordt gegraven. De gapende muil vraagt om een lijk, de aarde hunkert naar mensenbloed. Morris staart erin terwijl hij snel rookt, waarbij hij nauwelijks de rook in zijn longen houdt voordat hij uitblaast en de sigaret weer naar zijn lippen brengt. Als hij hem heeft opgerookt, gooit hij de peuk in het gat. Nu pas draait hij zich om naar het politiebureau en ziet Andrews bleke gezicht achter een getralied raam. De twee mannen kijken elkaar een ogenblik onbewogen aan, ze houden elkaar een spookspiegel voor. Morris knippert langzaam, als in trance, met zijn ogen, slentert naar het raam en gooit de rest van zijn pakje sigaretten erdoor naar binnen. Als hij wegloopt hoort hij een reactie van de gevangene op dit onverwacht vriendelijke gebaar.

'Bedankt.'

Morris draait zich niet om.

Een uur verstrijkt voordat Andrews volgende bezoeker arriveert. De veroordeelde herkent zijn oude vriend niet. Macintyre lijkt twintig jaar ouder geworden sinds ze het jaar ervoor samen in Ieper aankwamen. Zijn ogen staan hol en zijn lippen zijn kapot. In zijn hals heeft hij een etterende wond. Zijn ronde gezicht is nu ingevallen en grauw; zijn haarlijn is geweken, zijn middenscheiding voortijdig grijs. Hij heeft korporaalstrepen op de arm van zijn vuile, haveloze uniform en hij draagt een vest van konijnenbont. Hij ruikt smerig, alsof zijn huid aan het rotten is. 'Ik ben het,' zegt hij. 'Will.'

'Je bent veranderd.'

'Afgevallen.' Macintyre heeft een sigaret achter zijn oor. Hij haalt hem erachter vandaan, breekt hem doormidden, steekt beide uiteinden in zijn mond, steekt ze aan en geeft er een aan Andrew. 'Kijk wat ik in Wipers heb gekregen,' zegt hij, terwijl hij een *Iron Cross* uit zijn broekzak haalt. 'Hier, hou eens vast.'

Zoals Andrew naar de medaille in zijn hand kijkt, kijkt Macintyre naar Andrew. De mannen doen allebei alsof ze in gezelschap zijn van een vreemde. Macintyre begint zich te krabben en zegt botweg: 'Mag ik je laarzen hebben?'

'Ga je gang. Ze pasten mij toch al nooit goed. Ik heb ze amper gedragen.' Andrew schenkt hem een vermoeid, scheef lachje. 'Ik neem aan dat dat het probleem was.'

Macintyre lacht niet. Hij staart naar de tralies voor het raam en draait met zijn schouders alsof hij probeert de vermoeidheid eruit te krijgen. Dat hij is veranderd zit niet alleen in zijn fysieke verschijning. Hij mist iets. Hij is afgeleid. Ergens buiten klinkt het geluid van een terugslaande motor. 'Wat was dat?' zegt Macintyre, opspringend.

'Waarschijnlijk aan het oefenen,' zegt Andrew in een poging zijn oude vriend op zijn gemak te stellen. Hij beseft nu wat er veranderd is. Macintyre is zijn gevoel voor humor kwijt.

'Ik heb de kwartiermeester gevraagd iets in elkaar te flansen. Stoofvlees en een fles drank van twee liter… Aangezien het je laatste…' Macintyres stem sterft weg.

'Bedankt, ik waardeer het... Een van de officiers heeft dit gebracht.' Andrew knikt naar een karaf met whisky. 'Wil je wat?'

Macintyre neemt een flinke slok en begint te hoesten. 'Jezus,' zegt hij, en hij geeft de karaf aan Andrew.

Andrew neemt een kleinere slok. 'Iets gehoord van iemand in Market Drayton?'

'Ik heb Dorothy geschreven toen... We dachten dat jij op de eerste dag het loodje had gelegd.'

'Ik geloof dat ik die dag inderdaad ben doodgegaan.'

'Maar goed dat je er niet was. Het goot die hele maand augustus. Het werd één gore modderpoel. Overal was het bruin, tot waar het oog reikte. Een hoop jongens zijn erin verdronken. Het was november voordat... Laat ik je vertellen, vriend, als ik dat nog eens moest meemaken, zou ik...' Hij wijst met twee vingers tegen elkaar naar zijn voet en doet of hij zichzelf beschiet.

Andrew probeert zich de gezichten uit zijn peloton voor de geest te halen. 'Hoe is het met de sergeant?'

'Een sluipschutter. Na drie weken. Ik stond naast hem. Ik hoor een klap en daarna staart hij me aan met zo'n rare blik. Terwijl hij me aanstaart verschijnt er precies hier een gat.' Macintyre tikt midden op zijn voorhoofd. 'Vervolgens stort hij neer en ik zie dat de achterkant van zijn hoofd openligt.'

Andrew is geschokt. De sergeant had hem onverslaanbaar geleken, een natuurkracht, te sterk om te sneuvelen door een enkele kogel. Hij raakt zijn eigen voorhoofd aan en zegt: 'Hoe zou het voelen, denk je?'

'Doodgeschoten worden? Je voelt er niks van. Ik ken mannen die gewond zijn geraakt, en die zeggen dat het voelt alsof je een dreun krijgt – een doffe pijn. Felle pijn komt pas later, als je tenminste lang genoeg blijft leven... Sorry, Andy, dit is niet erg tactvol.'

Al ruim een jaar heeft niemand hem met die naam aangesproken. Hij klinkt hem nu vreemd in de oren. De naam van een onbekende. Hij krabt in zijn nek. 'Ik ben niet bang. Ik weet niet waarom, maar ik ben het niet. Niet meer.'

'Wat is dat voor verhaal over jou en een of ander Frans wijf?'

'Haar naam is Adilah... Ze is in verwachting van mijn kind. Ik heb haar gevraagd of ze hem William wil noemen als het een jongen is.'

Macintyre schrikt van de respectvolle manier waarop Andrew reageert. 'Sorry,' zegt hij. 'Ik wist niet dat het zo serieus was. De jongens zeiden... Wil je het kind naar mij vernoemen?'

'Jij bent mijn oudste vriend.' Andrew neemt nog een slok uit de karaf. 'Kun jij een oogje voor me in het zeil houden, bij Adilah en het kind?'

'Natuurlijk.' Terwijl Macintyre dit zegt begint hij op zijn buik te krabben. Een van de knopen van zijn uniformjas glipt open en hij begint ongegeneerd pluis uit zijn navel te halen.

'Zweer je dat?'

'Ik zweer het...' Macintyre doet de knoop weer dicht en neemt een haal van zijn Woodbine, waarvan hij het uiteinde tussen duim en wijsvinger houdt. 'Wat is er met je gebeurd?'

'Toen we de aanval inzetten?' Andrew weet niet hoe hij het moet uitleggen. 'Ik dacht dat ik dood was, en in de hel terechtgekomen. Toen ging ik achter iemand aan. Daarna bleef ik lopen. Ik kwam Adilah tegen en toen wist ik dat er geen weg terug was. Ik was niet van plan jou te laten stikken... Neem je me kwalijk wat ik heb gedaan?'

'Niemand neemt het je kwalijk. We hebben die gedachte allemaal gehad.' Macintyre drukt zijn sigaret uit. 'Er is iets wat je moet weten. Ik ben de laatste van het peloton, of dat zal ik zijn als... Dat houdt in dat ik deel uitmaak van het vuurpeloton. Dat zijn de regels.'

Andrew knippert met zijn ogen en vervalt tot een nadenkend stilzwijgen. 'Nou, richt dan maar goed. Anders doe je me geen plezier.' Hij legt een arm om Macintyres schouder. Haalt hem weer weg. 'Ik ben blij dat jij het doet, Will.'

'Ik moest maar gaan.' Macintyre staat op en als ze op het punt staan elkaar de hand te schudden, vallen ze in plaats daarvan elkaar op een ongemakkelijke manier in de armen. 'Ik heb je gemist, makker,' zegt hij.

De woorden hangen in de lucht. Andrew wil er een grapje van maken – 'Als je me morgen maar niet mist!' of iets dergelijks – maar zijn keel is dichtgesnoerd. Hij klopt zijn vriend op de rug en loodst hem naar de deur.

Luitenant Cooper en majoorarts John Hayes staren naar het lichaam op de vloer. Het is bleek, even intens bleek als de plas eromheen donker is. Cooper schudt zijn hoofd. 'Wie had gedacht dat er zoveel bloed in een lichaam zit.'

'Hij bloedde zo snel leeg dat het niet meer dan een paar minuten kan hebben geduurd,' zegt Hayes, terwijl hij Morris' ogen sluit en op zijn horloge kijkt. 'Hij wist precies wat hij deed. Kijk...' Hij wijst. 'Hij heeft dwars door de slagader in zijn dijbeen gesneden.' Hij dept een vinger in het bloed. Het is koud.

Brigadegeneraal Blakemore verschijnt in de deuropening, samen met de aalmoezenier. Ze trekken allebei een grimas als ze zien dat het lichaam van Morris bebloed en naakt is, op de broek om zijn enkels na.

'Jezus!' zegt Blakemore. 'Legt iets over hem heen.'

'Is er een briefje?' vraagt de aalmoezenier.

'Nee, eerwaarde.'

'Morris heeft me opgezocht voordat hij het heeft gedaan, weet je. Hij vroeg me om mijn zegen. Hij was geagiteerd, maar het is geen moment bij me opgekomen dat hij dit van plan was. Ik snap er niets van.'

Alle vier de mannen staan in een halve cirkel rond het lijk, met hun laarzen in de plas bloed. Hayes staart naar een dolk die een meter verderop loodrecht in de plankenvloer is gestoken. 'Misschien wilde hij weer enige zeggenschap over zijn leven,' zegt hij. 'Was hij getrouwd?'

'Dat zal ik uitzoeken, generaal,' zegt Cooper.

'Jezus!' zegt Blakemore nog eens, hoofdschuddend. 'Wat zonde.'

'Waarom denk je dat hij het heeft gedaan?' vraagt Cooper aan niemand in het bijzonder. 'Ik bedoel, nu de Duitsers op het punt staan zich over te geven?'

'Ik denk dat dat het probleem was,' zegt Hayes. 'Hij moet hebben geweten dat hij de draad van zijn oude leven niet meer kon oppakken. Geen van ons kan dat. Je kunt niet van iemand een moordenaar maken en dan verwachten...'

'We moeten opzoeken hoe oud hij was...' valt Blakemore hem in de rede. 'Kun jij een grafsteen regelen, Cooper? Maak er iets fatsoenlijks van. Vermeld zijn MC erop.'

'In orde, generaal.'

'Waar moeten we hem begraven?'

De aalmoezenier fronst zijn wenkbrauwen. 'Daar had ik nog niet aan gedacht. Zelfmoordenaars mogen niet in gewijde grond worden begraven.'

'Dat laat ik aan u over, eerwaarde.' Blakemore wendt zich tot Cooper. 'En nu Morris er niet meer is moeten we iemand hebben die morgenochtend de leiding neemt. Zou jij dat willen doen?'

'Natuurlijk, generaal.'

'Kijk of je een trommelaar kunt vinden. We moeten het doen zoals het hoort. En, Cooper...'

'Ja, generaal?'

'Het moet goed geregeld zijn. De mannen zullen het niet willen. Kies een goede sergeant-majoor.' Blakemore vertrekt, en daarna gaat ook Cooper.

De aalmoezenier en de arts kijken naar het lijk, en dan naar elkaar.

Als de schemering valt, bezoekt de aalmoezenier de veroordeelde in zijn cel. Die ziet eruit als een geest. Zijn huid is transparant, zijn ogen zijn leeg en ongericht. In zijn hand heeft hij een haarlok met een lint eromheen, die hij door zijn vingers laat gaan als een rozenkrans. Als de aalmoezenier gaat zitten en zijn handen in zijn schoot vouwt, stopt Andrew zijn hemd in zijn hoge kamgaren broek.

'Ik heb iets geschreven,' zegt hij, en hij reikt hem een brief aan. 'Kunt u ervoor zorgen dat hij bij madame Camier komt? Het adres staat hier.'

'Daar kun je op rekenen.'

'Ik heb tegen Will Macintyre gezegd dat hij mijn laarzen mag hebben.'

De aalmoezenier steekt een lantaarn aan en kijkt hem met samengeknepen ogen aan. 'Is er iets waar je over wilt praten? Daarvoor ben ik hier.'

Hoewel Andrew niet moe is, begint hij onbedwingbaar te geeuwen. 'Ik ben altijd bang geweest voor ratten, maar er zat er een in de schuur waarin ze me hebben opgesloten en toen ik ernaar keek, besefte ik dat het gewoon maar een rat was.'

'Hij was waarschijnlijk banger dan jij,' zegt de aalmoezenier, die zelf probeert een geeuw te onderdrukken. 'Ik blijf de hele nacht bij je, als je dat wilt.'

'Dat hoeft niet, eerwaarde. U moet uw rust nemen.'

'Ik moet zeggen, Kennedy, dat je veel moed toont. Ik heb mannen meegemaakt...' Hij slaat op zijn knieën. 'Maar ik denk dat het beter is om het gevaar in de ogen te zien. Veel gemakkelijker. Ben je anglicaans?'

'Dat is toch de Church of England?'

De aalmoezenier knikt.

'In dat geval: ja.'

'Wil je van mij de communie ontvangen, en vergeving van je zonden?'

Het is Andrews beurt om te knikken. Hij kijkt geboeid toe hoe de aalmoezenier een kleine kelk neerzet en er wat robijnrode vloeistof uit een heupflacon in schenkt. Hij haalt een hostie uit een zakdoek en zegent die. Daarna knielen ze allebei neer om te bidden.

'Ik ben nooit een kerkganger geweest,' zegt Andrew als ze weer op hun stoel gaan zitten. Hij neemt een slok uit de karaf met whisky. 'Ik kan maar niet dronken worden,' zegt hij, en hij geeuwt weer. 'Wilt u wat?'

'Nee, dank je.'

Andrew vindt het moeilijk om zich te concentreren op de woorden van de aalmoezenier. De alcohol verdooft hem eindelijk en hoe zwaarder zijn lichaam wordt, hoe meer hij in gedachten wegzweeft. 'Komt mijn naam op mijn grafsteen?'

'Dat weet ik niet.'

'Het geeft niet als het niet zo is. Ik ben al eens begraven. Mijn graf is in niemandsland. Ik stierf en ging naar de hel, en toen kwam ik terug. Ik werd gered, weet u. Een engel heeft me gered.'

De aalmoezenier grijpt de soldaat bij zijn polsen. Hij kijkt hem in zijn ogen. 'Waarom heb je dat niet gezegd tijdens je proces?'

'Dan hadden ze me uitgelachen.'

'Heb je wel eens gehoord van de Engel van Mons?'

'Zo was het niet.'

De aalmoezenier knikt. 'Wil je het voor me opschrijven, wat er met je is gebeurd? Een getuigenis. Je kunt het me ook dicteren als je wilt, dan kun je het daarna overlezen en tekenen.'

40

Londen. Nu. Vijfenhalve maand na de crash

'Mag ik bij u komen wonen?'

Hamdi keek op uit het schrift dat hij nakeek, en zag Martha bij de deur staan, met haar blik op haar schoenen.

'Waarom ben jij hier nog, Martha? Is je mama te laat?'

'Mag ik bij u komen wonen?' herhaalde Martha.

Hamdi lachte. 'Nee, dat kan niet. Waarom vraag je dat?'

'Omdat...'

Omdat haar hart net een grote hommel was die elke keer dat ze naar hem keek uit haar borst wilde ontsnappen. Omdat ze er lang over had nagedacht en het tijd werd dat iedereen wist dat ze van hem hield, en dat ze dat altijd zou blijven doen. Omdat ze zouden gaan trouwen wanneer zij oud genoeg was. Het zou een voorjaarsbruiloft zijn, als er lammetjes werden geboren en blaadjes aan de bomen kwamen. Ze zag het huis al voor zich waarin ze gingen wonen, een cottage met een rieten dak, bij een bos, naast een beek vol dikke forellen. Ze wist ook wat voor auto ze zouden hebben, een hybride, want de heer en mevrouw Said-Ibrahim zouden een milieubewust paar worden. Ze had namen bedacht voor de drie kinderen die ze zouden krijgen: Peter, Sally en kleine George. Ze zou tegen die tijd zelf leerkracht op een basisschool zijn. Het huwelijk was niet iets waar je op haar leeftijd lichtvaardig over dacht, maar ze kende geen twijfel, dat wist ze. Geen enkele twijfel. Met haar hart wist ze dat zij en Hamdi voor altijd voor elkaar bestemd waren. Want liefde brengt zekerheid.

'Omdat wat?' drong Hamdi aan.

'Gewoon, zomaar.'

'Is alles goed thuis?'

'Nee.'

'Wil je erover praten?'

Martha stond nog steeds naar haar schoenen te staren. 'Nee.'

Hamdi keek in het rooster. 'Je zou met Clare meegaan en bij haar mama thuis eten.'

'Weet ik.'

'Is Clares mama te laat?'

'Ik heb tegen haar gezegd dat de plannen veranderd zijn.'

Hamdi fronste zijn wenkbrauwen. Dit kon hij niet gebruiken. Nu zou hij nog verder achteropraken met zijn correctiewerk. 'Ik kan beter even je mama bellen,' zei hij expres op norse toon. Hij zocht in zijn bureau naar het papier met de telefoonnummers van de ouders.

'Dat heb ik in mijn mobieltje staan,' zei Martha, en ze legde haar iPhone op de tafel van de leraar. 'U mag hem wel gebruiken.'

'Heb jij een iPhone?'

'Heeft papa voor me gekocht. Hij belt het nummer al.'

'Wat een geluksvogel ben jij.' Terwijl hij luisterde keek hij Martha aan en glimlachte gespannen. 'Antwoordapparaat. Hallo. U spreekt met Hamdi Said-Ibrahim, Martha's leraar. Er is een misverstand. Ze zou met Clares moeder meegaan naar huis. Het is...' Hij keek op zijn horloge. 'Het is nu kwart voor vier. Ik rijd straks langs uw huis dus ik kan haar even brengen... ik heb mijn mobiele telefoon bij me als u me nodig hebt. En Martha heeft de hare bij zich.'

'Papa en u zijn vrienden, toch?'

'Ja,' zei Hamdi, 'ik geloof het wel.'

In de Mini bleef Martha naar haar schoenen staren. Hamdi keek vanuit zijn ooghoek naar haar. Hij zette de radio op Classic FM.

'Bent u wel eens verliefd geweest?' vroeg Martha.

'Hoezo?'

'U moet ja of nee zeggen.'

'Sorry, Martha, maar ik wil het niet met jou over dit soort dingen hebben. Dit zijn geen gesprekken die een leraar met zijn leerling voert.'

Op dit onderdeel van het gesprek had ze zich voorbereid. 'Houdt u van me?'

Hamdi zwenkte even uit. 'Zo is het genoeg, Martha. Dit gesprek gaan we niet voeren.'

'Ik moet weten of u van me houdt of niet.'

Toen Daniel en Philip uit de Engelse kant van de Kanaaltunnel kwamen, in hun auto in de trein, begonnen hun mobieltjes gelijktijdig te zoemen – een terugkeer in de moderne wereld na een korte, ondergrondse stilte. Daniel keek op zijn schermpje en fronste. 'Twáálf gemiste oproepen?'

'Ik heb er zes,' zei Philip. Hij keek verbaasd.

Ze drukten allebei hun toestel tegen hun oor. Terwijl ze op hun berichtjes wachtten leek de lucht in de auto ijler te worden. De kleur trok weg uit Daniels lippen terwijl hij luisterde. 'Er is iets met Martha,' zei hij met een stem die van ver leek te komen. 'Ze wordt vermist.'

De drie medewerkers van de inlichtingendienst die voor het scherm stonden, deden een stap opzij om ruimte te maken voor Bloom. Hij droeg een blad met vier dampende kartonnen bekers erop. Hij deelde ze rond. 'Wie had met magere melk?' vroeg hij met een zwaar New-Yorks accent.

'Ik,' zei Turner terwijl hij een arm uitstak.

Alle vier de mannen stonden voorzichtig van hun koffie te nippen terwijl ze nog eens naar de opnamen keken van een jongeman die in colbert en stropdas met een cellokist zijn huis verliet en in een Mini Cooper stapte. 'Hebben we al genoeg om hem in te rekenen?' vroeg Bloom.

'Hangt ervan af,' zei Turner, en hij zette het beeld stil.

'Het is niet zozeer wat hij heeft gedaan als wel wat zijn groepering volgens de geruchten van plan is.'

'Weten we zeker dat het zijn groepering ís?'

'Past bij het profiel. Ze zijn op zoek naar een leraar.'

'Ze zijn op zoek naar een kind, dat is niet hetzelfde.'

'Weten we op welke website ze die snuffmovie willen laten zien?'

'Nog niet.'

'Dinsdag zagen we dat deze man met een mobieltje belde en onmiddellijk daarna een telefooncel in stapte voor een volgend telefoontje.' Turner ging zitten en legde zijn voeten op het bureau voor hem, waarbij zijn rode sokken te zien waren die zijn grijze pak moesten opfleuren.

Bloom nam nog een slok. 'Misschien moest hij zijn mobiele telefoon opladen.'

'Misschien wilde hij niet dat zijn nummer werd opgespoord.'

Bloom vouwde een dubbele boterham open. Hij plukte er zorgvuldig een blaadje sla uit en legde het op de rand van zijn bord. 'Hij weet dat zijn telefoon wordt afgeluisterd. Die Kennedy heeft hem dat verteld. Zou jij dan niet ook een telefooncel gebruiken?'

'Hij versnippert zijn papieren,' zei Turner. 'Waarom zou een leraar de moeite nemen om zijn papieren te vernietigen?'

Het plein in Clapham Old Town was afgezet met politietape toen Daniel en Philip stilhielden voor het huis. Posters met 'meisje vermist' werden opgeplakt. Omdat drie politiewagens de weg versperden liet Daniel zijn motor aan en zijn portier open. Hij schreeuwde instructies over zijn schouder terwijl hij de trap naar zijn voordeur op rende. 'Kun jij een parkeerplaats zoeken, pa?'

Nancy droeg een spijkerbroek met verfvlekken en een wijd grijs sweatshirt waarvan ze de mouwen had opgerold. Haar haar had ze boven op haar hoofd vastgebonden en werd bijeengehouden door een witte doek. Ze zat in de keuken met een lege blik naar de mobiele telefoon in haar trillende hand te staren. Uitgelopen mascara had donkere vegen onder haar ogen achtergelaten. Haar neus was rood en haar gezicht was opgezet. Toen ze Daniel zag, rende ze naar hem toe, spreidde haar armen en begon weer te huilen.

'Is er nieuws?' vroeg Daniel, die ook tranen voelde opwellen.

Nancy snikte, veegde haar neus af en schudde haar hoofd.

'Ze zou toch met Clare mee naar huis gaan?'

'Ze heeft tegen Clares moeder gezegd…' Nancy's adem stokte. Haar stem klonk hol. 'Ze heeft tegen Clares moeder gezegd dat de plannen veranderd waren en dat ze met mij mee naar huis ging.' Het was alsof Nancy de details repeteerde, zichzelf geruststelde dat haar eigen versie van de gebeurtenissen consistent was.

'Hoe laat was dat?'

'Halfvier. De gewone tijd om ze op te halen.' Ze keken allebei naar de klok aan de keukenmuur. Het was tien voor zeven. Nog net niet donker.

'Heeft iemand haar uit school zien gaan?' vroeg Daniel. 'Ze zal toch niet de dagen door elkaar hebben gehaald, en gedacht hebben dat ze naschoolse club had? Op welke avond gaat ze naar de schaakclub?'

Nancy schudde weer haar hoofd, en een paar donkere haarslierten vielen langs haar gezicht.

'Gisteravond had ze celloles, toch? Heb je gebeld naar…' Hij probeerde zich Hamdi's naam te herinneren. 'Haar klassenleraar, die haar naar celloles brengt?'

Een tengere man in een antracietgrijs pak kwam op hen af. 'Nog niets van de school gehoord. We ondervragen alle docenten, en ook haar klasgenootjes.' Hij stak zijn hand uit. 'Hoofdinspecteur Alan Mayhew… Ik wil dat u weet dat we alles doen wat er in dit stadium mogelijk is. Er gaan foto's naar alle bureaus.'

Daniel gaf hem een hand. Hij was ijskoud. 'Hebt u op de meent gekeken?'

'Een paar keer. Ook in Battersea Park.'

'En het Bowling Green Cafe? Daar komt ze graag.'

De inspecteur trok voorzichtig zijn hand terug. 'Daar hebben we een agent neergezet voor het geval ze komt opdagen.'

'We hebben in de speelgoedwinkel aan Northcote Road gezocht, en in het zwembad van Latchmere,' zei Nancy. 'En pap en mam hebben niets van haar gehoord. Amanda ook niet.'

Daniel stond midden in de keuken en wreef met zijn handen over zijn gezicht. 'Clapham Picture House?'

'Gecheckt.'

Daniel liet zijn schouders hangen. 'En het Natural History Museum? Misschien heeft ze een taxi genomen.'

'Niet waarschijnlijk. Taxichauffeurs mogen geen minderjarigen meenemen zonder begeleider,' zei hoofdinspecteur Mayhew. 'Kan ze in haar eentje met de metro zijn gegaan?'

Nancy schudde haar hoofd.

'We hebben agenten neergezet bij Clapham Common, Clapham North en Clapham South. En er is een alarmoproep uitgegaan naar al het personeel van de metro. En we vragen of ze bij het museum naar haar uit willen kijken. Nog iets anders waar ze naartoe gegaan kan zijn?'

'Misschien heeft ze geprobeerd naar mijn werk te gaan, op Trinity… ik bel Wetherby.'

Philip was de keuken binnengekomen en schraapte zijn keel. 'Kew Gardens?' probeerde hij.

'We zullen beide locaties op de hoogte brengen.'

Daniel zei: 'En die therapeut waar jij naartoe gaat?'

Nancy schrok op. 'Nee, die… die heb ik gebeld.'

'Je hebt haar natuurlijk zelf al geprobeerd te bellen?'

Nancy keek naar het aanrecht. Daniel volgde haar blik. Martha's iPhone lag naast haar schooltas.

'Is ze thuis geweest?'

'Iemand heeft een berichtje op het antwoordapparaat gewist. Dat was ingesproken om kwart voor vier. Haar *Finding Nemo*-rugzak is weg, en haar tandenborstel en…' Nancy rende naar de gootsteen en kokhalsde. Er kwam niets uit.

Daniel liep door de keuken en streelde haar rug.

'Crush. Ze heeft Crush meegenomen.' Nancy veegde haar mond af. 'Ze denken dat ze misschien van huis wilde weglopen. Kijk.' Ze wees naar vier korsten die waren afgesneden op het aanrecht. 'Ze heeft boterhammen gesmeerd.'

'Als dat zo is,' viel inspecteur Mayhew haar in de rede, 'dan zijn de vooruitzichten gunstig. We hebben meer dan eens dit soort situaties meegemaakt, en het vermiste kind komt meestal binnen een paar uur weer opdagen. Ze zit naar alle waarschijnlijkheid ergens in een café, waar ze zich afvraagt hoe ze het beste naar huis kan gaan.'

Nancy wreef over haar slapen. 'Kevin is er niet. Ik denk dat ze hem ook heeft meegenomen.'

'Kevin?' vroeg Mayhew.

'Onze hond… Als een kind wordt ontvoerd…'

'We weten niet of ze is ontvoerd,' onderbrak Daniel haar. 'Als ze Crush en Kevin bij zich heeft is het waarschijnlijker dat ze is weggelopen.'

'Als een kind het gezicht van haar ontvoerder eenmaal heeft gezien…' vervolgde Nancy.

'Hou op, Nance. Het helpt niet om te denken…' Daniel fronste zijn voorhoofd. 'Had ze geld op zak?'

Nancy schudde haar hoofd en kauwde op haar onderlip. 'En ze heeft geen insuline bij zich.'

Daniel pakte Martha's iPhone. 'Heb je gekeken of er sms'jes en foto's in staan?'

'Niets,' zei Nancy.

'Wat kunnen we doen?' vroeg Daniel machteloos.

Inspecteur Mayhew zei: 'Hebt u iedereen gebeld die iets zou kunnen weten?'

'Ik kan Bruce bellen,' zei Daniel. 'Dat is haar peetoom.'

Anderhalf uur ging voorbij waarin werd gebeld en nog eens gebeld via politielijnen, zodat de lijn thuis bereikbaar bleef. Mayhew keek aldoor op zijn horloge. Om tien over halfnegen knikte hij naar zijn brigadier en rechtte zijn schouders. Hij wilde de ouders niet nodeloos ongerust maken. 'Bent u bekend met het Amber Alert-systeem?'

Nancy sloeg haar hand voor haar mond. 'Dat is voor ontvoerde kinderen.'

'Vermiste kinderen,' corrigeerde Mayhew haar vriendelijk terwijl hij een hand op Nancy's arm legde. 'We hebben een foto van Martha gescand, en die wordt nu naar elk politiebureau in het land gestuurd. Alle vliegvelden en havens zijn op de hoogte.' Hij blies zijn wangen bol. 'We moeten nu gaan nadenken over een oproep via de media.' Hij keek op zijn horloge. 'Het is vijf uur geleden dat ze voor het laatst is gezien. Het systeem is ontworpen om de zaak snel internationaal bekendheid te geven. We versturen sms'jes en e-mails en er wordt elk uur een foto van Martha getoond op itv en Sky, met het nummer van de politie erbij. We moeten jullie ook zo snel mogelijk een bericht laten inspreken voor het nieuws.

De sergeant kwam naar voren. 'Er staat buiten een cameraploeg te wachten,' zei hij.

'Mooi.' Hij keek naar Nancy. 'Denkt u dat u dat aankunt? Het is beter als de moeder het doet. Houd het simpel. Het wordt van tevoren opgenomen. We kunnen het het beste tijdens het nieuwsbulletin van negen uur uitzenden.'

Nancy en Daniel stonden hand in hand op de trap voor hun huis, knipperend tegen de felle lichten. Nancy keek niet in de camera toen ze zacht en hortend sprak, op de rand van tranen. 'Als iemand. Onze mooie kleine. Dochter. Heeft gezien. Neem dan alstublieft contact op met de politie.' Ze keek naar Daniel. Sloeg haar hand voor haar mond. De tranen stroomden. 'Als iemand haar. Haar heeft... meegenomen... doe haar... alsjeblieft... geen. Pijn.'

Daniel kneep in haar hand en sprak op vastere toon. 'Laat ons alstublieft weten waar we Martha kunnen vinden, of breng haar naar een plaats waar ze veilig is en zeg tegen iemand waar dat is. Ze is negen jaar, ze heeft lang blond haar in een paardenstaart. Ze heeft groene ogen en de huid in haar hals is verkleurd. Ze draagt een donkergroen schooluniform en een roze jasje. Ze is klein voor haar leeftijd. Misschien heeft ze een bastaardhond bij zich, Kevin.'

'Ze heeft suikerziekte,' voegde Nancy eraan toe, weer met een dikke stem. 'Als ze haar insuline niet krijgt, kan ze...'

Tijdens de vijfentwintig minuten nadat de oproep was uitgezonden zat Nancy op de bank van de woonkamer, nu eens huilend, dan met een lege blik voor zich uit te staren, dan weer met haar knieën opgetrokken en haar armen eromheen. Daniel zat naast haar. Hij hield haar hand vast. Legde zijn arm om haar heen.

Maar hij kon niet lang stilzitten. In plaats daarvan stond hij steeds op om te kijken of er berichtjes waren op zijn eigen iPhone en in zijn Macbook. Hij zette steeds verse thee. Tikte op zijn wijzerplaat. Stond voor het raam de tuin in te kijken. Om de tien minuten slenterde hij naar de keuken ernaast, waar de drie agenten die hun huis in de gaten moesten houden samen met Philip wachtten. Hadden ze al iets gehoord? Elke keer dat de telefoon ging, sprongen beide ouders op. Het was steeds een bekende of een familielid die de oproep had gezien. Na een poosje lieten ze het antwoordapparaat opnemen en screenden ze de berichten die ze via de luidspreker beluisterden.

Daniel schonk twee grote glazen cognac in en gaf er een aan Nancy. Ze dronk het snel leeg en zei: 'Ik ga weer even op haar kamer kijken.' Ze hoorde dat Daniel haar de twee trappen op volgde. In de slaapkamer, met de deur dicht, werd de kakofonie aan telefoontjes, politieradio's, televisies, deurbellen en sirenes in de verte buitengesloten. Nancy ging op het bed zitten en trok aan haar haar, hield het tussen gespreide vingers en liet het daarna los. Daniel kneep in de brug van zijn neus. 'Als ik hier was geweest...' Hij maakte zijn zin niet af. 'Heb je in de laden gekeken?'

'Het kan geen kwaad om het nog eens te doen.' De tranen zaten weer hoog bij Nancy. Ze waren eerder te horen dan te zien – haar stem stokte.

Bij iedere lade die werd opengetrokken voelde Nancy een steek. De aanblik van kleine, keurig opgevouwen T-shirts, broeken en sokken voelde voor haar als een vonnis. Onder de kleren lag een clandestiene voorraad snoep: zuurtjes, pepermuntjes, chocola. 'Ik had haar snoep moeten geven.'

'Je bent tandarts. Je weet wat snoep met je tanden doet.'

'Ik had haar snoep moeten geven,' herhaalde Nancy, terwijl ze haar rug rechtte. Ze stond met haar rug naar Daniel, maar ze zag zijn gezicht in een drievoudige spiegel op de toilettafel. Ze zag ook de door de zon gebleekte poster van Girls Aloud aan de muur achter hem, en daarnaast de foto van het schooltoneelstuk en de diploma's voor atletiek en schaatsen. Ze draaide zich om en keek naar de potloodstreepjes naast de deurlijst, met steeds een datum ernaast wanneer ze haar lengte hadden gemeten. Ze stonden vlak boven elkaar, die streepjes. Martha groeide niet zo hard. Haar blik gleed langs de plank waarop de boeken van Harry Potter opgestapeld lagen, en toen weer naar toilettafel en de barbies, drie stuks, zittend op de glazen plaat. Op de spiegel zaten flonkerende plakplaatjes van vlinders. Ernaast stond een Sponge Bob-beker met een kring chocolademelk eromheen. Ze pakte Martha's borstel, haalde er een stel haren uit en hield ze bij haar neus. Haar blik dwaalde naar de vloer en naar de rolschaatsen die ze had gekocht, de hockeystick, de cellokist, de PlayStation, ongerijmd naast de jurk van Sneeuwwitje waar Martha te groot voor was geworden. Eén kleur domineerde de kamer: het roze van de plastic cd-speler, van de ringband van school en van de portemonnee met sterretjes.

Nancy blies langzaam haar adem uit, ging naast Daniel zitten en voelde zijn arm die hij om haar middel legde. Ze schudde hem van zich af en draaide hem haar rug toe.

Daniel ging op zijn knieën zitten, legde een hand op haar schouders en draaide haar naar zich toe. 'Kijk me aan, Nancy,' zei hij. 'Hé! Kijk me aan.'

Nancy schudde haar hoofd. 'Ik had vanochtend ruzie met haar.'

'Waarover?'

'Over niets. Ze wilde een neuspiercing... Laatst vroeg ze waarom we elkaar nooit meer kussen.'

'Het komt allemaal goed met haar.'

'En als het niet zo is?'

Ze bleven een volle minuut zwijgen terwijl ze hierover nadachten. Daniel sprak als eerste. 'Ik geloof dat er iets mis is met pa.'

'Wat bedoel je?'

'Ik denk dat hij ziek is. Hij dronk flesjes morfine en hij heeft pleisters op zijn schouders. Ik betrapte hem toen hij een zakdoek in zijn mond propte.'

'Waarom deed hij dat?'

'Zodat ik hem niet hoorde schreeuwen van de pijn, denk ik.'

'Heeft hij iets gezegd?'

'Je kent pa.'

'Arme Phil. Misschien is het niets ernstigs.'

'Misschien.'

De atmosferische druk in de slaapkamer veranderde. De lucht verdichtte. Nancy legde haar hand op haar borst, over haar hart. De koude pijn die ze daar de hele avond al voelde smolt weg en verloor iets van zijn gewicht. 'Arme, arme Phil. Ik ben laatst bij hem geweest. Ik had die brieven vertaald.'

'Bedankt. Hij wilde ze ontzettend graag lezen.'

'Ik geloof niet dat hij een gelukkig leven heeft gehad.'

'Nee.'

'Echt iets voor hem om niet te zeggen dat hij ziek is.'

'Ja.'

'Weet Amanda het?'

'Geen idee.'

'Wil jij erover praten?'

'Niet echt.'

Nancy legde een hand op Daniels been. 'Ik weet het.'

Daniel nam Nancy's gezicht in zijn handen en veegde de vlekken van haar tranen met zijn duimen weg. Ze opende haar armen. Ze hielden elkaar stevig vast en gingen liggen, zij met haar rug tegen hem aan, en allebei met hun hoofd op het voeteneind van het kinderbed. Daniel pakte Martha's kussen en trok het omlaag zodat Nancy haar hoofd erop kon leggen. Zo bleven ze vijf minuten liggen, totdat Nancy rechtop ging zitten en het dagboek met luipaardpatroon zag dat onder Martha's hoofdkussen verborgen had gelegen. Ze pakte het en bladerde het door tot de laatste dag dat ze erin had geschreven. Het ging over Hamdi; Martha's liefde voor Hamdi; Martha's plannen om weg te lopen met Hamdi, met hem te trouwen en een cottage te kopen met een rieten dak aan een beek. Er stonden tientallen hartjes bij: grote, kleine, roodgekleurd.

Ze haastten zich de trap af en kwamen onderweg de inspecteur tegen. 'We hebben een duidelijke aanwijzing,' zei Mayhew. 'Van een buurman. Martha is om vier uur gezien in een auto.'

'Wat voor auto?' vroeg Nancy. 'Wie reed er?'

'Een man.'

Daniel en Nancy wisselden een panische blik. 'Wie?' vroeg Nancy.

'Uw buurman beschreef hem als een jong uitziende man, keurig gekleed, in pak. "Met een oosters uiterlijk".'

Daniel knipperde met zijn ogen. 'Oosters?'

'Kent u iemand die aan die beschrijving voldoet?' vroeg de inspecteur aan hem.

Daniel legde zonder iets te zeggen het dagboek op de tafel.

Philip legde een hand op zijn schouder en herhaalde de vraag van de inspecteur: 'Ken je iemand die aan die beschrijving voldoet?'

Tegen de tijd dat Nancy, Philip en Daniel anderhalve kilometer verderop in Balham voor Hamdi's flat stopten, had een cameraploeg al een kabel gelegd en booglampen gezet op een balkon waar een metalen brandtrap naartoe leidde. Zeven politieauto's met flitslicht hadden een omheining gevormd. Daarbinnen was een kordon van blauw-met-witte tape. Een agent riep instructies in een megafoon.

Mayhew tikte tegen het raampje. 'Hij is haar klassenleraar, toch?'

Nancy knikte en probeerde haar tranen binnen te houden. 'Martha had bepaalde gevoelens voor hem. Ze... vond hem fantastisch.'

Ze hoorde een krakende stem op de politieradio: 'De naam van de verdachte is Hamdi Said-Ibrahim. Herhaal, Hamdi Said-Ibrahim. Hij is bekend bij de afdeling antiterreur. Nader hem niet. Er is een gewapende eenheid onderweg.'

'God mag weten hoe het komt dat de bewaking niet heeft gezien dat Martha bij hem in de auto zat,' zei Mayhew. 'Waar waren ze mee bezig?'

'Zijn jullie de ouders?' vroeg een verslaggever toen Daniel uit de auto stapte. Die negeerde de vraag.

Een gewapende eenheid arriveerde in een Range Rover met geblindeerde ramen. Ze droegen een zwarte wapenrusting en baseballcaps en ze hadden Heckler & Koch-geweren bij zich. Onmiddellijk richtten ze die op het balkon. Daniel herkende de twee mannen in burger die tegelijkertijd aankwamen in een zwarte BMW:

de kaalgeschoren Amerikaan en de oudere, magere man met het gerimpelde gezicht. Hij leek Daniel ook te herkennen en liep zijn kant op, maar passeerde hem en gaf Philip een hand.

'Geoff,' zei Philip. 'Wat een geruststelling om jou hier te zien. Het gaat om mijn kleindochter, Martha.'

'Ik weet het. Het komt goed. We houden deze man al een tijdje in de gaten.'

Na tien minuten verscheen Hamdi met zijn armen omhoog, slechts gekleed in zijn ondergoed. Terwijl hij in bedwang werd gehouden, werd hem een wit forensisch pak over zijn hoofd aangetrokken en werden zijn handen geboeid. Een agent achter hem duwde met een hand zijn hoofd iets naar voren terwijl hij voorging over de echoënde metalen brandtrap. Een andere agent dook op uit de flat, pratend in zijn microfoon. Zijn krakerige stem was te horen in een nabije politiewagen: 'Geen spoor van het kind.'

'Hé!' schreeuwde Daniel. 'Waar is Martha?'

Hamdi keek op. 'Professor! Wat is er aan de hand?'

'Wat heb je met Martha gedaan?'

'Ik weet niet waar ze is. Erewoord. Ik heb haar bij u thuis afgezet. Daarna heb ik haar niet meer gezien.'

'Alsjeblieft, goede vriend, je moet ons vertellen...'

Hamdi's ogen leken boller dan ooit. Hij draaide zich om om Daniel te blijven zien, alsof hij een reddingslijn was. 'Ze had het over ene Tom. Ze zei dat ze bij hem had geluncht en dat hij in een groot huis woont. Ken jij ene Tom?'

Met sirenes werd de verdachte weggevoerd voor een verhoor. Inspecteur Mayhew richtte zich tot Nancy, Daniel en Philip. 'Hij wordt naar Paddington Green gebracht, een bureau met de hoogste veiligheid. We moeten nu snel informatie over Martha krijgen. U kunt met mij meegaan als u wilt, maar als ik u was, ging ik thuis wachten. We hebben daar een paar agenten achtergelaten. Ik houd u op de hoogte van eventuele ontwikkelingen.'

Toen het drietal weer in hun auto stapte, startte Daniel de motor, maar deed hem meteen weer uit. Hij keek Nancy aan. Ze had haar hand over haar mond geslagen.

'Wat is er, Nance?'

'Hij zei Tom. Hij zei dat Martha het over Tom had.'

'Tom de therapeut? Ik dacht dat je zei dat je die had gebeld.'

Nancy reageerde niet. Ze toetste een nummer in op haar mobieltje. 'Heb ik ook. Hij zei dat hij zou bellen als hij iets hoorde... Hij
neemt niet op. Ik denk dat we bij hem langs moeten gaan.' Ze probeerde het nog eens. 'Tom! Met Nancy.' Stilte. 'Nee, ze wordt nog
steeds vermist... Heeft ze geprobeerd jou te bellen?'... Nou, als ze
dat doet, wil je me dan meteen op dit nummer bellen?' Er lag angst
in haar ogen. Ze brak het gesprek af en drukte haar telefoon tegen
haar borst. 'Ze is daar. Ik weet dat ze daar is.'

'Waar woont hij?'

'In Dulwich... Alice Grove 22 of 21. 22. Zeker weten, 22. Tegenover de universiteit. Ik heb er geluncht. Martha en ik samen. Ze kan
het adres gemakkelijk onthouden hebben. Je weet hoe ze is.'

Philip klonk ontsteld. 'Wie is Tom?'

'Mijn therapeut. Tom Cochrane.'

'Waarom zou...' Daniels stem stierf weg toen hij zag hoe ver-
dwaasd Philip keek. 'Alles goed, pa?'

'Die Hamdi – ik geloof dat ik hem ken. Ik weet niet waar ik hem
heb gezien, maar ik ken hem ergens van.'

Een brandweerwagen – met rode en blauwe zwaailichten, zonder si-
rene – draaide vlak voor hen Alice Grove in en parkeerde voor nummer 22. Een brandweerman sprong eruit en begon de weg af te zetten met tape. In de hele straat was de glinstering te zien van de tape,
die rolde en krulde. Er hing een gasgeur in de avondlucht. De brandweerman begon op deuren te kloppen. De straat werd geëvacueerd.

'Dat is het huis.' Nancy wees. 'Ik herken het.'

'Iedereen naar achteren,' zei een brandweerman. 'Er is een gaslek.'

'Ik geloof dat mijn dochter in dat huis is,' zei Nancy, nog steeds
wijzend.

'We hebben er aangeklopt. Er is niemand thuis. Gaat u nu alstublieft naar achteren. Er is ontploffingsgevaar.'

'Alstublieft. Ze is negen.'

'Oké, we zullen nog eens kijken, maar u moet naar achteren.'

Een tweede brandweerwagen arriveerde en parkeerde aan het eind
van de straat, waarmee hij ander verkeer de weg versperde. Toen
Nancy en Philip eromheen liepen, zag Daniel allemaal bruin-met-
goud gekleurde jassen in de auto. Hij pakte er een, samen met een
helm, en trok die snel aan terwijl hij de brandweerlieden naar het

huis volgde. Toen hij er vlakbij was, rende hij achter twee andere brandweermannen aan die met een metalen ladder om het huis heen liepen. Ze legden de ladder op de grond en gingen terug naar de brandweerauto. Daniel, wiens gezicht schuilging onder de helm, liep door. De ladder was lichter dan hij eruitzag – ook langer, hij reikte tot aan de dakgoot. Toen hij bovenaan was, kroop hij over een geul tussen twee leien daken, en plat op zijn buik keek hij naar de glazen serre, bijna vier meter onder hem. Er was geen licht, maar hij zag een gestalte – de kruin van een mannenhoofd. De man wiegde in het halfdonker heen en weer en tuurde naar iets wat eruitzag als een aansteker in zijn hand, alsof hij niet precies wist wat het was. Daniel werd duizelig. Een aanval van hoogtevrees. Hij zette de helm af. Een deur naar de keuken stond open, zag hij nu. Handdoeken en dekens lagen voor de kieren van de andere deuren. Wat was er gaande? Nog een gestalte. Een kind. Het was Martha, die in haar roze jas, met haar fluwelen schildpad dicht tegen zich aan, slaperig op een bank zat.

Kevin kwam de kamer binnen en keek omhoog. Als de hond gaat blaffen, dacht Daniel, zal Tom zeker zijn blik volgen. Hij wist nu dat hij moest springen, maar hij wist ook dat hij er het lef niet voor had. Toen hij een stukje terugkroop zodat hij niet gezien kon worden, verscheen er een brandweerman op het dak achter hem. Daniel bracht zijn hand naar zijn lippen en wees naar het dak van de serre. Hij tuurde weer naar beneden en zag de man in perspectief als een kleine, geïsoleerde figuur met een kale plek op zijn hoofd. Hoe durfde hij zijn dochter mee te nemen? Hoe durfde hij haar in een kamer op te sluiten en het gas open te draaien? Hij keek naar Martha. Haar ogen waren gesloten, haar sproetige gezichtje rustte in de palm van haar hand. In haar slaap kneep ze haar kleine, rubberachtige vingers tot vuistjes. Ze strekte haar armen en benen. De gaslucht werd sterker. Daniel besefte dat het naar hem opsteeg. Inademen was tegenwoordig ongevaarlijk, dat wist hij, maar desondanks proefde hij de scherpe smaak van gal in zijn keel. Geen weg terug. De realisering van het onvoorstelbare. Hij probeerde rustig te blijven.

Toen hij omkeek zag hij een tweede brandweerman die dwingend naar hem gebaarde dat hij naar beneden moest komen. Met onvaste benen kwam hij overeind en spreidde zijn armen om in evenwicht te blijven. Hij kon nu Nancy op de oprit beneden zien staan. Ze wreef Philip over zijn rug. Waar hadden ze het over? Nancy keek op, zag hem staan en sloeg haar hand voor haar mond. Philip volgde haar blik. Ze keken nu allebei naar hem, een silhouet in het maanlicht. Het was alsof Philip knikte.

Er was een lichtflits, een verblindende pijnscheut op Daniels netvlies. Omdat hij aannam dat het gas was ontvlamd, rende hij er instinctief op af en met een maag die omhoogkwam sprong hij naar Martha. Zijn armen maakten kleine cirkeltjes tijdens zijn val waar geen einde aan leek te komen. Het was alsof hij door de tijd heen viel, alsof hij de innerlijke stroom ervan ervoer. Toen zijn schoenen het glas raakten, was het alsof hij door het oppervlak van een dichtgevroren meer viel, en alsof zijn val werd vertraagd door het trekkende water. Het was het trekken van de tijd. Naar buiten toe was de lineaire tijd uitgedijd en in snelheid afgenomen tot hij vrijwel tot stilstand leek te komen. Onder hem verloor de aarde haar aantrekkingskracht. Een sterke gaslucht drong in zijn neus; gas dat langs hem heen ontsnapte door het kapotte dak van de serre, de nacht in. Zijn wild zwaaiende armen verplaatsten glinsterende stofdeeltjes: glassplinters die in de lucht bleven hangen, zwevend als in een vacuüm. Hij had dit eerder meegemaakt, deze laatste ogenblikken, deze fracties van seconden – de val naar de aarde, door de aarde, naar een diepte die de zon niet bereikt.

Hij kwam met een plof neer en zakte door zijn knieën, en toen hij op zijn zij viel, voelde hij dat hij met zijn schedel ergens tegenaan klapte. De glasscherfjes werden donker en dik. Ze waren overal, ze stroomden over hem heen, verstikten hem, begroeven hem levend. Daarna voelde hij niets.

41

Le Bizet, België,
tweede dinsdag van september, 1918

Met een schok wordt Andrew wakker en hij schiet overeind. Hij heeft het gevoel dat een hard geluid wegsterft, een schaduw van geluid, een hond die ergens blaft. Hij raakt even in de war door een hol gevoel in zijn maag en als hij zich vervolgens herinnert wat er vandaag te gebeuren staat, vindt hij zijn stem terug. 'Hoe laat is het?' De woorden worden geschreeuwd.

Niemand antwoordt. Hij staat op. Er schijnt licht onder de deur – het witgrauwe ochtendgloren. Hij kijkt naar de kleren die over de stoel hangen en weet dat hij niet wil sterven in een uniform dat niet past. Als de assistent-commandant de deur van het slot haalt, staat Andrew naakt voor hem en hij recht uitdagend zijn rug.

'Ik wil een uniform dat past,' zegt hij.

De assistent kijkt om en zonder zijn blik van de gevangene te halen zegt hij over zijn schouder: 'Dokter.'

Majoorarts Hayes komt achter hem tevoorschijn, rolt een stoffen zakje uit en pakt een injectienaald. 'We moeten je dit toedienen, Kennedy.'

'Wat is dat?'

'Een tranquillizer. Dan merk je er niets van.'

'Niet nodig, majoor. Ik ben niet bang. Geen angst meer over.'

De aalmoezenier is de volgende die in de deuropening verschijnt. Hij draagt paarse insignes en een witte stool. Hij houdt de arm van de gevangene stevig vast bij wijze van geruststelling. Hierdoor afgeleid ziet Andrew niet dat Hayes achter hem gaat staan, en dan is het al te laat. Als hij zich omdraait, steekt de majoorarts de naald in zijn linkerbil. Hij valt voorover, in de armen van de aalmoezenier. De assistent wikkelt het slap geworden lichaam in een deken en als een slapend kind draagt hij het naar buiten, de trap van het politiebureau af naar de binnenplaats.

Als het vuurpeloton een halfuur later arriveert, zien ze tot hun verbazing dat de gevangene al aan de paal is vastgebonden. Een touw is strak om zijn borst heen gewikkeld om te voorkomen dat hij onderuitzakt. Hij draagt een kap over zijn hoofd. Zijn hoofd hangt naar voren. De assistent speldt een doelwit op de jas van de gevangene, op de plaats waar zijn hart zit. Het is een wit lapje katoen van tien bij vier centimeter, waar geweren mee schoongemaakt worden.

Een paar mannen van het vuurpeloton staan onder invloed van drank te zwaaien op hun benen. De twaalf geweren liggen klaar – het laatste bevel van majoor Morris is opgevolgd. De soldaten gaan in de rij staan, een achter elk geweer, in twee rijen van zes. Ze brengen hun geweer naar hun schouder en richten, de achterste rij blijft staan en de voorste rij gaat op een bevel van de sergeant-majoor op één knie zitten. Luitenant Cooper knikt naar een trommelaar, waarop die begint te roffelen. De sergeant-majoor houdt een zakdoek recht voor zich uit en als hij die laat vallen, klinkt er een ongelijk salvo. Het lichaam van de gevangene zakt langs de houten paal omlaag. Majoorarts Haynes loopt naar hem toe, voelt zijn pols en houdt een stethoscoop tegen zijn borst voordat hij naar luitenant Cooper knikt. Die stopt zijn revolver weg, opgelucht dat hij niet het genadeschot hoeft te lossen.

Hayes maakt de touwen los en ondersteunt het dode gewicht terwijl hij het op de grond neerlegt. 'Jij daar,' blaft hij Macintyre toe, 'help eens.' Macintyre pakt het lichaam bij de voeten en Hayes tilt het onder de armen, en samen dragen de twee mannen het naar een gereedstaande doodskist en leggen het daarin. De kist is te klein; het lichaam lijkt er groot in. Macintyre kijkt naar de blote voeten van de gevangene, niet in staat zijn teleurstelling te verbergen. 'Hij zei dat ik zijn laarzen zou krijgen,' mompelt hij.

Ze pakken ieder een uiteinde van het deksel en leggen dit op de kist.

'Majoor?' zegt Macintyre.

'Ja?'

'Hoe komt het dat er geen bloed is?'

De majoor geeft geen antwoord. Als hij het bureau weer in loopt om een overlijdensakte in te vullen, komen de leden van het vuurpeloton om hem heen staan. Het enige geluid is afkomstig van grendels die naar achteren worden geschoven en gebruikte hulzen die in het stof vallen.

'Had jij een terugstoot?' vraagt er een.

'Niet echt.'

'Ik ook niet.'

'Ik voelde wel een schok, maar ik weet het niet zeker.'

42

Le Bizet, België. Nu.
Zeven maanden na de crash

Een kleine groep dorpelingen had zich verzameld op het terrein van het oude politiebureau. De eigenaars van het huis stonden er ook tussen, terug van vakantie. Ze hadden nooit iets geweten van de grafsteen in hun tuin, en al helemaal niet dat er een Engelse oorlogsheld onder begraven lag. Niet alleen hadden ze toestemming gegeven om hem op te graven, ze hadden er ook een happening van gemaakt – ze hadden buren uitgenodigd en gingen rond met dienbladen met drankjes. Een gendarme en een priester waren er mede uit hoofde van hun beroep, evenals de burgemeester van Le Bizet, die de stoffelijke resten zou begeleiden naar de nieuwe begraafplaats, de Tyne Cot Commonwealth War Graves Cemetery op de Passendaalse Heuvelrug. Dit was de reden waarom Clive en Philip hier ook waren. Voor Philip was de reis door de Eurotunnel zonder Daniel een kwelling geweest, maar hij had het gevoel dat hij geen andere keus had gehad. Hij moet hier nog iets afmaken. Hij wist dat Daniel zou hebben gewild dat hij terugging.

Zodra de grafsteen was schoongemaakt zou hij op Tyne Cot bij de stoffelijke resten worden geplaatst. Een fotograaf van de plaatselijke krant maakte opnamen van het gebeuren. Elke keer dat hij flitste, gaf hij iets van kleur aan de glansloze, grauwe middag.

'Wist je dat Morris voor de oorlog dirigent was?' vroeg Clive aan Philip toen de twee mannen een stukje bij de anderen vandaan stonden.

'Ja.'

'Een zeer vermaard dirigent. Hij wordt genoemd in een dagboek dat een vriend van me een paar jaar geleden heeft gekocht op een veiling, een deel van een ongeregelde partij. Hij stuurt het me toe...'

De grafsteen werd uit de grond getrokken en in een akelig plechtige stemming door twee functionarissen van het noordelijk *dépar-*

tement naar een wachtende wagen gedragen. Toen ze terugkeerden, markeerden ze met hun spade de omtrekken van de plaats waar het graf moest komen. De eerste zette zijn schoen op de onderkant en zijn hand duwde de greep van de schep naar beneden. De spade liet zich gemakkelijk in de grond steken, en een vierkante plag werd uit de grond gehaald, toen nog een. Toen het gat groter werd, begon ook de tweede man te scheppen. Na een paar minuten hielden ze op om iets uit de grond te halen wat eruitzag als een rattennest, gemaakt van draden vol aarde. Aan het uiteinde ervan zat een rottende houten plank. Ze groeven een gat van een meter twintig diep voordat ze op iets soortgelijks stuitten. Een zandzak. Er waren twee paar handen nodig om hem eruit te trekken.

'Hoe gaat dat gedicht ook weer?' zei Clive terwijl hij een stap dichterbij zette. '"Die rijke aarde zal bergen…"'

Philip maakte de zin af: '"De nog rijkere stoffelijke resten."'

De eerste functionaris trok nog een rotte plank naar voren, deze keer een langere. Hij had dezelfde vorm als het andere stuk hout. Een derde plank werd zichtbaar. Hij was aan een andere vastgetimmerd, een soort deksel. De doodskist. Ze trokken hem eruit, met een spoor van aarde erachteraan, en schraapten met hun spaden een laag grond weg. Ze zagen nog meer vergane zandzakken. Een hele rij. Vijf in totaal. Ze maakten er een open. Hij was zwaar en compact, met hard zand waar een afdruk van het juteweefsel in te zien was. Ze legden alle zakken naast elkaar op de grond en bleven hijgend in het gat staan kijken. Er waren geen beenderen.

Philip liep terug naar het huis met behulp van zijn stok. Clive keek hem na en ging toen achter hem aan. Toen hij de hoek om kwam trof hij zijn vriend met een zakdoek in zijn mond gepropt. Zijn handen had hij tot vuisten gebald.

'Is alles goed met je?'

Philip haalde de zakdoek uit zijn mond en deinsde naar achteren toen een pijnscheut door zijn versleten lichaam trok. Hij kon niet meer denken. De lucht verdween uit zijn longen. Het verleden stormde op hem af.

'Philip?'

'Kun je de ondergrondse monitor halen?' vroeg Philip toen hij weer op adem was gekomen. 'Een straal van zes meter vanaf het graf.'

Een geel-met-wit apparaat dat op een grasmaaimachine leek werd uit de bestelwagen gebracht. Toen Clive het op loopsnelheid heen en weer duwde binnen de straal die Philip had aangegeven, gaf een zendertje dat op de rechterkant gemonteerd zat een radartrilling af die werd opgepikt door een ontvanger op de linkerkant. De resultaten werden op een scherm in beeld gebracht. 'Ik geloof dat we iets hebben gevonden,' zei Clive een paar minuten later. Hij stond op een stuk gras, twaalf meter van het graf. 'Volgens dit gegeven zou het voorwerp, wat het ook is, zo'n negentig centimeter onder de grond moeten zitten.' Hij keek de eigenaars van het huis aan en toen zij hun schouders ophaalden en knikten, gaf hij de ambtenaren met de spaden een teken.

Toen ze op een diepte van negentig centimeter waren, hielden ze op met graven. Een van hen trok een paar rubberhandschoenen aan en haalde een voorwerp zo groot als een schoen uit de grond. Hij legde het op een groot stuk plastic. Het krioelde van de wormen. Terwijl Clive er met een zaklantaarn op scheen, veegde de beambte de aarde weg en onthulde een stuk bot waarvan het oppervlak een glibberige geelbruine verkleuring liet zien. Het was een mensenbot. Een dijbeen.

Een koele luchtstroom wekte Philip uit zijn slaap. Hij zat in zijn diepe fauteuil in het hoekje voor de haard in zijn studeerkamer, en naast hem op een klein tafeltje lag een pakje. Amanda moest het daar hebben neergelegd en daarbij de koele luchtstroom hebben veroorzaakt, als een langszwevende geest. Zijn artritische vingers worstelden met het plakband waarmee het pakketje was omwikkeld. Het gefriemel werd verergerd door zijn gretigheid. Het was het pakje dat hij verwachtte: een dagboek. Er zat een brief bij, met de hand geschreven.

Beste Philip,
Dit is het dagboek waar ik het over had, van een aalmoezenier genaamd Horncastle. Hij is gestorven in 1927 en voor zover wij hebben kunnen nagaan, heeft hij geen familie meer. Het zat bij een heleboel medailles en memorabilia die mijn vriend een paar jaar geleden op een Eerste Wereldoorlog-veiling bij Sotheby's op de kop heeft getikt. Niet veel waard, vijftig pond op zijn hoogst. Je mag het hebben, als je wilt. Hij wilde het aan het Imperial War

Museum schenken, dus als jij het niet wilt hebben, misschien kun
jij het dan namens hem doneren. Het stukje dat je volgens mij
moet lezen is van 15 september 1918. Ik denk dat je dat interessant
zult vinden. Het gaat over de dood van majoor Morris.
Hartelijke groet,
Clive

Het dagboek was met potlood op vergelend papier geschreven. Er
zat een Post-it bij van 15 september 1918.

Majoor Peter Morris VC heeft zichzelf gisteren om het leven
gebracht. Hij was een van de rechters van de krijgsraad. Moge
God zijn rechter zijn. Schijnbaar was hij dirigent. Een vriend
van Gustav Mahler. We hebben geen gegevens van zijn naasten
en we wisten niet precies wat we met zijn lichaam moesten
beginnen, aangezien we iemand na een zelfmoord niet in gewijde
grond mochten begraven. We hebben een regeling getroffen met de
arts en de assistent van de commandant. We hebben hem begraven
op het terrein van het politiebureau, met een markering op zijn
graf. Een echte grafsteen wordt nog geplaatst. Hetzelfde is niet
van toepassing op de soldaat die gisterochtend is geëxecuteerd.

Philip sloeg de bladzijde ervoor open, 14 september 1918. Deze bladzijde had iets zwaars, ook al was hij zo dun als vloeipapier.

Vandaag een soldaat berecht wegens desertie. Hij werd ruim een
jaar vermist. Was neergestreken in een Franse stad. Ontmoette
een Franse weduwe. Ik trad op als aanklager. De kerel zei niet
veel tijdens het proces, maar daarna zocht ik hem op in zijn cel en
vroeg hem me te vertellen wat er precies was gebeurd. Ik kreeg de
indruk dat hij in mijn straatje praatte. Hij moet geruchten over
de Engel van Mons hebben gehoord. Desondanks heb ik het
opgeschreven en het door de arme stakker laten tekenen.

Philips kaken verkrampten even. Hij nam een slokje morfine. De
geestelijke had zelfs niet de moeite genomen om de naam van de
soldaat te vermelden. Hij bekeek het dagboek; het had een lederen
omslag, waarvan de achterkant half uit elkaar lag. Er hing een draad

uit waar hij aan trok. Een leren flap hing los uit de binnenkant, als een buik waar de ingewanden uit hangen. Erin zat een papiertje, vier keer opgevouwen. Het was een verklaring, ondertekend met SOLDAAT ANDREW KENNEDY, SHROPSHIRE FUSELIERS en gedateerd op 14 september 1918. Philip deed het boekje dicht. Hij zou het samen met Daniel lezen zodra die hersteld was. Wat er ook in stond, ze zouden het samen uitzoeken.

Hij las het stukje van 15 september nog een keer, tikte twee keer met zijn vinger op de bladzijde, trok zijn la open en pakte het roestige koekblik eruit. Het deksel ging er gemakkelijk af en hij pakte het nummer van *Punch*. Toen dit openlag, haalde hij het vel met muziek eruit, hield het onder een loep tegen het licht en bekeek de donkere vlekken, op zoek naar de naam 'Gustav'. Hij tuurde er even naar, verdiept in gedachten, voordat hij moeizaam de kamer door liep naar zijn bureau en zijn computer aanzette. Na te hebben gegoogeld op 'Mahler handtekening' hield hij de muzieknoten naast het scherm om het handschrift te vergelijken, knikte in zichzelf en greep de telefoon.

'Ik wil graag professor Wetherby aan de lijn, muziekfaculteit…'

'Daar spreekt u mee.'

'Dag professor, wij kennen elkaar niet. Ik ben de vader van Daniel Kennedy.'

Wetherby zweeg.

'Ik heb hier iets,' vervolgde Philip, 'waarvan ik denk dat u ernaar op zoek bent.'

'Wat is het?'

'Dat bespreek ik liever niet aan de telefoon. Wanneer zou ik bij u langs kunnen komen?'

'Mijn secretaresse gaat over mijn agenda.'

'Zou het nu schikken?'

'Ik heb vanavond een diner, maar dat is pas om acht uur.'

Daarna belde Philip Geoff Turner. 'Met mij, Philip. Ik moet je nog een gunst vragen.'

* * *

'Wat denk jij?'

'Fiftyfifty. Beter dan toen hij werd binnengebracht. De rapid eye movements zien er goed uit.'

'Denk je dat hij ons kan horen?'

'Nee.'

'Misschien maar goed ook.'

'Ja.'

Er waren twee mensen. Een man en een vrouw. Ze spraken op fluistertoon.

Daniel probeerde zijn ogen open te doen. Ze leken vastgelijmd. Hij voelde een mouw langs zijn gezicht scheren. Handen die zijn kussen opduwden. Hij werd verlegd, maar hij kon zijn lichaam niet voelen, alleen een zwaarte op de plaats waar zijn ledematen moesten zitten. Wat hij wel voelde was dat hij in slaap tolde.

Toen hij daarna wakker werd en probeerde zijn ogen open te doen, lukte het een heel klein stukje, maar het schelle licht deed pijn. Hij meende in de hoek van de kamer de vage omtrekken van een bananenplant te onderscheiden. Er stond een kooi om hem heen, een chromen geval met katrollen. Hij zag er een gezicht in weerspiegeld, maar hij herkende het niet. De ogen waren gezwollen en bont en blauw, de lippen zaten vol blaren. In de neus zaten spalkjes en de brug van de neus zat in verband. Een verbandgaas op de kin was zwart van gestold bloed en op de kaak zat een rij hechtingen. Zijn tong voelde zwaar. Onwillekeurig kwam zijn maag omhoog. De smaak van gal in zijn keel. Hij sloot zijn ogen weer en gleed terug in bewusteloosheid.

Terwijl Philip onvast met zijn stok over de plavuizen liep die naar de zuilengang leidden, zag hij universiteitsmedewerkers, formeel gekleed in zwart vest, die de kaarsen in de eetzaal aanstaken. Antiek tafelzilver was van stal gehaald en fonkelde dankbaar in hun licht, als bewoners van een verpleeghuis die na een winter binnenshuis de zon in mogen. Rechts van hem, in een erker met wapenbeelden in de verticale raamstijlen, zag hij een lange, magere, kalende man die zijn vlinderdas rechttrok in de spiegelende ruit. Wetherby, veronderstelde hij. Hij zou al zijn krachten hiervoor nodig hebben. Hij mocht nu niet afgeleid worden door pijn. Een slok morfine uit het witte flesje in zijn zak hielp. Toen hij op de deur met ADJUNCT-DIRECTEUR aanklopte, hoorde hij iemand 'binnen' zeggen.

Wetherby lag languit op een chaise longue in regency-stijl. Hij droeg een zwartfluwelen jasje, dat de indruk van beheerste geweld-dadigheid eerder groter dan kleiner maakte. In zijn ene hand had hij een antieke loep, in de andere een dunne gedichtenbundel, waar-van de beschimmelde bladeren openlagen. Zijn gezicht was half in de schaduw verborgen, een effect dat werd bereikt door een lam-penkap met bloempatroon, de enige lichtbron die in de kamer aan-wezig was. Hij klapte het boekje dicht en legde het op het tafeltje naast hem, boven op een aantal fraaie zilveren lepels. Pas daarna stond hij met elegante bewegingen op, liep de kamer door en stak zijn hand uit.

Tijdens de begroeting met een stevige handdruk namen ze elkaar op. Wetherby was het langst, maar veel scheelden ze niet.

'Kom binnen, kom binnen. Ga zitten,' zei Wetherby met een ie-le, schorre stem. 'Mijn diner begint over een halfuur. Ik denk dat ik in het Latijn ga dankzeggen. Ik zal de weldoeners van de universi-teit waar voor hun geld geven.'

'Dank u, maar ik blijf liever staan.' Philip werd afgeleid door een kleine aquarel aan de muur, een voorstudie van William Blake. Er was een naakte man op te zien, vastgebonden, op zijn knieën, zijn gespierde bovenlichaam zichtbaar terwijl hij in doodsnood achter-overlag. Twee bebaarde mannen in lange gewaden stenigden hem.

'In die tijd wisten ze wel raad met godslasteraars,' zei Wetherby. 'Het is nagelaten aan de universiteit, en ik neem aan dat het ergens achter slot en grendel zou moeten worden opgeborgen, maar ik kan mezelf er niet toe brengen.' Hij klapte in zijn handen. 'Goed... Mag ik u een glas port of cognac aanbieden? Ik geloof dat ik ook nog er-gens gin-tonic heb als u dat liever hebt. Of sherry. Ik heb nog wat droge sherry staan.'

'Niet voor mij, dank u. Ik zal meteen ter zake komen. Als Daniel beter is, wil ik dat u hem rehabiliteert en hem de leerstoel zoölogie toewijst die hij al had moeten hebben.'

'Ja, het speet me over zijn ongeluk te horen. Ik hoop dat hij aan de beterende hand is.'

'Het was geen ongeluk. Hij is gesprongen om het leven van mijn kleindochter te redden.'

'Natuurlijk, natuurlijk. Ik zal zien wat ik kan doen, maar u zult ook wel weten dat het besluit aan de rector magnificus is.'

'U kunt hem adviseren.'

'Uw zoon heeft radicale islamieten op de campus aangemoedigd.'

'U weet dat dat niet waar is.'

'Ik zou hem helpen als ik dat kon. Ik beschouw hem als een vriend.'

'U weet dat dat ook niet waar is.'

Wetherby verstijfde. 'U bedoelt?'

'Ik bedoel dat u zich niet als een vriend hebt gedragen. U hebt hem aangegeven bij de antiterreurbrigade. U hebt zijn schorsing doorgedrukt. U hebt zijn promotie tegengehouden.'

'Heeft hij u dit verteld?'

'Ik heb mijn bronnen. Ik weet niet wat hij u heeft misdaan of waarom u een campagne tegen hem bent begonnen, maar ik wil dat u weet dat hij een goed mens is. U kent hem niet zoals ik hem ken.'

'Juist, ja. En waarom zou ik mijn nek uitsteken om hem te helpen?'

'Hiervoor.' Philip haalde de partituur uit zijn zak.

Wetherby pakte het blad aan en zag onmiddellijk wat het was. Hij probeerde zijn opwinding tijdens het lezen te verbergen terwijl zijn ogen gretig over de noten vlogen en hij ze met zijn vingers volgde, bewegend op de muziek die hij in zijn hoofd hoorde. Waarschijnlijk besefte hij dat hij te snel ademde en wendde daarom onverschilligheid voor. 'Bladmuziek. Begin twintigste eeuw. Duits. Onderdeel van een grotere partituur voor orkest. Slechte staat. Misschien van marginaal belang voor een verzamelaar, maar… Ik neem aan dat u wilt weten of dit iets waard is?' Hij keek de oude man onderzoekend aan om te zien of er een reactie in zijn ogen te bespeuren was.

'Nee, ik weet wat het waard is… voor u.'

Wetherby keek op en glimlachte flauwtjes. 'U weet wat het is?'

'De alternatieve opening van Mahlers Negende.'

'Ah.'

'Ik meen dat u ernaar op zoek bent geweest.'

Wetherby hief spottend zijn armen, alsof hij zich overgaf. 'Inderdaad. Inderdaad. Het is een ongelooflijke vondst, als het authentiek is.' Hij legde het papier voorzichtig op de tafel voordat hij een schone map pakte. 'Mag ik?'

'Ga uw gang.'

Wetherby pakte met een pincet een hoekje van het papier en legde het in de map. 'Ik heb hier mijn hele leven naar gezocht. Ik kon bijna niet meer geloven dat het bestond. Hoe bent u eraan gekomen?'

'Het zat verstopt in een exemplaar van *Punch* uit 1918.'

'Hebt u het op een veiling gekocht?'

'Het zat tussen persoonlijke bezittingen die mijn grootvader heeft nagelaten.'

'Hebt u het gekopieerd?'

'Nee.'

'Hebt u er met iemand over gesproken?'

'Nee.'

'Buitengewoon. Buitengewoon. Weet u hoe het in het bezit is gekomen van uw grootvader?'

'Het nummer van *Punch* was van ene majoor Morris. Zijn naam stond erop. Hij was dirigent. Heeft zelfmoord gepleegd.'

'Peter Morris? Mijn god... ik heb nooit gedacht... Ralph Vaughan Williams noemt hem een of twee keer in zijn brieven vanaf het front. Ze zaten samen in het leger en hij schrijft dat ze het over Mahler hebben gehad, maar ik had geen idee dat de band tussen Mahler en Morris meer inhield dan...'

'Het ís authentiek, toch?'

Wetherby keek weg. 'Ik zou het niet kunnen zeggen.'

'Het is geen probleem om het te laten authenticeren, met koolstofdatering, een analyse van de handtekening.'

Wetherby slaakte een diepe zucht. 'Dat is niet nodig. Het is echt. Mag ik het spelen?'

'Als u wilt.'

Wetherby stond op, liep zwijgend de kamer door en legde zijn slanke vingers op vergeelde pianotoetsen die kromgetrokken waren door de zon. Toen hij het stukje had gespeeld, waren zijn wangen nat van de tranen. 'Prachtig. Gewoonweg prachtig. Zo contemplatief. Het heeft niets van het duistere van de eigenlijke versie. Pure lichtvoetigheid en elegantie... Bent u bereid het te verkopen?'

'U mag het hebben als u Daniel rehabiliteert en hem de leerstoel zoölogie toewijst.'

Wetherby dacht hier even over na. 'En niemand anders weet ervan?'

'Nee.'

'Hebt u een bewijs van eigendom?'

'Neem me niet kwalijk, u spreekt erg zacht. Ik ben een beetje doof.'

'Ik vroeg of u een bewijs van eigendom hebt.'

'Waarom?'

'Omdat ik uw zoon niet ga rehabiliteren.'

Philip stak zijn hand uit. 'In dat geval wil ik graag de muziek terug.'

'Dat denk ik niet.'

'Wat bedoelt u?'

'Ik bedoel dat ik die hou, en daar kunt u niets tegen doen. Aangezien er geen copyright op rust, kunnen zelfs Mahlers erfgenamen er geen aanspraak op maken.'

Philip liep langs het bureau heen om de partituur te pakken. 'Geef terug.'

'Nee.'

'Ik geef u aan bij de rector magnificus.'

'Dat wordt dan uw woord tegen het mijne. Hij doet alles wat ik hem zeg, en trouwens, ik heb het gevoel dat zijn dagen als rector magnificus geteld zijn. Wat betreft Daniel, die lieve Daniel, ja, u hebt gelijk, ik wist dat hij niets te maken had met die islamisten, maar dat kon ik zijn schorsing niet in de weg laten staan.'

Philip bewoog zijn lippen. Ze waren gerimpeld en paars. Er kwam geen geluid uit zijn mond.

'Was er verder nog iets?'

Philip had zijn stem terug. 'Er schijnt een vloek op te rusten, weet u. Op de Negende.'

'Dat risico neem ik.'

Philip bleef even in de deuropening staan, voor het geval Wetherby hem terug zou roepen. Dat deed hij niet. Philip voelde wel de ogen van de professor in zijn rug prikken toen hij de binnenplaats overstak en langzaam langs de portiersloge liep naar de plek waar zijn auto stond. Toen hij was ingestapt, haalde hij een digitaal opnameapparaatje uit zijn zak en gaf het aan de bestuurder, een magere man met veel rimpels in zijn gezicht.

'Zoals verwacht?' vroeg Turner.

'Zoals verwacht.'

'Heeft hij de microfoon gezien?'

Philip schudde zijn hoofd.

Turner deed een smalle laptop open, zette het deksel tegen het stuur en sloot het opnameapparaatje erop aan. Hij maakte verbinding met het internet en met soepele vingers die over het toetsenbord bewogen stuurde hij de geluidsopname als e-mailbijlage aan de rector magnificus. 'Dit zal hij wel interessant vinden,' zei hij.

43

Daniels volgende contact met de buitenwereld was meer een ge-voelde aanwezigheid. Het was Nancy, dat wist hij wel. Nancy was zijn tandarts, de moeder van zijn kind, de vrouw van wie hij hield. Met kleine rukjes schoof ze haar stoel dichter bij zijn bed. En nu was ze bezig met een koud, vochtig kompres zijn voorhoofd te dep-pen. Hij hoorde ook een bekende stem fluisteren. Niet Nancy. Maar wel iemand die hij goed kende.

'Hij reageert niet. Kijk wat er gebeurt als ik dit met zijn voet doe... Niets.'

'Maar als hij bijkomt uit zijn coma?'

'Dat weet je nooit. Hoop er maar niet te veel op. Zijn huid zou moeten reageren op een speldenprik.'

Daniel bevond zich nu buiten zijn lichaam, in een kamer met een bed. Er lag iemand op. Een man. Hij had een grote witte kraag om zijn nek, een buisje zat vastgeplakt aan zijn mond en zijn voorhoofd vertoonde een gele verkleuring. Er waren snoeren, monitoren en in-fusen. Dit was duidelijk een ziekenhuis, maar iets klopte er niet. De muren waren te zacht, alsof ze smolten. Hij probeerde zich te con-centreren op de twee figuren die bij het bed zaten. Hoewel hij hun gezicht niet kon zien, wist hij dat het Nancy en Beer waren. Ze wa-ren klein, alsof ze aan de verkeerde kant van een lange telescoop za-ten.

'Kun je me horen, schat? Ik ben het, Nancy.' Haar stem klonk vaag en kwam door lagen bewustzijn naar boven. 'Martha is veilig. Je hebt haar gered. Een ambulancebroeder heeft haar gereanimeerd.'

Daniel was in de war. Hij kon zich niet concentreren. Zijn ge-dachten duwden iets weg. Met wie praatte Nancy? Wie was die man op het bed in die groene ziekenhuisjasjes? Hij voelde zich verdoofd, alsof hij enorm groot was en de kamer vulde, alsof hij een onderdeel was van de kamer. Hij wilde tegen Nancy zeggen dat hij van haar hield, maar zijn tanden waren los en krijtachtig en zijn tong was te zwaar om de woorden te kunnen vormen. Er lag een gewicht op zijn borst en zijn huid was ondraaglijk gevoelig, alsof hij transparant werd. Zelfs zijn gedachten deden pijn – een elektrochemische gelatine die niet wilde afkoelen en opstijven.

Dagen gleden voorbij zonder dat Daniel er iets van merkte. Toen hoorde hij een liedje. Hij herkende de stem die toonloos meezong en de tekst enigszins verhaspelde. 'Het is Hall en Oates, Dan. Kun je het horen? Je hebt de pest aan Hall en Oates. Word wakker, Dan. Luister. "Because my kiss, my kiss is on your lips." Kun je dat horen, Dan? Zeg dat ik het moet afzetten.'

Het werd stil in de kamer. Uren verstreken. Dagen. Weken. Toen wist hij ineens dat hij op zijn rug lag. Ogen open. Kilometers onder het plafond. Hoorde hij daar Martha? Ze was dichtbij. Ze huilde. Een ijle duisternis daalde neer en vertraagde zijn denken.

Nu werd hij op een brancard met rubberwielen door een gang gereden en hij hoorde weer Nancy's stem. Ze klonk overstuur, haar stem sloeg over van woede. 'Daniel! Daniel! Je moet vechten! Daniel! Danny. Alsjeblieft, Dan. Kun je me horen? Je moet vechten.' Haar adem rook naar chocola.

Later waren er stemmen van onbekenden. 'Wat is er gebeurd?' 'Door het dak van een serre gesprongen om zijn dochter te redden. Op zijn hoofd terechtgekomen. Overal verwondingen. Veel bloed verloren.' 'Die man uit de krant?' 'Ja, die.'

De genen. Het overleven van de genen. Het overleven van mijn dochter. Ik heb mijn dochter gered.

Hij bevond zich weer buiten zijn lichaam en de kamer kantelde. Door zijn hoofd tolden flarden van gesprekken.

Denk je dat hij ons kan horen?... De resultaten van de scan waren niet duidelijk genoeg... Paul is gelukkig getrouwd... We komen hier samen doorheen... Ik neem aan dat het een scheurtje in zijn hersenen is... Je moet ertegen vechten!

Op momenten van helderheid besefte Daniel dat hij waandenkbeelden had, dat hij boven zichzelf zweefde, dat dit de gekte van verlamming was. Het was bijna een bevrijding om zich hiervan bewust te worden. Het gaf hem de kans van de verschijningswereld weg te zweven, louter gedachten te worden, een koud brein, gevangen in een gevoelloos lichaam, dolend door het universum. Maar zijn gedachten zouden weer wegvloeien. Vragen, twijfels en willekeurig herinnerde lijnen zouden zijn zintuigen weer door elkaar heen sturen, kronkelend als wormen door zijn hersenschors.

Er was een kleurenexplosie. Caleidoscopische vormen en patronen. In een stroom van beelden die in elkaar overgingen, zag hij de kop van een lucifer ontbranden, een dubbele helix, een spermatozoön, een paddenstoelenwolk, een zonnevlek... Daarna vervaagden de beelden, een vloeibare monologue intérieur, nu eens warm, dan weer koud. Hij zweefde weer boven in de kamer, drijvend op thermiekbellen, de zwaartekracht trotserend.

Je kunt de zwaartekracht niet trotseren. Dat is onmogelijk.

Daniel deed zijn uiterste best om niet te denken. Zijn oude zekerheden hadden geen gewicht. Het waren zijn twijfels die hem verankerden. Hij zuchtte diep, alsof zijn longen door druk van buiten totaal geen lucht meer kregen. Zijn ingewanden voelden tegelijk opgezet en gekrompen, zijn lippen gezwollen, zijn hoofd volgepropt met gekwebbel.

Daarna werd hij zich bewust van iemand die steeds zijn naam zei, maar zijn oogleden waren te zwaar om ze te kunnen opendoen. Toch verscheen het beeld van een man op zijn netvlies, een enorm grote, vriendelijke beer die boven hem uittorende, met een kin die zich in meerdere lagen plooide. Met een blik vol medeleven kauwde hij op de binnenkant van zijn wang.

'Weet jij iets van zijn visioen?' vroeg Bruce. De vraag werd niet aan Daniel gesteld. Er was nog iemand in de kamer.

'Visioen?' Het was Nancy.

'Na de crash. Hij dacht dat hij een man in het water zag toen hij na de crash wegzwom om hulp te halen. Hij wilde net de strijd opgeven en zijn zwemvest uit...'

'Heeft Dán gezegd dat hij een visioen heeft gehad?'

De mondhoeken van Bruce schoten omhoog. 'Nou ja, je weet wel, een hallucinatie. We hebben geconcludeerd dat die werd veroorzaakt door frontaalkwab-epilepsie. Heeft hij je verteld over die schaduw die we in zijn hersenen hebben gezien?'

'Nee.'

'Nou ja, er was ook eigenlijk geen reden voor. We denken niet dat het ernstig is. Beslist niet kwaadaardig.'

'Maar dacht híj dat het een visioen geweest kon zijn?'

'Jij bent katholiek, toch?'

'Er was een tijd waarin ik daar volmondig ja op zou hebben gezegd.'

'Maar je bent nog katholiek genoeg. Hij zou het eerder aan jou dan aan mij hebben verteld als hij echt dacht dat hij een visioen had gehad.' Bruce sloeg zijn blik neer, alsof hij dit gemakkelijker kon zeggen als hij niet naar Nancy keek. 'Ik hield ook van hem, weet je.'

Over wie heeft Beer het? Heeft hij het over mij?

'Dat weet ik. Dan wist het ook.'

Waarom praten ze over me alsof ik er niet meer ben?

Terwijl pastoor Donne over het plein naar de trap van Westminster Cathedral liep, viel het licht van zijn zaklamp op tientallen witte vlekken op de stoep, afkomstig van kauwgom die was geplet onder de voeten van de kerkgangers. Hij deed de zaklamp uit toen hij bij de trap aankwam, en luisterde naar de geluiden van Londen in de avond. Het verre huisalarm, het geblaf van een hond, de gemotoriseerde straatveger die de stoeprand in Victoria Street schrobde. Het was vollemaan en de kathedraal baadde in het licht. Geen van beide was nodig. Pastoor Donne produceerde zijn eigen licht. Hij had een krijtwitte huid en zilvergrijs haar waartegen het zwart van zijn toga afstak. Terwijl hij tussen de talloze sleutels zocht die hij aan een zware ketting droeg, nam hij zich in gedachten voor om de kauwgom van het plein te laten schrobben. Hij concentreerde zich op wat hem nu te doen stond, de reden waarom hij zo laat op de avond nog uit zijn flat was geroepen.

Pas toen hij de sleutel van de zijdeur had gevonden, kwam het bij hem op de klink te proberen. Hij gaf mee. Een blik op zijn horloge leerde hem dat het tien voor elf was; vijftig minuten nadat de deuren normaal gesproken dichtgingen voor bezoekers. Toen hij binnen was, ging hij tussen de twee roodgranieten pilaren in de ingang staan en keek over het donkere middenschip naar een zwak lichtschijnsel, een standaard met votiefkaarsen die flakkerden in het dwarsschip. Een lange, magere man zat in de bank ernaast en tuurde omhoog naar het orgel. Hij was ongeschoren, droeg een spijkerbroek en een fleece trui. Toen hij dichterbij kwam, zag de pastoor dat de man een gewelfd voorhoofd had dat glom in het licht, en dat naast hem een kartonnen doos stond met ingelijste foto's, mappen en ornamenten. Een Chinees meisje zat aan zijn andere kant, deels onzichtbaar in de duisternis. Ze was zwanger. Pastoor Donne schraapte luidruchtig zijn keel. De man keek geschrokken, alsof hij uit een trance werd gewekt.

'Ik wil kerkasiel,' zei de man.

Hij rook naar alcohol.

De pastoor tikte op zijn horloge. 'Het is een beetje laat, weet u.'

De man tuurde weer naar de engelenbak. 'Het pronkstuk van Henry Willis and Sons.'

'Het is een mooi orgel.'

'Toen ze de stemmen herintoneerden en er een systeem van 256 geheugens in aanbrachten, werd het wisselen van registratie veel gemakkelijker... Eerwaarde?'

'Ja?'

'Ik ben ontslagen.' De man tikte met spichtige, ivoorkleurige vingers op de bank. 'Ik moest mijn bureau leegmaken na een kwarteeuw lesgeven aan een en dezelfde universiteit. Pensioen. Ziektekostenverzekering. Allemaal weg. Ze hebben zelfs mijn computer weggehaald voor hun...' hij trok een quasi ernstig gezicht, '"interne onderzoek".'

'Hebt u gedronken?'

'Natuurlijk. Wilt u mij de biecht afnemen?'

De pastoor keek weer op zijn horloge.

'Ik denk niet dat de Heer zich aan Greenwich Mean Time houdt.'

De geestelijke glimlachte. 'Nee, dat denk ik ook niet.'

'We hoeven niet het hokje in. We kunnen het hier doen.'

'Ik doe het liever in de biechtstoel, als u het niet erg vindt.'

Het Chinese meisje bleef zitten toen de priester zijn zaklamp aandeed en voorging naar de biechtstoel. Hij trok aan het koord van een kleine buislamp aan zijn kant van de ruimte. In het aangrenzende deel ging de lange man in het halfduister zitten en ordende zijn gedachten.

'En, waar gaat het om?' hielp de pastoor hem van achter het rooster op weg.

'Ik ben een slecht mens.'

'Hoezo?'

'Ik heb me afschuwelijk gedragen tegenover een man die me als

405

een vriend beschouwde. Ik had gemakkelijk… Misschien dacht ik, ik weet het niet, *accipere quam facere praestat iniuriam*. Ik heb geprobeerd zijn carrière kapot te maken en dat allemaal omdat ik…' Het geluid van een heupflacon die opengemaakt werd en waaruit werd gedronken. 'Ik heb zijn vrouw bloemen gestuurd, weet u. Nou ja, zijn niet-wettige vrouw. Ik wilde dat ze… Ik weet niet wat ik wilde. Ik ben voornamelijk jaloers op hem omdat hij een visioen heeft gehad. Dat verdiende hij niet. Hij is atheïst, weet u… Ik dacht, waarom zou hem dat geluk ten deel vallen? Waarom hem?' De man nam nog een slok voordat hij er als nadere overweging aan toevoegde: 'Ik heb ook een van mijn studentes zwanger gemaakt.'

Er viel een stilte in het hokje ernaast.

'Maak u geen zorgen, ik heb haar geen abortus laten plegen.'

De geestelijke bleef zwijgen.

'Hoewel ze dat wilde.'

Stilte.

'Ik ga in zonde met haar samenwonen, denk ik. In het buitenland. Een goddeloos land als China. Ik ben klaar met het geloof, ziet u, en het gekke is dat ik me gelukkiger voel. Daarom ben ik hier. Om afscheid te nemen. Van u. Van de Kerk.'

Er viel een stilte voordat de pastoor in het donker sprak. 'Een visioen, zei u?'

Philip zag door het kijkgaatje een cel van amper twee bij drie. Het witte licht dat door de tralies schuin naar binnen viel bescheen iemand die in kleermakerszit op de grond zat. Zijn voeten waren bloot, hij droeg iets wat eruitzag als een keppeltje en hij wiegde heen en weer. Een exemplaar van de Koran lag op een kleedje voor hem. 'Waarom draagt hij dat oranje uniform?' vroeg Philip fluisterend.

'Categorie A,' zei Turner. 'Eenzame opsluiting. Wilt u naar binnen?'

Philip knikte en deed een stap naar achteren. Een bewaker kwam naar voren met een sleutelbos, en het mechaniek van het slot schoot met een zware klap los. Hij hield de deur open en stapte opzij. De gevangene hief zijn hoofd en glimlachte. 'Welkom in Belmarsh.'

'Dank u,' zei Philip. 'Ik ben Daniels vader.'

'Hoe gaat het met hem?'

'Nog steeds in coma.'

'Het spijt me dat te horen. En met Martha?'

'Goed, goed. Ze heeft naar u gevraagd. Bedankt dat u ons op Tom hebt geattendeerd. We weten dat u er niets mee te maken had... Hoe behandelen ze u?'

'Als een verdachte die gevangenzit zonder aanklacht of proces op grond van de Anti-terrorism, Crime and Security Act, als u het wilt weten.'

Philip bekeek het gezicht van de gevangene. Iets aan die bolle, ver uiteenstaande ogen en de onschuldige glimlach kwam hem bekend voor... 'Als ik je op wat voor manier dan ook kan helpen, Hamdi, dan beloof ik dat ik dat zal doen. Ik ken een goede advocaat bij Matrix Chambers. Gespecialiseerd in mensenrechten.'

'Bent u daarom hier?'

'Ik wilde weten...' begon Philip. 'Ik moet het weten. Waar heb ik je eerder gezien?'

'U was er bij op de avond dat ik gearresteerd werd.'

'Vóór die keer.'

De gevangene keek zijn bezoeker even aan. 'Ik geloof niet dat we elkaar ooit eerder hebben ontmoet.'

'Vanaf hier lijkt het alsof zijn ogen open zijn,' zei Nancy.

Diffuus daglicht viel schuin naar binnen door het ziekenhuisraam.

'Dat zijn gewoon de spiertjes in zijn oogleden,' zei Bruce. 'Kijk...' Hij wuifde met zijn vingers voor Daniels gezicht. 'Niets.'

'Er was een bericht van de rector magnificus. Hij zei dat Dan zo lang als nodig is kan wegblijven, en zodra hij weer terug kan komen, is de leerstoel zoölogie voor hem. Ik geloof dat ze niet beseffen hoe ernstig hij eraan toe is. De kranten helpen ook niet. Heb je dit gezien?' Geritsel van een tijdschrift dat van de ene hand aan de andere werd doorgegeven. 'Het gaat over Martha's ontvoering. Een verslag van haar redding. Best goed. Accuraat, bedoel ik. Daniel zou gelachen hebben om de kop.'

Bruce las hem voor. 'Geloofssprong.' Hij gooide het tijdschrift op bed. 'Ik heb het gehoord van je vriend Tom.'

'Wat heb je gehoord?'

'Dat hij dacht dat hij en jij, je weet wel...'

'Nou, niet dus. Heb je ook gehoord dat hij me vertelde dat zijn vrouw overleden was, terwijl ze hem in werkelijkheid een straatverbod heeft laten opleggen? Dat was voordat hij in een instelling werd geplaatst. Blijkbaar is hij drie jaar in behandeling geweest voordat hij werd vrijgelaten. Hij heeft zich toen zelf aangemeld als vrijwilliger om therapeut te worden. Uiteindelijk werkte hij parttime als traumatherapeut. Niemand is zijn referenties nagegaan.' Nancy's schaduw keek omlaag, zodat haar haar naast haar gezicht viel om haar ogen te verbergen. 'Als ik hem niet had uitgelokt, zou Martha… Weet je dat ze in haar eentje naar hem toe is gegaan? Ze had zijn adres onthouden.'

Bruce pakte haar bij haar kin. 'Je moet jezelf niet de schuld geven.' Een droge lach. 'Aan de andere kant, Dan heeft je wel gewaarschuwd dat die man een kwakzalver was.'

Nancy lachte terug. 'Heeft hij het daarover gehad?'

'We hebben het over alles gehad… Ik heb je in geen eeuwen horen lachen.'

'Ik heb ook niet veel reden gehad… Heeft Dan je ook verteld wat er gebeurde toen het vliegtuig neerstortte?'

Bruce knikte. 'Alles.'

Nancy stak haar pols uit om Bruce haar horloge te laten zien. 'Ik heb het laten maken. Het ging kapot tijdens de crash, maar ik nam nooit de moeite om…' Ze tuurde ernaar. 'Ik reageerde overtrokken. Ik heb hem verkeerd beoordeeld. Ik wilde tegen Dan zeggen dat zijn vader trots op hem was. Hij ging met hem mee in de ambulance, weet je dat. Hij hield zijn hand vast.' Nancy sloeg weer haar blik neer. 'Ik was ook trots op hem.'

Er viel een lange stilte, toen vroeg Bruce: 'Hoeveel weken?'

Nancy aarzelde eerst even, en zei toen: 'Ooo. Wat ben jij goed.'

'Artsen weten dat… En je zit ook steeds aan je buik.'

'Bijna drie maanden… Ik heb een afspraak voor een echo.'

'Het is van Dan, toch?'

'Natuurlijk.'

'Wist je dat hij je ten huwelijk wilde vragen tijdens jullie reis naar de Galápagoseilanden?'

Nancy pakte Daniels hand en begon die te strelen. Ze boog zich naar voren en kuste stuk voor stuk zijn knokkels, zo zacht dat haar lippen nauwelijks zijn huid raakten. Vanuit deze positie knielde ze op de grond neer en ging met de zijkant van haar hoofd tegen het bed aan zitten. Ze legde Daniels hand op haar haar en sloot haar ogen. 'Er is iets wat ik je moet vertellen, Beer,' zei ze. 'En ik weet niet hoe… dus als ik… In het ergste geval, en misschien komt het nooit zover, maar stel dat… je weet wel, stel dat het wel zover komt, dan zal het ziekenhuis mijn toestemming moeten vragen om de beademing uit te zetten. Ik zeg niet… Zij zeggen niet… Ik bedoel, hij zou nog jaren zo door kunnen leven, maar ze… Ze willen dat ik toestemming geef voor die optie.'

Een paar honderd meter van Kew Gardens, tussen de vier muren van zijn bedompte studeerkamer, pakte Philip het dagboek van de aalmoezenier op en las verder. Toen hij bij 23 september 1918 was, hield hij het dagboek dichterbij, daarna verder weg, totdat hij de juiste afstand had gevonden.

En op de derde dag stond hij weer op… Had een lang gesprek met de arts. Hij vraagt zich af of de assistent van de commissaris te vertrouwen is. Ik wees hem erop dat hij meer te verliezen heeft dan wij. Ik vertelde hem dat mijn geweten zuiver was en dat het zijne dat ook moest zijn. In de oorlog moeten mannen doen wat hun goeddunkt, ongeacht de gevolgen. Doet het er eigenlijk nog toe? Dank de Heer; nu de moffen aan de volledige terugtrekking zijn begonnen, lijkt deze oorlog zijn einde te naderen. Ze hebben een lichaam. De aantallen kloppen. De kwartiermeester mist een paar zandzakken.

Philip staarde een volle minuut met droge ogen naar de bladzijde voordat hij stijfjes uit zijn leunstoel overeind kwam. Langzaam liep hij naar de zolder, trok een theekistje achter een aquarium vandaan en droeg het met onvaste stappen de trap af naar zijn studeerkamer. Nadat hij de papieren die erin lagen had doorzocht, vond hij het stapeltje brieven waar hij naar op zoek was: acht stuks, die in de jaren zeventig op zijn vaders graf in Bayeux waren achtergelaten. Hij had altijd gedacht dat ze daar waren neergelegd door een van zijn vaders kameraden; deels omdat het handschrift op alle brieven hetzelfde was, deels omdat de brieven begin jaren tachtig niet meer verschenen, waarschijnlijk omdat de kameraad was overleden.

Hij pakte de bovenste eraf. De inkt op de envelop was uitgelopen. Hij was waarschijnlijk verbleekt door regenwater; de woorden vervaagden in het verleden. De brief was dun, als een barst in afzettingsgesteente, samengeperst door de druk van de tijd. Hij haalde er een dubbelgevouwen vel uit, en zijn oog viel op de woorden onderaan: 'Groeten, je vader'. Het handschrift was beverig, maar het kwam overeen met de handtekening die zijn grootvader op de verklaring had gezet na zijn proces voor de krijgsraad.

Beste William,
Ik heb een nieuwe fiets. De oude was helemaal kapot. Hij heeft een
pomp en twee strepen op de stang, een rode en een blauwe. Ik zorg
niet meer voor de graven hier. De middagen breng ik door met
dominospelen met mijn vrienden Jean en Henri. Ze kennen mij
als Jacques. Ze kijken graag naar foto's van een actrice die Brigitte
Bardot heet.
De wereld verandert. De Amerikanen hebben een man op de
maan gezet. In Engeland hebben ze een 'popgroep' die de Bay City
Rollers heet en die zelfs nog populairder is dan de Beatles. In de
zomer hoor ik Engels spreken als de toeristen komen. Ik vraag me
soms af of ik je zoon ooit nog eens zal ontmoeten. Hij leek me een
fijne jongen. Stroblond haar. Rechte rug. Hij droeg een
vlinderdasje. Je zou trots op hem zijn geweest. Hij vertelde me
wat je had gedaan om je VC te krijgen. Ik ben blij dat je moed
hebt getoond. Maar ik had gewild dat de engel ook jou had gered.
Ik denk nog elke dag aan je moeder. Ze was heel mooi.
Groeten, Je vader

Nu begreep Philip het.

Het was Andrew geweest die de foto van hem had genomen, die dag op de oorlogsbegraafplaats van Bayeux.

Hij schudde zijn hoofd. Waarom had hij het geen moment vreemd gevonden dat een tuinman in Frankrijk Engels met hem had gesproken? Hij knikte nu. Jongens van tien gaan ervan uit dat iedereen Engels spreekt.

Philip vroeg zich af welke gedachten door Andrew heen waren gegaan toen hij aan het graf van zijn zoon stond in Normandië en naar de letters 'VC' staarde. Hij had nooit geweten hoe zijn zoon eruitzag, zelfs niet op een foto. Philip had hem er een kunnen laten zien, maar de oude man was te beschaamd geweest om zich voor te stellen. Hij had eenvoudigweg de foto genomen van de weduwe en haar twee kinderen – zijn eigen kleinkinderen – en was zonder een woord te zeggen weggelopen.

Philip tuurde naar het glazen kistje waarin zijn verzameling medailles lag. 'Rotmedailles,' zei hij. 'Stomme rotmedailles.'

Zwaar ademend pakte hij het kistje op en smeet het tegen de boekenplank, waar het glas in honderd stukken brak. Daarna gooide hij de doos met documenten omver en veegde met zijn arm over zijn bureau, waardoor zijn foto's en lamp omvielen. Hij staarde verward naar de rommel, knielde neer en kroop op handen en voeten over de scherven, die onder zijn met levervlekken ontsierde handen knarsten, zonder zich te bekommeren om de wondjes die in zijn papierdunne huid ontstonden.

Hij had een fotolijst ondersteboven onder zijn bureau zien liggen. Hij pakte hem met een bloedende hand op en draaide hem om. Het was de foto van zijn grootvader, samen met een andere met modder besmeurde soldaat in een loopgraaf. Er zat een barst in het glas die bijna recht over het midden liep en de twee figuren van elkaar scheidde.

Op de rand van zijn bewustzijn denkt Daniel dat hij zijn vader hoort zeggen: 'Soms moet je iets geloven voordat je het kunt zien.' Als hij droge lippen zacht op zijn voorhoofd voelt, opent hij zijn ogen een stukje en ziet hij zijn vaders rug als een schim in de deuropening verdwijnen. Hij probeert hem na te roepen, maar er komt geen geluid. De lege deuropening blijft zijn aandacht een paar minuten vasthouden, totdat hij zich bewust wordt van iets anders in de kamer, iets waarvan hij de aanwezigheid al voelt voordat hij het vanuit zijn ooghoeken kan zien, alsof het een statische lading heeft. Hij richt zijn blik omlaag en ziet een plat voorwerp tussen zijn duim en wijsvinger. Het is in zijn verstijfde hand gezet. Hij dwingt zich ernaar te kijken. Het is de foto van zijn overgrootvader in de loopgraaf die hij op zijn vaders bureau heeft zien staan, en die even broos is als de glasplaat waarop hij vier generaties terug is vastgelegd. Hij zit niet meer in de lijst. Hij beseft dat Philip hem in zijn hand moet hebben gestopt toen hij sliep. Terwijl hij hem bekijkt voelt hij een tinteling in zijn voorhoofd, alsof hij daar voelsprieten heeft die trillen. Het betekenisloze gemompel dat zijn hoofd de afgelopen weken vulde, verdwijnt. Een snaar is aangeraakt en op de drempel van het hoorbare klinkt een enkele harmonische toon. Het is eerder een sfeer dan een geluid, een gevoel van heldere zekerheid. Hoewel hij wel eens een blik op de foto heeft geworpen, heeft hij hem nooit gezien. Niet echt. Niet volledig. Hij heeft niet gelet op de soldaat die zijn arm om de schouder van Andrew Kennedy heeft geslagen. Met zijn bolle, ver uiteenstaande ogen en zijn brede glimlach komt deze soldaat Daniel bekend voor. Een naam, de vorm van een naam dringt op de rand van zijn tong en duwt tegen zijn tanden Hij heeft hem niet eerder kunnen uitspreken, hem zich ook niet kunnen herinneren. Nu komt hij naar voren in de vorm van een krachtige luchtstroom langs zijn gehemelte, die hij niet zozeer uitspreekt als wel uitademt: 'Hamdi.'

Epiloog

Noord-Frankrijk.
Tweede maandag van september, 1918

Hoewel zijn bestemming niet meer dan twee minuten rijden is vanaf het politiebureau waar de veroordeelde wordt vastgehouden, doet majoor Morris er acht minuten over – hij stopt steeds om te kijken naar het stuur in zijn handen, alsof hij niet precies weet wat het is. Bij twee gelegenheden, zoals de bandensporen op de grasberm laten zien, zwenkt de auto van de weg en weer terug. Nadat hij zijn bestemming heeft bereikt, stapt hij met onvaste benen uit, en hij laat de motor lopen en het portier open. Een peloton gardeofficiers uit Wales staart hem openlijk aan als het langsmarcheert, waarbij enkele een onderdrukt gejuich laten horen als ze een officier menen te zien die aangeschoten is. Hun sergeant moet schreeuwen: 'Kijk voor je!'

In het heiligdom van zijn kwartier vouwt Morris in gedachten zijn partituur van Mahlers Negende open, het exemplaar dat hij kwijtgeraakt is. Terwijl de noten die hij zich herinnert voor zijn roodomrande ogen zwermen, trekt hij zijn dolk uit zijn schede en laat zijn duim over het blad glijden. Met een diepe zucht heft hij het in de lucht alsof het een dirigeerstok is, sluit zijn ogen en ziet een orkest voor zich – de loodlijnen van de snaren, de harmoniërende bogen en welvingen van de cello's. Hij staat een ogenblik stil voordat hij een vuist balt en heel even bijna onmerkbaar zijn pols beweegt. Een opmaat.

De eerste klanken zijn afkomstig van de cello's links van hem, onder zijn podium. Ze zijn zacht; het ongelijkmatige kloppen van een hart. Morris houdt een minuut lang stil tussen de eerste twee noten, en geeft dan met meer felheid de tweede slag aan, alsof hij bij een kerkdeur een laatkomer tot stilte maant. Achter uit het orkest komt het antwoord: een Franse hoorn speelt dezelfde noot – lang, dan kort. Met zijn geestesoog kijkt Morris zoekend rond naar de vierde hoorn – om hem op het hart te drukken, hem te smeken pianissimo aan te houden – voordat hij een strakke derde maatslag maakt naar de rechterkant. Hij is nu bij de derde maat-

413

streep – het beheerste inzetten van de harp die achter de eerste violen wordt bespeeld. Hij wordt begeleid door een luide frase van de hoorn, raspend en wreed, de noten gestopt door de hand die de hoornspeler in de klankbeker duwt. Terwijl de cello en de vierde hoorn hun hartslag lang-kort blijven spelen, voegt Morris er de tere klank van de bas achter de cello's aan toe. Ze spelen een lang aangehouden harmonische toon, een octaaf hoger. Nu, bij de vierde maat, moedigt hij de tweede hoorn aan krachtig te spelen, maar ook met zijn hand in de beker, waardoor de klank onderdrukt en hardvochtig wordt. De tijd wordt uitgerekt als hij zijn tweede violen hun hypnotiserende melodie laat inzetten. Het klokachtige gebeier van de harp wordt vervangen door een zachtere, vloeiender klank. Vanaf maat vijf klinkt er een teer, bijna spookachtig sidderend geluid van de altviolen: zes noten met een accent op de eerste, kwellend zacht, daarna wegstervend. Hij dirigeert nu meer uit zijn hart dan uit zijn geheugen. Hoewel hij nog nooit zo tot zo ver heeft kunnen dirigeren, weet hij wat er komt. De stilte en de kalmerende schoonheid van het begin luiden een verpletterende dissonant in, even onvermijdelijk als de dood. Zijn dood. Mahlers dood. De dood van soldaat Kennedy. Als twee rouwdragers beginnen de tweede hoorn en de fagot op maat veertien. Met zes slagen introduceert Morris de eerste violen, en vraagt ze met zijn ogen om zo zacht te spelen dat het schimmen worden. De armen van de dirigent zijn gestrekt. Hij houdt zijn adem in. Zijn gestalte rijst op, weerspiegelt de vorm van de muziek, van de tijd die uitgerekt wordt. Als hij terugkeert naar de cello's voor een rijzende figuur die de eerste luide klank van dit deel zal inleiden, plooit hij gepijnigd zijn voorhoofd. Hij zou willen dat hij niet hoeft te horen wat er komt, maar het moet. De hoorn begint met een halve toon in mineur, een doodsklok, en binnen twee maten bevindt Morris zich midden in een donker, kolkend fortissimo.

Verpletterende kanonnen.

Hij is nu in vervoering; een laagje zweet op zijn voorhoofd, zijn schouders breed en zijn armen heftig zwaaiend. Met elke slag komt een golf energie. Vlak voor hem worden duizend muzikanten opgezweept tot ze buiten zinnen raken, een spookleger op mars. Ze reageren op elk teken dat hij met zijn lichaam geeft, ze lezen zijn ogen, zijn houding. Net als hij voelen ze de kracht in de punt van zijn dirigeerstok. Genoeg kracht om iemand krankzinnig te maken. Zijn ogen zijn stijf dicht. De muziek in zijn hoofd is chaotisch. Zijn dirigeerstok zwiept en zwaait. Hij eist pressie van de violen, van de zwaaiende machinegeweren, en hij schudt zijn vuist naar de trombone en de tuba, om er het scherpste, bijna atonale geluid uit te halen op weg naar de van haat vervulde climax. Wanneer Morris de grommende trompetten hoort, staat er kille afschuw in zijn ogen. Buiten adem en trillend van uitputting komt hij bij de ontknoping, de troostvolle klank van de hoorn – de melodie van haat gaat over in liefde, het wegsterven in schemerige stilte. Hij staat stil. Armen slap naast zijn lichaam. Afgepeigerd.

Als de stok uit zijn vingers glijdt en met de punt op de plankenvloer stuitert, doet Morris zijn ogen open. Wat was dat voor lawaai? Er liggen rode verfdruppels rond zijn voeten. Het korte gevest van een dolk trilt ver onder hem. Een traag knipperen met de ogen. Een andere vraag komt in zijn hoofd op. Heb ik mezelf gestoken? Nu ziet hij dat zijn broek kapotgesneden is, in diagonale lijnen. Ook die is nat van het bloed. Hij laat zijn bretels zakken. Laat de wollen stof tot rond zijn enkels zakken. Buigt naar voren. Er zitten zwellingen op zijn dijbeen, waartussen lagen vet en uitstekend bot te zien zijn. Nieuwsgierig kijkt hij ernaar, alsof deze dodelijke wond niet van hemzelf is.

Dankwoord

Ik bedank John Preston, Emma Howard, Chris Lang, mijn agent David Miller en mijn redacteur Marianne Velmans voor hun kritische blik en opmerkingen. Vooral mijn vrouw Mary ben ik dankbaar, niet alleen voor haar wijze voorstellen, maar ook voor haar geduld en haar goede humeur.